尘封旧事

饶军——著

百花洲文艺出版社
BAIHUAZHOU LITERATURE AND ART PRESS

·南昌·

图书在版编目（CIP）数据

尘封旧事 / 饶军著. -- 南昌 : 百花洲文艺出版社,
2022.11
　ISBN 978-7-5500-4711-2

　Ⅰ.①尘… Ⅱ.①饶… Ⅲ.①长篇小说－中国－当代
Ⅳ.①I247.5

中国版本图书馆CIP数据核字(2022)第073240号

尘封旧事
CHENFENG JIUSHI

饶军　著

出 版 人	章华荣
责任编辑	钟雪英
设计制作	胡益民
封面插画	绘芽艺术创作工作室
出版发行	百花洲文艺出版社
社　　址	南昌市红谷滩区世贸路898号博能中心一期A座20楼
邮　　编	330038
经　　销	全国新华书店
印　　刷	江西千叶彩印有限公司
开　　本	720mm×1000mm　1／16
印　　张	29.5
版　　次	2022年11月第1版
印　　次	2022年11月第1次印刷
字　　数	360千字
书　　号	ISBN 978-7-5500-4711-2
定　　价	68.00元

赣版权登字　05-2022-156
邮购联系　0791-86895109
网　　址　http://www.bhzwy.com
图书若有印装错误，影响阅读，可向承印厂联系调换。

一个转身，过去就成了故事；一次回眸，都是鲜活的风景。我用崇敬的心情，走进时空隧道，去揭开那尘封的往事，记录那风雷震荡、激情燃烧的岁月！谨以此书，献给"为有牺牲多壮志，敢教日月换新天"的父老乡亲。

（一）

一个春雨绵绵的日子，在南山南麓、鄱湖岸边的红军烈士陵园，哀乐低回，人们胸佩白花，臂戴黑纱，神情肃穆，正参加一场隆重的葬礼。原来是一位离开家乡八十五年，走过了百年人生路的老红军老战士洪霞魂归故里，与长眠在南山的战友们安息在一起。南山低垂，鄱湖呜咽，当地党、政、军和各界人士及自发前来送行的乡亲们共千余人，为这位巾帼英雄送行。一位系着红领巾、穿着蓝色校服的小女孩，用稚嫩的童音问她那白发苍苍的爷爷："爷爷，这老奶奶是干什么的，怎么有这么多人来送老奶奶？"爷爷看了孙女一眼，喃喃地说："奶奶是英雄，是我们枭阳县的骄傲，可惜现在没有多少人记得她了。"这是一段尘封的往事，追寻老奶奶和她那一代人的足迹，展现在人们眼前的是二十世纪父老乡亲那可歌可泣的英雄史诗和绚丽画卷。

在长江南岸，江州城东南，有个枭阳县，它背靠幕阜山余脉的南山，面临鄱阳湖，是一个名胜荟萃、真儒过化的地方。

据《枭阳县志》记载，1927年，枭阳县发生了一件大事：当年9月30日，这里爆发了震撼江南的枪声，农民暴动，攻占了枭阳县城，建立了赤色的农民政权。

枭阳县城乡到处都在传播着暴动的消息，让人们百思不得其解的是，领头闹事的，不是饥寒交迫的农民，而是南麓乡大地主王世忠的儿子王贤才和南麓乡大地主洪镇江的儿子洪水。王贤才是共产党的特派员，是这次暴动的主要策划者；洪水是这次暴动的总指挥。

更让人不解的是，这洪、王两家，历史上就因水利纠纷，几百年来老死不相往来，因抢水而形成的宗族械斗时有发生。这共产党是有什么魔力，让洪、王两家的传人握手言和，而且还联手"造反"？并且这两个"造反"的头头，革命首先革到了自己老子头上。对此，枭阳人感到十分的惊奇和不解。

从长江南岸江州城向南一百公里，有个王家畈，归属于枭阳县南麓乡的上乡。王家畈最富有的人家就是王世忠家了，家有良田数百亩。王世忠早年在白鹿洞书院汪二先生手里读了几年私塾，也算是一个文化人；从白鹿洞书院毕业后，就回到了王家畈，挑起了掌门人的重担。王世忠有个独生儿子叫王贤才，虽然也在白鹿洞读书，但接收的是新式教育。这个王贤才，从小就接受了良好的教育，他以枭阳县县立高小第一名的成绩，考入了江州中学；又以第三名的成绩，考入了省会的高级中学；高中又以优异的成绩，考入了北京大学。

民国时期，能接受高等教育的是凤毛麟角。王贤才不仅是王氏家族的荣耀，也是枭阳县的骄傲，大家都很羡慕，说："王家的祖坟冒青烟了。"王世忠也感到十分的骄傲，面对乡邻的夸赞，总是一脸的灿烂，双手抱拳，客气地说："犬子不才，托的是大家的福气。"有时候一高兴，便要拉夸赞他儿子的人到家里喝上两盅。他时常回忆与儿子分别时的情景，那是在县城的紫阳码头，天空中飘着的雪花，刺骨的寒风吹得湖面上掀起一层层白浪，他将刚刚买来的一块护身玉佩亲自戴到儿子脖子上，殷切地嘱咐儿子说："崽里呀，男儿当自强，要为列祖列宗增光呀！"王贤才向父亲跪下，含泪挥别，立下誓言说："孩儿立志走四方，不取功名誓不还！"他跳上一叶孤舟，乘风破浪，走上了一条令王世忠做梦都想不到的山高险路。

南麓乡的下乡在鄱阳湖之滨，平畴沃野。下乡的大地主，首推洪家港的洪镇江，这也是个名门望族。

早年，洪镇江也在汪二先生手里读书，说起来，与王世忠属同门师兄，用今天的话来说，俩人是同班同学。洪镇江从汪二先生那里毕业后，也回到了洪家港，因为家大业大，老爷子需要帮手。后洪镇江父亲过世，他也就成了洪家的掌门人。洪镇江有两个儿子一个闺女，大儿子洪水不好读书，跟汪二先生几年，未经得洪镇江的同意，先是到南山的归宗寺，找了个武僧学艺，后又到河南的嵩山少林寺，吃了几年斋饭，有一身的功夫。也不知是哪根神经出了问题，这个洪家大公子，摇身一变，带领一帮穷棒子，闹起了革命，首先就分了自己家的财产。二儿子洪流，是个读书的材料，在江州南伟烈大学毕业后，留校任教，据说也参加了共产党。女儿洪霞，天资聪颖，生性活泼，有"枭阳城里一枝花"的美誉。她在县城读书时，就带头放脚，又称枭阳县城"大脚婆"。洪霞很会读书，是洪镇江的掌上明珠，从江州儒励女中初中毕业后，考上了上海圣芳济女子学院。

还没有感受女儿带来的荣耀，洪霞就成了洪镇江心中的痛，因为洪霞在上海毕业后，就与家里失去了联系。洪镇江思女心切，经多方打听，一说是她参加了上海的工人起义，在"四一二"反革命政变中，被蒋介石枪毙了；一说她参加了地下共产党，在为共产党做秘密工作，为了不暴露身份，连累家人，所以不与家里联系。总之，洪霞就像是从人间蒸发了一样，活不见人，死不见尸。洪镇江后悔不已，总是在老伴面前责怪自己，说："千不该，万不该，就是不该让女娃儿读太多的书。"

1911年，以孙中山为首的革命党结束了清朝的封建统治，建立了共和，但人民并没有过上想象中的好日子。中华大地，狼烟四起，军阀混战，民不聊生，也正是这个时期，各种主义和思想如雨后春笋般涌现，共产主义思想也开始传入中国。

北京，是前清的废都，也是北洋政府的所在地，虽然没有了皇帝，这里仍然是中国政治、文化的中心。1919年5月4日，北京城里爆发了反帝反封建的爱国运动，各种新思想汇集到这个千年古都；也正是这场运动，孕育了中国共产党的诞生——他们要打碎一个旧世界，建立一个新世界，让人民过上没有剥削，没有压迫，平等、富裕、幸福、安康的新生活。共产主义思想被一大批仁人志士和爱国青年学生所接受。王贤才就是这批爱国学生中的一位，1924年，在陈独秀的介绍下，加入了中国共产党；到1927年，王贤才已成为共产党的一个重要人物，并以江南特委书记的身份，回到了老家枭阳县，贯彻共产党的八七会议精神，组织枭阳农民暴动，夺取了枭阳县城，建立了苏维埃红色政权。在暴动前的动员会议上，王贤才做了最后的鼓动，他说："这次暴动，等于把天打了一个窟窿，因此，要有一定的声势。俗话说，耍猴的不怕人多，闹事的不怕事大，我们就是要不鸣则已，一鸣惊人，尽最大努力动员更多的劳苦大众参加。"1927年的9月30日，由特委书记王贤才、暴动农军前敌总指挥洪水，率领800多名农军和群众2000多人，举着一面缝有犁头图案的红旗，带着18支快枪、土枪土铳和大刀长矛，攻打枭阳县城。

当时的枭阳县城，有一个警察局和一个保安大队，都是本地人，加起来大约也就100余人枪，这些人哪里见过这阵势，在隆隆的枪炮声中，都吓得魂不附体，毫无斗志，仅一个多小时，暴动队伍在喊杀声中就占领了县政府，打开监狱，释放关押的共产党员和无辜群众，活捉县长张定保，缴枪100余支，暴动队伍士气大振。

在王贤才和洪水的领导下，成立了枭阳县苏维埃政府，由王贤才兼任县委书记，洪水出任县长。当王贤才和洪水在群众庆祝大会上讲话时，人们惊得目瞪口呆，这洪、王两家本是冤家对头，可两家的大少爷竟联手要造自己父亲的反。

公审反动县长张定保的大会真可以用人山人海来形容，穷苦农民第一次扬眉吐气。大会上宣布了张定保的罪行后，洪水用洪亮的声音宣布："将反动县长张定保绑赴刑场，就地正法。"洪水的话音一落，几个暴动队员将张定保押到瓦子岭上，一枪结束了性命。

洪县长在几位农军的陪同下，坐到了县政府原张县长的太师椅上，他还是一身练武人的打扮，平头下的颈脖子多了一根红丝带，目光炯炯有神，他起身扯掉了挂在墙上的青天白日旗，在一位农军的帮助下，把红色的犁头图案旗换了上去；接着又坐了下来，拿起笔筒里的毛笔，在砚池上试了试笔锋，签发了一号通告，即立即没收地主、土豪的土地，通告特别明确，洪、王两家除留足与穷人同等的土地外，多余土地一律充公，分配给没有土地的贫苦百姓，除留给必需的住房外，洪家大屋、王家大屋一律分给无房的贫困农民居住。

当乡农民协会拿着县政府的通告，分别来到洪家大屋和王家大屋时，洪镇江和王世忠气得眼睛直往上翻，胡子往上翘，就差一点没活活气死，嘴里直喊："家门不幸，家门不幸。"

江南暴动的枪声，像一声惊雷，震撼了国民党的反动统治，消息很快就传到了省城。

江南省政府主席朱明远，五短身材，一脸横肉，挺着个啤酒肚，听到这个消息后，气得是暴跳如雷，立即发兵一个保安团，直扑枭阳县。

面对敌强我弱的形势，王贤才和洪水商量，为避敌锋芒，主动将暴动农军撤出县城，转入南山山区，开展游击战争。这个仅建立了七天的红色政权，又落入了反动政权的手中。

农民起义军走了，土豪劣绅又回来了，贫苦农民刚刚到手的土地和房屋又回到了土豪劣绅手里，地主阶级反攻倒算，枭阳县处在一片白色恐怖之中。有个地主头戴瓜皮帽，穿着细布短裙，吊着一对三角眼，召集他原来的长工佃户训话说："老天有眼，我回来了，我明白地告诉你们，是龙你给我盘着，是虎你给我卧着，谁分了我的土地，给我拿回来，谁分了我的牛和家具，给我送回来。挑大粪的，还想拥有土地？你们查查，哪一朝、哪一代有过这样的好事？"

新任县长马子佳，头戴一顶黑色礼帽、鼻梁架着金丝眼镜，穿着灰色的文明装，胸口别一枚国民党党徽，在保安团的保护下，走马上任，为了杀一儆百，将捕捉的七名农会骨干分子于县城西门口斩杀，并将头颅割下，挂在城头示众。轰轰烈烈的农民运动被镇压下去，枭阳县表面又恢复了往日的平静。

（二）

根据组织的要求，洪水带领 800 名农军，撤离枭阳县城后，以南山山区为掩护，一边开展游击战争，一边在山区打土豪、分田地，发动群众，减租减息，建立农会，搞得是风生水起，整个山区，成了赤色的海洋。

还没脱去学生装的王贤才与洪水带领农军攻占枭阳县城后，兼任了县委书记，帮助洪水任县长的枭阳县苏维埃政府开展工作，直到省政府发兵来"围剿"暴动农军，帮助洪水将暴动队伍撤到南山山区后，接到中央指示，要他化名王修杰，离开队伍，到上海去向党中央汇报这次暴动工作。他与洪水依依惜别，化装成一名商人，身穿长袍马褂，戴一顶黑色礼帽，连夜赶到江州码头，登上了去上海的客船。

他坐的是二等舱，有六个床位，这符合他做生意人的身份。比他先进客舱的，也是两个做生意模样的人。

王修杰找到自己的铺位后，放好了行李，把刚从码头上买来的一张《申报》展开，浏览起来。先进舱的那两位，其中一个掏出纸烟，递给了同行一支，又客气地递给王修杰一支，王修杰赶忙客气地说："多谢，我不会吸烟。"另一位望着王修杰问："你也是到上海做生意的吗？"王修杰笑了笑回答："小本买卖，还请多多关照。"那人大大咧咧地回答："在家靠父母，出门靠朋友，互相关照，互相关照。"

王修杰听这两位说话的口音，是地地道道的江州腔，便讲江州话问："两位去上海做么事生意？"刚才那位递烟的回答："我们是江州纱厂的，到上海去进棉纱。"

这时，客舱里进来了两位趾高气扬的美国水兵，歪戴着军帽，敞胸露怀，胸前还长有浓密的胸毛，叽叽喳喳，用英语说个不停。意思是说，这里的码头太脏太乱，对那些扛着大包小包，往底舱里拥去的小商小贩，很是厌恶，骂他们是一群没有文化的"东亚病夫"。王修杰是北京大学的高才生，会讲一口流利的英语，两个美国大兵的对话，他听得清楚，不由从心里升腾起对美国大兵的憎恨。但他没有发作，担心暴露自己的身份，只能强压住满腔的怒火。

两位美国大兵安顿好了自己的行李后，一个掏出了一包"三五"牌香烟，递了一支给另外一个大兵，话题还是他们美国是多么的文明，他们的家乡密西西比河是多么的漂亮，这个古老的中国是多么的愚昧和落后。

最后进到客舱的是位年轻漂亮的姑娘，乌黑的头发，扎了两条长长的麻花辫，一双亮闪闪的大眼睛，穿一身红色格子连衣裙，曲线美的身材，全身散发着青春的活力和东方女性的韵味。她放下行李后，向先进来的乘客嫣然一笑，算是打过招呼，然后在自己的铺位上坐下来，正对面是王贤才的铺位，与两个美国大兵的铺位紧挨着。姑娘理了理前额的头发，拿出一本《茶花女》小说，聚精会神看了起来。

从这个女孩进到客舱里的那一刻起，两个美国大兵顿时安静了下来，两双贪婪的蓝色眼睛，不时地在女孩身上瞟来瞟去。

晚上七时整，客轮鸣响了汽笛，缓缓地驶离了江州码头，江州城里的微弱灯火，很快就消逝在夜幕中。

晚上近十点，一位客船上的水手，拿着一个白铁皮做的喇叭，一层一层地高声喊："各位旅客，没进舱的请赶快进舱，马上就要熄灯睡觉。"

十点一到，客舱里的照明灯一下子全熄灭了，只有客舱的过道和前台的驾驶舱还亮着昏暗的灯光。没多久，所有的客舱里都传来一阵一阵的呼噜声。

子夜时分，王修杰住的客舱里突然传来了女人惊恐的呼叫声，让人感到毛骨悚然。王修杰和两位江州客商一下被惊醒了，赶忙翻身起来，一看，是对面的女孩在呼救，三个人同时问道："姑娘，你怎么啦？"女孩指着一个美国大兵说："他流氓！"三个人借着过道里透过来的微弱的亮光，隐约可见女孩的胸衣都扯下了一截，一个美国大兵赤裸着上身，下身只穿了一条短裤衩，从女孩的床铺上慢慢地爬起来，用生硬的中国话，厚颜无耻地说："你是上帝派来的天使，是人间的尤物，与你玩玩，这是看得起你，也是我的自由。"

王修杰明白事情的原委后，火冒三丈，肺都气炸了，出手就是一拳，将这个蛮横无理的美国大兵打了个鼻青脸肿。另一个美国大兵一看同伴挨了揍，从床铺上跳将起来，挥拳向王修杰打来。这时，两位江州商人也怒不可遏，帮着王修杰挥拳扑向了两个美国大兵，三对二，两个美国大兵很快就处在下风，被王修杰三人打翻在床铺上。一阵暴揍之后，两个美国大兵毫无招架之力，一个嘴巴打歪了，一个鼻子直淌血，叽里呱啦大声喊叫着。

打斗的吵闹声，很快惊动了船长和船上的警察。警察跑过来，看到被打得满脸是血的美国大兵十分的狼狈，便吓得不轻，高声斥责道："是谁吃了熊心豹子胆，敢打外国人？"

两个美国大兵一看警察过来给他们撑腰，胆子便壮了起来，很快就爬了起来，一边摸着脸上的血，一边用不连贯的中国话大声说："这是外交事件，我们是美国人，受你们中华民国的法律保护，我们要向你们中华民国提出最强烈的抗议！"

两个警察一听美国人提出强烈抗议，吓得像两条哈巴狗，围着两个美国大兵，摇着乞求的尾巴，结结巴巴地说："您息怒，我们一定依法处置！"两个警察转过身来，面对三个打架的中国人，耀武扬威，狐假虎威的本性一下展露了出来，两人挥舞着警棍，指着王修杰和两个江州商人气势汹汹地说："你们三个犯法了，跟我走！"

激烈的打斗声和吵吵嚷嚷的声音，早把旁边客舱里的客人都吵醒了，由于是十月的天气，船舱里还比较闷热，很多人就穿着背心和裤衩，纷纷拥向前后甲板、船舷和过道里，听王修杰讲事情的经过。当围观的人们了解到是怎么一回事时，一时群情激愤，有人大声喊道："把两个美国佬丢到长江里去喂鱼！"当人们一看中国警察还在帮着两个外国人，纷纷打抱不平，质问说："你们是中国人还是美国人？把这两个汉奸一起丢到长江里去喂鱼！"

刚才还耀武扬威的警察，没想到触犯了众怒，一下子像是泄了气的皮球，灰溜溜地钻出围观的人群，逃之夭夭；刚才还麻木不仁的船长一看事态的发展，担心惹出更大的麻烦，便息事宁人地说："旅客们，三位义士的壮举，是正义的。我作为船长是不会将他们交给警察局和美国人的，请放心，大家都散了吧！"

两个美国大兵一看群情激愤的乘客，早已吓得魂不附体，害怕这些中国人真的把他俩丢到长江里喂鱼，耷拉着脑袋，也不再抗议了。

一场涉外风波，在团结起来的中国人面前，就这样平息了。

第二天傍晚，客轮到达上海码头。年轻的女孩对王修杰和两位江州客商千恩万谢，他们三个人都不约而同地说："我们都是中国人，这是应该的。"那女孩虽然讲的是官话，但还是明显地夹带着枭阳口音。王修杰本想打听一下女孩是哪里人，这时下船的乘客拥挤着向前挪动，到嘴里的话就没有说出来。王修杰和江州客商与女孩相互道别，很快大家都消失在茫茫的人海中。

王修杰住进了上海东亚大饭店，这是上海最富丽堂皇的酒店之一，是达官贵人、商贾名流出入的场所，人员复杂，鱼目混珠，便于掩护。

王修杰与上海地下党交通员接上头后，刚刚成立的中共特科的一位同志亲自来到饭店，将王修杰接到中共中央负责人那里，那位负责人握着王修杰的手说："王修杰同志，欢迎你呀。"王修杰详细汇报了枭阳县响应"八七会议"号召，组织农民暴动，一举攻克枭阳县城，并主动撤出县城，转入南山山区，开展游击战争的情况。接着，对起义农军的构成情况一一做了介绍。王修杰说："目前，起义农军的负责人是洪水同志，该同志作战勇敢，对党忠诚，在当地有'洪老虎'之称，他很有号召力，虽然入党时间不长，但党性原则较强；缺陷是文化程度不高，还说不上有马克思主义水平，也是富家子弟，主要是受梁山好汉侠客思想的影响参加革命的。"负责人仔细听着王修杰的汇报，问："需要中央解决什么问题？"王修杰回答说："急需派一名有马克思主义理论水平，又懂得军事斗争的同志，去加强这支队伍的领导工作。"

负责人沉思片刻后说："修杰同志，本来你留在南山工作最为合适，你又是那里人，但形势的发展，容不得我做这样的安排，经中央考虑，决定你去饶州任特委书记，为了便于掩护，组织上决定给你配一名助手，是个刚毕业的女子学院的学生，你们假扮夫妻，尽快把那里的武装斗争搞起来，将来与方志敏的赣东北红军根据地连成一片。至于南山游击区的工作，中央有考虑，刚好有一批从苏联东方大学的同志回国，已经决定派一名同志去南山游击区，协助洪水同志的工作，不知你有什么意见？"

"我完全服从中央决定。"王修杰回答。

那位负责人望着王修杰问："修杰同志，你回东亚大饭店后，与你一起去饶州工作的女同志，明天上午去酒店与你会面。"

在南山山区，还活动着一支农民武装队伍，由号称"江南女侠"的英姑率领。英姑原是北伐军的女战士，是与枭阳县相邻的渔门县人。她的父母亲被当地的地主恶霸逼上了绝路，为报杀父之仇，她离开队伍，潜回家乡，杀死了仇人。然后竖起杏黄旗，招兵买马，一些上无片瓦、下无寸土的穷人，便跟随英姑，杀富济贫，一时声威大振，后县府派兵"围剿"，她就带着她的兄弟退入南山，躲避敌军的"围剿"，继续打击土豪劣绅。

为了不连累家人，洪水已化名林涛，带领枭阳农军进入南山山区后，在老乡们的帮助下，很快就与英姑领导的一支二十多人的游击队取得了联系。

英姑与副队长张金彪听到枭阳农军要来汇合，两人喜出望外。英姑对张金彪说："我们这支游击队，人单势薄，多次吃过保安团的亏，枭阳农军来了，我们将合一处，兵打一家，就再也不怕保安团了。"张金彪说："英姑，你与我想到一块了，上次在博阳河刘家湾打土豪，没收了一些大洋，叫弟兄们去买几头猪来，等他们来了，两军会师，来个会餐，庆贺一下。"英姑说："这个建议很好，你去落实，听说林涛的队伍有800人，吃、喝、住都是大事，这些事，你都要做好准备。"张金彪看着英姑，答应说："你放心，我一件一件去抓落实。"

为了迎接枭阳起义农军，英姑带领全队二十多人去山上砍来毛竹，搭建了二十多间大竹棚，编扎了800块竹板当床铺，各项迎接的准备工作做得十分的周密。张金彪擦了擦额头上的汗对英姑说："队长，现在是万事齐备，只欠东风啰！"

秋高气爽，南山满山红叶。一群大雁排着犁头队形，从高空中飞过，它们是要到鄱阳湖去度过寒冷的冬天。

游击队员们期待的枭阳农民起义军，在林涛的率领下，终于进入了南山山区。英姑一头短发，身穿红色风衣，下身着藏青色长裤，脚上打着绑腿，一只驳壳枪斜别在腰间，率队到离营五里地的隘口，去迎接起义军。

上午十点，林涛率领的枭阳农军到达隘口，队伍绵延近一公里，前面一百多名农军都扛着汉阳造的钢枪和鸟枪鸟铳，后面的农军拿的是清一色缠着红缨的长矛和大刀，显得威风凛凛。游击队看到这阵势，十分的羡慕，英姑趋前数十步，一双纤细长满茧子的小手与林涛伸过来的大手紧紧地握在一起，英姑高兴地说："欢迎你们，终于把你们给盼来了。"林涛说："我们也想你们呀！"林涛又端详了一下英姑说："传说中的南山女侠原来就是你呀！"这时，长得人高马大、留着分头，腰里插着驳壳枪的游击队副队长张金彪带头呼喊起了口号："热烈欢迎枭阳县农民起义军！"起义军也回应起了口号："向游击队学习，向游击队致敬！"口号声彼此起伏，气氛热闹而又亲切。

两支队伍簇拥着林涛和英姑，走了一个多小时后，到达了游击队的营地。已是中饭时分，游击队早就将竹板床摆成了临时餐桌，每桌四个菜：一大盆红烧猪肉、一大盘南瓜、一大盘冬瓜、一碗青菜。盛菜的盘盆五花八门，有洗脸的铜盆，也有坛坛罐罐，能装菜的全都用上了；还到附近山里老百姓家中借来了瓢盆碗筷，终于满足了这800多人的用餐需求。英姑还特地让队员们去买了400斤糯米酒，因为平时队员们是不允许饮酒的，今天是两军会师，她就破了这个例。

主桌设在游击队队部，摆着一张从地主家没收来的八仙桌，菜比其他桌上多了两样，一个是肉炒辣椒，一个是红烧茄子。

英姑和张金彪作为主人，英姑坐在上席的主陪席，张金彪坐正下席，负责斟酒；主客席是林涛和胡谋响。胡谋响身材魁梧，一双大眼睛炯炯有神，膀大腰圆，是一个习武之人，身手敏捷，能在翻过的田块里捉住狂奔的猎犬，是起义农军的副总指挥。其他六位都是起义军的骨干成员。落座后，张金彪一一为大家斟满了酒。

门外的划拳声，已经传到大厅里来了，英姑站起来说："今天这第一杯酒，我要代表游击队的全体兄弟，敬林总指挥一行，我们愿在林总指挥的领导下，打天下，坐江山。"说完，就一饮而尽。英姑的侠义豪爽，让林涛暗暗感到惊奇和佩服，怪不得人称"南山女侠"，看来名不虚传。林涛和随从也赶忙站起来，都不甘示弱，端起酒碗，一饮而尽。

张金彪又给各位斟满了酒，刚坐下的林涛又站起来说："这杯酒，我代表全体起义军将士，敬英姑队长、张副队长、全体游击队员，感谢你们周到细致的安排，感谢你们为我们提供了温暖的新家。"说完，又一饮而尽，其他起义军也都站了起来，一起向英姑和张金彪敬酒。英姑一身侠气，大有江湖女侠的风范，眼皮都没眨一下，便把一盅酒喝了个底朝天。当酒过三巡，菜过五味，该说的客套话都说了，这时的英姑，脸上出现红晕，她的侠女风范一下就展现出来了，要张金彪为自己和林涛单独满上酒，对林涛说："见到你，真是三生有幸，我俩单独来三盅，不醉不休。"双方对饮了三杯。

今天的林涛英姿勃发、精神抖擞，看着一身肝胆侠义的巾帼英雄，已经是非常佩服和敬重，说："早就听说南山女侠能骑骏马，能使双枪，真没想到，还是酒中豪杰。"林涛望着英姑，已产生了一种爱慕的心情，便开玩笑说："我男子汉大丈夫，岂能拜倒在石榴裙下，喝！不醉不休！"两人又对饮了一杯，张金彪又来斟酒，林涛的酒溢出了盅外，给英姑的酒盅只倒了半盅，英姑一看，不高兴了，说："金彪，你搞什么名堂？"张金彪轻声地对英姑说："我怕你喝多了。""你怕我喝多，就不怕客人喝多，这不是我的性格，别小肚鸡肠，把酒壶拿过来，我自己倒。"英姑从张金彪手里接过酒壶，给自己满上，直到溢出盅外，端起来便喝。林涛也不含糊，两人对饮了三大杯，英姑还要喝，被大家拦住了，都说："点到为止，来日方长，下次再喝。"

张金彪看到有些醉意的英姑，心里生起了一丝无名的惆怅。

英姑舌头都有点大了，可嘴里还说："我没醉，我还能喝，不是说不醉不罢休嘛！"有人给英姑和林涛端来了米饭，说："吃点饭菜压压。"英姑吃了半碗饭，又吃了些菜，便放下筷子，说："我吃饱了，你们慢慢吃吧。"也不记得给客人打招呼，在张金彪的搀扶下，踉踉跄跄地回房间休息了，大家一看，酒喝得显然有些过量了。

这场接风酒，由于英姑是发自内心地高兴，真的是醉了，足足睡到第二天早上才起床。

两军会合后，林涛与英姑商量，两支队伍进行了整合，经赣北特委批准，成立南山游击总队，由林涛任总队长，胡谋响、英姑任副总队长，下辖八个大队。为了避免原游击队队员产生"鸠占鹊巢"的想法，决定保持原游击队的完整和独立性，从起义农军中补充70名战士到英姑的游击队中去，三个分队长全部由英姑原游击队的人担任，英姑兼任大队长，张金彪继续担任副大队长。

在整编大会上，这一方案一公布，就得到了大家的拥护。原南山游击队的队员，对林涛非常佩服和尊重，整编后的游击总队，人心舒畅，十分团结，亲如兄弟。共同的理想和目标，将大家完全融合在一起了。

两支队伍合编后，张金彪很快就感觉到，自己有些被冷落了，好像是一个多余的人。

在两军合编之前，游击队的大小事情都是由英姑和张金彪两人商量。现在情况变了，军中大事，都是由林涛、英姑和胡谋响一起研究，拍板定夺。张金彪作为副大队长，只能服从命令听指挥。原来张金彪作为游击队的副队长，一人之下，众人之上，虽说是个副的，但与英姑能想到一块，在大家面前，也是说一不二，与英姑朝夕相处，心里早就喜欢上了英姑，认为在游击队里，英姑这朵鲜花非自己莫属，只是由于残酷的斗争环境，暂时还不具备表明自己心迹的条件，现在英姑的主要精力，都放在了游击队的生存和作战上。张金彪心里想，这个事急不得，心急吃不了热豆腐，但他相信，他与英姑结秦晋之好的那一天，肯定会到来。

但林老虎来了，这一切都在悄悄地改变。张金彪心里是打翻了醋瓶子，说有多难受就有多难受，可又不能直截了当地说出来，心里是越发郁闷，动不动就对队员们发无名的脾气，有时，一个人偷偷地外出喝闷酒。

林涛和英姑天天在一起，简直是上一对，下一双，成了游击队里的一道风景，张金彪心里就更难受了。

随着日子一天天地过去，两军会合带来的欢乐气氛也开始散去。过去，英姑的游击队，不愁吃喝穿；现在，一支800多人的队伍，每天的大米就要一千多斤。所以，新的矛盾和困难就显现出来。

南山山区，山高林密，人烟稀少，靠打土豪，已难以维持队伍的生存了。眼看冬季就要来临，从枭阳过来的农军都还是单衣单裤，迫在眉睫的大事，就是要尽快解决农军过冬的问题。林涛已经急得睡不着、吃不下，为此，他找到英姑商量，说出了自己的担忧。大大咧咧的英姑，一拍脑袋说："哎呀，我怎么没想到这个事。"

林涛又找来胡谋响，三个人一起商量对策。

英姑首先介绍了这里的环境情况，说："南山的北面是江州城，东南是渔门县，西北是海昏县，西南是五柳县，隔湖相望的是德昌县，我们就处在这样一个位置。枭阳县城，已有省城派过来的白匪军一个团，再要攻打枭阳县城，那就是鸡蛋碰石头；江州城是赣北重镇，也有重兵把守，只有东南的渔门县，西南的五柳县，西北的海昏县，没有敌人的正规部队，每个县只有100余人的保安大队和警察，敌人防守能力较弱，如果攻打这三个县城，几个小时就能解决战斗，胜算的把握很大，就是敌人来增援，至少也要一天的时间。而五柳县城和海昏县城，虽然离我们都很近，但因为有一条南浔铁路，便于敌人快速增援；如果我们先将铁路破坏，这三个县城，不管打哪一个，都有胜算的把握。"

听完英姑的介绍，大家又进行了广泛深入的讨论，最后，林涛综合大家的意见，认为，如果攻打一个县城，应是囊中取物，但会惊动敌人，其他县城必将加强防守和戒备，再要去攻打，就难了。目前，由于省城发兵来"围剿"我们，我们又撤进了山区，正是敌人警惕性最差的时期，因此，我们出其不意，撤开有重兵防守的枭阳县，同时突击五柳县、渔门县、海昏县，每个县配备两个大队，用两百人对付有家有室的县保安大队和警察的百余人，在兵力上就有了压倒性的优势。

兵力部署——抽调六个大队，每个县配备两个大队，一个为攻城大队，一个为支援大队；剩下两个大队为留守大队兼预备队，确保营地安全和三个县的应急支援。

战役的目的——摧毁县城保安大队，夺取枪支、布匹、粮食，没收资本家的金条、银圆，重点是钱庄、票号，做到出其不意，攻其不备，一旦得手，不作久留，迅速将武器、弹药、布匹、粮食和货币运往游击区。

为了万无一失，不打无准备之仗，林涛分别派出侦察员，对渔门、五柳、海昏进行侦察，摸清楚保安团的位置、警察配属情况，确定攻打的粮库、钱庄、布匹、商号，大富豪的具体位置和进攻线路。三天后，各路侦察员按时回来，向林涛、英姑和胡谋响汇报了侦察情况。

十一月初的一天，林涛下达攻击三县的行动命令。

由林涛率领的第一、二大队，攻击五柳县城；由英姑率领的第三、四大队，攻击渔门县城；由胡谋响率领的第五、六大队，攻击海昏县城。七、八大队为留守大队，随时接应支援攻击三个县城的部队。

那天，天气阴沉，下午五点就吃过晚饭的六个大队，在夜幕的掩护下，向渔门、五柳、海昏三个县城出发，晚上十二点，全部到达攻击位置。

按照先前的约定，晚上一点整，三路人马，同时发动攻击。

林涛带领的一、二大队在五柳县的城墙外掩伏下来。这条城墙，已年久失修，残垣断壁，破败不堪。一点钟一到，林涛下达进攻命令，队员们像夜老虎一样，在几名侦察员的带领下，直奔县保安大队和县警察局。

当林涛带人将保安大队包围起来后，只见保安大队营房前，门口吊着一只灯笼，在昏暗的灯光下，一个哨兵肩挎着一杆步枪，伸着懒腰，低着头，正靠墙打瞌睡，完全没有一点警惕性，张金彪还未等林涛下达命令，一个箭步冲上去，手起刀落，那哨兵就稀里糊涂地见了阎王，其他几十名队员分别冲进了保安队的各间宿舍，高喊："缴枪不杀！"近100人的县保安大队还没明白过来，全部都当了俘虏，队员迅速将保安队的枪支弹药收拢，搬到了已准备好的马车上。

随后，林涛将保安队全部集中到饭厅里，用事先准备好的绳子将他们全部反绑起来，锁在饭厅里。林涛命人将储藏室打开，将近百套冬装、棉被装到马车上，三辆马车分别载着枪支弹药、棉被、棉衣等战利品，在10名队员的护送下，向南山山区转移。

接着，林涛和张金彪各带一路人马，林涛带一路，直奔钱庄、票号、布匹商店；张金彪带一路，直奔食盐商店和粮库。

林涛以中国工农红军南山赤卫总队的名义，宣布没收钱庄、票号和布匹；张金彪以同样的名义，没收了二百多斤食盐和十大车粮食。按照约定，林涛下达了撤退的命令，这时天还没有亮，张金彪早就忘记了这次偷袭只打大户不打小户的规定，他带着二三十人，来到了一条繁华的商业街，强行闯入店铺，见好东西就拿，装了个盆满钵满，才撤出县城，回到驻地。

林涛的第一、二大队，未放一枪，仅张金彪杀敌一人，就取得了丰硕的战果。

由英姑率领的三、四大队，在渔门县没有遇到任何抵抗，进展非常顺利。

渔门县，在1927年秋也爆发了农民暴动，农民起义军仅占领了县城三天，就被国民党政府镇压下去了，起义队伍只好放弃县城，转移到了湖北阳新的红军游击根据地去了。县城刚刚举行了庆祝大会，宣布消灭了"赤匪"，城乡居民可以安居乐业，还被国民政府表彰为治安模范县，"围剿"起义军的国军也早就撤出县城，回省城洪都去了。他们认为高枕无忧，自然就放松了警惕，虽然县里还有保安队和警察，但这些人早就被农民起义军打得落花流水，毫无斗志。当英姑率领的红军赤卫队将保安队和警察局包围之后，保安队和警察被这些天降的神兵吓得抱头鼠窜，举手投降。英姑率领的三、四大队同样没有伤亡，就满载着战利品，在天未亮前返回了南山山区。

胡谋响带领的五、六大队，进入海昏县城后，由于暴露了目标，没等到统一的进攻时间，就与保安队发生了交火。这些保安队平常吓唬老百姓，作威作福，个个都是牛皮哄哄的，但一遇到红军游击队，便立即土崩瓦解，四散逃命，胡谋响根据战前要求，很快将战利品运往营地，也是旗开得胜，满载而归。

初试牛刀，战果辉煌。粮食有了，钱有了，冬装解决了，在赤卫队的营地，到处都是欢声笑语。

赤卫总队举行了隆重的庆功大会。一批赤卫队员受到了表扬和嘉奖。林涛在庆功大会上，特别表彰了张金彪，说他对敌作战勇敢，收缴的浮财多。庆功大会结束后，有赤卫队员就找到林涛，反映张金彪违反纪律，不问青红皂白，见东西就拿，见商铺就砸。

林涛召开了总队主要领导干部会议，通报了张金彪违反纪律的情况，自己做了自我批评和检讨，要给自己处分。

英姑弄清楚情况之后，深深为自己昔日的战友犯下的错误感到自责和痛心，想到两支队伍刚刚会合，由林涛提出对张金彪的处理意见，怕影响队伍的团结，便主动提出来说："张金彪同志的错误是十分严重的，他的行为，严重损害了我们红军赤卫队在群众中的形象，他的行为，虽然心意是为了赤卫队，但与呼啸山林的胡子没有什么区别。我建议，撤销他的副大队长职务。"大家听完英姑的意见后，都认为张金彪的行为给红军赤卫队的声誉造成了严重的损害，同意撤销张金彪的职务。林涛经过认真的考虑后说："张金彪同志的错误，是严重的，我们要想在这里生存下去，就必须要得到人民群众的支持，他不问青红皂白，与土匪打家劫舍的确没什么两样，所以，处分是必需的。但他也不是一无是处，作战勇敢的精神还是值得肯定的，当然，功不能抵过，功是功，过是过，我建议给予纪律处分，主要是起到教育张金彪本人，也教育大家的目的，大家是否还有不同意见？"大家你看看我，我看看你，最后都表态，同意林涛的意见。

会议最后决定：由英姑代表总队向张金彪宣布处分决定，指出他错误的危害性；同时，安排侦察员进城摸排情况，对不符合没收财产的县城工商业户，暗中用银圆支付赔偿，挽回影响。

庆功大会结束后，张金彪受到嘉奖，真是春风得意马蹄疾，他是个给一点阳光就灿烂的人，在队员们之间，不断吹嘘自己的辉煌战果。他要让英姑知道，他张金彪不是省油的灯，哪一点都不比林涛差。正当他在高兴的劲头上，总队通信员骑马来到了一大队，翻身下马，找到了得意扬扬的张金彪："张副大队长，英姑副总队长找你。"张金彪一听，心里就乐开了花，心想，从林涛来到南山之后，英姑就没用正眼瞧过自己。虽然心里是一肚子的怨气，但又不好发泄，今天，英姑终于开脸了。一想到这里，张金彪就别提有多高兴了，赶快牵来自己的黄彪马，嘴里哼着南山小曲与通信员一起，来到了总队指挥部。

总队指挥部的大厅里，空荡荡的，只有英姑一人坐在八仙桌上方；张金彪一路急驰，到了指挥部，一松缰绳下马后，顺手将缰绳一甩，给了通信员，大步跨进了大厅，刚喊一声"英姑"，后面的话就说不出来了。他看见英姑满脸乌云，一身的怒气，便停止了脚步。英姑腾地一下站了起来，猛拍了一下桌子，厉声质问："张金彪，你犯下如此大错，该当何罪？"张金彪好半天才缓过神来："英姑，我好好的，犯了哪条王法？"

英姑一听，火气更大了，用手指着张金彪，说："不要叫我英姑，叫我副总队长。"

张金彪怯生生地望着英姑，心里一下拔凉拔凉的，原来认为英姑看到自己立功，叫他来重修旧好，现在看来，完全不是那么回事，便气不打一处来，便顶撞说："我犯了哪条天条，又犯了哪条王法，用得着你横挑鼻子竖挑眼。"英姑一听，感到张金彪真是有点陌生，好像不是当年跟随自己起事的兄弟，便耐着性子说："好你个张金彪，真是死猪不怕开水烫，你违反军纪，抢劫老百姓财产，破坏红军赤卫队名声，你还说你无罪？我们是共产党领导下的工农武装，不是土匪山大王，杀你100次，都不冤枉。"

张金彪还是没有认识到自己的错误，辩解说："我还不是为了我们赤卫队，又没有拿一个子儿上腰包，你至于发这么大的火吗？"英姑一听，真是为这位昔日的战友感到痛心，便立即驳斥说："我们是人民的武装，是为了穷苦人的翻身解放才闹革命的，你这样不问青红皂白，你丢了我们南山游击队的脸，也给我英姑抹了黑，你的行为，与打家劫舍的土匪没有两样。我现在宣布，根据总队领导会议决定，给你记过处分一次。"

张金彪一听，心里不服，刚才自己还以英雄自居，这转眼间，就受了处分，这面子丢得也太大了，说："我不服，这是林涛给我小鞋穿；我知道，林涛是看上了你，即便这样，也不至于这样容不下我。"

英姑望了望张金彪，感觉自己受到了侮辱，气得有些发抖，说："我告诉你张金彪，你真是以小人之心，度君子之腹，你犯下的错误，该当死罪，是总队长念你有功，不同意大家意见撤销你的副大队长职务，只给你记过处分，好好反省，将功补过，你还在这里埋怨别人，我都替你脸红。"

张金彪听完，扭头便走，真是乘兴而来，却败兴而归。从此，张金彪心里非常郁闷，明明是为了赤卫队，怎么就是罪过呢？他把这一切的一切，都归究到林涛的头上，是林涛看中了英姑，眼睛里已容不下自己了。

（三）

南山红军游击队一个晚上连端了赣北的三座县城，震撼了江南大地，大有与红色政权井冈山的朱毛红军和赣东北的方志敏、邵式平领导的赤色政权遥相呼应之势，引起了省政府的恐慌，渔门、五柳、海昏县也是一天三次十万火急的文书告急，要求省政府派兵弹压，可省政府只有两个保安团，一个团已派往枭阳县，另一个团要维护省城的安全，省政府也急得像热锅上的蚂蚁，只得紧急向蒋总司令求援。

此时的蒋介石，正在组织湘赣国民党军队对井冈山根据地举行联合"会剿"，一听后院起火，骂了一句"娘希匹"，便从安徽即将调往井冈山增援"围剿"红军的中央军中，抽调出一个师，直扑南山游击区。

赣北特委及时掌握了这一情况，派地下交通员将这一紧急情况送到了南山林涛、胡谋响和英姑手里，随同情报还送来了朱毛红军在井冈山发明的游击战争"十六字诀"，那就是"敌进我退，敌驻我扰，敌疲我打，敌退我追"。特委明确指示，要凭借南山山高林密的有利条件，不与敌人打阵地战，坚决避免硬碰硬，保存实力，消灭敌人，将游击十六字诀，传达给每一个红军游击战士。

敌师长张飞虎，在安庆接到命令后，不敢耽搁，立即开拔，一路烟尘滚滚，浩浩荡荡，率大队人马进驻赣北的枭阳县，受到了枭阳县政府和土豪劣绅的隆重接待和欢迎。

县长马子佳在县城最豪华的落星饭店，设宴为张师长和各团团长接风洗尘，县警察局长、保安团长、商会会长在马县长的率领下，早早地就来到了落星饭店，等待着张师长一行的到来。

下午六点，张师长一身戎装，带着副师长、参谋长、副官和三个团的团长，都骑着高头大马，像一阵旋风，急驰而来，在饭店的大门前翻身下马。张师长虎背熊腰，一脸横肉，手指勾着马鞭，双手抱拳说："让诸位久等了。"

马县长等人都作揖打拱说："张师长一路鞍马劳顿，有失远迎，失敬失敬！"

大家簇拥着张师长走进宴会厅，宾主落座后，马县长站起来，毕恭毕敬地行了个礼，从口袋里掏出讲话稿，念起了祝酒词："鄙人代表枭阳县全体乡梓，热烈欢迎张将军的到来。我县建县千余年，一直民风淳朴，父老乡亲日出而作，日落而息，一直过着平静的生活。打从民国十六年起，突发赤匪，打家劫舍，攻城略地，本县城破，前县长罹难；现在，他们盘踞南山，号称人马三千，声势日盛，搞得是人心惶惶，鸡犬不宁。此番张将军率大军征剿，必将旗开得胜，马到成功。现在，我提议，为张将军的健康，为张将军一举荡平南山赤匪干杯！"

众人都举杯一饮而尽，又开始大口吃菜。

接着，张飞虎也站起来说："保境安民，乃我军人之职责。兄弟此番前来，是奉蒋总司令之命，就是要荡平赤匪，还乡民一个朗朗乾坤。有人告诉我，有个什么林老虎，能刀枪不入，飞檐走壁，我要让这个林老虎变成死老虎。"说完，头一仰，一杯白酒就进到了他的啤酒肚里。众人纷纷将端在手里的酒往嘴里灌，然后又使劲地鼓起掌来。

张师长坐下来，吃了一块红烧肉，用湿餐巾擦了擦嘴上的油，望着马县长等人说："今逢乱世，湘赣边区的赤匪远比贵地猖獗，每年都要耗去国家大量的银子，几年围剿下来，国库空虚，财力紧张，军费严重不足。打仗就是打钱，古话说，'兵马未动，粮草先行'，枪炮子弹要钱购买，当兵的要吃粮，全师四千多人，每天的大米就要五六千斤，弟兄们舍家抛业，前来为贵县扫平赤患，军需保障，还得请各位操劳。"

听完张师长的话，马县长赶忙站起来对在座的商贾富豪说："理解，理解，总不能让当兵的空着肚子去打仗吧？大家说是不是？"

在座的土豪劣绅也都点头回答："言之有理，我们大家一定鼎力相助。"

张师长大笑一声说："我要的就是这句话。明人不说假话，我丑话说在前头，打仗卖命是我们当兵的事；军饷供应是地方上的事，如果是要让我的士兵饿着肚子去打仗，别怪我张某人翻脸不认人。"说完，用手在桌上重重地捶了一下。

这张师长翻脸真是比翻书还快，吓得马县长和在座的土豪劣绅都面面相觑，刚才酒桌上的欢乐气氛戛然而止。这时，张师长腾地站了起来，双手一抱拳说："各位，兄弟我军务在身，在此告辞！"说完，在几位部属的簇拥下扬长而去。马县长等人也赶忙离席，紧随其后，目送着这伙大兵跨上战马，像一股旋风，眨眼间不见踪影。

矮矮胖胖、眯着一双小眼的县商会会长吴裁缝，转身对马县长苦笑着说："前门是狼，后门是虎，不知福兮祸兮。"马县长也无奈地说："各位，是福不是祸，是祸躲不过，走一步，看一步吧。"马县长接着又说："当务之急，是要尽快凑拢钱粮，给张师长送去。"

当晚，马县长也不敢怠慢，就召集了商贾富豪到县政府开会，动员大家有钱出钱，有力出力。这些富豪们一听要出钱放血，就像是割了他们屁股上的肉，个个坐立不安，谁也不先表态。

马县长不高兴了，手指头敲着桌子说："政府不发兵，你们天天给我唠叨，现在救兵来了，你们个个又想当缩头乌龟。吴裁缝，你是本县最大的财主，你先说，你出多少？"

吴裁缝用手挠着稀疏的头发，一双小眼睛转了几转，磨叽了好一阵，才说："马县长，我是高山打鼓，四海扬名，其实是徒有虚名呀，农军暴动，我家里被洗劫一空，我的县太爷，我哪有什么钱啊！"

马县长瞄了一眼吴裁缝，阴沉着脸说："吴裁缝，你肚子里几根花花肠子还想瞒过我，你家的钱窖被挖了？"逼到这个份上，吴裁缝额头上开始渗出汗珠来，他一咬牙说："我出五百大洋。"

马县长一听，勃然大怒："吴裁缝，给你脸不要脸，今天，我把话搁在这里，你不拿出两千大洋，就别想走出我的县府大院。"

吴裁缝一看马县长发了急，看来是躲不过去了，只好忍痛表态说："好吧，我出两千大洋。"

吴裁缝放了血，后面的事就顺当得多了，在县城，谁的家底有多厚，大家都心知肚明，虽然是像挤牙膏一样，你一千，他几百，但最终凑齐了四万大洋。

第二天上午，由马县长和商会会长吴裁缝将四万银票送到了城西的张师长师部，张师长接过银票，脸上绽放出了灿烂的笑容，拍着马县长的肩膀说："我代表全师将士，感谢马县长雪中送炭，解我燃眉之急，本师长即日率军进山围剿，请马县长转告全县乡民，等待我军胜利的消息。"

枭阳县是典型的山区小县，人口二十万，这一下拥来四千官兵，吃喝拉撒都是问题。

张师长的一团驻富裕的南麓乡，二团驻风景秀丽的桃花源乡，三团驻在白鹿洞书院，县城驻一个师部、一个炮兵营加一个警通连。

这个师原来是河南的一股土匪武装，中原大战后，被蒋介石收编，换上了国军军服，成了国军的一个独立师，士兵中大多惯匪出身，毫无军纪。

部队驻扎枭阳县城后，半个月过去了，还不见进山"围剿"的动静，士兵闲来无事，就在城乡到处游荡，偷鸡摸狗，调戏良家妇女，闹得满城乌烟瘴气，南麓、桃花源、白鹿三个乡的乡长和保长，纷纷向县政府告状，马县长能管地方的抚字摧科，但对张师长一干人马却是一筹莫展。不说乡下已闹得鸡犬不宁，就是县城的一些餐馆和商铺，也是叫苦连天。那些士兵，歪戴着军帽，斜肩着汉阳造，进了馆子就要吃喝，稍不如意，砸盆砸钵，吃饱了，喝足了，嘴巴一抹，说声"老板，把账先记上"，就扬长而去。

马县长伤透了脑筋，从出任枭阳县县长以来，知道上次破城暴动的农军在南山山区，始终觉得是心头之患，加上地主、富豪天天给他唠叨，请求上峰派兵进剿，所以，和渔门、五柳、海昏的几个县长一起，打了一个又一个搬兵求援的报告，盼星星盼月亮，终于把国军给盼来了。但国军来了，比农民起义军的麻烦更多，真是搞得他焦头烂额。眼看张师长那里迟迟不见动静，马县长便硬着头皮与吴裁缝一起，去拜见张师长，请张师长发兵进山。

张师长打着哈哈说："马县长，你们的心情我能理解，要进山，也要让我们摸清楚情况，我们人生地不熟，如果贸然进山，要是中了红军赤卫队的埋伏，谁负得起责任？马县长，不要着急，慢慢来，只要时机一成熟，我立即发兵进山围剿，少安毋燥，少安毋燥。"虽然时间不长，可马县长度日如年，终于等来了张师长开拔进山的消息。

张师长在率部队进山前，还志在必得，可几天下来，肥的拖成了瘦的，瘦的拖成了病的，士气一天比一天低落。正当他一筹莫展时，山里又传来了几声枪声，等花了两三个小时赶到枪声响起的地方时，除了看到几双破草鞋外，又是一无所获。到了第五六天后，赤卫队见敌人已疲惫不堪，就主动寻找战机，对小股部队和零散掉队人员一个个予以歼灭，或在树林中打冷枪偷袭，一天下来，竟也有几人死伤在赤卫队的枪口下。

张师长用杀牛刀去宰鸡，有力无处使，气得火冒三丈，而又毫无办法，搞得焦头烂额。各团在大山里奔波到了第六天时，纷纷向师部报告，部队的给养快没有了，要求撤回驻地休整。张师长无奈，只得下令停止追击，死亡的士兵就地掩埋，抬着十几个伤兵回到了各自的驻地。

张师长回到县城的师部后，还没洗去身上的尘土，各团又纷纷来报告，部队的粮食告急，士兵们等着发饷。张师长知道部队的现状，便向蒋总司令发报，要求补充军饷；此时的蒋总司令正在全力"进剿"井冈山根据地的红军，军费也很紧张，便回复命令说："就地筹款。"

枭阳县经过第一次筹款，县城已无多大油水，但张师长不管这些，派副官找到马县长，开出了一张清单，要马县长在10天之内，筹措银圆四万块，粮食二十万斤。马县长接过清单一看，就像是千斤重担一下压在身上，人都要窒息过去，额头上直冒虚汗，便去找张师长说情，哭丧着脸刚要解释，没想到这张师长是个念完了经就打和尚，吃饱了饭就骂厨子的泼皮——张师长当即沉下脸来说："废话少说，我带弟兄们到你这里来保境安民，抛头颅，洒鲜血，你们出钱出粮是天经地义的事情。我警告你，马县长，你十天之内不把钱粮如数给我送来，我将拿你是问。"容不得马县长辩解，这个千斤重担就不容商量落到了他肩上。

回到县府后，马县长心里暗暗叫苦，心里想，天天盼国军来，可国军来了，心里更堵得慌，真是秀才遇到兵，有理说不清，没办法，只好找来警察局局长和商会会长吴裁缝，商量筹钱筹粮的办法。吴裁缝说："马县长，县城也就这么巴掌大的地方，县城的富户用指头都能数得过来。民国十六年，赤匪入城，大家都伤了元气；上个月，张师长要钱要粮，当时大家鼎力相助，现在，又要这么多钱粮，就是砸锅卖铁，也凑不齐啊！但军令如山，这如何是好呀？"警察局局长说："活人不能让尿憋死，我看只能找各乡的地主富豪出出血了。"

马县长沉默不语，想了好一会儿，才说："自古以来，土地拥有者只交皇粮国税，要他们出军饷，这依法无据啊。"警察局局长接着说："非常时期用重典，我看也只有这个法子了。"吴裁缝也说："马县长，国军是来保护谁的？

还不是保护像我这样的富人。人家来保护你，出点钱，是应该的，再说，除此也再无其他办法了。"马县长说："真是无奈之举，也只能如此办理了。"

随后，马县长命令警察局局长派人通知全县十五个乡的乡长火速到县府议事。

第二天上午，各乡乡长如期赶到县政府，马县长没有往日的客套，开门见山地通报了国军的"剿匪"情况，然后话锋一转，要求大家以国事为重，顾全大局，"现在，为我们保境安民的国军需要钱买枪炮子弹，需要一天三餐白米饭，所以，为了让国军能在我们枭阳县安心剿匪，我们应有钱出钱，有力出力"。接着，将各乡分摊的钱粮数字，拿出一个小本本，念了起来。

这些戴着瓜皮帽，转着小眼珠的乡长，一下炸了锅，直嚷个不停，没有人愿意接受这个任务。南麓乡原来的乡长是王世忠，因为儿子王贤才闹共产，被撤销了乡长职务，现在的乡长是南麓乡另一个地主，刚上任不久，他就带头反对，说："我乡地处山区，人口不足二万，不是旱灾，就是洪灾，乡民大多饥不饱腹，富户屈指可数，不可能完成县政府下达的任务。"

乡长们和富豪们争得脸红脖子粗，说你的乡大，我的乡小，你的乡富，我们乡穷，都不愿意多承担捐粮捐钱任务。这时，县政府的参议长站起来说："各位都不要争吵，你们讲的也是实情。"他又转过头对马县长说："马县长，理应区别对待，泥鳅与黄鳝不能拉一样长，不能黄牛八扁担，水牛也八扁担，应该区别对待。比如，南麓乡的王世忠和洪镇江，每家都有粮田千亩，而且土地肥沃，不要说在南麓乡，就是在全县，也是首屈一指的大户，理应多出。"

参议长的一席话，提醒了梦中人，马县长一拍脑袋说："我怎么忘记了这事呢？"他又望了望这些争得脸红耳赤的乡长富豪说："参议长言之有理，王世忠和洪镇江养虎为患，就是他们两家的儿子，举旗造反，按民国政府的剿匪律定，是通共的匪属，可以没收这两家的财产，充当军饷。"随后，马县长根据实际情况，调整了摊派数额，要各乡乡长和富豪们限期完成。

散会后，南麓乡的乡长没有走，他找到马县长说："马县长，你新来刚到，还不完全了解情况，这洪、王两家，势力可不一般，都是上千人的大寨子，民风彪悍，尤其好斗，就这两姓之间，也常因水利纠纷，发生械斗，常犯下命案，历朝历代，官府都拿他们没办法。你要我去找洪、王两家要钱，那比登天还难。还望马县长亲自出马，事情可能就顺当些。"

马县长一听，一时又没有了主意。站在一旁的警察局万局长开口说话了，说："我说，活人不能叫尿憋死，办法是人想出来的，乡长说得没错，这洪、王两家，你要去找他们要钱要粮，真是进得去，出不来。但我们可以把他们骗到县里来，他们只要到了县里，后边的事，就交给我来办好了。"

马县长看了看警察局局长说："你有什么锦囊妙计？"

警察局局长说："马县长，你写个请帖，说你新来乍到，为了广集民智，为枭阳县的治理、建设征求意见，特请各乡贤达到县政府议事，并以你马县长的名义，宴请他们。"万局长接着告诉马县长："往年间，不管是前清还是民国，新县长上任，都要宴请四乡贤达和县城名流，你这个新任县长都上任几个月了，本来就应该宴请这些人。洪镇江和王世忠既是本县的望族，又是数一数二的大地主，你请他们来，不会不来的。"

马县长的请帖，当晚就分别送到了洪镇江和王世忠手里。

马县长出任枭阳县县长，洪、王两家早就知道，按照惯例，应该请他们去县城见见面，但几个月了，始终没有接到通知，心里都有些纳闷，还认为，是不是由于儿子闹共产，把他们排除在外，心里都有些不安。

洪镇江和王世忠接到马县长的请帖后，一颗悬着的心总算是放了下来，也没多想，两人都穿起了长袍马褂，戴着礼帽，每人分别坐了一顶两人抬轿子，按约定的时间，前后脚就赶到了县政府。

按往常惯例，新任县长会在县政府大楼前抱拳迎接。可今天，迎接他们的是县政府那个斯斯文文的余德水秘书。

余秘书与洪镇江和王世忠是老熟人，没有客套，先后把两位直接引进了县政府的会议室。令洪镇江和王世忠诧异的是，往年一进会议室，往往是烟雾缭绕，人声嘈杂，满是熟悉的面孔，很是热闹；可今天的会议室，除了洪镇江和王世忠，别无他人，两人甚感异常和不安。

正当两人彷徨之际，马县长和万局长推门进来了。马县长面沉似水，万局长面无表情。洪镇江和王世忠站起来，抱拳作揖要给马县长和万局长打招呼，两人没有理睬，显得很是尴尬。这时，万局长从口袋里摸出一张纸片，对着上面的字念道："中华民国赣北剿总司令部令：枭阳县南麓乡王世忠纵恿儿子王贤才宣传赤化，破坏社会治安，扰乱社会秩序，率暴民攻打县城，处决民国政府县长，虽凶犯已逃，但作为凶犯的父亲王世忠，有不可推卸的责任，经剿总司令部裁决，将王世忠打入死牢，等候处决！另：洪镇江儿子洪水，率暴民攻打县城，严重危害国民政府安全，同样罪不可恕。洪镇江作为枭阳名达，养虎为患，有不可推卸之责任，经剿总司令部裁决，打入死牢，等候处决！此令！"

宣布完命令后，进来两个警察，给洪镇江和王世忠戴上手铐脚镣，押往县城监狱。

洪镇江和王世忠两个人是哑巴吃黄连，有苦说不出。警察局长明知洪、王两家属世代冤仇，故意将两人关在同一间监室。两个人躺在用稻草铺成的地铺上，虽然同病相怜，但还是互不理睬，各想各的心事，想着如何能化解这场灾祸；但有一点两个人都刻骨铭心、不能忘却，那就是去年洪、王两族因水利纠纷发生了宗族械斗。真是世事捉弄，这对冤家对头今天成了一根藤上的两只苦瓜。

由南山发脉，有条纵贯南麓乡上乡和下乡的河流，是洪、王两家的生命河，清澈的琼浆玉液哺育了一代又一代洪家人和王家人。王家畈人在河流的上游，洪家港在河流的下游，小河的流水，最终注入鄱阳湖。

在风调雨顺的光景，洪、王两家都会相安无事；一旦遇上久旱不雨，或是夏秋连旱，土地干裂，禾苗干枯，往往就会酿成一场又一场抢水械斗。

据《王氏宗谱》记载，从明朝的万历年间，王姓族人由吉安吉水沟迁来王家畈，洪氏族人从山西大槐树迁来洪家港，三百多年间，就发生了十五次宗族械斗，因械斗而亡就达数十人。

去年，春季过后，就没下过一场透雨，形成了夏秋连旱，六七月份，正是禾苗含浆的关键季节，旱情日益严重，高垄的田块开始干裂，禾苗干枯，小河中的流水越来越小。历史上，每当旱象严重，上游的王家畈人就会在河中垒上一条堰坝，下游的洪家港人则遭到了灭顶之灾，不但即将到手的水稻保不住，连人畜饮水都困难。一旦碰到这样的年景，一场由水而引发的宗族械斗就不可避免。

去年七月，骄阳似火，王世忠戴着一顶草帽，摇着一把鹅毛扇，来到了堰坝的施工现场，他是来督促族民加快垒堰坝的速度的。

王世忠知道，堰坝筑好后，就会断了洪家港的水源。洪家港人不会甘心坐以待毙，往往会在夜深人静的时候，组织年轻人来扒水坝，把积聚起来的水放到洪家港的堰坝里去。这时，一场抢水大战就不可避免。

族长是本族人的主心骨，他能凝聚大家的力量，鼓舞大家的斗志，在这样的紧急关头，王世忠就义不容辞地要挑起这副重担。

跟着王世忠来的，还有本族的两个后生，两个后生按照王世忠的吩咐，各挑着两桶凉绿豆汤，前来慰问正在烈日下筑坝的本族子弟。王世忠招呼大家休息，然后站到一个土墩上，对大家说："本家兄弟和各位侄子，几年一遇的大旱灾又来了，大家都知道，大旱一来，我们就要筑坝，下游的洪家就要来挖坝抢水，几百年来，我们筑坝，他们挖坝，这已成为一条铁律，因此，一场抢水的械斗是不可避免的。俗话说'近水楼台先得月'，这要感谢我们的祖宗，把我们的家安到了有水源的地方，作为王家的子孙，我们有责任保护自己的家园。兄弟侄子们，老天爷不帮忙，我们就要自己主宰自己的命运，守护这一堰清水，守住了这一坝救命水，禾苗就不会干枯，我们就不会饿死。"说到这里，王世忠停顿了一下，望了望大家，接着说："我们不饿死，下游的洪家人，可能就会饿死，这怪谁呢？怪不得我们，他们要怪只能怪他们的老祖宗，没有找到一个好地方。我还是那句话，如果在械斗中有谁被打死了，我们大家埋，孤儿寡母，我们大家养。"

王世忠的话，就是战前动员，也是个俗成的仪式，大伙齐声回答："打死了，大家埋；孤儿寡母，大家养。"

王家畈一拦坝，实实在在地苦了下游的洪家港人。洪家港地处鄱湖之滨，有大片的湖田沃土，要是在风调雨顺的年景，湖田种水稻的产量，就要比王家畈高出三到四成，但一遇干旱，上游没有来水，只能望着远去的湖水兴叹。洪家港人除了怕干旱外，还怕洪涝灾害，一旦鄱阳湖洪水肆虐，大片农田淹没，丰收在望的庄稼便化为乌有。几百年来，洪家港人就是在旱灾和洪涝灾害的夹缝中生存。

面对越来越严重的干旱，族长洪镇江心里就像压了块大石头，他预感到一场血雨腥风的宗族械斗即将到来。

他想起了大儿子洪水，有一身的功夫，几年来，一直是洪镇江的左膀右臂。俗话说，上阵父子兵，打虎亲兄弟，前几年，洪镇江有事总是找大儿子商量。可这两年来，儿子竟离家出走，音信全无，后来才打听到是参加了共产党，领着一帮穷棒子打土豪分田地。面临日益严峻的形势，儿子洪水是指望不上了。

穿着短袖衬衫的洪镇江坐在太师椅上，吸着水烟，他在考虑，一旦真要发生械斗，谁担任阵前先锋呢？他左思右想，一时还真想不出合适的人选来。这时，洪镇江想到了一个本家侄子，叫洪开山，他还有个弟弟叫洪开路，两兄弟与自己的儿子洪水是儿时的好伙伴，跟着洪水练就了一身武艺。前两年，开山、开路的父亲因病去世，家境困难，无钱安葬，他作为族长，便出资安葬了开山的父亲，并把开山收到门下，既是长工又是看家护院的保镖。按常理说，洪镇江是有恩于开山的，可令他万万没想到的是，一夜之间，这个洪开山跟着他的儿子洪水，也闹起了革命。

洪镇江正在想着心事的时候，丫鬟小凤提着茶壶走了进来，她为洪老爷续了茶水。洪镇江端起茶杯喝了两口，突然，一个年轻小伙子跳入了他的脑海。刚才，由于想到了洪开山，洪镇江心里一直愤愤不平，一时竟把这个人给忘了——这个人拳头硬、胳膊粗，也有一身的功夫，不是别人，正是洪开山的弟弟洪开路。

洪开路年方二十，娶妻成家一年有余，刚生下儿子洪小江。他生性秉直，也好打抱不平，看到洪镇江，总是左一个"叔"，右一个"叔"。请他出来当洪家的阵前先锋，是个难得的人选。可是，由于洪开山刚不久分了自己的财产，两家也算是结怨了，这个时候要请开路来当先锋，面子上还是有些拉不下，要知道，这先锋一当，就在村里取得了话语权。权衡再三，洪镇江拿定主意，由洪开路接替他哥洪开山的位置。

洪镇江把点烟的香火往地上一擦，对小凤喊道："你去村东头开路家，把开路给我叫来。"

自从哥哥开山跟着洪水闹革命离开了洪家港，洪开路就成了家里的顶梁柱。其实，哥哥去闹革命，他心里也痒痒的，但由于母亲体弱多病，需要人照顾，自己也要养家糊口，所以就留在了母亲身边。可没想到的是，哥哥跟着洪水闹革命，竟然回到洪家港，革了洪镇江的命，分了洪家的财产，还糊了一个纸扎的高帽，押着洪镇江游了乡。这令两兄弟的母亲心里不安，感到真是有些忘恩负义，对不起洪镇江，她从内心底一直对洪镇江一家存有感激之情，直骂大儿子洪开山"良心被狗吃了"；同时，又担心洪镇江报复，每天都在惊恐的状态中度过。

当小凤找到家里，说是老爷要请洪开路过去，开路的母亲便吓出了一身冷汗，嘴里不停地说："报应来了，报应来了。"她要二儿子开路赶快逃跑，先躲躲风头。可洪开路是犟脾气，性格刚强，宁折不弯，硬着脖子对母亲说："是福不是祸，是祸躲不过，去就去，我不怕。"开路不顾母亲的苦苦相劝，跟着小凤向洪镇江的洪家大屋走去。

一路上，洪开路心里想："哥哥犯下的事，让我这个弟弟当，并不冤枉，谁让我与开山是一母同胞呢。我倒要看看，你洪镇江能把我怎么样，横竖是人一个，命一条。"当他跨进洪家大厅，看到了威严的洪老爷，心里还是有些忐忐不安。当他低着头走到洪镇江面前时，没想到洪镇江站了起来，对惊慌失措的洪开路说："开路侄儿，虽说我们早已出了五服，但按辈分，我还是你叔。侄儿，不要害怕，我没有别的意思，找你来，与你哥无关，是要与你商量一个事情。"说完，洪镇江示意开路坐下，叫小凤端来了一杯茶水。

眼前的这一幕，让洪开路丈二和尚摸不着头脑，简直就是掉在云里雾里，一脸的茫然。只见洪镇江略带微笑地说："当初你家困难，先是让你哥到我这里谋了个差事，现在，他闹共产党，我不怪他，我自己的儿子都管不住，记恨他就没意思了，虽然他分了我的田、我的地，分了我的财产，但这跟你没有关系，我也绝不会把账记到你的名下。我们都是洪家的子孙，我是家大业大，但我不会忘记我们是一个太公下来的，谁有困有难，我不会袖手旁观的。"洪镇江说到这里，停了一下，端起茶碗，喝了口茶，又接着说："侄儿呀，你家租着我那两亩薄地，交了皇粮国税，我看也所剩无几了，我想让你到我这里来，接你哥的差事，也让你娘的日子好过一些，不知你意下如何？"

洪开路眨了眨眼睛，又摸了摸耳朵，好像自己听错了，当他明白过来，竟是这样的好事，马上从座椅上站起来，"扑通"一下跪在了洪镇江的面前，说："叔，您真是大人有大量，不记小人过。您的大恩大德，我父亲的在天之灵，也要感谢您。从今往后，只要叔叔您吩咐，不管是上刀山，还是下火海，我万死不辞。"

洪镇江也忙从太师椅上起身，弯下腰，扶起洪开路说："贤侄，一家人不说两家话，只要你有这份心，我也就满意了。"两人又谈了一会，洪开路便向洪镇江告辞，一路上，哼着小曲，回到家里，高兴地把这个消息告诉了母亲。母亲听过后，忙双手合十，走到自家的神龛前拜了几拜，对儿子说："你镇江叔真是我家的福星啊，孩子，你要知恩图报，千万不能跟你哥一样，六亲不认。"儿子说："你就放心吧，我一定不会给你丢脸。"

第二天，洪开路就来到了洪镇江家，除了种好自己的两亩地外，平时看家护院，忙时也下地帮忙干些农活。

立秋过后，还是酷热难耐，丝毫没有一点凉意，太阳就像一颗燃烧的火球，烤得地里的庄稼直冒烟，旱情越来越严重了。

干旱的危险一天天地逼近处在南麓乡下乡的洪家港，眼看着禾苗一天比一天蔫，洪家港人却束手无策，干着急。接着，更加严重的情况出现了，人畜饮用水也出现了困难。村里有东、西两口水井，一天到晚，也渗不出几担水来，往往是吃过晚饭，就有人带着水桶在井边上排队。

洪家港人已到了生死存亡的关键时刻，作为族长，洪镇江不能坐视无睹了，这是他的职责，也必须站出来，为洪家人找到一条生路。

洪镇江站在洪家大院里，看着万里无云的天空，对洪开路说："开路侄儿，你通知各家各户，年满十六岁的男丁，今晚到祠堂开会议事。"

天还没有完全黑下来，洪家港吃完饭的男丁们，陆陆续续来到了祠堂前的广场上。不久，天完全黑了下来，一盏明晃晃的汽灯已高挂在祠堂前，到场的三百多名洪氏家族的男丁，静静地等待着族长洪镇江的到来。

晚八点整，洪镇江在洪开路的陪同下，来到了祠堂，站到了祠堂大门口的正中位置，脸上没有一丝笑容，显得十分的严肃。没有客套话，开门见山就说："洪氏家族的子孙们，老天爷考验我们的时刻又到了。今年，伏秋连旱，已经两个多月滴雨未下，我夜观天象，万里无云，近一个时期天还不会下雨，眼看禾苗干枯，人畜饮用水都越来越困难，虽然我们也筑了堰坝，但水源被上乡的王家畈的堰坝截流，仅有一点少得可怜的渗水，连人喝都不够，怎么办？只能是到上乡的王家畈去抢水，大家才有生路。"洪镇江望着三百多双渴望的眼睛，慷慨激昂地继续说："洪氏家族的子孙们，这抢水械斗已延续了几百年，我们洪氏能繁衍到今天，不管哪一辈、哪一代，都没有软蛋过。为了生存，为了活命，为了洪氏家族的兴旺，我们必须扒掉王家畈的堰坝，让生命之水流入我洪家港。水就是命，命就是水，几百年来，我们的先人为了生命之水，多次血染王家畈堰坝，今天，轮到我们出血的时候了。"

洪镇江说完，望着祠堂前黑压压的人群。

这时，三百多人发出了雷霆怒吼："不当软蛋，不给祖宗丢脸，挖掉王家大坝！"

洪镇江一看，大家的情绪已经被调动起来了，便趁热打铁地说："挖掉王家大坝，为祖宗争气，还是老规矩，年满十六岁的男丁，自带家伙，一齐上阵，有被打伤了的，由族里负责疗伤；有被打死了的，由族里安葬，小孩由族里抚养到十六岁。"

接着，在族长洪镇江的主持下，举行了庄严的祭拜仪式。洪镇江接过洪开路递过来的一只大公鸡和一把刀，洪镇江用刀在大公鸡脖子上一刺，鲜红的鸡血滴在早已摆在祠堂前面的一口大酒缸里。酒缸前摆着一条长桌，桌上摆放着一沓沓瓷碗。洪镇江把鸡往地下一扔，拿过一个勺子，在酒缸里搅动了几下，然后装满一碗酒，仰起头来，带头喝下了这碗雄鸡血酒。接着，三百多名洪氏子孙依次喝下了血酒。

随后，祭拜开始，所有人手持三根香，向洪氏的列祖列宗三叩九拜。祖宗牌位前，烟雾缭绕。祭拜仪式结束后，洪镇江宣布了行动计划，指定洪开路为此次抢水挖坝的先锋，一切行动听从洪开路指挥。

作为王氏族长的王世忠，也盼望着老天爷能送来一场及时雨，既可以拯救干涸的洪家港，也能避免一次血腥的宗族械斗。可天不如人愿，旱情越来越严重，王世忠的心情也越来越沉重。王家畈的集水坝是筑好了，清澈的琼浆玉液流入了干涸的土地，滋润着王家畈的土壤，禾苗的长势喜人，有的已开始含苞抽穗了。但作为王家的掌门人，深深地知道，下游的洪家港人正在干旱的生死线上挣扎，他们绝不会坐以待毙，挖坝抢水的事迟早会发生。几百年来，这种恶性循环几年或十几年就要重演一次，王世忠不想发生这样的悲剧，但他也无能为力。

怎样阻止洪家港的人来毁坝抢水，是摆在族长王世忠面前的头等大事。

忧心忡忡的王世忠，不得不召集各房头的主事人，来到王家祠堂商量对策。

会上，大家一致推举王志刚为前敌先锋。

王志刚，刚刚十八岁，身材魁梧，家境贫寒，为人仗义，从爷爷辈开始，就是南麓乡闻名的猎户，靠打来的山货维持一家人的生活，在王家畈的后生中享有较高的声誉。更重要的是，他是王世忠未出五服的侄子，让他担任先锋，王世忠放心。

王氏家族的会议，开了整整一上午，最后决定挑选100名身强力壮的后生，组成护堰队。每名队员准备一根坚固杂木做成的打棍，做到棍不离手，随时听从王志刚的号令。具体部署是：

每天安排二十四人昼夜在堰坝上值班，每班八人，三班倒。

在水坝上放置一面大鼓和一面铜锣，如发现洪家港人来挖坝抢水，就鸣锣击鼓。参与护坝的青年后生，立即放下手中的一切活计，以最快的速度赶往堰坝，将洪家港人赶回去。

除这100根打棍之外，其余六十岁以下、十六岁以上的男丁，作为第二梯队，随时准备支援第一梯队。

各项械斗的准备工作，在王世忠的统一部署下，有条不紊地进行着。

作为一族之长的王世忠，一颗悬着的心还不能放下来。因为这是人命关天的大事，所以每天上午和下午都要到堰坝上巡视一番；晚上，就更不敢松懈，带着王志刚提上灯笼，去堰坝上检查，担心年轻人由于贪睡而耽误大事。

那天，是传统的中秋佳节。

洪镇江选择这一天的深夜，去王家畈破坝。理由是王家畈人都会在家过中秋节，这一天，或许是防守最松懈的时候，采取突然袭击的办法，能避免过大的人员伤亡。

这一天，洪家港杀猪宰羊，所有参与破坝的男丁，都到洪家祠堂喝壮行酒，酒足饭饱之后，族长洪镇江下达了出发的命令，洪开路带领的第一组二十人，手拿挖锄，为挖坝队；由洪二愣子带领的第二组，共八十人，也是每人一根打棍，作为支援梯队，掩护第一组的行动。

这天，地面上没有一丝丝风，被太阳烤红了的土地到深夜热气还没有散去，人们都感到燥热难耐。

洪家港的挖坝队，借着夜幕的掩护，晚十一点，悄悄地来到了堰坝的附近，利用禾苗的掩护，静静地卧在田埂上，等待洪开路的命令。

王家畈的八名护坝后生，是晚上八点钟接的班，由于今天是中秋节，有好几个在家里还喝了不少酒，加上天气闷热，蚊虫叮咬，到了晚上十一点，有人就开始昏昏欲睡。

几个人打着哈欠，伸着懒腰，向四处张望，夜幕下，朦朦胧胧，只有青蛙不知疲倦的叫声，彼此起伏，看不到一个人影，这几个人到了堰坝旁的一棵树下坐了下来，眼皮便开始打架，不一会儿，就睡着了。

一个后生先是在坝上来来回回走动着，没多久，便一屁股坐到那面大鼓上，也很快就发出了鼾声；另一个把锣放在地上，屁股坐在锣上，头低在胸前，也似乎是睡着了；还有几个围坐在一棵柳树下，一直在窃窃私语，不知在谈论什么。到晚上十二时整，远处的黄龙寺传来了一阵清脆的钟声，这是子夜的钟声。没过一会儿，这几个人也没了声音，都东倒西歪地进入了梦乡。

埋伏在田野里的洪开路对眼前的这一切，看得是清清楚楚，他轻轻发出信号，八个后生以迅雷不及掩耳之势，将柳树下的四个人控制住，用布堵住嘴，立即用绳子捆了起来。另外八个人分成四组，将其他三人也捆了个严严实实。只有一个坐在铜锣上的后生，还没有完全睡着，他听到了不祥的动静，睁开眼一看，自己的七个同伴都在挣扎着，他惊出一身冷汗，一看有两个黑影向自己扑来，他迅速跳起来，提着铜锣，拼着命逃跑。一个刚刚被捆住，嘴里还没堵上的后生拼着命大喊："快敲锣，快敲锣！"提着铜锣的后生如梦方醒，"哐、哐、哐"的锣声打破了静静夜空，很快就传回了村里，村里值班的后生，又急促地敲响了锣声，刚刚进入梦乡的王家畈人，都迅速从床上爬起来，拿着打棍，跟着王志刚向堰坝方向奔去。

刚刚控制住王家畈的值班人员，洪家港的二十张挖锄便一拥而上，堰坝很快挖开一个缺口，水流冲刷着沙石土坝，缺口越来越大，堰内的水像泄洪一样，向洪家港奔流而去。

堰坝离村庄不远，不一会儿，王志刚带领的护坝后生拿着打棍，就朝堰坝方向跑来，不曾想，却被埋伏在半路的洪家人打了个埋伏，一场混战就此拉开。

在混战中，有人头打破了，有人打折了腰，有人手负了伤，有人打断了腿，整个混战持续了近二十分钟。堰坝里的洪水将缺口冲刷得越来越大，挖坝已告成功，洪家人吹响了牛角号，这是成功撤退的信号。听到号声，洪家港人迅速脱离械斗现场，走不动的，有人抬着；负了伤的，有人扶着。二十多条打棍殿后，边打边退。王家畈人一直追赶到洪家地界，怕又中埋伏，便停止了追击。

械斗过后，双方一统计，王家畈死亡一人，伤二十五人；洪家港人死亡二人，伤二十人。

洪镇江没想到的是，儿子不知什么时候成了共产党，竟率领八百农军攻打县城，还做了七天共产党的县长，又带头分了自己的田产，气得他直骂养了只白眼狼。更没想到的是，自己本来也是这次暴动的受害者，可还为此受到牵连，有了这牢狱之灾，也不知这混蛋小子跑到哪里去了。

回忆归回忆，但当务之急还是要保住这项上人头。两人虽为同学，在读书时就不相往来，同学的情谊荡然无存。两人在牢房里一会儿躺下，一会儿站起来走几步，都焦躁不安，除了唉声叹气之外，都在想如何能化险为夷、遇难呈祥。除了送牢饭的伙夫外，没有人来给他俩打过招呼。直到第三天，县政府秘书余德水以私人朋友的身份来探监。王世忠对余秘书说："孽子犯下大罪，老弟，看来我是难逃一劫啊！"余秘书说："事情不见得是那样，也要想办法往好处想想，你们与马县长往日无仇，今日无冤，要是能让马县长发发慈悲之心，也许还有生还的希望。"

王世忠忙问："你能有什么办法？"余秘书说："这两个月来，马县长也是焦头烂额，就没有睡过一个好觉，到我县来剿匪的张师长，天天逼着马县长要钱要粮，你要是助马县长一臂之力，给他一些钱，我看事情会有转机。"

王世忠听后叹了一口气说："不瞒贤弟，我现在除了那些田产，哪有什么钱，本来是有些积蓄，都被我那孽子偷去为暴动农军买枪买炮了。"

余秘书望了望王世忠，眨了眨眼说："田也是钱呀，把田卖了，变现不就是钱嘛。"

田是王世忠祖上留下来的，是王世忠的命根子，事已至此，王世忠反复权衡利弊，两权相利取其重，还是先保住项上人头要紧，他叹了一口气，痛心地说："也不知道马县长要多少钱才能保住我这条命？"

余秘书未假思索地回答："一万个大洋可保你无忧。"由于余秘书答应得太快，王世忠似乎明白了些什么，但又有什么办法呢？人为刀俎，我为鱼肉，也只能任人宰割，便接过余秘书的话说："你得请马县长让我出去，我才能去卖田凑钱呀！"

余秘书又说："让你出去，马县长断然不会同意，你要信得过我呀，修一封书信给你的家人，我愿意为老哥你去跑一次。""好。"王世忠无奈地答应。

洪镇江对王世忠与余秘书之间的谈话，听得一清二楚，用钱可以避难呈祥，还没等余秘书开口，就主动地说："余老弟，看在你我多年的情谊上，你得救我一命，我愿意拿出一万现银，你看如何？"

余秘书转过身来对洪镇江说："洪兄的事，就是我的事，我愿意为老哥效劳。"

余秘书与王世忠、洪镇江谈妥后，便拿来纸、笔、墨、砚，两人各修书一封，交到了余秘书手里。余秘书从县监狱回到县府，将情况详细报告了马县长，马县长得意一笑，示意余秘书抓紧时间办理，余秘书牵来一匹快马，一跃骑了上去，分别到了王、洪两家。

王、洪两家的家人早就从本乡乡长那里听到了县政府要处决王世忠和洪镇江的噩耗，两家人都是六神无主，当即哭成一团。到第四天，当余秘书将信分别送到两家时，洪家将全部的现钱拿出来，还差几百块，洪太太只好将自己的金银首饰拿出来，到县城的当铺里当了，才满了一万元的整数。洪夫人还将出嫁时娘家陪嫁的一对玉镯从手上摘下来，送给了余秘书，以感谢余秘书从中帮忙。

王世忠屋里人接到王世忠的信后，悬着的一颗心虽然暂时放了下来，但为了一万块现大洋费尽一番周折。王家和洪家，本来财力相当，王世忠没有说假话，家里的钱真的是被儿子王贤才拿去买枪买炮了，所以，就没有多少现银。王世忠屋里人只能按老爷信里说的，卖掉土地，凑钱救人。按照当时的土地行情，一亩水田可卖300个大洋，可南麓乡除了洪家之外，有哪一家能拿出七八千大洋来买土地呢？王家将要卖田的信息都放出去两天了，还没有人来接招。对王家来说，时间、金钱就是生命，王夫人一咬牙，将每亩的价格下降一百块，这才有人上门，除刘满贯一人买了二十亩外，都是你二亩，他五亩，一共卖了五十亩上好的土地，凑齐了那一万个现大洋。王夫人为了感谢余秘书，又拿出100块大洋给余秘书，以表示感谢。

马县长召集的各乡乡长会议结束后，乡长们又召开了保、甲长会议，除少数富户强制上交一定数额外，基本上都是按人头分摊。还有些乡在县政府下达的数字上，层层加码，乡长们浑水摸鱼，牟取私利，对不及时缴纳"剿匪"费用的，牵猪牵牛，捆绑吊打，一时间全县闹得鸡飞狗跳，哀声遍野，人怒天怨。马县长终于按张师长的要求，凑齐了这笔"剿匪"费用。

望着一堆堆白花花的银子，马县长终于松了一口气。

马县长兑现了承诺，当洪、王两家各交齐一万元大洋后，洪镇江和王世忠被及时放了出来。马县长礼贤下士，亲自到县监狱接洪镇江和王世忠，说自己是如何如何为洪、王两家说情跑肿了腿，磨破了嘴，还在县城的醉仙楼摆了一桌酒席，为洪镇江和王世忠压压惊。马县长赔礼说："作为一县之长，不能保护两位的人身安全，实属无奈，还望两位乡贤见谅。"

本来洪镇江与王世忠由于家族矛盾，老死不相往来，但现在，成了难兄难弟，两人似乎看开了世事，大彻大悟，终于坐到一张酒桌上了。

马县长有亲民的做派，非常客气和蔼，在洪镇江和王世忠面前，很谦卑，看不出有一点架子，笑容可掬，说将来还要靠本县贤达多支持、多帮助，也没少说如何到剿总司令部为两位求情，才使得两位逢凶化吉。

王世忠和洪镇江都是明白人，虽然有点被人卖了还帮别人数钱的感觉，但自己的儿子毕竟是真共产党，这个"匪属"罪名并不冤枉，从内心底是感激马县长的，两人都站起来给马县长敬酒，感谢马县长的大恩大德。

洪镇江和王世忠各自返乡后，都像得了一场大病，很长时间都打不起精神，但日子还得照常过下去，似乎一切都恢复了原样。

张师长第一次进山"围剿"红军赤卫队没有旗开得胜，虽不能说损兵折将，但也丢下了三十多号士兵的性命。收到马县长第二次送来的军饷后，感到不"剿灭"南山的赤卫军，既不好向蒋总司令交差，也无颜面对枭阳的富豪贤达。他调整了战略部署，采取出其不意，攻其不备的战略战术，不再搞大张旗鼓的出征仪式，而是在一个月黑风高夜，悄悄地率领大军向山里扑去。而且每一路人马都配备了熟悉山里地形的警察作为向导。他想出奇制胜，用突然袭击的战术，一举歼灭林涛的游击总队。

林涛留在县城的侦察员，日夜监视着敌师部的一举一动。当天晚上，看到张师长集合队伍，率大队人马悄悄地向山里运动时，便骑上快马，及时将敌人进山的消息送到了赤卫队驻地。

林涛、英姑和胡谋响连夜组织队伍转移，张师长又扑了个空。张师长不甘心空手而归，便派出两个连，分东、西两个方向进山侦察，并配备县保安队队员做向导，寻找战机。向东的那个连的向导，并不是本地人，只是进山打过几次猎，由于立功心切，报名参加当了向导。由于这个向导并不真正熟悉山里的地形，把敌军的一个侦察连带进了崇山峻岭的"阎王岭"。英姑的赤卫队在南山驻扎了好几年，人人都熟悉"阎王岭"的地形，英姑发现有一股敌军进入了阎王岭，大喜过望，觉得战机来了，她对林涛说："这些白狗子，天堂有路他不走，地狱无门他闯进来，这次叫他有来无回。"

林涛和英姑带领两个大队尾随包抄过去。

敌连长在"阎王岭"左冲右撞，也没发现赤卫队的影子，便想从原路返回，可是转了大半天，又回到了原地。正当敌人疲惫不安，一筹莫展时，英姑和林涛的两个大队，向敌军发起突然袭击，敌军死伤一片。毕竟是正规军队，敌连长很快组织反击，但眨眼之间，赤卫队又不见了踪影，当敌人还摸不着头脑时，赤卫队又突然出现，打了敌军一个措手不及。英姑一看，敌军损伤过半，便下决心要全歼这股敌军，也顾不得掩蔽，与敌军面对面就搅在一起。这时，一颗手榴弹在英姑身边爆炸，英姑手臂受伤，但英姑已打红了眼，继续指挥战士们英勇杀敌。由于赤卫队武器落后，火力远比敌军差，一时成胶着状态。

胡谋响听到阎王岭方向传来激烈的枪声，知道是林涛和英姑与敌接上了火，便立即带领两个大队前来增援，两个大队一齐向敌开火，剩下的几十号敌兵又被歼灭过半。敌军已逐渐失去抵抗能力，在振聋发聩的"缴枪不杀"的口号中，没死的敌人早就吓得魂飞魄散，举手投降。

这场战斗，赤卫队牺牲8人，31人负伤，敌军从连长以下死亡54人，伤12人，俘敌30人，缴获步枪70支、机枪9挺、驳壳枪7支和一批弹药，这是南山赤卫军在反"围剿"中取得的第一个重大胜利，极大地鼓舞了红军赤卫队的士气。

张师长接到侦察连在"阎王岭"被赤卫队全歼的消息后，气得暴跳如雷。但他毫无办法，他这把杀牛的刀，连鸡都宰不着，只得偃旗息鼓，收兵回营。

敌军撤退后，林涛将队伍收拢，回到原来的驻地，进行休整。在休整期间，举行了隆重的祝捷大会，山区的老百姓也纷纷赶来参加祝捷庆功大会。

大会在赤卫队总部的大操场上举行。战士们用毛竹临时搭了个主席台，主席台上摆着缴获的机枪和步枪，林涛作了反"围剿"的报告，胡谋响宣读了立功受奖人员名单，英姑手上打着绷带，也就下一步的反"围剿"工作进行了部署。

英姑经过十多天的疗伤，伤口已愈合。在英姑受伤期间，林涛上山采草药，对英姑细心照料，这一切，胡谋响都看在眼里。胡谋响觉得已经水到渠成，便主动牵线做媒，他对林涛说："林涛同志，你和英姑经过这么长时间的战斗生活，已经建立了深厚的友谊，大家都看在眼里，是瓜熟蒂落的时候了，我看借这次胜利的喜气，你俩把婚事办了。"

林涛是深爱着英姑的，共同战斗的友谊早就把两颗年轻的心连在了一起，只是艰苦卓绝的环境不能让他们在花前月下享受爱情生活。林涛回答说："老胡，我和英姑虽然在工作上相互配合，生活上互相关心，但我俩还真没谈过恋爱呢，我也不知道英姑是怎么想的。"胡谋响是个趁热打铁的人，他把英姑找来，把事情挑明了，英姑有些不好意思，脸也早就红了，小声地说："只要他不嫌弃，我没什么意见！"胡谋响一听，高兴地一拍巴掌，说："这个事，就这么定了，选时不如撞时，今天就是个吉日，你俩都等着拜堂成亲吧！"

胡谋响带着一帮战士们亲自布置新房，又找来大红纸，请了当地一个老先生写下了一副喜联，上联是"战友情深成夫妻"，下联是"志同道合结连理"，横批是"革命到底"。

驻地的李大娘听说总队长和英姑结婚，特地把为自己女儿出嫁准备的一对绣花枕和一床大红被面送来给英姑当嫁妆，胡谋响又让炊事班红烧了一锅野猪肉，杀了两只鸡，加上南瓜、茄子、辣椒，也算是满满一桌子菜，叫上总队部的几个人，又请了八个大队的大队长，把几张桌子拼在一起，团团圆圆，喝了林涛和英姑的喜酒。大家纷纷祝这一对新人白头到老，早生贵子，在革命的道路上，比翼齐飞。

（四）

王修杰从中央领导同志那里回到饭店后，不断思考着怎样开展下一步的工作；又想，组织派来协助自己工作的女同志，工作能力怎么样，对敌斗争的经验是否丰富，为人是否好相处？组织上安排她与自己假扮夫妻，是否能做到天衣无缝？胡思乱想大半夜，才进入梦乡。

第二天，是个风和日丽的天气，王修杰睡到太阳晒屁股还没醒，还是服务生喊他起床吃饭时，才起床洗漱。到餐厅吃完早餐后，又回到了客房，开始整理随身携带的行李，静静地等待着组织上派来的女同志。

早上九点，一位打扮得珠光宝气，手里挽着一个时髦的红色小包的少妇敲开了王修杰的房间。王修杰在开门的一刻，两人都惊呆了，同时喊出："是你？"原来来人正是两天前王修杰仗义出手，狠揍美国大兵救出的那个女学生。女学生既惊奇又激动，她进房后，随手把门关上，伸出手来说："大英雄，我叫洪霞，刚从圣芳济女子学院毕业，受上海地下党的委派，前来报到，协助你的工作。"

王修杰也非常高兴，还有些激动，连忙说："欢迎，欢迎！"王修杰让洪霞坐下，问道："两天前你还是个学生娃，今天怎么一下就变成一个漂亮的少妇了？"

洪霞回答："这都是工作的需要，身上的这套衣服，还是昨天赶制的，组织上要我剪掉长头发，我还舍不得呢，你看我现在烫的大波浪，像不像一个新媳妇呀？"

王修杰仔细地打量着洪霞说："你呀，与两天前比起来，简直就是判若两人，像，真像个新媳妇。"

王修杰这才想起给洪霞泡一杯热茶，放到洪霞前面的茶几上。

洪霞打开红色的手提小包，掏出两张船票说："修杰同志，这是组织上买的两张去江州城的船票，开船的时间，是今天下午六点。"接着，两人又互相介绍了些各自的情况。虽然洪霞说的是北方的官话，但语音中明显地带有枭阳口音，王修杰便问："你老家是哪里人呀？"洪霞回答说："我是枭阳县南麓乡洪家港人。"王修杰脱口而出："你是洪镇江的女儿？！"洪霞吃惊地问："你怎么知道我的父亲？"王修杰用枭阳话说："我是王家畈人。"洪霞一听，简直不相信自己的耳朵，马上说："你就是和我哥组织八百农军攻打枭阳县城的特派员王贤才？"王修杰回答："是呀，难道不像吗？"

洪霞仔细打量着王修杰，说："修杰同志，我们洪、王两家，世代冤仇，老死不相往来，你与我哥联手造反，我又要与你假扮夫妻，这消息要是传入老家，不知会引起怎样的轩然大波。"

"是呀，这世代冤仇，总有化解的一天，是共同的信仰，让我与你哥化干戈为玉帛。"王修杰回答。

同为枭阳人，进一步拉近了两人的距离，两个年轻人一见如故，天南海北，谈了很久。洪霞建议说："离下午开船的时间还早，我陪你去看看黄浦江和十里洋场吧！"王修杰一副绅士模样，洪霞少妇打扮，俩人手挽手，走出了东亚酒店，招手叫来一辆黄包车，俨然一对新婚夫妇，晃动在黄浦江宽阔的马路上和十里洋场中。

王修杰和洪霞第三天早上的八点就到了江州码头，为了掩护，在江州茶市购买了五十斤南山云雾茶，打扮成茶叶商人，又购买了去饶州城的船票，他们乘船从长江进入鄱阳湖。这是一条风帆船，行进的速度非常缓慢，直到第二天快中午饭的时候，才在饶州的一个码头靠了岸，又走了很长的一段路，才到达饶州城。饶州城很大，市面比较繁荣，在县城的商业中心路段，有一家商铺正好出租，王修杰与洪霞一商量，就把这间铺面租了下来，又去定做了一块"王记茶叶铺"的匾额，放了一挂炮仗，就正式开业了。他们以茶叶铺为掩护，很快就与地下党建立了联系。一切安顿好了之后，就立即开展工作，建立了农民协会、产业工人协会，减租减息，工作进展得非常顺利，革命事业红红火火，不到两年的时间，就积蓄了强大的革命力量，建立了赣北工农红军第一团，狠狠打击了饶州的反动势力，有力地配合了方志敏在赣东北的根据地的创建工作。

自从王修杰离开枭阳农军，去上海汇报工作之后，林涛就一直盼望着王贤才能尽快回南山赤卫总队工作，后上级组织传话来说，王贤才已派往外地担任特委书记，会另派一位领导同志来南山。林涛、英姑、胡谋响天天想，夜夜盼，就是不见上级来人的踪影。直到两年后，地下交通员送来消息，组织上已派一名叫崔辉柱的同志来南山赤卫总队担任特派员。

1929年的中秋节一过，崔辉柱在地下交通员的护送之下，到达南山游击区，与林涛等人会合，林涛激动极了，双手握着崔辉柱的手说："特派员同志，从1927年王贤才同志离开后，我们就像没娘的孩子，在这大山里坚持了两年多，你来了，真是太好了。"崔辉柱说："组织上没有忘记你们，其实这中间是派人来过，但是在来的路上，被敌人发现，牺牲了。"英姑说："我还以为上级把我们忘记了呢。"林涛把崔特派员请进总队的会议室，崔辉柱简单地向大家介绍了一下自己的情况，说："我刚从苏联伏龙芝军事学院毕业，组织上安排我来南山，主要是加强南山的领导力量，我初来乍到，不熟悉情况，还希望大家对我的工作多多支持。"

林涛代表赤卫总队向特派员汇报了两年来开展游击战争和反"围剿"的情况，英姑和胡谋响进行了补充。

为了尽快让特派员开展工作，林涛召开了全总队分队长以上干部会议，在会上专门向大家介绍了特派员的情况，要求大家要听从特派员的领导和指挥。大家一听特派员从苏联回来，是喝过洋墨水的，都对他很尊重。

在干部会上，崔辉柱也发表了讲话，别看他戴着一副眼镜，显得有些斯斯文文，但他有很好的口才，讲起话来，常引经据典，旁征博引。他讲了俄国革命，口齿伶俐，富有鼓动性，让大家大开眼界，耳目一新。接着，崔辉柱话锋一转，说："我来南山有几天时间了，也摸了摸一些情况，作为上级派来的特派员，有些话不能不讲。同志们，你们在敌军的重重围困之中，开展了艰苦的反"围剿"工作，成绩是有目共睹的。但是，也存在许多问题，主要是党的建设发展滞后，没有建立健全党的组织，流寇思想、山大王的意识还比较浓厚。所以，两年来队伍没有发展，根据地也没有壮大，我这次来，就是要按照中央的要求，积极发展组织，发展党员，为把我们这支队伍建成百分之百的布尔什维克而努力奋斗。同志们，目前全总队只有林涛和谋响同志两位党员，这根本不能保证党对这支队伍的领导，所以，我建议，立即建立南山赤卫总队党委，由我任党委书记，林涛同志任军事部长，胡谋响同志任组织部长，并立即开展工作，要积极吸收各大队、分队的主要骨干加入党组织，按照井冈山的经验，每个分队都要建立党支部，每个大队都要设立党委，请林涛和谋响同志，尽快拿出一份名单，由我们分别谈话，只要他们同意加入党组织，就应该批准他们为中国共产党党员。"

　　林涛和胡谋响非常同意特派员的意见，并很快拿出了一份建议名单，主要人员是英姑，各大队的正副大队长，几位作战勇敢的分队长，一共十八人。

　　林涛将列入发展的十八名对象的名单报给特派员崔辉柱。特派员工作十分认真和细致，逐一找这十八位同志谈话考察，向他们宣传党的性质和纲领，除张金彪副大队长外，其余十七名同志都明确表示，愿意加入中国共产党，为党的事业不怕牺牲，奋斗终身。崔辉柱很满意，最后由他和林涛、胡谋响分别担任这十七位同志的入党介绍人。

　　在一个月明星稀的晚上，赤卫队总部会议室里，正上方的墙上，挂着一面有斧头镰刀图案的红旗，由特派员崔辉柱领誓，十七名新党员和林涛、胡谋响一起，手举拳头，向党旗宣誓，崔辉柱念一句，大家跟着念一句："严守秘密，服从组织，牺牲个人，阶级斗争，努力革命，永不叛党。"宣誓仪式结束以后，崔辉柱与每一个新党员逐一握手，说："祝贺大家光荣地加入中国共产党，请大家记住，党就是旗帜，党就是革命，只要有党在，革命就会成功！"

　　崔辉柱是个工作狂，也是一个比较纯粹的人，真不愧是从苏联回来的高才生，理论功底扎实，演讲口才一流。他深入乡村，宣讲革命理论，发动群众，很多老乡被他的革命激情和理想主义感染，不少穷人的子弟在他的鼓动下，参加了赤卫队；他深入各大队和分队，宣传革命理论，鼓舞士气，他提出要在南山山区实现"百分之百布尔什维克"的口号，赤卫队中每个班都有了一名党员，分队长以上干部，除了张金彪以外，全部加入了党组织。

　　本来张金彪作为副大队长，也是吸收入党的对象，但崔辉柱在考察中，有队员反映，张金彪在林涛和英姑结婚以后，经常发牢骚，常常私自外出，有一次在刘家庄打土豪时，对刘财主的儿媳妇动手动脚，摸了那个媳妇的奶子。崔辉柱在了解到这些情况后，认为张金彪虽然作战勇敢，打仗是一把好手，但思想上与党的要求相差甚远，不适宜加入组织，便忍痛割爱，将张金彪从发展党员名单中删除。

　　在崔辉柱的强力推动下，组织工作发展顺利，赤卫队的党员总数突破三十人，实现总队有党委，各大队有支部的愿景，整个赤卫队面貌一新，士气高涨，而且队伍不断壮大，赤卫队的总人数又恢复到了八百人，崔辉柱的个人威信也在南山赤卫队中树立起来了。

根据形势的发展和赣北特委的指示，南山赤卫总队进行了改编，组建中国工农红军赣北红军纵队，崔辉柱任党代表，林涛为司令员，英姑和胡谋响任副司令员；原各大队改为支队，支队下面设小队，并按正规化的要求，在全纵队开展了正规化的攻防演练。南山山区军旗猎猎，歌声嘹亮，喊杀声声，南山游击根据地达到了鼎盛时期。

崔辉柱认为，赣北的革命高潮即将到来，他想推动赣北与赣东北、赣南形成三足鼎立的新局面。

正当崔辉柱想大展身手的时候，枭阳县的地下党派交通员送来情报说，张飞虎的部队被调往闽西苏区"进剿"红军去了，接防的是从省里派来的一个保安团。

得到这个情报后，崔辉柱大喜过望，"真是天助我也"。他当机立断，决定攻打枭阳县城。

纵队党委扩大会议在纵队总部召开，崔辉柱宣布了攻打枭阳县城的作战计划。这个作战方案一公布，就遭到了林涛、英姑、胡谋响等人的反对。林涛说："虽然张师长的队伍撤走了，但省里新调来的保安团也是一支武器精良的正规部队，战斗力不可轻视，再加上枭阳县的一个保安团在上次被我们缴械后，进行了整编扩充，战斗力明显增强，而且县城的防御工事也进行了加固，警惕性很高，因此说，目前还是敌强我弱。在目前情况下，不宜强攻县城。"英姑和胡谋响及部分大队干部也发表了同样的意见。崔辉柱一看，自己的意见被否决，情绪随之也激动起来，他引经据典，对林涛等人的意见逐一进行反驳，最后说："同志们，你们这是严重的右倾思想，一叶障目，看不到光明灿烂的前途。两年前，你们18支步枪，不到800人，就打垮了一个县保安队和警察局，缴枪100多支，这是多么值得骄傲的事情啊。虽说今天县城多了个省里来的保安团，但我们今天的队伍，已今非昔比，特别是武器装备，不可同日而语，我们现有长短枪 500 多支，有机枪 10 挺，而且还有 2000 多枚手榴弹。同志们，我们要看清楚敌人的本质，由于它的反动性，本质上是虚弱的；而我们共产党人领导的队伍，有着钢铁般的意志，有着坚定的信仰，有着必胜的信心，有着不怕牺牲的勇气，所以，我们就一定能够把红旗插到枭阳城头上去。"

林涛听完崔辉柱的话，反而更加的冷静，这种脱离实际、求胜心切的思想，是十分危险的，为了对全纵队的生命安全负责，他站起来，据理力争，说："特派员同志，我不认为我们存在右倾思想，我倒觉得，你有严重的盲动主义倾向。敌两个保安团，加起来近 2000 人，而且武器弹药充足，又是以逸待劳，我们没有攻城的任何重武器，面对高大的城墙，根本不能采用偷袭的办法，所以，取胜的希望非常渺小，我作为纵队司令员，坚决不同意攻打枭阳县城。"

崔辉柱已经按捺不住他激愤的情绪，也顾不得平日里那斯文的形象，猛地一拍桌子，站起来说："林涛同志，你这是典型的畏敌，严重的右倾，看不到自己的力量，看不到革命的前途，这种畏敌如虎的思想是十分有害的，怪不得王贤才同志走后，你们毫无建树，浪费革命的力量，从根本上来说，你是在长敌人的志气，灭自己的威风，是在帮敌人的忙。同志们，革命就会有牺牲，有风险，怕牺牲，怕担风险，那你还干什么革命？革命什么时候才能成功？林涛同志，你再不改变立场和观点，我将行使特派员的权力。"

林涛被崔辉柱的话激怒了，毫不相让，大声地反驳说："崔辉柱同志，我希望你尽快结束那些不切合实际的想法，不要拿同志们的生命去开玩笑，我作为纵队司令员，坚决不同意这种蛮干行为。"

面对林涛的毫不退让，崔辉柱气得是脸红脖子粗，说话都有些语无伦次了，指着林涛说："你这是污蔑，谁把同志们的生命当儿戏了？我警告你，革命的跟我来，不革命的，一边去！"

两位主要领导吵得不可开交，会议室里的空气就像凝固了一样，虽然大家从内心底支持司令员的意见，可又不好驳特派员的面子，一时都不作声，会议室里出现了短暂的寂静。

这时，崔辉柱缓了缓口气说："我为林涛同志的右倾错误感到十分的痛心，我不得不以特派员的身份，采取组织措施，暂停林涛同志纵队司令员的职务，由胡谋响同志代理司令员职务，攻打枭阳县城的计划不变，请同志们认真准备。今天是阴历二十，三十日晚最适合我们攻城，攻城的时间，就定在阴历三十日晚十一点，天亮前，必须将红旗插上枭阳城头。"

胡谋响极不情愿地接受了这一代理职务，他心里是尊重林涛的，他自己明白，无论是魄力和军事指挥能力，他都比不上林涛，但自己作为一名党员，服从组织，是一个党员起码的准则，在特派员强硬的态度面前，他无奈地选择了服从命令听指挥。但他还是在会上表态说："特派员同志，我只同意暂时代理一下，等这次任务之后，这个代理职务，还是要还给林司令员。"

胡谋响很清楚，这是一场毫无胜算的战斗。受命后，胡谋响私下找林涛请教，积极认真地做好战前准备工作。他派出侦察员到枭阳县城进行侦察，得到的情报是，省里来接防的保安团是四个营的编制，一、二、三营防守北门、东门、西门，一个营为机动营；县保安团为三个营，其中两个营防守南门，一个营为机动营。机动营的任务，就是哪里吃紧，就支援哪里。

自从枭阳城被破，暴动农军撤走后，马县长用了两年的时间，对破损的城墙进行了全面的维修加固，并按现代城防作战的要求，进行了改造，增设了防护掩体和步枪、机枪的射击孔。

胡谋响根据侦察得到的情况，否决了原计划的偷袭方案，在征得崔辉柱的同意后，重新做出了强攻部署。成立了四个爆破突击队，用土炸药制作了五十多个炸药包，从东西两处作为突破口，南北为佯攻，吸引敌人火力，掩护东西突破，给敌人造成四面突击的假象。另外成立了两个云梯突击队，四人一组，用云梯强行登上城墙，形成两支突击队伍，同时开展，在敌人首尾不能相顾之际，一举突进城里。

经过十多天的准备，参与攻打枭阳城的六个大队，在十月三十日晚，趁着夜色，全部隐蔽到距县城一公里的神灵湖。

按照预定时间，十一点各路人马必须同时开展攻击。在部队突击之前，崔辉柱作了临战动员，他说："同志们，具有历史意义的一刻即将到来，今晚的枪声，将震撼旧世界，给反动的枭阳县政府敲响丧钟。我们全体红军战士，将以自己的热血和忠诚，为共产主义的伟大事业写下光辉灿烂的新篇章；我们南山红军的英雄壮举，将载入共产主义的伟大史册。同志们，大家有没有胜利的信心？"

"有！""红军必胜！"洪亮的回答，像雷霆万钧，惊得林中的鸟儿四散飞逃。

崔辉柱看看怀表，对胡谋响说："可以出发！"接着，胡谋响下达命令："各大队都有，按照预定作战方案，隐蔽前进，十一点整，各大队准时发起攻击。"

在枭阳县城地下党组织的向导接应下，各大队迅速到达指定位置。

此时枭阳城，早已结束了一天的喧嚣，城里的百姓和守城的敌军，都已进入了梦乡，整个县城寂静一片，只有四个城门有微弱的灯光，像鬼火一样，发出幽暗的亮光。

子时一到，英姑突击的北门，就响起激烈的枪声，一时间，东门、西门、南门也传来了一阵紧一阵的枪声，从声势上来看，南北方向更为激烈。

清脆的枪声，将敌军从睡梦中惊醒。敌军慌忙起床，在城墙上向城下开枪射击。

敌团长登上城墙，听到四面都是枪声，而南北方向最为激烈，这个有着作战经验的老油子马上做出判断，说南北为佯攻，"共匪"的目标是东、西城门，便将机动兵力急忙调往东西方向。县保安团的机动营开始在城墙上巡逻。

当以为把敌人注意力吸引到东、西城门之后，崔辉柱带领的爆破突击队已在城墙下堆放好了炸药，希望偷袭爆破成功。由于城墙已换成了花岗岩，土制炸药威力不大，城墙虽然被炸塌了，但没有形成缺口。敌军机动兵力迅速赶过来，居高临下，密集的子弹像雨点一样，向爆破突击队扫了过来，爆破突击队损伤过半。

云梯突击队与爆破突击队几乎是同时展开，但很快被敌军的机动巡逻部队发现，云梯还未架上城墙，就被一阵乱枪阻止在城墙前的护城河边，有几个突击小组虽然到达了城墙脚下，也纷纷中弹倒下。虽然红军战士抬着云梯，不怕牺牲，一次又一次发起冲击，前仆后继，但在敌人密集的炮火前，难以奏效，而且牺牲越来越大。

正在现场指挥的崔辉柱对眼前的这一切，看得清清楚楚，眼睛也红了，他望着炸塌了的那段城墙，振臂一呼："同志们，跟我上！"红军战士看到特派员冲在前面，一时又士气大振，跟着崔辉柱向塌口处猛冲。这时，敌军一个机动营已经赶到了这个塌口处，在城墙上形成了强大的火力网，在密集的枪声中，特派员崔辉柱倒在血泊之中，几位红军战士迅速将崔辉柱架起来往回跑，满脸鲜血的崔辉柱还不肯走，吃力地说："同志们，不要后退，只要继续前进，胜利一定是属于我们的。"话一完，头一歪，牺牲在城墙下。

胡谋响带领的突击队，遭遇到了同样的情况，无法突进城里，而且伤亡越来越多，正当他一筹莫展之时，一位通信员跑来向他报告，特派员已牺牲。队伍伤亡过大，根本无法突破城墙，胡谋响根据当前战况，果断做出决定，立即撤出战斗，随即信号兵向天空打出两发蓝色信号弹，通知英姑和所有佯攻的部队撤出战斗，各大队接到撤退命令后，迅速收拢队伍，抬着伤兵，退入南山游击区。回到营地，各大队清点人数，伤亡惨重，牺牲特派员以下红军战士78人，伤111人，这是自枭阳暴动以来，最为惨重的一次损失。

崔辉柱和胡谋响率大队人马出发后，林涛就有不祥之感，悬着的一颗心始终放不下来，他和留守的红军战士，煎熬地等待着战友们能凯旋。整个留守人员中，没有一人上床睡觉，到凌晨五点，嘈杂的声音从远处传来，林涛和战士们赶去迎接，走近一看，未见队伍成形，混乱中，有抬着担架的，有背上驮着伤员的，有被搀扶着的，急速向营地走过来，有的战士已经看到林司令了，便"哇"的一声哭了起来，还未等林涛开口，就说："败了，败了！"林涛忙问：

"特派员呢？英姑和胡司令员呢？"战士们哭丧着说："特派员牺牲了，英姑和胡司令没事，在队伍的后面呢！"

失败的阴霾笼罩在南山的天空，大家在失败中痛定思痛，特别是纵队的领导和各大队的大队长，真切地感受到革命不是喊口号，也不是有激情和勇敢就会成功。虽然对大多数人来说，什么是左，什么是右，还搞不清楚，但大家都明白了一点，被特派员批评太右的林司令，肯定是正确的。而那个标榜自己为左派的特派员，虽然也很勇敢，但他的牺牲，没有人同情他，惋惜他，甚至还有些憎恨他，以致林涛安排战士们去埋葬特派员时，竟没有人愿意动手。林涛望着战士们，悲痛地说："崔辉柱同志是我们的战友、同志，他为我们赤卫队党的建设和队伍的发展，做出了重要的贡献，他不是怂货，是一个悲情英雄；同时，他不顾实际，不顾敌强我弱，蛮干，给我们的战友带来了重大牺牲，造成了严重后果，这是血的教训，也是不能原谅的。但崔辉柱同志没有私心，作战勇敢，不怕牺牲，同样也是我们的好战友、好兄弟，难道同志们就忍心看到自己的战友曝尸荒野吗？"在林涛的劝说下，红军战士将崔辉柱与其他牺牲的战友埋在一处山岭下，立了一块石碑，林涛亲书："南山红军烈士之墓"。

由于攻打枭阳城失败，林涛的威信反而更高。各大队的大队长和红军战士纷纷要求林司令出来主持大局。

胡谋响虽然担任着代司令员职务，但他仍然把林涛当作司令，他对林涛说："我的代司令职务已经结束，请你把司令员的担子担起来。"

林涛知道这个从枭阳暴动起就跟随自己出生入死的战友，说的是心里话，便说："这个代司令你还得继续当，我可以当你的助手。特派员做出的决定，是代表组织的，不能因为他不在了，我们就推翻他生前做出的决定。"胡谋响说："司令员，那我立即将这次攻城失败的情况和领导变动的情况，向特委报告，听从组织的决定。"林涛说："这样可以。"

以赣北红军纵队名义发出的请示报告，在交通员的转送下，很快到达了特委领导的手中，特委领导大吃一惊，对崔辉柱的盲动表示愤慨和惋惜，立即给纵队党委发来指示信，严肃批评了崔辉柱的盲动冒险行为，指示信的结尾是："立即恢复林涛同志司令员职务，英姑、胡谋响为副。另：即派王修杰同志到南山任纵队党代表。"

省保安团协防枭阳城，取得重大胜利，马县长立即将捷报呈送省政府。省政府发来嘉奖令，对省保安团和枭阳县保安团予以通电嘉奖，每个军官奖大洋二十元，士兵奖大洋五元，并省政府秘书长来枭阳县，举行隆重的表彰大会。民国《江南日报》也发布了《枭阳大捷》的消息和《红军首领崔辉柱被击毙》的新闻报道。一时间，各级官吏、土豪劣绅们弹冠相庆。省政府借这次胜利的余威，要一举荡平南山红军，又从省里调来一个保安团，一时间，"围剿"南山红军的兵力达到三千多人。

敌人这次采取的是堡垒战术，稳扎稳打，逐渐缩小包围圈，红军的活动范围，已压缩到方圆不到一百公里的区域，形势越来越严峻。组织上决定派王修杰回南山担任党代表，并由内线通知了在南山的林涛。

刚刚从饶州赶往南山山区的党代表王修杰，准备召开紧急军事会议，部署反"围剿"工作。随同王修杰一起来，化名琼花的洪霞带来了一部电台，可以与中央苏区和赣北特委保持密切联系。

当林涛一双大手与王修杰又握到一起的时候，感到十分惊讶，说："老伙计，我们天天盼的修杰同志，原来就是你呀！"王修杰说："我也没想到大名鼎鼎的林司令竟是你洪家大少爷。"这时，洪霞喊了一声"大哥"，林涛更是诧异，他知道这个妹子与家里失去联系都两年多了，这会儿他明白了，妹子也参加了革命。兄妹相见，格外的激动和亲切，兄妹拥抱过后，还来不及说起老家的情况，紧急会议就开始了。

林司令员和英姑、胡谋响分别汇报了南山当前的反"围剿"形势，最后一致认为，在当前敌军压境的情况下，只有分散突围，跳到外线作战，相机建立新的根据地，才是上策。当洪霞把纵队党委的决定报中央苏区，中央的答复是：中央苏区正在加紧建设红色政权，你部就地坚持斗争，寻找战机，拖住敌人，以减轻中央苏区的压力，做到头可断，血可流，红色土地不可丢。

接到中央的复电，王修杰和林涛一筹莫展，只得再次召开军事会议，重新部署反"围剿"工作。

为了保持部队的机动灵活，纵队党委决定：将伤员分散到信得过的群众家里养伤，有作战能力的轻伤员可随队行动，采取灵活机动的游击战术，打得赢就打，打不赢就跑。但是，由于作战区域越来越小，武器弹药又得不到补充，虽然广大红军战士不怕牺牲，英勇顽强，但队伍减员越来越严重，一直没有摆脱被动的局面，700多人的队伍，到八月底，只剩下不到600人。

1930年春，南山红军已到了生死存亡的关键时刻，终于接到了中央命令："着你部放弃南山根据地，寻机突围，到湖北阳新集中，与鄂、豫、皖根据地的红军汇合；同时，留下一支小部队，继续坚持游击战争。"

接到命令的当天，就将中央的命令传达到了每一个红军战士。当大家听说要离开战斗了两年多的根据地，要远离自己的家乡时，许多人都难以割舍对根据地的感情，流下了眷恋家乡的眼泪。

按照立即转移突围的命令，王修杰和林涛立即收拢部队，集中到桃花源区域，派一个大队在隘口断后，这也是南山根据地最后一道防线。

根据地的乡亲们听说红军要离开南山，在地方党组织的号召下，开展了积极的支前活动，他们为红军战士赶制棉衣、棉鞋，一拨一拨的老百姓来到桃花源红军驻地，将鸡蛋、干粮送到红军战士手中。

纵队党委召开了最后一次党委会议，按照中央的要求，挑选了三十名游击队员，留下来坚持武装斗争。在确定留守领导人时，胡谋响主动提出来留下，因为在前些日子的作战中，他大腿受伤，行走不便，不适宜长途行军。林涛、王修杰、英姑根据实际情况，同意了胡谋响的请求。要求留下来的还有张金彪，英姑与林涛结婚后，他心里一直很郁闷，看到林涛和英姑就觉得别扭，所以不愿意再跟林涛和英姑在一起，愿意跟胡谋响留下来打游击，其他人员都是经自己报名，组织审查，最后才确定下来。

王修杰代表纵队党委宣布，由胡谋响任队长，张金彪任副队长，延用老的名称，即中国工农红军南山游击队。宣布命令后，林涛从各大队挑选了三十支汉阳造步枪、三十支驳壳枪和一批子弹、手榴弹，留给胡谋响，在红军大队人马转移前，先行转移进山；王修杰、林涛、洪霞和已挺着一个大肚子的英姑等人与胡谋响一一告别，躺在担架上的胡谋响对王修杰等人说："同志们，你们这一走，千里迢迢，关山重重，望你们一路旗开得胜，与红军大部队会合，我和金彪在南山等待着你们凯旋。"

王修杰和林涛分别拉着胡谋响的手说："老胡，我们一走，你们孤立无援，将会更加困难，请你们倍加珍重，记住朱毛红军的游击'十六字诀'，最大程度地保护自己。"大家都含着眼泪，难舍难分，胡谋响说："大家都回吧。"随即下命，游击队向深山进发，很快就消失在南山深处。

三月八日，是南山红军离开根据地的最后日子，成群结队的乡亲们自发前来送行。李大娘拉着自己的两个儿子炳湘、炳水，泣不成声，说："孩子，你俩不管走到天边，当娘的都等着你们兄弟平安回来。"兄弟俩将母亲紧紧抱住，相拥在一起，难舍难分。在送行的人群当中，柳英大嫂把一双凝结着千般情、万般爱，用布条编制的草鞋送到了丈夫王有信手上，说："我和孩子等你平安回来。"说完就泪如泉涌。王有信也哽咽着，把草鞋插在背包上，深情不舍地望着挺着一个大肚子，快要分娩的柳英说："孩儿娘，等到明年布谷鸟叫的时候，我估计就回来与你娘俩团聚。"

这时，集合的号声传来，林涛和王修杰松开与老乡们握着的手，正准备出发，洪霞急急忙忙赶来说："我嫂子要生了。"林涛一听，心里想，这孩子来得也太不是时候了。英姑呀英姑，我怎么舍得把你娘俩留下啊，你要是带着一个刚出生的婴儿，怎么行军打仗呀。想到这里，牙一咬，心一横，对洪霞说："妹子，你赶紧找户人家，让你嫂子转移到老百姓家里。"王修杰听到这里，不假思索，果断地说："英姑不能留下，部队暂缓出发。"

敌保安团已侦察到红军要突围，从早上开始，就与南山红军断后部队第三大队在隘口交了上火，三大队凭借险要的地形，将敌人阻挡在隘口之外，但也不断有红军战士伤亡，三大队长一次又一次派人来催促部队出发，得到的答复是："让战士们打出一个生孩子的时间，没有命令，绝不能放弃隘口阵地。"

隘口阻击战，是南山红军在根据地的最后一战，为了掩护主力转移，大家不怕牺牲，英勇顽强，但随着时间的推移，伤亡人数在不断增加。当战士们听说是为了一个女人生孩子，而耽搁了大部队转移的时间，不免有些埋怨和牢骚。大队长脸一沉，说："同志们，我们干革命，不就是为了下一代过上幸福的生活吗？"说完，带领战士们继续顽强地阻击敌人。

一个新生的婴儿在隆隆的枪炮声中，喊出了人生的第一声啼哭。洪霞马上跑去告诉在外面的林涛："哥，是个小红军战士！"

林涛望了望妹妹，又看了看王修杰，跟着洪霞进到屋里，看着英姑和刚刚用衣服包好的儿子，忍着悲伤，痛心地说："他是人民的儿子，交给人民哺养吧！"

英姑听完林涛的话，心如刀绞，眼泪哗哗地往下流。英姑明白，在这危险的时刻，要带上刚出生的婴儿远征，是不可能的，英姑望着孩子粉红的脸蛋，亲了又亲，把他紧紧地抱在怀里，哽咽地说："孩子，妈妈舍不得离开你呀。"这时，英姑要林涛脱下贴身的衣服，将小孩重新包好，然后又将自己征战多年的一件红色披风包在了婴儿身上。王修杰和洪霞亲自找了一户非常可靠的堡垒户，从供应部拿来二十块银圆，塞到同意领养孩子的老乡刘金虎手里，刘金虎对英姑和林涛说："你们放心，我媳妇昨天也生了一个男孩，俗话说，一条牛是放，两头牛也是放，有我孩子吃的，就有你孩子吃的。"

在这骨肉分离之际，王修杰和洪霞也在掉泪，夫妻俩触景生情，想起了留在饶州的儿子，儿子快一岁，还刚刚牙牙学语，就接到上级命令，要他俩立即赶往南山根据地，他们只好委托与自己一样经营茶叶的王大哥代为看管，原计划等这里安定下来后，去接儿子过来，现在，情况突变，连自己都不知道最后部队要转移到何方，何时能回来。王修杰想到这里，对刘金虎说："刘大哥，这是革命战士的后代，我代表南山红军全体将士，拜托了。"说完，郑重地向刘金虎敬了个军礼。

林涛早已泪流满面，向这个浓眉下一双发亮的眼睛，身穿粗布服装，腰里系了一条布腰带，脚上穿着一双草鞋的青年汉子刘金虎敬了一个庄严的军礼，说："我林涛和英姑，今生今世，将永远记住你的大恩大德。"并要跪下，刘金虎忙把林涛拉起来，说："林司令，使不得，王党代表，请你们放心，我一定把红军的儿子抚养好，等你们回来，健健康康地交给你们。"说完，就从英姑手里接过孩子，抱起就走，刚走出几步，就停住脚步转过头来说："林司令，孩子还没取名字呢！"

林涛思考了一下，说："就叫洪生吧，他是红军的孩子。"

刘金虎抱着洪生一离开，洪霞就带人将英姑扶到了担架上，林涛下达命令，部队立即出发，司号员吹起出发的号声，许多红军战士一步一回头，向父老乡亲告别。这时，赶来送行的栗里村王有信的屋里人柳英，唱起了令人肝肠寸断的南山山歌：

红军哥哥你慢慢走嘞，
小心路上有石头，
碰到哥哥的脚趾头，
疼在妹妹的心里头。

红军哥哥你慢慢走嘞，
革命胜利啊你回头，
妹子要跟你长相守，
小妹跟你到白头……

凄凉悲伤的歌声，在山谷里回荡，乡亲们个个泪流满面，目送远去的南山优秀儿女，战士们也不断回头，挥动着手臂，向送行的乡亲们招手。一共 480

名南山儿女，融入了鄂豫皖苏区的滚滚洪流之中。

从南山出征的 480 名红军将士，先是到达了湖北阳新，经过整编，编入中国工农红军第三十一军，汇入了红四方面军的铁流之中。（据 2018 年的新编《枭阳县志》记载：除洪霞听到了新中国的隆隆礼炮声，其余 479 名南山儿女，全部牺牲在气吞山河，惊天地、泣鬼神的长征途中。）

（五）

红军走了，以"胡汉三"为代表的土豪劣绅回来了，存续了两年的南山红军游击根据地，又处在马县长的掌控之下。

敌保安团像疯狗一样，对南山红军游击根据地进行了疯狂的报复，提出了"人要换种，石头要过刀，茅草要过火"的口号，奉行"宁可错杀三千，也不让一人漏网"的政策，许多红军家属遭还乡团的捆绑和吊打，整个南山山区一片白色恐怖。白匪军到处搜捕红军伤病员，第二次攻打枭阳县城的 34 名重伤员，被枪杀示众的就有 29 人，仅 5 人在群众的掩护下得以脱险。为了将红军残存势力一网打尽，县政府和保安团联合发布通告，通告说："全县乡民，为重构社会秩序，维护社会治安，凡发现红军失散人员，应立即举报；凡扭送至县府一人的，奖励大洋五十；凡发现线索，提供情况无误的，奖励大洋二十。"并将通告张贴到各乡村寨。

刘家墩大地主刘满贯，曾被林涛领导的农民协会抓起来，戴过高帽，游过乡，没收过财产，与红军和赤卫队有着不共戴天的仇恨，他多次向保安团秘送情报，搜捕红军伤病员和苏维埃政府干部，表面上还伪装善人，是一个沾满革命者鲜血的反革命分子。

刘满贯与刘金虎是一个村庄上的人，刘满贯屋里人叫崔刘氏，身材微胖，有几分姿色，头发向上盘着，还插了根金簪子，越往下看越富态，是个有名的多嘴婆。在红军转移前一天，刘满贯听他屋里人讲，刘金虎的媳妇生了一个大胖儿子，刘满贯听后并不在意。按当地山区的风俗，孩子满月，要置办满月酒，同姓的族人每家每户要去一人吃满月酒。他屋里人喝完满月酒回来，对刘满贯说："我说当家的，刘金虎屋里的生了一对双胞胎，是两个胖小子。"长着一对三角眼的刘满贯小眼睛一转，说："你不是说生了一个吗？"

他屋里人说："是呀，刘金虎屋里的怀胎时我见过，也不像是怀的双胞胎呀。"

刘满贯感觉事情很蹊跷，心里想："莫不是红军留下了孩子让他抚养？"一想到这里，他像是打了鸡血一样，顿时就来了精神，一是举报，还可以得二十元大洋的奖励，二是可以报红军的一箭之仇，无论如何，也不能让红军的后代在自己眼皮下存活下来。想到这里，他要屋里人到村庄上去打探消息。可村上的人都是穷人出身，这穷人的心都是与红军相连的，几天过去了，也没问清楚个子丑寅卯。刘满贯不死心，他每天晚上都去刘金虎家的窗户外偷听，看能不能听到一些名堂来。

刘金虎家境不宽裕，面容清瘦的秀英一下要哺育两个宝宝，奶水就跟不上了，两个小家伙有时饿得"哇哇"直哭。

夫妻俩在昏暗的菜油灯下一筹莫展，孩子太小，还不能吃稀饭，只得熬些米汤来代替奶水。刘金虎望着嗷嗷待哺的两张小嘴，对他屋里人说："这是林司令的血脉，不能饿着林司令的孩子。"秀英望了一眼丈夫说："我知道，自从来了红军，减租减息，我们才吃饱了饭，林司令是为了穷人的，你放心，我会把洪生当作亲儿子对待，洪生的第一口奶，是我喂的，手心手背都是肉，我会照顾好洪生的，你呀，就放一百二十个心。"

刘金虎接着秀英的话说："我明儿个下河去捞点野鱼，熬些汤，给你补补，也好多些奶水。"说完，就吹灭了清油灯，夫妻俩一人抱一个，上床睡觉。

古话说，隔墙有耳。夫妻俩的对话，都被躲在窗外的刘满贯听得清清楚楚。刘满贯心里说，果然不出所料，他们竟敢私养匪首林涛的孩子。刘满贯听到屋里已没有了动静，便猫着腰，迅速离开，返回自己家里。一进门，随手把门关上，兴奋地对他屋里人说："这个刘金虎和秀英，简直是吃了熊心豹子胆，狗胆包天，竟敢私养赤匪的儿子。"他屋里人也来了精神，问："你看清了，是谁的孩子？"

刘满贯咬牙切齿地说："就是那个分我们家田，分我们家地，分我们家财产，让我戴高帽子游乡的林涛。"刘满贯屋里人接着说："老天有眼，这真是报应，这回要好好地出出这口怨气！"刘满贯望了一眼幸灾乐祸的屋里人，然后说："傻瓜，你真是头发长，见识短，这个事我不能抛头露面，要借刀杀人。明天一早，我就去县城，报告保安团，让保安团来收拾他。"刘满贯屋里人诡秘一笑："还是当家的想得周到。"

刘满贯兴奋了一夜，也没怎么睡着，第二天鸡叫三遍之后，他就起了床，趁着村里人还在睡梦中，偷偷地溜出村外，向县城奔去，连走带跑赶了一上午，中饭时分，才到了保安团的驻地。

刘满贯看到两个大兵在门口站岗，枪上的刺刀在太阳下明晃晃的，他用毛巾擦了擦头上的汗水，不敢贸然进去，便鼠头鼠脑地向营房里张望。两个哨兵一看，感到这个戴着瓜皮帽、一对小眼睛滴溜乱转的家伙形迹可疑，便高声喝道："站住，干什么的？"

刘满贯吓得一哆嗦，慌张地说："不干什么。"一个哨兵端着枪走过来，用枪对着刘满贯追问："不干什么，那你在这里鬼鬼祟祟干什么？我看你像红军的探子！"刘满贯吓得结结巴巴地说："我，我有重要情况向团长报告。"

一个哨兵向团部食堂走去，团长曹德福正在喝酒，听到报告，不耐烦地说："妈拉个巴子，球重要情报，连老子喝个酒都不消停，让他在外面候着，等老子喝完酒再说。"

刘满贯在外面站着，站得脚都酸了，团长还没有出来，便在离两个哨兵不远的地方蹲了下来。半个多小时后，团长打着饱嗝，踱着方步，用牙签剔着牙缝，向团长办公室走去，对哨兵说："把那个龟儿子叫进来。"

一个哨兵对蹲在地上的刘满贯说："哎，起来，团长叫你进去。"刘满贯赶忙站了起来，跟随一个哨兵来到了团长的办公室，团长用眼瞄了瞄刘满贯，说："你找我有重要情况报告？"刘满贯胆怯地说："报告长官，我是南麓乡刘家墩的刘满贯，人家都叫我刘财主。"团长不耐烦地打断了刘满贯的话，说："少说那些没用的，有什么重要情报，说！"

刘满贯这才缓过神来，吓得结结巴巴地说："报告长官，我发现了赤匪林……涛的孩子，就在……我们村刘金虎家里。"

曹团长一听，脸上露出一丝难以觉察的笑容说："天助我也，跑得了和尚跑不了庙。"他立即下令："传令兵。""到！""通知一连一排和王连长到团部紧急集合。"

一连与团部驻扎在一起，王连长接到命令后，立即带一排来到团部，团长正站在团部的大门口，王连长向团长敬了一个举手礼说："报告团座，一连连长王江河奉命带一排前来报到，请团座训示！"

团长摆了摆手，说："王连长，我命令你带一个排，立即赶往南麓乡刘家墩抓捕赤匪林涛的儿子，相机处置，不得有误！"

王连长大声回答："是，坚决完成任务！"

团长转身对刘满贯说："那你就带路吧！"刘满贯哭丧着脸说："长官，我跑了一上午，还没吃饭呢！""你他妈的，想吃饭，军情紧急，误了事，谁负责？兵贵神速，立即出发！"刘满贯心里想，真是秀才遇到兵，有理说不清，无奈，只得带着王连长，像饿狼一样，向刘家墩村疯狂扑来。

三十多人在刘满贯的带领下，一路急行军，个个满头大汗，一身尘土，赶到刘家墩村时，已是暮色时分，农户家里已升起了袅袅炊烟，老乡们家家户户正在做晚饭。

又累又饿的刘满贯上气不接下气地对王连长说："报……报告长官，我只能带你……你们到这里了。"王连长脸一沉，说："你不去指认，我们怎么知道是哪一家呀？"刘满贯用手指了指说："就是北头第一家冒烟的房子，赤匪的孩子就在他家里。"王连长斜着眼看了一下刘满贯说："滚一边去。"随即命令："全体注意，目标，正前方第一栋茅草房，立即包围，不准放走一人。"

士兵们蜂拥而上，仅几分钟的时间，就将刘金虎家围了个水泄不通。

宁静的山村一下来了三十多个荷枪实弹的大兵，惊得村里的狗不断狂吠，大家也不知道发生了什么事，纷纷向刘金虎家里赶了过来。

王连长看到村里来了不少人，便站到一块大石头上说："乡亲们，我们奉长官之命前来捉拿赤匪首领林涛的儿子，与大家无干，刘金虎私藏赤匪的儿子，按律应当枪毙，但考虑到刘金虎是一时糊涂，就免了他的死罪，只要他交出赤匪的儿子，就能逢凶化吉，消灾免祸。刘金虎，请你把赤匪的儿子交出来！"

这时，刘金虎和秀英在两个士兵的看押下，一人抱一个小孩，站到了敌连长的面前，说："长官，这里没有赤匪的儿子，这一对双胞胎，都是我屋里人生的，你要不信，你可以问问大伙，全村人都来我家喝了满月酒呢！"乡亲们也齐声大喊："我们可以作证，秀英是生了一对双胞胎，我们大家都吃了满月酒呢！"

王连长望着愤怒的老百姓，冷笑一声说："你们真是全都被赤化了，不知死活的东西，窝藏赤匪，满门抄斩，赶快把赤匪的孩子交出来，否则，别怪我不客气！"

刘金虎和秀英一口咬定两个孩子都是自己亲生的，气得王连长脸色铁青，他让一个士兵找来一根绳子，先将刘金虎手上的小孩塞给另外一位妇女，然后将刘金虎吊到屋前的一棵枣树上，用皮鞭抽打，直打得刘金虎皮开肉绽。但刘金虎还是一口咬定，两个孩子都是自己的。这时，在场的乡亲们也愤怒了，高喊："这里没有红军的孩子，我们可以作证！"

恼羞成怒的王连长一看刘金虎死不认账，便心生一条毒计，他让士兵抱来一捆干柴，点火燃烧，这时，天色已完全暗了下来，火光映红了天空。

王连长望着熊熊大火，对刘金虎和秀英说："你们再不交出赤匪的孩子，我就将两个小孩一起丢进火里烧死，我看你们还说不说！"

没有人说话，空气就像是凝固了一样，死一般的寂静。

过了一会儿，王连长命令说："一班长，把两个小孩都给我抱过来！"

一班长就带了两个士兵到秀英和一位老乡手里抢小孩，两个女人紧紧护住小孩，秀英发出了撕心裂肺的哭声，吓得两个小孩也"哇哇"大哭，如狼似虎的大兵，很快将两个小孩抢了过来，一个塞到了敌班长手里。

乡亲们看到白匪军毫无人性，大家都怒不可遏，踊动起来，要去抢回小孩。那些士兵们用枪挡着，围成一个圆圈，将愤怒的乡亲们挡在圈外。

王连长恶狠狠地对刘金虎说："我喊一、二、三，再不交出赤匪的孩子，我将两个小孩都扔到火里烧死！"接着，他就喊"一"……"二"……在这千钧一发之际，刘金虎满脸是泪地说："我说，我说！"王连长望着吊在树上的刘金虎说："哪一个是赤匪的孩子？"刘金虎还吊在那里，距两个抱着小孩的士兵有七八米，说："我看不清楚。"王连长便命令一个士兵说："去，把他放下来。"刘金虎被放下来后，他擦了擦脸上的血迹和泪痕，在两个小孩的脸上左看过来，右看过去，最后一下狠心，指着那个班长手里的孩子说："他是林司令的儿子。"

王连长望着刘金虎冷笑一声说："真是赤化的刁民，不见棺材不落泪。"正在哭喊中的秀英一看，丈夫是把自己的小孩永强指认为林司令的孩子洪生，当场就昏了过去。

班长抱着小孩，走到王连长面前，说："连长，现在怎么办？"

王连长一巴掌拍在班长的脸上，怒气冲冲地说："你问老子怎么办，你说怎么办？"

班长好像手里拿着一个烫手的山芋，呆呆地站在那里一动不动，心里想，不能把孩子丢到火堆里，那样太丧尽天良了。这时，王连长命令："一排长，这事由你处理！"班长一听，这回反应特快，赶忙把手里的小孩往排长手里一塞，一排长还没明白过来，小孩已经在他的手里了。

一排长哭丧着脸说："连长，老子杀赤匪，毫不手软，你要我杀一个还不会说话的婴儿，那是要遭报应的，连长，还是你自己动手吧！"

王连长一听，气得脸上铁青铁青的，说："好你个龟儿子，你想让老子背杀小孩的恶名，老子一枪毙了你。"说完就要去摸腰里的驳壳枪。这时，在场的二班长、三班长忙劝阻，对王连长说："连长，团长不是说相机处置嘛，也没有叫我们将小孩杀死，我看，还是把这个赤匪崽子带回团部，由团长处置。"

王连长一时无奈，只好同意，便下达命令："全体集合，回营！"

王连长等三十多人，晚饭都没有吃，连夜赶往枭阳城。到达县城时，已是晚上十一点多了。王连长带着一排长，还有一班长，抱着抢来的小孩，到团部复命。团长家就在团部后面的一个院子里，这时，团长和他的姨太太等四个人正在打麻将。刚刚和了一手好牌，正在兴头上，这时，王连长进到门口喊："报告团座，我连奉团座之命去刘家墩抓捕赤匪留下的孩子，按时完成任务，现将小孩送到，请团座训示！"

团长一听，简直鼻子都气歪了，"咚咚"两步来到连长面前，伸手就甩出了两个耳光，说："谁叫你将小孩带回来的？你这个龟孙子，让我背上杀婴儿的罪名？"

王连长有苦说不出，几十里山路，来去就是上百里，这会儿连饭都没吃，心里别提有多窝囊了，只好呆立在那里。

团长望着王连长，接着又说："我说你就是猪脑子，你有奶，晚上你给他奶吃，妈拉个巴子。"

这时，两个陪团长打麻将的女人颠着屁股扭了过来，看了看睡熟着的小孩，说："哎哟，这小孩长得粉扑扑的，好可爱哟！"

团长对两个女人吼道："你们懂什么，他是我们的仇人种下的种子，长大了，是要杀你脑壳的。"

一个女人说："哎哟，我说团座，你又不一辈子驻在这个破县城，等他长大了，您也高升了，早就远走高飞了。"团长冷静了一下，心里便骂起刘满贯来，都是那家伙惹出的麻烦。想着想着，他忽然有主意了，便说："王连长，你将小孩送到县府马县长家里去，由马县长全权处置！"

王连长一听，一颗紧张而悬着的心终于放了下来，向团长敬了个礼，大声回答："坚决执行命令。"便由一班长抱着小孩，同一排长三人一起向县政府匆匆赶去。

马县长的家在县府西侧，这会儿，他正搂着媳妇早已进入了梦乡。

一阵急一阵的敲门声惊醒了马县长的美梦。马县长起床，披上衣服，掏出洋火，点上了灯，戴上眼镜，开门忙问："半夜三更，有什么急事？"王连长说："报告县长，我奉曹团长之命，将赤匪林涛之子捉拿归案，现押送县府，团长有令，请你依法予以处置。"

马县长还没完全明白是怎么一回事，一个襁褓中的小孩就落到了自己手上。小孩跟随着这些当兵的一路颠簸，没吃一口奶，也没喝一口水，这时，已经醒过来了，便"哇哇"大哭起来。王连长一看，小孩已出手，便一个立正，向马县长敬了一个礼，逃跑似的返回营房。

婴儿的啼哭声，惊动了马太太，马太太穿着睡衣也起了床，来到厅堂，忙问："老爷，怎么有婴儿哭呀？"马县长这才明白过来，对太太说："省保安团抓了林涛的儿子，送到这里来了。"

"老爷，那怎么办呀？"马太太问。

马县长回答说："按照剿总司令部的命令，对赤区要实行人要换种、石头要过刀、茅草要过火的要求，赤匪的后代依律当斩！"

马太太马上说："老爷，你是一县的父母官，当爱民如子，你千万不可背上杀小孩的恶名啊。"

马太太接着骂道："这天杀的曹团长，他捉来的人，要我们来动刀，真是太缺德了。"这时，小孩还在一个劲地哭，马太太忙冲了一杯自己吃的牛奶，接过小孩，用勺子舀了一勺，又吹了吹，试了试温度，给哭闹中的婴儿喂了一口，小家伙真的是饿极了，张开嘴，就"吧嗒吧嗒"地喝进了肚里，粉红的小脸蛋显得十分可爱。

马县长站在那里想了好一会儿，便对门外站岗的县保安团的团丁说："去，把余秘书请过来。"

哨兵很快把热被窝中的余德水秘书叫到了马县长的客厅里，余秘书忙问：
"县长，太太，深夜叫我来，有什么急事？"

马县长指了指马太太抱在手中的小孩，讲了事情的来龙去脉，嘴里还在骂曹团长太缺德，然后问余德水："你说这个事如何了断？"

余秘书想了想，便明白过来了，说："他曹德福，是过山虎，都不敢背杀小孩的恶名；县长，你是坐山虎，走也不远，飞也不高，那就更不能杀这个小孩呀！"

"是呀，是呀，我不是请你过来拿主意吗？"马县长焦急地说。

余秘书思考了一会儿，便有了主意，对马县长说："我在江州城有个学长，是南麓乡洪镇江的二儿子，夫妻俩一直没怀孩子，去年春节我去他家拜年，学兄洪流拜托我在乡下找个穷人家养不活的男孩，说是不能让香火在自己手里断了，要不我把这个小孩送到他家里去？"

马县长一听，愁眉苦脸才舒展开来，连连说："这样甚好，这样甚好。"商议好了之后，马县长又说："人是曹团长抓的，他要我依律处置，那我怎么向曹团长交代呢？"

余秘书想了想，说："这事好办，明天县政府出张告示，说赤匪司令的儿子，被保安团捕获，本县依据剿总司令部的律令，已依法处置。"马县长一听，脸上才有了笑容，对余秘书说："事不宜迟，还劳你辛苦一趟，连夜起身，坐县府的马车，将小孩连夜送往江州。"

余德水秘书走后，马县长顾不得睡觉，连夜亲自写了两张告示，天亮前就派人贴了一张在县政府的大门口，另一张贴在了保安团团部的大门口，告示的内容是，赤匪林涛的儿子已按律处置。

第二天上午，马县长派人去保安团，请曹团长中午吃饭，俩人都心照不宣，谁也没有提及昨天晚上抓了赤匪林涛小孩一事，好像这件事就根本没有发生过一样。

刘满贯亲眼看到林涛的儿子被保安团抓走后，心里像吃了蜜一样，乐得合不拢嘴，他在床上搂着他屋里人的脖子说："总算是报了一箭之仇。"他屋里人说："那二十个大洋呢？"刘满贯一摸脑壳说："哎呀，我忘记了领赏呢，过两天我再去一趟县城，到曹团长那里去把赏金领回来。"接着，就剥开女人的衣服，女人说："你昨天晚上不是做了，还要？"刘满贯把嘴啃到屋里人的嘴上说："今天不是高兴嘛。"

过了几天，刘满贯屁颠屁颠地哼着小调，向县城赶去，这次是轻车熟路，上午十一点前就赶到了保安团驻地，两个站岗的哨兵一看，是几天前来找过曹团长的，也没多问，就让刘满贯进去了。

刘满贯探头探脑找到曹团长的办公室，嬉皮笑脸地对曹团长说："长官，我的情报没假吧？"曹团长这会儿正在聚精会神地看小说《水浒传》，还沉浸在故事的情节中，突然被刘满贯打断了兴致。曹团长一看，是那天来送情报的刘满贯，心里想，这个龟孙子让我鸭子孵鸡白忙活一场，便气不打一处来，冷冷地说："你又来干什么？"

刘满贯嬉皮笑脸地说："长官，你们的告示上说举报属实有奖，我是来领那二十块大洋奖金的。"

曹团长把书往桌子上一放，腾地一下站起来，走到刘满贯跟前说："你妈拉个巴子，好你个刘财主，差点害我背上杀婴儿的骂名！"顺手就抽了刘满贯两个耳光，然后吼道："给老子滚！"

刘满贯哭丧着脸说："长官，你们怎么说话不算数呢？"

曹团长猛地拔出手枪，吼道："再不走，老子就毙了你，你这个龟儿子！"

刘满贯用手捂着脸，赶紧跑了出去，他怎么也不明白，这告示上白纸黑字，明明有二十个大洋的奖励，怎么就翻脸不认账呢？跑出团部，刘满贯摸摸火辣辣的脸，忽然想明白了，看来这个龟儿子团长，也是个见钱眼开的人，把奖给我的二十块银圆吃黑了。他心里不平，便愤愤地骂道："这个该死的兵牯佬，下次上战场，叫你吃枪子！"刘满贯离开保安团，来到街上，已到了中饭时间，便进了一个饭铺吃了中饭，向店小二讨了一碗茶水喝，又从腰里拿出烟杆，抽了一会儿烟，这才走出饭铺，仰头望了望天上的太阳，太阳刚刚偏西，看时间还早，便想到窑子里去快活，嘴哼着小调"一双玉臂千人枕，半点朱红万人吻"，就一头钻进了"春宵一刻"院，寻欢作乐后，在傍晚时赶回了刘家墩。刘满贯一进家门，他屋里人就伸手说："赏金呢？"刘满贯一肚子委屈，讲了事情的经过，可他屋里人压根就不相信，知道当家的是只馋猫，喜欢拈花惹草，便故意说："你自家的这块菜地今晚该耕耕了！"刘满贯今天的子弹已打光，再说心情不好，便说："今天太累，明天帮你耕。"他屋里人说："就知道你没干好事！"刘满贯自知理亏，第二天晚上主动对他屋里人说："今晚给你耕地吧。"他屋里人还在生气，赌气说："不必了，我请长工代耕了！"

自从保安团抢走了秀英的孩子后，秀英就病倒了，整天以泪洗面，嘴里不停地念叨着孩子的乳名，孩子的影子在她脑海中挥之不去，她不知道孩子是死是活，一天到晚都把洪生抱在怀里，生怕别人再抢了去。

刘金虎也处在一种自责之中，是他亲手把亲生的儿子送给了豺狼虎豹一样的白匪，但作为一个男人，面对自己的承诺，你叫他怎么办呢？一边是自己的亲骨肉，一边是自己发誓要哺养好的红军后代，对他来说，这是他一辈子最艰难的选择。他选择了大仁大义，就在这一刻，刘金虎的灵魂，经历了凤凰涅槃和浴火重生，他已经成为一个高尚的人。但人心都是肉长的，儿子永强的安危，时时敲打着他受伤的心。作为男人，打碎了的牙，只能和血往肚里吞，他还要宽慰自己的婆姨，他强忍住泪水对秀英说："我们还年轻，会有自己的孩子。"

秀英说："我知道你心里与我心里一样的痛，你做得对，我不怪你，只是这一下心里难过这个坎啊！"夫妻俩相互安慰，秀英又说："不知那些天杀的，把我们的孩子怎么样了。"刘金虎望了望秀英说："白狗子说，人要换种，草要过火，是凶多吉少呀，不管怎样，赶明儿我去一下县里，打听我们孩子的下落。"

第二天，天还没亮，刘金虎带着一小袋炒米就上路了，直接找到了保安团的驻地，问一个当兵的说："军爷，前天抓来的小孩怎么样了？"当兵的告诉他："墙上有布告，自己看吧！"读过一年私塾的刘金虎，能基本认得布告上的内容，布告是枭阳县政府发的，当他看到布告上说"已依法处置"时，就像挨了一个晴天霹雳，差一点昏倒过去。等他清醒过来后，他又想，这个"依法处置"是怎么一个处置？便又来到县政府打听，问了几个人，都说"不知道"。刘金虎心里想，今天来了，就一定要搞清楚，活要见人，死要见尸，只要有人从县政府进出，就上前打听，可还是一无所获。刘金虎寻子心切，引起了一个人的同情，那就是县政府的一个杂役，他偷偷地告诉刘金虎："老表，孩子还活着。"刘金虎便进一步打听，可这个杂役就什么都不说了。

刘金虎又在县城找了很长时间，没有看到儿子的踪影，也没打听到儿子的下落，只好拖着沉重的脚步返回了刘家墩。夫妻相见，又是一顿抱头痛哭。刘金虎把杂役的话告诉了秀英，秀英听到孩子还活着，心里就有了一线希望，裂痛的心稍稍的好一些。但这个苦命的孩子，不知流落在何方，成了夫妻俩心中难以忘却的痛。

洪镇江的二儿洪流，是江州城南伟烈中学的一名教师，那天上午，刚下课回家吃中饭，就看到了余德水抱着一个小孩站在自己的家门口等他。余德水说明来意后，他真是高兴极了，一看小孩粉扑扑的脸蛋，打开布包一看，下面带着把儿，一下子就欢喜得不得了，让妻子拿出二十个大洋，给余秘书表示酬谢，对余德水说："老同学，我不想知道孩子是从哪里来的，作为老同学，这件事一定要替我保密，我洪流一辈子都会感谢你的大恩大德。"

余德水说："这个你尽管放心，这事就烂在我的肚子里，我保证决不透露孩子的身世。"余德水对递过来的二十个大洋假意推辞，但洪流夫妇坚持要送，余德水便收下了，又在洪流家吃了中饭，才赶上马车返回了枭阳县政府。

洪镇江自两儿一女长大后，就没有过一天舒心的日子。长子洪水，扯旗造反，攻打枭阳县城，后杳无音信；女儿洪霞，都快要毕业了，也参加了什么地下党，踪迹全无；只有这个二儿子洪流，在江州城教书，与自己离得近些，可二儿媳妇结婚几年，就没有给他生个孙子，所以洪镇江对这个儿媳多有微词，父子一见面，总是闹得不欢而散。这都两年多了，洪流和妻子没有回过一次洪家港，洪镇江和老伴守着偌大的洪家大屋，倍感孤独和凄凉。洪镇江有时坐在大厅的太师椅上发呆，嘴里喃喃地说："我为什么要送他们去读那么多书啊？"这一年来，重重的心事和变故，使洪镇江衰老了许多，经常眉头紧锁，虽然家财万贯，过的却是度日如年的日子，他做梦都想有个孙子来继承洪家的香火。

仲春的一天，田野里盛开着金黄色的油菜花，县里的邮差来到洪家港，找到了洪家大屋，说是有洪镇江的信。洪镇江开初还以为是女儿洪霞来的信，可拆开信一看，简直把他高兴坏了，原来是儿子洪流来的，信里告诉他做梦都能笑醒的好消息——洪流告诉他，您已经有孙子了，小孩已满月，准备放暑假时回一次老家，让爷爷奶奶见见孙子。

这是洪镇江几年来最开心的一天。他首先将这一喜讯告诉了老伴，然后又逢人便说："二儿子洪流生了儿子，暑假就要回乡祭祖。"

接到信件的当天，洪镇江就打开了祠堂大门，对列祖列宗焚香叩拜，感谢祖上有德，终于让他有了传承的香火。

盛夏的一天，南风微吹，鄱阳湖水天一色，洪流和爱人带着几个月大的永强，现在已改名为洪庆来，乘船回到了阔别三年之久的洪家港。盛夏的季节，田野里一片金黄，天空洁净湛蓝，风和日丽。洪流和爱人带着洪庆来刚回到洪家大屋，就响起了一阵阵鞭炮声。

洪镇江三步并作两步，上前从儿媳妇手里抱过未见过面的孙子，看了又看，亲了又亲，一脸的灿烂。洪镇江早有准备，他要按照洪家的习俗，带着儿子、孙子进到洪家祠堂，三跪九拜，祭拜列祖列宗。第二天，大摆酒宴，除本族成员外，七大姑八大姨和一些远房亲戚，也都来喝喜酒。

那年，是个荒年，从安徽、河南过来逃荒要饭的人成群结队。洪镇江一高兴，在村前大路旁的一个歇脚亭里，施饭九天，路过的人，饭可以管饱，豆腐汤管够，并请来县里的西河戏班，在祠堂外搭戏台，唱了三天三夜大戏，整个洪家港就像过年一样热闹。

夜深人静，洪镇江与儿子难得在一起谈谈心。过去，由于传宗接代的事，父子俩尿不到一个壶里去，闹得很不愉快，所以，洪流也就懒得回家。现在，这个问题解决了，也就没有了隔阂，这时的父子俩，就显得十分的融洽。谈着谈着，洪镇江不免又想起女儿洪霞来，问洪流："你就没有打听到你妹妹的消息？"洪流说："我去上海找过，也找到了她的老师和同学，她老师说，是回江州教书了，这话显然是假话，她要在江州，我能不知道？再说，她不可能不到我家里来。据她的同学讲，她有可能是参加了地下共产党，不知被派到什么地方去了。"听到这里，洪镇江眼睛湿润了，说："你这个妹妹，心里就没有这个家，她就是走到了天涯海角，也应该给家里打个信，报个平安啊。"洪镇江拿出手巾，擦了擦老泪，自言自语地说："我真是后悔把她送到上海去读书啊。"

洪流望着父亲，安慰他说："爹，当前国共两党水火不容，天天都有人被杀，无辜的家属遭到牵连，我想霞妹是为了您和家人的安全，故意不与您和我联系的。"

洪镇江伤心地说："一个洪水，就让我背上了共匪的黑锅，差点丢了老命，结果是花了一万块大洋，才消了灾，看来，这个'赤'字是粘上我了，我也不知哪辈子造了孽，让我受这样的罪。""爸，当今社会，虽说推翻了封建帝制，建立了共和，但人民并没有过上幸福的生活，军阀混战，内忧外患，民不聊生，多少人生活在水深火热之中，霞妹作为新女性，有理想、有信仰、有抱负，她要跟着共产党，拯救天下，我看也不是什么坏事，至于有没有危险，那就只能看她的造化了。"洪流安慰父亲。

洪镇江叹了一口气说："真是世道变了，孔孟之道也不灵了。你说，我们家不缺吃，不愁穿，你大哥带着一帮穷人闹革命，这不是要老子的命吗？真是养了只白眼狼啊。上乡王家畈的王世忠家，家财万贯，良田千亩，好不容易出了个京城大学生，他也去闹革命，偷家里的钱去买枪买炮，与你哥一起攻打县城。听说闹共产的，都是有钱人，那个朱毛红军的头子，一个是政府的什么宣传部部长，一个是省城的公安局局长，还有南昌闹暴动的总指挥贺龙，听说还是个军长，也都去闹共产，这不是怨鬼出世吗？""爹，前清学孔孟之道的人多得去了，清朝还不是照样灭亡了。这个事，一时半会也给你说不清楚，咱们家是不缺吃，不愁穿，你老人家租子可以少收一些，平常多接济穷人，多积点德，积点福，不会有什么坏处的。"洪流劝父亲。夜已深了，父子俩还在闲谈着，洪流说："爸，我想把庆来放在家里，劳你和妈带，也好让你们有个乐趣，再说你儿媳生下庆来后一直不来奶，你们带与我们带没有两样，而且我们又忙，不知你同意不？"

洪流说把孙子留给他带，洪镇江心里自是一百个高兴。但洪流说忙，洪镇江有点不理解，他望着儿子，从今天的谈话来看，突然觉得这个儿子与他的哥哥和妹妹一样，让人感到陌生了。

洪镇江不知道，这个儿子和儿媳，早就跟着大哥秘密加入了共产党，夫妻俩不是不怀孕，而是为了工作和安全的需要，采取了避孕措施。今天的谈心，成了洪镇江和儿子的永别。洪流和爱人返回江州后，即被派往武汉工作，由于身份暴露，夫妻双双牺牲在汉口。因为夫妻俩在武汉一直用化名，到二十世纪八十年代，才弄清楚身份，当民政部门将两张革命烈士证明书送到洪家港时，洪镇江老人和妻子早已去世，留下的遗憾令人心酸。

（六）

南山红军突围转移后，胡谋响带领的留守红军游击队，在茫茫林海中进行了七年艰苦卓绝的游击战争。

据剿总司令部通报，南山山区红军主力北上后，还留有一支数十人的游击队。因此，剿总司令部命令，要曹德福的保安团乘胜追击，全歼这股"赤匪"残部。

曹团长率全团乘胜利的余威，多次进山"追剿"，但游击队避敌锋芒，不与保安团正面交战，只是捕杀敌军的散兵游勇，保安团几次进山，一无所获。剿总司令部非常恼火，通报斥责曹德福"剿匪"无能，说如不能消灭南山的红军游击队，就要解除曹德福的团长职务。

游击队在胡谋响的带领下，依托山高林密，灵活机动，神出鬼没，让枭阳县不得安宁。各乡常常告急，不是张财主家的财产被没收了，就是王土豪家遭到袭击，搞得马县长焦头烂额。

为了消灭南山留守红军游击队，曹团长和马县长不得不经常坐在一起，召开"剿匪"联防会议。地方上的乡绅和富豪常常指责保安团"剿匪"无能，保安团又埋怨县政府配合不力，一开会就吵吵闹闹，互相指责。县参议长桂训财提出了一条建议，迅速建立各乡的保甲制度，推行"连坐法"，开展强化治安活动，一自然村为一甲，十个自然村为一保，如哪个村容留红军游击队过夜，或提供粮食，或知情不报，全村都要受到处罚；如果哪个保有人通匪，保长、甲长一起连坐受罚。甲长由保长提名，保长由乡长提名，报县政府备案审定，选拔的对象大多是土豪劣绅和当地富户。保甲制度建立后，游击队的生存环境日益恶化，白天基本不能出来活动，一年下来，有三位游击队员的亲属，由于保、甲长的举报，被保安团捉去枪杀。

更为严重的是，党代表王修杰给胡谋响留下的与赣北特委的接头地点遭到敌人破坏，从此，这支游击队与党组织失去联系，游击队就像长空中的一只孤雁，更像没有娘的孩子，要经受更加艰苦的磨难。

1931 年的春节前，赣北十分寒冷，被围困在大山里的游击队越来越艰难，已经有两名队员经受不了残酷的考验，脱离队伍逃跑了。逃跑的队员托人给胡谋响带话说："胡队长，别怪我俩不辞而别，这里实在是太艰苦，枪我们留下了，放心，我们不当叛徒。"除了吃不了苦脱离队伍的，还有对前途悲观失望而叛变投敌的。一天，程世星向胡谋响报告："队长，我队的查友谅已经两天没有归队，可能是逃跑了。"由于前面发生过两名队员逃跑的事，并没有引起大家的警觉，胡谋响无奈地说："天要下雨，娘要嫁人，由他们去吧！"可令胡谋响他们没有想到的是，这个查友谅参加游击队之前，是个无业游民，参加游击队，并不是要为穷人打天下，而是在贫困潦倒时，为填饱肚子，才参加了英姑的游击队。现在，英姑走了，跟着胡谋响还是天天饿肚子，而且时时都有生命危险，便开始动摇了。保安团搜山用喇叭宣传动员游击队员"反正"并承诺给予奖励时，查有谅便趁机拖枪投降了保安团。保安团如获至宝，给了查友谅二十个大洋的奖励。查有谅叛变后多次带保安团进山偷袭游击队的营地，造成五名队员牺牲。从此，这个叛徒便与游击队结下了血海深仇。

斗争的环境越来越恶劣，游击队中只要有人没按时回到营地，队伍就要立即转移，大家始终处在饥饿和疲于奔命的困境中。

胡谋响与张金彪多次召集三个小队长召开会议，研究对策。胡谋响说："同志们，寒冬马上就要来了，就是敌人不来，我们也要在这山里困死饿死。我想，天无绝人之路，我们一定要千方百计抓紧储备过冬的粮食和衣服，请同志们献计献策。"三个小队长都建议说："应该出去干一下，一是要灭一灭保安团的威风；二是要搞一批物资，熬过这个寒冷的冬天。"听了同志们的发言，副队长张金彪说："队长，我早就想下山，这里哪是人过的日子，我们现在的兵力，打不赢保安团，但对付几个地主和恶霸还是手到擒来。"胡谋响认真听取了大家的意见，归纳起来说："同志们，光打几个财主，只能是解决给养上的困难，关键是要让老百姓知道红军还在，我建议，还是要在老虎嘴里拔牙，找敌人的薄弱环节，偷袭一下敌保安团，让他们在春节也不得安宁。"

一小队队长游承军，是纵队党委选留下来的军事骨干，有着丰富的作战经验，他建议说："同意偷袭，我掌握的情况，保安团在隘口设了一个哨卡，据老百姓讲，这个哨卡从我们大部队转移后，就一直驻扎在那里，一共是一个排，连排长一共是三十人。去年，刚驻扎下来时，警惕性非常高，几个月过去了，也没发现过我们红军游击队，现在已经很松懈，平常士兵就在哨所里赌博，到附近村庄偷鸡摸狗，喝酒闹事，见好东西就拿，老百姓恨死他们了。特别是那个张排长，有三十多岁，是个油子兵，附近有个村庄叫石家庄，庄里有个寡妇叫周月娥，长得有些姿色，这个张排长靠淫威，强行占有了周寡妇，还常常在周寡妇家过夜。我们等敌排长离开哨卡之际，偷袭哨卡，还是有把握的。"

大家听完游承军的敌情分析，一致同意偷袭隘口哨卡。胡谋响做出了战斗部署，由张金彪带一个战士在周月娥家解决敌排长，由胡谋响带领全队解决哨卡里的敌军。

在一个黄昏时分，胡谋响带领队伍悄悄地隐藏在隘口附近的森林里，伺机偷袭。

远远望去，敌哨卡清晰可见。只见哨卡里的敌军吃过晚饭后，敌排长斜背着一支驳壳枪，到周月娥家过夜去了；其他士兵有的三三两两在营房周围散步，从宿舍里还不时传来有士兵在打牌的吵闹声。胡谋响让张金彪带一个战士尾随敌排长，在周月娥家附近隐蔽下来，等待时机。

周月娥虽然是被张排长强行占有，但人是有感情的，加上这个张排长也没在周月娥身上少花钱，慢慢地周月娥也就不讨厌这个张排长了，这也弥补了她独守空房之苦。看到张排长哼着小调来了，周月娥笑盈盈地将张排长迎了进去，张排长一下就抱住了周月娥，双唇黏合在一起，一番亲热过后，两人还说了好长一段时间的悄悄话，倾诉相思之苦，然后才宽衣解带，吹灭了菜油灯，在床上翻云覆雨。已摸到了窗户下的张金彪，命那个战士在外警戒，他把门栓弄开后，向卧室猛扑过去，就把赤身裸体的张排长拎到了床下，张金彪手起刀落，就将敌排长送去见了阎王，随手将挂在床头的驳壳枪拿到了手上。只见躺在床上的周月娥，同样赤身裸体，早已吓得魂飞魄散，说不出话来。张金彪手持利刃，又要杀那周月娥，只听周月娥连连喊道："好汉饶命，好汉饶命。"张金彪借着微弱的光亮，看到了一对鼓鼓的肉球，挥在空中的刀停住了。他收起刀，用手摸了摸周月娥的乳房，又从衣袋里掏了两块银圆，放在周月娥的乳房上，说了一句："记住，下次老子来找你。"这时，守在门外的队员发现附近有人走动，便轻声地对里面喊："队长，快撤！"

张金彪听到喊声后，又重重地在周月娥的乳房上揉了几下，才退出屋外，和另一位队员立即消失在夜幕中。

胡谋响带领的队员，一直等到晚上九点，营房里才响起熄灯的哨音。游承军轻声地问："大队长，开始攻击吧？"胡谋响回答："再等一个小时，等敌人都睡着了，再发动攻击！"战士们又耐心地等了一个多小时，胡谋响才下达攻击命令。

队员们只用了不到一刻时间，就悄悄摸到了哨卡的营房门口，并包围起来，只见营房的大门口有一个哨兵抱着枪，坐在门口的门槛上，发出了轻轻的鼾声。游承军带领一名队员，箭一般地冲了上去，还没等敌哨兵明白过来，嘴里就塞满了毛巾，被捆了个严严实实，前后过程，不到一分钟，未发出任何响动。接着，三个小队兵分三路，直奔敌军的三间宿舍，高喊"缴枪不杀"，二十九名白狗子，没费一枪一弹，全部成了红军游击队的俘虏。

胡谋响命令战士们用早已准备好的绳子，将白狗子全部绑起来，集中到了饭厅里，并对俘虏进行训话。胡谋响说："我们是中国工农红军南山大队，你们为虎作伥，枪杀我伤病员，残害红军家属，按理当杀，但我们红军有纪律，要宽待俘虏，所以，就饶了你们的狗命。如果你们再敢残害百姓，残杀我红军失散人员，到时候我们将会新账旧账一起算，听清楚了没有？"

这些早就被吓破了胆的白匪军，连忙说："再也不敢了，多谢红军不杀之恩。"这时，张金彪和那名队员也返回来了，向胡谋响报告已解决了敌排长。胡谋响又对蹲在地上的白狗子说："你们的排长，已被我们红军在周寡妇家就地正法，等会我们走后，你们去给他收尸！"敌人一听，排长都死了，更是吓得心惊胆战，蹲在地上不敢动弹。接着，胡谋响命战士们收缴战利品，将敌人准备过年的腊肉、大米全部运进山里，又将敌人过冬的棉衣、棉被一并收缴。这是红军转移后，游击队打的第一个漂亮的偷袭战。

1931年，南山游击队过了一个丰厚的春节，可接下来的日子，就没有那么幸运了。自从攻打隘口哨卡后，保安团集中了力量，不断地对游击队进行"围剿"。

在马县长的督促之下，各乡的保、甲制度也越来越完善和严密，游击队与人民群众的联系基本被截断了，游击的环境更加恶劣了。春天，天天是清水煮竹笋；到了夏天，就采山里的野果充饥。一天，炊事员老肖把仅有的一点大米熬成了清水稀饭，大家端着能照见自己面孔的清水碗，没有了歌声，没有欢声笑语，都对生存感到彷徨和迷茫。作为队长的胡谋响，心情更加沉重，如何带领大家走出眼前的困境，是他这个队长的责任。

等到大家喝完了稀饭，胡谋响便召集大家一起研究解决困难的办法。一个红军战士说："队长，你总说革命理想高于天，但理想再高，没吃的没喝的，还不是照样要饿死？"另一个战士说："现在都两个月没吃盐了，头发昏，脚发软，打了个野猪，没盐难吃，吃不完，又不能保存。我认为，首要的任务就是要下山弄盐。"大家你一句，我一句，对继续开展游击战争失去了信心，队伍的悲观情绪非常严重。

张金彪背宽腰粗，一碗稀饭到他的肚里，连个角落都没填满，常常饿得前心贴后背，他仰面朝天躺在一个草垫子上，用一顶破草帽遮住了自己的脸，一言不发。胡谋响看了一眼张金彪说："张副队长，你谈谈你的意见吧！"

张金彪拿开破草帽随手放在地下，慢慢地起身说："队长，这样下去，敌人不消灭我们，我们也要在这山里困死饿死，我还是那句老话，活人不能让尿憋死，我建议大家分散行动，兴许还有出路。"其他三位小队长也同意张金彪的意见。三小队队长程世星说："队长，我同意张副队长的意见，大家集中在一起，目标大，行动不灵活，如果分散行动，灵活性强，应该是条出路。"

胡谋响听完大家的意见，思考了很长时间，这时，他后悔当时转移时过于匆忙，没有多留下两名党员。他回想往事，自从建立了党组织后，大事小事都由党组织集体研究决定；现在，就自己一名党员，深感失去组织的无助。红军转移时，党代表修杰跟他说，去与赣北特委联系，特委会派一名党代表来和自己一起带领这支队伍，可接头地点被破坏，特委找不着，新来的党代表也不见踪影。原来自己还想在骨干中吸收几个人加入党组织，可是按照组织程序和规定，要发展新党员，必须要有两人以上介绍，支部通过，并报上级组织批准，这一年多来，由于组织不健全，没有发展一名新党员，这个失误，真是无法弥补。

但不管怎么讲，党把这支队伍交给自己，就一定要对党负责，对同志们负责，绝不能让这支队伍散掉。想到这里，他望了望大家说："同志们的意见很现实，消灭敌人与保存自己，我看，今天我们保存自己是第一位的，只有保存好了自己，将来才能够去消灭敌人。"讲到这里，他停顿了一下，又用眼睛扫视了一下大家，看大家都用眼睛在看着他，接着又说："我决定大家还是分散行动。我要强调的是分散行动，不是解散，请同志们一定要记住。虽然你们还不是共产党员，但我们是共产党领导下的队伍，是红军留下的种子，是为穷苦人打天下谋幸福的，不是占山为王的绿林好汉。请同志们分散行动后，一定要记住我们红军的纪律。"

最后，大家商定，三人为一个战斗小组，现在正好是二十七个人，共分成九个小组，又确定了各小组之间的联络暗号和接头地点，每月各小组组长向胡谋响和张金彪汇报一次情况。胡谋响和张金彪也各带一个小组。决定做出后，大家都有些恋恋不舍。自从红军转移后，这些游击队员在这大山里同生共死，结下了深厚的友谊，现在，真的一下子要分开，而且前途未卜，生死难料，都眼含泪水，相互拥抱，互祝珍重，依依不舍。当胡谋响下达分散行动的命令后，九个小组按照各自选定的方向，消失在茫茫的林海中。

自从刘金虎忍痛将自己的孩子当作林司令的儿子交给白匪军后，夫妻俩好长一段时间终日以泪洗面，后来自己的女儿和儿子出生了，才慢慢走出生活的阴影。夫妻俩将洪生视为己出，疼爱有加，再加上又有了女儿杏花和儿子永成，这个家庭也重现了鲜活的生活气息。但是亲儿子永强是夫妻俩心中的一块痛病。看到活泼可爱的林司令儿子洪生，就常常想起自己那可怜的孩子永强来，也只能是把痛藏在心里。

刘金虎空闲时常常在想，红军都走了这么长时间了，没有一点信息，不知道林司令和英姑什么时候会来接洪生。想着想着，又想起了自己的儿子永强，虽说县政府的杂役说小孩还活着，但我那可怜的孩子呀，你现在在哪里呀，过得好不好呀？想着想着，泪水又溢满了眼眶。

在一个伸手不见五指的夜晚，胡谋响带着两名游击队队员，来到了刘家墩，两名队员负责警戒，胡谋响翻过院墙，跳到了刘金虎家的院墙内，轻轻地敲打着窗户，惊醒了睡着的刘金虎和秀英。刘金虎忙从床上起来，问："谁呀？"胡谋响回答："我们是南山红军游击队，我是胡谋响。"刘金虎一听，听出了是胡谋响的声音，赶忙开门，把胡谋响迎进了屋。他用一块黑布遮住了窗户，点亮了菜油灯，望着胡谋响说："胡队长，敌人说你们被消灭了，这么长时间又没见你有什么动静，老百姓担心死了，还以为你们真的不在了呢。"

胡谋响说："老刘，那是敌人造谣，我们主要是怕连累乡亲们，所以，才一直没和你们联系。"

刘金虎望了望在床上熟睡的洪生，问："不知林司令什么时候回来？"

胡谋响说："他们走后，我也没有林司令的消息。老刘，你不要责怪自己，就是林司令回来，也不会埋怨你的。"刘金虎一听，知道胡队长还不知道事情的真相，便如实讲了自己把亲儿子永强换下了林司令的儿子洪生。胡谋响一听，非常的惊讶和感动，他紧紧抓住刘金虎的手说："我代表林司令和南山全体红军，感谢你的大仁大义和大恩大德。"说完，向刘金虎弯下腰来，深深地鞠躬。刘金虎忙伸手不让胡谋响鞠躬，说："胡大队长见外了，红军和老百姓是一家，洪生就是我的亲儿子。"说到这里，刘金虎才知道刚才光顾着说话，便端起一条长凳，让胡谋响坐下，秀英也端来了热茶。又问："大队长，怎么就你一个人呢？同志们呢？"

胡谋响回答："老刘，实不相瞒，目前游击队遇到了前所未有的困难。由于敌人封山，现在是缺米，缺油，缺盐，最急需的是盐巴，同志们几个月都没吃盐了，浑身没劲。"

刘金虎马上对秀英说："看看家里还有多少盐，粮还有一些，多给胡队长装上。"接着，刘金虎又说："粮食还好办些，就是盐不太好弄。现在，盐是按人口定量购买，由保长发盐票，白狗子就是怕老百姓把盐送给游击队。"这时，秀英从厨房走出来说："粮食装了一满袋子，盐可能还不到半斤。"

胡谋响赶忙从衣服口袋里掏出三块银圆，要给刘金虎，刘金虎忙挡住说："队长，你这就见外了。"坚决不收。胡谋响说："这钱，你必须收，我们红军有纪律，不拿群众一针一线，再说，等你赶大集的时候，看能不能再买到一些盐，今后还少不了要麻烦你。"话说到这个份上，刘金虎勉强把钱收下，便对秀英说："快煮几碗面，让那两位同志也进来吃碗面。"胡谋响忙挡住说："面今天就不吃了，我们不可久留，到时候会连累你的。"说完，把盐放在身上，背起一袋大米，与另两位队员立即离开了刘金虎家。

张金彪带着游承军和江中浪离开大家后，向东北方向走去。一路上，游承军问："副大队长，这是要往哪里去？"张金彪反问："哪里有饭吃，能休息，而又安全？"

游承军望了望张金彪说："现在哪有那么好的地方，队长，你不是做梦吧？"

张金彪嘿嘿一笑说："哪条江里不行船，哪条道路不通罗马？我说你俩真是猪脑子，不饿死才怪呢。"

"队长有好办法？"江中浪问。

张金彪说："这大山上，不烧火，不做饭，能吃饱喝好的地方在哪里？"

游承军想了想，马上明白过来了，说："我知道，和尚寺里。"

张金彪得意而又轻松地说："这山上上百个寺庙和道观，这么多上山的居士和烧香拜佛的信徒，不都是到寺里吃斋饭？"

三个人化装成居士，先是到无影寺。无影寺在白云峰下，常年云雾缭绕，若隐若现，无影寺因此而得名。在无影寺上方的山峦上，苍松挺拔茂翠，几只老鹰在盘旋飞翔。走近一看，只见一个陈旧破败的寺门，镶嵌着一副对联：山寺虽小，能含八百里鄱湖；佛光普照，紫气东来三千里。他们三人在性空主持的安排下，住了几天，也跟着其他居士，念了几天经。由于张金彪三人的言行举止与其他居士有很大区别，早就被性空和尚看出来了，有一天，便对张金彪说："佛门乃清净之地，尔等志向远大，这里不是你们的久留之地，还望施主择良木而栖！"

张金彪一听就明白了，性空和尚是怕连累寺庙的安全，委婉地向他们下逐客令了，张金彪便双手合十，对性空说："师傅，感谢几天来的斋饭款待，我等即日离开宝寺，绝不会连累宝寺的安全。"性空和尚双手合十回礼说："善哉，善哉，阿弥陀佛。"

三人回到禅房，游承军说："看来这碗斋饭也不容易吃，队长，下步怎么办？"

张金彪笑着说："你真是小孩怕尿急，天下之大，就一定有我们的栖身之地。过去，跟着胡大队长，今天这纪律，明天那规定，不饿死才怪了。现在是分散行动，将在外，君命有所不受，我们三个人也不是共产党，不再受那些条条框框的约束，有我们这三支枪，还怕不吃香喝辣？"

游承军也说："胡大队长什么都好，就是那个纪律太严了，我们把头别在裤腰带上，为什么呀，还不是为了吃得好，喝得好。"江中浪也接着说："这几个月，是吃了上顿没下顿，活了今天，不知道有没有明天。我说人生在世，吃喝二字，闹革命也好，当胡子也罢，不都是为了过好日子？"

张金彪一听，心里暗暗高兴，觉得这两个人与自己志同道合，也就不需要担心哪个会去给大队长打小报告了，便说："两位兄弟，只要你们跟着我张金彪，我保证你们吃香的，喝辣的，绝不会像胡大队长那样，看到水干死禾。"

游承军和江中浪当即表示，愿意跟着张副大队长闯天下，过好日子。

张金彪转动着自己的脑子，思考了一下又说："两位兄弟，虽说我们已分散行动，独立自主开展活动，但我们还是红军游击队的人，不能有损红军的名声，日后也好向胡大队长交代。我们从今天起，不用红军游击队的名称。"游承军不解地问："那叫什么名称？"张金彪想了一会儿说："共产党叫红军，国民党叫白军，我们就叫蓝军吧。"

当天中午，三人在无影寺吃了最后一餐斋饭，大家也都恢复了体力，脸上有了红光，便去向性空和尚告别，感谢寺里这几天来的斋饭款待，离开无影寺下山。

夜幕时分，路过了年前偷袭的隘口哨卡。这个哨卡上次被游击队连锅端了后，又换防调来了一个排，继续在这里设卡，检查过往行人，防止老百姓向游击队运送违禁物资。

躲在树林中的三个人，看到哨卡已设双岗，虽然这个时候通往山里的路已经没有人来往，但哨兵毫不松懈，密切注视着周围的动静。

游承军观察了一阵，对张金彪说："副大队长，你不是要偷袭哨所吧？我们三个人是不行的。"张金彪白了游承军一眼："傻瓜，谁叫你去偷袭哨所？那是鸡蛋往石头上碰，我张金彪不做亏本的买卖，我们想办法混过哨卡去，晚上我请你们两个喝酒吃肉。"

游承军说："过不去呀，敌人防守好严啊。"这时，江中浪对张金彪说："队长，我记得哨卡东边是条山脊，那里有条采摘石耳的小路，可以直通山下。"张金彪骂了一句："你这个兔崽子，怎么不早说，白在这里耽误这么长时间。走，就从那条采石耳的小道下山。"三个人攀岩越涧，翻开浓密的巴茅，顺着羊肠小道下山，顺利来到了桃花源村汪庄。

太阳已落到地平线下去了，晚霞已经散尽，夜已经完全黑了下来，袅袅炊烟已与南山的轻雾融合在一起，远处的村庄，已能看出从窗户里露出来的暗淡灯光。经过一下午的翻山越岭，三个人这时都已饥肠辘辘。江中浪说："队长，我的肚子已饿得咕咕叫了，什么时候才有饭吃呀？"张金彪胸有成竹地说："你小子放心，等一会我就请你喝酒吃肉，只要不把肚皮撑破就行了。""队长，你就会苦中作乐，我看只有喝西北风了。"江中浪不相信张金彪的大话。三个人边走边说，来到村庄前停了下来。张金彪向村里观察了一阵，说："你们两个看，那个挂着两个大灯笼的宅子，就是汪保长家，这家伙仗着有钱有势，当了保长，欺压百姓，还常常为白匪军带路，为白军通风报信。咱今天就在他家住一个晚上，吃饱了，喝足了，明天再说。"

江中浪马上说："队长，住在保长家里不安全啊！"

张金彪说："小子，这你就不懂了，越是不安全的地方就越安全，好好跟着你大哥学习，等会你警戒，我和承军进去，安排好了，我叫你进来喝酒吃肉。"

这时，正是晚饭时分，村里已没人走动了，张金彪轻声说："进村。"三个人就来到了汪保长家院墙脚下，张金彪和游承军一个豹子翻身，就翻进了院内，江中浪在墙外警戒。

此时，汪保长院内的大门还没有关，一家人正准备开晚饭，还不到十岁的两个儿子一个女儿早已候在饭桌边上了。桌子已经摆了一盘红烧肉、一条红烧鳊鱼，还有三个炒菜。白白胖胖个头不高、理着一个平头的汪保长从一把锡壶里倒出一杯白酒，他屋里人正端着一碗蛋汤小心地放到桌子上，汪保长说了一声："吃饭吧。"三个小孩便抢着去夹红烧肉，女人说："慢点，慢点，别烫着嘴了。"

汪保长先是夹了一块肉吃，然后美美地呷上了一口酒，正准备再去夹菜时，张金彪和游承军一人手里握着一把枪，分左右两边站到了汪保长身边。汪保长一看两个不认识的彪形大汉，一人一把枪，吓得筷子都掉在桌上了，惊恐地说："你……你，你们干什么？"

张金彪望着汪保长冷冷地说："汪保长，你这小日子过得不错啊，听说你出卖了不少红军家属和红军失散人员，得了不少赏金吧？"

张金彪的话音一落，汪保长心里就明白了，这是南山下来的红军游击队，当场就尿湿了裤子，赶忙离开座位，"扑通"一下跪了下来，对张金彪说："小人罪该万死，请红军饶命，下次再也不敢了。"三个小孩也被这突发的一幕吓得心惊胆战，都围在母亲身后，拉着母亲的衣服，不敢吱声。

张金彪听完汪保长喊"饶命"之后，哈哈一笑，说："你小子作恶多端，总有一天要遭到报应，你放心，我们不是来索命的，也不是红军，也不是白军，我们是北边过来的蓝军，老子今天是来打前站的，顺便为队伍筹些军饷。我们侦察得知，你汪保长大门大户，家有良田，库有金银，又是个路路通，心眼灵活，这两年靠告密又得了不少赏金，所以，特此前来与你交个朋友，帮助我军筹些军饷，不知你汪保长意下如何？"

汪保长眨了眨小眼睛，心里想，自己见过前清的兵勇，也见过吴佩孚的北洋军；见过红军，还见过白军和土匪，可就是没见过什么蓝军，又吓得一哆嗦。看来，只有好汉不吃眼前亏，跪在地上作揖打拱地说："蓝军好汉，小人愿为贵军效劳。"

张金彪斜着眼看了一眼汪保长说："那你就起来吧。"汪保长忙从地上爬起来，讨好地说："两位好汉还没吃饭吧，刚开席，请两位好汉入席，我为你们接风洗尘。"

张金彪心里乐开了花，游承军差一点笑出声来。张金彪打着官腔说："汪保长，恭敬不如从命，那我就不客气了。"张金彪对游承军使了个眼色，游承军对门外吹了个口哨，江中浪随即手里提着一支驳壳枪进来了，一看张金彪已坐在桌前，便放心地把枪插入腰里，与游承军一起坐下。女人和三个小孩傻傻地站在那里，汪保长对他女人说："快，拿三套碗筷来，再把熟牛肉切一盘来，再炸一盘花生米。"这个胸部胀胀的、屁股翘翘的女人很快拿来了碗筷，便去厨房忙去了。

张金彪看了看三个吓呆了的小孩说："小朋友，别害怕，跟叔叔一起吃饭。"三个小孩这才怯生生地又坐到了桌前。

汪保长给张金彪三人斟上酒，女人又端来了一盘牛肉，张金彪对女人说："你也过来坐，一起吃。"女人说："你们先吃，我还要去炸花生米。"汪保长便端起酒敬张金彪，非常的客气，就好像多年没见的老朋友重逢了一样。张金彪三人也回了酒，张金彪说："谢谢你的招待。"

张金彪没让大家多喝，每人吃了两大碗米饭，都打着饱嗝，才放下筷子。女人又端来了三碗茶水，并麻利地收拾了桌上的剩菜和碗筷，张金彪这才和汪保长谈起了正事。

张金彪说："汪保长，我们蓝军初到贵地，人地生疏，还要仰仗汪保长多多关照。"

汪保长强装笑脸说："好说，好说，我一定尽绵薄之力。"

张金彪望着这个胆战心惊的汪保长说："看来你汪保长是个性情之人，那我就不绕弯子了，听说县里赏了你不少大洋，加上你家境殷实，也有不少积蓄，请你拿出五百个大洋，当作献给我军的见面礼，你看如何？"

汪保长一听，脸吓得煞白，心里想，这哪里是什么远道而来的蓝军，这分明是鬼迷熟人，不是南山的红军，就是本地土匪。想到这里便说："好汉，你别听外面的谣言，赏金是领了些，那也不到五十个大洋。再说，我是有些积蓄，但也没有传说的那么多。"

张金彪一听，便沉下脸来，不耐烦地说："汪保长，是不是看我们是外地来的，欺生可不好啊。"这时，游承军和江中浪便配合张金彪，把驳壳枪掏出来在手上玩弄，枪口有意无意对着汪保长。汪保长一看，又吓出了一身冷汗，便向张金彪求饶说："好汉，天地良心，我在县里就领了五十个大洋，如有假话，天打五雷轰！"

张金彪冷笑一声说："真是不见棺材不掉泪，你敢跟老子说假话！"这时，游承军走到汪保长背后，用驳壳枪枪管顶住王保长的后腰，说："汪保长，我的枪要是不小心走了火，你可不要怪我哟。"

汪保长吓得忙喊："好汉饶命！好汉饶命！"

这时，张金彪一拍桌子，一只脚踏在板凳上，对汪保长说："请你把钱柜子的钥匙拿给我，我就知道你有没有说实话。"

汪保长面对这凶神恶煞的三个人，已经吓得魂飞魄散，无奈地掏出钥匙，来到卧室，在一个橱柜内，有一个箱子，打开一看，只见一沓沓银圆摆得整整齐齐。游承军一个箭步上去，用一个布袋子一下全收了。张金彪对游承军说："数数一共多少。"游承军和江中浪一数，对张金彪说："报告，有一千块银圆，还有两根金条。"江中浪掏出枪来，指着汪保长说："刚才还给老子装穷，这是什么东西？老子一枪崩了你！"

张金彪假装好人拦住说："不要动武，算了，我说过要与汪保长交朋友，就不要开杀戒了。汪保长，按照我们蓝军的规定，见面分一半，你意下如何？"

汪保长看到白花花的银子和金条都装进了游承军的布袋里，心里是撕心裂肺的痛；一听张金彪说要给他留一半，便磕头说："感谢好汉不杀之恩，我同意，我同意。"

游承军又在数银圆，张金彪顺手去布袋中抓了一把放进了自己的裤腰袋里，又将浮财用两个布袋包好，游承军和江中浪各保管一个。游承军说："队长，都收拾好了，咱们撤吧？"张金彪没吭声，过了几秒钟，张金彪对保长说："我看夜色已晚，今晚就在你家借宿一晚，不知是否方便？"汪保长心里巴不得这几个人快滚蛋，但张金彪这么一问，还敢说不方便？便像鸡啄米一样赶快点头说："方便，方便。"张金彪又说："我们也不打搅你的美梦，你们一家，还睡你们的床和房间，我们就在这厅里打三个地铺就可以了。"

汪保长和女人找来了一张竹床和几块木板，又找来了三床席子，就在房门口铺好了三张铺。张金彪说："汪保长，你们回房睡觉吧，记住我的话，不要胡思乱想，我没招呼，不要打开你的房门。"

汪保长又点头哈腰地说："是，是，不敢，不敢。"

汪保长进房关好门。张金彪对游承军和江中浪说："我还要去外面转转，看看地形，你们抓紧时间睡觉，做个好梦。"

江中浪拍马屁说："队长，你睡，我在外面警戒。"

张金彪白了江中浪一眼说："傻瓜，警什么戒，这里是最安全的。你放心，没有我的命令，汪保长是不敢打开房门的。"说完，一个人出门去了。

今天自从来到隘口哨卡，张金彪心里就打起了小九九。这里距周月娥家不远，自上次一刀结果了敌排长之后，看到了赤身裸体的周月娥，虽然没有看清楚周月娥的容貌，但她那一对鼓鼓的奶子，却深深地印在了他的脑海中，所以，当时就丢下了一句话：下次我来找你。

周月娥的家与汪保长的村庄走路也就二十分钟的路程。张金彪出汪保长家后，便大步流星，一眨眼工夫，就来到周月娥家的院墙下。他仔细观察了一下，只有周月娥一人在家，周月娥正在微弱的灯光下做着针线活。

周月娥是邻乡人，家境贫寒，但破窑烧好瓦，十五六岁时，已经长成了窈窕淑女，一双水汪汪的大眼睛人见人爱，而且针线活样样拿手，十里八乡上门提亲的踏破了门槛。可她生性高傲，没有看中谁能做她的如意郎君。可世事难料，两年前，她父亲病重，花光了家里的钱财，后因无钱医治，就撒手人寰，竟无钱安葬。这时，有个王媒婆上门，说邻乡石家庄有个后生叫石磊，与周月娥年龄相当，而且家境殷实，小伙人也英俊，而且还是独子，石家愿意与周月娥结亲，帮周家渡过难关。在村里人的说合下，周月娥的母亲又征得了女儿的同意，便应承了这门亲事。石家帮周家办理了后事，因当年属守孝期，等到孝期结束，一顶大花轿就把周月娥接了回来。

石磊与周月娥结婚后，小两口互敬互爱，小日子过得甜甜蜜蜜。可天有不测风云，石磊有一次去逛庙会，碰到两伙地痞流氓因争夺收保护费的场所发生了械斗，石磊与一些人为了看好奇，便在现场围观，没想到那些人打红了眼睛，石磊被一伙流氓当作对方，一闷棍击中他脑门，当场身亡。

噩耗传来，周月娥哭得死去活来，年纪轻轻，就成了寡妇，也没有为石家留下个一儿半女。在当时的封建社会里，从一而终是人们固有的传统观念，要是没有后面的变故，石家庄就要多立一个贞节牌坊。周月娥就这样守在石家，过着孤灯相伴的悲惨生活。也就是年前，有一排的保安团官兵驻扎在隘口，周月娥因进山采栗子，经过哨卡，敌排长看周月娥有些姿色，又打听到这个俏美人还是个寡妇，就打起了周月娥的主意。开始，周月娥死活不从，但经不起这个排长的软硬兼施和恐吓威逼，再加上周月娥的青春躁动，内心深处也想得到男人的滋润，干柴烈火，两个人终于上了床。但周月娥从内心还是不喜欢这个排长，因为不管从哪个方面讲，都不如自己的丈夫，而这个排长，也不太懂得怜香惜玉，来了就上床，完事了就走。

自从张金彪一刀结果了那个排长的性命后，周月娥又一人伴着一盏孤灯，过着煎熬的日子。女人一旦突破了贞节烈女的底线，心里就一直盼望着有个如意郎君与她同床共枕。她一直记着张金彪那句话"我会来找你"，她知道这个还不认识的男人一定是喜欢自己的，要不然临走时就不会给她两块银圆。可是几个月都过去了，也没有见到过这个人的影子。她想，在这个兵荒马乱的日子，说不定那个死鬼早就吃了枪子了。正想到这里，窗户上响起了轻轻的敲击声，周月娥忙放下手里的针线活，对着窗户问："谁呀？"

张金彪轻声回答："几个月前说过要来找你的那个人。"

这话，周月娥记得清清楚楚，今天也听得真真切切。她没有犹豫，赶忙走出房间，打开了大门，张金彪一闪身，就进到了房内。

两人上次虽然见过面，但在那种情况下，谁都没有看清对方。今天，没有刀光剑影，显得很安静和温馨。在淡淡的灯光下，只见周月娥脸若桃花，眼似秋水，胸部丰满挺拔，玉手纤纤，身段曲线迷人，全身上下都散发着成熟女人的气息；周月娥看张金彪，高大英俊，浓眉大眼，充满着雄性的朝气。双方打心眼里喜欢上了对方，不需要甜言蜜语，也省略了卿卿我我，两堆干柴烈火，在这黑色的夜晚激情燃烧。

两人缠绵了一个晚上，相互告诉了对方自己的身世。直到雄鸡报晓，张金彪才难舍难分地起床穿衣，把身上带的十几块银圆，留了十块给周月娥。两人又相拥亲吻了一会，张金彪才离开周月娥家。再见周月娥，已是六年以后了。

东方开始出现鱼肚白，天还没有完全亮，张金彪疾步如飞，回到了汪保长家，轻轻地推开大门，叫醒了游承军和江中浪，又到厨房里把盐罐里的盐用一块布包好，往腰里一塞，然后敲了敲汪保长的卧室门，对吓得一夜未眠的汪保长说："多谢盛情款待，多有得罪，有机会一定再来拜访，告辞。"说完，三个人就消失在晨雾中。

南山游击队的九个小组，时而分散，时而集中，凭借着熟悉的地理地形和人民群众的支持，打击了还乡团的嚣张气焰，处决了沾满红军伤残人员鲜血的刽子手刘仁义。胡谋响的南山留守游击队，熬过了七年极端困苦的岁月，迎来了伟大的抗日战争。

（七）

1937 年 7 月 7 日，北平西南的卢沟桥爆发了震惊中外的"七七事变"，日本帝国主义对华全面侵略战争开始。这场战争，不在中日的海疆和边境爆发，而是在我国的核心腹地打响，这是永远留在中国人民心里的痛，这也注定了在这场战争中，中国人民将要付出惨重的代价。

刚刚经过了二万五千里长征的中国共产党中央委员会，7 月 8 日通电全国，率先发出了抗击日本侵略者的呐喊，发出呼吁："全国同胞们，平津危急！华北危急！中华民族危急！只有全民族实行抗战，才是我们的出路。"

在全国人民要求停止内战，枪口一致对外的呼声中，蒋介石在全民呼声的压力下，不得不做出一种姿态，7 月 17 日在庐山发表演说（史称"庐山声明"）。蒋介石说："如果战端一开，那就是地无分南北，年无分老幼，无论何人，皆有守土抗日之责。"但令全国人民不能理解的是，大半个中国都已沦陷，南京发生了三十多万人被屠杀的惨案，国民政府避而不谈对日宣战。直到 1941 年 12 月 7 日，日本偷袭珍珠港，12 月 8 日，美国对日宣战，国民政府才发表《中华民国政府对日宣战布告》。此时，中国人民已经对日进行了殊死的抵抗。

面对中华民族的空前危机，在中国共产党、各民主党派、进步团体和全国人民一致要求下，蒋介石的国民政府被迫同意与共产党人谈判，达成了"国共合作宣言"，蒋介石承认共产党的合法地位，共产党承认蒋介石为全民族的抗战领袖。经过艰苦谈判，国民政府同意将中央红军改编为国民革命军第八路军；将南方八省十三个地区的红军游击队改编为国民革命军新编第四军，简称新四军。

留在南山的胡谋响领导的红军游击队，已经坚持了七年艰苦卓绝的游击战争，他们不知道林涛和王修杰率领的大部队转移到了何处，也不知道外面世界已发生了翻天覆地的变化。由于消息的闭塞，他们对已经爆发的全民抗战一无所知，就像长空里的一只孤雁，日夜盼望林涛和王修杰他们早日归来。

近几个月来，让胡谋响感到不解的是，从 1937 年下半年开始，保安团没有发动对红军游击队的"围剿"，连隘口的哨卡也人去屋空，游击队的生存环境十分的宽松。究竟发生了什么情况？胡谋响百思不得其解，他担心是敌人的烟幕弹和诡计，是放长线钓大鱼。为了避免上当受骗，他更加谨慎，没经他同意，所有队员不得私自下山。为此，他多次找乡亲们打听情况，但这方圆一二百里，人烟稀少，消息闭塞，老乡们也不知道发生了什么情况，但有一点是明确的，都一致说："保安团已撤走两个多月了。"不得已，他只好派出侦察员到枭阳县城去打探消息，发现保安团还在，而且在不断招兵买马，扩充队伍，开展军事训练。侦察员带回来的消息，让胡谋响更加坚定地认为，敌人是要大规模地开展"围剿"红军游击队的行动。

为了让游击队在更加恶劣的斗争环境里生存下来，他号召全队抓紧这短暂的宽松时间，开辟多个营地，储藏大量物资，继续与白匪军打持久战。队伍分散行动已六年多了，他觉得应将队伍收拢起来，进行集中整训，几天下来，各组都返回了营地，而且各组都新吸收了不少队员，只有张金彪那个组迟迟没有到。

自从分散行动以后，大家各自为战，张金彪像是出笼的小鸟，没有了纪律和条条框框的约束，过起了自由自在的日子。自从在汪保长家得手后，手里有了不少银子，日子过得很是惬意，哪天钱不够花了，他就以蓝军的名义，去找汉奸、地主、富豪索要，来无踪，去无影，偶尔还到山下窑子里住上一晚。

张金彪常跟队员们说："有了手里的这个家伙，就不怕没饭吃。"后来，他在南山的禹王寨长住下来，以蓝军的名义，招募队员，队伍一下子发展到二十多人，大伙跟着张金彪，有吃有喝，日子过得非常逍遥自在，真有些乐不思蜀了。

胡谋响派来的通信员传达了队伍回营集合的命令，张金彪犹豫了，心想：回去，又要过苦行僧的日子，除了他讨厌的纪律框框，还有那官兵一致，干部不能搞任何特殊化，这也是他最不乐意的事。现在在禹王寨，什么都自己说了算，众人之上，威风凛凛，再回胡谋响手下，心有不甘。犹豫之中，便耽误了好几天。但他左思右想，自己带的这支队伍，还是南山红军游击队的一部分，不回营地，不服从命令，也不好办，虽说自称蓝军，那只不过是骗地主富豪的鬼话，为此，他找来游承军、江中浪和几个新骨干商议，如果大家都不愿回去，那正好遂了自己的愿；如果大家同意回去，那就只好顺其自然了。

几位骨干来到了张金彪的住处，张金彪说："弟兄们，这几年来，大家跟着我过得怎么样？"

大家都说："队长，没得说，大家有吃有喝，惬意得很呐。"

张金彪望了望大家，沉默了一会说："好日子快到头了。"大伙一听，都惊讶了，游承军说："是不是白狗子又要来围山了？"张金彪说："那倒不是，是胡大队长命令我们返回营地，今天找你们来，就是商量商量怎么办，是归队，还是继续留在这禹王寨？"

几个人听了张金彪的话，都默不作声，大家心里都在想，分散行动以来都几年了，也不知道其他战友们的情况怎么样，不约而同有一种淡淡的思念和牵挂。同时，对分散行动前那种贫困交加的生活也记忆犹新。回去，肯定没有现在的日子好过，如果不回去，那就是违抗命令，要与昔日的战友分道扬镳；脱离红军游击队，那就真正成了山大王。这时，游承军说："我觉得还是应该回去，我们毕竟是红军游击队，我跟着林司令，是要杀白狗子的，没想过要占山为王当胡子。"

其他几个骨干也赞成回营地，不愿落下一个当土匪的名声。

张金彪一看大家都同意归队，便说："我尊重弟兄们的意见，那就回去。通知大家准备，明天开拔，返回营地。"

分散行动时，张金彪只有三个人，现在队伍发展到了二十多人，而且还有不少银圆，他要求大家把能带的东西都带走。第二天，吃过早饭后，晓行夜宿，第三天才与胡谋响率领的大队汇合。

虽然晚到了几天，游击队员们对张副大队长的到来，表示了热烈的欢迎。

张金彪慷慨大方，将带来的银圆，送给大家每人两块，其余的上交大队部。好几年没有见面，战友们热情拥抱，互诉衷肠，整个游击队驻地一片欢声笑语。

游击队收拢后，由于人数大量增加，队伍已发展到了九十多人，根据胡谋响的提议，队伍进行了整编，继续编为三个小队，整编后的游击队，士气高昂，作战能力大为提升。

整编结束后，胡谋响召开了小队长以上干部会议，分析当前形势，研究下步工作措施。在情况分析会上，大家对敌人放松了对山区的"围剿"都疑惑不解，基本上都倾向于敌人有更大的阴谋。胡谋响忧心忡忡地对大家说："事出反常必有妖哇！这段时间大家一定要特别小心。"

胡谋响作为这支队伍的最高负责人，而且又是唯一的一名党员，深感责任重大，保证这支队伍的安全，等待林涛和王修杰等红军回来，将队伍交给组织，是他脑海中的头等大事。当前，首要的任务，还是要继续寻找组织，与组织建立联系，摸清楚当前的情况。这些当务之急，常常使他夜不能寐。骨干会上，大家对前途也非常担忧，自从红军转移后，大家都像没娘的孩子，而且七年来，组织上也曾未有人来与他们进行过联系，真正是感到了孤立无助。会上，大家统一了两条意见，一是继续寻找赣北特委，尽快恢复与党组织的联系；二是尽快摸清敌人放松对山区"围剿"的真正原因。

胡谋响决定派人去江州城，但派谁去合适呢？由于整个游击队没有一人去过江州城，很多人基本上都没有走出过大山，整个队伍，几乎清一色的文盲；去县城侦察，不是问题，可是要去江州城，谁也不愿主动接受任务，因为都不知道江州在什么地方，只有少数人模糊地晓得，江州城在枭阳县城的北面。

胡谋响思考再三，还是决定自己亲自去，他说："同志们，我考虑很久了，还是要去一趟江州，由于大家走出过大山的都很少，所以，我决定还是我去，大队的工作，暂由张金彪同志负责。"胡谋响的话音一落，大家都表示反对，游承军说："你是大队的主心骨，军中不可一日无帅，你要是有个什么闪失，那损失就大了，这事还得从长计议。"

张金彪接着发言说："承军说得不错，不到万不得已，大队长不可离开队伍。我虽然没有去过江州，但好歹我到过三个县城，如果一定要派人去，那就我去吧。"

相对来说，张金彪比较合适，他胆大心细，经验丰富，但今天张金彪主动请缨，是有着自己的小九九的。队伍收拢之前，他行动自由，十天半个月，他都要借机下山，享受一下云雨之欢。现在，队伍集中统一后，没有胡谋响的批准，谁也不能私自外出，所以，他想借这次外出的机会，去看看他日夜思念的周月娥，去解相思之苦；同时，这也属临危受命，能在队伍中树立自己的形象和威信。张金彪的话一完，大伙都表示同意；胡谋响又考虑再三，没有谁比张金彪更合适，便点头表示同意，然后又说："金彪同志，为了安全，你挑选一名机智灵活的队员，与你一起行动，关键时有个照应。"

张金彪马上说："大队长，你多虑了，两个人，反而目标大，容易暴露，还是一个人去安全，你放心，我一定保证完成任务，把情况搞清楚。"胡谋响一直将张金彪送出了驻地好远一段路，握着张金彪的手说："张副大队长，一定要注意安全，我们大家都等着你平安归来。"

张金彪下山后，在当地老百姓家买了十多斤高山云雾茶叶，用一个布袋装好，扮成一个卖茶叶的小贩，当他经过隘口哨卡时，虽然看不到哨兵，但还是十分谨慎，在这里观察了很长时间。这时，有个老百姓在山上砍柴准备下山，他赶忙从一棵大树下跳出来问："老乡，前面的哨卡还有保安团站岗吗？"

老乡望了望张金彪回答说："你是山里来的吧，国军已经撤走几个月了，现在没人检查了，你放心过去吧！"张金彪忙对老乡说："多谢了。"便返回大树下，把一大包茶叶搭在背上，出了隘口哨卡。

过了隘口哨卡，前面不远，就是周月娥家。掌灯时分，张金彪轻车熟路，就来到了周月娥的房前。他观察了一下，家里没有别人，只有周月娥在生火做饭，身边还有个四五岁的小女孩，便一闪身，进到了周月娥的屋内。周月娥看到一个小商小贩模样的人，起初吓了一跳，刚想叫喊，张金彪忙用手捂住周月娥的嘴说："宝贝，是我。"

周月娥一听声音，知道是张金彪，便撒娇地说："没良心的，你这一身打扮，把我吓死了，这么长时间也不来看我，跑哪里去了，是不是有了新的相好了？"

张金彪没有回答，便把身上的茶叶放了下来，用疑惑的眼光说："这是谁家的小孩？"周月娥委屈地说："还不是你留下的孽种。"张金彪一听，是自己的女儿，便要去抱，女孩吓得直往后缩，只好作罢。周月娥知趣地将女儿引到隔壁房间睡了，关门转身回到张金彪的身旁，摆出风情万种小鸟依人的模样。张金彪陡然兴起，便用手将周月娥的头绕住，将嘴拱上去，先亲吻了一番，然后松开说："宝贝，想死我了。"周月娥理了理散乱的头发说："想我为什么不来找我？"张金彪说："队伍开拔走了，这不刚过来，就来找你了。"两人说了一些离愁别绪的话，周月娥从一个陶瓷罐里拿出几个鸡蛋，要煮给张金彪吃，张金彪说："我吃过了。"周月娥温情地说："吃过了也要吃一口我煮的东西。"张金彪就在灶前一个小凳子上坐下，给灶膛里添柴火。接着周月娥又麻利地炒了三个菜，端到了饭桌上，拿出了半瓶酒说："这酒是你上次没喝完的，今天，我陪你喝一口。"

周月娥不胜酒力，喝了几小口，就脸若桃花，张金彪也没贪杯，早早就放下了筷子，桌上的碗筷也没收拾，两个就洗了脸和脚，迫不及待地宽衣解带，在床上翻腾起来。

张金彪在温柔的暖乡中，乐不思蜀，白天要了，晚上接着来，周月娥也是万般的温存，如胶似漆，享受着性爱带来的幸福，一连三天，两个人就没有出过门。到了第四天，张金彪想到自己有任务在身，就对周月娥说："我还有事，今天该走了。"周月娥一脸不舍，踮起脚，抱着张金彪的头又亲了起来，诱发了张金彪的性趣，张金彪抱起周月娥，往床上一放，脱了衣服，又云雨了一番，两人这才起床穿衣。张金彪把茶叶袋往肩上一搭，出门向江州城的方向走去，他一路打听，晓行夜宿，终于到达了江州城。

张金彪在江州城最繁华的八角石大街上，找了一家客栈住下，把茶叶放在房间里，向店小二要了一碗阳春肉丝面，吃饱了，喝足了，才出门，向街上走去。走到城中心的烟水亭附近，看到了一支游行的队伍，每人举着一面小小的三角彩旗，领头的不断呼喊着口号："打倒日本帝国主义！""把日本鬼子赶出中国去！""枪口对外，一致抗日！"游行的队伍多为青年学生，也有不少市民。当游行队伍来到城中心的一个商业广场时，有个年轻的女学生站在一个凳子上，发表慷慨激昂的演讲："同胞们，乡亲们，日本帝国主义强占了我东北，今年的七月七日，又挑起了震惊中外的卢沟桥事变，枪杀我无辜的父老乡亲，抢劫我财产，强奸我同胞，我们要以血还血，以牙还牙，要有钱出线，有力出力，把日本鬼子赶出中国去！"这时，有两个学生抬了一个箱子，放到了广场的中央，只见围观的市民，把一块块银圆和纸币，争先恐后地扔到箱子里；还有些穿着旗袍，卷着头发的阔太太，取下手中的金戒指、耳朵上的耳环，也往箱子里扔，看得张金彪是眼花缭乱。

张金彪忙向站在他旁边的一位中年男人打听，这日本鬼子是干什么的？那人告诉说："日本鬼子是东洋人，正在残杀我同胞，抢劫我财产，侵占我们的国土。"张金彪还是不完全明白，东洋人是什么人？又问："你说的东洋人是不是大清国时的八国联军？"中年男子望了一眼这个乡巴佬模样的张金彪说："意思差不多，这次不是八国，是小日本一个国家。"

张金彪似懂非懂，他第一次听说这个世界上还有日本鬼子。他赶忙回到客栈，又找人打听了一些情况，但都说不出一个所以然，但有一点是明确的，那就是日本鬼子从北向南打过来了，政府号召，要全民抗战。了解到这些情况后，他决定立即返回山里。又在店里炒了两个菜，买了一碗饭，吃过饭后，回到房间，一看还有十多斤茶叶静静地放在地板上，他不想把这些茶叶又背回去，更舍不得扔掉，想换几个现钱，也好买几尺洋花布，送给周月娥做件花衣服，便向店小二打听，哪里有收购茶叶的商铺。店小二站到大门口，用手指着说："从这里向东走二百米，有个茶叶铺。"

张金彪结了账，背起茶叶，很快就找到了这家茶叶铺，问茶叶店的老板收不收春茶。老板看了看茶叶，抓在手里，用鼻子闻了闻，又抓了一些茶叶放在一个茶杯里，冲上了开水，浓香的茶味便飘了出来。老板说："你的茶，倒是上好的春茶，可惜错过了季节，现在秋茶也上市了，所以，价格，只能按秋茶的价格收购。"张金彪考虑了一下说："老板，就剩这十来斤茶叶了，你看着给个价吧！"老板笑着说："我看你是个性情中人，我按秋茶的最高价，给你四个大洋，怎么样？"张金彪回答："四块就四块吧。"接过四块大洋，他又转到了一个布匹店，扯了一块花布又买了一包糖果，便出了城大步流星地赶往周月娥家。

回到周月娥家，约莫是晚上八九点钟，女儿已经睡了，张金彪把洋花布送给周月娥，周月娥高兴得合不拢嘴。周月娥又忙烧火做饭，吃过饭后，张金彪洗了脸和脚，就准备上床。这时，周月娥从一个瓦罐里倒出一碗叫"八角刺"的药汤，正要喝时，张金彪接过汤碗说："不要再喝这个东西了。"周月娥说："不喝，要再怀了娃怎么办？"张金彪说："那我娶了你。"

周月娥深情地望了望张金彪，一股暖流从心里流淌出来，说："你说话可算数？"张金彪说："我一口唾沫一个钉，只要一安定下来，我就娶你，当我屋里的。"周月娥感到一种从未有过的幸福感，上前搂住了张金彪，忘情地亲吻，两个人很快就滚到了床上。

张金彪离开营地已一个星期了，还没有回来，胡谋响的心也就悬了一个星期。深夜，他时常仰望着天空，望着一闪一闪亮晶晶的星星，内心一次又一次喊道："党啊，你在哪里啊？""林涛、英姑、修杰，你们转移到哪里了？"他迫切盼望着张金彪回来，看看外面究竟发生了什么情况。

这次张金彪只在周月娥家住了一个晚上，他将把卖茶叶剩下的两块银圆留给了周月娥，第二天，趁着天还没亮，就起身上山，傍晚，就回到了游击队的驻地。

张副大队长回来了，各分队长都来到大队部，听张金彪带来的消息。胡谋响紧紧握住了张金彪的手说："你总算回来了，赶快把情况汇报一下。"

张金彪想，大队长要他五天之内赶回来，可他在周月娥家就待了四天，脑子一转,便编出了一堆瞎话,说一路上如何千辛万苦,怎么混进城里去的,胡说了一通,才转入正题,他说:"大队长,这次去江州城摸情况,还是有不小收获的。江州城里,到处都是游行的队伍,游行的人中,有学生、市民,还有国军,他们都喊着这样的口号:打倒日本帝国主义,团结起来,一致对外,等等。"张金彪接过一位分队长递过来的茶水,喝了两口又接着说:"城里的老百姓告诉我,这段时间以来,有很多的国军都在向北开去,说是要参加打日本鬼子。"有位分队长问:"张副大队长,这日本鬼子是个什么东西?"张金彪把刚学会的话解说了一遍说:"日本鬼子呀,就像是当年打清朝的八国联军,比八国联军还要狠,不光杀人放火,还强奸妇女,所到之处,一片焦土。"

大家听完张金彪的情况汇报,大部分人都云里雾里,但有一点,都基本明白,那就是外国军队打来了。

胡谋响坐在那里,若有所思地抽着旱烟,听完了介绍后说:"同志们,金彪同志带来的情况很重要,也解开了压在我心中的谜团,为什么这几个月来敌人没有来搜山'围剿'我们,而且把隘口的哨卡都撤了,原来他们是要去打鬼子。那么当前,我们游击队暂时是安全的。刚才金彪同志说,游行队伍喊出了'枪口对外,团结抗日'的口号,看来,将来我们的任务,也是要去打鬼子的。"胡谋响向黄烟杆里又装了一撮黄烟,"吧嗒吧嗒"猛吸了几口,接着望向大家说:"我们要抓住当前的有利时机,下山到乡亲们中间去,发动群众,把还乡团夺走的胜利果实帮老乡们夺回来,恢复农会,恢复苏维埃政权,同时要加强训练,扩大游击队,并尽可能搜集散落在民间的枪支弹药,为将来抗日做准备。当务之急,就是要尽快与党组织取得联系,这项工作难度最大,而且全队只有我一名党员,这项工作,必须由我去完成,赣北特委估计是不存在了,否则,不可能不来联系我们,因此,我要到省城去一趟,家里的工作,由金彪同志负责。"第二天,胡谋响就下了山,带着一名通信员,就到省城去了。

这支被白匪军"围剿"了六年的游击队,完全不知道外面形势的变化,由于胡谋响的暂时离队,酿成了一个令人心痛的悲剧。

1937 年的初冬，寒露风来得比较早，茂盛的阔叶林开始凋零，孤立无援的游击大队耐心地等待胡谋响能从省城带来好消息。

国共合作后，中共皖赣特委派人到赣北和赣东北联络，传达上级关于整编的决定，根据陈毅的指示，将这两个地区所有的红军游击队都集中到赣东北的景德镇瑶里改编，成为新四军的一部分。这时，新四军在德昌设立了"新四军德昌留守处"，又派人去枭阳的南山，与胡谋响的游击队进行联络。

新四军德昌联络处联络官王静江，长着一张国字脸，浓眉大眼，身着崭新的新四军灰色军服，上衣口袋挂着一支钢笔，带着一股英气，来到枭阳县，找到了马子佳县长。马县长一听是新四军的联络官来了，双手抱拳说："久仰，久仰，欢迎联络官光临本县，欢迎，欢迎。"

王静江进入马县长办公室，双方坐下，余德水秘书给王静江泡了一杯南山云雾茶，放在茶几上，王静江端起来喝了一口，就开门见山地说："马县长，我奉新四军德昌留守处彭大海主任之命，前来联络南山红军游击队改编一事，还要请你县长多多帮忙。"

马县长笑着说："过去，我们是生死对头；现在，两党合作，是患难与共的兄弟，实属我民族之幸，我早就盼望你们来。南山游击队的首领叫胡谋响，这几年来，我们兵戎相见，各归其主，积怨甚深。从卢沟桥事变以来，我们奉党国之命，就停止了对山区的围剿；可胡谋响借这个机会，又在山区打土豪，搞农会，成立苏维埃政府，闹得是鸡犬不宁，搞得我这个县长焦头烂额。这下好了，你们来了，这种混乱的日子也该结束了。王联络官，你说，需要我们做些什么，我当全力相助。"

王静江说："马县长客气了，你只要选派一名熟悉山里道路的人，跟我去就行了。"

"这个好办，这个好办。"马县长当即命县保安团找个人陪王静江去一趟山里。可是，等了老半天，保安团团长来报告说："马县长，王联络官，我们保安团与游击队有血海深仇，怕还没有说话的机会，就被游击队一枪给打了脑壳。"

马县长想了想，对保安团团长说："去，把那个投诚过来的查友谅找来，让他进山带路。"这个查友谅，原来是赤卫队中的一个小班长，由于吃不了山里的苦，就离开队伍拖枪投降了保安团，后来在保安团里为了表现和立功，多次带保安团进山，给游击队造成过重大损失，胡谋响和张金彪曾发誓一定要除掉这个叛徒，可这个家伙警惕性很高，又十分的狡猾，几次都让他给逃脱了。这个长得尖嘴猴腮的查友谅，穿着一身不太合身的黄军衣来到了县政府，一听说要他带人去找山里的游击队，吓得差点尿了裤子，忙求饶地说："我的马大爷，马县长，你行行好，游击队要是看到了我，那还不把我大卸八块，我还有七十岁的老娘，请县长大人开恩。"

马县长一瞪眼说："查友谅，你不要害怕，现在是国共合作，已是相逢一笑泯恩仇了，这位王联络官是游击队的上级领导，你跟他去，能有生命危险吗？"

查友谅被逼无奈，又找来了一个熟悉山里地形的团丁，只得勉强答应跟王静江进山找游击队。

王静江端起茶杯，喝干了杯中的茶水，便起身对马县长说："马县长，任务紧急，我得立即进山，尽快与游击队见面，在此告辞。"马县长亲自将王静江和查友谅送出了县政府大门。王静江又去馒头铺买了一袋馒头，作为路上的干粮，查友谅也脱下了保安服，换上了便装，离开县城，向山里赶去。

查友谅原是英姑游击队的一名老队员，对整个南山了如指掌，对游击队的活动规律和营地也很熟悉。他带着王静江和另一个团丁翻山越岭，找到了游击队过去驻扎过的几个营地，可都空无一人，一连两天，都没有找到游击队的踪迹。

第三天，查友谅在一个叫水帘洞的地方，遇上了上山采摘石耳的刘金虎。查友谅上前打听说："老乡，你知道红军游击队现在在什么地方活动？"这个刘金虎经常与游击队有接触，他认真看了下查友谅，就认出来了，虽然几年不见，但模样还在那里，心里想，你这个叛徒，又来祸害游击队。但他没有声张，假装不认识，便故意说："你们是什么人？找游击队干什么？"

这时，王静江开口说话了："老乡，我是游击队的上级，专门来寻找游击队的，我们有急事，要尽快向游击队传达上级指示，麻烦你给我们带个路，或指个路也行。"刘金虎认真打量着王静江，只见他穿一身灰色军服，帽子上别着一枚国民党的党徽，手臂上有个牌牌，他认出是"新四军"三个字，虽然军服与白狗子不一样，但那枚帽徽他认得，心里想，你和这个叛徒一起来的，一定是白军的探子。刘金虎心里便有了主意，对他俩说："游击队还在山里，要想找到他们，就到童子门那边去找吧。"

刘金虎讲的童子门，过去的确是游击队的一个秘密驻地，在深山密林，非常的隐蔽；但近年来，这个营地也遭到了敌人的破坏，游击队早就离开了那里。

查友谅对这个营地是熟悉的，三个人向老乡道了谢，就向童子门奔去。

刘金虎知道，从这里去童子门，至少要大半天的时间，他要尽快将情况告诉游击队，赶在这三人之前，让游击队打这三个人的埋伏。刘金虎与白匪军有不共戴天之仇，支走了这三个人之后，刘金虎抄近道，很快找到了游击队，报告了情况。因为游击队新的驻地就在离童子门不远的地方，刘金虎着急地对张金彪说："我们现在赶去，就一定能逮住这三个龟儿子。"

张金彪接到刘金虎的报告后，喜出望外，这个该死的查友谅，不止一次带白狗子进山，搞得游击队居无定所，疲于奔命，狗日的，今天还敢主动送上门来，一定要铲除这个叛徒，为牺牲的战友们报仇。张金彪当即命令：由游承军带一分队立即赶赴童子门，绝不能让这个叛徒逍遥法外。

一分队现已发展到二十八名队员，一听到叛徒查友谅在童子门，个个摩拳擦掌，义愤填膺，都表示，一定要用这个叛徒的血来祭拜牺牲战友的在天之灵。

游击队员们跟随张金彪和游承军，像猛虎出山一样，抄近路，仅两个小时就将童子门包围了起来。

约莫过了半个时辰，查友谅带着王静江也气喘吁吁地赶到了童子门，一看营地，杂草丛生，茅屋里空空如也，竹梁上结了一张张蜘蛛网。查友谅一看，就明白上了那个老乡的当，心里有了一种不祥的预感，他胆怯地对王静江说：

"王联络官，我们上当了，那个采石耳的人骗了我们，赶快离开这个地方，估计那家伙早已向游击队报信去了，通知游击队来消灭我们。"

王静江可高兴了，说："不要怕，游击队来了，那不正好吗，我们就在这里原地等待，看游击队会不会来。"

正当王静江和查友谅说话的时候，游击队已将童子门围个水泄不通。

张金彪看了看查友谅，心里想，没错，就是这个龟儿子。又看了看穿着军装的王静江，这一身打扮，他还真没见过，但军帽上那枚国民党徽章，那就太熟悉不过了，这就完全可以断定，这三个人是一伙的。想到这里，张金彪下达了出击命令，二十多人就像猛虎下山，眨眼间，就将查友谅和王静江等三人打翻在地，又双手反绑，捆了个严严实实。

张金彪从树林中走了出来，用驳壳枪顶着查友谅的脑袋说："你是天堂有路你不走，地狱无门你闯进来，明年的今天，就是你的祭日。"说完，就顶开机头，要一枪打爆这个叛徒的脑壳。查友谅早就吓得魂飞魄散，大声喊道："张副大队长，枪下留人，这位王联络官是你们的上级，是他让我来带路的，有急事要和你们联络。"

王静江一听，知道前面这个拿着驳壳枪的人是游击队的副大队长，便大声说："张副大队长，我是共产党员，红军转移前，是江南特委的，现在是新四军驻德昌联络处的联络官，我这里有公印，我要立即见到胡谋响大队长。"张金彪听完后，收回了手中的枪，望了望王静江帽上那枚国民党党徽，冷笑了一声："不知死活的家伙，还敢冒称共产党来糊弄老子，老子看不清你皮里包的什么骨头，但你脑门上那块国民党的牌牌老子还是认识的，说，你是谁派来的，上山来干什么？"

王静江回答："张副大队长，我确实是共产党员，受组织安排，前来联络你们。现在日本鬼子已经占领了上海，整个华北，处处是战争的硝烟。为了中华民族的生死存亡，我们党中央与国民党通过谈判，达成了国共第二次合作，枪口一致对外，把日本鬼子赶出中国去，我这次上山来的任务，就是带你们下山，将你们改编为国民革命军陆军新编第四军，开赴抗日前线去打鬼子。"

张金彪接着问："你说你是我们的上级，那么我问你，你认识林涛吗？认识修杰吗？认识英姑吗？"王静江说："这我不认识，红军转移前，我在江南特委，你们这里归赣北特委，我也是刚刚调到新四军德昌联络处的。"

张金彪越听越不耐烦，按捺不住心中的怒火说："你的鬼话等会说给鬼去听吧，我不是共产党，但国民党、共产党，生死的对头，势不两立，好歹毒的家伙，竟敢上山骗我们下山，好一举歼灭我们。今天不管你是真菩萨还是假菩萨，你跟这个游击队的叛徒混在一起，就绝不是什么好东西。就是这个叛徒，他夺走了我们游击队五条生命，今天，我要用你们的人头，祭拜牺牲的兄弟，用你们的命，抵五命，不冤枉你们吧！"张金彪的话一完，就扣动了扳机，"砰、砰"两声，查友谅和王静江联络官应声倒地。那个小团丁没死，张金彪留着他回去给保安团报信。

枪毙了查友谅，打死了王静江后，张金彪转身跪在地上，对着苍天喊道："牺牲的弟兄们，苍天有眼，今天，我给你报仇雪恨了！"这时，其他游击队员也一齐跪下，齐声喊道："弟兄们，我为你们报仇了！"

张金彪鲁莽的行为，若干年后，让这支游击队付出了惨重的代价。

胡谋响下山后，在当地一个篾匠家买了一些竹器，扮作担货郎作掩护，来到了洪都城。

胡谋响没有文化，但字还认识一些，是在实践中成长起来的一位军事干部。若大的洪都城，看得他是眼花缭乱，就像是刘姥姥进了大观园，辨不清东南西北；但他胆大心细，经验丰富，他不敢明目张胆地打听共产党的消息，只是在与一些看起来是穷人的交谈中，巧妙地了解一些情况。有人告诉他："现在国共合作了，要找共产党，可以到新四军的军部去打听。"

胡谋响和通信员，挑着竹器，走街串巷，看到了张金彪在江州城看到的一样的情况，天天都有游行的队伍，队伍里不断有人高呼口号："打倒日本帝国主义"，"团结起来，枪口对外"，"把日本鬼子赶出中国去！"

胡谋响边走边打听，在路人的指引下，终于到了新四军军部的门口，一眼就看到了高高飘扬的青天白日满地红的旗子。门口的哨兵，穿着灰布军装，军帽上别着国民党党徽，只是手臂上有块臂章，上面有"新四军"三个字，与过去的白狗子不同。胡谋响心里凉了一截，这哪里有共产党，更没有看到一个红军，这明显是国军的驻地，他不敢贸然进去，心想，这里绝不是他要找的组织。两个人不敢在洪都久留，连忙出城，返回了南山。

胡谋响的心情坏到了极点，他感到找党组织的希望越来越小，国共合作了，这个消息是真的，但他不明白的是，既然是合作，怎么称呼上没有红军的名字，也没有共产党的标志，难道是共产党投降了国民党？如果没有了党，那么党交给他的这支队伍怎么办？还要不要坚持革命？他必须要对这支队伍、对战友们负责。走了三天三夜的胡谋响，终于回到了南山，看到大家急切盼望他归来的熟悉面孔，急火攻心，便一头栽倒在地上。大家忙把他抬到床上，又请来了郎中，郎中摸了脉说："胡大队长无碍，是心急和疲劳所致，休息一两天就好了。"胡谋响这一觉，整整睡了一天一晚，才醒了过来。听说大队长醒了过来，大家纷纷围拢过来，问胡谋响："找到共产党没有？"

胡谋响慢慢坐了起来，看到大家眼巴巴的眼神，都在看着自己，流下了两行热泪，他哽咽地对大家说："我们现在是真正的孤儿了，国共合作了，共产党人都穿上了国军的军服，林司令与王特派员带大部队转移后，我们在这深山老林里坚持奋斗了七年多，牺牲了那么多的战友，我们与白军，是生死的对头，势不两立。今后，我们这支队伍的存亡，就只能完全靠我们自己了。"胡谋响歇了一口气接着说："这次去省城，还是有所收获，那就是日本人真的打过来了，原来那妖，就是东洋鬼子。因此，我们也要顺势而为，国军不打我们，我们也不打国军，咱们就在这里招兵买马，训练队伍，日本鬼子要是踏上了我们家乡的土地，我们就与小鬼子血战到底，保卫家乡，保卫家乡的老百姓。"

大家听完胡谋响的话，都很赞同，说："留得青山在，不怕没柴烧。我们听大队长的，不散伙，保家乡，打鬼子！"接着，胡谋响问张金彪："金彪同志，我走的这些日子，家里还好吧？"张金彪汇报说："大队长，前几天叛徒查友谅带了一位穿国军军服的新四军联络官上山来，说是要我们下山，去什么景德镇的瑶里整编，要我们加入新四军，大家一看到叛徒，都怒不可遏，又怕中了叛徒的奸计，我们没有上当，将两个狗日的就地正法了。"胡谋响一听，这下清醒多了，在洪都，他不敢跨进新四军的大门，现在，新四军找上门来，也应该多了解一些情况，总觉得这事处置得过于草率。这时，一个游击队员递上一张公文，上面还有公章和私章，胡谋响跟着林涛这几年，已经能看懂基本的文书了，一看内容，又有陈毅的私印，便说："金彪同志，你太鲁莽了，应该等我回来，这个私章是陈毅的，我在中央苏区见过他，是我党的一个重要领导人。看样子，这会是铸成大错了。"

（八）

枪毙了查友谅和新四军的联络官，留下的那个团丁，按张金彪的要求，连滚带爬，下山给马县长和保安团送信，说游击队不上他的当，不要痴心妄想。马县长大惊失色，眼镜都从鼻梁上滑落下来。新四军联络官在自己的辖区内被杀，感到责任重大，又担心共产党误会，便连忙修书一封，详细叙述了王静江联络官遇害的经过，连夜派人渡过鄱阳湖，送到了新四军联络处彭大海主任手上。马县长以此推脱自己的责任，同时也对山里的这支红军游击队表示了深深的忧虑。

彭主任在接到马县长的急信后，也是大吃一惊，为游击队的鲁莽感到十分痛心，也为这支与世隔绝的红军游击队的未来担忧。为了等待南山红军游击队归队，已经耽误了一些日子，距上级要求到瑶里的时间，已到了最后期限，彭主任迫于无奈，只得下令，集中在德昌的三县游击队，迅即向瑶里出发，南山的事情只能暂时放一放。

马县长给新四军彭主任的信送出去以后,南山游击队便成了他的一块心病。省政府派来枭阳的一个保安团,已接到命令,返回省城,以加强省城的防卫。这时,山里的红军游击队在大量地招兵买马,搞得他这个县长寝食不安。怎样解决南山游击队的问题,一时成了他最头痛的事。原来他还指望新四军的彭主任还会派人来,但彭主任在给他的回信中说:"因为军情紧急,他已率渔门、海昏、五柳三县的游击队到景德镇的瑶里进行改编,改编后即将开赴抗日前线,请马县长以大局为重,将国共两党的合作宣言向游击队进行传达,在我党未派人联络之前,请马县长要确保游击队的安全,并请游击队独立开展抗日游击战争,我将尽快向上级汇报,争取尽早派人来联络他们。"

马县长认真阅读了彭主任的回信,他紧锁的眉头突然舒展开来。他想,国共合作,已成铁的事实,长征转移的红军和长征后留下来的南方八省游击队,都改编成了国民革命军,何不借此机会,将南山游击队收编到县保安团来?马县长非常清楚,南山红军游击队是一支能征善战的队伍,如果能收编成功,一是增强了枭阳县的实力,大大地提高了自己的政治地位,在这个战乱年代,有枪便是草头王,就是日后打鬼子,也有了本钱,更重要的是,作为一县之长,要保一方平安,只要收编成功,游击队就会停止在乡村打土豪,分田地,全县就会安定下来。想到这里,他立即起草了一份请示,用快马送往省政府,要求批准他收编南山红军游击队的计划。

江南省政府接到了马县长的请示后,很快就做出了回复:"同意收编南山红军游击队,由马县长协助鄱湖游击司令部欧阳少春总指挥落实收编事宜,行动要快,务必抢在新四军再派人来之前,不得有误。"

鄱湖游击司令部总指挥欧阳少春同时接到了省政府的命令。

欧阳少春原是中央红军的一名师长,大地主家庭出身,但他倾向革命,在黄埔军校时,就加入了共产党,参加了八一南昌起义,二十三岁,就在中央苏区担任了红军主力师的师长。1933年,王明的"左倾"路线控制了苏区的领导权,在"从肉体上消灭地主,在经济上消灭富农"的"极左"口号下,欧阳少春的大伯、父亲、叔叔都惨死于"极左"路线，欧阳少春也成为"极左"路线打击的对象。作为一个红军师长，既不能保障家里的平安，而且自身都缺乏安全，为了自保，欧阳少春脱离革命队伍，加入了国民党阵营。这次，省政府派欧阳少春去收编红军游击队，正是看中了欧阳少春曾经的红军师长的身份，并给予了欧阳少春独立决断的权力。

接到命令后，欧阳少春即日从省城起身，身着少将军服，带着两名卫兵，三人各骑一匹快马，足足跑了三天，才来到了马县长的办公室，寒暄过后，即进入主题。马县长详细汇报了南山游击队的活动情况，并汇报了游击队枪杀新四军联络官王静江的具体细节。欧阳少春听后说："南山红军游击队的情况我知道一些，最早是英姑领导的一支小队伍，枭阳暴动后，林涛带领的农军与英姑的游击队合编一处，整编为中国工农红军南山纵队，随主力红军转移了，现在的南山红军游击队，是主力红军转移后留下的一支小队伍。这些人员都是由贫苦农民组成的，有着朴素的阶级感情，特别是红军大部队转移后，国军又对他们进行了七年的'围剿'，因此，他们对政府和国军有着刻骨的仇恨。加上这支队伍是一支没有文化的队伍，又被外界隔绝了七年，对外面的形势一无所知，因此，他们枪杀政府人员和新四军联络官，也就在所难免了。我们要想收编他们，首先就要让他们放心，我们不是去消灭他们，而是去联合他们，团结他们，一起去打鬼子。"

马县长担忧地说："杨总指挥，我们与他们之间积怨太深，仇恨太深，要让他们相信我们，谈何容易啊。"

欧阳少春打断了马县长的话，胸有成竹地说："马县长，这个并不难，游击队最缺的是枪支弹药，我们只要拿出一些枪支弹药，派人送过去，就能消除他们的戒心。你要知道，枪支弹药对游击队来说，比他们的生命都重要。"马县长接着问："阳总指挥，我们只知道游击队在南山，他们来无踪，去无影，居无定所，你找他，找不着，不找他，他又上门来捣乱。上次好不容易在县保安团找到一个叛逃过来的团丁，结果一去不回，就连新四军派来的联络官都被杀了，找这伙人不好找呀！"

欧阳少春喝了两口茶，站起身来，在屋里踱着步子，想了一会儿才说："马县长，你呀，与他们打了十年交道，却根本不了解红军，也不了解共产党。共产党和红军与老百姓是鱼水关系，他们在你们十年的'围剿'中能够生存下来，他们吃什么？穿什么？一定是有当地老百姓的支持。所以，我们只要能找到两位熟悉山里情况的当地老百姓，请他们去传话，我们就能很快与游击队接上头，完成收编大事。"听到这里，马县长如醍醐灌顶，茅塞顿开，便恭维地说："还是欧阳总指挥高见。"

欧阳少春坐下来，又喝了口茶继续说："你只要查一查，谁是当年的赤色分子，我去找他，请他带我去找游击队。"马县长用手揉了揉头发，想了一会说："桃花源村的刘家墩，有个刘金虎，收养过赤匪司令林涛的儿子，他肯定和游击队有关系。""那好，你派人带我去找刘金虎。"

为给游击队见面礼，欧阳少春要县保安团拿出二十支正宗汉阳造步枪和一挺捷克机关枪，八千发子弹和一百枚手榴弹，而且要求枪必须是没启用过的新枪。马县长一听，有些犹豫，他担心这么多的武器弹药一旦落入游击队手里，要是收编不成，那就是养虎为患。欧阳少春一看马县长担心，便开导地说："马县长，舍不得孩子套不住狼，收编过来后，这些武器本来就是要装备给他们的，不足为虑。"

马县长找来县保安团团长，按欧阳少春的要求，将崭新的枪支和弹药送到了县政府。当晚，马县长为欧阳少春在最豪华的点将台酒楼接风，又具体安排了明天去刘家墩找刘金虎的准备工作。

第二天，欧阳少春和四名保安团士兵一律化装成当地老百姓的模样，挑着枪支弹药，跟欧阳少春，走了整整大半天，来到了刘家墩，左问右问，找到了刘金虎家里，欧阳少春对刘金虎说："老乡，我叫欧阳少春，是中央苏区留下来打游击的，我现在有很急很重要的事要与南山游击队联系，麻烦你给我们带个路。"

刘金虎一听，马上就提高了警惕，上次来的三个人说是要去找游击队，就是他去报的信，看来，今天这几个人，也不是什么善茬，肯定又是白匪军的探子。想到这里，他马上说："老总，我真不知道游击队在什么地方，我都几年没见过游击队的人了。"欧阳少春很客气地笑着说："老乡，不要害怕，我们不是什么老总，我刚才说了，我们与南山游击队一样，也是红军留下来打游击的，现在真的是有急事要找到他们，如果你不相信，我这里挑来的东西，都是枪支弹药，你可以挑一担去，送给游击队，游击队收到这些枪支弹药后，就会通知我们去山里见面的。"

刘金虎还是有些犹豫不决，欧阳少春说："老乡，我这里有两根金条，你也带给游击队。这是两块银圆，算是给你的工钱，我们就在你家里等你回来。"

此时的刘金虎，并不完全相信欧阳少春的话，残酷的斗争，使这位心向游击队的老乡，有了十分的警惕；但他又担心真的是自己人，而误了游击队的大事，便说："工钱我就不要了，我给你们跑一趟，能不能找到，我也没把握，我进山试试吧。"

欧阳少春一听，很是高兴，对刘金虎说："老乡，我们红军游击队有纪律，不拿群众的一针一线，不强拉民夫，给你这两块钱的工钱，是应该的。"便硬是把两块银圆塞到了刘金虎的衣袋里。接着，刘金虎挑着十支步枪，另加八百发子弹，就进山了。一路上，刘金虎在想，还是要小心再小心，在没有搞清楚他们的真实身份之前，千万不能让他们钻了空子，更不能让他们知道游击队在什么地方。所以，他故意在山里兜了几个圈子，然后又在一个隐蔽的地方躲了起来，看看有没有人尾随跟踪他。没有人跟踪，空旷的山谷里，除了有几声清脆的鸟叫声和动物的吼叫声外，没有任何响动，等他完全确定没有人跟踪后，才挑起枪支弹药，急匆匆地向游击队的驻地奔去。

满头大汗、气喘吁吁的刘金虎，顾不得休息，挑着十支步枪，一刻也不敢停下来，在第二天太阳升起之前，终于赶到了游击队的驻地，站岗放哨的游击队员都认识刘金虎，高兴地打着招呼说："老刘，谢谢你又给我们送东西来了。"

刘金虎喘着气说："快，去告诉胡大队长，有急事。"一个游击队员很快找到了胡谋响，一听说有急事，忙从屋里迎了出来，刘金虎把担子往地下一放，说："大队长，有急事。"

胡谋响握住了刘金虎的手说："不要慌，坐下，慢慢讲。"又对通信员说："快给刘大哥倒碗水来。"刘金虎端过茶碗，"咕噜、咕噜"一口喝了个干净，这才急切地说："大队长，有个叫欧阳少春的人要见你，还带来好多枪和子弹。"

胡谋响忙问："他是干什么的？"

刘金虎说："他要我转告你，他说他是中央苏区红军转移后留下来打游击的，有急事要见你，因为你们上次枪杀了新四军的联络官，怕你不相信，产生误会，要我先送十支步枪和八百发子弹给你，还有两根金条，我家里还有枪和手榴弹，他要你立即下山，他在我家里等你。"

这时，胡谋响才注意到刘金虎放在地上的担子，把包装布一拉开，的确是十支汉阳造步枪，乌黑铮亮，又把两个包袱打开，是八百发黄灿灿的步枪子弹。

胡谋响对一个游击队员说："验枪，射击！"几个游击队员把十支步枪都装上子弹，向对面的一个山坡射击，清脆的枪声划破了天空，惊得林中的鸟儿四处飞散。胡谋响说："这枪和子弹都是真的，看来，这个要见我的人，十有八九是其他游击队来联络我们的。"为了慎重起见，胡谋响紧急召集了分队长以上干部会议，对这个突发的情况进行分析。经过一天的考虑，大家都觉得，不管是驴是马，都应该搞清楚，应该立即与来人见面。为了确保游击队的安全和可能产生的变故，胡谋响决定全队进入戒备状态，由张金彪在山上留守，他自己带着游承军和刘金虎连夜下山，去见见这个欧阳少春。

三个人紧赶一个晚上，在第二天太阳升起的时候，赶到了刘家墩。游承军在刘金虎家的外面担任警戒，以应付突发情况，刘金虎则带着胡谋响进到自己家里。同欧阳少春一起来的几个团丁昨天就回去了，只有欧阳少春在刘金虎家的竹床上睡了两晚。这时，欧阳少春已经起床，正在洗脸，一看刘金虎带着一个人来了，赶忙放下手中的毛巾，伸出手来说："你是胡谋响同志吗？"胡谋响握着欧阳少春的手，感到眼前这个人很面熟，心里想，这个人一定是在哪里见过，他像过电影一样，仔细回忆着。忽然，他想起来了，来人是中央苏区游击训练班的阳教员，忙说："哎呀，你是阳教员。"

欧阳少春一听，就马上明白了，虽然教员不一定能记住自己教过的学生，但学生一般都会记得教过自己的先生，他认定，这个胡谋响一定是到苏区参加过训练的学员，便紧紧地握了握还没有松开的手说："是呀，我就是在中央苏区游击训练班讲过课的欧阳教员。"胡谋响松开手说："我们真是想死你们了。"伸手端过一把椅子，说："老刘，快倒茶。"眼前的这一幕，把刘金虎看呆了，心里想，昨天还把他当作奸细，差一点误了大事，便赶忙去给欧阳少春泡茶。胡谋响望着欧阳少春，心里一热，眼眶里都流出眼泪来了，说："阳教员，这七年多来，我们就像没爹没娘的孩子，到处打听组织的下落，可是连影子都没找到，这下好了，我们终于找到组织了。"

欧阳少春听到这里，已经明白胡谋响不知道他叛变投敌的事，便假戏真演，说："胡大队长，我们中央苏区留下来的游击队，也和你们一样，经历了三年艰苦卓绝的游击战争，牺牲了许多同志。我们知道在南山，还有支红军游击队，但环境恶劣，无法与你们取得联系，你们能够坚持下来，很不容易，我们也非常想念你们。"

一阵寒暄过后，欧阳少春便转入了正题，他拿出一份国共两党合作抗日宣言，给胡谋响看。胡谋响说："这上面的字我还认不全，还是你念给我听吧。"

欧阳少春便照着宣言，给胡谋响念了一遍，接着对胡谋响说："现在国内情况发生了翻天覆地的变化，当前国内的主要矛盾，是民族的存亡，国共两党已相逢一笑泯恩仇，实现了国共第二次合作。中央苏区转移到陕北的红军，已改编为国民革命军第八路军，由朱德同志担任总司令；南方八省的红军游击队，已改编为国民革命军新编第四军，叶挺将军任军长，都接受了国民政府军事委员会蒋委员长的领导。八路军、新四军都已开赴抗日前线和敌后，与日本鬼子进行殊死斗争。上次新四军派来的联络官来联系你们，因为你们不了解形势的变化，误杀了联络官，失去了改编新四军的机会。现在，国民政府为了抗日，将全国划分为十二个战区，我们这里属第九战区，根据战区司令部命令，上级派我来组建鄱湖游击司令部，收拢各地的零散武装，等小鬼子打到我们家乡时，让我们承担起保卫家乡的责任。"

听完欧阳少春的一番话，胡谋响心里五味杂陈。从他和张金彪到省城和江州侦察得到的情况结合今天听到的情况来看，国共两党合作是无疑的，但他一时还转不过弯来。现在，共产党听命于国民党，红军帽子上的红五星变成了青天白日徽章，打了十年的白狗子，现在摇身一变，要在一个锅里吃饭，虽说是枪口一致对外，都去打鬼子，但心里还是有一种莫名的惆怅。这时，胡谋响弱弱地问了一声："那共产党还存在吗？"欧阳少春告诉他："共产党还存在，国共合作后，原来是共产党员的，还是共产党员，但已经不是非法的，而是合法的，但要服从国民政府，不再开展打土豪、分田地，不再建立苏维埃政权。"欧阳少春接着又说："我现在就是共产党员，出任鄱湖游击司令部的总指挥，我的职责，就是听从第九战区指挥，组织地方武装，打击日本侵略者，保卫家乡，把日本鬼子赶出中国去！"

胡谋响还是一下子转不过弯来，苦苦寻找的共产党，现在竟然站到了国民党的旗帜下；但欧阳少春说的，与他听到的、看到的，又是事实，他找不到任何理由去反驳，不去接受欧阳少春的收编。

察言观色的欧阳少春，已经觉察出胡谋响的犹豫，便进一步引诱说："谋响同志，这里还有十支步枪，一挺机关枪，还有一百枚手榴弹和几千发子弹，都是第九战区装备你们南山游击队的。如果不是经我们共产党同意，国共合作联手，这些枪支弹药怎么会给你们呢？"

胡谋响听到这里，觉得还是有道理的，便说："这么大的事，我一个人还不敢决定，我想请你上山，你去给同志们把道理讲清楚，只要大部分人都同意，我们就同意收编，加入鄱湖游击司令部。"

胡谋响带着欧阳少春，又请刘金虎挑着那十支枪等武器，回到了南山游击队的驻地。大家纷纷围拢过来，胡谋响给大家介绍说："这位是欧阳少春，是当年我在中央苏区游击训练班受训时的教员，现在是鄱湖游击司令部的总指挥。"

欧阳少春笑着热情地给大家打招呼。一位游击队员对胡谋响说："大队长，这下好了，你终于找到了党，我们游击队有希望了。"胡谋响还是心事重重，对张金彪说："通知分队长以上干部，到大队部召开紧急会议。"

人员到齐后，胡谋响首先发言，他说："同志们，我首先给大家介绍一下，这位同志叫欧阳少春，当过红军的师长，现在是鄱湖游击司令部的总指挥。大家知道，近几个月，白匪军没有来'围剿'我们，原来是日本鬼子打来了。这些东洋小鬼子，所到之处，杀人放火，强奸妇女，一片焦土。所以，白匪军被调去打日本鬼子了，因此，这段时间，大家都感到很安静。现在，外面的情况是，我们共产党和国民党合作了，提出了枪口一致对外。我们天天想、夜夜盼的共产党和红军，现在改编成了国军的第八路军，已经没有朱毛红军了；留在南方的游击队，也改编成了国军的新编第四军，也叫新四军。本来，我们应该改编为新四军，由于我们的鲁莽，误杀了新四军的联络官，错过了加入新四军的机会。现在，这位阳总指挥要收编我们，加入鄱湖游击司令部，也要听命于那个该死的蒋光头，现在叫蒋委员长，我们南山游击队的命运，今天就要做个决断——是接受欧阳总指挥的收编，还是继续留在南山，还是解散回家种地，由大家来决定。"

游击队员中，很多人的亲人被白匪军杀害，一听胡谋响的话，就有人当即表示不同意国民政府收编。这时，张金彪站起来说："从感情上来说，我也不同意与白匪军同吃一锅饭，同举一杆旗，但现在的问题是，连朱毛红军都加入了国军的队伍，那我们这些人不接受收编，还在这个深山老林里，又能做什么呢？再说，收编后，我们是去打鬼子，保卫家乡，保卫父老乡亲，所以，我倾向于接受收编。"

会场上，人声嘈杂，吵吵嚷嚷，意见一下子不能统一。

欧阳少春凭着他丰富的经验，知道是该他站出来说话的时候了，于是他站起来说："同志们，大家同白匪军打了快十年，牺牲了很多的战友，从感情上一下难以接受，我十分理解。过去国共两党，兵戎相见，是兄弟之间的争斗。现在，外敌入侵，民族危亡，作为兄弟，就要摒弃前嫌，团结起来，兄弟同心，一致对外，只有这样，我们才对得起自己的列祖列宗。这次，我代表政府和第九战区来收编大家，是有诚意的，这次带来的武器弹药，是给同志们的见面礼，收编后，还要全部换装，就是要求你们，去保卫自己的国家，去保卫祖祖辈辈的家园，让自己的父老乡亲和兄弟姐妹不被欺凌。"

欧阳少春的话一结束，游承军就站起来表态说："国民党、共产党都打鬼子去了，我们总不能留在这山上当山大王吧？我看除了同意收编，也没有什么出路，因此，我同意跟着阳总指挥打鬼子去，保卫自己的家乡。"

游承军表态后，大部分人都表示，已经错过了一次新四军收编的机会，再也不能错过这次机会了。

胡谋响一看，大多数队员同意下山改编，虽然心里高兴不起来，但还是按少数服从多数的原则，同意加入鄱湖游击司令部。但他向欧阳少春提出了一点要求，他说："八路军、新四军虽然受政府领导，但他们没有分散，还是一个整体，南山游击队改编后，也要不拆散，保持南山游击队的整体性。"欧阳少春略一思索，便答应了胡谋响的要求。

胡谋响最后经过慎重考虑宣布，同意南山红军游击队加入鄱湖游击司令部，他强调，加入游击司令部后，全体红军游击队战士，不能忘记自己曾是一名红军，永远视人民为父母，保持红军的优良传统和作风，英勇杀敌，把日本鬼子赶出中国去！

欧阳少春一看，收编的目的已经达到，随后宣布从即日起，南山游击队改名为鄱湖游击司令部第九大队，接受国民政府领导，任命胡谋响为第九大队大队长，张金彪为副大队长，游承军、程世星、江中浪为三个分队队长。同时，将带来的枪支弹药，分发给部队，换下了一部分还在用的鸟枪、鸟铳。许多战士领到了新枪和子弹，大家都欣喜若狂，对手中的新枪左摸摸右瞧瞧，爱不释手，对欧阳少春也产生了好感。

欧阳少春心里非常清楚，他是以红军的叛将加入国军的，今天上山收编谈得这么顺利，有一定的偶然性，那就是他的红军身份起了重要作用，如果大家了解了他的叛徒身份，那就要前功尽弃，而且命都保不住。想到这里，心里不免有些胆怯，他担心夜长梦多，发生变故，便对胡谋响和张金彪说："日军已经占领了我国的东北、华北，按照这样的速度，不出一年，战火将烧到长江流域。军情紧急，不宜在此多停留，今天晚上大家做好准备，明天吃过早饭后，到枭阳县城举行收编仪式，立即开展战前训练，不知你们还有没有什么意见？"

胡谋响与张金彪商量了一下，便对欧阳少春说："总指挥，我们既然接受了收编，就是国家的抗日力量，我们同意你的意见，明天开拔。"

欧阳少春把这些事安排妥当之后，对刘金虎说："刘大哥，还要辛苦你一趟，你迅即下山，我写封信，你赶往枭阳县城，亲手交给马县长，要他组织召开一个隆重的欢迎大会，动员县城老百姓参加，庆祝南山游击队加入抗日队伍。"

马县长在第二天早上接到欧阳少春的信，他真佩服这个欧阳少春的三寸不烂之舌，高兴得心花怒放，与他进行了十年较量的红军游击队，终于握手言和，他的心头之患解除了。他也深深地知道，这是一支打不烂、拖不垮的队伍，其战斗力不知超过他的保安团多少倍，他打起了自己的小算盘，这支队伍不能全由欧阳少春掌握，应当作为县政府的一支武装力量，等与欧阳少春见面后，他再提出这个问题。

马县长顾不得吃早饭，就通知县里的有关部门和各界知名人士，到县政府参加紧急会议，部署欢迎大会的各项准备工作。会议决定：一、全城居民，除老弱病残外，一律参加欢迎大会；二、从县城北门一直到点将台中心广场，组织居民手持三角彩旗，高呼欢迎口号和抗日口号，场面做到隆重热烈，并在沿街的建筑墙面上，张贴欢迎和抗日的宣传标语；三、以鄱湖游击司令部和县政府的名义，在县城最大的枭阳饭店宴请南山归建游击队。会议还成立了宣传组，负责标语和彩旗的制作；会务组负责搭建收编欢迎大会主席台和会场布置；后勤组负责住宿和宴请工作。确定了这些事宜后，马县长说："各位贤达同仁，这是我县历史上的一件大事。根据欧阳总指挥信里说，预计下午四时左右，游击队将到达县城，时间紧，任务重，大家要各司其职，各负其责，相互配合，相互协同，让游击队的全体将士，感到政府的诚意、政府的温暖，让他们心无旁骛，勇杀鬼子，保卫家乡。大家能不能保证完成任务？"参加会议的人员都表示："马县长，放心吧，我们一定完成任务。"

各项准备工作有条不紊地进行，马县长戴着礼帽，穿着文明装，胸前别着一枚青天白日徽章，挂着一根文明棍，一样一样地检查落实，特别是主席台的布置，是他在亲自指挥。

主席台就搭建在点将台正中洞门前面，先是打下十几根木桩，然后在木桩上架上横梁，横梁上铺上厚厚的木板，木板上钉下三寸铁钉。马县长还怕不牢固，带了二十多人到台上又蹦又跳，显得非常平稳，这才算验收过关。

主席台下面用毛竹扎起了牌楼，马县长亲自挥毫泼墨，写下了一条会标，内容是：热烈庆祝南山游击队加入抗日队伍欢迎大会。还写了一副长联，挂在主席台的两侧，内容是：昔日兵戎相见宛若仇敌；今日兄弟联手驱逐日寇。马县长站在台下，仔细端详着他的得意之作，感到非常完美，这才停下来，还慷慨地拆开了一包文明纸烟，散发给了搭建主席台的工人们。

南山红军游击队在山上吃过早饭后，各小队都带着队伍来到大队部前集合，集合完毕后，胡谋响发出命令："全队出发！"

游击队一路急行军，到达枭阳县城的时间是下午三点。站在北门城楼上的马县长，远远就看到一支队伍向县城而来，就下城墙带领县城的官员和各界人士，在城门两侧迎候。当队伍距城门不到两百米时，随着马县长一挥手，就响起了一阵噼里啪啦的鞭炮声，舞龙舞狮队欢腾跳跃，锣鼓声与鞭炮声交织在一起，欢迎的人群挥舞着彩色三角旗，不时有人高呼口号："欢迎南山游击队加入鄱湖游击司令部"，"枪口对外，一致抗日"，"保卫中华，保卫家乡，驱逐倭寇！"

队伍一到北门，马县长就迎了上去，握住胡谋响的手说："久仰、久仰、欢迎、欢迎！"马县长陪着胡谋响和欧阳少春，走在队伍的前面，一直来到中心广场，登上了点将台前的主席台。

欢迎大会由马县长主持并致欢迎词。

今天的马县长，内心十分高兴，一个长达十年的对手，今天一起站在了党国的旗帜下，他的心头之患消除了，保境安民的抗日力量也增强了，所以，他的欢迎词是真心的，动情的，让大家听得入耳，心里舒服，也赢得了大家的掌声。

接着，胡谋响代表南山红军游击队讲话，但他心里的坎还没有完全过去，面对这个与自己较量了十年的反动县长，心里总感到十分的别扭，但现实的情况是，国共真的是合作了，大敌当前，带领自己的队伍去打鬼子，又是天经地义的事，他只能是忘却内心的伤痛。面对欢迎的群众和热烈的场面，胡谋响不得不做出一种表示，他说："父老乡亲们，我们南山红军游击队，是共产党红军的队伍，是为人民大众谋幸福的队伍。十年前，国民党叛变革命，向我们共产党人举起屠刀，一批又一批共产党人和革命群众倒在国民党的枪口下，按理说，我们与国民党有着血海深仇；但是，现在外敌入侵，中华民族到了生死存亡的时刻，国共之争，毕竟是兄弟之间的事情，因此，我们摒弃前嫌，愿意在政府的领导下，去打击侵略者。这是我们应有的义务和职责，我们将用自己的鲜血和生命，保卫中华，保卫家乡，把小鬼子赶出中国去。"

胡谋响的讲话，赢得了热烈掌声。欧阳少春代表鄱湖游击司令部，也致了欢迎词。最后，由马县长，代表省政府宣布省政府命令。本来抬头只写了一句话，即"鄱湖游击司令部，同意收编南山红军游击队"，但到了马县长宣布时，嘴里却变成了这样的话："现在，我代表省政府，宣布省政府令——鄱湖游击司令部，枭阳县政府：经省政府同意，同意收编南山游击队，隶属于鄱湖游击司令部，建制为第九大队；同时隶属于枭阳县政府，又称枭阳县抗日游击大队，此令。江南省政府。"

欧阳少春一听，知道这个马县长塞进了自己的私货，但在这种场合，又不好点破，只得宣布："欢迎大会到此结束。"

晚上，欧阳少春和马县长为南山红军游击队举办了隆重的欢迎宴会，马县长还安排了本地的戏班子，作为欢迎仪式的压轴戏，使收编工作画上了一个圆满的句号。

（九）

鄱湖游击司令部收编南山游击队后，所有人员都是清一色闪着蓝光的新枪，而且每个人都领到了佩戴的臂章帽徽和一套冬装、两套夏装。先是集中一段时间学习抗日战争形势和山地湖滨地区的游击战略战术，在枭阳县城度过了1938年的春节，然后在欧阳少春的率领下，离开县城，前往幕阜山余脉，开展临战前的训练。

从"七七"卢沟桥事变，到1937年12月13日，日军就一路势如破竹，占领了国民政府的首都南京，制造了惨绝人寰的南京大屠杀，三十多万手无寸铁的南京军民，惨死在小鬼子的刀枪之下，三分之一的房屋被焚毁；日军所到之处，实行"杀光""烧光""抢光"的"三光"政策，战争的阴云已经弥漫到赣北的天空，在枭阳县城就能闻到战火硝烟的味道。

按照第九战区司令部的命令，省政府配属两个保安团给鄱湖游击司令部，由欧阳少春统一指挥，负责南山地区的防守；枭阳县城只有一个地方保安团，负责战前的社会秩序并配合第九战区的工作。

1938年的端午节刚过，马子佳县长就接到第九战区和省政府的命令，要求县政府配合武汉保卫战，实行"焦土抗战"。马县长不敢怠慢，立即召集县城主要官员和各乡乡长参加紧急会议，商议贯彻落实"焦土抗战"的命令。马县长在传达战区和省政府的命令后说："各位乡党和同仁，怎么落实上峰命令，请各位畅所欲言，发表高见。"

大家一听"焦土抗战"的命令，几乎都惊得说不出话来，面面相觑，会议室里死一般的沉寂。

马县长用眼扫了一下，看大家都默不作声，便站起来说："各位，大家的心情我能理解，要亲手毁掉祖祖辈辈居住的家园，我也舍不得；但是，大敌当前，政府要求焦土抗战，不留一间房给鬼子住，不留一粒粮给鬼子吃，不留一滴水给鬼子喝，这是战争的需要，还望大家能体谅政府的苦衷。"

虽然马县长语重心长，晓之以理，但大家还是一言不发，而且都把眼光集中到了吴裁缝头上。吴裁缝是枭阳城最大的财主，用老百姓的话说："半边街都是吴裁缝家的"。吴裁缝一看，自己不表态是不行了，便从座位上站起来说："我看这个'焦土抗战'就是个混蛋命令。刚才马县长讲，小鬼子搞'三光政策'，这鬼子还没来，我们就帮鬼子先搞'光'了，这不是干亲者痛、仇者快的傻事吗？如果我们把县城烧了，这县城一万多居民住到哪里去？抗日我支持，哪怕是倾家荡产，我吴裁缝决不含糊！大家应该明白，这鬼子是过山虎，几天没有房子住，睡在露天里，死不了他，可老百姓就遭了殃，总不能一年四季露宿街头吧？这样毫无意义地毁坏祖上的家业，我坚决不同意。"说完，他重重地一屁股坐了下来。

吴裁缝一讲完，县城的这些财主就像炸开了锅，都纷纷表态，不同意自毁家园，焚毁县城，会议一下又僵住了。

马县长也是一筹莫展，细细一想，各位说的都有道理，便说："各位贤达，本县长何不与你们的想法一样；可是，这上峰的命令白纸黑字，谁能担待起破坏抗战这个罪名啊。"

参加会议的保安团团长胡德水，也接到了鄱湖游击司令部的命令，他知道，作为战时的军事命令，下级是无法抗拒的，他从内心也不赞成这个焦土抗战政策，难道把房子烧了，鬼子晚上就不睡觉？也感觉到这个命令有些荒唐，但他一想，不给上峰做点样子，他和马县长都难以交差。想到这里，他想出了一个主意，既可以向上交差，同时还能将两户与共产党有牵连的大户烧个一干二净，这两户便是王世忠和洪镇江家。洪镇江的儿子洪水，王世忠的儿子王贤才，都是1927年攻打县城的两个头头，虽然后来两人下落不明，未能捉拿归案，洪镇江和王世忠是难以摆脱干系的，但由于洪、王两家有钱有势，用贿赂的方法摆平了马县长，同样也没有受到追究，这事也就不了了之。对这件事，胡德水一直耿耿于怀，何不借这次机会，把洪、王两家都烧了？这既可以出他心中的怄气，又能给上峰有个交代。想到这里便站起来说："诸位，本团长有话要说，马县长传达的上峰命令，我等必须执行，但是否所有的房子都要烧掉，我看也未必。都烧了，不说老百姓，我们这些人又住到哪里去？吃什么？喝什么？应该根据具体情况，具体对待。根据战场形势分析，假如鬼子南下经过我县，有两条必经之路：一条是水路，那就是从鄱阳湖上岸，必须经过南麓乡的下乡洪家港；第二条路是山路，那就必须经过南麓乡的上乡王家畈。上乡最大最好的房子，就是王世忠家的；下乡最大的庄院就是大财主洪镇江家的。我看只要把这两户有代表性的庄院烧了，然后再在南浔线上，烧一些老百姓的破草房，上报上去，我看这项工作就不会有人来追究地方政府的责任了。"

胡德水的一番话，一扫大家脑海中的阴霾。大家知道，这十多年来，全县动荡不安，到处刀光剑影，搞得这些土豪劣绅惶惶不可终日，都是这洪、王两家惹的祸。大家一听胡团长的发言，顿时，全场气氛就活跃起来，都纷纷表示赞成。

马县长一看，会议已达到了预期效果，便下达命令说："胡团长，你带保安团去落实，告诉洪镇江和王世忠，大敌当前，要把民族利益放在第一位，要舍小家、顾大家。作为县长，我还是要做到爱民如子，告诉洪镇江和王世忠，我在县城给他们安排住处，沿南浔线的老百姓，每户发三块大洋，叫他们有亲投亲，有友靠友，请立即执行。"

胡团长站起来大声说："是！坚决完成任务！"

会议结束后，各乡也立即行动起来，特别是沿南浔线两侧，开展了轰轰烈烈的抗日宣传活动，把"不留一间房给鬼子住、不留一粒粮给鬼子吃、不留一滴水给鬼子喝"的口号，做到了人人皆知，户户明白。老百姓是通情达理的，何况政府还给了三个大洋，一家有三床棉絮的人家不多，能烧的也就一个芭茅屋顶了，大家都积极配合政府的行动，坚壁清野，掩埋水井，没几天工夫，就人去屋空，纷纷投亲靠友去了。保安团的士兵，点燃了干枯的茅草房，一时浓烟四起，沿南浔线，几乎成了无人区。

保安团在洪、王两家遇到了一些麻烦，洪镇江一听什么"焦土抗战"，要烧毁他的洪家大屋，便极力阻拦；王世忠一听祖上传下来的基业，要毁在自己手上，也是极力反抗。无奈秀才碰到兵，有理说不清，面对政府和第九战区的命令，洪、王两家的抵抗是徒劳的。但这对冤家对头，在临死时，都没忘家族恨，就是死也要对方当个垫背的，洪镇江对胡团长说："要烧，也不能只烧我一家，如果王世忠家不烧，那我洪家就坚决不烧。"

胡团长告诉洪镇江："抗日不分你我，如果你家烧了，王世忠家没烧，拿我是问。"但洪镇江心里永远不知道，胡团长要的就是这句话，他是要一箭双雕。王世忠也说："要烧，洪家大屋也要烧，否则，我王世忠会找你胡团长拼命。"胡团长心里乐了，他最后决定：两家同时点火。

在洪、王两家撕心裂肺的哭声中，王家大屋和洪家大屋被一片浓烟笼罩，大火足足烧了一天一夜。

战况瞬息万变，取得了台儿庄大捷的国军，没能守住台儿庄，徐州失守，接着南京沦陷。日军下一步的目标，直指内陆中心城市武汉，并很快形成了对武汉的大包围。1938年5月底，日本御前会议正式决定，实施攻占武汉的作战部署。

国民政府军事委员会决定组织武汉保卫战。第五、第九两个战区所属部队，包括陆军、空军、海军共14个集团军，50个军，作战飞机200架，舰艇30艘，总兵力110万人，蒋介石亲任总指挥。各兵团从1938年6月开始，分别以鄱阳湖、大别山、幕阜山余脉等天然屏障为依托，组织防御，节节抵抗，保卫武汉。在南山鄱阳湖区域，主要由张发奎和薛岳指挥的第一兵团开展对日作战。

日军方面的总指挥为烟俊六大将，主要指挥官为第十一集团军司令官冈村宁次，参战兵力为9个师团，总兵力25万余人，战舰110艘，战机300余架。

此时，整个华东、华中地区，战云密布，战事一触即发。

三月初，马县长接到第九战区的第二个命令，就是要为长江要塞马垱运送花岗石块，阻止日军军舰通过马垱要塞。

枭阳县盛产花岗石，第九战区要求枭阳县必须在一个月内为马垱要塞运送4500立方米石块，如贻误战机，将拿马县长是问。

马县长接到命令后，心里暗暗叫苦，现在空气中都弥漫着硝烟的味道，到处人心惶惶，到哪里去组织那么多人力去采石块呢？但军情紧急，容不得马县长多想，便立即召开由各乡乡长参加的紧急会议，将任务分派到各乡。枭阳县有15个乡，平均分摊，每个乡就是300立方米。4500立方米石块，要是放在平时，不是一件难事，但是，现在沿南浔线的四个乡，在焦土抗战的决策下，老百姓的房屋早已烧毁，人都不知去向；而沿湖的几个乡，以渔民居多，没有开采花岗石的能工巧匠。所以，各个乡接到任务后，都是一筹莫展，叫苦连天，都表示无法完成上峰交办的任务。马县长心里也清楚，乡长们说的都是实话，但军令如山，不完成这4500立方米石头，他马县长的项上人头都难保。想到这里，心一横说道："现在国难当头，匹夫有责，我不听困难和想法，也不要过程，只要结果，每个乡300立方米石头，一块都不能少，完不成任务，上峰要我的头，我丑话说在前面，你们这些乡长就先给我垫背。"

听完马县长的话，全场鸦雀无声，大家你看看我，我看看你，都冒出了一身冷汗，谁都知道，马县长的话，绝非儿戏，可不是吓唬人的。这时，参加会议的余秘书站起来说："我有个建议，不知是否可行。"

马县长望了一眼余秘书说："有什么高见，尽快说来！"

余秘书坐下来，呷了一口茶，这才说："这次上峰下派的花岗石块任务，时间紧，任务重，容不得我们讨价还价，必须按时完成。我想大家都明白，沿湖的几个乡，渔民居多，不擅长花岗石开采；而沿山的几个乡，虽有大量的石匠，但由于焦土抗战政策，也早已人去屋空，要集中这么多人来，一时也不容易。但我想，办法还是有的。大家知道，过去，石工采一立方米石头，大约是两块银圆，那么，在这个特殊时期，我们提高工价，每立方米给四块。古人说，重赏之下，必有勇夫，只要把提高工钱的话风放出去，总有一部分人来采石头。那么，沿湖几个乡就出钱，一共是一万八千个大洋，县政府按常年收购价，应拿出九千个大洋，由县城的财主出九千个大洋，不是难事，沿湖几个乡只要出九千大洋，也不是难事，山区的四个乡不仅不要出钱，还能让石工赚一笔，这积极性就不会差。现在虽然沿南浔线几个乡，人去屋空，但这些人并没走远，因为很多人一辈子都没有离开过方圆五十华里的活动区域，就是投亲靠友，一般也就在方圆二十华里范围内，也就是说，90% 的人没有离开枭阳县。要动员这些人出来，光靠政府，有难处，因为我们不善于组织发动群众。谁最会组织发动群众呢？不用说，大家都知道，那就是共产党。虽说在 1928 年以后，明的共产党都砍了脑壳，但还没有暴露身份的共产党和农会积极分子，大有人在。去年，我们停止剿共时，南山游击队利用这个机会，在山区各乡又发动群众，建立农会，说明拥护共产党的人大有人在。我想，胡谋响已经归顺了政府，只要我们申明大义，让胡谋响的南山游击队去发动群众，动员石工来开采石块，我看是完全可能的。"余秘书一口气，讲完了他的建议，望了一眼马县长，表示自己讲完了。马县长接着说："余秘书的意见，我看可以。沿湖六个乡在一个星期之内，将九千块大洋送到县政府，县保安团和县警察局互相配合，在县城征收九千大洋，也要确保一星期到位。石工按实交石块立方结账，当场付现，不打赊条。胡大队长我去谈，他的队伍不仅隶属鄱湖游击司令部，也是我们县政府的一支武装力量，他懂得国共合作，枪口一致对外的道理。"

紧急会议结束后，各部门和各乡都各司其职，紧张行动起来。

马县长带着余秘书，两人各骑了一匹马，赶到了游击队在南山的训练基地，通报了第九战区司令部的命令，欧阳少春当即表示全力配合，又把胡谋响找来，欧阳少春和马县长共同向胡谋响传达了去动员发动群众的命令。胡谋响没讲任何条件，就接受了任务，集合起他的队伍，跟随马县长回到了枭阳，去动员发动石工开采石块，支援马垱前线。

胡谋响先是找到了刘金虎，讲明了这次开采花岗石支援前线的意义。刘金虎是个明事理的人，加上政府收购石块的工钱比平时高出一倍，刘家墩的一些石工都愿意接受这个任务，便你通知我，我通知你，不到两天工夫，第二天就聚拢了一千多名石工，第三天，就由胡谋响的游击队领上了矿山，不到半个月时间，4500立方米石块就开采完毕，并全部运送到了鄱阳湖的帆船上，在马县长和胡谋响的运送下，用了两天时间，又全部运送到了马垱要塞。

马垱要塞核心守备的最高指挥官王将军，亲自设宴款待了马县长一行，还将一面锦旗送给了枭阳县政府，锦旗上面写了八个字：全民抗战，枭阳率先。落款是：国民革命军马垱要塞司令部赠，一九三八年四月。

马垱要塞虽为弹丸之地，但战略位置十分重要，当日军意在夺取武汉时，国民政府最高军事委员会便把目光集中到了马垱。为力保武汉安全，专门成立了长江阻塞委员会，负责阻塞工程的设计和施工，除了花岗石外，还在江中心沉船18艘，只保留了一条狭窄的通道；水面上还布置了三道水雷防线；在马垱山上的高地，建有重炮阵地并派有重兵防守。按照常理，马垱要塞防守一年或半载是完全可能的，只要马垱要塞不破，武汉就是安全的。

1938年5月7日，是枭阳县县考的日子。马县长由于亲自去了趟马垱要塞，也认为马垱要塞固若金汤；虽然战争的氛围越来越浓，他还是决定如期举行县考。

战争的恐怖气氛，阻挡不住莘莘学子的求知渴望，100多名私塾学子从各乡结伴来到县城，考场就设在当年朱熹管理过摧科抚字的府衙大厅。

这天，天气晴朗，万里无云。上午八时，学子们都已进入了考场，马县长作为总监考官，与各乡带队的先生们热情地打着招呼。开卷之前，马县长作了简短的讲话，他说："各位学子，你们十年寒窗，今天要一见分晓。当前正值国难当头，希望你们能考出好的成绩，获得进一步深造的机会，将来好报效国家，光宗耀祖。"马县长讲到这里，一阵刺耳的呼啸声由远而近，震得县府大厅的窗户发出"嗡嗡"的声响。从县长到考生，都没有经历过这种恐怖的尖叫声，大家纷纷跑出考场，仰望天空。只见四架飞机低空掠过县城，飞机上醒目的太阳图案血红血红，能看得清飞行员的面孔。飞机在县城上空盘旋一圈之后，在鄱阳湖上空转了一个弯，又返回县城。城里的老百姓没有见过空中飞过的铁家伙，都在屋外看新奇和热闹。这时，大家都看见飞机上掉下一个又一个黑乎乎的像圆球一样的东西，还有人喊："快看，飞机下蛋了！"刚说完，那蛋落地，闪出火光，响起了一阵又一阵的爆炸声，砖块、泥土、瓦片及人体残肢在空中飞舞，又纷纷散落下来。紧接着，哭喊声、求救声响成一片。马县长大喊："乡亲们，快躲开，这是小鬼子的飞机！"听到马县长的喊声，大家又纷纷跑开。飞机投弹后，又在湖面上转了一个圈，把那些个铁蛋蛋砸到了屋顶上，有几栋房子在爆炸声中倒塌，并燃起了熊熊大火。惊慌的人们哭爹喊娘，全城笼罩在一片恐怖气息之中。飞机扔了两次炸弹后，爬升了高度，一眨眼工夫，就消失得无影无踪。过了一会，人们直到听不到那吓人的声音了，这才清醒过来，救人的救人，救火的救火，混乱中，大家忙乎了一个多小时。最后，县政府一统计，当场炸死考生3人、居民7人，炸伤考生8人、居民21人，由于房屋倒塌，压死1人，压伤11人。

据民国政府战况通报，当天，受到日军轰炸的有江州城、枭阳县城、渔门县城、海昏县城、饶州城、景德镇。种种迹象表明，大战一触即发。

从5月7日开始，日军飞机不定期来枭阳县城轰炸，死伤人数日益增加，战前的恐怖气氛越来越浓。马垱失守后，马县长接到省政府命令，县政府撤离枭阳县城，到鄱阳湖对岸的德昌县组成流亡政府。马县长立即布置撤退工作，在撤离前夜，马县长召开了最后一次政府会议，宣读了省政府关于组建流亡政府的命令，然后对大家说："国难当头，在这生死诀别之际，我只能说，各位要立即撤离疏散，特别是商会会长和各乡乡长，要告诉民众，尽快离乡逃难，但愿我们今生有幸，战后还能够重回故土。"马县长说着说着，竟泪流满面，泣不成声，与会者也深受感染，神情悲戚，都饱含泪水。马县长最后凄凉地说："本县长无能，不能保佑一方平安，大家都逃命去吧！"

五月底，从山东、安徽、江苏、河南等地逃往南方的难民越来越多，整个枭阳城处在无政府状态，局面十分混乱。县城的吴裁缝等一些大户，包括住在县城的洪镇江和王世忠，都拥挤在紫阳码头，乘船前往江西乐平避难；没钱远走他乡的，也就近逃往南山的深山老林，以躲避日军的飞机轰炸。县城几乎成了一座空城。

8月7日，远在数百里之外的饶州城同样遭到了日军的空袭。

1930年初，王修杰和洪霞接到赣东北特委的指示，要王修杰回赣北担任南山红军的党代表，洪霞随行担任报务员。在离开饶州的前夜，忍痛将不满一岁的儿子王明德交由隔壁做茶叶生意的王义仁和他的爱人苏茶花代为照看，说是等在南山安定了，再来接儿子王明德过去。可是，王修杰和洪霞这一走，就像是泥牛入海无消息，王义仁和苏茶花只好将王明德视为己出。在王明德六岁时，夫妇俩把他送到了县城的一处私塾启蒙。8月7日日军轰炸，这对夫妇双双倒在血泊之中，王义仁在临终前，要邻居找来正在上学的王明德。王明德看到父母满身是血，便扑到父母身上号啕大哭，王义仁拉着王明德的手说："孩子，爹妈现在管不了你了，有件事本来想等你长大了再告诉你，但现在不告诉你是不行了，我和你妈不是你的亲爸亲妈，你的亲爸叫王修杰，你的亲妈叫洪霞，都是枭阳县人，你一岁时，你爸妈就去了南山，后来我打听到，1930年就跟着红军走了。你爸妈把你托付给我，我答应一定帮他们把你抚育好，现在，我不能完成你爸妈的心愿了。在这饶州，我也无亲无故，我的老家，比枭阳还远，现在，兵荒马乱，谁有能力收养你啊。孩子，我知道你的老家，在枭阳县的王家畈，你的祖父叫王世忠，也是个大户人家，你去找你爷爷吧。从我们饶州到枭阳，有两条路，一条近些，但岔路口太多，不容易走；还有个驿道，是条大路，但远些。你还是走大路吧，先找到景德镇，到了景德镇，有条很宽的马路，你就沿着这条马路朝着江州城走，过了江州，就是枭阳县了。"说到这里，王义仁从身上掏出一块玉佩来，吃力地说："孩子，这块玉佩是你爷爷给你父亲的，你父亲又给了你，我怕你弄丢了，所以一直在我身上保管，你爷爷要是看到了这块玉佩，就会认下你这个孙子的。"王义仁说完，就遗憾地闭上了双眼。

王明德在养父母身上哭得死去活来，在好心邻居的帮助下，草草地埋葬了父母，大家凑了些钱给王明德，王明德给邻居的大伯、大叔、大娘、大婶一一叩头，含着泪踏上了寻找爷爷王世忠的路。这些邻里乡亲也都像看戏动了感情，都为小明德担心，含泪目送这个可怜的孩子离开饶州城。

号称固若金汤的马垱要塞，仅一天一夜，就被日军攻占。它的戏剧性，令全国人民目瞪口呆，就连最高军事委员会委员长蒋介石也瞠目结舌。这个耗资巨大，动用赣北地区数县民工，流了几个月汗水的江防要塞，竟轻而易举地落入日军之手。

1938年6月21日，护卫马垱外围的安庆，仅坚守一天便失守，这等于保卫大武汉的外围，已被日军撕开了一个缺口，日军旋即溯江而上，马垱要塞便直接暴露在日军的攻击之下。

要塞守备陆军最高长官为十六军军长李韫珩；要塞核心守备司令为王锡涛，另加海军守备第二总队和一个海军陆战队。6月10日，李军长别出心裁，在马垱镇举办为期两周的"抗日军政大学"训练班，抽调了十六军排以上军官和当地的乡、保长进行培训，并要求鲍长义的二总队排以上干部参加；但遭到鲍长义的反对，由于二总队隶属海军指挥系列，李军长只得作罢，单独组织十六军参加。当6月21日安庆失守后，李军长不顾鲍长义取消训练班的建议，而是继续按原计划在6月24日举行结业典礼和会餐。这一荒唐行为，被日军奸细掌握，日军趁守军指挥力量空虚，于24日晚向马垱要塞突然发起进攻。虽然鲍长义的二总队拼死抵抗，但终因十六军两个师无人指挥，乱成一团，未形成战斗力，当晚，马垱要塞外围全部被日军占领。在这紧急关头，鲍长义多次请求李军长，派驻在彭泽县城的一六七师增援马垱，但一六七师同时接到两份命令：第九战区命令一六七师沿大路直接增援马垱，但有可能在路上与日军直接遭遇；李军长也下达命令，要求一六七师从小路增援，可以减轻路上可能遇到的损失。一六七师师长薛蔚英权衡利弊，为保存实力，执行李军长的命令，在崎岖的山路上走了将近两天的时间，才靠近马垱。此时，马垱要塞已全部失守，二总队伤亡过半，已撤出阵地。

日军占领马垱后，于6月29日组织爆破队，清除长江中的障碍物，随即彭泽县城失守。7月1日，弹丸之地湖口县城失守，长江门户大开，江州城直接在日军的炮火射程之内。

马垱失守，震惊了中国守军最高统帅部，蒋介石一怒之下，将李韫珩撤职查办，枪毙了一六七师师长薛蔚英。这些都于事无补，南浔线立即变成了武汉保卫战中的主战场。

第九战区决定利用南山等天然屏障，阻敌南进，急调二十五军在赣北布防，确保洪都安全。

日军占领马垱要塞后，接着江州沦陷。日军第十一军在冈村宁次率领下，分兵两路向南推进：一路由一〇一师团伊东正喜师团长，波田支队、佐藤支队、伪皖保安团及飞机二十架，从山南攻击前进；一路由一〇六师团从山北攻击前进，他们计划会师南山万家岭地区，一举夺取省会洪都。

从江州到枭阳县城，国军一路抵抗，但没有阻挡住日军的铁蹄。赶赴赣北的二十五军，在王军长的率领下，立即在东牯岭和西牯岭构筑防御工事，由五十二师防守东牯岭，一六〇师防守西牯岭，一九〇师为督战队和预备队。

当二十五军三个师长途跋涉到达指定位置后，立即派人去与枭阳县政府联系，军部副官找遍了县城，也未发现一位政府工作人员，只好回来向王军长报告："军座，县城几乎是一座空城，只有少数老百姓。听老百姓讲，马垱要塞沦陷后，枭阳县政府已改为流亡政府，迁往湖对面的德昌县去了。"王军长一听，气得直骂娘："他妈的，什么全民抗战，没有地方支援，我这三万人马，一天大米就要四五万斤，这个仗怎么打啊！"

　　王军长清楚，薛岳命令他在东、西牯岭至少要防守一个星期，由于是急行军前进，部队士兵所带的粮食只能保证七天左右，加上路上已经走了三天，按坚守七天计算，那就还差三天的粮食，如果不解决给养，防守七天就成了一句空话。

　　部队刚刚安顿下来，各师、旅都纷纷报告，防区内的房屋都已全部烧毁，水井被填埋，也买不到粮食，要住没住的地方，要吃买不到粮食，要喝找不到水井，到处是无人区。王军长又气得大骂起来："什么他娘的焦土抗战！没把鬼子困死，先把自己困死了！"王军长忧心忡忡，他摊开地图，西北一线，敌一〇六师团正在向万家岭攻击前进；身后的东北一线的江州，已经沦陷；而南面，是八百里浩瀚的鄱阳湖，自己的这三万人马，等于已经陷入了绝境，他对围在他身边的师、旅长说："弟兄们，我们已陷入绝境，而且是背水一战。我知道情况十分严重，统帅部正准备在万家岭地区设立伏击阵地，只有我们在这里拖住了一〇一师团，才能确保万家岭地区全歼一〇六师团，我没有别的办法，唯一的办法，就是与东、西牯岭共存亡。"王军长走出指挥所，指着雄伟险峻的东、西牯岭说："这里就是我军和一〇一师团共同的坟墓！"

　　马垱、湖口、江州失守后，正在山区临战训练的两个保安团，接到第九战区和省政府的命令，要他们撤入南山，避开日军锋芒，待沦陷后，开展敌后游击战争。

　　欧阳少春作为当年的红军战将，深深地知道当前战场的形势，远道而来的国军将士失去了地方政府和人民群众的支持，是不可能完成东、西牯岭的阻击任务的。他想到了已经收编的胡谋响的游击大队，他们在南山坚持了七年多的游击战争，与当地人民有着密切的联系。他决定留下胡谋响的游击大队，配合东牯山守军，为国军提供支援。

　　欧阳少春找来胡谋响，指着战役地图说："胡大队长，大战在即，国军三万多人已进驻东、西牯岭一线，这里地势险要，也是南浔线的重要屏障，一旦东、西牯岭至隘口关失守，日军一〇一师团等部将长驱直入，很快就能与一〇六师团会合，以致影响整个战局。"

胡谋响已经明白欧阳少春要给他布置任务，便说："阳总指挥，我南山红军游击队，既然已接受了改编，我们就坚决执行阳总指挥的命令，你下命令，我们保证不辱使命，战至最后一兵一卒。"

欧阳少春从内心升腾起对共产党领导的游击队的由衷赞叹，他非常了解共产党人的内心世界，心里想，要不是那个什么王明"左倾"路线，他也不至于改换门庭，来当什么游击总指挥，早就随八路军战斗在太行山上了。想到这里，他说："谋响同志，我不需要你战至一兵一卒，而是要保存自己，消灭敌人，这里有国军的三万将士，而且武器精良，也不要求你参加阻击战。现在，整个南浔线在焦土抗战的要求下，已没有一栋完整的房子，三万将士的吃、喝、住遇到了很大困难，他们远道而来，人生地不熟，后勤补给是一个非常严重的问题，你的任务，就是在南山山区，利用你们当年打游击与群众密切联系的优势，发动群众，踊跃支前，为国军将士提供后勤保障，让将士们在作战中能吃上饭，能喝上水，下雨时，能有个遮风躲雨的地方。"

胡谋响听完欧阳少春的话后，说："阳总指挥，你放心，南山山区有人口数万人，去年，我们已基本恢复了各乡的农会组织，我这就去发动群众，组织乡亲们支前，保障前方将士有饭吃，有水喝。"这时，欧阳少春从桌上拿出一张介绍信说："这是我给前方将领写的一张介绍信，你现在就去找他们，尽快与他们取得联系，根据他们的要求，立即开展工作。"胡谋响接过介绍信，离开欧阳少春，头顶星星，在朦胧的夜色中，连夜率领他的大队下山，第二天上午，找到了防守东牯岭的五十二师师长龙欣。

龙师长到达东牯岭前线后，面对这百里无人区，要住没住的地方，连一处干净的水井都找不到，心里憋了一肚子的火，正在这个时候，听到副官报告："师座，有位游击队队长求见。"龙师长不耐烦地说："大战在即，小小的游击队来凑什么热闹，不见，要是他们要枪，给他们几支就是了。"

副官从龙师长那里出来对胡谋响说："师座正在部署作战方案，没有时间接见你们，如果你们要枪，我可以给你们一些。"胡谋响一听，心里凉了半截，他知道，在国军里面，中央军看不起杂牌军，杂牌军看不起地方军，正规军看不起游击队。但为了抗战，为了打鬼子，他也顾不得生气，随即又来到了一六〇师师部，要见师长强盛。

强盛的师部设在西牿岭，在一个叫何家岭的小村庄，主要防守从鄱阳湖登岸的日军，王军长命令他做好七天的准备，而部队的粮食最多只能维持四天，他命令军需官在附近联系乡、保长，但都是人去屋空，找不到一个向导，也采购不了任何物资，心里正在为坚持七天犯难。正在这时，参谋副官进来报告："师座，本地有个游击队的胡大队长要求拜见师座。"强盛一听，终于找到了熟悉情况的本地人，马上说："有请，立即带来见我。"

胡谋响刚进门，眼睛正盯着挂在墙上的作战地图的强师长转过身来，趋步上前，伸出手来，紧紧握住了胡谋响的手，说："欢迎，欢迎。"

参谋副官立即搬来一张折叠椅，强师长说："请坐。"随即自己也坐了下来，急切地说："胡大队长，我们远道而来，对这里的情况不熟悉，真是两眼一抹黑，有你们在，事情就好办多了。"强师长望了望胡谋响又说："你来找我，有什么事？"这时，参谋副官给胡谋响端来了一杯白开水，胡谋响擦了擦头上的汗，"咕噜、咕噜"一口气将冷开水喝了个干净，才说："强师长，我们是当地的红军游击队，国共合作后，我们改编加入了鄱湖游击司令部，受总指挥欧阳少春之命，前来配合你们参加战斗，请给我们派任务吧。"说完把欧阳少春写的介绍信递了过去，强师长看过介绍信，望了望胡谋响，沉思了一下说："胡大队长，我非常需要你们的帮助，但不是要你去参加正面阻击，而是有几个具体事请你帮忙。"

胡谋响站起来说："强师长，有什么任务，你就吩咐，我们一定尽全力去完成任务。"

强盛听了胡谋响的话，很高兴地说："这第一件事，我师所带的粮食只能维持四天，现在，统帅部要我们在这里至少要坚守七天，全师一万多人，按每天一斤半大米的标准，至少还差五万斤大米，而且五十二师和一九〇师的情况与我们差不多，存在同样的困难，你要千方百计为我们筹措军粮，我派我的军需官配合你开展工作，按照你当地的粮价，我们付现款；第二件事是，现在正值夏季，天气炎热，整个东牯岭，除我这个师部驻地有一口水井，没有找到可以饮用的水源，而且山下原有的水井都被掩埋，饮用水是一个迫切需要解决的问题；第三件事，是我们部队除了进入作战阵地的以外，基本上都是在野外宿营，连个遮雨挡晒的茅棚都没有，官兵不能很好地休息，也势必影响部队的战斗力。胡大队长，只能为难你了，我一六〇师的全体官兵，一定记住你们游击队的大恩大德，我在这里，先谢谢你了。"胡谋响马上说："强师长，你言重了，打鬼子，保家乡，是我们应尽的职责，要说感谢，我们要感谢你们，千里迢迢，抛家舍业，来保卫我们的家乡。强师长，我不能保证这三项任务都能完成好，但我一定尽最大的努力，保证前方杀敌的国军将士能有饭吃，有水喝，能有个避风躲雨的地方。"说完，就与强师长告别，带着他的百十号人的游击队，又回到了南山山区，发动群众，踊跃支前。

胡谋响很快找到了刘金虎，刘金虎又通知了各乡的农会骨干，集中了两千多名当地百姓，仅几天时间，就收取了十几万斤粮食，又碾成大米扬净，源源不断地送往东牯山前线；支前的群众把填埋的水井又掏了出来；被烧毁的房屋，又重新盖上了茅草。在南山地区和东牯山战区，军民同仇敌忾，坚决打好东、西牯岭保卫战。

（十）

日军一路攻城略地，在占领江州后，又一路攻下吴楚雄关和枭阳县城。战火很快烧到了东牯岭战区。

东牯山在县城西，隔落星湖与县城相望，西连西牯山，北与南山的秀峰相望，海拔大约500米左右，面积约10平方公里，山上花岗岩嶙峋，山峰险峻，松树和毛竹郁郁葱葱，与南山对峙，南浔公路从观音岩蜿蜒而过，战略位置十分重要，而且易守难攻，也是南浔线最险峻的隘口之一。日军占领枭阳县城后，休整了一天，7月23日，日军首先出动20架飞机，对东、西牯岭进行狂轰滥炸，接着，一〇一师团从樟恕桥猛攻东牯山前沿阵地。五十二师一旅三个团拼死抵抗，战至黄昏，三个团伤亡60%以上，两天之后，东牯山的前哨阵地牛屎墩被日军石田道一大队占领。

　　龙师长面对当前战况，将一旅撤下来，由二旅接替，继续在樟恕桥一线阻击日军，战况日渐激烈，由于中国守军拼死抵抗，日军始终无法越过樟恕桥。战至第五日，日军十一军军长冈村宁次再次调来战机20架，配合地面进攻，东牯山前沿阵地一片火海，二旅也损伤惨重；特别是敌以牛屎墩作为桥头堡，对五十二师的南线阵地构成很大威胁。至此，五十二师只剩预备队未投入战斗，但全师已损兵折将过半。龙师长在指挥所里看着挂在那里的日历，还有两天时间，就完成了统帅部规定的阻击任务，心里暗下决心，一定要坚守到最后时刻。下午四时，一位营长直接把电话打到了龙师长的指挥所，龙师长拿起电话，电话里传来了那位营长嘶哑的声音："报告师座，我营与占领牛屎墩的日军苦战了三天，全营能喘气的已不足百人，而敌军的攻击丝毫没有减弱，请求师座给予支援！"双眼布满血丝的龙师长，对这位营长说："全师只剩预备队了，各处阵地告急，我现在还不能把预备队拉出来，因为距我师阻击的时间还有两天，这最后一点兵力，要确保最后的胜利。我告诉你，我现在无法增援你，办法只有战至一兵一卒。"听完师长的话，这位营长用同样决死的话回答："师座，卑职明白，我营决心与阵地共存亡！"放下电话，营长拿起一支冲锋枪，与营指挥所的全体人员，全部进入战壕，顽强地阻止日军的疯狂进攻。

　　龙师长根据几天来的战况分析，日军基本上到晚六时就停止攻击，龙师长决定出其不意，准备夜袭牛屎墩，将这个严重威胁我军的桥头堡夺回来。他立即下令，在预备队中抽调一个连的敢死队，由他亲自担任队长。晚七时，天已经黑下来了，正是敌军吃晚饭的时候，龙师长打电话到前沿营部找那位营长，接电话的是一位伤员，他报告说："报告师长，营长、副营长和各连连长、排长大部牺牲，或负重伤，目前阵地还有三十多人能继续战斗，阵地还在我们手里，我们坚决听从营长的命令，都决心流尽最后一滴血！"

听到这里，龙师长心里一酸，他对那位伤兵说："你们营是好样的，我感谢弟兄们，师部已组织了敢死队，很快就将你们撤下来，但等我们到达之前，要确保阵地不能丢失。"那位伤兵坚定地回答："师长请放心，我们人在阵地在。"这时，这位伤兵爬出营指挥所，一条一条战壕喊："弟兄们，师长马上要派人来换防了，在他们没有到达之前，一定要坚守阵地。"大家听说师长要带人来，又鼓足了勇气，纷纷收拢武器弹药，各自都坚守在自己的阵地上。晚7点30分，由龙师长带领的300多人的敢死队，全部进入一营阵地，并带来了干粮和水，一位班长向师长报告说："报告师长，我营前沿阵地东西宽800米，现在完整地交给师长。"

龙师长望着这些浑身散发汗臭味和血腥味的士兵说："弟兄们，你们是好样的，打出了我五十二师的威风，我代表全师感谢你们，请你们立即撤出阵地休息。"这时，士兵们互相搀扶着撤出战壕。龙师长在夜幕中，观察牛屎墩，只见朦胧的夜色中，一个小岛在三面环水中突兀着，前沿阵地距小岛约1000米的距离，小岛一侧与我军前沿阵地约有30米与东牯山相连，在夜色中，还能看到几处鬼火一样的火光。这时，龙师长已经做好了夺取牛屎墩的攻击计划，他将带来的四门迫击炮，架在最前沿阵地，要求每门迫击炮在发起进攻时一起开火，必须在一分钟之内每门迫击炮打出十发炮弹，同时，命令300名敢死队员，前面用五挺轻机枪在距牛屎墩200米时一齐开火，趁敌慌乱之际，一举拿下牛屎墩。晚8时20分，龙师长下达了攻击命令，四门迫击炮一齐发射，牛屎墩上亮起了一团团火光和爆炸声，300名敢死队员一齐冲出战壕，在接近牛屎墩200米时，枪口喷出怒火，密集的枪声振聋发聩，顿时，日军阵地一片混乱。小鬼子怎么也想不到，死伤惨重的中国军队会突然夜袭牛屎墩，等小鬼子明白过来时，敌军已死伤过半，敌大队长石田道一也在混战中被敢死队击毙，敌军溃不成军，已无抵抗力，仅不到五分钟内，歼灭日军100多人，还有100多鬼子纷纷跳入水中逃命，大部分被淹死在鄱阳湖中，只有少部分被迅速赶来的波田支队的快艇救走，敢死队大获全胜，缴枪近百余支，轻重机枪五挺，迫击炮十门。牛屎墩夺回来了，终于解除了东牯山前沿的威胁。

强盛率领的一六〇师从7月23日开始，就与敌波田支队、佐藤支队、苏皖伪军的一个团开始激战，战至第五天，全师投入战斗的两个旅已伤亡过半。这时，强师长将预备队的一团投入战斗，在落星湖的杨五庙一线，由两个营分别坚守东西两个阵地。打通了西牯岭，日军就可放弃东牯岭，能达到南进与一〇六师团会师的目的，因此，战况同样十分激烈。而要拿下西牯岭，就必须首先拿下西牯岭的前沿阵地杨五庙。强师长已是第三次派兵去杨五庙换防。战斗一开始，杨五庙的两个营仅仅坚守了不到三天，两营官兵就伤亡过半；接防的两个营，顽强阻击，但敌军凭借火力优势，先是空中轰炸，后是用停在湖面上的舰船轰击，打得阵地上是硝烟四起，碎石乱飞，战至第五天，这两个营也伤亡过半，逐渐失了战斗力。而日军像发了疯一样，虽然阵地前是一层一层的日军尸体，但进攻的势头丝毫没有减弱。

强师长计算统帅部要求坚守的时间，眼看只有再坚持两天，就胜利完成了阻击任务。他把预备队中战斗力最强的两个营投入战斗，接替杨五庙第二批换防的两个营。第三次投入战斗的两个营，在一六〇师称为兄弟营，参加过长城抗战和淞沪抗战，在战斗中，两营官兵经常互相配合，取得过很好的战绩。今天，强师长将这两个营投入战斗，就充分说明战斗的残酷性。

强师长亲自来到两营阵前，对一营营长林建中、二营营长林晋辉说："你们是我师的两把钢刀、两只铁拳，俗话说，好钢要用到刀刃上，我们已经与小鬼子激战了五天，小鬼子没有突破我一寸土地，还有两天时间，我们就完成了阻击任务，弟兄们，全师的官兵在看着你们，你们有没有信心完成任务？"

全营官兵齐声回答："保证完成阻击任务，为一六〇师增光！"两营官兵齐声呐喊："坚决消灭日寇，誓与阵地共存亡！"

这时，强师长令人抬来一缸白酒，分别倒在几十只碗里，强师长端起酒，一饮而尽，然后将碗砸在地上说："大哥为兄弟们送行了！"所有出征将士，端起酒碗，每人一口，当酒碗传至最后一个士兵喝完时，有酒碗的士兵都把碗往地上一摔。两营官兵在夜色中，各自进入战斗位置，从前两个营手中接过阵地。

此时的日军一〇六师团，已从南山的背面，进攻到沙河街和通远一线，日军司令官烟俊六大将，计划用一个星期的时间，让一〇六师团与一〇一师团在德安的万家岭地区会师，然后占领洪都，完成对武汉的大包围。可是五天过去了，冈村宁次亲率的一〇一师团，竟在东牯岭和西牯岭一线被中国守军挡住，未取得一公里的进展。这是日军自侵华以来，未曾出现过的战况，气得烟俊六大骂冈村宁次。眼睛里布满血丝的冈村宁次，就像一头发疯的公牛，严令各师旅团和联队长亲临一线，直接参加战斗；同时，冈村宁次将他的十一军指挥所移至秀峰寺。这里距东牯山仅1000米的距离，可见冈村宁次已到了孤注一掷的地步。

冈村宁次在秀峰的指挥所里，望着军用地图上那挪不动的箭头，心生毒计，请求烟俊六派防化部队支援；烟俊六同意了冈村的请求，用军用运输机急调两个防化大队，投入东、西牯岭战役。

七月底正是鄱阳湖刮南风的季节。穿着防化服的日军，不断地测量着风速，当风力达到适合放毒气之际，大量释放黄色的毒气。在樟恕桥的国军守军，悉数中毒，很快丧失战斗力。日军终于跨过樟恕桥，与守军在丛林中开展激战。

在西线的杨五庙，林建中和林晋辉的兄弟营，就像一把钢钳，紧紧卡住了日军的步伐；两营官兵，相互配合，互相支持，打退了日军一次又一次的进攻。战至上级规定的最后时刻，突然从湖面上飘来一团团黄色雾气，林晋辉一闻，知道是敌人放了毒气弹，立即命令战士们浸湿毛巾，捂住鼻子，继续与敌作战，同时派一名战士告诉林建中，小鬼子使用了毒气弹，要他们防止毒气中毒。

两位营长立即将敌人使用毒气弹的情况向强师长报告，强师长深知毒气的危害，而我军没有任何防毒装备，一看距统帅部要求阻击的时间不到半天，便决定两营撤出一线阵地，进入二线阵地。但两位营长坚定地回答："不到撤退时间，决不放弃阵地。"全体官兵在两位营长的带领下，继续顽强阻击登陆的敌人，直至日落时分，两营官兵因中毒，逐渐丧失战斗力，林建中和林晋辉两位营长及官兵700余人全体阵亡，杨五庙失守。

正在前线采访的国军记者闻听这一气吞山河的悲壮故事后，在香港《大公报》发表了《中国英雄兄弟营魂归西牯岭》的战地通讯，两位英雄营长的名字很快传遍大江南北，也更加激发了东、西牯岭守军同仇敌忾、血战到底的勇气。

杨五庙失守后，强师长命令梁佐勋团长所部进入二线阵地，继续阻击日军，并按预定时间要求，准备在晚十点撤出战场。

此时，王军长也正在考虑全军抽出战场，向薛岳所在地的万家岭靠拢。突然，一阵急促的电话铃声响起，王军长抓过电话，是兵团总司令薛岳打来的，薛岳说："王军长，按预定计划，你军完成了阻击任务，但现在情况有变，日军一〇六师团孤军深入，但行动迟缓，还未进入万家岭地区，统帅部已下决心，要在万家岭全歼一〇六师团，我九战区正在调动大军，在万家岭层层设伏，要取得此次战役的胜利，要求你军不顾一切代价，在东牯岭、西牯岭、南山以南至隘口一线，阻止一〇一师团与一〇六师团会合，这也是这次战役成败的关键，你听明白了没有？"

王军长是淞沪抗战中的名将，当然很快就明白了统帅部的意图和薛岳的决心，但目前的情况不容他乐观，手上的五十二师和一六〇师已伤亡过半，逐渐失去战斗力，只有作为预备队的一九〇师建制完整，而敌军不断得到兵员补充，在飞机和重炮的支援下，进攻的势头不见减弱，而我军的粮食供应和武器弹药的补充都非常困难。王军长如实向薛岳陈述了存在的问题，但薛岳根本不听王军长的困难，严厉地说："王军长，我不听你的困难，有困难你自己解决，在万家岭战役结束之前，你要放了一个鬼子过隘口，那你准备上军事法庭！至于阻击的时间，也许是十天、二十天，我也不知道，总之，必须战至一兵一卒，团长死了，你让师长上去，师长死了，你自己顶上去。至于武器弹药，我立即命令联勤部给你送去！"说完，就重重地摔下了电话。

面对突如其来的变化，王军长立即下令，在没有接到撤退命令之前，各师必须继续坚守阻击阵地；同时，紧急召开师、旅长会议，他向与会人员报告了整个南浔线的战场态势，传达了薛岳总司令的命令，用同样的口吻说："东、西牯岭至隘口，战略纵深仅十公里，但这里，地势险要，山高林密，便于我军阻击，要坚决阻敌与一〇六师团会合，实现统帅部的意图，我告诉大家，谁要是贪生怕死，我王某人的子弹是不讲交情的。"王军长指着外面的一个个山峰又说："弟兄们，事已至此，我们患难与共，生死相依，这里的每一座山峰，都有可能是我们的坟墓。"王军长接着下达命令："一九〇师的一旅，归建五十二师；二旅归建一六〇师，三旅负责接收薛岳总司令补充来的武器弹药，并作为全军的预备队，大家明白没有？""明白！"全体回答。

这时，龙师长站起来报告说："军座，目前我师还有一个重要问题，那就是粮食得不到补充，原来我们按照阻敌七天的要求，也就只携带了七天的粮食，由于牺牲了很多官兵，加上零星收购了一些粮食，这些粮食也最多只能维持四五天的时间。现在，我军的作战区域早已人去楼空，军需部门很难采购到粮食，如要继续在这里坚守下去，就必须尽快解决粮食问题。"

龙师长一讲完，一九〇师的陈师长也说："我师还未投入战争，也没有减员，目前库存的粮食，也就最多维持个两天。军座，这是火烧眉毛的大事啊。"其实，这个问题王军长早就清楚，军部也是按七天的时间准备的，现在，最多也只能维持两天了，而这突然的变化，让王军长也措手不及。王军长看看大家，发现强师长没有发言，便问："强师长，你师的粮食还能对付几天？"

强师长站起来说："报告军座，我师也是按照七天左右的时间带的给养，但我师不存在粮食困难问题，就是继续打一个月、两个月，也不会出现缺粮问题。"

王军长一听，便来了兴致，说："强师长，快把你的锦囊妙计说出来，你师是怎样解决筹粮问题的？"

"报告军座，大战之前，有支红军留下来的游击队，大约 100 余人，队长胡谋响找到我，说他们在南山打了几年游击，熟悉这里的一草一木，更熟悉这里的老百姓，问我需不需要他们的配合和支持。我说，我们是正规的山地阻击战，不需要钻山沟、打游击，阻敌的事，不需要帮忙，但我们初到这里，找不到宿营的地方，找不到饮用水，又买不到粮食，你们能不能在这几个方面给我们提供帮助。还真没有想到，这个胡谋响真是神通广大，仅三天时间，就动员了两千多老百姓，把烧毁了的房屋盖上了茅草，把填埋了的水井进行了恢复，从老百姓手中为我们采购了几万斤粮食，而且他说，只要国军需要，他们保证国军有饭吃，有水喝。军座，情况就是这样。"

一九〇师陈师长听完后说："好你个强师长，这么好的事，为什么不给我们通报一声，你也太不够交情了。"坐在强师长边上的龙师长心里后悔死了，大战之前，这个胡队长曾找过他，被自己轻松地打发走了，真没想到，一个小小的游击队，竟能发挥这么大的作用。这时，王军长说："看来粮食问题还是有希望解决的。强师长，你立即将那个胡队长请到我的司令部来，本军长要亲自接见他。""是。"强盛离开会议室，打电话给师部军需官，护送胡谋响来见军长。

紧急作战会议结束后，各师、旅长迅速返回部队，向全体官兵传达了继续阻击的命令，一场更加残酷的山地拉锯战在东、西牯岭和南山山麓全面展开。

强盛的军需官很快将胡谋响带到了王军长的司令部，军需官站在门外报告："报告军座，奉强师长之命，将游击队队长胡谋响送到，请军座训示。"

王军长此时正在凝视着作战地图，听到报告转过身来，忙说："胡队长，请进来，欢迎，欢迎！"并伸出手来，紧紧地握着胡谋响的手，说："老弟，你为我军做了件大好事，我代表全军将士感谢你。"胡谋响说："军长，你们背井离乡，来保卫我们的家乡，这些事，是我们应该做的，请军长下令，需要我们游击队干什么？"

王军长说："现在我军要继续留在这里阻击日军，这个仗要打多久，我这个军长也不知道，可能是一个月，也可能是两个月，因此，我们要做好长期作战的准备。现在你也知道，这整个南浔线，都将会是血与火的战场，老百姓大多逃难去了，我军很难采购到粮食，现在，各参战部队的粮食，少的只能维持两三天，因此，急需粮食补给。我想请你千方百计为我军采购粮食，确保我军将士在作战中有饭吃。"

胡谋响望了望王军长说："古话说，兵马未动，粮草先行。这个道理我懂，目前，战事已开，老百姓大多逃难去了，没走的也进了深山老林，要在当地买粮，那只能是杯水车薪。但办法还是有的，现在的情况是，东北方向有日军的部队，西北方向又被日军一〇六师团阻隔，西南方向有国军数万大军，这些地方都不可能买到粮食，但是还有条水路是畅通的，可到外地购买粮食。"

王军长说："胡队长，粮食问题，关系到我军阻击战的成败，我现在把这副重担交给你，确保每天输送三万斤大米到前线，为了工作方便，我现在委任你为我的军需副官，还有我军预备队三旅协助你，你还有什么要求没有？""军长，我们一定尽全力筹措粮食，但现在处在战时，粮食价格行情一直看涨，可能比平时的粮价要高一些。"胡谋响说。

"这个你不用担心，不管价格多高，你尽管收购，我让军部的军需官带现大洋购买。"王军长答复。"有你这句话我就放心了，我们游击队，一定保证每天购买三万斤大米。"胡谋响保证说。

胡谋响接受任务后，立即到湖边渔村租来十几条运输船，一路由鄱阳湖到达对岸的德昌县，一路由鄱阳湖进入赣江，来到粮食产区的海昏县，找到当地当年的农会会员，讲了购买粮食的目的和意义。老百姓一听说是为抗日将士购粮，便相互转告，很快就形成了一个筹粮给前线将士的高潮，农民们对胡谋响说："胡副官，前方将士为国捐躯，我们哪能用高价，抗战也有我们的责任和义务，我们大伙都商量过了，用最便宜的价格给你们。"老百姓不仅把粮食卖给了胡谋响，而且把粮食直接送到了船舱，还不算工钱，说是要为打鬼子也出份力。这感动得王军长的军需官热泪盈眶，他对胡谋响说："我干了十多年军需官，还没有碰到过有这么好的老百姓，怪不得你们红军这么厉害。"

当一船船的粮食运往东、西牻岭前线后，军需官回到司令部，向大家讲述了老百姓踊跃低价卖粮的感人场面，王军长也感动了，紧握着胡谋响的手说："你下次去粮区，一定转达我的话，我军全体将士，一定不辜负乡亲们的无私支援，一定多打胜仗，多消灭鬼子。"

王军长的部队虽然伤亡过半，但及时补充了武器弹药，而且有了充足的给养，部队士气大振，每当将士们出征之前，那"消灭小鬼子，誓与东、西牻岭共存亡"的口号便振聋发聩，响彻云霄。官兵们用血肉之躯，阻击着日军一次又一次的疯狂进攻。

五十二师358高地，是东牻岭的一个制高点，有一个重机枪排在这里防守。全排在排长唐桂林的率领下，已经整整坚守了五天五夜，阵地前的鬼子尸体层层叠叠。敌人进攻了多少次，大家已记不得了，死伤了多少鬼子，也不清楚，战士们在"誓与阵地共存亡"的口号下，没有人退缩，没有一个轻伤员愿意下火线。战斗至第六天，全排大部伤亡，只剩下排长唐桂林和五名轻伤员，三挺重机枪利用花岗石岩的掩护，仍像钉子一样，钉在高地上，让日军无法逾越。到第七天，五十二师完成了新的布防任务，用旗语命令358高地的重机枪排放弃阵地，撤出战斗。这时，阵地上只剩下排长唐桂林和一名轻伤员。当那名轻伤员看到旗语后，报告说："排长，排长，命令我们放弃阵地，撤出战斗。"正当唐桂林和那位轻伤员准备撤出阵地时，日军又发起了进攻。唐桂林问轻伤员："还有多少子弹？"伤员说："不多啦！""那就把这些子弹打完了再撤吧！"两个人又坚守阵地将近一个小时，仅靠一挺重机枪，阻击着疯狂的日军。这时，一颗子弹击中了唐桂林的肩胛部，顿时，鲜血染红了唐桂林的军衣。那位轻伤员赶忙给排长进行了简单的包扎，说："排长，咱们赶紧撤吧。"唐桂林看鬼子还在蜂拥上来，问："还有多少子弹？""还有一挂。""那就打完这最后一挂子弹撤吧。"唐桂林打完了最后的子弹，与那位轻伤员立即从鬼子进攻的背面滚下山坡，利用茂密的树林掩护，回到了他们所在的连队。回到连队，唐桂林由于失血过多，昏迷了过去。连长一看，唐桂林满身是血，知道他伤得不轻，便立即叫卫生兵抬出担架，紧急把他送到了五公里外的军野战医院。

一到医院，唐桂林从昏迷中苏醒过来，医生赶忙把他送进了手术室，一位护士为他擦洗满身的尘土硝烟，一位医生解开他的衣扣，要为他检查伤口。唐桂林像触了电一样，用手死死护住自己的衣扣，不让医生解开。为他检查的医生十分不解，说："唐排长，你在358高地厮杀了七天六晚，连死都不怕，你一个大老爷们，还怕人看你的赤膊？"但不管医生怎样劝说，唐桂林就是不让医生解开他的衣扣。医生生气了，说："唐排长，你失血过多，必须尽快清理伤口，给你包扎。"又对护士说："把他的手按住！"便要强行解开。这时，唐桂林"哇"的一声哭了起来，对医生说："你换个女医生来吧，我是个女的。"

在场的人一听，个个都惊得目瞪口呆，五十二师阻敌七天六夜的重机枪排长竟然是个女人。男人们立即退出手术室，换了位女军医。女军医很快为唐桂林清洗了伤口，发现子弹已穿过胛骨，未伤着骨头，便给她进行消毒，敷上了消炎药，退出手术室，立即向院长报告："唐桂林真的是个女人。"

医院院长随军从医多年，感到十分震惊，这个唐桂林，从军五年，从士兵到排长，竟然没有人发现她是个女人！震惊之余，又十分感动，立即拿起电话，打到了王军长的指挥部。王军长听到院长的报告后，大吃一惊，对着电话说："你再说一遍，五十二师重机枪排排长是个女人？"院长回答："军座，她现在就躺在我的医院里，千真万确。"听到这里，王军长眼眶湿润了，他为自己军中出现的现代"花木兰"感到骄傲，也更加敬佩这个奇女子——担任重机枪排的排长，与敌人厮杀了七天六夜。他心里激动地想，有这样的中国军人，有这样的军中之花，何愁小鬼子不灭？想到这里，他拿起电话，接通了五十二师师部，对龙师长大声说："龙师长，你这个师长是怎么当的，让一个女人去当重机枪排的排长，你害不害臊呀？"

"报告军座，我也是刚刚得到消息。这个唐排长已从军五年，谁知道她女扮男装呢？"龙师长回答。王军长接着大声地说："唐桂林是当今的'花木兰'，是五十二师的光荣，也是我军的光荣，更是中国妇女的光荣。龙师长，我现在命令你，从今天开始，不允许唐桂林再上前线，安排到后勤机关工作，她是我军的宝贝，你要保障她的安全。""是，请军座放心。"龙师长保证说。

王军长要军政训处将唐桂林的事迹编写成战况简报，很快，全军上下都知道有个女扮男装的现代"花木兰"。在前沿阵地，官兵们听到这个消息后，都振臂高呼："向唐桂林学习，誓与阵地共存亡！"士兵们顽强节节抵抗，每一个山头，都留下了惊天地、泣鬼神的英雄赞歌。

唐桂林女扮男装，在东牯岭英勇杀敌的故事，传到了正在赣北前线采访的著名记者曹聚仁的耳朵里。曹聚仁赶到五十二师，采访了唐桂林的战友，又到医院看望了唐桂林。可歌可泣的英雄事迹，深深感动了这位著名记者，他连夜写成战地通讯《现代"花木兰"战斗在东牯岭上》，并配发唐桂林的照片，刊登在国民政府的《兵役月刊》和《申报》上，英雄的名字一下传遍大江南北，极大地激发了全国人民的抗日热情和斗志。

东、西牯岭的山地阻击战已打了五十多天，日军只占领了东、西牯岭的前沿阵地，东、西牯岭的大部分险要关隘仍然掌握在国军手里。冈村宁次也打红了眼，这是他在中国战场上碰到的一块难啃的骨头。他不断对师团长伊东政喜施压，说他辱没了皇军的军威，限他在三天之内，必须拿下东、西牯岭，否则要他向天皇谢罪。

一〇一师团是日军十一军的一把钢刀，入侵我国后，一路所向披靡，根本没有碰到过有效的抵抗，伊东政喜正焦头烂额时，又不断遭到冈村宁次的斥责，便把火撒到几个联队长头上。号称日军战神的联队长饭冢国五郎，受到伊东政喜的斥责后，像一头发狂的狮子，打着赤膊，带头冲锋，不断对我守军发起攻击，五十二师防线一度告急。此时，王军长急令一六〇师的梁佐勋团长带一个团前来增援，据守帅家门的一处高地。这里是南浔线的咽喉，也是饭冢联队长攻击的目标，阵地在日军大炮的轰炸下，终于撕开了一个口子。梁佐勋闻听后，亲自率队迎敌，并迅速将缺口补上，但在日军飞机的轮番轰炸中，梁佐勋团长壮烈牺牲。（新中国成立后，梁佐勋被国务院追认为烈士。）梁佐勋的牺牲，激起了守军的愤怒情绪，士兵们高呼"为梁团长报仇""消灭饭冢"的口号，将日军一次又一次击溃在阵地前。

下午四时左右，日军随军记者来到饭冢的阵地，要采访这位日军战神，以鼓舞日军士气。记者要求正打着赤膊，戴着钢盔的饭冢，摆一个手举指挥刀的指挥动作。饭冢连续摆拍了两次，但那位记者都不满意，要他继续摆拍。这时，在梁团长牺牲的阵地上，一位狙击手看到日军阵地上有一团亮光一闪一闪，定眼一看，是鬼子钢盔的太阳反光。他看到这个鬼子，挥动着军刀，心里说："好你个狗日的，你还在那里手舞足蹈，耀武扬威。"他端起狙击步枪，瞄准那个闪光点，扣动扳机，"砰"的一声，一颗子弹不偏不斜正击中饭冢的头部，饭冢一头栽倒在地下。这是日军在中国战场死得最窝囊的一个将军。

日军联队长饭冢被击毙后，日军被迫进行休整，补充兵员和弹药。至九月中旬，又向我守军开展了更加疯狂的攻击。

此时，日军一〇六师团已孤军冒进，钻入了薛岳布置的口袋阵万家岭山区。冈村宁次深知其中利害，倾尽全力，要与一〇六师团会合。

王军长也将全部预备队投入战斗。日军在飞机、重炮的配合下，又大量使用毒气弹，致使王军长所部逐渐丧失战斗力。

王军长不得不向薛岳请求支援。薛岳明白，如日军一〇一师团突破隘口街，很快就能与一〇六师团会合，而万家岭战役还未部署到位，这样就会前功尽弃。所以，他立即命令六十六军急率两个师驰援隘口，形成第二道防线，命王军长收缩兵力，层层阻击，并在钵盂山、金轮峰、招新观、归宗一线设立阻击阵地，滞缓日军进攻。至此，日军用了将近六十天的时间，才突破了东、西牯岭防线。

东、西牯岭失守后，到隘口直线距离约 5 公里。但地形十分有利于开展阻击，日军每前进 500 米，都要付出惨重的代价。

当日军抵达金轮峰一线时，受到了六十六军一个师和王军长所部的顽强抵抗。

金轮峰，海拔720米，地势险要。峰顶建有三国时期的耶利铁塔，高18米，气势恢宏，是南山胜景之一。伊东政喜中将在金轮峰前被我守军击成重伤，已无法指挥战斗，便由佐藤联队长接任。日军恼羞成怒，认为金轮峰铁塔是中国军人意志的象征，便调来二十多门重炮，发射炮弹数百发，猛轰金轮峰铁塔。这个耸立了1700多年的南山标志性建筑，在日军的炮火中轰然倒塌。

金轮峰铁塔倒塌后，并没有给日军带来好运气。王军长所部与六十六军相互配合，滞缓了日军的攻击速度。

一○六师团一直在沙河和通远一线徘徊，等待与一○一师团会合。但两个月过去了，一○一师团还没突破隘口，骄横的松浦淳六郎不耐烦了，他便孤军冒进，到达万家岭山区，正好进入了薛岳准备的包围圈。10月5日，万家岭战役正式拉开序幕，至10月13日，全歼一○六师团于万家岭。万家岭战役取得了决定性的胜利，薛岳才命令王军长和六十六军放弃隘口，与薛岳部大军会合。

王军长在随大部队撤离前，特意找来胡谋响说："胡队长，你们游击队为东、西牯岭防卫作战做出了重大贡献，我谢谢你们。现在，这一带即将被日军占领，你们的生存环境将十分恶劣，我邀请你的游击队编入我部，你正式担任我二十五军军需副官，不知胡队长是否愿意？"胡谋响未假思索就说："守土抗战，是我们应尽的责任，我们已经编入了鄱湖游击司令部，你们走后，我们将依托南山，在敌后开展游击战争，谢谢军长的好意，我们在敌后，希望能听到军长再传捷报。"

胡谋响告别了王军长，带着他的游击队，消失在南山的崇山峻岭中。他要去与留在南山的欧阳少春会合，去接受新的战斗任务。

后来，胡谋响打听到王军长所部的消息——二十五军全军缩编成一个师，五十二师、一六○师、一九○师分别缩成一个旅。至此，再也没有二十五军的任何消息。

（十一）

王明德在乡邻们的帮助下，埋葬了养父王义仁和养母苏茶花，再也没有上学了，回到了茶叶铺，找了自己换洗的衣服，把自己养父交给他的那块玉佩缠在一根布条做的腰带上，又拿了一只洋瓷缸，也别系到了腰上，把换洗的衣服和一条大布洗脸巾，装进了一个布袋子里面，然后出门，把茶叶铺锁上。站在茶叶铺前，望着这个熟悉的家，即将要离开，王明德的泪水忍不住涌了出来。他双膝跪在地上，磕了几个头，便起身，朝着养父说的方向，去枭阳县找爷爷。

有个木业铺的伙计，看王明德实在可怜，拿了三块银圆送给了王明德，还一直将王明德送出了饶州城。

饶州城遭日军飞机轰炸后，一片混乱，城里的居民也纷纷出城，有的是背井离乡去逃难，有的是下乡或进山躲避日军的轰炸。出城后，他跟着一户人家走了大半天，人家问他："崽哩，你家大人呢？你这是要到哪里去呀？"王明德一听，便"哇"的一声哭了起来。那位大叔说："崽哩，莫哭，有什么事告诉我，兴许我能帮帮你。"王明德止住了哭声，说："叔叔，我父母亲都被鬼子的飞机炸死了。"那位大叔忙说："小鬼子真是造孽呀，你这么一点大，这一个人要到哪里去呀？"

"我去景德镇。"王明德回答。

"你去景德镇，那正好，我们也去景德镇，你就跟着我们走吧。"那位好心的大叔告诉他。那位大叔也有两个小孩，大的四五岁，小的刚会走路，所以走得不快，王明德能跟上。就这样，走了差不多三天，就到达了景德镇。那位叔叔找到了一个瓷厂，见到了投奔的亲戚，便问王明德："崽哩呀，你家亲戚在什么地方？我送你过去吧。"

"叔叔，我没有亲戚。"王明德回答。

"你没有亲戚，那你一个人跑到景德镇来干什么？"那位叔叔问。

"叔叔，我还要到江州城去，过了江州城，还要赶到枭阳县，去找我的爷爷。叔叔，你告诉我去江州城怎么走就行了。"

"哎呀，崽哩呀，江州城可远了，那枭阳县就更远了，你这么一个小孩怎么行呀。"那位叔叔担心地说。

"叔叔，我不怕，你只要告诉我往哪个方向就可以了。"

这位结伴的叔叔是个十分热心的人，他非常同情这个没父没母的孩子，可自己也是落难之人，实在没有能力收留他，便说："崽哩呀，江州城在北边，有一条从江州运送瓷土到景德镇的大路，你只要沿着这条大路，就能走到江州。可是，崽哩呀，听说江州那边正在打仗，你还是不去为好呀。"

"不，叔叔，我要找我的爷爷。"

"那这样吧，我送你上江州城的大路。"

出了景德镇的北门，这位大叔在一个馒头铺买了二十多个馒头，对王明德说："崽哩呀，你这么小，要走那么远的路，大叔实在是不放心，但大叔也是落难之人，实在没有办法管你，这些馒头，你路上带着吃。记住，一定要沿着这条路向北走，就能到江州城，到了江州城，到枭阳县就不远了，你就能找到你爷爷。"

王明德十分感激，把馒头放在自己的布包里，向这位好心的大叔鞠了一个躬，含着泪水，一转身，义无反顾地向北走去。

王明德走了一上午，只见路上向北走的人越来越少，从北面过来的人倒很多，而且都是拖家带口的，有的推着架子车，坐在上面的大多是老人和小孩；衣服穿得好一点的，大多是坐着马车，所以他并不感到寂寞和孤独。八月的天气显得有些炎热，中午时分，一棵大樟树下有十几个人在树荫里歇脚，王明德走了一上午，也累了，饿了，便到树下歇歇。他解开瓷缸，到路边的小溪里装了一缸水，然后拿出一个馒头，就水吃了起来。

这时，坐在那里的一个妇女对丈夫说："这天杀的日本鬼子，这逃难的日子何时是个头啊？"男人说："谁知道啊，这兵荒马乱的，能保住我们全家的性命，那就是祖上积德了。"男人说完，看到小明德一个人一边吃馒头，一边喝水，感到很是诧异，便问："崽哩呀，你这是要到哪里去呀？你家大人呢？"王明德望了望这位问他话的大叔，大叔也有两个小孩，男孩与他差不多大，女孩也有四五岁的样子，女孩靠在妈妈的身上，男孩坐在架子车上，他心里一酸，"哇"的一声哭了起来。那位大叔说："崽哩呀，莫哭，是不是与父母走散了？"王明德止住了哭声说："我父母被日本鬼子的飞机炸死了。"女人听到这里，也心里一酸说："真是可怜的孩子，这到处都在逃难，你这么一大点的小孩，怎么过呀！"男人看看自己的两个小孩，又望着没父没母的王明德说："崽哩呀，你就不要乱跑了，跟我们一起走吧，虽然我也是逃难的，不会多你一双筷子的。"女人也帮腔说："是呀，可怜的孩子，你就跟着我们一起逃难吧！"

王明德望着两位好心的大叔大婶说："谢谢大叔大婶，我不能跟你们走，我要去枭阳找我的爷爷。"

男人看了看王明德，摇摇头对女人说："看看有什么好吃的，包一些给这个崽哩。"女人在车上解开一个包袱，里面有一些煮熟了的鸡蛋，便拿出四个塞到王明德手里。王明德接过鸡蛋，对这对夫妇深深地鞠了个躬，说："多谢叔叔婶婶。"

大家又歇了一会儿，便分了手，大叔一家向东，王明德向北。女人含着泪说："呀崽，路上千万要当心！"

走到傍晚时分，路上的行人越来越少，接着夜幕就披到了小明德的身上。他开始有些害怕，总觉得背后有什么东西跟着，似乎他走得快，那跟着的声音也快，他慢它也慢，王明德吓得都不敢哭出声来。周围只有星星点点的萤火虫和一阵阵青蛙的叫声，他壮壮胆望了望背后，并没有什么东西跟着他，便停下脚步，在一块石头上坐下来歇一歇。这时，他才感到肚子饿得"咕咕"响，便拿出一个馒头和一个鸡蛋，三口两口就吃完了。吃了东西，身上就有些劲了，也没有刚才那么害怕了，只感觉两只小腿有些痛。他想，应该找个地方休息一晚，明天再走。他站了起来，望了望空旷的田野，借着残月和点点的星光，隐隐约约看到前方不远处有几栋房子，便打定主意，在那里的屋檐下先过一个晚上，便向那房屋走去。

当王明德快走到屋前时，一只大黄狗从黑暗中冲出来对着他狂吠，把王明德吓了一跳。正好路边有根竹竿，他忙捡了起来，对着大黄狗挥舞。大黄狗不敢近前，只是一个劲地叫唤着，他壮着胆，绕着村庄看了看，一共有五栋茅草房，屋里都没有灯光，走近一看，每栋屋的大门都锁着，没有一个人。他又在村里转了一圈，想找一个休息的地方。这时，他看到村里的一个打谷场上有两堆收割过谷子的稻草堆。他忙上前去看，隐约还能闻到稻谷的清香。他想，今晚只能睡在这里了，便解开背在身上的包袱，把一把把稻草平铺在地上，铺成了一张床的模样，然后躺在上面试了试，软软和和的，非常的舒服。这时，那只一直跟着他叫唤的大黄狗，还是不断地狂吠着，他在地上捡了两个小石子甩了过去，大黄狗躲闪着，反而叫得更凶了。王明德想了想，这只黄狗的主人肯定是逃难去了，没有带走它，或许是把它留下来看家。看来，它也饿坏了，心里一软，想它与自己一样，同样可怜，就不再忍心用石子去打它了，从包袱里拿出一个馒头，掰开一半，给黄狗丢了过去，自己吃了半个。大黄狗一看有个东西抛了过来，吓得忙躲避，回头一看不是打它的小石头，上前用鼻子嗅了嗅，便一口叼了起来，跑到不远处，狼吞虎咽吃了个干净。狗不再叫了，王明德也实在是太累了，躺在稻草上，很快就进入了梦乡。

王明德实在是太疲劳了，一个八岁的孩子，从鄱阳走到了景德镇，又从景德镇走到这个地方，他太需要好好地休息了。

太阳已经升到几竿高了，王明德还在熟睡中。这时，他感觉有什么东西在舔自己的脸颊，用手去挡开，觉得毛茸茸的，便睁开眼睛一看，原来是一只大黄狗把两只爪子搭在他的胸前，用舌头在舔他。他赶忙起来，一看，都快上午了，知道自己因为太累，这一觉睡过了头。他定眼看了看四周，晒谷场旁边有一个水塘，他来到水塘边，有一块洗衣服的青石板，便走了上去，用水洗了一下脸，人也就清醒多了。他用瓷缸装了一缸水，回到昨天睡觉的地方，又打开包袱，拿出一个馒头和一个鸡蛋，准备吃早餐，好继续赶路。

此时的大黄狗，对他十分地亲近，趴在他的脚旁边，一双眼睛非常友善地看着王明德。王明德又撕下半个馒头，给了大黄狗，这次大黄狗没有嗅，而是一个劲地摇着尾巴，一眨眼工夫，就把那半个馒头吃完了。王明德也吃完了馒头，然后把鸡蛋的壳剥去，正准备吃鸡蛋时，大黄狗又摇着尾巴乞求地望着他，他把蛋黄喂给了大黄狗。吃完东西后，他收拾自己的东西，又准备上路了。王明德望着大黄狗有些舍不得地说："大黄狗，我要走了，你就在这里给你的主人好好看家吧。"便离开了这个小村庄，上了通往江州的大路。

走了约莫二三十分钟，王德明感觉身后有什么东西跟着，回过头一看，原来是那只大黄狗。大黄狗看到王明德转过头来看它，便高兴地摇着尾巴过来与他亲热。王明德说："你回去吧，我还要到好远好远的地方去。"便迈开步子，继续往前走。大黄狗没有听王明德的话，而是一直跟在王明德的后面。王明德回头一看，心里有些酸楚，想："大黄狗也是没人疼没人管的，愿跟着你就跟着吧，正好还给我做个伴。"

中午时分，王明德实在是走不动了，找了一处有树荫的大树下休息，又到附近找到了水，装了一瓷缸子，准备吃个馒头休息一下。当他回到那棵大树下的时候，大黄狗两只爪子搭在他的包袱上，好像在跟他说："东西没丢吧！"王明德心里一软，对大黄狗产生了无限的怜悯和同情。看来，大黄狗把自己当成主人了，便蹲下身来，用手摸了摸狗的头说："你也没有家了，我也没有家，你就跟着我吧，跟着我去找我爷爷。"又拿出两个馒头和鸡蛋，自己一半，大黄狗一半，吃完后，休息了一会儿，便起身，带着大黄狗，朝江州城的方向走去。

胡谋响在隘口与王军长告别后，立即带领他的游击队，进入了桃花源，以茂密的森林为掩护，向在南山的欧阳少春靠拢。当游击队路过周月娥家附近时，张金彪对胡谋响说："大队长，我请个假，去看看周月娥。"

胡谋响知道张金彪与周月娥的事，开初，胡谋响还用红军的纪律约束张金彪，多次批评过他；后来游击队被鄱湖游击司令部收编后，就没有再管过这件事了，主要是张金彪与周月娥已经生下了一个女孩，已经成为事实夫妻，队员们也都对周月娥一口一个"嫂子"叫着。胡谋响看了一眼张金彪说："你要去看她就去吧，要快去快回。这里很快就要被日军占领，你告诉周妹子，让她到山里躲一躲。"

张金彪大步流星，一眨眼工夫，就赶到了周月娥家，可是铜锁把门，周月娥不知去向。张金彪想，可能是周月娥带着女儿逃难去了。一个女人，带着一个小孩，他不免有些放心不下，但这里已空无一人，无法打听到周月娥的下落，只好抄近路，去追赶队伍。

这一带，是游击队当年与白匪军进行殊死搏斗的地方，大家熟悉这里的每一座山峰，每一条山涧。队伍一路急行军，在第二天太阳升起的时候，就赶到了欧阳少春的驻地。

胡谋响离开欧阳少春快三个月了，山下战事激烈，欧阳少春十分担心胡谋响他们的安全。当欧阳少春看到九大队完整地回到了山上，非常的高兴，他拥抱着胡谋响说："你们九大队是好样的，为我们鄱湖游击司令部争了光，王军长将你们的功绩通报了省政府，省政府发来了嘉奖令，表彰了你们在东、西牯岭战役中的模范支前工作。"

鉴于欧阳少春已知道下山后这三个月的情况，胡谋响就没有作详细汇报，便直接问："阳总指挥，我们九大队下一步的任务是什么？"欧阳少春说："不急，不急，你带着大家先休整一段时间。目前的情况是这样，万家岭大捷后，薛岳将军已率所属部队往南撤，正准备洪都和上高的会战，现日军主力也在休整和补充兵员、弹药，暂时，赣北无战事。""但我们不至于一直躲在这山里吧？"胡谋响问。

欧阳少春说："胡大队长，这个不用担心，仗有你打的。现在的情况是，赣北重镇江州是日军的重要战略物资补给基地，留有重兵把守；将来，南浔铁路、南浔公路、长江、鄱阳湖到赣江的水运航线，都是日军的战略运输生命线。因此，我们隐蔽在南山的三千将士，将像一只猛虎和一把铁钳，要死死卡死小鬼子的这三条生命线。到时，你要充分发挥九大队熟悉情况的优势，给小鬼子以狠狠打击！""明白了，总指挥，九大队坚决执行鄱湖游击司令部的命令！"胡谋响坚定地表示。

1939 年的元旦前，南浔铁路、南浔公路、长江至赣江的三条运输线日益繁忙起来，日军的战略物资源源不断地输送到海昏、渔门的日军驻地。为了切断日军的补给线，鄱湖游击司令部下达作战命令，由胡谋响的第九大队一分队炸毁南浔公路的咽喉要地高垄大桥，由张金彪带领二分队破袭南浔铁路，由江中浪的三小队袭击日军的水上运输船队。

欧阳少春召集各分队长研究部署作战方案，说："洪都会战很快就要打响了，可是敌人做梦都没想到，在他们的占领区，在南山深处，还有一支三千人的中国军队。因此，我们要出其不意，攻其不备，一举切断敌人的三条运输线，大家有没有信心？"

各分队长都同声回答："有，坚决听从阳总指挥的命令！"随后，欧阳少春就下达了夜袭敌人三条运输线的作战命令。

这是个月白星稀的夜晚，南山的密林中，渗出阵阵寒风，使人感觉到南山冬天的寒冷。但在南山深处的游击队司令部，显得十分的热闹，参加夜袭作战的队员们，早早地就吃过了晚饭，准备好了破袭工具，只等总指挥一声令下，他们就像下山的猛虎，去完成自己的战斗任务。

晚七时整，天色已经完全暗淡下来，夜幕笼罩了整个南山山区。欧阳少春对已经集合好的队伍，没有再作战前动员，只是用洪亮的声音下达着命令："各分队都有，按各分队预定的目标，出发！我在这里等着你们胜利的消息。"

三路勇士，朝着三个不同的方向，一路疾行，先后到达目的地，并立即开始破袭作业。

胡谋响到达高垄附近后，只见高垄桥的前后，不时响起汽车的马达声，一辆接一辆的汽车灯光，撕裂了平静的夜空，显得十分耀眼。他带领一个班的战士抵近观察，只见公路上，每五辆运输车就有一辆摩托车护卫，每辆摩托车上，有两个小鬼子，架着一挺歪把子机枪，每辆运输车上，除驾驶员外，还有两名押送车辆的鬼子。胡谋响想，如果强行炸桥，很快就会被小鬼子发现，鬼子前后的押送人员，很快就能赶到桥头会合，与我游击队形成对峙状态，难以完成炸桥任务；如鬼子一旦发现我军意图，必将派出重兵把守，今后就更难完成炸桥任务。想到这里，他找游承军研究对策，游承军建议："队长，我带一拨人在离高垄大桥的五公里处设伏，阻止日军车队向高垄大桥靠拢，由你带领一拨人在桥墩下堆放炸药，我们阻敌半小时，听到大桥响起爆炸声，我们同时撤退。"胡谋响听后，觉得此计可行，同意了这个作战方案。

游承军带领的一批人很快就到达了预定地点，从旁边一栋烧毁了的房屋上拆下二十多根木料，很快搬到了公路上设障。这时，日军的一辆摩托车和五辆运输车，亮着刺眼的灯光，响着轰隆隆的马达声开过来了，只见摩托车上的鬼子看到公路上一大堆木头后，立即下车，嘴里"哇哇"地叫着，去搬开木料。埋伏在路边的游击队，只听游承军一声令下："打！"就向小鬼子开了火。只见一个鬼子应声倒地，另一个鬼子往地下一滚，就到了摩托车跟前，端起摩托车上的歪把子机枪，利用摩托车作掩护，向游击队枪声的方向射击。后面运输车里的鬼子也纷纷下车，利用汽车做掩护，向游击队进行还击。

隐蔽在高垄大桥附近的胡谋响和队员，听到威家方向密集的枪声后，立即行动，二十多名游击队员，每人扛着一个炸药包，风驰电掣地奔向大桥下面的桥墩。此时正是枯水季节，除了中间一个桥墩泡在水里之外，其他六个桥墩都裸露在乱石之中。大家将二十多包炸药堆放在两个桥墩周围，胡谋响将导火线拧成一股绳，牵引到十几米外的河岸边，说了一声"大家快撤"，就掏出火柴，点燃了导火线，看到导火线闪着刺眼的蓝光，才最后一个撤离河岸边，向山上跑去。约不到一分钟，一声巨响，整个大地都在震动，大家借着微弱的月色，看到大桥已炸成两截，战士们都欢呼起来："炸掉了，炸掉了！"便迅速向山里撤退。

这边的游承军与敌人相互开展射击也有十多分钟，又有两个鬼子冒死冲上去搬公路上的木头，都被游击队击伤，使日军车队无法越过这一障碍。这时，从高垄大桥方向传来了惊天动地的爆炸声，游承军明白，大队长已经炸毁了大桥，便立即下令停止射击，队员们在夜色的掩护下，一下子就消失得无影无踪。

据后来游击队了解的情况，这次偷袭，游击队不仅炸毁了高垄大桥，造成了两个多月南浔公路交通瘫痪，而且还打死了一名鬼子，打伤了两名鬼子，而游击队仅有两人轻伤，取得了首战的胜利，极大地激发了大家打击侵略者的决心和勇气。

张金彪带领的游击队战士，破坏了南浔铁路一公里，将铁轨抬至二公里外的河沟里，又将枕木堆起来，放火焚烧，造成敌火车停运十多天。在赣江通往长江的博阳河，江中浪在河道中堆塞障碍物，迫使敌军航运中断。

正在海昏县准备进攻洪都的冈村宁次，接到驻江州日军发来的急电，向他报告，三条运输线同时遭到袭击，便暴跳如雷。他压根就没想到，大战过后的南山，还有一支中国军队，他立即要求驻江州的日军查明情况，向他报告。此时，驻江州的日军，已成立了由本地汉奸组成的维持会，维持会会长丁万能派人秘密上山，了解情况。汉奸密探轻车熟路，很快就将南山的情况摸得一清二楚，并将情况报告给丁万能，丁万能听后也是大吃一惊，赶忙向日军驻江州的司令官报告："太君，可不得了，山上有一个国军游击司令部，两个保安团，一个游击大队，共有三千多人。"驻江州的日军最高司令官，闻听也是大惊失色，由于留守江州的日军只有一个大队，他吓得赶忙向冈村宁次报告，江州和枭阳都处在中国军队的威胁之下，江州补给基地，随时都有可能遭到中国军队袭击，请求冈村宁次派重兵"围剿"。一场南山孤军抗击日军的序幕即将拉开。

王明德与跟着他的大黄狗沿着大路，晓行夜宿，朝着江州城的方向，走过了一村又一寨，走了多少天，他早已不记得了，路上带的干粮，也早已吃光，好在地里的红薯已成熟了，他扒开土，挖了一些红薯，装在布袋里，饿了就啃一个红薯，累了，就找一个能遮风避雨的地方睡下。大黄狗不吃生红薯，偶尔碰到有人的村庄，就讨些米饭，让狗吃。有了大黄狗做伴，他也不觉得害怕，只有一个信念，那就是要赶到枭阳县，找到自己的爷爷王世忠。

　　有一天，走着走着，进入到一片山地丘陵。一条砂石路弯弯曲曲，路两边是茂密的森林。都走了两天了，还看不到一个村庄，旁边没有庄稼和红薯地，路上挖的红薯也吃光了，他已经饿得眼冒金星，双脚像灌了铅一样，沉重得迈不开步子，大黄狗也饿得没了精神。王明德便停住脚步，休息了一会儿，又到路边的水沟里，用瓷缸装了些水，一口气就喝了大半缸，剩下的又喂了大黄狗。虽然肚子很饿，但喝了水，精神又恢复了不少。他心里想，要尽快走出这片丘陵，不然真会饿死在这里。一路走着，他想起了被鬼子飞机炸死的养父养母，想到自己没有记忆的父母，想到爷爷，不免伤心起来，也感到了一种孤独和害怕，便伤心地哭了起来。他实在是走不动了，加上出门时穿着的一双旧布鞋早已磨穿了鞋底，实在是不能再穿了，虽然不舍得，还是把它扔了。他的脚底早已走出了水泡，每走一步都很痛，只好坐下来歇歇脚。大黄狗此时也似乎明白了什么，不断用舌头去舔王明德流出来的泪水，发出"呜呜"的叫声。王明德哭了一阵，就迷迷糊糊地昏睡过去。

　　初秋的季节，白天在太阳的照耀下，身上还有些热。可是在这山里，夜晚来得要早一些，当天空中的那一抹晚霞隐去之后，树林里渗出阵阵山风。身上只穿着单衣的他，就有些冷，这一冷，反而把他冷醒了，他睁开眼睛，只见大黄狗用它软绵绵的绒毛温暖着他的身体，而且在他的嘴边，有一块吃剩了的半个红薯。大黄狗轻轻地叫唤着，用爪子抓抓红薯，王明德眼眶一热，心里明白了，这是大黄狗外出找来的红薯，自己吃了半个，把这半个叼来给他吃的。他便抓起红薯，三口两口就吃了个干净，心里想，大黄狗能找到吃的东西，说明这里距有人住的村庄不远，便起身向前走了几公里，又眼前一黑，昏倒在路边上。

　　不知过了多久，有个赶车的人向这边过来了，大黄狗兴奋起来了，向赶车人奔了过去，围着赶车人"汪汪"地叫着，"呜呜"的声音，近似于悲鸣，引起了赶车人的注意，好像这只狗要告诉他什么事情。这时，大黄狗一边往回跑，一边望着赶车人，这就更加坚定了赶车人的想法，前面肯定是有事情，便扬起马鞭，抽在马屁股上，马便昂起头，发出一声嘶鸣，向前奔驰。

　　大黄狗一会儿就回到了王明德身边，站在那里，望着急驰而来的马车发叫狂吠声，赶车人远远就看到，地下躺着一个人，又给了马一鞭子，马车很快就到了王明德和大黄狗身边。赶车人勒住了缰绳，马车稳稳地停了下来，赶车人立即跳下车，一看是个半大的孩子，忙从车上取下装水的葫芦，往王明德嘴里灌。不一会儿，王明德清醒过来了，睁开眼睛，看到一位大叔正在给自己喂水，王明德好像碰到自己久别的亲人，"哇"的一声哭了起来。赶车人忙把王明德扶起来说："孩子，你是不是病了？你这一个人，是要到哪里去呀？"王明德望着这个叔叔说："叔叔，我没病，是饿得走不动路了。"赶车人忙到自己的大车上，取下一个干粮袋来，从里面倒出一大碗大麦粉，倒在王明德的瓷缸里，又取下葫芦，倒出一些水来与麦粉搅拌了起来，递给王明德说："快把它吃了。"王明德接了过来，感激地望着这位大叔，便狼吞虎咽地吃了起来，但他只吃了一半多一点，便停了下来，剩余的，他找来一块石块，倒在上面，让大黄狗吃了。

　　这一大缸麦粉，让王明德吃了个饱，顿时感到身上有劲了，他对赶车人说："叔叔，谢谢你了。"赶车人忙说："不要谢了，能救你，是我们的缘分。我告诉你，这条山垄至少有五十里路，你都走了一大半了，累坏了吧？你一个小孩，怎么没大人带着？你这是从哪里来，要到哪里去呀？"听到赶车人的问话，王明德心里很难受，又情不自禁地哭了起来，说："叔叔，我没有父母，我父母都被日本鬼子的飞机炸死了，我从饶州城来，要到枭阳县去找我爷爷。"

　　"哎呀，从饶州到枭阳三四百里呢，你都走了快二百里了，真是个可怜的孩子，都是那该死的日本鬼子害的。孩子，到枭阳县，还有两百多里呢，还要经过湖口县，江州城那里都已被鬼子占了，你再往北走，很危险，我劝你，跟着我的车往回走，就是讨饭，也比往前走碰到鬼子强啊！"赶车人关心地说。

　　王明德回答："叔叔，谢谢你，枭阳县是我的老家，我要找我的爷爷。"

　　赶车人望着王明德，叹息了一声，又摇摇头，从自己的干粮袋倒出了好几缸麦粉，说："孩子，这些粉，够你路上吃好几天的，路上省着点吃，能让你走出这条山垄，出了这条山垄，就有村庄。孩子，记住，看到当兵的来了，你就早早地躲起来，往前走，就没有我们中国兵了，有当兵的，一定是日本鬼子，你千万要当心啊！"王明德点点头，把麦粉装进包袱里，深深地对赶车人鞠了一个躬，向这位救命恩人挥了挥手，又带着他的黄狗，向北走去。

冈村宁次接到江州驻军的报告后，感到问题十分严重，急调一个联队，从1939 年的 1 月份开始，对南山的游击司令部进行"围剿"。

据《枭阳县志》记载，南浔线从东、西牯岭到隘口的战事结束后，南山地区已属沦陷区，南山的四周均被日军掌控，南山已形成一座孤岛，坚持在南山的三千将士，不断袭扰日军的补给线和后方基地，引起了南进日军的恐慌。日军从海昏县调回的一〇一师团太久保联队两千多人，加上江州日军机场的一个轰炸机大队，对南山守军进行连续的"围剿"。三千游击健儿凭借南山的丛林和重重关隘，多次打败日军，其中，又两次炸毁高垄大桥，四次破袭南浔铁路，给日军有力杀伤，搅得日军后方不得安宁。南山孤军奋力打击日军的消息在《中央日报》发表后，在全国产生了很大的影响，最高军事委员会也致电南山孤军："孤军固守南山，屡挫敌锋，极慰！"

中国共产党主办的《新华日报》，1938 年 11 月 18 日发表题为《援助南山孤军》的社论，指出："我南山孤军将士，固守山地，予敌以重大打击。我英勇孤军均抱牺牲决心，坚持抗战决策。我中央政府迭电嘉许，我各界同胞，敬佩之余，尤表感奋。"

全国人民的慰问信、慰问电，像雪片一样，通过桃花源这个唯一的秘密通道，向南山飞来，极大鼓舞了全体壮士的抗敌意志。

鄱湖游击司令部奋勇抗击日寇，已坚持了九个多月，大量地歼灭了日军的有生力量，战至 1939 年的 4 月 19 日，南山孤军已减员过半，武器弹药也即将消耗殆尽。第九战区下令，要他们主动放弃南山，撤至赣鄂边界的岷山地区，继续开展游击战争。

南山孤军保卫战，创造了抗日战争以来沦陷区孤军抗敌的奇迹，谱写了一曲彪炳史册的壮歌。

1939 年 4 月 18 日上午，南山正下着霏霏的春雨，从各关隘撤至仰天坪的南山孤军，正列队向徐徐降下的国旗敬礼，官兵们鸣枪向南山致敬。在下达撤退命令之前，欧阳少春对胡谋响说："你们九大队，在三炸高垄大桥时，做出了重大牺牲，还有十几个重伤员，到现在还没有康复。我考虑，将你们留下来，继续开展游击战争。你们长期战斗在南山山区，熟悉这里的一草一木，当年国军'围剿'七年多，你们在重创国军的同时，不仅坚持下来了，而且人员越打越多。现在，你们面对的是外国侵略者，你们有群众基础，还能得到流亡政府和各界人士的支持，我的意见是，将你们九大队留下来，就像孙悟空钻进铁扇公主的肚子里，只要有机会，就在敌人的心脏上插上一刀，让敌人这个后方基地不得安宁。不知你有什么想法？"

听完欧阳少春的话，胡谋响毫不犹豫地回答："阳总指挥，我们坚决执行上级的命令，继续坚守南山，与小鬼子开展游击战争。"欧阳少春说："我们撤退后，你们的生存环境将十分困难，我现在只能把好的枪支弹药给你留下，发扬你们红军游击队的传统和战法，打得赢就打，打不赢就走，不拼消耗，在保存自己的前提下，去消灭敌人。"

"欧阳总指挥，我记住了，你们放心地转移吧！"说完，带领九大队全体战士，向即将撤退的战友敬礼，目送着欧阳少春和并肩战斗了九个多月的战友离开南山。

欧阳少春率领南山孤军离开后，胡谋响带领他的九大队，抬着伤员，离开仰天坪，回到了几年前打游击的桃花源。旋即，南山孤军的营地，飘起了小鬼子的太阳旗。

日军为了巩固战略后方，从 1939 年下半年开始，强化治安，网罗亲日分子和汉奸，加上地痞流氓，在枭阳县城成立了臭名昭著的维持会。

自从日军轰炸县城后，枭阳县政府就开始动员居民疏散，有亲投亲，有友靠友，吴裁缝和王世忠、洪镇江等一些有钱人等纷纷逃往江西的乐平。大家合租了一条大船，从南门码头上船，可船还没走出几十里，就碰到了日军的飞机，飞机开始是对船体投弹，然后开始用机关枪扫射。完全暴露在日军飞机下的客船，只能任人宰割，当场就有五人在空袭中死亡，包括王世忠的妻子王刘氏。大家含着热泪，将船靠在一处无名的山坡上，挖了一个合葬墓，将这五人草草埋葬了，然后又含泪继续向前逃难。

枭阳城里的商贾富豪基本上都外出躲避战火去了，只有东边街的财主居训仁没有逃走的迹象。当吴裁缝邀他一起去逃难时，他说："要走你们走吧，我不走。"其实，居训仁并不是不怕死，五年前，他就送了他的大儿子居有福去东洋读书，现在已在侵华日军的一个师团长身边担任翻译官。在县城被轰炸前，就接到了儿子的来信，告诉他，在日军占领县城时，在自家的大门口竖一面太阳旗，家人和财产就是安全的。接到儿子的来信后，居训仁秘而不宣，显得若无其事，该玩的玩，该喝的喝，有了儿子告诉的秘密，他才不怕什么日本人，再说，日本人来了，也要吃要喝，他们也离开不了当地人的帮助。

当鬼子占领枭阳县城时，居家大屋竖起了一面太阳旗。这旗还真管用，附近的吴家大屋、张家大屋和刘家大屋，都被鬼子抢劫一空，又放火焚烧，浩劫过后，只剩残垣断壁，只有居家大屋安然无恙。

南浔战事结束后，波田支队留下了一个三十多人的小队和一个伪保安大队，长期驻扎在枭阳县城，居家大屋成了日军小队长的办公场所；居训仁出任枭阳县维持会会长。

抗战爆发后，日军势如破竹，不到一年时间，就占领了半个中国，不时有北方逃难的人向南迁移；而枭阳县的商贾富豪和地主，也纷纷低价出售自家的土地和财产，换取逃难时的费用。刘满贯是个精明人，他觉得这是一个千载难逢的发财机遇，便把家里的积蓄全拿出来，低价购买了三百多亩土地，一跃成为枭阳县的大地主。刘满贯在大肆收购土地时，他的婆姨还有些担心，说："我说当家的，人家都卖田变现去逃难，我看田地再多，还是不如命重要，你就不怕小鬼子来了，把你杀了？"刘满贯微微一笑说："你呀，真是头发长，见识短，手里没有金刚钻，我就不会揽瓷器活。小鬼子也是人，也要吃饭，到时候，我给他们吃好的，他还不把我当祖宗？你就把心放到肚子里吧。"

刘满贯其实并非真的不怕日本人，而是找到了护身符。他这一生活到现在，最恨的是共产党和红军，因为共产党不仅分了他的地，还让他戴高帽子游乡，让他尊严尽失。本来他想让国民党的保安团给他出口恶气，没想到那个龟儿子曹团长，把他举报的奖金私吞了，还戏谑了他一顿，后来，他也恨国民党保安团。这次，他听说这个日本兵既打共产党，又打国民党，他心里是一阵阵的高兴。刘满贯在县城置买过几间商铺，与居训仁有些私交，他也征求过居训仁的意见，原来这两个人是瞌睡遇到了枕头，一拍即合。居训仁说："我说刘老弟，这年头就没有过好东西，红军是我们的死对头，可国民党也不是盏省油的灯，在县城驻扎了几年，今天要剿匪经费，明天要给军饷，把我家都差不多掏空了。日本人怎么了？我与日本人往日无冤，今日无仇，就是来了，还能把全城老百姓都杀光？那他们吃什么，喝什么？我看，到时，给他们一点好处，不见得比共产党和国民党还要差。"说到这里，对着刘满贯的耳朵轻声地说："刘老弟，我实话告诉你吧，我儿子就在日军里干事，在一个大官身边，你呀，就放心地留下来，有什么事，老哥我还不帮你？"

正是有了这个底，刘满贯才敢大胆地收购土地，当日军占领枭阳县后，他按照居训仁教给的方法，早早就准备好了太阳旗，竖在他家的屋顶上。这太阳旗还真灵验，当鬼子放火烧村庄时，他刘家的房子完好无损。

居训仁当上了县里的维持会会长，一批像刘满贯那样没有逃走的地主、地痞、流氓，便当起了乡里的维持会会长，为日军提供情报，征集军粮，派劳工，为虎作伥，成为日军欺负同胞的帮凶。

逃离家园的枭阳县百姓，在南山的深山老林里度过了一个寒冷的冬天，有很多逃难群众准备的口粮也快吃光了，有几个胆大的偷偷返回家中，把埋藏的粮食运到山里。有人问下山的人："山下太平不？"下山的人回答："听说县城还有30多个鬼子和300多伪军，他们白天下乡扫荡，抢粮抢牛，牵猪捉鸡，但晚上都回县城。"大伙一听这个情况，有十多人便决定晚上下山，把藏起来的粮食背到山上来。

经过一番准备，有 18 个运粮农民等天完全黑了以后，下山来到村里，扒出埋藏的粮食，又连夜摸上山。没想到第二天上午，30 多个鬼子和伪军，将在山里躲难的 38 名乡民团团围住，强迫老百姓交出粮食。小鬼子举着三八大盖，刺刀上闪着寒光，当大家把粮食悉数交出后，鬼子将 38 人集合在三祖庵前一处平地上，鬼子在一处高地上，架起了三挺机关枪，对着老百姓"叽里呱啦"一阵叫唤。一个戴着鬼子军帽，穿着对襟黑布褂子的汉奸说："太君说了，我们到这里来，是要建设大东亚共荣圈，把这里建成黄道乐土，因此，你们要把埋藏的粮食统统拿出来，慰劳皇军，皇军保证你们的安全。"

这时，老百姓中有个较大胆的站出来说："老总，请你跟皇军帮我们求求情，就是不打仗，我们这里也是一年只有半年粮，我们这些打长工的，哪个家里不是镰刀挂上墙，家里断了粮？去年，正是粮食收割的时候，天天打炮子，哪个敢去收割谷子？粮食都烂在地里，现在不要说给他们粮食，我们自己都快要饿死了。你老人家行行好，发发慈悲，给我们大家求求情，我们一定记住你的大恩大德，给你烧高香。"

汉奸把话翻译给鬼子军官听了，只见鬼子军官说了一句："统统的，死啦死啦的！"便抽出挎在腰里的军刀，向空中一挥。只见三挺机枪和几十支步枪一齐开火，顿时，哭喊声一片，鲜血染红了大地。这次罪恶的大屠杀，仅有两人生还，一个叫游承贵的中年男子在枪响那一刻，迅速滚到一条深沟里，在茂密的巴茅的掩护下脱险；一个大约五六岁的女孩，在枪响那一刻，母亲将她压在身下，躲过一劫。鬼子屠杀完后，对几个还没断气的，又用刺刀捅，这才离开屠杀现场。

游承贵在深沟里一动不敢动，直到中午，听到一个女孩的哭声，才探出头来观望。只见周月娥的女儿张兰探出半截身子，在"哇哇"大哭，游承贵又观察了四周，除了阵阵山风，再没有其他任何动静，这才壮着胆从沟里爬了出来，抱起女孩，没命地向山里游击队驻地跑去。

接着，日军在扫荡中，又将正在春耕的 25 名农民集中到一个塘坝上，集体屠杀，然后将尸体抛入塘中，整个水塘都被鲜血染红了。

日军在枭阳县制造的大屠杀数十起，其罪行罄竹难书，激起南山游击队和枭阳人民的复仇怒火。

游承贵抱着张兰找到了游击队的张金彪，张金彪闻听周月娥惨死在日本鬼子手里，心如刀绞，他抱着女儿张兰，发誓一定要用鬼子的血，祭拜周月娥的在天之灵。

逃难来到乐平的洪镇江，为流亡到乐平的难童开办了一所战时流亡小学。这样，他一边教着自己的孙子洪庆来，一边为失学难童提供了一个学习的场所，也为自己增加了一些收入。随着学生的增加，师资力量明显不够，洪镇江想到了王世忠。洪、王两家，在过去漫长的日子里，是老死不相往来的冤家对头；现在，同是天涯沦落人，他们也就忘记了仇恨，见面时，相互还会打个招呼。洪镇江和王世忠都是白鹿书院汪二先生的学生，能担当得起教书的职责。洪镇江想，王世忠的妻子死在逃难的路上，整天还沉浸在丧失妻子的悲痛之中，日子过得很是孤独，要是让他来帮忙教教书，也好尽快让王世忠从失去爱妻的悲痛中走出来。他主动上门，找到了王世忠，王世忠也就摒弃了前嫌，对洪镇江的到来，很是欢迎，听说要自己去教书，便爽快地答应了。

已是沦陷区的枭阳县，都知道很多有钱人在乐平避难，随着家乡越来越难以生存，有些沾亲带故的，也陆陆续续地投奔乐平，自然也就带来了日军屠杀乡亲们的消息，况且在三祖庵屠杀的多是王家畈人，血泊塘屠杀的基本上都是洪家港人。

洪镇江和王世忠听到惨案的消息后，都是泪流满面，泣不成声。洪镇江疾书"一见心寒"条幅，王世忠手书"血泊塘"三字，分别由返回故乡的族人带回老家。

洪、王两家的族人接到条幅后，趁日军不在时，将在三祖庵36位遇难者的遗骨收拢，安葬在南山的金轮峰下，合葬墓前面的石碑上，刻下了"一见心寒"四个大字；后又在死难者鲜血染红的水塘边，树起了一座石碑，上面刻写着"血泊塘"三个滴血的大字。

（十二）

胡谋响游击大队，带着十几位重伤员，在深山密林中休整了几个月。到1939年的夏天，伤员们已全部康复，全大队现有人员70多人，而且大多都是身经百战的老战士。在这山里窝了好几个月，大家都憋坏了，纷纷请战，特别是张金彪，要求出山，打击日寇和汉奸，为周月娥报仇。

面对大家高昂的情绪，胡谋响觉得下山的时机已经成熟，便鼓动大家说："同志们，南山的老百姓养育了我们，他们是我们的再生父母和情同手足的兄弟姐妹，现在，他们正处在日军的残酷的杀戮之中，我们要不要为他们报仇雪恨？"战士们齐声回答："报仇、报仇！"有的战士高呼："打倒日本帝国主义，把小鬼子赶出中国去！"密林中，愤怒的火焰直冲云霄。

这时，游击队的堡垒户来到驻地，报告说："大队长，有五个鬼子和一小队伪军，正在我乡抢粮，他们已经装了五大车的粮食，现住在维持会会长家里，听说明天吃了早饭，就要将粮食运往县城。"

胡谋响一听，感到战机来了，立即召集张金彪和各分队长开会，研究作战方案。

鬼子抢粮的地方是鄱阳湖边上的汉岭一带，回县城必须经过一个叫蔡家湾的地方，这里是西牯岭的余脉，两山对峙，一条马车路从峡谷中蜿蜒而过，是个打伏击的好地方。大家听完胡谋响的情况分析后，都把目标集中到了蔡家湾上来。

胡谋响听完了各位分队长的发言，用手在桌子上一捶说："就在蔡家湾设伏，打他个狗日的！"

挑选的五十名游击队员，分成两组，一路由胡谋响带领，一路由张金彪指挥。这时，游承军说："队长，休整期间，我队补充了两名新战士，这次行动要不要让他俩参加？"胡谋响考虑了一下说："让他们参加吧，不参加实战，永远成不了一名合格的队员。"

凌晨五点，队员们吃过早饭，都集中到了大队部，出发前，胡谋响作了简单的动员，强调了三条纪律：一是不准暴露目标；二是不准发出声响；三是不准抽烟，以他的枪声为信号，听到信号，每人瞄准一个鬼子或伪军，一齐开火。

新队员王小莽的母亲是被日军在三祖庵杀害的，为报母仇，征得父亲同意，在刘金虎的引荐下，参加了游击队。王小莽还不到十七岁，由于营养不良，身高不到一米六，人虽然瘦小，但十分机灵，被队员们取了个绰号，叫"南山猴子"，到游击队不到三个月时间，已经练就了一手好枪法。这次听说要去伏击鬼子的运粮队，便找到游承军，积极请战，他要去杀鬼子，报杀母之仇。

天还没完全亮，队伍就到达了指定地点，埋伏在两边山上的灌木林里，静静地等待鬼子的到来。谁都没想到，一场精心部署的伏击战，由于突然的一声枪响，而没有达到预期的目的。

王小莽隐蔽在一棵大树的后面，眼睛死死盯着前面的路面，满脑子都是"报仇、报仇"的想法，对大队长规定的纪律，早已忘得一干二净。上午8时30分，五个伪军在前面开路，五辆装满稻谷的大车在中间，后面跟着五个鬼子和二十多个伪军，向游击队的伏击圈慢慢地走过来了。王小莽一看，前面是五个伪军，他没有开枪；紧接着，鬼子的身影出现在他的准星里，他心里说了句："狗日的，见阎王去吧！"就扣动了扳机，一声刺耳的枪声过后，一个鬼子应声倒地。接着，鬼子"哇哇"大叫，迅速组成战斗队形，向游击队进行反击。

由于鬼子和伪军还没有完全进入伏击圈，大部分还不在射程之内。胡谋响一惊，气得大骂一声，但也没办法，还未等他下令，大家就迅速向鬼子和伪军靠拢，向敌人开火。

敌人虽然人数不多，但战斗力很强。鬼子的机枪，用装稻谷的麻袋作掩护，不断向游击队疯狂射击，已有两名队员牺牲，三名队员负伤。张金彪带领的队员已经接近有效射程，纷纷利用地形地貌做掩护，向敌人开火，压制了敌军火力，也有好几个伪军被打翻在地。由于游击队在人数上占有很大优势，鬼子也不清楚情况，便边打边撤，很快就退出了游击队的伏击圈，急速原路返回。游击队追到山口，也不敢再追，胡谋响下令停止追击，迅速打扫战场。

此次伏击战，击毙日军一名，伤伪军三名，缴获粮食五车。打扫完战场后，游击队带着战利品，撤回到了山里。

一次周密部署的伏击战，由于那突发的一枪，打乱了整个部署，基本上算是个平局，而且还牺牲了两名队员。胡谋响和张金彪都窝了一肚子的火，一到驻地，就开始追查是谁开了第一枪。

王小莽不知道自己违反了纪律，他一枪就干掉了一个鬼子，为自己的母亲报了仇，心里正高兴呢，当大家查询是谁开的第一枪时，王小莽马上站起来说："报告队长，是我一枪把鬼子干掉了。"

正在一旁的张金彪，闻听怒火陡起，腾的一脚，将王小莽踢倒在地，骂道："好你个该死的猴子，老子一枪毙了你。"说完，就要从腰里拔枪。这时，胡谋响说话了："张副队长，冷静！"走过来，摁住了张金彪拔枪的手。

张金彪这一脚踢得不轻，王小莽没防备，一个跟头栽倒在地上。他委屈地爬起来，哭着说："我打死一个鬼子，你们不表扬我，还打我。"觉得十分的冤枉，抹起眼泪来。

张金彪火气还未消，说："你这个龟孙子，还不认错？"又要上前揍王小莽，又被胡谋响拉开了。胡谋响说："算了，这件事，我有责任，对新入队的战士纪律教育不够，以至于打草惊蛇，没有达到这次伏击的目的。"

为了总结这次教训，胡谋响组织全队开展了三天的纪律教育，强调了一切行动听指挥的重要性；王小莽也在这次纪律教育中，明白了自己所犯的错误，并在全队大会上做了深刻的检讨。

王明德靠着赶车人给的几瓷缸麦粉，又走了好几天，在一个黄昏，终于走出了这个险些让他丢掉性命的山垄。

走出山垄，太阳已经西沉，一个大他二三岁的孩子正赶着三头水牛，朝着一个冒着炊烟的村庄走去。王明德看到这个放牛娃，简直就像看到了救星一样，带着他的大黄狗向放牛娃追去，边跑边喊："等等我！等等我！"

牧童一听有人喊他，便停住了脚步，望着向他跑过来的王明德和大黄狗，说："小兄弟，你找我？"

王明德说："是。"便很快就来到了放牛娃的跟前。

"你找我有什么事？"放牛娃问。

"我想跟你到村子里讨些吃的。"王明德回答。

"你从哪里来呀？听你的口音不是我们本地人。"

王明德一听，一肚子的辛酸苦辣涌上心头，眼泪止不住往外流，哽咽着说："我从饶州来，离这里好远好远。"

"那你的父母呢？"

"我的父母被日本鬼子的飞机炸死了，我要去找我的爷爷。"

放牛娃一听王明德的父母是被日本鬼子的飞机炸死的，一下触动了他的痛处，眼眶里也渗出了泪水，说："我的父母是长江里打鱼的，小鬼子的飞机把渔船炸毁了，我的父母也死了。"

两个同病相怜的孤儿，抱在一起，痛哭了一场。放牛娃止住了哭声说："小兄弟，你叫什么名字？几岁了？"

"我叫王明德，已经八岁了。"

"我叫刘长江，今年十一岁，父母死后，我就给这里的一个财主家放牛，有碗饭吃。"

这一路上，王明德饿坏了，听刘长江一说，便想了一下说："我跟你去放牛，老爷会给我饭吃吗？"

刘长江回答："老爷家有十几头牛，正愁没人给他放呢，你要是留下来，肯定没问题，饭是有的吃，暂时没有工钱。"

王明德想，现在最要紧的事情是能有饭吃，然后再去找爷爷，便说："长江哥，有饭吃就行，你帮我去说说吧。"

"好嘞。"

王明德跟着刘长江，来到了一个叫邹家仓的村庄。

刘长江把牛赶进牛棚，关好，便带王明德到了老爷陶志春家的大厅里。

这是一栋具有江南特色的鼓皮屋，有三个天井，二十多间房，是个大户人家。

陶志春的祖上是山东人，年轻时在济南城里做些小生意，与江南的一些客商多有交往，他把山东的大苹果贩到江南卖，然后又把江南的茶叶贩到山东出售，人机灵，又厚道，被江南的一个茶叶商人邹朴看中。这个茶商只有一个独生女儿，名叫桂兰，长得小家碧玉，比陶志春小两岁。陶志春在江南做生意时，多在邹朴家中落脚，这时间一长，陶志春与邹桂兰就相好了。邹朴喜在心里，就让陶志春做了上门女婿。十几年后，邹朴死了，留下一大片田地和房屋给陶志春。陶志春一边经营着他的苹果和茶叶生意，一边又请长工种着那二百多亩水田，日子过得红红火火。这两年，山东已被鬼子占了，苹果茶叶生意做不成了，他就干脆放弃了两头跑的生意，专心经营那二百多亩土地。可这样的日子刚开始，鬼子又打到江南来了，原来的一些长工中，很多人为躲避战火，逃难去了。可陶志春这么大一个家业，不是说走就走得了的，因放心不下岳父留下来的这份家业，便硬着头皮在邹家仓留了下来，眼下正在为找不到足够的长工而发愁。

陶志春这会儿正在吃晚饭，听了刘长江的介绍，看着蓬头垢面、打着赤脚的王明德，非常同情，便拿起饭桌上的两个馒头，给了刘长江和王明德一人一个，又望着王明德说："我这里正缺人手，你愿意留下来，就和长江一起给我放牛吧，吃、喝、住、穿都由我包，工钱暂时不给你，怕你不会保管，先由我存着，等将来你长大了，要成家了，再一起算给你。"

刘长江拉了王明德一下，代王明德回答说："多谢老爷。"王明德是个懂事的孩子，马上向老爷鞠了一个躬，说："多谢老爷。"

陶志春又对刘长江说："长江，你就与他睡一个床吧，不懂的事情，你就告诉他。"

刘长江说："老爷，他只有身上的单衣单裤，还是一双赤脚，能不能给他两件衣服和一双鞋子？"

陶志春听后对邹桂兰说："你去找两件合适的旧衣服先给他吧，再给他找双鞋子。"陶志春看了一眼王明德又说："长江，吃完饭后，带他去钱师傅家里理个发、洗个澡。"

从大厅出来，刘长江带着王明德到了长工们吃饭的地方，有大米饭和红薯，菜有辣椒、南瓜和冬瓜。王明德有几个月没有正式吃过一顿饭了，便狼吞虎咽，吃得直打饱嗝，这才放下筷子。王明德虽然从小就离开了父母，但并不缺父母之爱，养父母家也算得上是小康人家，对他就像亲生儿子一样，没让他吃过苦。这几个月来的磨难，让他尝到了人生的艰辛，这真是饿时吃糠都甜如蜜，饱时吃蜜都不甜，他感到这是记事以来吃得最香甜的一次饱饭。他打着饱嗝，又将桌子上大伙吃红薯时剥下的红薯皮收拢，给了大黄狗吃，然后就和刘长江一起，在能挡风遮雨还算整洁的一个土坯房子里住下。

走投无路的王明德，只得暂时在陶志春家当了一名放牛娃。刘长江成了他最亲密的好朋友，天刚放亮，他就与长江一起去放牛，让牛吃上带露水的青草，等到夕阳挂在牛角上，又将牛赶回牛棚，这一晃，就到了隆冬的季节。陶老爷看到穿着两件单衣的王明德冷得瑟瑟发抖，发了善心，为他找来了一件旧棉袄和一条旧棉裤，使这个孤苦伶仃的少年尝到了滴水之恩的温暖。原本王明德是想在春节前，辞去放牛的事，继续赶路，去枭阳县找爷爷，但看到东家老爷与人和善，又找不到合适的人来接替他，便决定再待一些日子，等到明年春暖花开的日子再离开。

时间待得长了，王明德对陶志春也就有了一些了解，陶老爷是当地的一名保长，日军经常下乡扫荡征粮，来了都找陶老爷，每次日军来了，陶老爷都笑脸相迎，好吃好喝好招待，王德明一度对陶老爷有了戒备和敌意。这个地方，不仅日本兵来，还有汪精卫的和平救国军也常来抢粮，捆绑乡亲们，又是这个陶老爷出面调和，救了不少乡亲。除此之外，还有一支武装力量也常过来，那就是新四军，新四军不抢老百姓的粮食，与陶老爷交情甚好，每次来，陶老爷都是把自己粮仓里最好的粮食送给新四军。王明德听乡亲们说，这新四军是专门打鬼子的，新四军也称陶老爷是"白衣红心"的保长，这样，王明德才慢慢喜欢起这个老爷来。

1940年清明节一过，王明德就准备告别陶老爷去枭阳县找爷爷。陶老爷听说后，对王明德说："崽哩呀，你暂时还不能去，那边的南山游击队正和小鬼子开着火呢，很不安全，等过些日子，战火停息了，我派人送你过江，再去找你爷爷也不迟。"毕竟是个十岁的小孩，虽然心里很想早一点见到爷爷，但那边还在打仗，心里还是有些胆怯，便听从了陶老爷的意见，继续留下来与刘长江一起放牛。这一待，又干了三年。

那是一个春天，是江南犁耙水响的季节，十几头牛都被长工牵去耕田去了，刘长江与王明德带着那条大黄狗在村里玩耍。这时，他们看到走过来两个背着三八大盖的日本兵，还有一个戴着墨镜的汉奸翻译，鬼子兵把两支枪挂在门前的一棵枣树上，直接来到了陶老爷家里。陶老爷赶忙上前去招呼说："太君，辛苦了。"又是递烟，又是上茶，两个鬼子咧着嘴说："你的，良民的，大大的好。"陶老爷又说："中午的，太君在这里米西米西的。"鬼子高兴地回答："哟西，哟西。"这时，陶老爷对正在玩耍的刘长江和王明德说："把这块银圆带上，到王家肉铺割三斤肉来。"

刘长江接过钱后，与王明德带着黄狗，一路小跑到肉铺买肉去了。

约一个时辰的工夫，两个人带着三斤肉回到了村里，大黄狗也跟在两人后面撒着欢。刚进到村里的东头，听到一个女人在惊恐哭喊着，同时又传来了小鬼子的淫笑声，用不太熟练的中国话说："你的，花姑娘的，不要害怕，我只要你慰劳慰劳的。"刘长江和王明德一看，大门敞开着，房门也没关。只见那个小鬼子，矮墩墩的，正在脱衣服，胸前露出浓浓的黑毛，然后强行将女人抱上床，撕女人的衣服，女人用手拼命护着自己的胸部，发出一阵阵悲哀的求救声。

王明德看到这一幕，想到了自己的养父母惨死在鬼子的炸弹下，心中的怒火剧烈地燃烧起来，他顾不得自己年龄小，也没有与刘长江商量，就一个箭步冲了进去，将小鬼子从女人身上推开。那个小鬼子开初吓了一跳，一看是个半大孩子，他翻身一掌将王明德打到了墙角里，继续对女人施暴。跟进来的大黄狗一看主人被人打了，腾空一跃，上前咬住了鬼子的手，痛得鬼子"哇哇"直叫唤。这时，刘长江也从厨房进来了，正好看到一把菜刀，便顺手拿起来，冲进了房里。刘长江迅速上前，一刀砍在小鬼子的颈脖子上，鬼子的动脉血管被砍断，污血一下子喷涌出来，转过头来，骂了句"八格呀路！"就一头栽倒在女人的床上。

这时，那个女人忙翻身起床，在两位少年面前，已经没有了刚才的恐惧，忙拿出一床棉被，将鬼子的尸体盖住，对刘长江和王明德说："小兄弟，你们快跑。"刘长江指了指鬼子的尸体说："这尸首怎么办？""你们不要管，等我男人回来再想办法。"

这时，喘着粗气的王明德看了看刘长江说："长江哥，你脸上有血。"刘长江用手摸了一下，不是自己的，肯定是鬼子的血沾到了脸上，他忙到厨房，用水把脸洗干净，这才和王明德提着猪肉，到了陶老爷家里。

女人身上也全是血，她把沾了血的衣服换下，换上了干净的衣服，找到了在田里耕田的丈夫，把事情的经过说了一遍。这个没见过世面的丈夫一听，吓得直打哆嗦，竟说不出一句话来。女人说："没用的东西，连个小孩都不如，现在不尽快将那死尸弄走，那就真要大祸临头了。"这时，男人才清醒过来，三步并作两步，才跑回到家里，把一辆牛车拉了过来，连同棉被一起，将尸体搬到车上，然后上面又堆上了一些粪。女人牵来一头黄牛，装着出粪的样子，将尸体运送到一处偏僻的旱地里。男人接过女人递过来的一把铁锹，挖了一个大坑，前后用了一个小时，才将鬼子埋了下去。

刘长江和王明德把猪肉送到了厨房，又把剩余的零钱给了陶老爷。此时，那个汉奸翻译官和另一个鬼子在喝茶聊天，嗑着瓜子，显得很悠闲。陶老爷接过零钱后，看到两个小孩的神色十分紧张，心里想，莫不是有什么事情瞒着他，把他俩叫到一边说：“你俩过来，一定有什么事瞒着我。”

刘长江低着个头，不敢言语。王明德心里想，陶老爷不是坏人，就把刚才发生的事情原原本本告诉了陶老爷。陶老爷一听，大吃一惊，浑身都冒出汗来。再过两个小时就要开饭了，他知道，鬼子要是被杀一个，就要拿老百姓出气，大开杀戒，看来，邹家仓就要大难临头了。毕竟陶老爷走江达省，见过世面，惊慌之后，马上冷静下来，想到了一条妙计。

他快步来到刚才被鬼子侮辱的女人家，对女人的男人说：“侄，你赶快去桃花山找新四军，把这里发生的情况告诉他们，要新四军写一张布告，就说他们杀了一个日本兵，快，骑上我的马，万万不可耽误。”

那男人骑上马，一路飞奔，二十多里的路，不到一个小时就赶到了新四军的驻地，新四军的彭司令一听，明白了怎么回事，立即命令文书写了一张新四军于今日击毙一名小鬼子的布告，由男人带回。

已到正午，陶老爷将酒菜端上了八仙桌，对汉奸翻译说：“请太君入席，准备开饭了。”

翻译官说：“还有一位太君出去没回来，再等一等吧。”

旁边的小鬼子一听，急了，望着香喷喷的红烧肉，口水都流出来了，说：“杨桑，不必等他，他的，花姑娘的干活去了，我们的，咪西咪西。”

陶老爷让鬼子坐了上席，他和杨翻译官分坐两边，陶老爷将酒分别倒在桌子的四个酒杯里，然后端起一杯站起来说：“太君，我先敬你一杯。”说完就仰起脖子，“咕噜”一声，一杯酒就下了肚。小鬼子也不含糊，一仰头，也喝了一杯，嘴里说：“你们中国的酒，太辣，没有我们大日本帝国的清酒好喝。”

陶老爷说：“是，是。”便拿起筷子夹起一块红烧肉，放到鬼子碗里，小鬼子放下酒杯，忙拿起筷子把肉夹起来，就往口里送，狼吞虎咽，一下子就吃了三四块，嘴里不停地说："哟西，哟西。"

这鬼子和翻译官一喝一吃，早把另一个鬼子忘了个干净，一个多小时后，三个人酒足饭饱，打着饱嗝，才想起另一个鬼子还没来。这个小鬼子感觉情况不妙，便对翻译说："你的，快快的，去把龟田找来。"这时，翻译官也觉得事情不妙，跑出屋去，在村里前后大声喊："龟田太君，你在哪里？"

陶老爷从饭桌上起身后，泡了两杯浓茶，要扶鬼子到竹摇椅上休息。这时，鬼子的酒已醒了一半，用手一推说："你的，陶保长，快快地找龟田的有。"鬼子也一个箭步出门，去看枣树上的枪还在不在，他伸长脖子一看，两支三八大盖还挂在树上，便将枪取下，带回客厅，将一支步枪的子弹上了膛，用枪口对着陶志春说："你的，保长的，良心坏了坏了的，找不着龟田，你的，统统的，都死啦死啦的。"

陶志春虽然经历过一些世面，但自己家里的两个牧童杀了一名鬼子，心里不免有些紧张，事情一旦暴露，不仅是自己家，就是整个邹家仓都要遭受灭顶之灾。好在中午的这顿酒，三个人都喝得面红耳赤，这才不至于让鬼子和汉奸看出破绽。陶志春听鬼子找他要人，便让鬼子坐在这里喝茶，自己出去村前村后大声呼喊："龟田太君，龟田太君。"

折腾了半个时辰，村里村外找了个遍，哪里还有龟田的影子。陶志春想，给新四军的信应该早送到了，最多一个时辰，新四军的布告应该贴在了村西的关帝庙墙上。他心里暗暗乞求菩萨保佑，希望能逢凶化吉，遇难呈祥。

没找到龟田，杨翻译官也慌了神，急急忙忙跑到陶志春家里。只见这时小鬼子的酒已经完全醒了，正端着三八大盖，警惕地注视着窗外，吓得杨翻译官结结巴巴地说："太君，不好了，龟田太君失踪了。"小鬼子一听，马上将端着的枪指向跟在杨翻译官后面满头大汗的陶志春，说："八格呀路，你是这里的保长，你的死啦死啦的。"

陶志春哭丧着脸说："太君，我一上午与你都不离左右，我怎么知道龟田太君去哪里了？"鬼子横蛮地说："陶保长，这是你的地盘，人不见了，你的，负全部责任。"

邹家仓，距鬼子的炮楼大约两千五百米，有一个军曹带着二十多个鬼子驻守在长江边的一个渡口，已经快三年了，一直也没有发生过什么情况，所以警惕性也就慢慢松弛下来，每当士兵轮到休假，就会三个一群、两个一伙，到附近村庄去打捞，有找吃喝的，也有去找花姑娘的。今天，这两个小鬼子正好休假，便向军曹请了假，带上岗楼里的翻译，想轻松一下，没想到，这大白天的，一个大活人就这样不见了。这小鬼子明白，龟田这小子是个见了女色就走不动路的人，估计是强奸花姑娘时，被老百姓打死了。想到这里，这小鬼子也害怕了，便把另一支步枪递给杨翻译官说："杨桑，快快的，回岗楼。"杨翻译官接过枪，斜背在肩上，跟着小鬼子，一路小跑，回岗楼报告去了。

鬼子和杨翻译走后，陶志春从抽屉里找出几块银圆来，准备让刘长江和王明德逃走。他刚想喊这两个胆大包天的放牛娃时，忽然又一想，过不了一个时辰，鬼子肯定来要人，要是自家少了两个放牛娃，那就是不打自招，很快就会引火烧身。他又来到那个被欺侮的女人家里，看他这个本家侄子送信有没有回来，女人说："叔，还没有回呢。"这把陶志春急得是满头大汗。他对那女人说："等你男人回来，马上让他来见我。"

约莫过了半个时辰，女人的男人回来了，带回了一张盖有新四军游击队的四方印章的布告。陶志春展开一看，只见上面写着："今有小鬼子在乡下强奸妇女，被我新四军侦察员发现，为打击日军暴行，我侦察员已将施暴的鬼子割喉击毙。我新四军桃花山游击队，严正警告日军，如继续作恶多端，必将严惩不贷。特此告示。新四军桃花山支队。民国三十三年四月二十九日。"看完布告后，陶志春说："快，拿点糯糊粘在布告上，贴到村西头的关帝庙墙上。"刘长江和王明德很快就将布告张贴好了。

又过了半个时辰，大约下午三点多钟的样子，一队小鬼子荷枪实弹将邹家仓包围了起来，鬼子军曹和杨翻译官径直来到陶保长家里，要陶志春将全体村民集中到陶家大院来。

邹家仓，本来是个有 500 多人的大村子，自从鬼子打过来了，大部分人都到外地逃难去了，全村只剩下 200 多人，大多是老弱病残和实在没有盘缠外出的人。陶志春从家里的大厅墙上取下一面铜锣，带着杨翻译，"哐、哐"的锣声从村前敲到了村后，大声地喊着："乡亲们，皇军来了，请大家都到晒谷场上开会，全村男女老少，一个都不能少，如有谁躲藏在家里不出来，被皇军发现，那是要掉脑袋的。"

邹家仓的老百姓，世代以耕田为业，大部分人没走出过家园 15 公里以外，怕事、本分、老实，是这些农民的一个共同特征。自从小鬼子在渡口建立炮楼以后，常常有鬼子到村里来，把枪就挂在村前的枣树上，牵猪捉鸡，奸淫妇女，没有任何人敢反抗。长得年轻俊俏一点的女人，听说鬼子进村了，就用锅底墨往脸上一抹，弄成个灰不溜秋；就是男人看到鬼子强奸自己的媳妇，也不敢吱声反抗。他们就像是一群羔羊，任人宰割。

乡亲们听到敲锣声后，老老少少 200 多人，都集中到了村里的晒谷场上。这时，日军军曹手拄着军刀，叽里呱啦地吼叫着，杨翻译官说："太君说了，有一名皇军在你们村上失踪，请你们立即交出皇军；如果是被杀死了，就立即交出凶手。大日本皇军来到这里，是要建立王道乐土，与你们共存共荣，如果你们不说实话，那就别怪皇军不客气，统统的死啦死啦的！"

杨翻译官讲完后，200 多人没有一个人吭声，大家都低着头，心里在求菩萨保佑。

这时，这名日军军曹发怒了，又哇哇大叫了一阵。两名端着明晃晃的刺刀的日军士兵，从人群中拉出一个六十多岁的老头，杨翻译说："太君问你，那位失踪的日军士兵在什么地方？"老头不敢正眼看鬼子和杨翻译官，战战兢兢地回答："我今天都在田里犁田，没有看见皇军。"翻译官转身对军曹说："这老头说没有看见皇军。"军曹把拄在地上的军刀往空中一挥，说："死啦死啦的。"两名端着三八大盖的鬼子兵，就直接刺向了老汉的胸膛，老头随即倒在地上，鲜血立即染红了脚下的土地。

这时，那个军曹又叽里呱啦说了一通，杨翻译官对吓得魂飞魄散的村民们说："皇军说了，如果你们不讲实话，不交出皇军，就都和这位老头一样，都死啦死啦的！"

乡亲们相互靠在一起，鸦雀无声。军曹手一挥，又有一个女人拉了出来，正是今天受到侮辱的那名妇女。经历了今天一天的惊心动魄，她已经不知道什么叫害怕了，便大声地说："不知道！"这时，两个鬼子又端着枪冲上来，一阵猛刺，这位妇女又倒在血泊之中。此时，陶志春再也忍不住了，站出来对军曹说："太君，你在这里驻扎了两年多，我们交情不薄，只要你来，都是好吃好喝的招待。我们邹家仓的人，世代务农，都没有见过什么世面，谁也没有胆子杀皇军。是的，这名皇军的确是在我村里不见了，现在情况还没有搞清楚，你就大开杀戒，我这个保长怎么还能当得下去？"杨翻译官将陶志春的话翻译给了军曹，军曹一听，抬手就给杨翻译官一个耳光，说了句："你们支那人的，良心大大的坏了，把这个保长，给我吊起来，不交出皇军，就吊死他！"

几个鬼子找来一根绳子，将陶保长吊到晒谷场前的一棵大樟树下，两个鬼子用棍子对陶保长一阵猛抽，鲜红的血迹染红了衣服。

刘长江和王明德知道陶老爷的安排计划，慌忙站出来对杨翻译官说："我俩上午买肉回来，路过村西边的关帝庙，发现有两个不认识的人在庙那里。"

鬼子军曹听得懂一些中国话，未等翻译，便直接问："你的，小孩，你知道皇军在什么地方？"

刘长江回答说："我没有看到皇军，但我看到了两个外乡人在关帝庙那边。"军曹一听，马上对杨翻译说："你的，快快的，关帝庙。"

杨翻译带着鬼子，朝关帝庙赶去，到关帝庙一看，墙上贴了一张告示，杨翻译一看，赶忙揭下来，迅速交到了军曹手里，说："太君，皇军，被新四军杀死了。"接着，就将布告的内容翻译给军曹听。

军曹听完后，狠狠地说了句："八格呀路！"这时，杨翻译官对军曹说：

"太君，现在怎么办？"军曹举起军刀一挥说："统统的开路！"

鬼子走了，惊慌的人们赶紧将陶志春从树上解下来，这时，被杀害的老人和妇女的家人，发出了撕心裂肺的哭声，整个邹家仓沉浸在一片悲痛之中。

日子又过去了半个月，陶老爷身上的伤也好了，刘长江和王明德正要出门放牛，被陶老爷看到了，便对刘长江和王明德说："你俩早上放牛回来，吃完饭，到我屋里来一下，我有话跟你们说。"

自从这两个放牛娃杀死一名日本鬼子后，两个小孩的影子就天天映现在陶志春的脑海中。他既为这两个英勇的少年感到骄傲和自豪，也有一种说不出的担心和忧虑，而且忧虑的成分更多一些。他知道，这两个小孩的父母都死在日本鬼子手里，两个幼小的心灵里已经种下了仇恨的种子，只要有机会，他俩会奋不顾身，或不顾后果，与小鬼子拼命。这里，距鬼子的炮楼不远，常有鬼子来村里，就难免不会不发生上次一样的事情。当然，杀鬼子，陶老爷是很高兴的，但事情又没有那么简单，就拿这次的事来说，杀了一个鬼子，抵了两条人命，自己差一点丢了性命不说，差一点整个村庄都要遭受灭顶之灾。想到这里，他心里就感到非常恐惧。那天，两个小孩能顺利地将鬼子送去见阎王，应是运气，现在，小鬼子受惊了，警惕性也就高了，要是让他俩再碰到什么事，恐怕就不会有这么好的运气。为了自己的安全，全村的安全，还有这两个少年的安全，他最后还是做出决定，让刘长江陪着王明德去枭阳县找王明德的爷爷。

两人放牛回来后，到伙房吃了早饭，就一同来到陶老爷的厅里，陶老爷正在厅里等着他们。陶老爷说："你们两个崽哩，是我邹家仓的勇士和骄傲，如果每个中国人都有你们的勇气，何愁小鬼子不灭呀！你们的英勇，我老汉自愧不如，你们的父母都死在鬼子手里，你们与鬼子有不共戴天之仇。但是，你俩还太小，为了你俩的安全，也为你们刘、王两家留下一条根，虽然我内心舍不得拆散你俩，但我还是做出了一个决定。长江你大些，多懂得一些事，明德早晚都要离开这里，所以，长江你就带着明德去一趟枭阳，帮明德找到爷爷。路上，要多加小心，尽量不要与鬼子碰面，千万注意安全。"说完，从衣袋里掏出五块大洋说："这五块大洋，作为你们去枭阳县的盘缠，也是我的一点心意。明德的工钱暂时存在我这里，路上不太平，等你长大了，什么时候来取都可以。"说完，就把钱递到了长江手里。

两个少年听完陶老爷的话，就像是自己的亲爷爷在嘱咐自己的孙子一样，一股暖流从心里流出，两人同时跪下，向陶老爷叩头，起身说："谢谢老爷，我们一定记住您的话。"

陶老爷有些伤感，又说："长江，你快去快回，我在这里等着你回来！"陶老爷屋里人也在一旁抹着眼泪，她找来了两双布鞋和两把油布伞，给了长江和明德。

刘长江和王明德回到自己的住处，把日常穿的衣服分别装在两个布包袱里。王明德有一个瓷缸，长江也到伙房找做饭的苏师傅，要来了一个瓷缸，苏师傅听说这两个孩子要去枭阳县，心疼得直掉眼泪，他用一块纱布，把锅里剩下的一些红薯全部装起来，放进了他俩的包袱里，让他俩带在路上吃。准备停当之后，王明德来到牛棚，抱着一头牛的头说："我要走了，不能再带你去吃草了，真是舍不得你们啊！"牛似乎很通人性，伸出舌头舔了舔王明德的脸颊，在一旁的刘长江也跟着王明德抹起了眼泪。

他俩肩上背着油布伞，手里拿着包袱，离开了邹家仓，走出好几百米，转过身来，望着这片养育了他们的沃土，只见陶老爷和桂兰大娘站在院前的那棵大树下，向他们不断挥手，似乎还看到陶老爷和大娘在擦眼泪。王明德转身又跪下，眼泪止不住往外流，向陶老爷叩了一个头，向鄱阳湖边走去。

南山孤军撤走后，赣北便没有大的战事，驻守在枭阳县城的日军和伪保安队把主要精力用来维护占领区的秩序，为日军前线抢军粮，打击防范胡谋响的游击队。

1939 年的上半年，汪精卫的南京政府给枭阳县派来了一位县长，姓韦，名福来。韦县长与县维持会的居训仁臭味相投，沆瀣一气，欺压百姓，横行乡里，又在地痞流氓中物色了一批鱼肉乡里的恶人，分别担任乡长、保长。这些人，依仗鬼子这个靠山,为虎作伥,为日军刺探情报,强抢粮食,让老百姓苦不堪言。

胡谋响的游击队在蔡家湾偷袭了鬼子的抢粮运输队后,又进行了一段时间的整训,根据沦陷区的情况,调整了战略部署,打击的重点放在偷袭日军散兵游勇和打击汉奸上。他们充分依靠当地群众,先后处决了三名铁杆汉奸和作恶多端的维持会会长,多次伏击下乡抢粮、抓猪、牵牛、捉鸡的零散日军和伪军,搞得驻枭阳城的日军和伪军不得安宁,小股日伪军一般不敢下乡活动。

一天,有个老乡上山来向胡谋响报告:鬼子在南山脚下的温汤建起了一个慰安所,慰安所里有从日本过来的劳军军妓,也有从枭阳县城乡抢来的青年妇女。住在县城居训仁家的猫眼小队长,兼任慰安所的所长,经常有省城和江州城里来的鬼子军官到这里疗养,寻欢作乐;今天,听说来了个什么联队长,在上高会战中伤了一条腿,那个联队长带着两个勤务兵,可威风了。

游击队也听说过鬼子在温汤设立了慰安所的消息,对自己的同胞被鬼子蹂躏,早就恨得牙根发痒,只是一时还不了解具体情况。胡谋响问:"老乡,慰安所有多少鬼子把守?"老乡说:"有一个班的鬼子加一个小队的伪军,大约有三十多人。"

听完老乡的情况介绍,胡谋响想,要与鬼子硬碰硬,没有取胜的把握,因为几次战斗减员,游击队现在只有五十多人,在人数上并不占多大优势,而且鬼子武器精良,作战能力很强,以逸待劳,又有炮楼,居高临下,硬攻是要吃亏的。但有个鬼子的联队长,这块到嘴的肥肉不吃,心里又有不甘,得想出一个万全之策。送走了老乡,胡谋响召集张金彪和三个小队长召开会议。俗话说,三个臭皮匠,顶个诸葛亮,他想让大家讨论出一个最佳方案。

队员们听胡谋响说温汤慰安所来了个鬼子联队长,一下子调动了大家的求战情绪,都赞同拿这个鬼子的联队长开刀。大家提出了一个又一个作战方案,经胡谋响考虑后都一一被否决了。这时,游承军又提出了一个计策,他说:"用酒把鬼子和伪军灌醉,这样,敌人的战斗力就大打折扣了。"张金彪笑着说:"你能去陪鬼子喝酒?"游承军说:"我当然不能去陪鬼子喝酒,我要让鬼子自己喝。"胡谋响听到这里，也来了兴致，便说："别卖关子，快把你的锦囊妙计说出来大伙听听。"

游承军望了望大伙，端起桌上的茶壶，给自己倒了一碗冷开水，喝了一大口，用手擦了擦嘴说："大队长，我是这样想的，这一年多来，驻在县城的鬼子和伪军，经常下乡抢粮，抢猪，牵牛抓鸡，这说明鬼子也缺吃缺喝。我想杀上一头猪，带上八只鸡、八条大草鱼、四十斤烈性酒，扎上红绸布，装扮男方娶亲送给女方的彩礼，装在独轮车上，故意从温汤旁边路过，用东西将这些东西遮住，不要让鬼子一看，就是好吃的东西，时间放在中午午休的时候，装作偷偷摸摸的样子，鬼子岗楼上的哨兵肯定能发现我们，我们就将计就计，把这些东西统统都送给鬼子。现在，正是暑季，猪肉、鱼肉不能久放，鬼子晚上必定加餐，等他们饮酒作乐之时，我们兵分两路，一路解决岗楼的哨兵，大队人马直奔鬼子的餐厅，必然旗开得胜。"游承军说完，得意地望着大家，又说："两位大队长，此计怎么样？"

胡谋响对游承军点点头说："此计有些靠谱，但还不完善，鬼子吃喝到什么程度，什么时候开始进攻，这个都要掌握好，最好要找到个内应，事情就会顺利些。"

三小队长江中浪站起来说："大队长，内应有哇，我有一个表兄，原来的枭阳县落星楼的厨师，人称曹大厨，被居训仁推荐给了猫眼小队长做厨师，他做得一手好赣菜，猫眼小队长为了巴结他的上司，又把他弄到了温汤慰安所当厨师，他家也在温汤附近，请他当内应，这不就解决问题了？"

张金彪接过话说："你这还是一厢情愿，人家敢不敢同意做我们的内应呢？"

江中浪充满自信地说："这个没问题，我前些日子去侦察情况，在他家里歇过脚，而且还碰见过他。我姑父就是被小鬼子杀害的，他对小鬼子也是恨之入骨，别看他为鬼子做饭，那只是为了混生活。"

胡谋响问："你现在能尽快见到你表兄吗？"

"大队长，他当天做完饭，晚上都要回家睡觉，我只要去他家里等他就行了。"

"好，就这样，你立即负责与你表兄联系，争取他的配合，只要你表兄同意，我们就立即动手。"胡谋响对江中浪说。

按照预定计划，游击队进行了精心的准备。

江中浪化装成送菜的，在表兄曹大厨的掩护下，摸清了日军联队长的用餐位置和士兵的用餐位置。

在一个炎热的中午，太阳烤炙着大地，田野里热浪翻滚，只有知了在树上不知疲倦地叫着，温汤慰安所旁的鬼子岗楼上，一个哨兵疲惫地打着哈欠，无精打采地来回踱着步子。这时，鬼子发现岗哨前面的大路上，有两个人一人推着一辆独轮牛头车，向岗楼这边走来。

哨兵一下打起了精神，将三八大盖的子弹上了膛，警惕地观察着那两个推车的人，等到推车人走到岗楼前时，哨兵一看，是两个当地农民打扮的人，每人戴着一顶旧草帽，肩上还搭了条罗布汗巾，满头大汗，显得车上的东西很沉重，车轮不断发出"吱呀、吱呀"的声音，一个鬼子用枪指着两个推车人说："你的，站住，接受检查！"

哨兵的声音，惊醒了正在午睡的另一个鬼子和两个伪军，三人端着枪从岗楼里面冲了出来，将推车人拦了下来，指着车上的东西说："你的，什么的干活？"化装成老百姓的游击队员说："太君，我们是本地的老百姓，东家的儿子在县城结了门亲事，东家让我俩去女方家送彩礼。"

小鬼子和伪军用刺刀挑开了遮在车上的伪装布，一看是头杀好的整猪，还有一公一母两只大鸡，剖好了的鱼，还有两缸散发着浓香的美酒。鬼子和伪军眉开眼笑，高兴得合不拢嘴，连连说："哟西，哟西。"又对两个伪军叽里呱啦说了一通话，一个伪军便对两个推车人说："太君说了，车上的东西统统留下，就算是慰劳太君了。"

两个赶车人很像胆小怕事的村民，不断向鬼子和伪军苦苦哀求，说丢了东西，回去东家不会放过他们，请太君开开恩，这是娶新娘子女方家置办酒席用的，要一样不少送到女方家，否则，这喜事都不好办。伪军又将话翻译给鬼子听，只见那个鬼子端起三八大盖，用明晃晃的刺刀指着赶车人说："八格，快快地滚蛋，不然死啦死啦的！"

两个赶车人装作吓得魂飞魄散，连车都不敢要了，连滚带爬跑回去了。

猫眼小队长听说缴获了一头肥猪，还有鸡、鸭、鱼和美酒，心里十分的高兴。他正愁没有好东西招待来这里度假的联队长，加上在慰安所里的鬼子和伪军也有十几天没闻到腥味，便对一个鬼子说："你的，把东西送到厨房，告诉曹大厨，今天晚上，全体的，咪西咪西。"

当天下午的四点多，慰安所的食堂里，就飘出了诱人的红烧肉香味来。曹大厨知道，游击队要到天黑才能发动进攻，所以故意拖延。猫眼小队长从六点过后，就派人来问："什么时间开席？"曹大厨说："今天菜多，锅又不够，要大家再等。"猫眼小队长已经三次派人来催开席，一直到晚上七点，天色开始转暗，曹大厨才对在厨房帮忙的一个伪军说："告诉猫眼队长，菜已经全部做好，可以开席了。"

早已等得不耐烦的鬼子兵和伪军，一听说开席，便一窝蜂地往餐厅拥了过来。每桌都有一大脸盆红烧肉，其他菜也非常丰富，会喝酒的，去酒缸里盛酒，不喝酒的，便开始把大块大块的红烧肉往口里送。

猫眼队长亲自去请那位理着平头、戴着黑框眼镜、穿着和服、脚踏一双人字拖鞋、矮矮胖胖的山本联队长。他们来到大餐厅旁的一间小包房，有三个日本军妓陪同。包房里的菜要比大厅丰富得多，有辣椒爆猪肚、大葱炒猪肝，还有红烧肥肠等。山本来慰安所好几天了，还没吃到过这么丰盛的饭菜，脸上的山羊胡子也绽放得像一朵花一样，一个劲夸猫眼队长："你的，大大的好。"三个军妓，两人围坐在山本联队长身边，帮山本不时地夹菜；另一个军妓为山本斟酒。

大厅里的日军和伪军，都在狼吞虎咽，有几个伪军还划起拳来，已经闹腾了大半个小时了，很多人喝得舌头都有点大。包房里面，不断传出淫荡的笑声，三个军妓不断给山本和猫眼敬酒，他们都有些醉意，也丑态百出了。

这时，天色已经暗了下来，由胡谋响带领的三十多名游击队员，在夜幕的掩护下，都已埋伏在慰安所周边的草丛和树林里，只等曹大厨发出信号。

开席后，曹大厨和两位食堂的杂工也端着碗，在厨房里吃开了；曹大厨密切地注视着大厅里的一举一动，当他看到大部分鬼子和伪军喝得舌头也大了，走路也不太稳了，认为可以开始行动了，便对两位杂工说："我吃饱了，先回去了，你俩等会把饭厅收拾干净。"这一切，都做得天衣无缝，因为曹大厨只负责炒菜，洗刷一类的事本来就是杂工干的。

曹大厨出了慰安所，像往常一样，朝自己家的方向走去。

这就是攻击信号，只要曹大厨走出慰安所，游击队就可以开始进攻。

胡谋响立即发出战斗命令，一队由胡谋响带领，直赴大餐厅；一队由张金彪带领，解决包房里的鬼子；游承军带四个狙击手，解决岗楼里的哨兵。

行动一开始，就被岗哨上的鬼子哨兵发现，敌哨兵扣动了扳机，一名游击队员当场牺牲，游击队中的几个狙击手一齐开火，敌哨兵就一头栽倒在岗楼上。

正在划拳吃喝的鬼子和伪军，还有在包房里寻欢作乐的山本和猫眼，听到了枪声，当他们还没有反应过来时，两路游击队就已经分别冲进了大餐厅和包房，一阵乱枪过后，敌人已死伤一片，游击队员们高喊："缴枪不杀！"

伪军们纷纷举手投降，没死的鬼子将手中的饭碗和酒碗向游击队砸了过来，在混乱中，有三名鬼子跳窗逃跑。

冲进包房的张金彪，只见山本已掏出手枪来，说时迟，那时快，张金彪和几名队员一齐开火，山本和猫眼两人一起见了阎王。

游击队随即释放了被抓来的八名本地慰安妇，遣散了伪军和那三名军妓，缴获长短枪三十余支，摧毁了日本慰安所，打了一个大胜仗。

（十三）

刘长江和王明德三步一回头离开了邹家仓后，没有走有鬼子把守的渡口。

这里是长江的一个江湾，刘长江从小就跟随父母在这长江上漂泊，他熟悉这一带的水性，也认识这江里的渔民。避开鬼子设在渡口的岗楼，主要是担心鬼子把陶老爷给的银圆搜去。他带着王明德从长江口向鄱阳湖岸边走，一直到中午时分，已经远离了鬼子把守的渡口，才在一棵大树下停了下来。他从包袱里拿出苏师傅给的熟红薯，给了王明德一个，自己一个，又给了大黄狗一个，吃完后，便对王明德说："我们就从这里渡过湖去，等傍晚有收渔网的过来，我们就搭渔船过去。"

王明德望着宽宽的湖面，只见湖水静静的，在太阳光下，有细细的波光粼粼，湖面上没有来往的船只，看不到一张白帆，显得有些空旷和肃杀，便问："长江哥，你怎么知道傍晚有打鱼的来？"

长江指着湖里插着的竹竿说："那些插在湖里的竹竿，就是打鱼人下的堑网，等到傍晚的时候，就会有人来收网，明天一早，就把网到的鱼送到江州集市上去卖，再买些粮食回来。"

他俩一直在这里等到太阳西沉，终于看到有两个人向湖边走来，在一个湖湾的僻静处，划出一条渔船。刘长江赶忙上前一看，是附近村庄上的余二叔兄弟俩，便大声喊："余叔叔，麻烦送我一下，我要到湖对面去！"

这两个人在船上往岸上一看，认出了是一起打鱼的刘大哥的儿子刘长江。五年前，兄弟俩亲眼看到小鬼子的飞机把炸弹扔在了刘长江父母的船上，渔船被炸成两截，长江父母的鲜血染红了湖面，幸好那天刘长江没在船上，才躲过一劫。从那天以后，兄弟俩偶尔见过几次长江，知道他在给陶财主家放牛，便大声回答说："你是长江吧，我这就把船靠过去，叔叔送你们过去。"

刘长江和王明德带着大黄狗很快就上了船，两兄弟问了长江的一些情况，没有多长时间，船就靠在了鄱阳湖的北岸。余家兄弟关心地对长江说："长江，你送这孩子到了枭阳县，帮他找到了爷爷后，就快回来，要是没地方去，就跟着我们打鱼吧，饿不死你的。"刘长江谢过余家兄弟，挥了挥手，带着王明德继续向北走去。

大约走了两个小时，天色已经完全暗下来了，刘长江看到路边有一个破旧的关帝庙，便对王明德说："今天不再走了，我们就在这个庙里歇一个晚上，明天再走吧。"王明德说："我听长江哥的，我也走累了，脚都有点抬不起来了。"

两人来到庙里，关公面前没有香火蜡烛，也没有供品，说明好久没有人来祭拜了。明德又走出庙门，大黄狗在后面跟着，去附近找了些枯草抱了过来，铺在地上，当作今晚的床铺。长江又从包袱里拿出苏师傅给的红薯，先放在供桌上，拉着王明德，向关公拜了拜，说："关老爷，今晚借您的宝地，我们在这里歇一个晚上，明天就走，实在是没有什么东西供你，这几个红薯，请您先吃，等您吃好了，我们兄弟再吃。"约莫过了几分钟，长江将供在关公面前的红薯拿了下来，分成三份，给了明德和大黄狗，很快就吃完了。不一会，关帝庙里就响起了轻轻的鼾声。

第二天早晨，刘长江一睁开眼，太阳已从没有庙门的门洞中照射到了睡觉的地方，一看王明德，还睡得正香，大黄狗趴在王明德的身旁，两只眼睛望着刘长江。刘长江想，明德才刚刚十一岁，昨天跟着他走了二十多里路，看来是累坏了，他不忍心叫醒他，便一个人起身来到庙外，向前方望去。在离庙不远的地方，有十几户人家，已经升起了袅袅炊烟。虽然包袱里还有没吃完的红薯，但路途遥远，要尽量省着吃，便想去冒烟的村里，看能不能讨到些吃的。想到这里，刘长江便带上瓷缸，向村里走去。

刘长江来到村里，正是村里人吃早饭的时候，他走进一户人家，有两个大人和两个小孩正在吃红薯稀饭。刘长江向两个大人行了一个礼，说："叔叔，婶婶，我是逃难过来的，请你们行行好，能不能给我一些吃的。"

男人看了刘长江一眼说："这是什么世道，都是那该死的日本鬼子闹的。"女人也说："真是可怜的孩子，我家里没有什么好吃的，红薯稀饭还有，把碗给我。"刘长江把瓷缸给了女人，女人很快装了一缸，对刘长江说："孩子，快吃吧。"

刘长江又给女人行了个礼说："婶婶，我不在这里吃，我还有个弟弟，还饿着肚子呢，我带回去与弟弟一起吃。"女人望着这懂事又可怜的孩子心痛地说："孩子，你先吃吧，你吃饱了，我再给你装，带给你弟弟吃。"

刘长江这才将这一瓷缸稀饭喝了个干干净净，女人又给他把瓷缸装满了，又塞了两个大红薯给了刘长江。

刘长江向这户人家道了谢，便急忙赶回庙里。

刘长江回到庙里，王明德还在熟睡中，大黄狗闻到了红薯的香味，摇着尾巴围着长江欢叫着，长江将一个红薯给了大黄狗。这时，王明德也被黄狗的叫声吵醒了，伸了个懒腰，便爬起来了，看到刘长江递给他的稀饭和红薯，心里一阵感激，说："哥，你去讨饭了，下次讨饭让我去，我人小，比你好讨些。"长江高兴地说："今天碰到一户好心的人家，让我吃了个饱，还给你带来了一大碗。"

王明德吃过稀饭，又吃了个大红薯，加上昨晚休息得好，这会儿人倍精神，两人收拾了一下包袱，离开破庙，又继续向北走去。

走了一上午，来到了一个叫十里亭的地方，这里是个三岔路口。向东北，是江州城；向西北，是海昏县；向正北，渡过长江，就是湖北地界了。这个十里亭有个小饭铺，这里既是过往行人歇脚的地方，又可以用餐。已是中午时分，两人早上吃的稀饭，早已消化，都有些饿了。长江对王明德说："前面有个饭铺，我们到那里休息一下，再买些饭吃。"王明德回答："我听哥哥的。"

两个人来到十里亭，亭子前面有两棵阔叶油树，油树前面是口大水塘，两个人把背着的包袱解下来，放到饭铺前面的一张桌子上，然后到池塘边洗了一下满脸的尘土，回到桌边的木凳上坐下。这时，有跑堂的小二过来问："两位小兄弟，是喝茶还是吃饭？"

刘长江说："来两碗大米饭。"

小二又问："要来个炒菜啵？"

"不啦，就两碗米饭。"

小二应了一声："好嘞！"

饭是木桶早就蒸好了的，店小二端了两碗大米饭过来，放到了长江和明德面前，两人端起米饭，每人都扒出一些给大黄狗吃，然后三下五除二，就吃完了饭。长江又向小二要了些开水，喝完了水，长江从腰里摸出了一块银圆，让店小二结账。

店小二接过银圆，有点吃惊，因为沦陷区用的都是日军印制的军用手票和南京伪政府发行的银联券，用银圆的都是地主老财、汉奸和伪政府的官员，而且还都是私下交易，因为日军一看到银圆，就强行要求换成纸币。店小二看看两个小孩，也不像是富家子弟，怕银圆有假，忙把银圆给店主辨认，店主接过银圆，先是看了看成色，然后用嘴对着银圆一吹，再放到耳根上听了听，说了句："是真的，快收下。"

小二将银圆换成"银联券"，扣除饭钱，找回了一大把纸币塞到刘长江手里，然后小心地对刘长江说："小兄弟，银圆千万不能让鬼子汉奸看见了，他们不让用银圆，要用'银联券'和'军用手票'，要是让他们发现了，没收不说，弄不好还要打你一顿。"

刘长江听明白了，便说："多谢你提醒，我这里还有四块银圆，你能不能给我换成银联券？"小二又给店主说了，店主马上说："可以，可以。"刘长江便把剩余的四块银圆全部换成了银联券。

虽然是秋天的季节，中午的太阳还是有些炙热，刘长江和王明德决定在这里休息一下再走，两个人便靠着吃饭的桌子睡着了。

约莫一点时分，刘长江和王明德被吵吵嚷嚷的声音惊醒了，两人睁开眼一看，只见两个鬼子和一个汉奸翻译，押着三十多个青年汉子来到了十里亭饭铺。鬼子一人背着一支三八大盖；汉奸翻译约莫三十左右年纪，戴着一顶麦穗编的短檐草帽，草帽上还套着一圈黑带子，鼻梁骨上架着一副墨镜，身穿一身白色的绸缎衣服，斜背着一支盒子炮；那三十多个中国人，年龄大约都在二三十岁，衣衫褴褛，面无表情，双手都被绳子绑在背后。

刘长江和王明德赶忙从坐着的凳上让开，两个鬼子便坐了下来。这时，那个汉奸翻译狐假虎威地大声嚷嚷："店主，快出来！"

店主急忙从店内迎了出来，连说："太君辛苦了，太君辛苦了。"

汉奸翻译说："准备三十碗米饭，再炒三四个菜，太君要咪西咪西。"

店主一听，这一中午，才卖了不到十碗饭，这一下就要赔进去三十多碗饭，还要炒菜喝酒，直在心里叫苦，但脸上还假装笑着回答说："好，好，太君辛苦，先请太君歇息一会，炒菜马上就好。"店主叹了口气，转身对小二无可奈何地说："俗话说，开饭店的不怕端碗的多，这要再来几次嘴巴一抹吃白食的，我的店可就要关门了。"

店主开始在灶台上炒菜，小二向灶膛里添柴火。坐在桌子旁的两个鬼子一看前面有口大水塘，便起身，拿出毛巾，去池塘边洗脸。走到塘边，鬼子把背在身上的三八大盖取下，挂在树杈上，然后蹲在塘边，用毛巾洗脸，洗完脸，并没有取回步枪，而是直接走到桌前坐下。这时，小二泡好了茶，给两个鬼子和汉奸满上了茶水。

没过多久，店主炒好了菜，请太君和汉奸翻译进店内的雅座。这时，汉奸翻译扯着鸭嗓子对三十个被捆绑的老乡训话："我说各位，大家现在开始吃饭，每人就一碗，皇军要你们到日本去，不是去死，是去做工，去享福，不要哭丧着脸。我现在把绳子解开，你们吃好后，就地蹲下，不能乱跑，谁要是不听话，皇军的子弹可是长了眼睛的。"说完，他解开了一个民夫的绳子，然后，这个民夫又帮另一个人解开，互相解开之后，便纷纷去抢饭碗，看样子都饿得不行，直接用碗在木桶里盛出饭来，拿起筷子就吃开了。

刘长江和王明德从他们刚才的对话里，知道这是抓到日本去做劳工的民夫，便对一个正蹲在地上吃饭的民夫说："叔，我听我们东家讲，到日本去做劳工，都是有去无回，你们三十多人，还怕两个鬼子？你们吃完饭后，赶紧跑吧。"

那个民夫说："谁敢跑呀，小鬼子有枪，一二里路远一枪就能把你打倒，活一天算一天吧。"王明德又问："鬼子要是没有枪，你们敢不敢跑？""鬼子要是没枪，那我们就敢跑。"

刘长江和王明德会了一个眼色，迅速来到池塘边的树下，一人取下一支枪，用劲向塘里一扔，便大声喊道："大家快跑，鬼子没有枪了。"

民夫中有很多人清清楚楚地看到两个小孩将鬼子的枪扔到了水塘里，又听刘长江和王明德这么一喊，都明白了怎么回事，没吃完饭的，也顾不得吃饭了，便一哄而散，拼命向原路跑去。

外面的动静惊动了里面包间里喝酒的鬼子和汉奸，两个鬼子从店里跑出来，去树上取枪，一看，哪还有枪的影子，便大声喊叫着："八格牙路，八格牙路！"汉奸翻译也跑了出来，拔出背在身上的盒子炮，向四散而逃的人开枪。王明德和大黄狗就在汉奸翻译旁边，王明德指着汉奸翻译对大黄狗说了声："咬！"大黄狗像箭一样，向汉奸翻译扑了上去，一口咬住了翻译握枪的手腕，痛得他"哇哇"乱叫，枪也掉在了地上。王明德迅速上前，将枪捡了过来，用枪指着汉奸说："蹲下，不然我就开枪了。"

两个小鬼子回头一看，一个半大小孩正用枪指着汉奸翻译，而自己手里连根烧火棍都没有，也被这场景吓住了，顾不得这个正在跪地求饶的翻译，撒腿就跑。

这惊心动魄的一幕，前后还不到一分钟，等店主出门一看，刚才几十人和两个小鬼子，远远地都只能看到个背影，只有那个翻译，在向刘长江和王明德叩头说："两位好汉饶命，两位好汉饶命！"

刘长江走上前去，踢了汉奸翻译屁股一脚，说："狗仗人势的东西，看在你是中国人的份上，快滚吧！"

翻译一听，连忙爬起来，屁滚尿流地向鬼子逃跑的方向追去。

店小二清清楚楚看到了刚才发生的一幕，一边比画一边说给店主听，惊得店主目瞪口呆，对这两个英雄少年佩服得五体投地，他见过胆大的，但他没见过这么胆大不怕死的，而且还救下了三十个劳工。店主说："我说两位英雄，这里距江州城不远，要不了两个时辰，鬼子兵就要过来，你们赶紧跑吧。我的饭铺是开不成了，我们也得跑，虽然你俩把我的店毁了，但值，你们是好样的。"说完，叫店小二收拾能带走的东西，把门一关，也逃难去了。

王明德手里还拿着那支汉奸翻译的盒子炮，长江说："明德，把枪收到包袱里去，我们赶快跑吧。"

这里到江州城有条宽宽的驿道，两个人不敢走大路，钻进了一处松树林，穿过松树林，踏上了一条羊肠小道，朝着江州城的方向走去。

胡谋响的游击队端了温汤慰安所之后，引起了日军的恐慌，特别是山本联队长命丧慰安所。冈村宁次大发雷霆，命令江州驻军要在1943年底之前，"剿灭"南山游击队。

猫眼队长死后，鬼子派了个叫狼犬的大队长到枭阳县，接替猫眼队长。狼犬是个十分狡诈和凶残的家伙。

狼犬大队长一到枭阳，就骑着高大的东洋枣红马，带着四门小钢炮，一百多个鬼子，二百多个伪军，对南山游击队的活动区域进行疯狂的扫荡，采取"三光"政策，整个南山都处在血雨腥风之中。

游击队在胡谋响的带领下，开展了反扫荡斗争，凭借着熟悉的地理环境，与扫荡的日本鬼子兜圈子，碰到大队日军，就钻山林，遇到小股日军，就设伏打击。这期间，虽然游击队牺牲了十几名队员，但鬼子损失也不小，三个多月的扫荡，鬼子已经人困马乏，最后不得不收兵回到枭阳县城。狼犬的大队部继续设在居家大屋。

未能"剿灭"游击队，而且还损兵折将，狼犬大队长的情绪坏到了极点。

当他来到居家大院，翻身从枣红马上下来时，正在大院迎候的居训仁、伪县长和一些其他汉奸，纷纷鼓起掌来。居训仁笑容可掬迎了上去，双手作揖，上嘴唇与下嘴唇一碰，把想好了的恭维话对狼犬说："太君劳苦功高，这次荡平匪患，马到成功，我代表县城各界人士，对太君的辉煌战绩表示热烈的祝贺。"

狼犬在江州城驻扎了两年，已经会说一口流利的中国话。这要是在往常，听到居训仁的话，他会心花怒放；可是在今天，居训仁的话听起来特别刺耳。这次下乡扫荡三个月，不仅没有消灭游击队，而且还损失了好几个日本兵和二十多个伪军，他用逼人的眼光看了一眼居训仁，顺手就是一个耳光，骂道："你的，讽刺讽刺的。"头也不回，就走进了居训仁的家。

被打得眼冒金星、满脸发热的居训仁，不明白自己刚才说错了什么，心里很委屈。自从接到狼犬下午要回城的消息后，他就和维持会的一帮人进行了精心准备，到点将台酒楼请来了县城最好的厨师，在家里设宴款待，为狼犬大队长接风洗尘。可这刚一见面，就挨了一记耳光，居训仁不敢吭声，更不敢表现自己的怨气，只是装着比哭还难看的笑容，跟进厅里，又客气地对狼犬说："太君辛苦了，我已备家宴，为大队长接风。"

狼犬坐在一把太师椅上，双手拄着一把日本军刀，还是怒气未消。他不明白，在正面战场上，日军以一当十，而现在他 100 多训练有素的皇军，加上 200 多个皇协军，历时三个月，都消灭不了只有 50 多人的游击队。他从内心觉得，这十分有损皇军的军威，对居训仁的话，越听越觉得别扭。伪县长韦福来赶忙上前打圆场说："太君，这次扫荡，虽说没有全部歼灭游击队，不是太君无能，是游击队狡猾狡猾的，据我所掌握的情报，游击队也损伤惨重，皇军的战果还是大大的。这股土匪，是南山的惯匪，当年国民政府一个师围了他们三年，也没有把他们消灭掉，您只用了三个月，就让他们元气大伤，本县长认为，这是一个了不起的胜利。"

狼犬听完韦县长的话，阴沉的脸上才舒展开来，对韦县长说："韦桑，你的，很会地说话，好吧，咪西咪西！"

终于把狼犬请上了餐桌，另外还有四个鬼子军官，韦县长、居会长和几个副会长也来作陪。

居训仁为了让狼犬开心，给自己留下个好印象，特地叫儿子的媳妇胭脂过来给狼犬队长上酒。

胭脂是东畈柳财主的女儿，身材窈窕，一头秀发似飘逸的瀑布，一双杏眼能动人心扉，今天，为了给这新大队长留下个好印象，打扮得妖艳而又性感。当胭脂款款走进来时，就像是一道靓丽的风景，看得狼犬闭不上眼睛。胭脂走到狼犬旁边说："太君，小女子给你斟酒了。"

这时，狼犬的眼睛里发出了一种奇异的光亮，一直色迷迷地望着胭脂，对胭脂说："你的斟酒的不要，坐下，陪我的咪西咪西。"

韦县长一看，酒桌上的气氛一下轻松下来，便站起来说："这酒，应由本县长亲自来斟，大家都喝个痛快。"说完，为每个人一一斟满了酒。接着又说："太君这次在南山重创游击队，劳苦功高，我代表本县各界名流、贤达，为太君接风洗尘，我先敬太君一杯。"

狼犬大队长从胭脂进来后，眼睛就没从胭脂身上离开过，听韦县长说敬酒，便摆摆手说："你的，自己的喝，我的，只要花姑娘的陪陪。"韦县长讨了个没趣，便对其他四个鬼子军官说："那我敬这几位太君。"

胭脂听说狼犬只要自己喝，便端起酒杯站起来说："那我就恭敬不如从命，我敬太君一杯。"说完，就喝了一杯。

狼犬心花怒放，说了句："哟西哟西。"也跟着喝了一杯。

胭脂是大户人家的女儿，见过一些世面，而且还有些酒量，她和狼犬你一杯来，我一杯去，喝得狼犬有些招架不住了。狼犬说："你们中国的酒，太厉害了，还是我们大日本帝国的清酒好喝。"

居训仁要自己的儿媳妇过来斟酒，本是想讨好狼犬，打破这尴尬的气氛，但从儿媳妇一走进来，看到狼犬异样的目光和一双色迷迷的眼睛，就开始后悔了，隐隐觉得今天有什么不祥的事情要发生，真是越担心什么，就越来什么——狼犬与胭脂又对饮了一杯后，说："韦桑，今天就到此结束。"又对居训仁说："胭脂的，花姑娘，今晚的，陪我。"

居训仁一听，脸色吓得煞白，结结巴巴地说："太君，县城花姑娘有的是，我这就去给你找,胭脂是我的儿媳妇,良家妇女,请太君给我个薄面,放过她吧。"

胭脂一听,要她陪狼犬睡觉,酒也吓醒了一半。原来猫眼队长住在她家里,也时常陪猫眼喝酒,猫眼从未做过出格的事情,所以,今天公爹要她来陪狼犬喝酒,她并不感到害怕。现在在这大庭广众之下,狼犬公开要她去陪睡觉,吓得哭出声来,喊道:"公公救我!"

居训仁额头上一下渗出汗来,又央求着对狼犬说:"太君,你行行好,看在我多年为皇军效劳的份上,她丈夫还是你们师团长的翻译官,你就放我儿媳妇一马吧。"

这狼犬是个六亲不认的家伙,他从腰里拔出手枪指着居训仁说:"你的良心大大的坏了,你再要阻拦,就死啦死啦的。"

胭脂一看,没人能救她,吓得双腿一软,就瘫坐在地上。狼犬一手拿枪,一手拽拉着胭脂,就往东厢房走去。

这时,居训仁又央求韦县长帮忙说情,韦县长也没办法,他虽说是个县长,但在日本人眼里,什么狗屁都不是。他无奈地对居训仁说:"老弟,你就看开些吧,反正不损边,不坏沿;换得米,卖得盐。"说完,就与其他陪酒的人溜之大吉了。

酒席散了,居训仁在院子里,急得像热锅上的蚂蚁,他束手无策。这时,从东厢房里传来胭脂杀猪般的号叫,居训仁的心在滴血,他对着夜空喊道:"造孽呀!报应呀!"

日军在占领枭阳后,加大了对枭阳文物的掠夺。

狼犬一边加强对游击队的"围剿",一边搜刮县内的文物;由于对游击队的"围剿"始终达不到目的,便把怨气撒在伪县长和居训仁这帮汉奸头上,韦福来和居训仁就成了狼犬的出气筒。韦县长看到狼犬不断搜刮县内文物,为了巴结狼犬,他想到了县内栖贤寺的《五百罗汉图》。

《五百罗汉图》是南山的镇山之宝,是著名画师许虎头穷尽毕生精力的佳作,从康熙年间起,一直珍藏在栖贤寺内。一天,韦县长带着一个随从,从县城骑马来到了栖贤寺,在寺门前翻身下马,只见寺门两边有一副长联:松声竹声磬声声声自在；山色水色烟露色色色皆空。韦县长琢磨了好一阵，似乎懂了，但又觉得不解其真谛，有些茫然。他进到寺院内，找到了圆头大耳的住持智能和尚，智能脖子上挂着一串长长的佛珠，双手合十，用佛教礼仪对韦县长说：

"不知贵客驾到，有失远迎，还望施主谅解，阿弥陀佛，善哉、善哉！"

韦县长说："主持不必客气，我虽说是一县之长，但多有不顺心之事，想借宝地清静几天，也好修身养性，暂时摆脱人间的烦恼，不知师傅意下如何？"

智能说："我佛慈悲，普度众生，乃我等毕生之功业，县长要在这里清静修身，哪有不欢迎之理，只是寺里有些清规戒律，不知县长可持否？"

韦县长说："师傅多虑了，虽说我信仰"三民主义"，但我也是信佛之人，寺规寺律，谨遵就是了。"

主持请韦县长吃过斋饭，腾出一间禅房，作为韦县长休息之处，又应韦县长要求，用几张桌子拼成一个画室。韦县长将带来的纸笔墨砚摆在桌子上，这是要利用这个机会画画写生，修身养性。

韦县长有些画画功底，两天下来，他画了《三峡观音桥图》《栖贤寺风景图》，博得了智能和尚的好感。韦县长白天带着画板，沐浴在青山绿水中；晚上与智能谈经论佛，进一步取得了智能的信任。

韦县长在寺里住了一个礼拜了，故意不经意之间，说到了镇寺之宝《五百罗汉图》。智能说："韦县长，几百年来，罗汉图历经劫难，多次兵灾和土匪抢劫，至今只剩下 108 幅了，现在国难当头，我整天提心吊胆，就怕哪一天又要遭劫难呀。"

韦县长说："我本一县之长，虽为日本人服务，但按汪主席的要求，走的是曲线救国之路，保护国宝，也是我义不容辞的责任，大师请放心，有我在，国宝当无恙。"

"善哉善哉，阿弥陀佛，愿佛祖保佑，让罗汉图永传人间。"智能回答说。

韦县长又说："师傅，我主政枭阳，管理民财建教也好几年了，还未见过国宝尊容，能否让我一睹国宝芳容？"

智能想了想说:"县长乃一县之父母官,哪有不能见之理,只是寺里上下,只有我一个人知道收藏的地方。这样吧,今天晚上,你独自一人到老衲的禅房,让你开开眼界。""多谢大师的信任和厚爱。"韦县长内心窃喜,双手向智能作揖说。

当天晚上,月白星稀,寺里一片寂静,韦县长按智能的要求,在约定的时间来到了禅房。在微弱的灯光下,智能和尚将四幅罗汉图展示给韦县长看,看到这些艺术珍品,韦县长眼睛发亮,真是爱不释手,对智能说:"师傅,这真是画中的艺术珍品,名不虚传呀。"韦县长又望了望智能说:"师傅,我想借这四幅画,拿回家中临描,临描完后,将及时如数归还,不知是否成全我之美?"

智能说:"你是本县之主,哪有您不能借看之理?但现在是多事之秋,保护国宝,您的责任比我重啊,要是落入鬼子之手,你我都将成为民族的罪人。"

"大师言之有理,虽然我现在与日本人合作,但出卖祖宗、出卖国宝的事,我是决不会干的,你放心,我临摹完后,必将完璧归赵,我现在就立下字据,决不食言。"

韦县长写下了借《五百罗汉图》四幅的字据,又签名盖章,给了智能。智能拿着字据,说:"老衲就相信你一回吧。"

韦县长带着四幅罗汉图,第二天就返回了枭阳县城。

韦县长回到县城后,还真的是闭门谢客,躲在自己家里,精心临摹,将四幅罗汉图画了下来,他没有将原图送回栖贤寺,而是为了讨日本人的喜欢,将这四幅罗汉图献给了狼犬。

狼犬接过罗汉图,大开眼界,心花怒放,对韦县长说:"韦桑,你的,对大日本皇军是大大的忠诚,我要将此画,敬献给天皇,请天皇大大地嘉奖你。"

韦县长恭维地说:"中日亲善,彼此一家,能够孝敬天皇,是我的荣幸。"韦县长刚说完,狼犬脸一沉说:"韦桑,据我所知,这《五百罗汉图》有500幅画,你只给我4幅,那还有400多幅藏在哪里?你的,应统统地都献给天皇。"狼犬用逼人的目光紧紧盯着韦县长。

韦县长真是热脸贴到了冷屁股上，没想到这个狼犬胃口这么大，看来，好没讨到，还要招来麻烦，便忙解释说："太君，这图的确是 500 幅，但几百年来，兵灾匪患，虫蛀毁坏，只剩下这 4 幅了。"

韦县长的辩解就像西瓜皮擦屁股，越擦越糊，精明的狼犬头摇得像个拨浪鼓，说："韦桑，你的撒谎的，良心大大地坏了。你只要告诉我，这些画，是从哪个寺里拿来的，我自己亲自去取！"

已经吓得腿都发软的韦县长不敢再隐瞒了，说："太君，这画是从栖贤寺智能长老那里拿来的。"

"哟西哟西，韦桑，我亲自去栖贤寺，找回那剩余的罗汉图。"狼犬已经是志在必得。

韦县长的马屁拍到了马蹄子上，心里已是后悔不已。还有一个更后悔的，那就是智能长老了，他后悔自己相信了韦县长的三寸不烂之舌，竟让他带走了四幅罗汉图。他天天算着日子，等韦县长还画回来。他已经担心，一个已经出卖祖宗的汉奸县长的话，是不能相信的，他越来越担心寺里会有一场血光之灾。

韦县长从狼犬那里回到家里后，也是心惊肉跳，坐卧不安。把那四幅罗汉图送给了鬼子，已经是民族的罪人了，要是剩下的都被鬼子抢了去，那他就真是万劫不复了。他望着自家的神龛，好像列祖列宗都对他怒目而视，骂他这个不肖子孙，他吓出了一身冷汗。这时，也许是良心的发现，也许明白狼犬就是喂不饱的一条饿狼，他立即修书一封，告诉智能长老，说小鬼子已经知道了寺里藏有《五百罗汉图》，要智能立即将罗汉图转移。写好密封后，他命县政府一名差事骑上快马，将信送到了智能长老手里。

智能最担心的事，终于发生了。

当年师傅圆寂时，就把罗汉图交由他保管，师傅说："徒儿，人在画在，切不可有什么闪失啊。"师傅的话，萦绕耳畔，他心想，这次真是难逃一劫了。自从鬼子占领了枭阳后，原来寺里有 100 多个僧人，现在只剩下了 5 个人，要不是为了保护这些罗汉图，他也早就逃难去了。这剩下的 100 多幅画，装在 11

个大木箱里，这要转移到哪里才是安全的啊。智能长老一下伤透了脑筋，思前想后，他想到了胡谋响，因为胡谋响常来寺里过夜，与智能也是要好的朋友，看来，只有胡谋响的游击队才能保护国宝罗汉图的安全。他拿定了主意，疾步上山，找游击队去了。

狼犬大队长得知剩下的罗汉图的下落后，如获至宝，他也担心夜长梦多，决定尽早夺图。狼犬知道，栖贤寺一带是游击队的活动区域，担心发生意外，便向驻江州的日军求援，驻江州的日军接到狼犬的报告，立即命令附近几个县的日军配合狼犬行动，100多个鬼子，300多个伪军，像发了疯一样，向栖贤寺扑了过来。

智能长老熟悉南山的每一座山峰，每一条溪流，很快就找到了游击队的驻地，向胡谋响紧急报告了鬼子要来夺《五百罗汉图》的消息，并请求游击队来帮助他保护国宝。

胡谋响一听，感到事态非常严重，对智能说："师傅，保护国宝是我们义不容辞的责任，我这就集合队伍，跟你立即下山。"

游击队紧急集合，胡谋响下达了下山保护国宝的命令，他说："同志们，情况紧急，任务艰巨，我们要不惜牺牲，一定要确保国宝的安全。现在，我们分成两队，三小队由张副队长带领，直奔栖贤寺，取出国宝，转移到德昌县流亡政府所在地；我带一、二小队在阮家牌阻击从县城来的日伪军。"

兵贵神速，十万火急，下午四时，胡谋响就与前来夺宝的日伪军在阮家牌交上火，为了拖延时间，让张金彪和智能有充分的时间将罗汉图转移，游击队员们奋力阻击，不让鬼子越过阮家牌。

日军和伪军的轻重机枪的子弹像雨点一样倾泻到游击队的阻击阵地上，游击队员们凭借着有利的地形，拼死抵抗，不断给日军以杀伤，战至天黑，游击队已有五人牺牲，十几名队员负伤。这时，栖贤寺的小沙弥来向胡谋响报告："师傅已带着罗汉图与张副队长离开了栖贤寺，正向神灵湖转移，利用夜幕的掩护，渡过神灵湖，将国宝转移到枭阳县流亡政府，请胡大队长撤出战斗。"

胡谋响明白情况后，立即下达了撤退命令，但日军紧咬不放，游击队只好边打边撤，到晚七时，已撤至南山半山腰的高家岭村，队伍刚刚撤进村里，狼犬就跟了上来，仗着人多势众，竟追到了高家岭村。

游击队由于伤员较多，影响了撤退速度，眼看就要被鬼子包围全歼，胡谋响端着一挺机关枪对游承军说："留下十名队员，与我一起掩护大家撤退，其余队员，立即钻山林，不要被鬼子包了饺子。"游承军早已打红了眼，大声说："大队长，你带兄弟们撤，我留下来阻击。"胡谋响红着眼说："立即执行命令，你带领大家撤。"游承军将留下的十名队员交给了胡谋响，迅速带领其他队员和伤员消失在茫茫林海中。

胡谋响带领十名队员，迅速抢占了村头的一处高地，占据了有利地形，一齐向鬼子和伪军开火，鬼子没料到一路败退的游击队会掉转枪口打他们一个伏击，有二十多个鬼子和伪军倒在了游击队的阵地前。

狼犬也是孤注一掷，知道游击队人数不多，便指挥日伪军将游击队占据的高地团团围住。这时，天色已经完全暗了下来，胡谋响决定利用夜幕的掩护，突出重围，就在这时，鬼子的小钢炮像冰雹一样落在游击队的阵地上，当场就有一人牺牲，一人负伤，胡谋响对其他队员说："立即冲出去，钻林子。"但威震敌胆的英雄队长由于大腿炸伤，失血过多，在昏迷中被日军俘虏。

狼犬队长一看俘虏了胡谋响，如获至宝，也不再追击了，带领日伪军下山，路过栖贤寺，他恼羞成怒，一把火将栖贤寺焚毁，这个有着1500年的南山名刹，灰飞烟灭。狼犬还不解恨，当路过阮家牌时，又将100多栋民房全部烧毁。

俘获了游击队的大队长，狼犬大喜过望，这个与他较量了几年的对手，常常使他头疼得夜不能寐。虽然没有夺到罗汉图，但这是他到枭阳县来，取得的最大的战果。他命伪军将胡谋响抬到了县城，想感化他，为皇军效力，彻底瓦解南山游击队。

胡谋响被抬到县城后，狼犬给了他优厚待遇，精心护理，还从江州请来了日军军医，为胡谋响疗伤。当胡谋响苏醒过来后，看到住在医院里，床上铺着雪白的床单，身边守着日军军医和护士，就明白了怎么回事。他抱着一死的信念，将绑在伤口上的纱布和膏药扯了下来，坚决拒绝日军提供的疗伤。韦县长看到这一幕，对狼犬说："太君，这不知好歹的东西，我看干脆杀掉算了。"

"韦桑，你的小小的；胡的，大大的。我们大日本皇军，喜欢真正的英雄，胡的，就是你们中国大大的太君。"

狼犬每天都来探视胡谋响，而且找了县城最好的厨师来做可口的饭菜。他对胡谋响说："胡大队长，你我都是军人，我们之间没有个人的恩仇，我愿意交你这样的朋友，我们大日本皇军，是非常尊重英雄的，只要你答应为皇军服务，枭阳县保安团团长就是你的，你有享不尽的荣华富贵。"

胡谋响看了看狼犬，冷冷地说："狼犬队长，作为个人，我们素不相识，不存在个人的恩怨；但是，你不远万里，来屠杀我的同胞，侵占我们的国土，实行罪恶的'三光'政策，这难道不比个人恩怨更加严重吗？今天落入虎狼之手，我就没准备活着出去，我可以明白地告诉你，我宁可做中国人的鬼，也决不做日本人的官！"

一计不成，又生一计。狼犬知道，高官厚禄不能让这个中国人低下高昂的头颅，他想起了中国一句古话"英雄难过美人关"，便从温汤慰安所调来一名日本军妓，来专门伺候胡谋响，但胡谋响仍不为所动。

胡谋响软硬不吃，狼犬一点办法都没有。韦县长建议说："太君，你对胡谋响不要再抱希望了，留着他，就是一个祸害，我建议，还是把他杀掉算了。"

"韦桑，你的，蠢猪；胡谋响的，你们中国的大英雄。我要是杀了中国的大英雄，就会激发更多的胡谋响来和我们作对，你的，明白没有？"狼犬气呼呼地说。

"太君高见，我的明白。"韦县长像哈巴狗一样奉承。

高官厚禄、金钱美女没能收买胡谋响。随着伤口的愈合，胡谋响已经能下地移步了，他知道自己难以逃脱狼犬的魔掌，趁护理人员不注意，奋力一跃，从高楼上跳下，当场牺牲。

狼犬为收买人心，也出于对对手的敬重，在枭阳县城举行了一次罕见的葬礼。100多个鬼子，200多个伪军，向胡谋响低头致哀，然后，由8个伪军抬着胡谋响的灵柩，狼犬亲自端着胡谋响的灵位，走在灵柩的后面，将胡谋响葬在县城外金轮峰下的一处高坡上。

胡谋响英勇牺牲的消息，很快传遍了赣鄱大地，远在乐平避难的王世忠和洪镇江听到噩耗后，为家乡失去一位这样优秀的儿子感到十分的悲痛，两人联名写了一副挽联，祭拜这位南山鄱水间的英烈。洪镇江的上联是："受创不医，宁死不降，大节足寒倭寇胆。"王世忠写的下联是："报仇似铁，洗耻以血，同仁永系国人心。"

（十四）

张金彪、智能大师与十名游击队员，扛着十一个木箱，避开了日军，趁着夜色的掩护，绕道白鹿洞书院，来到了神灵湖边上，找到了一位正准备睡觉的渔民，要求把他们渡过湖去，可那位渔民说："自古神灵湖夜不行船，等明天吧！"

当那位渔民听说是要护送国宝过湖，便二话不说，请大家上船，小船在夜幕中，划过神灵湖，到达了德昌县境内。

智能大师很感激这位渔民，让国宝逢凶化吉，从衣袋里掏出两块银圆，说："施主，非常感谢，这是两块钱，表达一下老衲的感激之情。"那位渔民用手挡开说："师傅，见外了，保护国宝，也有我的一份责任。"说完，就跳到船上，用竿一撑，渔船似离弦的箭，消失在湖中心。

大家目送着小船在湖中消失后才动身，游击队员们抬着木箱，连夜向枭阳县流亡政府所在地段家畈赶去，一路急行几十里，到第二天早上才赶到流亡政府的驻地。

马县长从 1938 年夏初离开枭阳县后，带着县政府的十来个人，先是在德昌的杨家山，后又搬到了鄱阳湖岸边的段家畈，基本上是无所事事，除了看看书，写几句打油诗，就是打打麻将，在那里打发日子，偶尔在也从枭阳渡湖过来的老百姓那里打听打听县城的情况，听到了不少日伪军在县城乡烧杀抢掠的罪行，只能是一筹莫展，望湖兴叹，心里不断乞求神灵保佑，枭阳能早日光复，小鬼子能早日滚出枭阳。

这天早上，马县长刚洗漱完毕，正准备去院子里打太极拳，一看，智能大师和游击队的副大队长张金彪带着一伙人，抬着十来只木箱，进到院里来，定眼一看，个个都是一身尘土，眼睛里都布满了血丝。马县长感到很惊讶，便问："大师，是什么风把您给吹来了？"

智能大师简要地向马县长介绍了昨天发生的情况，说："马县长，这些罗汉图是我们中华佛教文化的瑰宝，也是游击队的战士们用生命换来的。老衲无能，这些在栖贤寺存放了几百年的国宝，不得不流离颠沛，来寻求一方净土，我只能把它们交给政府，免遭日军毒手。"

马县长回答说："卑职从流亡以来，时刻都挂念着桑梓的山山水水，无奈上峰有令，我在这里偏安一隅，养尊处优，实在是惭愧得很。现国宝送来本府，我就得承担保护国宝的责任，请大师放心。"

马县长在南山游击队收编后，认识了副大队长张金彪，他走到张金彪前伸出手来，握着张金彪的手说："你们在敌后征战多年，杀倭寇，保家乡，我常有耳闻，你们是枭阳人民优秀的儿子，也是抗日英雄。欢迎你们到来，先好好休息，吃早饭，中午，本县长要为你们设宴，好好地慰劳你们。"

张金彪说："多谢马县长。"

马县长又问："你们胡大队长怎么没来呀？"智能大师接过话说："胡大队长带领队伍掩护我们，国宝才得以脱险。仗打得非常激烈，现在我的一颗心还悬着呢。"

马县长笑着说："吉人自有天相，不必担心，胡大队长会平安无事的。"

当天中午，马县长在驻地盛情宴请了张金彪一行，还特地做了几个素菜，款待智能大师。在马县长的挽留下，张金彪答应在这里休息两天，再返回枭阳，去与胡大队长会合。

德昌县有个南山寺，就是大诗人苏东坡写的"水隔南山人不渡，东风吹老碧桃花"的地方。智能大师说："各位施主，我不能在红尘中久待，老衲将前往南山寺，还望施主尽心尽责，确保国宝无虞。"便只身前往南山寺去了。

马县长打着心里的小九九，他心里清楚，胡谋响是名共产党员，虽然红军在1930年转移后，与共产党组织失去了联系，但他骨子里还是共产党。1937年，欧阳少春收编这支游击队时，马县长就想派一名政训员进去，但遭到胡谋响的坚决抵制。虽说国共合作了，但胡谋响还是要保持这支队伍的独立性，并保证一定听从抗日政府的命令。由于大敌当前，马县长也只好作罢。后来，新四军又派人来找马县长，要求将这支游击队收回新四军，马县长说出已被政府收编的事实，不同意新四军再将游击队带走，并威胁说："如果贵军硬要带走，那就有破坏国共合作之嫌。"新四军来人也没办法，这支游击队就一直挂在鄱湖游击司令部和枭阳县政府的名下。虽然是这样，马县长实际上一天也没有领导过这支游击队，这是他一直耿耿于怀的事。他很想掌握这支队伍，但由于有胡谋响在中间作梗，也只能忍着。

今天，张金彪的到来，为他想控制这支队伍燃起了希望。这个张金彪与胡谋响不同，虽说也是一位老资格的红军游击队干部，但他不是共产党，又爱拈花惹草，加上他曾误杀了新四军的联络员，马县长觉得这个人将来一定有利用的价值。

两天很快就过去了，张金彪也觉得应该归队了，但马县长又继续挽留，天天好吃好喝好招待，搞得张金彪和其他几名队员，有点乐不思蜀了。

大约一个星期后，从枭阳县过来的老百姓传来了一个消息，说胡谋响受伤被俘，日本鬼子正在帮他治伤，还要胡谋响当枭阳县保安团的团长；又过了几天，又有消息说："胡谋响受创不医，说宁可做中国人的鬼，也不做日本人的官，从几丈高的楼上跳下，壮烈牺牲。"

马县长经过多方证实，胡谋响的确牺牲了，而且还知道，日本人为胡谋响举行了隆重的葬礼。

胡谋响视死如归、杀身成仁的壮举，感动了流亡政府，大家为失去了这样优秀的枭阳儿子感到惋惜。但同时，马县长心里也暗暗窃喜，一是胡谋响曾经是他的心头之患；二是南山游击队虽然归顺县政府的领导，但指挥权并没有落到自己手里。此时，喜忧参半是他最好的心理写照。同时，他觉得这是老天赐给他的一个机遇，借胡谋响举行一次隆重的追悼大会，褒奖胡谋响的英雄业绩，让游击队和枭阳人民知道，县政府虽然流亡在外，但仍然是一个合法的抗日政府。

在德昌的段家畈，枭阳流亡政府全体人员和到德昌避难的难民数百人，为胡谋响举行公祭。马县长神情悲伤，在公祭大会上亲致悼词，众人同悲，为失去这样的抗日英烈感到十分悲痛。

马县长似乎眼睛有些湿润，他用手巾擦了擦眼角的泪痕，声音似乎也有些哽咽，在致词中最后说："天妒英才呀，我作为流亡政府的县长，要把胡谋响的遗孀和遗孤接到这里，由我们县政府照顾。"这时，站在他身旁的张金彪轻轻地对马县长说："胡大队长父母早亡，还没有娶妻成亲。"马县长听了，沉默了一下，接着说："痛哉，痛哉，老天不公呀。我知道，张副大队长还有个女儿在沦陷区，请张副大队长把她送到我这里来，还有游击队有子女的，我们都接收，由本县抚养。"

追悼大会结束后，马县长在他的办公室里单独召见了张金彪，说："张副大队长，俗话说，雁无头不飞，蛇无头不走，军中不可一日无帅，经本县推荐，省政府同意，由你接任大队长一职，为了加强政府对游击队的指挥，由我兼任游击大队的政训员。同时，我已将你们保护《五百罗汉图》的事迹报告了省政府，省政府已拨200块大洋，作为对游击队的奖励。"

张金彪有点受宠若惊，忙站起来向马县长鞠躬说："感谢马县长厚爱，我一定听从马县长指挥，哪怕是肝脑涂地，也在所不辞。"

马县长开心地笑着说："张老弟，快请坐，我们是一家人，不说两家话。我还有一件事，没有征求你的意见，我不想让我们的抗日将士无后。胡大队长的牺牲，没留下一儿半女，让我找不到后悔药。我知道你的妻子被日军杀害了，现在，我已经为你物色了一名德昌女子，也是我家的保姆，名叫袁小红，芳龄十八，人还长得俊俏，是个孤儿，虽不是大家闺秀，但手脚灵敏，很是懂事，如贤弟不介意，我就当个月下红娘，成全你的婚事。"

张金彪听到这里，对马县长佩服得五体投地，便感恩戴德地说："马县长，你真是我的亲兄弟，我完全同意马县长的安排。"

马县长亲自操办了张金彪的婚事，三天蜜日过后，张金彪才带着他的队员，告别了马县长和新婚妻子，渡过神灵湖，与游承军等人会合。同来的有县政府的秘书，他代表马县长宣布了任命张金彪为大队长的命令。

游击队在保护《五百罗汉图》的战斗中，损失惨重，队伍锐减至四十多人，当年红军留下来的老队员，除张金彪外，只剩下三个小队长、一名机枪手和四个老队员，可以说是元气大伤。由于伤亡过大，特别是胡谋响这个主心骨牺牲了，大家情绪比较低落。张金彪觉得目前的实力和情绪，难以和鬼子抗衡，便将队伍撤到山里，进行休整。

刘长江和王明德在十里亭放走了被鬼子押解的三十多个民夫后，为了避开日军，一直走小道，向江州城的方向走去。大约走出了五公里路，远远就看到一大队日军，个个荷枪实弹，鬼子军官骑着高头大马，后面跟着跑步的鬼子和伪军，扬起一阵阵灰尘，向十里亭急行而去。

刘长江和王明德心里暗自高兴，幸好没走大道，要不然正好和鬼子迎头撞上，那后果就不堪设想。两人继续沿着小路往前走，傍晚时分，刘长江说："明德，前面有个小村子，晚上我们就到那个村里找个地方睡一宿，用手里的军用手票和银联券找人家买些吃的，明天再走。"王明德早已走累了，便答应说：

"好，我听哥的。"

这时候，刘长江和王明德不知道，那两个鬼子和汉奸翻译跑回江州后，立即向驻江州的日军报告了有两个小八路放走了民夫，抢走了一支短枪的情况。江州日军司令部当天下午就发出了缉拿两个小八路的告示，能举报其下落者，奖励银联券 500 元，要是将其捕获，送到日军司令部，奖励银联券 2000 元，下午就通过各地维持会，张贴到了江州城的周边乡村。通告明令，各乡、保长要全力缉拿，如知情不报，或者是有意放走小八路，将十户连坐，格杀勿论。

刘长江和王明德看到的前面这个村庄，住有三四十户人家，村名叫莫家墩。进到村里，有不少人家人去楼空，约只有二十多户人家的厨房里冒出炊烟。两个小孩带着一条大黄狗，引起了村里两只黑狗狂吠，惊动了村子里的人。

这个村里的掌门人叫莫仁，是附近三个自然村的保长。这个莫仁在抗战前是长江上的一个土匪，鬼子来了以后，先是带着他的几个土匪兄弟加入了日军的保安队，后因他的家乡没有人愿意出来担任伪保长，鬼子知道他家就在城邻的莫家墩，就委任他回村当了一名保长。这个莫仁狗仗人势，在附近一带为虎作伥，欺压百姓，老百姓对他恨之入骨，无奈他有皇军做靠山，大家也只好忍气吞声，敢怒不敢言。

一阵一阵的狗吠声，惊动了一户人家，那户人家的男人出门一看，是两个半大的孩子。刚刚莫保长召集全村人开会，说是皇军要捉拿两个小八路，他马上明白，这两个小孩就是皇军要捉拿的人。这个中年汉子不忍心鬼子将这两个小孩抓去，便慌慌张张地来到两个小孩面前说："鬼子发出了告示，正在到处抓你俩，赶紧走，千万别让我们村里的莫保长发现了。"

刘长江和王明德一听，也吓得不轻，没想到中午发生的事，这么快就传到乡下来了。两人感谢那位大叔说："多谢叔叔，我们这就走。"没想到话音刚落，一个嘶哑的声音就传到了刘长江和王明德的耳朵里："想走，没那么容易，好哇，莫明来，你狗胆包天，竟敢私自放走皇军要犯，我现在要将你一起缉拿归案，交给皇军处置。"

莫明来一看，摊上了大事，便"扑通"一声跪在了一脸横肉的莫保长面前，央求着说："保长，按辈分我是你叔呢，叔给你跪下了，你就发发善心，放过这两个可怜的孩子吧！"

"好哇，我看你真是不想活了，你要我放走他俩，你给我 2000 块银票？"

莫明来不断地在叩着头说："贤侄，俗话说，天狂必有雨，人狂必有祸，积点德，菩萨都会保佑你，这昧良心的钱不能要，你要害死了这两个小孩，那是要遭天谴的。"

莫仁一脚踢在了莫明来的屁股上，说："你这个不知死活的东西，还在胡说八道。"这时，莫仁的一个帮凶拿着一根绳子过来，就要去捆绑刘长江和王明德，大黄狗一看，有人要欺侮它的主人，腾地一下跳了起来，一口咬住了那个帮凶拿绳子的手，痛得帮凶大喊大叫。

这突发的情况，让刘长江和王明德吓出了一身冷汗。当明白是怎么回事时，刘长江站在王明德的身后，偷偷从包袱里掏出中午缴获来的那把手枪，突然对着莫仁的胸口就开了一枪，瞬间，莫仁倒地，口吐污血，一命呜呼。

接着，刘长江又将枪对准了那个帮凶。刚要开枪，莫明来说："不要开枪，留他条狗命吧。"

这时，那个帮凶早就吓傻了眼，他压根不知道这个小孩手里有枪，"扑通"一下，就跪在了地上，嘴里喊着："明来叔，救救我。"

刘长江看在莫明来的面子上，将指着的枪收了回来，对莫明来说："大叔，谢谢你的救命之恩，连累你了，我们这就走。"

"孩子，你这是要到哪里去呀？江州城是万万去不得的。"

王明德说："大叔，我们去枭阳县，不过江州城，那我们怎么能去枭阳县呢？"

莫明来说："要去枭阳县，可以不走江州城，我们这里是山北，枭阳县在山南，只要从这里翻过这座山，就能到达枭阳县。"

刘长江和王明德向莫明来道了谢，转身就要离开。莫明来说："孩子，还没有吃饭吧，我也不留你们了，你俩把身上的瓷缸给我，我给你们装些饭，带着路上吃吧。"

两个人将瓷缸解下来，莫明来回到家赶忙将刚煮好的米饭盛得满满的，还压了压，分别给了明德和刘长江，又送了他俩一程，告诉他俩怎样走才能避开江州城，怎样才能翻过这座山。莫明来一直送了快一个时辰，才指着一条路说："沿着这条路一直向前走，就能找到上山的路。"他停下脚步又说："孩子，我只能送你们到这里了。"王明德和刘长江千恩万谢，他们站在一处高坡上，目送着莫明来回去，一直看不到影子了，才坐下来，想到还没吃饭，肚子早就叫唤了，两个人拿出瓷缸，都扒了一些饭给大黄狗吃。这时刘长江说："明德，今晚我们就吃我这个瓷缸里的饭，不知道山路要走多远，留一缸明天吃，怕山里找不到吃的东西。"一瓷缸饭，两个人都只吃了个半饱，便继续往山脚下走。

走了两个时辰，终于到了山脚下，便开始上山；又走了半个时辰，实在是走不动了，便找了一个平坦避风的地方休息。

南山，是著名的避暑胜地，常年有长住的外国侨民数千人。南山孤军在保卫南山时，为减少外国侨民的损失，守军动员外国侨民，大多撤出了南山。随着南山失守，日军占领南山后，到1943年，撤走的侨民又纷纷重返南山。为满足山上的副食品和蔬菜的供应，山下很多乡民肩挑手提，不断为山上提供物资保障。

天还没有亮，刘长江和王明德还在睡梦中，就有乡民挑着担子走在上山的驿道上，将刘长江和王明德惊醒了。两个人开初吓了一跳，以为是鬼子追上山来了，可借着曦光定眼一看，原来都是挑着担子的山下村民。这时，有两个挑担的人在一个拐弯处的一棵大树下，放下了担子休息，解开扎在头上的汗巾，在路边的小溪中洗了脸，就坐到树底下的一块石头上歇脚。

刘长江和王明德观察了一会，觉得没有什么危险，便从路边的树林中走了出来，对正在歇脚的两个人说："大叔，你们这是要上山去吗？"

两个乡民先是一惊，一看是两个小孩，便回答说："是啊。你们这是要到哪里去呀？"

长江说："我们要翻过这座山到枭阳县去。大叔，我们跟着你们上山去可以吗？"

一位大叔说："跟我们走可以，但山上有鬼子的岗哨，过岗要接受检查，还要有良民证，你们带了良民证没有？"

"大叔，我们没有良民证。听我们保长讲，到十五岁才办良民证，我今年十四，他十二。"长江回答说。

"那你俩跟着我们走吧，碰碰运气，但不能带违禁的东西，前几天，有个人带了几包爆竹，小鬼子硬说是炸药，就被小鬼子一枪撂倒在岗哨前，那个惨呀，尸首还是山上的居民去埋的。"一位大叔告诉刘长江和王明德。

听这位大叔一说，长江和明德就明白，这包袱里的枪是不能带过岗哨的，扔了实在舍不得，因为关键的时候能救命；要带上，被鬼子查出来，那就更要命。两人最后商定，还是把枪扔了，先保命要紧。长江对两位大叔说："我们昨晚就睡在前面的草地上，我们这就去拿东西，跟你走。"

两个人回到昨晚住的地方，长江从包袱里取出枪来，恋恋不舍地藏在一个石缝里，又扯了一些茅草，将枪盖得严严实实，这才来到了两位大叔面前。

两位大叔看到长江和王明德过来了，便挑起担子，一步一吃力，向山上慢慢走去。走了整整一上午，远远就看到了山顶上鬼子的岗楼，岗楼上鬼子的太阳旗格外醒目，一个鬼子和一个伪军各端着一杆长枪，守在岗楼的一棵大枫树前面，检查过往行人。不大一会儿，他们四个人也来到了岗楼前。

端着枪的伪军对两个挑着担子的大叔说："把良民证拿出来检查。"

两个人从衣袋里掏出良民证，递给了那个伪军，伪军看了一下，又还给了他们，接着又把两个担子里的东西翻开，检查了一遍，便挥挥手，意思是可以过去了。一位大叔说："长官，我们天天上山送货，又不是不认识，哪要每次都检查呀？"伪军说："你少啰唆，我们只认证件不认人。"又对刘长江和王明德说："干什么的，到哪里去？"

长江回答说："我们是到枭阳县投靠亲戚的。"

伪军又问："有良民证没有？"

刘长江回答："我们都不到十五岁，我们保长说，要到十五岁，才办良民证。"

伪军没有吭声，指了指他们背在身上的两个包袱说："把包袱打开，接受检查。"

长江和明德把包袱放在地上，一一打开，里面除了几件破旧的衣服、两个瓷缸，其中一个瓷缸里有一点剩饭外，再有就是压在下面的几张军用手票。伪军伸出手来，将军用手票抓到了手上，自己留了一张赶紧放到口袋里，其余几张都给了端着枪的鬼子兵，然后对王明德和刘长江说："小孩，你们可以走了。"

两个人迅速包起包袱，背在身上，快速地离开岗楼。大黄狗非常懂事，两人在接受检查时，远远地在一边站着，当王明德和刘长江离开哨卡200多米后，王明德做了一个手势，大黄狗便像离弦的箭一样，冲过岗哨，追上了自己的主人。

王明德用手摸了摸大黄狗的头对刘长江说："长江哥，钱都被狗日的拿走了，我们又没有钱吃饭了。"

刘长江说："你放心吧，我早有防备，放在包袱里的是准备路上零用的，大头都缠在我的裤腰带里呢。"

两个人走到了南山侨民居住区的一条街上，除了黑头发、黄皮肤的中国人，还有不少白皮肤、蓝眼睛的外国人。两个人找到一间饭铺，便一人要了一盘炒面。面端上来后，两人都给大黄狗扒了一些，然后三下五除二，两只碗就见底了。

吃完面后，刘长江去结账，问多少钱，伙计说："一碗二角，一共四角。"

长江从裤腰带里取出一张十元的军用手票，递了过去，可伙计说："我们店是德国人开的，不收军用手票和银联券，只收银圆和铜角子。"

刘长江说："我只有纸币呀。"

伙计说："那就难办了，你看我们店外的招牌，写了只收银圆、铜角子，不收纸币。"

王明德是认得一些字的，出门一看，还真是那么写的。这时，伙计说："这个小兄弟留下，你把纸币换成银圆，但一块换不了一块，要吃些亏。快去吧，等会儿我的东家知道你们吃面没付钱，会把你们送到巡捕房，让你们坐班房的。"

伙计这么一说，让长江感到紧张和害怕。这时，王明德解开裤腰带，里面有三块银圆，这是离开鄱阳时，邻居的叔叔婶婶凑给他的盘缠，几年来，一直舍不得用，也没告诉任何人。他拿出一块给长江说："长江哥，我这里有银圆。"递给了伙计，伙计又找了一些铜钱给明德，两人这才从这个饭铺里走了出来。

山上的气候很凉爽，两个人在山上闲逛了一阵，便向人打听下山到枭阳的路怎么走。

一位老伯告诉刘长江和王明德："从这里向南，走十多里，就到了含鄱口，含鄱口那里有鬼子的岗楼，出岗楼，就可以直接下山，山下有个观音桥，那就是枭阳的地界了。"

刘长江问："过岗哨检查严不严？"

大伯说："上山检查严，下山松多了。"

两人慢慢地向含鄱口走去。走到含鄱口时，有不少上山卖粮卖菜的山下村民也都在下山，他们手里都拿着一本"良民证"。岗楼里也是一个鬼子和一个伪军在把守着，村民们只要把"良民证"举在手上，伪军没有检查，就都过关放行了。

刘长江和王明德没有良民证，当他俩通过岗哨时，伪军喊了声："你俩站住，良民证呢？"

刘长江马上回答："老总，我俩还不到十五岁，我们村的保长说，不要办良民证。"

伪军又问："听口音你们不是本地人，这是从哪里来，要到哪里去？"

刘长江说："我们从饶州来，到枭阳县投靠亲戚。"

这个伪军就是枭阳县人，便又问："你到枭阳县什么乡、什么村，投靠什么人？"

这一问，刘长江还真答不上来，他只知道王明德是来找爷爷的，一下就紧张起来了。王明德一看，刘长江答不出来，就忙接过话回答："老总，我们到南麓乡王家畈找我爷爷王世忠。"

王世忠是枭阳的大户，这个伪军也听说过有这么个大财主，同时他也知道，枭阳县的一些大户，没当汉奸的，都基本上相邀到乐平县和德昌等地避难去了，便对刘长江和王明德说："你爷爷王世忠早就到外地避难去了，你们就是到了王家畈，也找不到你爷爷。我看，你俩就投靠我吧，有碗饭给你们吃。"这个伪军对另一个鬼子说："太君，厨房里的帮工有几天都没来了，我看，把这两个小孩留下来，到厨房里做帮工。"鬼子望了望刘长江和王明德，说了句："哟西，哟西。"

这个伪军转身对刘长江说："小子呐，你碰到好人了，就留在我们哨所食堂帮忙吧。"小鬼子做梦都没想到，刘长江和王明德在这里协助游击队干了一件惊天大事。

自从胡谋响牺牲后，张金彪就无心与鬼子交战了，一是自己的女儿张兰已进入战时枭阳流亡政府的流亡小学念书；二是新婚的妻子袁小红在那里独守空房，一看到丈夫张金彪，就是万种风情，夜夜盼郎归。张金彪隔三岔五就要渡过神灵湖，去秀夫妻恩爱，队里的事就交给游承军打理。

1937年，游击队收编时，是按一百人头的编制拨给津贴，每人每月两块大洋，由枭阳县政府负责发放。后来游击队只剩下五十来人，马县长仍然是按一人两块发放，剩余的就全落入了马县长的腰包。现在，张金彪在德昌待的时间长了，慢慢就了解了这些情况。马县长也知道罗汉图保卫战之后，游击队已不到四十人，便对张金彪说："张大队长，现在县政府经费困难，从现在开始，只能按四十人的标准拨付津贴。"

张金彪不是个省油的灯，他已知道省政府一直是每月拨付两百大洋到枭阳县，对马县长吃空饷心知肚明，便说："马县长，有些话就不要我说破，你就按六十人的标准给我拨付，我绝无二话。"两人心照不宣，达成了默契。张金彪将那二十个空饷据为己有，并且大队长每月另有五元津贴。他确实需要钱，因为已经要养家糊口了。

张金彪每月把从县政府领来的军饷，按一人两元及时发给大家。游击队员们待在山里，也无所事事，钱一到手，不是下山去找地方喝酒，就是打牌赌博，有时钱不够用了，就三个一群，四个一伙，找一些富户或保长明偷暗抢。

游击队的蜕变，引起三小队长程世星和一些老队员的担忧，除了红军留下来的老队员外，还有后来加入游击队的队员，在胡谋响的教育下，都有一定的思想觉悟。他们找到张金彪说："大队长，再这样下去，我们就真要变成了山大王了。"

张金彪总是一笑了之，有时候还说："弟兄们出生入死，几年来，把头别在裤腰带上，现在大家开开心，适当享受一下，也是应该的。"

张金彪担任大队长以后，还是干了一件至今都载入《枭阳县志》的大事。

1944 年 8 月份，由陈纳德将军指挥的美国援华飞虎队的一架轰炸机，在完成了对武汉日军基地的轰炸后，返航途中经过江州区域时，被日军高射炮击中，八名机组人员在南山西麓跳伞，其中七人安全降落在枭阳县游击队控制的区域。驻江州的日军司令部下达了死命令，要求枭阳、海昏、渔门等地的日伪军，要不惜一切代价，捉拿美军飞行员。同时，国军也通过省政府向枭阳县南山游击队下达了抢救美军飞行员的紧急命令，要不惜牺牲，尽快找到美军飞行员。

深夜十一点，马县长就收到了电报，他不敢怠慢，立即去找在德昌陪伴妻子的张金彪。一阵急促的敲门声，惊醒了熟睡的张金彪，张金彪不耐烦地问："深更半夜，谁敲门呀？"

马县长惊慌着结结巴巴地说："张老弟，有重要紧急任务，快起来。"张金彪一听有紧急任务，立即翻身起床，穿好了衣服，拿起了挂在床头的二十响驳壳枪，打开门，看到马县长就问："什么紧急任务？"

马县长将省政府下达的命令复述了一遍，说："老弟，情况十分紧急，驻江州的日军和附近县城的日军已开始行动，这是一次立功的好机会，要是搞不好，你我的乌纱帽也就戴到头了。"

张金彪说："我即刻过湖去，连夜行动。"

由于流亡政府就在鄱阳湖边上，眨眼工夫，张金彪就到了湖岸边。原来，为了与袁小红相会方便，他早就在当地渔民中购买了一条小渔船，专供自己渡河使用。他跳上小船，用竿一撑，小船就向湖中划去，一个多小时后，就登上了湖的对岸。在夜色中，他健步如飞，凌晨一点，就赶到了游击队的驻地桃花源。

一到驻地，他立即吹响了紧急集合的口哨。四十多名队员从睡梦中惊醒，纷纷拿起枪，来大队部集合，张金彪传达了省政府下达的抢救美军飞行员任务的命令。

张金彪说："弟兄们，时间紧，任务重，刻不容缓，我们是在与鬼子比速度。现在，每两人一组，对我们控制的区域里的村庄、山林，进行仔细搜查，发现目标，立即护送到桃花源。"

二十个组的搜寻队伍，像渔网一样，撒向了南山山林和田野，这些游击队都是本地人，轻车熟路，很快就发现了目标。

游击队员孔繁德和另一名队员孔繁荣，在蓝桥乡的一处丘陵山岗发现了映红了天空的火光。孔繁德立即判断，那一定是坠毁飞机的现场，如飞行员还活着，也就一定在火光附近。两个人拼命朝火光的方向跑去。

这正是美军 B25 型 406 号轰炸机坠毁的现场。这架轰炸机是从福建建瓯起飞，在轰炸了日军在武汉和江州的两个补给基地后，正准备返航时，被驻江州的日军用炮火击中。顿时，机舱里浓烟滚滚，飞机失去控制，在蓝桥乡坠毁，八名美军机组人员跳伞逃生；除一名美军飞行员跳伞时牺牲外，其余七名机组人员跳伞成功。

七名美军飞行员落地后，迅速解开身上的降落伞绳索。远处的夜空一片漆黑，只有飞机燃烧的光亮，可以看出周边都是茂密的森林，能辨认东南西北的大致方位，但东南西北是什么情况，他们一无所知，七名飞行员感到恐惧和茫然。

飞行员们都有丰富的逃生经验，他们知道，这冲天的火光，很容易暴露目标，要是日军发现，将十分危险。机长将人员收拢后，立即命令，向隐隐约约的一座大山方向转移。

夜幕中看到的这座朦胧的大山，正是南山，飞行员们与游击队的孔繁德和孔繁荣迎头相撞，两位游击队员用手电筒一照，七个人人高马大，都是高鼻子、黄头发，眼睛也与中国人不一样，完全可以断定这就是要找的美军飞行员，便大声地说："我们是抗日游击队，是来帮助你们脱离险境的。"

七名美军飞行员突然发现两个带着枪的中国人用手电照射他们，都有些惊慌，同时用枪指着孔繁德和孔繁荣，也拿手电照射对方，这两个人既不是日本兵也不像中国军人。正在疑惑不解时，听这两个中国人又在向他们喊话，可是美国人听不懂，他们也立即做出判断，似乎这两个人是赶来营救他们的。这时，一名飞行员迅速从衣服口袋里拿出一张白布条递给了孔繁德，孔繁德认出上面写着"我是美国人，来帮助中国抗日，请帮助我找到中国抗日军队"的字样，孔繁德高兴地比画着说："我们就是来营救你们的。"飞行员对孔繁德的话一句也听不懂，双方无法沟通，但美军飞行员已经明白，这两个人是来营救他们的，中、美双方的大手握到了一起。

两名游击队员带着七名飞行员，迅速离开坠机现场。走了约五公里，为了解决语言交流问题，孔繁德突然想到，这附近的沈家垄，有一个在南山为美国教会做饭的厨师沈淦新会说一口英语，日军占领南山后，教会的牧师撤出了南山，沈淦新便回到了沈家垄种田。想到这里，孔繁德立即将飞行员们隐蔽在一处密林中，让孔繁荣陪着，自己跑去找沈淦新，请他来做翻译。

熟睡中的沈淦新被孔繁德急促的敲门声惊醒，一听说要他为美军飞行员做翻译，二话没说，就随孔繁德来见美军飞行员。通过沈淦新的翻译，美军飞行员知道是中国的抗日游击队来营救他们，一下子心情开朗多了，嘴里不断对三个中国人伸出大拇指说："OK, OK。"并高兴地跟着游击队员向桃花源快速转移。

第二天一大早，日军也查清了美军飞行员的坠机地点，2000多名日伪军气势汹汹地赶到了蓝桥乡，查看飞机坠毁情况，除找到了一名美军飞行员遗体外，其他飞行员踪迹全无，便对这一区域进行了地毯式的搜查，又将附近村庄的村民集中起来，审讯，吊打，仍一无所获。日伪军折腾了好几天，闹得是鸡飞狗跳，一点线索都没有找到，美军飞行员就像是从人间蒸发了一样，日伪军气急败坏，枪杀了几位村民，烧毁了附近的十几个村庄，又欠下南山人民一笔血债。

桃花源是东晋诗人陶渊明笔下的原型，这里地处偏僻，非常隐蔽。桃花源民风淳朴，风景秀丽，第二天天刚亮，七名飞行员就来到了桃花源。

从 1927 年以来，桃花源除了南山游击队一直在这里活动外，鲜有外人来此秘境，当源里的乡亲们一看到来了七个外国人，个个黄头发、高鼻梁、蓝眼睛，都感到十分的好奇，自发围过来看新鲜和热闹，七名飞行员就像动物园里的珍贵大熊猫，被里三层外三层包围着。这时，张金彪也知道找到了飞行员，便急速赶回源里，挤进人群，来到美军飞行员面前，热情地伸出双手，与美军飞行员握手和拥抱，并通过沈淦新告诉美军飞行员："中国人民非常担心你们的安全。现在，你们是安全的，我们将尽快让你们回到军营。"

飞行员们知道已经脱险了，心情都非常激动，纷纷伸出大拇指，不断地说："OK，OK，Thanks，Thanks。"

大家听不懂他们在说些什么，张金彪问沈淦新，沈淦新告诉他说："他们是在说谢谢你们。"

张金彪站到一块大石头上对乡亲们说："乡亲们，这七个美国人不远万里，驾着飞机到我们中国，帮助我们打鬼子；昨天，他们的飞机被鬼子击中，现在落难，来到了桃花源，我们要像对待自己的亲人一样，让他们在这里休息好，尽地主之谊，好好招待这些贵客，乡亲们说好不好呀？"

乡亲们听张金彪这么一说，便纷纷拉着飞行员要到自己家里去，有的是三四户人家抢一个。此情此景，让这些异国他乡的飞行员们感到十分的温暖，乡亲们请来了当地最好的郎中，为受伤的飞行员疗伤；还杀猪宰羊，端出醇香的美酒，轮流请飞行员们到家里做客，写下了中美友谊的佳话。44年后，当年被救出的飞虎队员泰德在1988年和1990年，两次专程从大洋彼岸飞来南山，重返桃花源，感谢当年中国军民的救命之恩。

十多天后，受伤的飞行员在桃花源乡亲们的精心照料下，全部都恢复了健康。第九战区司令长官命令，将他们全部护送到枭阳县流亡政府德昌所在地。分别之际，大家难舍难分，泰德将自己的手枪送给了孔繁德留作纪念。

张金彪精心准备，精心安排，亲自护送，他们一路翻越南山主峰，经汉阳峰、双剑峰、香炉峰、七个尖，下到栖贤寺，渡过神灵湖，一路千辛万苦，终于到达了枭阳县流亡政府所在地。

第九战区和省政府为了表彰南山游击队成功营救美军飞行员的功绩，特授游击队大队长张金彪六等宝鼎勋章一枚，对十六名有功的游击队员各奖励一支勃朗宁手枪，并奖励游击队大洋五百元。

（十五）

刘长江和王明德被含鄱口哨卡的日伪军强行留在山上，几天下来，他们逐渐地掌握了哨卡里鬼子的情况。整个哨卡有日军五人，伪军一个小队二十人，有三挺歪把子机枪，一门迫击炮，每个日伪军都有一支三八大盖，他们的任务就是检查从枭阳县上山的村民，严防南山游击队混入山上进行袭扰。

哨卡里有一名伪军担任厨师，刘长江与王明德被带到厨房后，主要任务就是洗菜，洗碗，烧火，打扫卫生。

这一待，就快一个月了，但刘长江和王明德始终在寻找机会逃下山去。为了麻痹敌人，两人假装勤快和听话，很受那位厨师的喜欢。开初几天，哨所的鬼子不让长江和明德离开哨所一步，后来慢慢地熟悉了，又看两个孩子比较老实，也就慢慢地放松了警惕。那位厨师去南山街采购食物，也带他俩一起去，帮忙拿拿东西。

南山游击大队第二小队队长石耀中和三小队副队长程世星，都是拳头上能站得人，胳膊上能跑得马的人，是胡谋响的得力干将，不愿跟着张金彪那些人整天吃喝玩乐，带着他的小队十五名队员，来到了观音桥、栖贤寺一带活动，寻机打击日伪军的零散人员。他们经常化装成老百姓，挑着农副产品上山，侦察日军在含鄱口的驻防情况，但鬼子防守极为严密，他们始终摸不清那里驻有多少日伪军，配备了什么武器。

有一天，石耀中看到哨所里多了两个小孩，而且看到这两个小孩常跟那位伙夫去街上购买瓜果蔬菜。一次在买菜的地方，趁那位伙夫与卖菜人讨价还价之机，石耀中借机与刘长江和王明德搭上了话，这一来二去，便了解到这两个小孩是被鬼子强行留在哨卡的，而且知道了王明德是要下山找爷爷王世忠的。石耀中对王明德说："我认识你爷爷，等有机会，我一定带你们下山，保证帮你找到你爷爷。"

石耀中取得了刘长江和王明德的信任，便很快就掌握了哨卡的全部情况。但哨卡人数多，而且武器弹药充足，一时感到难以下手，没有取胜的把握，所以，就一直在等待时机，不敢轻举妄动。

那年12月30日，战机突然来了，石耀中和程世星在观音桥通往含鄱口的半山腰，在一个叫王家照的村庄，截获了一名汉奸和五名挑夫。五个挑夫的担子里，装的都是鸡、鸭、鱼、肉和美酒，原来这是枭阳县韦县长送给含鄱口哨卡日伪军的新年慰问品。

韦县长自担任枭阳县县长以来，为了巴结讨好日军，把从老百姓那里搜刮来的东西，在端午、中秋、元旦和春节这四个节日，都要派人送去慰问驻县内的日伪军，这已成为一个惯例。

石耀中问那汉奸："这些东西是送到哪里去的？"汉奸一看，两支乌黑的枪口对着自己，早已吓得腿都发软了，结结巴巴地说："我奉韦县长之命，带着这些慰问品，去含鄱口哨卡慰问皇军。"说完从衣袋里拿出一封信，是韦县长的亲笔信，只见上面写着："驻含鄱口太君阁下，今特派本府秘书吴有富代表本县前来慰问，请予接洽。韦福来。"

石耀中又问："你们不是年年派人上山慰问吗，为什么还要写个狗屁介绍信？"

吴有富回答说："往年都是朱翻译官上山来慰问，今年朱翻译官在陪皇军去温汤慰安所的路上，被游击队枪杀了，所以县长今年就让我来，怕皇军不认识我，就写了这么一个介绍信。"

石耀中琢磨了一下，突然就有了主意，借这个汉奸秘书的身份，冒充去哨卡慰问，趁机一举端掉这个鬼子哨卡。

石耀中对吴有富说："对不起了，东西都没收了，我还要委屈你一下，明天才能放了你们。"说完，让队员们把这六个人都捆了起来，关到了已空无一人的栖贤寺，并派一名队员看守。

石耀中打扮成吴有富的模样，头戴着礼帽，眼睛上架着一副墨镜，背着一支盒子炮，由五个队员化装成挑夫，经过太乙村，向含鄱口走去。其余的队员由程世星带领，潜伏在哨卡附近，等他发出信号，里应外合，一举端掉含鄱口哨卡。

下午三点，石耀中带着五个化装的挑夫来到了哨卡，一个伪军大声喝问："站住，接受检查。"石耀中赶忙走上前去说："老总，我们是枭阳县政府的，来慰问你们。"石耀中从口袋里掏出一包哈德门牌香烟，递了一支给伪军，又送去一支给鬼子，嘴里不断说："咪西，咪西。"伪军接过烟，仔细打量着石耀中，心想，往年都是那个疤眼朱翻译官，而眼前这个人未曾见过，便说："朱翻译呢？我怎么没见过你？"

石耀中装作点头哈腰地说："老总，以往都是朱翻译官来，今年，朱翻译官遇害了，所以，韦县长就让我来慰问。"说完，就从衣服口袋里掏出一张介绍信递了过去。

这个伪军是个"睁眼瞎"，不认识字，在一起站岗的鬼子兵更不认识中国字，小鬼子对伪军说："你的，送给小队长的看看。"

鬼子小队长义田一男，不仅懂汉字，而且还能说一口流利的中国话。原来这义田一男是台湾人，是波田支队的一个少尉。在甲午战争中，清朝战败，割台湾给日本，经过四十多年的殖民统治，这些台湾人很多都忘记了自己是中国人。这个波田支队里有不少台湾人。义田一男调来含鄱口哨卡已经三年了，知道这个日子，山下的韦县长要送一些慰问品来。往年，总是下午两点左右东西就到了哨卡，可现在都三点了，还不见人来，正感到纳闷，就有一个伪军推门进来说："报告太君，韦县长派人送来了慰问品，还有一张介绍信。"说完，就将介绍信递了过去。义田一男看了一下介绍信，说了句："统统的，让他们进来。"

石耀中带着五个挑夫将东西送到了厨房，便来见义田一男。义田一男站起来说："吴桑，你的，韦县长的，是大日本皇军忠实的朋友，你代我向韦县长的问好。今天，你也不要下山了，我们中日亲善，晚上一起咪西咪西，共迎新年。"

石耀中点头哈腰地回答："能与太君共同迎接新年，十分荣幸，多谢太君。"

鬼子队长说："吴桑，你的辛苦了，好好地休息，晚上你我一醉方休。"

石耀中说："太君，那我去南山街上看看，我还没有上山来过呢。"义田一男问："啊，你的，不是本地人？"

"太君，我是洪都人，韦县长是我的一个亲戚，前不久，朱翻译官出事，我就谋了这个差事。""哟西哟西，你我大大的朋友的。"义田一男对石耀中已经没有任何戒备，真把他当作了吴有富。这时，石耀中指着正在拣菜的刘长江说："太君，山上我不熟，能不能让那个小孩给我带带路？"

"哟西哟西。"义田一男爽快地答应了。

早已相互认识的石耀中和刘长江装作互不认识。义田一男对刘长江说："小孩的，你带吴桑他们去南山街上逛逛，晚饭前的，必须赶回。"

刘长江应了一声："好嘞。"

刘长江带着石耀中和五名扮挑夫的游击队员，离开含鄱口，向南山街上走去，转过几个山梁，已不在日军的视线之内，石耀中对刘长江说："长江，今天晚上，我们要端掉这个岗楼，请你和明德配合我们行动。"

刘长江说："石叔叔，你要我们干什么，尽管吩咐。"

石耀中将行动计划全部告诉了刘长江，刘长江表示："一定保证做到。"

刘长江再一次向石耀中详细介绍了哨卡内的所有情况：饭厅的对面，就是宿舍，义田一男一人一间，五个鬼子一间，伪军们分住一间，平时枪支都压满子弹，放在各个房间的枪架上，从食堂到宿舍，有三十多米的距离。听完刘长江的介绍，石耀中已有十分的胜算。

晚上六点钟，含鄱口哨卡食堂里飘出了一阵阵美食的香味，除两个站岗的伪军外，其他人都在等待着开饭的哨音。

晚六点半一到，一个值班的小鬼子吹响了口哨，鬼子和伪军一拥而入，就坐到了饭厅里，忙着喝酒吃肉。石耀中被安排在义田一男一桌，五位假扮的挑夫另外用一个脸盆，装了一些菜，在厨房里单独吃。

刘长江与王明德不时从厨房里向餐厅端炒菜，鬼子和伪军们都在狼吞虎咽，喝酒划拳；石耀中也不断地向义田一男敬酒。这次迎新年的晚宴就和往年过元旦一样，丝毫看不出有任何异样。

会餐进行到一半，五个在厨房的挑夫早早就放下了碗筷，假装在院里转悠，眼睛不时瞄着三间房里的那一排排枪支。王明德和刘长江端完菜以后，便一人端了一盘菜，还带了一壶酒，来到下山口的哨卡，给正在站岗的两个伪军送去。

王明德刚一走到哨卡，听到一个伪军说："真是倒霉透顶，今年中秋是老子站岗，他妈的，这元旦又轮到我了。""是呀，这年头，运气不好，喝凉水都塞牙。去年元旦加餐，就是我站岗，等到我去吃时，都是残菜剩饭，好东西都让那帮家伙吃光了。老子今天留了个心眼，我叫了那俩小子给我留一大碗红烧肉。"话刚说完，王明德和刘长江就端着菜和酒进到了岗楼，对一高一矮的两个伪军说："饿坏了吧，我俩给你们送红烧肉和酒来了。"

两个伪军一看，眼睛都发亮了，高兴地说："还是你俩有孝心，我没白疼你们。"便把手里的枪往墙边一靠，拿起筷子就吃肉，端起碗来就喝酒。这时，刘长江走出岗楼，用手向外挥了挥，程世星和埋伏在附近的游击队员突然从树林里钻了出来，每人提着一把二十响的驳壳枪，眨眼工夫，就冲进了哨所。正在喝酒吃肉的两个伪军还没明白是怎么回事，每个人嘴里就塞进了一条毛巾，被反绑了起来。

随即，王明德回到院内，告诉正在院内的五名游击队员，说哨卡已经解决了。五人迅速冲进鬼子和伪军的宿舍，把压满子弹的三挺歪把子机枪拿到了手上。这时，刘长江进到大厅里，给了石耀中一个眼色。石耀中知道外面已经得手，便对义田一男说："我去方便一下，回来接着喝。"义田一男舌头都有点大了，摆摆手说："你的，快快的。""我的，马上回来。"石耀中回答。

石耀中一出门，十几个拿着驳壳枪的游击队员已与大院里的五个人会合了，三挺机枪对着餐厅的大门和窗户一齐开火，一时间枪声大作，就像辞旧迎新的鞭炮声。鬼子和伪军还没明白是怎么回事，有的当场毙命，有的负伤倒在地下，有两个机灵的鬼子，一听到枪响，把端在手里的酒碗向大门口一甩，立即向从大厅到厨房的过道里冲了过去，再从厨房的后门拼命向五老峰的方向逃去。

王明德看到两个鬼子逃跑了，便对大黄狗喊了一声，大黄狗马上明白了主人的意思，纵身一跃，向两个鬼子追去。一个游击队员端着歪把子机枪，对着鬼子逃跑的方向一顿猛扫，可是由于天太黑，两个鬼子已经逃脱了。当游击队员和王明德追过来后，已看不到鬼子的影子，只有那只大黄狗倒在血泊之中。

王明德一看大黄狗躺在地上呻吟，知道是刚才游击队的机枪在扫射时误伤了大黄狗，便一把抱住了大黄狗，伤心地大哭起来，奄奄一息的大黄狗用力舔了一下王明德的脸，身子就软了下来，闭上了眼睛。王明德伤心地把狗抱在怀里，来到了哨卡，不断抚摸着大黄狗那柔软的绒毛。

这次战斗，前后不到三分钟，击毙了义田一男和两个鬼子，击毙击伤伪军15名，俘虏伪军5人，游击队无一伤亡。这是胡谋响牺牲以来，打得最漂亮的一仗。

石耀中和程世星立即命令打扫战场，缴获三八大盖24支，机枪3挺，迫击炮1门和子弹4箱、手榴弹3箱，旗开得胜，大家兴奋地带着战利品下山。

走了二三十米，石耀中一看，没有刘长江和王明德，便折回身来，只见王明德抱着大黄狗在痛哭，刘长江站在一旁，也抹着眼泪，便对他俩说："快点走，等会北门的鬼子会赶过来的。"

王明德哭着说："是你们的人打死了我的狗。"石耀中说："一只狗，死了就死了，你要是喜欢狗，回头我送你两只小狗崽。"王明德一听，哭得更凶了。这时，刘长江对石耀中说了这只狗的来历，它与王明德比兄弟还要亲，是共患难的朋友，不仅如此，它咬过鬼子，咬过汉奸，还为明德缴获了一支手枪。听到这里，石耀中明白了，刚才的话伤害了明德，更对不起英雄的黄狗，便说："明德，对不起，让我背着你的黄狗，一起下山，找个地方，好好地厚葬它。"

王明德这才止住了哭声，石耀中一伸手，将狗扛到了肩上，他们三个人也迅速撤退，向栖贤寺奔去。

当晚八点多，大家就带着战利品回到了栖贤寺，汉奸吴有富和五个民夫还都捆绑着关在一个黑屋子里。

石耀中命人将那五个民夫的绳子解开，说了一些赔礼的话，把他们关在这里，主要是怕走漏风声，请他们原谅，让他们连夜回家。只是这个吴有富，不知有没有犯下血债，如有血债，就一枪毙了他。随后，大家又带着战利品，押着吴有富，转移到南山半山腰的高家岭宿营。

第二天，石耀中在一处面向鄱阳湖的高地，选了一个地方，带着长江和明德，将大黄狗埋在一处高坡上，并鸣枪三响，为大黄狗致哀。

当天，又派人去枭阳县城了解吴有富的情况，原来这小子是刚从南京伪中央大学毕业的一名学生，与韦县长的同学是远房亲戚。朱翻译官死后，正缺个翻译，韦县长便将他要来，一是接替朱翻译，二是兼做自己的秘书，来枭阳还不到半年，没犯下什么血债。根据这个情况，石耀中和程世星一商量，便对吴有富训了训话，要他不要为虎作伥，便将吴有富当作个屁给放了。

吴有富是个富家子弟，托关系在南京伪中央大学读了几年书，可从未中过榜；也练过几招三脚猫的功夫，可没有找到用武之地。后经亲戚介绍，在韦县长手下谋到了这个秘书差事，本想在这里施展拳脚，立下功名，也好光宗耀祖。吴有富接受去含鄱口代表县长慰问日军的差事后，兴奋地一夜难眠，可天有不测风云，人有旦夕祸福，这刚一参加工作，就差点丢了性命。回到枭阳县城后，就大病了一场，病一好，再也不敢在枭阳县待了，便向韦县长辞了职，回老家省城去了。

放走了吴有富，石耀中也不敢在高家岭久留，又带着队伍和战利品，转移到了桃花源，与张金彪他们会合了。

这几天，刘长江和王明德一直跟着石耀中和程世星，王明德已经知道到了自己的家乡枭阳县了，要见爷爷的心情非常迫切。石耀中明白两个小孩的心思，便对王明德说："今天，就带你去找你爷爷。"

王明德听说可以去找爷爷，心里非常高兴和激动，与长江一起，将带在身边的包袱早早地就背到了身上。吃过早饭后，石耀中就带他们两个人上路了。

桃花源距王家畈不算远，约一个上午的路程。一路上，他们绕过鬼子设在温汤的岗哨，中午时分，就来到了南麓乡的王家畈。

自从鬼子占领了枭阳县后，王家畈人就有一部分人外出逃难去了，由于是大村子，村里还有三四百人在这里生活。抗战前，王世忠是这一带的大户，由于国民政府的焦土抗战，一把火烧了王家大院，加上王世忠的儿子王贤才参加共产党后，已音讯全无，真是应了那句古话"眼看他起高楼，眼看他楼塌了"，王世忠从此就有些悲观厌世。小鬼子来之前，他召集族人开了个会，对大家说："人都没有了，我要那么多田地干什么？"便把自己的五百多亩土地低价卖了一部分，留下了养老的钱，剩余的土地都分给了族里没有土地的人，然后带着自己的一些积蓄，在马县长的安排下，与县里的一些大户人家去乐平避难。这一走，算来已经六年整了。

石耀中带着长江和明德到了王家畈，就向一位正从田里收工回来吃中饭的农民打听王世忠的家在哪里。这个人叫王志刚，是王世忠一族的本家侄子，他打量了一下石耀中和两个半大孩子问："你找我世忠叔有什么事？"

石耀中指着王明德说："这是王世忠的孙子，从老远的饶州城来，找他的爷爷。"

王志刚一听，十分的吃惊，自从1925年堂兄王贤才到北京读书后，再也没见过这个本族兄弟，后听说他参加了共产党，攻打枭阳城，就再也没有这位堂兄的消息，大家都认为他早已不在人世了。等他明白过来，感到十分的高兴，忙把手里的锄头一扔，抓着石耀中的手说："我贤才哥还活着，快告诉我，他现在在什么地方？"石耀中说："这个我也不知道。"他指了指王明德说："是他说王世忠是他爷爷，他是来找爷爷的。"

王志刚松开手，双腿一跪，对着老天说："老天有眼，我世忠叔有后了，真是菩萨保佑。"王志刚从地上爬起来，一把抓住王明德，左瞧瞧，右看看，说："还真像我贤才哥小时候的样子。"对石耀中说："真是多谢你了。"又转身对王明德说："你爷爷现在不在家，到乐平逃难去了，你现在是到了家，我是你的堂叔，走，先到我家里去吃饭。"

石耀中说："我就不吃饭了，人我是交给你了，请你尽快让他和爷爷见面。"王志刚马上说："放心吧，我明天就动身，去乐平给我世忠叔报告这个天大的喜事。"

这时，站在一旁的刘长江，记住了陶老爷说的话，把明德送到了他爷爷的家，就回邹家仓，他拉着明德的手说："明德，哥也要回去了。"王明德一听，眼泪就出来了，这几年，在长江的关照下，两人相依为命，结下了生死的交情，他怎么能舍得长江哥离开自己呢，忙拉着长江的手说："长江哥，你不能回去，你在那里，又没有一个亲人，这里是我的家，也就是你的家，我们今生今世永远不分开。"

当王志刚了解了长江与明德生死与共的情况后，也一只手拉住刘长江说："我侄子说得对，你就留在我们王家畈，有我们吃的，就不会饿着你。"

石耀中一看，也说："长江，你无依无靠，就留下来，与明德做一辈子的好兄弟吧。"说完，抱起双拳一举，对大家说："两位小兄弟，我走了，再见！"说完，就赶回游击队去了。

王世忠有了孙子，而且都找到村里来了，成了王家畈爆炸性的新闻。王氏的族人们都非常高兴，大家祝福世忠家终于有了后人，有人打听他父母的消息，有人热情地邀长江和明德去自己家吃饭、住宿，浓浓的乡情、乡音、亲情包围着这个吃了千般苦的孩子。王明德感觉，家乡真是太美好了。

对于大伙争着抢王明德，王志刚说："要说亲，大家都一样，都是一个太公下来的；但今天，是我先接到的，说明我和明德比你们的缘分大，都别争了，明德与长江就住在我家里，你们谁要想请他吃饭，我不拦着。"

王世忠对王志刚有知遇之恩，王志刚由于家里穷，没有一垄地，也没有一分田，靠打猎为生，经常接受王世忠的帮助，自从 1938 年得到王世忠的四亩水田后，生活便安稳下来，虽说不上富裕，但从此不用再为别人打长工和钻林子了，起码现在能吃饱饭。

王志刚屋里人心里乐开了花，终于找到了报答王世忠的机会，本来中午的饭都做好了，这会世忠叔的孙子要到自己家吃饭，便"咯咯咯"叫唤着，撒了一把谷子，引来了几只鸡争食，抓了一只老母鸡杀了。乡下人家，能杀一只老母鸡招待客人，那就是最高的礼节了。

王世忠在乐平，由于爱人被鬼子的飞机夺去了生命，便一直过着孤灯相伴的日子。洪镇江让他去帮忙教书，从此，他把自己的爱全部给了他的学生，也是他的这些学生，给了他心灵的慰藉。岁月磨灭了洪、王两家的世代恩怨，他常常与洪镇江一起借酒浇愁，日子就这样一天一天熬了过来。

王志刚第二天起了个大早，带足了盘缠，赶到了县城的南门码头，搭上了一艘到景德镇送瓷土的帆船，帆船荡悠了两天多，经昌江才到达了景德镇。王志刚一下船，就朝乐平县奔去。一路上风雨兼程，顾不上休息，走了两天多，才找到鄱湖游击司令部的驻地，又经过打听，才来到王世忠教书的学校，在人们的指引下，急促地敲响了王世忠的房门。

此时，已经是晚上的九点多钟，年过半百的王世忠已上床休息，刚刚睡着，就被急促的"咚咚"声敲醒了。他伸手摸到了桌上的洋火，点燃了菜油灯，问："是谁呀？"

"世忠叔，我是志刚。"

王世忠一听，是老家族下的侄子，心里一惊，不知发生了什么事，忙穿衣下床，打开了房门，问："慢慢说，家里发生了什么事？"

王志刚一路风尘仆仆，这时已是口干舌燥，他一看桌上有把茶壶，也顾不得王世忠的问话，就对着茶壶嘴，"咕噜、咕噜"地喝了个饱。王世忠一看，心里就更发毛了，又急切地问："侄子，究竟发生了什么大事？快点告诉我。"

这时的王志刚已经没有一路十万火急的心情，他压住内心的激动，故意卖了个关子，说："叔，有个天大的事，你老可要挺住了。"早已心如死灰的王世忠，经历过生死离别，老家也没个至亲的人，还有什么事能击倒自己呢？他心静如水地说："你叔什么事情没经历过？别卖关子了，说吧。"

王志刚这才说："叔，天大的喜事，你的亲孙子回来了。"

王世忠一听，就像是一声惊雷平地起，脑子里一片空白，一下子说不出话来。

王志刚又说了一遍："叔，你的亲孙子明德回来了，都半大人了，就住在我家里呢。"

这回王世忠明白了，他像疯了一样，冲出房外，跪在地上，对苍天拜了又拜，说："老天有眼，我老王家有后了。"王世忠又在地上叩了三个响头，这才爬起来说："志刚侄，快告诉你叔，是不是我的贤才带着儿子回来了？"

"叔，贤才哥没回来，是你的孙子自己回来了。"

"快，帮我收拾东西，今晚就走，我要回王家畈。"王世忠已是归心似箭了。

收拾好了东西，王世忠一看，窗台上还有一壶酒，便想到了该和洪镇江夫妇告个别，再说，明天孩子们还要上课，这教书的事，只能是交给镇江了。想到这里，他拿起酒壶，把晚饭时剩下的一包花生米装进衣袋里，来到了洪镇江的家。洪镇江一看王世忠拿着酒，便说："老家伙，你要喝酒，晚上到我家吃饭不就得了，这深更半夜，你抽什么风？"

王世忠满脸的灿烂，说："老家伙，你喝不喝嘛！"

"我俩谁怕谁呀，喝！我说世忠，你是不是有什么喜事呀？"

"老家伙，你猜对了，我有后了，我的孙子回来了。"

洪镇江一听，也是十分的高兴，他知道自己的儿子与他的儿子一起闹暴动，便忙问："你儿子有消息了，知道我家洪水的情况么？""这，我还不清楚。"这时，洪镇江对已睡下的屋里人说："快起床，炒几个菜，我要与世忠喝一杯。"洪镇江屋里人听说王世忠的孙子回来了，也是十分的高兴，但同时想到大儿子洪水就是与王贤才一起去闹革命的，而且王贤才与自己的女儿洪霞也是差不多时外出读书的，她了解大儿子洪水、二儿子洪流、王贤才和女儿洪霞都是共产党，这王贤才的儿子都回来了，可自己的三个孩子都十来年了，一点消息都没有，要不是有个孙子洪庆来在身边，这日子都不知怎么过下去了。想到这里，止不住泪水直往下掉，她一边炒菜，一边轻声地哭出声来了。

洪镇江和王世忠都明白，她一定是想起了自己的儿子和女儿了，但谁也不好去劝她，两个人在高兴时刻喝了一顿闷酒。王世忠和洪镇江压根不知道，这是两亲家在喝酒，因为王明德是洪镇江夫妻俩的亲外孙。可惜的是，洪镇江屋里人因思念自己的儿女，不久就忧郁而终，留下了无尽的遗憾。洪镇江是新中国成立后，洪霞回故里探亲，才与王明德这个亲外孙相认的。

马上就要离开了，王世忠还是有些放心不下那些帮他抚平心灵创伤的孩子们。洪镇江说："你就放心地回王家畈吧，孩子们的事都交给我。"

一切安排妥当之后，已到了子夜时分，洪镇江亲自送王世忠踏上返乡的路，一再恳切地说："世忠兄，要是老家形势不好，你就带着你的孙子到这里来上学吧。"洪镇江送了好长的一段路，王世忠停下来，握着洪镇江的手说："回吧，千里送君，终有一别。"

洪镇江停住了脚步，直到在夜色中完全看不到王世忠和王志刚的身影，才转过身来，心里一酸，两行热泪不由自主就淌了出来，他思念两个儿子，还有那个宝贝女儿。

王世忠和王志刚走了两天多，才赶到了景德镇的瓷土码头，搭上了一条返回枭阳的帆船，在枭阳城南门码头上岸后，一刻都没有停留，就直奔王家畈，他迫切地想见到自己的孙子。

王世忠一路风尘赶回王家畈，已是第六天的下午。

他跟随王志刚，急匆匆地来到了王志刚的家里，就看到了两个孩子。真是血脉亲情的缘故，他一眼就认出了自己的孙子，王明德也一眼就认准了进来的老人就是自己的亲爷爷。为了找爷爷，从饶州到枭阳这几百里路，王明德整整走了六年，一时辛酸的泪水溢出眼眶，哭喊一声"爷爷"，就向王世忠扑来。王世忠张开双臂，一下将王明德的头抱在胸前，也是老泪纵横。这动人的一幕，让现场的人一起跟着抹眼泪。王世忠哭过一阵之后，抚摸着孙子的头，看了又看，眼睛都舍不得离开，嘴里喃喃地说："与贤才小时候真是一个模子里印出来的啊。"

王明德止住了哭声，把腰里的裤腰带解开，从腰带里掏出一块玉佩来，交到了爷爷的手上。王世忠接过来一看，马上就认出来了，这是王贤才到北京读书时，他亲自去枭阳县城的玉器行买的护身符，用一根红丝线结成带子，缠在玉佩上，在南门的紫阳码头亲自挂在王贤才的颈上。王世忠颤颤巍巍的双手，拿着玉佩看了又看，摸了又摸，睹物思人，他想念自己的儿子王贤才。

王志刚这时忙说："叔，快坐，快坐。"又对自己屋里人说："给世忠叔泡茶。"

王家畈的人听说王世忠回来了，早就做好了接待准备，王家祠堂里满满地摆上了八桌，为王世忠接风，同时举行王明德认祖归宗的仪式。

晚上五点多，王家祠堂开始人头攒动，两支大红蜡烛将祠堂的大厅照得透明通亮，祖宗的牌位前，摆放着一本王氏家谱。

认祖仪式由本村最年老的长者担任，他代表全族对王明德认祖归宗表示最热烈的欢迎和祝贺，致完词后，隆重的仪式便开始了。

长者带领全族男丁向王氏祖先行了三叩九拜的大礼之后，说："请祖宗验证信物。"

一个男丁用双手托着一个托盘，托盘上垫了一层红绸布，红绸布上是一块玉佩。来人将托盘送到长者面前，双膝跪下，将托盘顶在头上，长者将托盘接过来，摆到列祖列宗的牌位前面，大家一齐跪拜。

三叩九拜之后，都站起来，长者说："下面由孝子王明德给祖宗再行三叩九拜大礼。"王明德拜完后，长者又要王明德对族人行三叩九拜之礼，之后，长者宣布："礼毕，鸣炮！"

一时鞭炮齐鸣，一场庄严而又隆重的认祖归宗仪式结束。接着大家开怀畅饮，对王世忠家能延续祖宗香火，表示衷心的祝贺。

连续几天，王家畈就像过节一样。王世忠带着孙子和长江，今天在东家吃饭，明天接受西家的宴请，在兴奋中度过了好几天的幸福时光。

今天的王世忠，早已不是王家畈的大户人家了，头上没有一片遮风挡雨的瓦，脚下没有一寸生根发芽的土地。当年那些无偿接受王世忠土地的族人，都表示要为王世忠建一栋房子，再把一些土地还给王世忠。

王世忠没有答应，他早已大彻大悟了，加上这几年在乐平教书育人，他找到了寄托自己的精神家园。再说，孙子都十四岁了，他想让孙子去读书，同时，他也很想念在乐平的学生们。

刘长江跟着王明德在王家畈度过了十几天的愉快时光，虽然大家没有冷落他，但他看到王世忠和他爷爷在一起的亲密无间，还是有些失落感，脑子里老是想起陶老爷嘱咐的话："明德找到了爷爷，你就赶紧回来。"自己虽然是个孤儿，但陶老爷没有看轻过他，他记起陶老爷的好来，心里有些想念，便对王世忠说："王爷爷，现在明德已经找到了家，我也该回去了，向陶老爷报一声平安，再说陶老爷家的牛，还要我回去放呢！"

王世忠已经了解到刘长江与孙子生死相依的经历，他也打心眼里喜欢刘长江，感恩长江对他孙子的帮助。这时，王明德一听刘长江的话，马上对爷爷说："长江哥不能走，今生今世，我要与长江哥永远在一起。"

王世忠对长江说："孩子，你是个孤儿，我和明德就是你的亲人，哪里都不要去，我到哪，就把你和明德带到哪。"在王世忠和明德的真心感召下，刘长江才答应，跟王世忠和明德一起生活。王家畈是个没有杂姓的村庄，排外思想很是严重，但王明德和长江生死相依的故事感动了大家，大家都同意刘长江在王家畈落户。

正当王世忠要带明德和长江回乐平的时候，王世忠的老师汪二先生找上门来说："自从鬼子飞机炸了县城的学校后，县城的学校就停办了，虽然政府在德昌办了一所流亡学校，但县里大多数孩子哪能都有条件去德昌读书呢。所以，前几年，我就把废弃了的白鹿洞书院整理了一下，在那里临时办了个小学校，收了三十多个孩子。听说你在乐平也教了一些孩子，因此，今天特地来请你去白鹿洞，给我减减压，我一个人实在忙不过来。"王世忠一听，不好驳老师的面子，觉得也是个办法，不仅自己有个安身之所，而且也解决了两个孩子的上学问题，便同意到白鹿洞书院教书。

明德十四岁，在饶州读过三年私塾，有些基础，很快就适应了读书的生活。可刘长江已经十六岁了，没上过一天学，小时候，跟着父母一直在鄱阳湖和长江打鱼，后来父母被鬼子的飞机炸死后，就一直帮陶老爷家放牛，自由散漫惯了，这刚刚在教室里坐了一个星期，就感到浑身不自在，再加上没有一点基础，老师教的东西似懂非懂，常常是这个耳朵进，那个耳朵出，对读书一点兴趣都没有，便找到王世忠说："王爷爷，我实在不是读书的料，坐在教室里，难受得很，你还是让我回陶老爷家去放牛吧。"

王世忠知道，明德与长江早已生死相依，长江要是走了，那明德的心也跟着走了，便说："你孤苦伶仃，我怎么放心让你走呢，再说，你明德弟也不会让你走呀。"

为了稳住刘长江，王世忠找汪二先生商量，同意长江在学校当个杂工，在食堂帮帮忙，有空，也到教室认认字。刘长江终于同意了，几年下来，他也认识了不少字。

石耀中夜袭含鄱口，给了日军沉重打击，再一次引起了驻江州日军的恐慌。日军兵力空虚，还来不及对游击队进行报复，换防的是伪军的一个小队，只配了两名日本兵。

含鄱口一仗的胜利，也引起了马县长的担忧。马县长担任游击大队政训员之后，张金彪对他俯首称臣，这让他很放心，但张金彪多次对他反映，两个分队长石耀中、程世星，还有那个机枪班长不听指挥。由于这三人都是胡谋响留下来的红军游击队的班底，这不仅让张金彪感到头痛，也是马县长的心头之患。马县长觉得，虽然胡谋响不在了，但这三人的心是向着共产党的，说不定哪一天，这三人就可能坏了他的大事。

马县长几次暗示张金彪，想办法除掉这三个人，但张金彪与这三个人同生死，共患难，没什么正当理由，下不了手。这次石耀中和程世星取得了夜袭含鄱口的重大战果，作为县长，也感到脸上有光，应该有所表示，但一想到这三个老红军游击队员，背上又冒出一股凉气，不除之，必有后患。但这个事，又不能与张金彪商量，他苦思冥想，一个罪恶的计划在他脑海里形成了。

在夜袭含鄱口半个月过去后，张金彪接到马县长的命令，为了表彰石耀中、程世星夜袭含鄱口的胜利，枭阳县流亡政府要为石耀中、程世星举行庆功酒会，请张金彪带石耀中、程世星和机枪班长前往德昌受奖。连张金彪都不知道，这是一次令亲者痛、仇者快的鸿门宴。

接到马县长的信后，张金彪就带着石耀中、程世星和机枪班班长，渡过神灵湖，赶到了枭阳县流亡政府所在地。马县长带领县政府的工作人员亲自出门迎接，两根竹竿挑着一条横幅，上面写着"热烈欢迎抗日英雄"。马县长双手抱拳，对前来的张金彪等人一一施礼，说："英雄归来，劳苦功高，欢迎，欢迎。"

欢迎仪式结束后，已是夜幕降临。那天是个阴雨天，鄱湖岸边一片肃杀。

马县长将大家引入县府的一间接待室，桌上已摆上了美酒佳肴。大家依次入座，马县长亲自一一为大家满上了酒，端起酒杯说："各位英雄，你们含鄱口一战，大长了我枭阳人民的志气，大灭了鬼子伪军的威风，为本县增了光，我用这杯酒，表达我最崇高的敬意。同时，经本县决定，含鄱口每位参战人员，奖励大洋十元，对石耀中、程世星和机枪班长报请第九战区，申报六等宝鼎勋章。"说完，便一饮而尽。

大家被马县长真诚、热情的话语感染，也纷纷向县长敬酒，感谢县长的关心，都表示要多杀鬼子，把小鬼子赶回老家去。正当酒过三巡，菜过五味，突然，三声刺耳的枪声从窗外响起，瞬间，石耀中、程世星和机枪班长倒在血泊中。马县长大喊一声："有刺客！"张金彪立即从腰里掏出枪来，一个箭步冲出房间，跑到县府门外，一看什么都没有，又向外追了百十米，仍无刺客踪影。这时，马县长赶了过来，说："痛哉，痛哉，这是何人所为，本县一定彻查，严惩不贷！"

停住了脚步的张金彪，望着马县长和县府的这些人，这些人并没有表现出惊慌的神态，想起了马县长曾要求自己除掉这三个人的话，心里已经明白了。虽说这三个人不太听自己的指挥，但毕竟是多年一起出生入死的战友，心里不免有些悲伤，他望了望马县长，想说些什么，但又没说，一扭头，把提在手上的枪插进了枪套里，就往回走。

马县长忙紧紧地跟了上来，说："张大队长，本县也是为你着想，不得已而为之。三位抗日英雄倒在了我的县政府，你我还得给枭阳人民和你的那些队员们有一个交代，我想，我们要给他们举行一个大大的追悼会，用最隆重的礼节厚葬他们。

第二天，在枭阳县流亡政府所在地，人们都知道有三名抗日英雄被敌特分子暗杀，马县长痛心疾首，神情悲戚地为三位抗日英雄举行了隆重的追悼大会。在鄱阳湖东岸的湖边上，三个新垒起的坟头朝着枭阳县的方向，在这儿安息的三位英雄，日日夜夜看着自己为之浴血奋斗的家乡。

1945 年 8 月 15 日，对枭阳县来说，是一个普普通通的日子，人们还不知道这一天是一个载入史册的日子，是一个扬眉吐气的日子。因为，那天中午，日本裕仁天皇向全日本广播，接受波茨坦公告，无条件投降。

不少在南山当挑夫的山下村民像往常一样，挑着瓜果蔬菜和粮食，卖给南山的外国侨民。这天早上过含鄱口哨卡时，日伪军还要对他们进行例行检查，一切都和往常一样。可下午再经过岗哨下山时，却没有了荷枪实弹的日伪军，整个哨卡已空无一人，一看日伪军的营房，也是人去屋空。大家都感到十分纳闷，这鬼子和伪军怎么都不见了？

更感到诧异的是枭阳县城的居民。傍晚的时候，县城的四个城门，都高悬着鬼子的太阳旗；岗楼上，端着三八大盖的鬼子兵，还在来回晃动；吃晚饭时，还能看到鬼子和伪军排队去食堂吃饭。可是到了第二天早上，太阳照例从东方升起，但住在居家大院的鬼子全无踪影；早上等着进城的老百姓看到城门大开，城楼上的太阳旗不见了，端着三八大盖的鬼子兵也无踪影。有几个胆大的跑到鬼子军营一看，连半个鬼子都没有，人们在纳闷中纷纷议论，这该死的鬼子怎么一夜之间就像从人间蒸发了一样呢？

这天，鬼子刚吃完晚饭，就收到了江州日军基地发来的电报，告诉狼犬队长日本无条件投降的消息，命令他们连夜撤出枭阳，到江州集中，接受投降。接到通知后，整个日军军营哭声一片。狼犬队长知道日军在枭阳犯下累累血债，担心投降的消息被县城居民知道，将不知产生什么严重后果，便立即集合日军，连夜撤往江州。

刚刚准备熄灯睡觉的伪军大队长闻听鬼子已投降，便已吓得魂不附体，找到正在撤退的狼犬哭丧着脸说："太君，你们撤到江州去受降，我们怎么办呀？"

狼犬说："我们的，已经战败，已经管不了你们了，你们自己看着办吧。"

伪军大队长一听，就像掉到了冷水坑，顿时感到六神无主。他知道，这七年来，认贼作父，为虎作伥，残害百姓，和鬼子一样，欠下了枭阳人民一笔又一笔血债，这鬼子靠山一走，南山游击队和枭阳人民还不剥了他们的皮？便赶忙将已经睡下了的一百多个伪军集合起来，告诉他们鬼子已经投降和狼犬已经逃跑的消息。他无奈地说："现在是爹死娘病，各顾性命，想活命的，各回各家，各找各妈，都逃命去吧。"狼犬前脚刚走，这一百多个伪军也是树倒猢狲散，连夜逃出了县城。

韦县长闻听日军投降的消息后，连夜解散了伪县政府。这之前，韦县长就把家眷送回了老家韦家山。第二天一早，就在南门码头租了一只帆船，带着两个随从，逃往省城。

枭阳县城的居民在好奇和议论中度过了这神圣的一天，与全国各大中城市的狂欢庆祝胜利，形成了极大的反差。在这个消息闭塞的枭阳县城里，人们都不知道胜利之神已经降临到了自己头上。

枭阳县庆祝日军无条件投降的活动是在 1945 年 8 月 17 日。日本宣布投降的当天下午，马县长就接到了省政府的电报，命令枭阳县流亡政府立即返回枭阳县，恢复乡、村政权，处理战后事宜。得到日军无条件投降的消息后，枭阳县流亡政府所在地响起了庆祝胜利的鞭炮声。由于大家都是拖儿带女，不是说回去，一下子就能回去。马县长召集大家开会，让大家做好返回枭阳的准备，明天吃过早饭后，统一返回枭阳。散会后，有人去租船，有人打包行李，一片忙碌，大家都归心似箭，都巴不得早一点踏上已阔别了七年的故土。

第二天吃过早饭，县府租来的大帆船扬帆起航。马县长站立船头，眺望南山，有"舟遥遥以轻飏，风飘飘而吹衣"的惬意，他急切地想早一刻踏上枭阳的土地，接受胜利的果实。几十条难民所租的渔船紧随其后，场面热烈而壮观。上午十一点，离开枭阳七年之久的游子，终于回到了故乡的怀抱。

马县长顾不得先安家，带领县政府的工作人员，取下了伪政府的牌子，将跟随了他一起流亡七年的枭阳县政府的牌子，又挂到了原县政府挂牌子的地方。

马县长回来了，人们都知道了鬼子投降的消息，枭阳县城沸腾了，大伙兴高采烈。第二天，马县长就以枭阳县政府的名义，在点将台前举行了隆重的庆祝大会。

（十六）

按照省政府的指示，马县长的首要任务是重构地方政权组织，而最迫切的任务，是组建警察局，恢复社会秩序。

张金彪在庆祝大会结束后，在县城的北门巷购置了一栋房子，将妻子袁小红安置在这里。他对妻子说："漂泊了十几年，终于有个安稳的家了。"小红很能干，也很贤惠，把这个新家布置得井井有条，既干净，又温馨。张金彪坐在客厅里，喝着茶，欣赏着这个新家，享受着这难得的清静。这时，马县长派来的公差到了，说："张大队长，马县长有请。"

不太长的时间，张金彪就来到了马县长的办公室。看到张金彪进来，马县长放下手上的一叠文件说："张老弟，这刚回来，事情千头万绪，忙得我晕头转向。现在有个迫切的事情要同你商量，作为政府，重要的任务是保境安民，维持社会治安，因此，要重建县警察局和县保安团，这是当务之急，我想请你出任警察局局长兼保安团团长。另外，战事已经结束，游击队那几十号兄弟，也不需要在大山里躲着藏着，我看就全部就地转入警察局或保安团。再说，鄱湖游击司令部也已撤编，我们也有责任安置好这些兄弟。"

张金彪一时没有作声，他内心非常复杂。从1927年开始，他在英姑和胡谋响的带领下，与县保安团和县警察局兵戎相见整整十年。真是世事无常，今天，自己还要当这个保安团团长和警察局局长。从感情上来讲，总觉得有些不对劲，但又一想，这国共都合作了，自己的队伍早就划归了国军序列，自己也不是共产党员，按照适者生存的原则，在县里当个警察局局长，也是一个不错的选择。按乡下的话说，是他张家祖坟上冒了青烟，是一件光宗耀祖的事情。想到这里，他回答说："马县长，兄弟我听从政府的安排。"

马县长一听，非常高兴，又说："这组建警察局和保安团的事，我就全权委托你老弟了。有什么困难，就向我提出来，只要能办到的，县政府一定全力支持。"

住在大山里的四十多名游击队员，在张金彪的动员下，都愿意到县里来，打了这么多年游击，将生命置之度外，吃尽了人间苦，觉得是应该享享福了，而且到县里，是吃皇粮，每个月还能领到津贴，心里都乐开了花。几天后，枭阳县警察局和保安团挂牌成立，两块牌子，一套人马，统一换上了警察制服，开始负起了维持城乡社会秩序的任务。

健全了县城的组织机构后，马县长就将注意力放到了乡村政权的建设上。到1945年底，各乡的保甲制度基本建立起来了，但南麓乡的乡长人选还一直没有定下来。

南麓乡开初推荐的乡长是王世忠，可王世忠说什么也不干，说这七八年来，一直是在教书育人，加上家财早已散尽，对南麓乡也没什么牵挂，对从政没有兴趣；后又推荐了洪镇江，但洪镇江将乐平的流亡小学迁回了县城，加上在洪家港已没有自己的房子，而学校也离不开，由于原来的学校早被战火焚毁，要新建学校教室，又要新添置桌子板凳，忙得不可开交，也没心思去当这个乡长。这件事，让马县长伤透了脑筋。按照省政府的要求，年底前必须完成乡村政权建设，可眼看就快到年底了，这个乡长还未落实，一时又没有合适的人选，搞得马县长弄耳挠腮，一筹莫展。

南麓乡的刘满贯在闹红军前，就是殷实人家，红军分了他的田地，他恨透了共产党，鬼子打来后，他趁机又收购了一些土地，再加上当了七年多的乡维持会会长，他已经成为南麓乡首屈一指的大户了。这个刘满贯，在这个风云变幻的动荡年代里，已经变得精明多了，明地里与谁都不结怨，要想整谁，就在暗地里使坏，用一句俗话说，叫"把你卖了，你还帮他数钱"。他要看谁不顺眼，就密报县城的日伪军来抓人，在你生不如死的时候，他就去公开出面讨保，专做一些当面是人背后是鬼的事，既当婊子又立牌坊，几年汉奸维持会会长下来，还落了个"刘大善人"的雅号。

刘满贯听说王世忠和洪镇江都不愿意当这个乡长，他觉得这又是一次机会。更主要是，他当了七年多的汉奸会长，担心政府找他算旧账，如果能到政府里混个一官半职，那还会有谁来清算他的汉奸罪行呢？想到这里，他用银子打通了一些关节，又收买自己的一些亲信和不明真相的群众，拥戴他当南麓乡的乡长。

马县长接到南麓乡乡民联名推荐信后，一时还拿不定主意。他知道这个刘满贯是个汉奸维持会会长，用这样的人来当乡长，感到有些不合适。可是，有不少材料递上来，说刘满贯是白衣红心，利用维持会会长身份作掩护，担保解救了不少乡亲们。马县长权衡再三，加上一时又找不到合适的人选，这个大汉奸摇身一变，又成了国民政府的乡长，躲过了即将开展的汉奸罪行的清算。

一个好汉三个帮，一个篱笆三个桩，靠刘满贯一个乡长，那水都搅不混。他要找一个帮手，才能帮他打开工作局面。他左思右想，忽然想起了"滚刀肉"胡占江，这是个熏不烂煮不熟的地痞流氓，不到三十岁，早年父母亡故，是个孤儿，靠吃百家饭长大。十五岁那年，被湖上的一个土匪头子收为义子，从此，就专门干些敲诈勒索和强行收取渔民保护费的事来混日子。此人人高马大，力大无穷，1938 年，鬼子打过来后，渔民们大多逃难去了，也没什么保护费可收，加上收养他的义父被波田支队的巡逻艇撞死，他便当上了这支土匪的首领。在湖上难以生存下去，他便带着他的十几个兄弟上了吉山，竖起了一杆大旗，名曰"吉山抗日义勇大队"，每人都有一杆步枪，这是他带着他的兄弟们冒死到东牯山战场上拣来的。他这一干人马，不是市井无赖，就是地痞流氓，都没有一个正经的名字，除"滚刀肉"外，二当家的叫"刀疤眼"，还有什么"剃头张、杀猪佬、老鼠杨、套白狼、钻地虎"等等。这支杂牌武装，既不隶属于国军，也不归共产党领导，当然也不是伪军汉奸。虽然打着抗日义勇军的旗号，但一次都没和鬼子交过火，不是不想打，而是自知力量单薄，不敢动手，但还是杀过两个下乡捉鸡的伪军。他们依托吉山，主要是打劫过往客商，这样，就一直混到了鬼子投降。

胡占江是个聪明人，现在鬼子投降了，政府也回来了，再干这拦路抢劫的营生，政府肯定是不会放过他们的。正当胡占江考虑下步怎么办时，了解到刘满贯正在找个帮手,便毛遂自荐。这真是破锅碰到了补锅匠,刘满贯便收他到乡里当了个乡丁队队长。

刘满贯有了胡占江的帮忙,南麓乡的工作很快就运转起来,还受到过县里的表扬,因为县里摊派下来的任务,在胡占江的大力协助下,总是第一个完成。

居训仁自狼犬队长不辞而别后,听到日军投降的消息,整天惶惶不可终日,提心吊胆,坐卧不安,担心哪一天政府要清算他的汉奸罪行。他不想坐以待毙,必须要找到一条置之死地而后生的路子。他想到了原来在县政府里的一些朋友,便主动登门拜访,可这些人见到他都敬而远之,他是拎着猪头找不到庙门,心里越发惶恐不安。

居训仁终于想出了一条妙计,那就是把日军在县城七年的暴行整理出来,呈送给马县长。他想,这一定是马县长所需要的东西。拿定主意之后,关起门来,将日军在县城烧、杀、抢、掠,强奸妇女的罪行一一记录下来,当然也包括他这个受害者,那就是居家大院长期被日军无偿霸占,当着众人,狼犬强奸自己的儿媳妇,自己是怎样受到日军虐待,一并详详细细写进了日军罪行录里。字里行间,透露出他是如何憎恨日军,把自己洗刷得干干净净,根本没有一点汉奸的影子。

居训仁写完后,看了又看,反复修改,最后觉得满意了,才亲自送到马县长的办公室。

马县长和居训仁是老熟人,抗战前,与马县长多有来往。县政府在流亡前,马县长还亲自上门动员居训仁一起流亡,但居训仁说舍不得自己的这份家业,就留了下来。虽然流亡政府与枭阳城仅一湖相隔,但也有六年多未见面了。

居训仁已年过六旬,明显地苍老了,头顶已秃,满脸皱纹,腰也没有六年前那么挺直,这乍一走进马县长的办公室,马子佳还真没有认出他来。居训仁忙着自我介绍说:"县长,我是训仁呀。"

马县长定眼一看,还真是居训仁,便不冷不热地说:"啊,你还真是训仁兄,听说你当了六年多的维持会会长,这日子过得滋润吧?"

居训仁哭丧着脸说："县长笑话了，在鬼子的枪口下混饭吃，能有舒心的日子吗？我真后悔呀，当年没有跟你出去流亡。县长呀，这六年多，我过的是什么日子呀，真是一言难尽，这甜酸苦辣谁能了解，只能是打掉牙和着血往肚里吞，活受罪的日子呀！"眼眶里竟掉下几滴浑浊的老泪来。

马县长心里明白，这个老家伙是来与自己套近乎的，是担心政府要清算他的汉奸罪行，便说："训仁兄，你做的事，你心里明白。作为一县之长，不管是谁，在日后清算汉奸罪行时，必将秉公执法。"

居训仁听到这里，心里也明白，马子佳这是在敲打他，便奉承地说："马县长明镜高悬，一定不会放过一个坏人，也不会冤枉一个好人。"说完，先将日军罪行录呈上，然后掏出四根金条，往马县长手里送。马县长忙摆摆手说："无功不受禄，无功不受禄。"居训仁堆着一脸笑说："马县长，你带领乡亲们在外流亡七年，实是劳苦功高，你这刚回来，家里也是空荡荡的。这是兄弟的一点心意，你把家先安置一下，现在不打仗了，总要像个家吧。"说完，就把金条放到了马县长的办公桌上。马县长脸上露出一丝难以觉察的奸笑，没有继续推辞，也没说同意收下。居训仁心照不宣，忙知趣地退了出去。

时间一晃，就到了1946年的春节前夕。流亡在外的难民陆陆续续都回到了阔别了七年之久的故乡，县城有了生气，街道逐渐地热闹起来，马县长的工作就更忙了。

正月十五一过，枭阳县县立高等小学就要举行开学典礼，洪镇江亲自到县政府，请马县长去讲话。

这是战后的一次隆重典礼，县里的各部门官员和名流都应邀参加。

开学典礼在新学校的操场上举行，操场的后面是教师办公楼和教室，会标"枭阳县县立高等小学战后首届开学典礼仪式"几个大字格外醒目。操场的四周，还插了一些红、黄、蓝的彩色旗子。舞龙队翻、腾、滚、跃，锣鼓声一阵紧过一阵。真是龙腾虎跃，一片欢乐的景象。

汪二先生和王世忠，都被请来当国文教员，白鹿洞的三十几名学生也转到县城的小学就读。两人也是忙上忙下，帮助洪镇江招呼来宾。上午九时，各位嘉宾入座，洪镇江宣布庆典开始，他代表学校欢迎马县长一行莅临指导，并作致词。各界代表也依次发言祝贺。仪式的最后一项，是在大家的热烈掌声中，马县长代表政府讲话。马县长的讲话既有热情洋溢的祝贺，也有殷切的关怀和寄语。他说："战后的天空格外湛蓝，战后的阳光分外明媚，战后的鄱阳湖更加清澈，战后的南山更加秀美，战后的枭阳人民更加奋发图强！希望全体教职员工，要恪尽职守，弘扬白鹿洞的文化精神，将枭阳小学，办成示范学校，为国家培养更多的人才，为枭阳人民增光添彩。"

马县长的话，激情四射，博得了师生们的热烈掌声。

在这一批学生中，高年级的毕业生中有洪镇江的孙子洪庆来、王世忠的孙子王明德、张金彪的女儿张兰。刘长江在白鹿洞书院时，一边旁听，一边干杂活，他也跟着王世忠和王明德来到了枭阳小学，经洪镇江校长同意，留在学校当了一名校工。

远在百里之外的邹家仓村的陶老爷和爱人邹桂兰，自从让长江带王明德去枭阳找爷爷后，心里就一直没踏实过，又一直没有两人的消息。他曾反复嘱咐刘长江，找到了王明德的爷爷，就尽快回邹家仓，几年过去了，这刘长江音信全无，陶老爷和桂兰一直惦念着。现在鬼子投降了，路上也安全了，陶老爷便与桂兰商量，去一趟枭阳县，桂兰很是支持，说："两个孩子在我们陶家放了几年牛，工钱都没结算，你去枭阳，把两个孩子的工钱算一下，顺便给他们带去。愿菩萨保佑这两个小孩平安无事。"

陶老爷带了四十块大洋，也带足了自己的盘缠，戴着瓜皮帽，穿着细洋布长衫，告别了桂兰，走了三天多，找到了王家畈，打听起王世忠和王明德来。大家告诉他，王世忠和孙子王明德、刘长江都在枭阳县城的小学里。听到这个消息，陶老爷很是高兴，又马不停蹄地赶往县城小学，找到了王世忠和长江、明德。王明德和刘长江看到陶老爷来了，先是惊讶，后是激动得直掉眼泪，围着陶老爷亲热得像自己的亲爷爷一样。王世忠也很感动，一再对陶老爷表示感谢。陶老爷看到长江在王世忠身边，又与明德在一起，很是高兴和放心，也不再提跟他回邹家仓的事。他解开包袱，从里面拿起四十块大洋，说："孩子，这是你俩在我家放牛的工钱，今天给你们带来了，请收下。"王明德和刘长江你看我我看你，都没伸手去接。最后，长江说："老爷，你能给我们一碗饭吃，一个安生的地方，我们就很感激了，哪还能收你的钱呢？"陶老爷高兴地说："孩子，这钱一定要收下，你大娘嘱咐我，一定要把工钱交到你俩手上，也好让她放心。"推辞了一段时间后，王世忠说："我说老兄弟，你这样讲信誉的东家十分少有，我看这不是几十块钱的事，这是一种情，一种义。孩子们，收下吧，这一辈子，不要忘记你们的恩人陶老爷。"

王世忠三人热情款待了陶老爷，明德和长江还陪陶老爷游览了南山的风景名胜。第三天，陶老爷才恋恋不舍地踏上返程的路。

转眼间，就过了清明，谷雨马上就要来了。由于大量的难民回迁，春耕的种子成了令马县长头疼的一个问题。

本来，国民政府是不管农业生产的，但战后土地荒芜，民不聊生，不立即恢复生产，社会必将引起新的动荡，政府也无税可收。因此，省政府要求各地复垦耕地，搞好春播。

各乡纷纷向马县长告急，眼看播种的季节就要来了，而大量的回迁难民几乎都缺粮种。如果不及时复垦耕种，一旦发生饥荒，社会就会动荡，治安就会恶化。所以，马县长也觉得这不是小事，必须找到一个解决的办法。

这件事，省政府催得很紧，几乎是天天要汇报春耕情况。马县长焦头烂额，束手无策，县政府没有粮，县财政空虚。在万般无奈之下，马县长召开了战后第一次县长办公会，让大家来献计献策。

参加会议的有政府办公室主任、民政局局长、财政局局长、建设局局长、教育局局长、警察局局长。

马县长说："各位同仁，今天的会议，就一个议题，春耕播种在即，可大量的回迁逃难农户没有种子下田，这个问题不解决，下半年必闹饥荒，省政府有令，各级政府必须帮助农民搞好春耕春播，这既是上峰的要求，也是一个实际问题，请大家各抒己见，帮助本县想出一个良策。

听完马县长的话，大家你看看我，我看看你，都没有做过这样的工作，也不知道怎样回答。

马县长一看大家都不作声，便阴沉着脸指着民政局局长说："你是民政局局长，你说这个事怎么办？"

民政局局长一看县长点了自己的名，便说："这个……这个问题，卑职真没考虑到。民政部门，按惯例是救济灾民，战后救济总署要求，主要是救济一些无米下锅的难民。救济署下拨的一点救济粮，真是杯水车薪，难民肚子都填不饱，哪里还有什么粮食做种子呢？"说完，擦了擦头上的汗珠，表示无能为力。

接着，教育局局长和建设局局长也发了言，他们说，按照职责分工，这不属于他们管辖的范围，也说不出什么好的解决办法。

马县长又把目光聚焦到了财政局局长身上。财政局局长知道该自己发言了，他端起了桌上的茶碗，呷了一口茶，才慢慢地说："马县长，我这个财政局局长你最清楚，就是个空头局长，金库里没有一点存款。在流亡时，省政府还有些款子下来，勉强还可以度日，现在光复了，政府的日常经费要自己征收税费，可大家刚回来，还没收一茬粮食，到哪里去收税呢？我是拿不出一点钱去购买种子。"财政局局长说的是实话，马县长的确清楚。

现在，只有警察局局长张金彪没有发言。按理说，警察局局长是管治安的，这生产上的事压根就与他不沾边，大家也不指望他有什么办法。而就是这个警察局局长，找到了一条解决问题的良策。

张金彪不是吹牛，他胸有成竹地说："我说两句，诸位，我县沦陷七年，老百姓流离失所，战争造成人口锐减，真正的老百姓，哪个家里不是一贫如洗？上峰说，让老百姓之间相互接济，这断无可能。那我们枭阳县谁有钱呢？我不说大家心里都明白，县城的商人有钱，乡下的维持会会长、保长、地主有钱有粮，而这些人在沦陷后能混得人模狗样，哪一个不是为小鬼子出过力？因此，我建议，学学共产党打土豪的办法，让这些人出出血，放放水，种子问题不就解决了？"张金彪说完，得意地望了一眼马县长。马县长接着说："这是一个好办法。但是，我国民政府依靠的就是商贾富豪，这些人是我们的执政基础，政府的责任就是要保护这些人的财产安全。再说，找他们出钱出粮，于法无据，弄不好，还会闹出乱子，到时候两头不讨好。"

张金彪站起来反对说："在沦陷期间，这些人哪一个屁股是干净的？现在，据我所知，这些人都提心吊胆，担心政府清算他们的汉奸罪行，我看只有把这些人集中起来，办他一个学习班，我看一定会让他们主动地把钱和粮拿出来，帮政府渡过难关。"

马县长听到这里，也没有其他什么好办法，就采纳了张金彪的建议，并委托张金彪全权落实，县财政局全力配合。

枭阳县登记在册的日伪保长150多人，加上伪乡长、维持会会长等汉奸200多人，还有一批与日军有勾结的地主富豪100余户。鬼子偷偷地撤离枭阳后，这几百人都是惶惶不可终日，担心政府哪一天就要清算他们的汉奸罪行。政府越是没有行动，这些人就越发心惊肉跳，用度日如年的话来形容，是非常贴切的。

张金彪担任警察局局长，与当游击大队长是不可同日而语的。局下面有很多机构，什么秘书室、人事室、财务室、刑侦室、治安室，还有城关派出所。很多事，已经不要亲力亲为，他只要动动嘴皮子，马上就有人去抓落实。他找来秘书室主任，就县政府交办的任务进行了交代，秘书室主任根据张金彪的意见，拟好了一份《枭阳县警察局关于敦促日伪人员进行登记的通告》，通告的内容是："各乡、镇、保：为了摸清本县沦陷时期，日伪军和汉奸对我县人民犯下的滔天罪行，请你们立即敦促凡是在沦陷时期，担任过乡长、保长、维持会会长，伪军等人员，五天内，到县警察局登记，坦白自己七年来的所作所为，如不来登记者，一律按汉奸论处，严惩不贷。如各乡、镇、保工作不力，查报不实，将追究失职之责。枭阳县警察局，一九四六年三月十日。"

刘满贯虽然担任了南麓乡的乡长，但他当了七年之久的维持会会长，这个阴影，始终在他心中挥之不去，也成了他的一块心病。接到警察局的通告后，他感到好像世界末日来临一样，吃不了，睡不着。他的婆姨是看在眼里，疼在心里，说："我说当家的，日本人也好，官府也罢，没有不要钱的。这些年，靠着日本人，咱家也没少赚银子，我看你就多带些钱在身上。古话说，有钱能使鬼推磨，你就花钱消灾吧。"刘满贯看了看这个与自己一个被窝里睡觉的女人，心里想，这话有些道理，真是一床被子不盖两样的人，便说："说得在理，看来只有多花银子了。"

居训仁作为县里最大的汉奸，虽然送了四根金条给马县长，但心里仍不踏实，不知哪一天，厄运就会降临到自己头上。当县城城关镇镇长将警察局的通告送到他手里时，吓得他背上直冒冷汗。还是他的儿媳妇胭脂有主意，说："爹，是福不是祸，是祸躲不过，现在不是日本人的天下，你没有靠山，我看钱就是你的靠山，你去登记时，多带些钱，能打点，就打点。这个世上，当官的都不打送礼的，只要有钱，就没有过不去的坎、爬不过的坡。"

五天的通告期很快就到了，警察局虽然有个秘书室，但人手太少，警察中有文化的人不多，除财政局来了几个收钱的外，人手还不够。张金彪特地找到洪镇江，从县城高小借来五位老师，帮忙填写登记表，登记表上有专门一栏，叫"自动上交国难财"。这些敌伪人员一看，心里就明白，不拔层毛，必是凶多吉少。

登记工作分内外两个大厅，警察局在前厅，摆着五张桌子，登记的内容包括给鬼子送了几次情报，带鬼子抢了几次粮，有无血债，主动上交国难财的数额等。

这些敌伪人员一走进大厅，只见岗哨林立。警察们个个荷枪实弹，首先从心理上，就震慑了这些汉奸们。

这些吓得魂不附体的汉奸，早已没有了往日的威风，个个像龟孙子，大腿都不听使唤，吓得如筛糠抖震，在前厅登记完后，就到后厅去上交国难财，工作进行得十分顺利。张金彪坐在局长办公室，拉出一张单子，对重要的汉奸富豪还要单独谈话，实际就是利用这个机会，单独捞一些银子。居训仁和刘满贯除了公开上交了一笔国难财外，又私下给了张金彪一些银子，这才有惊无险地走出了县警察局。

登记工作一直进行了三天，财政局已是盆满钵满，张金彪的腰包鼓了起来，马县长是最高兴的一个，直夸张金彪很会办事，是个难得的人才。由于战后枭阳县恢复建设工作做得有声有色，马县长受到了省政府的贺电嘉奖。

1946年3月13日，国民政府发布了《惩治汉奸条例》，等条例传达到枭阳县时，已是四月底了。

接到《惩治汉奸条例》后，马县长和张局长都认识到这是一个发财的好机会，两人心照不宣，积极配合。

5月8日，县里召开了各界人士和各乡、镇、保动员大会。马县长在会上要求，根据惩治条例，各地要迅速查明，在沦陷时期所有汉奸的罪行，发动全县人民举报，不让一个汉奸漏网；同时，彻查所有汉奸的动产和不动产，接受国民政府的处置。

在动员大会上，马县长宣布成立"枭阳县查封汉奸动产不动产领导小组"，由马县长亲自担任组长，张金彪和财政局局长担任副组长，领导小组办公室就设在财政局。

有了《惩治汉奸条例》这一"尚方宝剑"，枭阳县开始了轰轰烈烈的惩治汉奸运动。

枭阳县警察局发布了第一号通令：限期将伪县长韦富才捉拿归案，接受政府审判。因为韦县长已外逃，其实一号通令一时难以实施，实际就是一纸空文。二号通令是敦促手上沾满血债的敌伪人员，限期投案自首，不到一个月，就有十名犯有血债的敌伪人员被捕入狱。第三号通令是所有敌伪人员、乡长、保长、维持会会长，到财政局申报动产和不动产，依照惩治条例，予以没收，如发现瞒报或转移，一经发现，将罪加一等。

马县长坐镇财政局，张金彪带着警察上门逐一清算点验。县府的金库日进斗金，就连工作人员，也沾了不少油水，大家都在尽情地分享胜利果实，大家望着那白花花的银子和花花绿绿的票子，都高兴得合不拢嘴。

遗憾的是，这幸福的时光太短暂了。1946 年 6 月 26 日，晴朗的天空里突然响起了惊天动地的一声炸雷，国共第二次合作全面破裂，400 万人数的国军，向只有 100 万人数的共军控制的解放区发动了全面进攻，蒋委员长准备用三个月的时间，一举歼灭共产党领导的军队。

国共两党军队的隆隆炮声，彻底震碎了马县长等人分享胜利果实的美梦。枭阳县所辖的南山，一下子成为全国政治、军事的中心，马县长和张金彪已没有时间去惩治汉奸了，他们忙得连睡觉的时间都没有，居训仁等一批罪大恶极的汉奸得以苟延残喘。

省政府向马县长发来密电，要求立即暂停清算汉奸罪行的工作，将工作的重心转向内战上来，要全力支持政府一举消灭共产党的军队，同时密令他立即收拢已解散的伪军，充实县保安团力量。

要立即停止清算汉奸罪行，说实话，马县长和张金彪都心有不甘，因为到嘴的肥肉就要飞了，但上峰的命令，必须无条件地服从和执行。

马县长把张金彪找到办公室里说："张局长，为了响应蒋委员长的号召，你们保安团要迅速扩大，也只有这个法子，把那些登记在册的原伪军重新收编过来，确保保安团人数达到三百人以上。"

张金彪苦笑了一下说："看样子，这安定的日子过不成了，当年红军几万人，老蒋的百万大军都不能'剿灭'他们，现在共产党有一百万军队，想三个月消灭他们，怕是痴人说梦。从现在的情形看，这仗不知又要打到猴年马月了。"马县长也苦笑着说："老弟，你说的一点都不错，你们游击队就百十号人，我一个团剿了七年，也没能把你们消灭。看来，上面说大话，也不怕闪了舌头。老弟呀，你我现在都是吃的老蒋的饭，那就要为老蒋办事，也只能是尽人事而听天命了，横竖我们就是一个当差的，保安团扩编一事，要抓紧，说不准哪天就有任务下来了。"

张金彪望了望马县长，心里五味杂陈：当年跟着胡谋响，与马县长打了十年，后又跟着马县长，与鬼子伪军汉奸打了七年，现在还要与这些伪军到一个锅里吃饭，这叫什么事？！反正张金彪是越来越弄不明白，但这句话他明白，现在是吃老蒋的饭，那就要为老蒋办事，想到这里，对马县长说："这扩编的事不难，现在在警察局登记的伪军人数就有三百多人，他们正在担心政府怎么处罚他们，现要收编他们为国军，这些人还不从睡梦中笑醒？"

"你抓紧办吧，我还有其他急事。"马县长拿起公文包，就匆匆地离开了县长办公室。

张金彪按照马县长的要求，立即着手保安团的扩编工作，他以枭阳县保安团的名义发布告示：凡当过伪军的，本人自愿，政府全部收编，加入国军序列。布告张贴不到三天，就有二百多名原伪军来保安团报到，张金彪对这些伪军进行了初步审查，几个抽大烟的被刷了下来，扩编工作如期完成，保安团兵力达到三百人。

全新的工作让马县长和张金彪猝不及防。

1946年7月3日，马县长接到省政府密电，蒋委员长要登南山，责令枭阳县全力做好安全保卫和后勤保障工作。

1926年，蒋介石第一次登南山，就与南山结下了不解之缘；蒋宋联姻后，蒋介石就常往南山美庐别墅。南山也从此有了国民政府的"夏都"之称。距1937年蒋委员长离开南山，已经整整八年了。

内战以上党战役为标志，正式拉开了序幕，蒋介石以王者之尊的心态重返南山。为了确保蒋介石在南山的安全，马县长一天有时接到十几封电报，有国民党总裁办公室的，有国民政府的，有毛人凤的，有国防部的，还有省里的、专署的，总之，都是要求枭阳县做好安保和接待工作。

马县长接到密电不到三天，蒋介石侍从室的副官和省警察厅厅长就先行来到了枭阳县，确定上山路线，部署安保工作。马县长和张金彪几乎是二十四小时都要陪伴在左右，对上面提出的各种要求，全力去抓落实，但常常是吃力不讨好，因为谁都可以对这个小县长和警察局局长发号施令；再加上百忙之中难免出差错，常常被训得像个龟孙子。他俩心里也清楚，这是脑袋别在裤腰带上走路，要是真的出了什么差错，那就是有十个脑袋，也长不到脖子上，这样的日子，简直是苦不堪言。

除了安保工作以外，最头痛的是后勤保障工作，仅接待一项，就让他俩屁股沾不上板凳。

蒋介石上山后，便把南山当作他的第二办公场所，中央政府各部部长等军政要员，几乎每天都有几拨到南山的，向蒋委员长请示汇报工作，参加蒋介石召开的各种会议。不管谁来，作为东道主，必尽地主之谊，哪个都要县长亲自接待，得罪了谁，冷落了谁，都没有好果子吃。真是"明月不知人间愁，夜来依旧照空山"，当蒋委员长与马歇尔徜徉在南山那清凉的世界，欣赏"明月松间照，清泉石上流"的美景时，可怜马县长与张金彪分身无术，成天疲于应付，还不时受到责难和辱骂。特别是蒋介石的随从人员，多达三四百人，加上云集南山的党政要员，每天的吃喝，就压得马县长喘不过气来。一年下来，山下的鸡、鸭、猪、牛、羊都吃得快要绝种了，虽说张金彪组织了一个专门的收购队伍，但还是满足不了山上的需要。仅马歇尔八上南山，他要吃牛排、羊排，山下的种牛种羊就宰杀得差不多了。

从1946年7月到1948年8月，马县长和张金彪没有休息过一天，日夜为蒋委员长服务，但三年来，连老蒋的影子都没见过，不免心里有些怨气，但又不敢声张。马县长拍了拍张金彪的肩膀说："老弟，这过的什么日子，这三年，比七年抗日的日子都难过多了。"

张金彪更是有苦难言，对马县长说："过去总说赶走了日本鬼子，就会过上太平的日子，这在老蒋底下过日子，比抗战都艰难。"

成天忙于事务的马县长和张金彪，不知道这三年外面的世界发生了翻天覆地的变化，三大战役已经结束，蒋家王朝即将土崩瓦解，在国民党和共产党的较量中，胜利的天平已倾向共产党一边。

1948 年的 8 月，蒋介石不得不离开他钟爱的南山。他怀着一种难以割舍的心情，在美庐别墅前写下了"美庐"两个大字，请来石工，阴刻在美庐前的一块石头上。然后，带着失落，带着忧伤，黯然地离开了南山，终结了他在南山的历史。

蒋委员长走了，马县长和张金彪如释重负，正要准备歇口气的时候，解放军的百万大军，已经饮马长江了。

南麓乡的吕佐良原是一户大地主家的长工，1937 年日本鬼子占领枭阳县后，他随东家为躲避战火，逃到了安徽的黄山，在那里，跟一位黄山的老山民，学会了一套抓石鸡、采石耳的绝活。日本投降光复后，他跟随东家返乡，就辞去了长工，专门在南山的山涧里抓石鸡，在悬崖上摘石耳。由于蒋介石把南山作为夏都，在南山的国民政府要员又喜欢吃石鸡和石耳，所以吕佐良凭自己的本事，白天采石耳，晚上抓石鸡，卖给山上的党国要人，三年下来，也积攒了不少银子。

虽然石鸡、石耳是佳肴中的珍品，可吕佐良家中从未尝过。他有个心愿，就是多赚钱，置办一些田地，过上像老东家一样的生活。

有一年，他的老婆冬香病了，身体一直不能复原，很想炖个石鸡补补身子，可吕佐良都舍不得，他说，一只石鸡，能卖两个角子；还有他的儿子，由于营养不良，个子比同龄的小孩低半个头，有人说，吃石鸡有助于孩子长个，他也舍不得给儿子吃。靠卖石鸡和石耳，吕佐良的家境也慢慢殷实起来，但每一天，吕家只吃两顿饭，那就是早饭在上午十点吃，中午饭移到下午四点吃，节约出来一顿晚饭。他坚信，财富是节省出来的，他常对老婆孩子说："喉咙深似海，吃得再好，也是拉泡臭屎。"

转眼间，就到了 1949 年，不断有消息传到枭阳，说当年的红军，也就是现在的解放军要打过来了。枭阳县的那些地主老财个个都吓得不轻，当年红军打土豪、分田地的情景历历在目。所以，有不少地主纷纷把自家的田地低价出卖，换成现大洋，有的逃往广州、香港，有的跟着国民党直接就去了台湾。

做梦都想发财的吕佐良，感到发财的机会来了。吕佐良原来的东家，害怕红军解放军来了，又要打土豪、分田地，因为在 1927 年，他就戴过共产党的高帽子，游过乡，所以，这次听说解放军就要过江，思前想后，还是决定三十六计，走为上计。在临走之前，他要把自己两百多亩水田卖掉。但在南麓乡，穷人多，富人少，并没有多少人家买得起他的土地，他只好一再压价，最后低到每亩只卖三十个大洋，而正常土地价格在二百个大洋左右。吕佐良动心了，他把积攒的银圆数了又数，总共加起来有八百多个大洋，他与老婆一商量，觉得捡了个大便宜，便从老东家手里一下买了二十五亩上等的水田。1949 年的清明一过，又到了春耕的季节，二十多亩水田加上原来自己的几亩薄地，靠他是耕种不过来的，又一咬牙，请来了五名长工，帮助他耕种。说实在话，这吕佐良本是长工出身，对请来的长工不算苛刻。在生活上，他对家人抠得要命，但对长工，还是看得不轻的，上交的租子，都比其他地主少收一成，而且长工们在他们家都能吃饱饭，有时做重活时，还能打个牙祭。他对老婆常说："舍不得孩子套不住狼，羊毛出在羊身上。"但他自己，还是一如既往，每天只吃个半饱，用他自己的话说："这些家业，都是从牙缝里省出来的。"

1949 年 4 月初，人民解放军已经完成了渡江作战的准备。号称固若金汤的长江防线，只不过是虚张声势罢了，明眼人都知道，长江防线不可能阻挡解放军前进的步伐。长江南岸的国民政府的官员们，都在为自己的后路想办法。面对国民党军事委员会长江防总的要求，马县长焦头烂额，他难以应对长江防总要粮、要钱、要物的要求，已下定决心，逃离这个是非之地。在准备出逃前，他找来张金彪说："张老弟，就目前形势而言，党国要想守住长江，已断无可能。你我虽为党国精英，在这生死存亡的关头，我看还是三十六计，走为上计，不能做无谓的牺牲。我准备今日就宣布解散县政府，让大家去找一条生路。"

张金彪说："县长，你走了，我这还有几百号兄弟怎么办？"马县长说：

"找你来，就是和你商量这个事。我马某人对不起你，你本来就是共产党的人，是我让你走上了这条不归路，事已至此，也没有后悔药。我想，你错杀过新四军的联络官，现在又是党国的警察局局长、保安团团长，共军来了，不会有你的好果子吃。我的意见，你随我一起亡命天涯吧。"

张金彪想了想说："马县长，谢谢你的好意。我是南山人，这十几年，一直在这南山丛林里过日子，离开了南山的土地，我还能有什么活路？你走吧，我留下来，继续到丛林中去。民国十八年，红军闹了一阵，最后也都走了，也许解放军不会在这里待多长时间。到了今天这个样子，没有谁可怨，我也只能是听天由命了。"

马县长怀着死灰一样的心情，说："老弟，我这就告辞了。但愿你命大福大，能逢凶化吉，遇险呈祥，躲过这一劫。"

两人分开后，马县长集合了政府的工作人员，宣布解散县政府，将县府的库存银圆，给每人发了三元，作为遣散费。他要求大家多多保重，渡过这一难关。随后，马县长坐上租来的一辆马车，带着家眷，沿着南浔公路，逃往省城。从此，枭阳县城的老百姓再也没听到过马县长的任何消息。

张金彪离开马县长，他垂头丧气地来到警察局，召集了全体警员和保安团团丁开会，宣布从即日起，解散警察局和保安团。其实，大家对今天的结局早有准备，几百万国军都不能挡住解放军前进的步伐，这个小小的保安团，终将灰飞烟灭，大部分人早已做好了逃跑的准备。张金彪在宣布解散命令后接着说："俗话说，'大难临头各自飞'，你们想去哪里就去哪里。你们中间有很多人并没有犯下什么血债，你们就回老家，我想共产党、解放军不会把你们怎么样。我张金彪是有家难回，谁让我手里沾下了共产党人的血迹呢？这也是老天对我的报应吧！我们中间有很多人是抗日游击队员，本来就是共产党的队伍，是我带大家上了老蒋这条破船，我对不起弟兄们，我在此给你们赔罪。事已至此，世上没有后悔药，我只能苟且偷生，继续钻林子，过一日，算一日。有愿意跟我上山的，我欢迎，大家有难同当，有福同享，但愿老天爷能给我一条生路。"

张金彪的话一完，大部分警察和团丁，都黯然失色地放下武器，打起包袱，回老家去了。但也有二十多名平日里作威作福，欺压百姓和在日伪时期就有血债的警察和团丁，愿意继续跟着张金彪上山；还有两位老队员游承军和江中浪，与张金彪这么多年来有生死之交，又重哥们义气，再加上打了十几年游击，要回乡种田，觉得很难适应，也表示，愿意跟着张金彪继续靠手里的枪吃饭。

处置完警察局和保安团的事情后，张金彪回到了好几天都没有进过家门的家，向老婆袁小红辞行，抱起快五岁的儿子亲了又亲。看到愁眉苦脸的丈夫，袁小红一阵阵心酸，先是给丈夫泡了茶，又轻轻地为丈夫捶着背。张金彪悲戚地说："马县长跑了，我在这里也待不下去了，我放心不下的是你娘俩。张兰已经长大了，现在靠她自己的造化，如果兰儿回家，望你能善待她，她从小没娘，是个苦命的孩子。"说到这里，他从口袋里拿出两根金条和一些银圆，又说："这些钱，你收好，你们三个人要好好活下去。"张金彪这个曾未流过泪的硬汉子，这会儿泪水已止不住往外淌，哽咽着又说："共产党的政策我了解，应该不会为难你们的。"这时，已经明白了的袁小红，已哭成了泪人。两人又相拥而泣，一阵痛哭之后，张金彪推开妻子，把挂在墙上的驳壳枪取下，插在腰里，对袁小红说："今生有缘，但愿我们能再相会。如果我暴尸荒野，你就再找一个好男人嫁了，我的在天之灵，会祝你们幸福。"说完，头也不回跨出了家门。

张金彪带着二十多人，挑选了一些武器弹药，带着粮食，又回到了当年打游击的丛林中。

1949 年 4 月 20 日，由于国民政府拒绝在《国内和平协定》上签字，国共和谈彻底破裂。4 月 21 日毛泽东主席和朱德总司令联名发布《向全国进军的命令》。4 月 20 日晚和 21 日，百万雄师横渡长江，赣北的南山迎来了解放的曙光。

5 月 24 日，中国人民解放军第二野战军第五兵团十八军五十四师解放枭阳。

马县长解散县政府，张金彪解散警察局和保安团后，枭阳县已成无政府状态，县城的居民们不知道解放军已解放了枭阳。当一队队解放军高唱着"向前、向前，我们的队伍向太阳，脚踏着祖国的大地，背负着民族的希望，我们是一支不可战胜的力量"时，人们才知道，枭阳县的天，已是解放区的天了，当年的红军回来了。

居民们涌上街头，没有热烈欢迎的场面，也没有秧歌，更没有"解放区的天，是晴朗的天"那首今天听来熟悉的旋律——人们只是到街上来看热闹。

解放军进入县城的消息，很快就传到了县高等小学。洪镇江和王世忠立即赶上正在行进的队伍，找到部队首长，各自打听自己儿子的消息。首长们都说不认识洪水和王贤才。部队首长说："两位老人家，现在全国都快要解放了，只要你们的儿子没有牺牲，我想很快就会与你们联系，再耐心地等等吧。"看着这支朝气蓬勃、斗志昂扬的队伍，两位老人更加思念听说已经参加了长征的儿子。由于是儿子曾经的队伍，两位老人对这些唱着军歌的解放军，油然产生了一种亲切感，主动向部队首长介绍枭阳县的情况，为部队提供方便。

在洪镇江和王世忠的引导下，临时师部驻扎在县政府，其他各团全部在野外宿营。部队纪律严明，秋毫无犯，没有任何一个士兵进入老百姓家里，各连队都在野外埋锅做饭，连开水都不向老百姓要一口。当晚，洪镇江和王世忠就在学校召开会议，动员学生的家长和县城居民，去慰问解放枭阳的解放军。第二天，吃过早饭，当洪镇江、王世忠带着乡亲们抬着慰问品去解放军驻扎的地方时，已看不到解放军的影子，地上都打扫得干干净净，一打听，才知道第二天天刚亮，部队就向南开拔了。他们又来到县政府，师部的首长们也不见踪影，但还有一个连驻在这里，连长高朝进将前来慰问的乡亲们热情地请进了连部。高连长说："两位老先生，部队任务紧急，师首长带领部队向南去了，师首长特意交代，向你们表示感谢。"接着，高连长又说："我连暂驻枭阳，维持社会治安，等待南下干部团到达后，我们还要去追赶部队，因此，还要麻烦各位乡亲们。"

王世忠忙说："部队昨天就来了，饭没吃一口，水没喝一杯，我们心里过意不去啊。"

洪镇江也接着说："高连长，部队需要我们做什么，我们将全力相助。"

高连长对乡亲们的热情慰问表示感谢，又说："我连还有一个重要任务，那就是要立即解放南山。南山目前已没有蒋匪军，但南山有不少国外侨民和租界，我们要尽快将红旗插上南山，让南山回到人民的怀抱。两位老先生，我们人生地不熟，是否可以给我们派个向导，带我们上山？"

当天下午，在刘长江带领下，高连长派出一个排，在傍晚时分进驻南山，降下了美、英、法、德等国家的各色旗帜，将一面鲜艳的红旗插在了山上的一处最高建筑物上。这人间仙境，避暑天堂，从此，回到了人民的怀抱。

枭阳城被解放的消息，当天晚上就传遍了枭阳各乡。1930 年，全县有 480 名优秀儿女随林涛、王修杰到了鄂豫皖苏区，加入了长征的滚滚铁流。这些红军家属听说红军打回来了，彻夜未眠，相约到县城去打听自己亲人的下落。

1930 年，刘金虎的堂婶何火香老人将两个儿子亲手交给林涛司令员。在红军离开南山的那一刻，两个儿子跪拜母亲说："孩儿不孝，等打完了白狗子，我俩一定回来给母亲尽孝。"何火香含泪目送两个儿子离开了家乡。从此以后，每年的这一天，老人都要来到与儿子告别的地方，望着远处的群山，望着那一条通向天际的大路，盼望儿子平安归来。春、夏、秋、冬，年复一年，望穿了秋水，哭瞎了双眼，大娘的青丝变成了白发，始终不见儿子归来。当何火香听说当年的红军回来了，与儿子临别时的话，又映现在脑海里——"娘，等打完了白狗子，儿子就回来尽孝"。老人摸索着出门，来到了当年与儿子离别的地方，她要亲自接儿子回家。

何火香从早上等到天黑，也不肯回屋，刘金虎劝婶婶说："您先回屋吧，我的两个兄弟回来了，会到家里找您的。"老人不言语，只有泪水在默默地流，不吃不喝，一直等到第二天东方日出。

这是一条南北的大道，老人心里想，只要儿子回来了，就一定会从这条路上回来。等到第二天上午，望不到边的解放军队伍过来了，老人颤颤巍巍地站起来，不断拉着从跟前走过的解放军问："我的儿子叫刘炳章、刘炳文，你们认识他吗？他回来了没有？"解放军战士回答说："大娘，我们不认识。现在解放了，您儿子一定会回来的。"

队伍走了一天一夜，火香大娘就在路边问了一天一夜，她没有等到自己的儿子。

从那一天开始，火香大娘就挂着根竹拐杖，天天站在那棵樟树下，风雨无阻，望着儿子当年消失背影的方向，嘴里喃喃地念道："儿子啊，你说打完了白狗子就来看娘，这白狗子都打完了，你怎么还不来呀？"就这样，年复一年，日复一日，直到老人度过了百岁生日，始终没有等到自己心爱的儿子。火香大娘带着永恒的眷恋和遗憾，在1976年映山红花开的季节，也就是她与儿子分别的那个日子，离开了人世。

柳英大嫂的丈夫王有信离开南山长征时，她正怀着还未出生的儿子。临别时，她将倾注了自己的情与爱的一双亲手编织的布草鞋送给了丈夫王有信，在那"红军哥哥你慢慢走嘞"肝肠寸断的歌声中，送别了丈夫。丈夫给她的最后一句话是："等明年的布谷鸟叫了，我就回来了。"

布谷鸟叫了一春又一春，柳英那粉红的脸已爬满了皱纹，她为丈夫生下的儿子也已十九岁了，她为公婆养老送了终，可始终不见心上人归来。她始终坚信丈夫一定会回来的，每当布谷鸟叫声声的季节，她都要到与丈夫分别的地方去守望。有一天晚上，柳英做了一个梦，梦里丈夫对她说："你做的布草鞋穿起来真舒服，它陪我翻越了一座座大山，蹚过了一条条河流，现在破得已不能再穿了，你再给我做双布草鞋好吗？"

梦是甜蜜的，梦里的情景是那样的真真切切。就是这样的一个梦，一辈子萦绕在柳英的心里。每当想起与丈夫分别的日子，她都要在煤油灯下，一针针、一线线为丈夫做一双布草鞋。当夜深人静之时，思念更加浓烈，一首令人撕心裂肺的南山民歌《我在栗里盼郎归》，就飘向了空旷的夜空。

新婚的甜蜜，

没能留住你。

美丽的栗里，

留不住你的身影。

我的柔情，

化作一缕青丝，

一头连着我，

一头连着你。

你说要为穷人寻找幸福里，

等布谷声声时，

就回来团聚。

离别是一杯涩酒，

苦了我也苦了你。

梦里你爬过了雪山，

又走过了草地，

你是否找到了幸福里？

在梦里我追随着你，

醒来枕上只有相思泪。

布谷鸟已儿孙满堂，

可你的儿子，

还没见过父亲的面容。

想起来，

我就心碎。

那通往栗里的大路上，

我听到了战马嘶鸣。

那是你的战友们，

凯旋故里。

我苦苦寻觅，

怎么没有你？

你是否找到了幸福里？

我在枭里盼郎君，

何日是归期？

请你托一个梦给我，

我要与你，

相会在幸福里。

从那一天开始，她把做好的一双双布草鞋，整整齐齐地挂在自己的房间里。每当布谷鸟声声的季节，人们都能看到一个由青丝变成白发的大娘，站在村头望着那条通往天际的大路，在等待着她的红军哥哥回来。

这一等，等到了地老天荒。她，没有等到心爱的人归来。

（十七）

高连长在接管南山后，接到命令，他的这个连队归建中国人民解放军江州警备司令部，继续承担枭阳的社会秩序管理任务。在成立的枭阳县军事管制委员会中，高连长担任主任委员，洪镇江、王世忠由于解放军接管枭阳时，做了很多工作，被吸纳为委员。枭阳县军事管制委员会负责维护社会秩序，打击反革命分子的破坏活动，保护人民生命和财产安全，协助建立新生的人民政权。

为了配合军事管制委员会的工作，枭阳县民兵武装中队成立，刘长江被推举为民兵中队中的一名班长。

军事管制委员会，是个临时性的党、政合一的领导机构。军管会成立的当天，高连长就接到了江州警备司令部的命令，命令说："预计有三十八万大军南下路过枭阳，要求你们立即发动群众，踊跃支前，筹措粮食、柴草，抢修公路桥梁，确保南下大军顺利通过。"

接到命令后，高连长立即召开了军管会紧急会议，部署支前工作。王世忠说："枭阳县是粮食产区，又辖半壁南山，筹粮筹集柴草工作并不困难。现在的情况是，各乡还未建立基层政权组织，单靠军管会，水都搅不浑，应立即成立征粮工作队，招收一些有文化的人，这样才能顺利地把工作开展起来。但县里有文化的，除了我们学校十几名老师外，还有一些散落在各乡的私塾老师，动员这些人来参加征粮，也不合适。我建议，这几年从我县高小毕业到江州读中学的，有不少人，有很多都快中学毕业了，我看可以到江州中学堂去，去动员那些即将毕业的学生参加征粮工作队。"

高连长听到这里，认为这个意见合理，便说："我同意王委员的意见，动员一批有文化的青年学生返乡。洪校长，这些人过去都是你培养出来的学生，你就辛苦一趟，去江州中学堂，动员一批同学回家乡参加征粮工作队。"

洪镇江接受任务后，来到了江州南伟烈中学，鼓励学生投笔从戎，首先就动员了自己的孙子洪庆来。许多同学一看老校长的孙子都报名参加征粮工作队了，也就积极响应，这其中就有王世忠的孙子王明德。张金彪的女儿张兰也想参加，她找到洪镇江说："洪老师，收不收女同学？"当时，女孩子能读中学堂的非常稀少，洪镇江高兴地说："收哇，收哇。"张兰又动员自己几个要好的女同学，也报名参加了征粮工作队。

洪镇江不辱使命，仅三天时间，就从江州城带回了三十名青年男女学生到县军管会报到。王明德虽然年龄不算大，但由于有丰富的社会经验和传奇的杀鬼子经历，被高连长指定为征粮工作队副队长。

高连长刚把这些新参加工作的学生安顿下来，就设立了军管会征粮调度办公室，架通了与江州城的联络，又很快接到了江州警备司令部的命令，要急调一万斤大米，在三天之内运送江州港码头。接到命令后，高连长在王明德的协助下，从各乡紧急征调了一百辆牛头车，一百名民工，将县城各米铺收拢的一万斤粮食，由五名解放军战士、刘长江的武装民兵班，加上王明德、张兰、洪庆来一起，计划明天一早从县城的周瑜点将台出发，送到江州码头。

张金彪带着二十多人逃入南山丛林后，所带的粮食仅仅维持了三个多月的时间，就开始闹起了粮荒。张金彪心里明白，要想在这崇山峻岭中坚持下去，必须与当地群众搞好关系，这是他跟胡谋响打游击时学来的。他召集手下人开会，说："过去红军游击队能在这大山里坚持十年，靠的是老百姓的支持，所以，请大家不到万不得已时，千万不能去伤害老百姓。现在，我们开始闹饥荒，而且还要储存一批粮食过冬，还要保证明年春荒时不饿肚子，所以，必须趁着目前秋粮收割的季节，下山筹粮。我们可以学当年红军游击队的办法，找地主、富农家要粮。

张金彪与二十多个喽啰，下山对地主、富农家进行了一次洗劫。可令他们没想到的是，地主家也没有余粮，地主们都哭丧着脸说："张大队长，今年不比往年，粮食还没进仓，就被县里的征粮工作队收走了。"开初，张金彪不信，让手下翻箱倒柜，还真的找不到多少粮食，而且向其他老百姓打听，确实是县里来了征粮工作队，多余的粮食都被征粮工作队收走了。

几天折腾下来，所抢来的粮食还不够一个冬天食用，那一开春，二十多人就要喝西北风，这让张金彪坐卧不安。张金彪找来游承军商量，要求大家分散下山，利用山下村民不知道大家落草为寇的事实，用高价从村民手上购买粮食，每人必须完成二百斤收购任务，谁都不准暴露身份。

二十多人装扮成粮食贩子，去找老乡们收购粮食，可老乡们说："你们出的价是个好价钱，但我们手里真的没有粮，有余粮的，早就被解放军征粮工作队收购走了。"

游承军在乡下没收到二百斤粮食，他便冒险去县城粮铺购买粮食。他一下买了几十斤大米，走出米铺，看到了一张县军管会的告示，内容是："为了支援解放军南下作战，招收一百名民工，运送一万斤军粮去江州码头，自带牛头车，每运送一百斤，工钱一元。"

到江州运粮，两天的脚力就是一个大洋，吸引了很多人报名参加。在报名现场，军管会主任高连长讲了这次运粮的时间安排，要求明天吃完早饭后，就从县城出发，在晚六时前，将粮食送到江州港码头。

游承军得到这个消息后，立即赶回山里，向张金彪报告了这一消息。张金彪考虑了很长时间，心想，不拦截这批军粮，他这二十多人就真要困死在这山上，如抢了这批军粮，那就等于与解放军公开作对，是一件凶多吉少的事。但现在粮食都被解放军的征粮工作队收走了，而且还要运往外地，虽然手中有钱，可买不到粮食，掂量了好久，都拿不定主意。这时，其他人也都说："大队长，下决心吧，就是死，也不能当个饿死鬼呀。"张金彪这时又想，这解放军，是只过山虎，抢他们的粮食，比下山抢老百姓的好，为了不让大家饿死，看来只有铤而走险，抢它一次，熬过这个冬天再说。他把想法给大家说了一遍，大家都赞成，游承军也说："抢外地人的，比得罪当地老百姓强，我看也只有这个法子了，将这批粮食拦下来，能够吃个一年半载。"

张金彪和游承军随即将这二十多人集中起来，张金彪说："弟兄们，天无绝人之路，眼看这个冬天就要困死饿死，可老天爷开了眼，给我们送来了粮食，据可靠消息，明天有一只运粮队，要运送一万斤大米去江州。他奶奶的，我们自己都吃不饱，有钱都买不到粮食，可这些征粮工作队，天天收购粮食，运往外地。我决定，在枭阳到江州的霸王岭设伏，将这一万斤大米截住，大家有没有信心？"这些喽啰们一听，都乐了，说："到嘴的肥肉，不吃才是傻瓜，我们听大队长的，干他一票！"

张金彪望了望大家又说："据掌握的情况，明天有五名解放军和一个民兵班负责押运这批粮食，虽然这些解放军都是外地人，但他们是共产党，是解放军，我无意与他们作对。这次行动，只要粮食，不要人命，大家记住了没有？"喽啰们齐声说："大队长，放心吧，只要粮食，不要命。"

第二天清晨，太阳还没有升起来，张金彪等二十多人赶在运粮队之前，在霸王岭的一处关隘设伏，静静地等待着运粮队到来。

在枭阳县城，周瑜点将台的广场上，高连长与军管会的同志为运粮队举行了一个简单的送行仪式。一百辆独轮牛头推车，每车用麻袋装了一百斤大米，用绳子紧紧地捆绑好，每辆车还插了一面小三角红旗，正整装待发。高连长说："同志们，这一万斤大米，寄托着枭阳人民对人民解放军的深情厚谊，是支援解放战争，响应毛主席、朱总司令'打倒蒋介石，解放全中国'号召的实际行动，大家要团结一心，互相帮助，确保这一万斤大米一粒不少送到江州码头。"前来送行的洪镇江也对刘长江说："长江，目前人民解放军百万大军正在向南进军，急需粮食，一路上要千万小心，帮助解放军将粮食安全送到。"高连长看大家都已准备就绪，就对负责担任送行押运任务的班长于成江说："出发！"

红旗猎猎，车轮滚滚，一百辆独轮牛头小车发出"吱呀、吱呀"的声音，在县城居民的目送中，离开点将台，沿着南浔公路，向江州城蜿蜒而去。

大约走了两个多小时，运粮的队伍来到了霸王岭，这里山高林密，一条长达一公里的缓坡出现在人们眼前，车队停了下来，刘长江对大家说："前面上坡，现在两人一组，一人拉车，一人推车，相互帮忙。"大家便纷纷响应，两人一组，准备先推五十辆车上坡，然后再推停在坡下的五十辆车。

这一切，都被张金彪埋伏在这里的喽啰们看得清清楚楚。当运粮队将五十辆车刚推上坡时，所有人都累得气喘吁吁，突然一声刺耳的枪声划破天空，二十多个人从路边的树林里冲出来，将运粮队的人团团围住。由于此时粮食分布在坡上和坡下两个地方，押送的武装人员也分布在坡上和坡下两个地方，张金彪占了绝对的优势。只见游承军说："老乡们，不要怕，我们不伤害老百姓，但这是运到外地的粮食，所以，我们把它截住，只要粮食，不要命。"

运粮的老百姓没见过这个阵势，便一片慌乱。刘长江带的几个民兵，也有的惊慌失措。但在两个解放军战士和刘长江的指挥下，护粮队迅速占领了路边的一个高地。在坡下的于成江班长听到枪声后，也带着两个战士和几个民兵向坡上冲，一边跑一边喊："我们是中国人民解放军枭阳县武装征粮工作队，这是军粮，抢劫军粮，是违法行为。"

这伙人根本不听警告，快速地向山上搬运粮食。这时，刘长江和于成江同时鸣枪警告，这伙人听到枪声，忙丢下肩上的麻袋，在树林的掩护下向征粮工作队开枪还击。于成江忙下令，向抢粮的匪徒开火，当场就有两个喽啰被打翻在地，受了伤。这枪声一响，这些喽啰们就忘记了张金彪说的"要粮不要命"的要求，慌乱之中，江中浪瞄准了于成江班长，一颗罪恶的子弹击中了于成江的胸部，于成江当场牺牲。

于班长的牺牲，激起了大家的满腔怒火，解放军战士和刘长江的民兵互相配合，与对方开始了激战，又有两名民兵和一名解放军战士负伤。在这次运粮队伍中，还有王明德和张兰，他俩是作为记账和结账的工作人员与运粮队一起行动的。由于事发突然，两人就在被围住的推车民工之间，与抢粮的武装人员靠得非常近，能看到躲在树林中的埋伏人员。张金彪也搞得有点惊慌失措，原来是要求只抢粮不伤人，可这刚一开始，就有两个弟兄受了伤，一个解放军被打死。为避免事态恶化，他躲在树林中大喊："解放军同志，我们是南山的抗日游击队，借你们一点粮食过个冬，我决不会为难你们。"

王明德和刘长江一听，这声音好熟悉，两个人马上想起来了，这的确是南山游击队的张金彪，张兰也听出了是父亲的声音，三个人都在喊："张大队长，我是刘长江和王明德，快放下武器。"张兰也大喊："爸爸，我是兰兰，你们抢劫军粮是犯法的，请立即放下武器。"

双方对峙的距离仅仅一百多米，长江、明德和张兰的喊话，张金彪听得清清楚楚。张金彪逃进大山里有半年多了，对山外的事情一无所知，他压根没想到这支运粮队伍中有刘长江和王明德，更没想到自己的女儿兰兰也在其中。他脑子"嗡"的一声，乱成了一团麻；他心里清楚，不能再打下去，便立即下令："弟兄们，别打了，扛起抢到的粮食，钻林子。"一眨眼工夫，刚才激战的枪声戛然而止，空旷的山谷里显得死一般寂静。这时，看到张金彪他们跑了，王明德、刘长江、张兰等快速向两位负伤的解放军战士围拢过来，帮忙包扎伤口。

长江他们又将两位伤员和于班长的遗体抬上牛头车，准备返回县城抢救。刘长江清查了一下粮食，一共少了十三包，共一千三百斤，他做出决定，由明德、张兰和一名解放军战士和几个空着车的民工护送伤员回县城，他和另一名解放军战士及几个民兵，带着剩余的粮食，继续向江州码头进发。

这一仗，让张金彪等人彻底走上了一条不归路。

这一仗，也打醒了陶醉在胜利中的江州军民。为确保战略后方的稳定，确保支前工作的顺利进行，江州警备区一个连开赴枭阳，配合枭阳军管会，肃清敌对的残余武装。

第二天，有着剿匪经验的祝连长带领的一百名解放军战士进驻枭阳。

祝连长一到县里，就依靠县军管会，立即发动群众，摸排袭击运粮队残余反动武装的情况。

由于张金彪已经暴露，调查工作具有针对性，这伙残余武装的情况很快就清晰起来。

在县军管会的专题剿匪工作会上，洪镇江和王世忠详细介绍了张金彪、游承军这伙人的情况，王世忠最后介绍说："南山游击队自编入鄱湖游击司令部后，大队长胡谋响坚持了这支队伍的独立性，还是一支抗日的队伍，但自从胡谋响牺牲后，这支队伍就掌控在国民政府的马县长手上，但总体来说，还是抗日的。自枭阳县流亡政府返回县城后，由于战事结束，游击队取消了番号，整体划入了县警察局和县保安团，除少数胡谋响留下的老游击队员外，大多数人是日伪时期的伪军，因此，这支队伍的性质就发生了变化。"

刘长江和王明德跟着石耀中夜袭含鄱口后，一度跟着石耀中到了游击队的营地待过一些日子，对张金彪多有接触，也介绍了张金彪日常生活中的一些情况。

警备区司令员指示，虽然南山这支游击队过去是我党领导的地方武装，但经过国民党的分化瓦解、胡谋响同志的牺牲，这支队伍的性质起了根本的变化。正当全国解放之际，他们不站在人民群众一边，而是落草为寇，偷袭我征粮工作队，因此，必须予以剿灭。考虑到这支队伍的特殊性，如能放下武器、缴械投降，悔过自新，对这次袭击事件可既往不咎；如负隅顽抗，必须全部歼灭。

县军管会接到江州警备区司令员的指示后，采取攻心瓦解为主、剿灭为辅的策略，广泛发动群众，掌握张金彪等人的活动轨迹。

逃进了深山的张金彪，日子越来越难过，霸王岭抢到的一千多斤粮食，维持不了多少时间，更可怕的是，现在的老百姓心都向着共产党，没有人给他们送情报，更没有人给他们送给养；而且还不断向解放军报告他们的行踪，这与当年打白军、打鬼子形成了极大的反差。张金彪虽然严令部下不得袭扰老百姓，而且他也下山寻求老百姓帮助，可拿钱老百姓都不把东西卖给他，反而劝他下山投降，不要和解放军作对，张金彪真的是迷惘和彷徨了。更使张金彪不能理解的是，冒着生死协助游击队夜袭含鄱口的两个少年，都加入了解放军的征粮工作队，一向乖巧的女儿也成了自己的对立面。想到这里，感觉到世界末日就要来临，脊背就发凉。他仰天长叹："难道老天爷真的不给我一条生路？"

正当张金彪一伙陷入绝境之时，县军管会采取攻心战术，由原游击队的老联络员刘金虎带领匪徒们的家属上山劝降。

刘金虎和张金彪有二十多年的交情，也有一定的感情，当他得知张金彪和游承军等人与解放军为敌，心痛不已，为张金彪这样的莽夫不明是非，感到非常的痛惜。他熟悉张金彪藏身的每一个地方，没费多少工夫，就找到了张金彪。

刘金虎向张金彪等人传达了县军管会的通告，限期让他们放下武器，向军管会投降，县军管会保证他们的安全。还有这些人员的家属，拉着他们的手，一把鼻涕一把眼泪，劝他们下山，改邪归正，重新做人。

几个月来野人般的生活，让这些人感到前途渺茫，士气低落。很多人都知道，再顽抗下去，只有死路一条，当场就有二十多名匪徒愿意放下武器投降。

张金彪和游承军心里边明白，不可能将这支队伍带下去，被解放军消灭是迟早的事，便对大伙说："我们本来是一支为穷人打天下的队伍，是一支抗日的队伍；今天，我们倒成了人民的敌人，是我这个当大哥的，没有带大家走一条光明的路，是我害了大家。"说到这里，张金彪流泪了，他哽咽着说："过去，我们在这大山里打了十几年游击，因为有群众的支持，所以我们能够坚持下来，现在，解放军大军压境，老百姓又不支持我们，这样下去，真的只有死路一条。所以，我不阻拦你们，愿意跟金虎大哥下山的，你们就下山吧！"

一位跟着张金彪多年的老队员王小莽说："大队长，我们下山了，你怎么办？"

张金彪无奈而又悲伤地说："我和你们不一样，老天要灭我，谁也救不了我，1937年，由于我的鲁莽，误杀了新四军的联络官，后又误入歧途，当了国民党的警察局局长、保安团团长，这次，又杀了解放军的征粮工作队员，我是黄泥巴掉在裤裆里，不是屎也是屎，所以，我只能浪迹天涯，听天由命，自生自灭。"

游承军既参加过错杀新四军联络官的行动，又当过国民党枭阳县警察大队的大队长，这次又是他主张袭击解放军的征粮工作队，也自觉罪孽深重，解放军不会放过他，便说："各位兄弟，我自知罪孽深重，下山必死无疑，我愿意跟着大队长，过一天算一天。"

还有一个人不愿下山，这个人叫江中浪，那次袭击征粮工作队，就是他打死了解放军班长于成江的。他知道，只要他下山，那解放军和老百姓还不把他的皮剥了，所以他表态说："我愿意跟随两位大哥，亡命天涯，同生共死。"

这时，张金彪说："金虎大哥，你我兄弟一场，谢谢你的好意，我主意已定，你就带着这些弟兄们下山吧。"

除张金彪、游承军、江中浪外，其他匪徒下山向县军管会投降；军管会没有食言，经过一番教育后，二十多人全部遣散回乡，与家人团聚。

张金彪三人目送刘金虎带大伙下山后，像惊弓之鸟，立即转移到了一处人迹罕至的地方，躲避解放军的抓捕。

县军管会根据情况，做出了全部歼灭不愿投降匪徒的命令。

祝连长在当地民兵和老百姓的支持配合下，对南山的各交通路口进行布控，同时，由刘金虎等十多个熟悉山里情况的老乡担任向导，组织了十多支剿匪小分队，在南山的密林中搜寻张金彪等人的踪迹。

张金彪三人在密林中东躲西藏，活动空间越来越小。有一天，他们一天多没敢烧火做饭了。当他们逃至一个叫蜘蛛洞的地方，薄薄的轻雾从密林中生成，游承军停下脚步说："大队长，实在走不动了，休息一下吧。"张金彪也停下脚步，望着涌来的云雾，心想，天助我也，便对背着一只鼎罐的江中浪说："那就在这里休息一下。一天多没吃饭了，中浪，抓紧时间，就在这里埋锅做饭，吃饱了再走。"游承军去找一些石块垒灶，张金彪去树林中拾干燥的柴火，江中浪提着鼎罐去附近水沟打水淘米。

当江中浪淘完米，回到蜘蛛洞时，正好看见游承军弯着腰在垒灶，腰里缠着的一个包袱露了出来，还有一根金条露出一截在外面。这时，江中浪见财起意，心想，这粮食也快吃完了，跟着他们也是死路一条，何不把这些金条抢下来，自己单独逃命去。想到这里，江中浪毫不犹豫，把端在手上的鼎罐往地下一放，从腰里掏出枪来，对着正在垒灶的游承军背后心脏的地方，就是一枪。随着一声枪响，游承军应声倒地，江中浪赶忙上前，去解游承军腰带上绑着的包袱。

正在树林中抱着一堆柴火往回走的张金彪，突然听到一声枪响，还以为是解放军来了，忙把手中的柴火一扔，迅速拔出枪，向蜘蛛洞望去。眼前的一幕让他惊呆了，只见游承军俯卧在地上，江中浪一手提枪，一手在解游承军腰里的包袱。张金彪马上明白了，这小子是在劫财，枪杀了自己的同伴。他毫不犹豫向江中浪开了一枪，一个箭步就冲到了江中浪的身边，一只脚将江中浪踩在地上，江中浪手一松，游承军的包袱就掉到了地上，两根金条和一些银圆就滚落在地。张金彪骂了一句："狗日的龟儿子，你狗胆包天，杀自己的兄弟。"江中浪没有吭声，这家伙已口吐鲜血，两眼翻白，一命呜呼。

正在蜘蛛洞不远的剿匪小分队听到两声枪响，便迅速向蜘蛛洞包抄过来。张金彪也发现附近有动静，伸手捡起地上的金条，一个豹子翻身，在浓雾的隐蔽下，就钻进密林中去了。

当小分队赶到蜘蛛洞后，只见游承军俯卧在地上，腰里还插着驳壳枪，裤腰带和包袱散开，地下还散落了一根金条和许多银圆，江中浪侧身躺在地上，手里还握着张开机关的驳壳枪。经现场搜索判断分析，只有两个弹壳，有可能是敌人火并，江中浪打死了游承军，张金彪打死了江中浪。

张金彪打死江中浪后，就发现小分队围了过来，像丧家之犬，凭着熟悉的地形，很快跳出了包围圈。但这一天多来粒米未进，饥饿和疲劳，让他已经没有力气顽抗到底了。他躺在一处草地上，望着夜空，回想起当年的一幕幕往事。那时跟着共产党和大队长胡谋响，一次又一次打退了白匪军的"围剿"，又与胡谋响一起，奇袭隘口哨卡，端掉温汤慰安所，走到哪里，都有人民群众的支持和掩护。如今，老百姓不再待见他，有家不能回，就像是孤魂野鬼，偌大的南山丛林，已经没有他的立足之地了，他再一次掉下了伤心和悔恨的眼泪。他想起胡谋响曾经给他说过的话："金彪同志，我要是牺牲了，你一定要将这支队伍带好，等我们的红军回来。"可是，现在红军回来了，自己怎么就成了红军的敌人呢？他不怕死，也没有叛变投敌，是什么让他走到今天这个地步，他想不通，望着星空，仰天长叹："老天不公啊。"

这一夜，他想了很多很多，不下山，就要在山上困死饿死；下山，必被小分队抓住，也还是个"死"字。

这时候，他又想到了胡谋响，他觉得最对不起的人，就是胡谋响，他没有完成胡谋响的嘱托；还有对不起的，就是十几年与自己出生入死的战友。要不是自己糊里糊涂地把这支队伍带上一条不归路，那大家都是老资格的革命功臣了。由于自己的过错，让大家背上了黑锅，他从内心觉得，已没有脸活在这个世界上了。

胡谋响的墓地，在南山的金轮峰下，日夜俯视着曾经战斗过和洒满鲜血的热土。就在游承军和江中浪死亡的第二天清晨，从胡谋响的墓地传来一声清脆的枪声。有起得较早的乡民们，将这一情况及时报告给军管会，剿匪小分队立即对金轮峰一带进行搜索，发现在胡谋响的墓前，有一具尸体，尸体跪在墓前，脑袋着地，一支驳壳枪还在手上。经现场勘察，认定死者为自杀。

死者是谁，一时还弄不清楚，小分队便找到刘金虎和当地的乡亲来辨认。刘金虎将尸体拨开一看，马上说："这是张金彪。"至此，由张金彪组成的残余武装，已全部歼灭。

张金彪死了，他为什么要在胡谋响的墓前自杀，这已经没有人关心了。南山游击队以这样的结局收场，实在是人们不愿意看到的。直到今天，在南山山区，茶余饭后，还不时能听到南山游击队的传说。

南麓乡的胡占江，担任乡丁队长快四年了，他仗着有刘满贯撑腰，横行乡里，欺男霸女，无恶不作，几年下来，南麓乡民怨沸腾。但这样逍遥的日子随着马县长宣布解散县政府，刘满贯也辞去了乡长，解散了乡政府，而宣告结束。

马县长跑了，保安团团长张金彪不知去向，刘满贯也回家继续当他的地主去了。胡占江听说解放军已大军压境，很快就要打到枭阳县来，也感到害怕。乡丁队长不能再干了，他又想到了吉山这个让他发迹的地方。他身边这些乡丁，本来就是跟随他从吉山下来的，他对这些乡丁说："这共产党解放军要打过来了，就没有我们吃香的喝辣的，不走，可能就是死路一条。我们有胳膊有腿，总不能在这里束手就擒，因此，只有另谋出路。我想，吉山是我们的发祥之地，看来只有重操旧业，占山为王，才是我们的唯一出路。"胡占江的手下本来就是流氓地痞，都是一帮不劳而获的山匪路霸，一听胡占江发话，都一致同意回吉山占山为王。

胡占江是个惯匪，非常狡猾，自从做出回吉山的决定后，便趁地方政权空档的机会，在乡间大肆收购民间枪支，抢劫粮食和物资，运往吉山，妄图做长期打算。

由陈正人和邵式平带领的南下工作干部团到达江州，随后，留下了一大批干部在江州，迅速组建地方政权组织。旋即，成立了中共枭阳县委员会，由南下工作干部团留下来的方明任县委书记，彭良圣任县长，军管会主任高朝进任县武装部部长。全县成立了十五个乡人民政府，每个乡设立了一个基干民兵中队。至此，军管会结束了历史使命，洪镇江和王世忠都不愿意到政府部门工作，经方明书记同意，又回到了县高小，从事教育工作。

经县委研究决定，王明德被任命为南麓乡乡长，刘长江担任了乡民兵中队队长。

1949年10月1日下午，中华人民共和国在北京宣告成立。

当天下午，县委县政府组织机关干部，从一台借来的收音机里，收听这一振奋人心的消息。第二天，在点将台广场，举行了中华人民共和国成立的庆祝大会。那天，秋高气爽，阳光明媚，点将台上，红旗招展，有着千年历史的枭阳县，跨入了崭新的历史新时期，枭阳人民在这片古老的热土上，又写下了一曲可歌可泣的英雄赞歌。

新成立的县委、县人民政府，彻底摧毁了旧政权的组织机构，取消了保、甲制度，乡以下设立行政村，村以下设立村民小组，一大批苦难出身的庄稼汉分别担任乡、村、组三级基层组织的负责人。人民意气风发，扬眉吐气，天下，已成为劳动人民的天下。坐江山，保江山，建设家乡，成为这一时期的主旋律。

在建立健全了政权组织机构后，支前工作是县委县政府的中心工作。仅1949年10月到1950年底，全县共征集军粮一千万斤，柴草五十万担，有力地支援了全国的解放战争。

人民大众开心之日，就是反革命分子难受之时。逃到吉山的胡占江等匪徒，在销声匿迹几个月后，便开始蠢蠢欲动了。他们虽然在山上储存了大量的粮食和物资，但坐吃山空，到1950年的夏季，山上就物资告急。二当家对胡占江说："大当家，粮食快吃光了，得赶紧采取措施，到秋后弄不到粮食，那就真要喝西北风了。"

胡占江说："你呀，是小孩怕尿急，这秋粮就要收割了，到时，让弟兄们下山，你还怕搞不到粮食？"令这伙匪徒没想到的是，这一开张，就碰了个钉子，抢劫的碰到了拦劫的，出师不利。

胡占江完全不知道什么叫共产党，什么叫人民政权，什么叫翻身解放了的农民，他还在用老皇历来看待世上事物，认为只要开一枪，老百姓就乖乖地把东西交出来。

胡占江重回吉山后，虽然没有大规模地打家劫舍，但路过吉山的一些零散客商，常常被他们洗劫一空。县委县政府和县武装部，也初步掌握了这些情况，只是由于支前工作任务繁重，加上土匪势力也不大，暂时还没腾出手来，及时去剿灭这股匪患。但还是做了相应的准备，特别要求刘长江加强武装民兵的军事训练，各村都成立了民兵连，配发了武器，严防吉山这股土匪的破坏和捣乱。

七夕一过，南麓乡开镰收割水稻。由于今年第一次实行"二五"减租政策，农民的积极性空前高涨，多打粮，支援解放战争，成了老乡们的自觉行动。为了让到手的粮食颗粒归仓，刘长江带领的民兵中队日夜值班巡逻，每村还设立了民兵瞭望哨。

眼看收割就要结束，胡占江带领匪徒们开始下山抢粮了。

二十多个土匪，荷枪实弹，如入无人之境一样，大摇大摆地来到湖滨村。令匪徒们没想到的是，往日这些看到枪就害怕的农民，手里居然有枪。匪徒们一下山，就被站岗的民兵们发现了。一位民兵飞奔到乡政府向刘长江报告，刘长江迅速集合武装民兵三十多人，赶往湖滨村，并设下埋伏。也就是前后脚的工夫，二十多个土匪就过来了。当匪徒们一走近，刘长江大喊一声"打！"，三十多支步枪一齐开火，当场就打倒两个土匪。胡占江一看中了埋伏，也不知道伏击他们的是什么人，忙下令撤退，屁滚尿流地逃回山上。

胡占江自当土匪以来，还未曾受到过这样的打击，本来认为手到拈来的事，没想到出师不利，还死了两个兄弟，他咬牙切齿地说："一定要报这一箭之仇。"

自从在湖滨村打跑了土匪之后，刘长江便将民兵中队的主要力量放在靠近吉山的几个村庄，日夜巡逻，以防土匪袭击，可乡政府所在地反而显得空虚了。

狡猾的胡占江，不仅是山里通，由于在乡里当了几年乡丁队长，对乡里的情况也是十分的熟悉，他很快就掌握了民兵中队的布防情况。经过周密准备，在一个月黑风高之夜，带着二十多个土匪，直赴南麓乡政府，他要报一箭之仇。

刚刚获得丰收的农民，把晒干扬净的稻谷留下自己用的，其余纷纷卖给县征粮工作队。

这一天，县征粮工作队的张兰带着五辆大车，来到了南麓乡，准备在第二天把储存在乡政府的粮食运往县城，送往前线。由于过秤、装袋，乡长王明德和张兰等人，一直忙到晚上八点多钟，才装好车。正当大家准备吃饭时，在乡政府站岗的民兵就与土匪交上了火。听到枪声，王明德就和张兰等人拿起武器，以乡政府大院为依托，与土匪干上了。胡占江凭着人多势众，向大院猛冲，有一名征粮工作队员牺牲，两人负伤，另外张兰脚上也中了弹，眼看就顶不住了，情况十分危急。王明德冷静地观察了形势，如要硬拼，将会损失更大，便果断命令：“我来掩护，大家从政府后门撤退。”等大家都撤退了，王明德也准备撤退时，发现张兰负了伤，还在那里向土匪射击。张兰说：“明德你快走，我留下来掩护。”王明德一个箭步上前，将张兰扛到了肩上，也迅速从后门上了山，终于摆脱了危险。

土匪们也付出了代价，被打死两个，打伤三个，但他们冲进了乡政府，抢走了五大车粮食，临走时，又一把火将乡政府烧毁。

乡政府处密集的枪声，很快就传到了刘长江的耳朵里。他火速带领民兵中队回援，但匪徒们已逃之夭夭。

土匪们抢劫军粮，打死打伤征粮工作队队员，焚烧乡政府，震惊了枭阳县，也引起了江州警备区的高度重视。江州警备司令部要求枭阳县务必在庆祝中华人民共和国成立一周年前夕，彻底剿灭以胡占江为首的匪患。

眼看距国庆节只有两个月时间了，县委书记方明、县长彭良圣、武装部部长高朝进召开了专门的剿匪工作会议，部署围剿工作。

兵力为县武装部一个连，南麓乡刘长江的武装民兵中队配合。在研究实施方案时，刘长江说：“吉山，方圆百里，山高林密，易守难攻，仅靠一个连和武装民兵中队，要撒到大山里去，那只能是杯水车薪，加上土匪们都是占山为王的惯匪，对山里的地形比我们熟悉得多，公开清剿，容易打草惊蛇，难以达到预期的效果。我认为，要全歼这股土匪，要采取内紧外松的办法，麻痹敌人，采用智取。"

高部长说："长江同志，你说说怎么个智取法，让大家听听。"

刘长江接着说："所谓的内紧，就是要加强军民联防，随时都能发现土匪下山的行踪，不能再出现土匪袭击乡政府类似的事件；外松，我们表面上按兵不动，麻痹土匪，让他们放松警惕。所谓智取，就是利用江州至洪都的驿道做文章。这条驿道，是这股土匪的生命线，一直以来，土匪就是靠这条驿道，抢劫过往商人。这条驿道，就在吉山脚下，两边都是高山耸立，中间这唯一的通道，前后长十余公里。我建议，由解放军的一个连埋伏在两边山上，由我的民兵中队假扮运送物资的商人车队，只要土匪们下山抢劫，我们内外配合，一齐开火，就定能将这股土匪彻底歼灭。"

刘长江一口气将自己的计划说了出来，大家经过分析后，觉得可行。方明书记最后拍板："按这个计划进行准备。"

胡占江一众血洗南麓乡政府后，也一度非常紧张，犹如惊弓之鸟，不敢轻举妄动，但过了一个多月，仍不见解放军和民兵有什么动静，慢慢地就松懈下来。他们还认为，这大山大岭，就是解放军来个千把人，又能奈我们何？从民国到日伪时期，也没能把我们怎么样！所以，胡占江团伙认为解放军不敢轻易进山围剿，便胆子一天比一天壮了起来。

九月中旬，有喽啰不断向胡占江报告，经常有商人赶着马车从山下的驿道上通过。已经壮了胆的胡占江说："弟兄们，做好准备，再有车队通过，干一票，下雨天闲着也是闲着。"

抢劫过往商人的财物，是这伙土匪的家常便饭，他们并没有把这件事当成什么大事。

九月下旬的一天，有七八辆马车装着满车的物资，进入了峡谷，正在蹲点的"套白狼"气喘吁吁跑上山报告说："大当家，来了一支大商队，足足有八辆大车，劫不劫？”

胡占江不假思索地说：“开饭店的，就喜欢大肚皮的，不劫才是傻瓜呢！弟兄们，抄家伙，全体集合，把东西全部给我弄到山上来。”匪徒们跟着胡占江，很快就赶到了峡谷，二十多个土匪在一个转弯处，大摇大摆地端着枪，注视着车队的到来。

由刘长江等十多名武装民兵化装的赶车人，五名解放军化装的商人，吃力地赶着笨重的大车，从山谷里缓缓而来，刚转过一个山隘，就被土匪拦住了去路。

只见胡占江用手里的驳壳枪朝天开了一枪，对刘长江等人说：“本大王只要财，不要命，识相点，把货物留下，如若不然，明年的今日，就是你们的祭日。”

这时，化装成老板的解放军连长，戴着一顶黑礼帽，穿着长袍马褂，双手抱拳说：“这是帮别人运送到洪都的物资，我懂规矩，马上孝敬你，你行行好，让我们过去。”说完，就像是要从腰包里取钱的样子，说时迟，那时快，连长迅速从腰里掏出一支驳壳枪来。胡占江被一枪打翻在地，一命呜呼。这时，所有的赶车人和商人，都掏出了短枪，一齐向匪徒们开火。匪徒中没死的，也伤得不轻，在地上哭爹喊娘。这时，尾随跟上来的解放军在两边山上发出了震耳欲聋的口号：“缴枪不杀！”好多匪徒们还没明白过来，不是死就是伤，剩下的一看大当家的都死了，又被解放军包围了，便纷纷缴械投降，这伙祸害老百姓的惯匪算是被彻底端掉了。在枭阳县今后的历史上，会出现车匪路霸，但再也没有占山为王的土匪武装。

（十八）

新中国的阳光明媚而灿烂，崭新的社会孕育着层出不穷的新事物，广大农民憧憬着对新生活的美好向往。如何更好地带领广大群众去创造美好的幸福生活？这对党的领导提出了新的要求。为了加强壮大党的力量，使党的领导与实际工作相吻合，方明书记决定吸收一批积极分子入党。各部门各乡报上来的名单有二十多人，其中包括刘长江、王明德、张兰、洪庆来等人。县委在研究这些名单时，其他人都无异议，但对张兰有不同看法，主要是因为她父亲是张金彪。对于张兰的入党问题，争论比较激烈，很多同志认为，为确保党组织的纯洁性，对张兰还应加强考验。最后，还是方明拍板，做通了常委们的工作，同意张兰加入党组织。方明书记说："我们党历来不唯成分和出身，重在实际表现。张兰同志参加革命以来，工作是积极的，而且具有不怕牺牲的精神，在南麓乡与土匪的战斗中，临危不惧，最后一个撤退，而且还负伤，这样的同志，应该具备了一个共产党人的基本条件。"1950年五一劳动节前夕，二十八名积极分子面对鲜红的党旗宣誓，成为一名光荣的共产党员。这批同志在日后的工作中，不忘使命，砥砺前行，用无私奉献的精神，向枭阳人民交上了一份满意的答卷。

枭阳县平息匪患后，按照地委和专署的部署，将支前和剿匪的中心工作转移到了土地改革，镇压反革命，巩固新生的人民政权，取缔烟馆、妓院和赌场上来，原征粮工作队改为土改工作队。

县委县政府部署，用一个星期左右的时间，集中取缔烟馆、妓院和赌场。县里成立了三大取缔指挥部，由武装部部长高朝进担任总指挥，下设三个行动小组。在县委常委会上，高朝进提出临时抽调南麓乡的王明德和刘长江帮助工作，理由是这两个人自己用起来顺手，县委同意了这一要求。三个行动小组的组长分别由王明德担任取缔烟馆行动组组长，刘长江担任取缔赌场行动组组长，张兰担任取缔妓院行动组组长。洪庆来担任指挥部办公室主任，协调三个行动组的工作。方明要求，三个行动组用一个星期的时间，进行调查摸底，掌握一手资料，不打无准备之仗，在取缔行动中，做到稳、准、狠，不留死角。

枭阳路一直通向落星湖的南门码头。这里商贾云集，是南北水上交通的咽喉，也是各种物资的流通集散地，各地的同乡会馆就有三十多家，流动人口众多，烟馆、赌场、妓院也应运而生。据指挥部办公室初步掌握的情况，在民国政府期间，县城有公开的烟馆二十家；赌场十八处；妓院十五所，仅注册的妓女就有一百三十人。

十八世纪末，鸦片从英国开始输入我国，这种名为大烟的毒品，一旦吸食，就成瘾，从身体上和精神上毒害中国人民。它导致大量的白银外流，曾经的世界第一经济强国渐渐国敝民穷。由于鸦片直接危害清政府的统治，清政府也曾大力禁烟，出现了林则徐这样的民族英雄。但在1840年，英国借口"保护通商口岸"，发动鸦片战争，已经被鸦片吸空了骨髓的大清帝国抵挡不住英国人的洋枪洋炮，1842年8月29日，签订了丧权辱国的《南京条约》，鸦片进一步在我国泛滥开来。后民国政府建立，长年军阀混战，又经历了十四年的抗日战争，甚至有不少国军将领经营鸦片，充当军费，这颗毒瘤就一直延续到新中国的成立。

经过调查摸底，指挥部开了第一次情况汇报会，王明德在会上汇报说："全县近二十万人口中，吸食鸦片者超三千人，有不少家财万贯的富豪，也被吸得家徒四壁。"王明德接着介绍说："县城有个大财主叫万富有，从前清开始，祖上就积聚了万贯家财，传到万富有这一代，他吸上了鸦片，不仅自己吸，而且也让家人吸，无心生意，家境日渐衰败。到解放前，家财已吸食一空，人也瘦得皮包骨。现在，家也散了，万富有靠在大街上乞讨过日子。不仅富人吸，穷人也吸。有个村民帮地主送一船稻谷去洪都，在洪都吸食了鸦片，成瘾不能自拔，为了吸食鸦片，将自己的女儿卖给妓院，又是一起人间悲剧。"

方明书记听到这里，用手猛地捶了一下桌子说："俗话说，车载船装的金银填不满一杆烟枪，这毒害中国人民的鸦片，这次一定要彻底地把它扫除掉。"接着，王明德对取缔烟馆的具体行动计划进行汇报，只等指挥部一声令下，将彻底终结鸦片祸害中国人民的历史。

刘长江和张兰两个行动小组也汇报了情况。刘长江汇报说："枭阳县公开挂牌的赌场有两家，一家在会馆集中区的南门码头，叫'星辰娱乐城'，主要参赌对象是过往客商；一家设在枭阳县中段，名字叫'星光快乐城'，主要参赌对象为本地人。这两处赌场，实际控制人叫王五，又称王百万。这个王百万，早年混迹上海滩，是一家赌场的马仔，专干放高利贷和充当打手一类的事。此人腰粗膀大，倒瓜脸，常戴一副墨镜，一脸凶相。在上海，他为老板追杀一名赌徒，帮老板捞到了三百万大洋，深受老板器重，给了他百万赏金。1932年1月，上海爆发了淞沪抗战，当时的赌场正好在闸北，在战火中，赌场被毁，这个王五就带着他的百万巨资，回到了枭阳县，在县城开设了这两家赌场。他利用在上海赌场捞到的本钱，靠敲诈勒索、放高利贷等手段，把枭阳的赌场生意做得风生水起。1938年，小鬼子占领枭阳，他曾关过一段时间，后在韦县长的邀请下，又重操旧业。在这个赌场，很多人是锦衣进去，短裤衩出来，不少人倾家荡产，卖儿卖女，也是危害社会的一块毒瘤。"

妓院的情况更是触目惊心。

张兰接着汇报说："枭阳妓院的历史可追溯到宋代设县时起，就是在日伪时期，妓院仍然是灯红酒绿。我们调查到有三十户人家的女儿在妓院，百分之九十都是穷人家的女儿，有的是因天灾人祸，有的是因家人吸毒、赌博而卖到妓院的，也有少数是被人贩子拐来卖给妓院，逼良为娼的。"张兰歇了一口气接着汇报说："我们调查了一位年老色衰，已不在妓院从业的妇女，她介绍说，妓院就是一个暗无天日的地方，有的妓女一天接客有十几人之多，人都站不起来，而且得性病非常普遍，有怀孕而土法堕胎的，妇女的身心健康被严重摧残了。里面的老鸨、打手，凶神恶煞，特别是对新来的，稍有不从，就往死里打，进了这个鬼门关，几乎没有自由出去的。这是一群社会最底层的人，而用皮肉赚来的钱，都落入了妓院老板的腰包，这是一处人间地狱。这位妇女还说，都说穷人过的是牛马一样的生活，而她们那些妓女过的是连牛马都不如的生活。"

张兰的汇报，就是对旧社会的一次血泪控诉，激发了所有与会人员对这些旧社会遗留下来的污泥浊水的憎恨。方明书记说："我们共产党是要解放全人类的，我们的人民政府是为人民服务的，不彻底取缔这些祸害人民的烟馆、赌场、妓院，我们就不配做一名共产党员，我们枭阳县的天空，就不是一个晴朗的天空。现在，我代表县委县政府、县武装部宣布，今晚十时，三个取缔行动工作组统一行动,还枭阳县一个晴朗干净的天空。"接着,高朝进站起来说:"现在,我命令,县武装部武装中队第一小队,配合王明德行动组,包围县城烟馆,捉拿烟馆老板,销毁大烟和烟具,对于吸食人员,集中统一由县公安局管理,实施强制戒毒;由县武装部武装中队第二小队配合刘长江行动组,包围县城"星光娱乐城"和"星辰快乐城"两个赌场,收缴赌资赌具,逮捕赌城老板,对赌徒进行惩戒教育后释放;县武装中队第三小队配合张兰行动组,逮捕罪恶累累的老鸨、打手,没收一切财产,对嫖客进行惩戒教育后释放,对妓女进行统一集中检查身体,有病的,由政府出资治疗,在本县有亲人的,由其亲属接回家中,对被拐买来的和没有亲属的,由政府组织学习培训,让她们掌握一技之能。现在大家集中待命,严格保密纪律,今晚十时,统一行动。"

1950 年 10 月 9 日,是一个秋雨绵绵的日子,枭阳县城与往日一样,并没有任何的异样。但在看似平静的气氛中,有三张大网,正悄悄地撒向历史上的顽疾,他们要荡涤旧社会的污泥浊水,还枭阳县一个干净明朗的天空。

当天吃过晚饭,淅淅沥沥的秋雨一直下个不停,大街上没有夜市,也没有路灯,只有几家餐馆、赌场、烟馆、妓院门前挂着红红的大灯笼,不时有人来往,特别是赌场,显得更热闹些。

一百多名武装中队的解放军战士和三个行动组的工作人员,已经整装待发。十点一到,方明书记、彭良圣县长、高朝进部长来到了队伍面前。高朝进喊了一声"立正",便转过身来,向方明书记敬了一个军礼说:"报告书记同志,队伍集合完毕,请指示!"

方明书记是南下大军的一名团政治委员,刚摘下胸前的"中国人民解放军"的标志,他习惯性地回了一个军礼说:"同志们,我们等着你们胜利的消息,你们各自按照预定的目标,出发!"

随着一阵口号声响起,一百多名武装人员和行动组工作人员冒着绵绵的细雨,像三支出弦的利箭,划破黑暗的夜空,向目标进发。

最快接触目标的,是刘长江的取缔赌场行动组。

南门码头的"星辰娱乐城"，笼罩在夜色的秋雨中，远远望去，有两个红色的大灯笼在雨夜中显得格外刺眼。

赌场内烟雾缭绕，有赌徒在押大押小，红着眼睛歇斯狂叫："压！压！压！"在麻将桌上，有人举着甩筒在拼命地摇晃，赢了钱的，狂欢不已，输了钱的，垂头丧气，尽显喜、怒、哀、乐的众生相。急速赶来的刘长江和二分队的战士，立即将整个赌场包围了起来，对四周实行戒严，人员只准进，不准出。

对突然到来的武装人员，惊动了赌场里的赌徒们，立即引起了一阵骚动。由于事发突然，赌场的管理人员也不知发生了什么事。由于赌场是国民政府批准营业的场所，在老板眼里，是合法经营，平常也就有个别出老千的和少数地痞流氓捣乱外，赌场自开业以来，还未发生过意外情况。今天赌场的打手开初以为是有人来砸场子，正准备出手还击，一看来了几十个荷枪实弹的解放军，便急急忙忙去找王百万报告。一个打手结结巴巴，上气不接下气地说："老板，不好了，有人来劫场子。"王百万一听，气得火冒三丈，从太师椅上跳起来说："谁吃了熊心豹子胆，敢在太岁头上动土？弟兄们，抄家伙，把他们打出去！"

在控制住赌场后，刘长江正要去找赌场老板，只见王百万带着十几个打手，一齐涌向赌场大厅，有几个亡命之徒挥舞着木棒就过来了。二分队长和刘长江一看不好，立即拔出枪来，两人同时向大厅的天花板开了三枪，鸣枪警告。打手们一看来人是解放军，而且都端着枪对着他们，这些人哪见过这样的阵势，都吓傻了，脚也挪不动步子了。王百万上前一看，这哪里是社会上的流氓，这是共产党、解放军，便跑步上前，双手抱拳说："解放军长官，敝人是这里的老板，不知本赌场哪里得罪了政府和解放军，劳你们这样兴师动众？我可是有营业执照的合法场所，你们解放军说要保一方平安，维持社会秩序，不知我犯了哪些王法，在下愿洗耳恭听。"

刘长江把举着的枪收回来说："王五，我奉枭阳县委县政府、武装部之命，依据中央人民政府的规定，依法取缔本县范围内所有赌场，没收赌场一切财产，对作恶多端的赌场老板和打手，一律关押审查，听明白了没有？"

王五一脸诧异说："小人不明白，我这是有营业执照的合法赌场，依法纳税，你怎么说取缔就取缔？"

刘长江望了一眼王五，义正词严地回答说："王五，你用的是老皇历，人民政府什么时候给你颁发过营业执照？所有国民政府颁发的证照，一律宣布作废。"说完转身对二分队长说："将赌场所有工作人员全部押至县公安局看守所，进行审查。所有赌资，全部没收！"

在赌桌上的几十个赌徒，都被眼前的这一幕吓傻了眼，有的钻到桌子底下，有的将桌上的赌资抓在手上到处乱藏，整个赌场一片慌乱。

这时，解放军的分队长大声命令："赌场所有人员，一律双手抱头，就地蹲下，进行登记审查。"

经过两个小时的登记清点，共抓获赌徒七十八人；收缴赌资五十余万元，查获赌场金库大洋三十余万元，抓获王五以下打手十五人。这里刚一结束，刘长江又带领解放军战士直赴枭阳路的"星光快乐城"赌场，没费多大周折，取缔工作顺利进行，抓获赌场打手和头目十一人，与王五等人一起，连夜送往县公安局看守所关押。

县城内有四家鸦片烟馆，王明德将一分队解放军战士和工作人员，分成四个小组，冒雨同时将四家烟馆包围起来。当王明德带领的第一小组来到县城最大的烟馆"神仙快活林"时，跑堂的还以为是来了烟民，便做出一个迎客动作，高声唱喏："老爷，里面请。"刚说完，跑堂的一看，来人个个面无表情，横眉怒视，又有几个端着枪的解放军跟了进来，吓得慌了神，忙说："长官，军爷，你们这是有何贵干？"王明德严肃地对跑堂的说："立即将你们的老板找来！"

跑堂的在这家烟馆干了好几年，与县保安团的官兵打过交道，那些官兵也常有来吸食鸦片的，但很少有人带枪到烟馆来，即便有个别带枪的，也都是背在肩上，只是有些吸食后想黄炮的，会晃动手中的枪，吓服吓服烟馆。可今天的情况大不一样，这些人不是来吸烟的，明显是来找茬的，跑堂的看着那一支支乌黑的枪口，吓得腿肚子都转筋了，忙跑到烟馆的二楼，对正在哼着小曲，喝着茶的老板说："东家，不好了，一伙当兵的荷枪实弹，将烟馆围了，指名要你下去。"老板见过白军、日军、伪军，来这里吸鸦片黄炮是常事，便说："秀才碰到兵，有理说不清，黄炮就黄炮，让他们走吧。"跑堂的伙计着急地说："不是，不是，他们根本不是来吸大烟的，是专门来闹事的。"老板听到这里，觉得事情不妙，便赶忙下楼来，一看王明德，穿着没有胸牌的解放军军服，肩上斜背着一支驳壳枪，神情严肃，几个解放军都端着步枪，刺刀在灯光的映衬下明晃晃的。这让他吓得不轻，他在这条街上开烟馆有些年头了，还没有碰到过这种情况，便双手作揖，强装笑脸，对王明德说："长官，我就是老板，小店多有得罪，还请长官和各位军爷恕罪。"

王明德用眼瞧了下，只见老板戴着一顶瓜皮帽，穿着夹克，腰系一件暗格子裤裙，问："你是这里的老板？""在下吴福保，请多多包涵，多多包涵。"

王明德没理他，从口袋里掏出一张通告说："吴福保，你听着。"接着就宣读了通告上的内容，最后一句是："从即日起，查封县城所有烟馆，销毁所有烟土、烟枪器具，如有违抗，将依法严惩！"

通告还未念完，吴福保头上就渗出了汗珠，转动着小眼睛，胆怯地问："长官，我可是办了营业执照，合法经营的呀。"王明德马上反驳说："吴福保，鸦片毒害了多少中国人，你心里最清楚。不错，在不管人民死活的旧政府眼里，你是合法的；但现在，是共产党的天下，要扫除旧社会的一切污泥浊水，你经营这种危害人民生命的鸦片，就是违法的。"说完，也不管吴福保有什么反应，就向等待的解放军战士下达了取缔命令。

除两位在前后门担任警戒的解放军战士在外，其余的十几名解放军战士冲进包房，像老鹰抓小鸡一样，将正在吸食鸦片的烟鬼一个个拎到了大厅里。只见这些人黄皮寡瘦，面如死灰，还有一个烟鬼在大声喊着："我的烟炮哇，我的烟炮哇！"六十多个烟鬼，不到十分钟，全部集中到了大厅里，有的眼泪直淌，有的鼻涕直流，有的站立不稳，还有的哭爹喊娘，一幅活生生的群丑图。

随即，王明德宣布了对全体吸食人员进行集中强制戒毒的决定。解放军战士现场销毁全部的烟枪、器具，用枪逼着吴福保打开了存放鸦片的仓库，将没收的全部鸦片，架起一堆干柴，当众烧毁。两名战士押着烟民，到指定地点去戒毒。王明德又带着其他战士直奔下一个烟馆。

这边取缔赌场和烟馆在紧锣密鼓地进行，张兰带领的取缔妓院行动组也按时到达了指定地点。

枭阳路有两家公开营业的妓院，分为东院和西院，东院叫"怡香楼"，是达官贵人寻欢作乐的场所；西院叫"春宵一刻"，面对的是普通嫖客，档次明显比东院低。有些东院年老色衰的妓女，便转到西院来重操旧业。

张兰自从参加征粮工作队后，经过一年多的锻炼，已经成为一名作风扎实，遇事沉着冷静的妇女干部，这次伤口刚刚恢复，就主动请缨，担任了取缔妓院行动组的组长。她将行动组分成两队，由她带一队直赴东院，三分队队长负责西院。

东院在枭阳县的东面，从枭阳路向东二百米，有个四合院形状的两层建筑，四周香樟环抱，翠柏成荫，显得庭院幽深，静谧雅致。庭院的大门前，挂着两个红红的大灯笼。这里的妓女不像西院的要站在门外拉客，前来寻欢作乐的都是慕名而来，或者是有固定的客户。

张兰他们冒着细雨赶到怡香院，完成了对怡香院的包围后，里面的人还根本没有察觉。当张兰带着一位女队员走进怡香院的接待厅，只见一些打扮得花枝招展的妓女和一些嫖客在打情骂俏。

正在大厅招呼嫖客的老鸨，突然看到两位英姿飒爽、面容俊俏的姑娘来到大厅，感到十分的惊奇，因为自从这里开办妓院以来，还没有接待过女嫖客，也没有开设过"软饭"业务。诧异过后，她也像对待男嫖客一样，笑盈盈地迎过来，招呼道："哎呀，这真是两只凤凰，飞到我们鸡窝里来了！小红，快，给两位姑娘上茶。"

张兰理了理头上湿漉漉的头发，用厌恶的眼光看了一下老鸨，正色地问道："你是这里的老鸨？"这个长着一身蛮肉，化着浓妆的中年妇女嬉皮笑脸地回答："妹子，我就是，实在不好意思，我明儿就上街贴告示，招募几个英俊小生，到时候再请小姐来慢慢享用。"

张兰此时心里算是明白，这老鸨把自己当成了女嫖客，差一点没笑出声来。张兰马上严肃地对老鸨说："你听着，我奉县委县政府、县人武部的命令，依法对你的怡香院进行查封，立即关门停业，接受检查。"

老鸨一听，脸都吓白了，结结巴巴地说："姑娘，我一向遵纪守法，文明经营，并有合法的营业执照，怎么你们政府说关门就关门，还有说理的地方没有？"

张兰严厉地说："你还讲你文明经营，你作了多少恶，残害了多少妇女和少女，你心里清楚，我们今天就是要找你算清这笔血债的。"刚说到这里，早有人去给妓院的打手报信，说是有人在前台滋事，几个人便带着木棒赶了过来。张兰一看，心里就明白了，她用手在空中一挥，十几个全副武装的解放军战士端着枪就冲了进来，打手们一看，当场就吓傻了，忙偷偷地把木棒扔在地下。

这时，张兰命令道："将怡香院的所有人全部集中到院里来，进行登记审查。"

大厅里的情况没有惊动房间里的嫖客，当战士们强行撞开房门时，一下就打碎了嫖客们寻欢作乐的美梦，有的妓女吓得往床底下钻，有的嫖客抓一条毛巾遮挡下身，真是丑态百出。有一个富家公子，新婚蜜月还没过，就来寻欢作乐。公子春心荡漾，刚要戏耍，就传来了抓嫖的声音。这公子一看有人抓嫖，担心嫖娼败露，回家不好交代，慌乱中连短裤都没穿，就打开窗户从二楼跳了出去，当场摔断了一条腿，被在外警戒的解放军战士抓获，也押到庭院来。大家一看，见他赤身裸体，又冷得瑟瑟发抖，还是一名战士找来一条浴巾，让他遮住了下身。

经过清点，一共抓获嫖客三十一名，妓女四十五名，妓院打手四人。

张兰用枪指着老鸨，强迫她交出了这些妓女的卖身契约，并当众进行了烧毁。随后，对嫖客进行审查登记，并全部释放。然后，她又对妓女们说："我们是人民政府，是来解救你们的，你们不再受老鸨的欺侮，你们自由了。但今天，你们还不能走，还要安排你们去检查身体，没病的，你们就可以回家与亲人团聚；有病的，由政府负责治疗，无家可归又无亲友投靠的，由政府安置。"刚才还吓得瑟瑟发抖的妓女们，一听张兰的话，脸上就露出了真诚的微笑，没想到自由之神这么快就降临到自己头上。整个取缔妓院的工作持续了三天，有二十一名妇女留医院治疗，三名无亲无故的妓女安排到了县保育院当保育员，其余全部遣散回家。

对三名老鸨和九名打手，因犯有限制他人自由和逼良为娼的罪行，一并交公安部门收押，等待人民的审判。

长期祸害中国人民的三大毒瘤，新中国的人民政府仅用一个晚上，就让它们烟消云散，这是新中国创造的一个人间奇迹。

全县刚刚实施"二五"减租政策后，一场触及封建社会基础的土地改革轰轰烈烈开展起来了。县里成立了土改工作团，刘长江担任了南麓乡土改工作队队长，张兰作为县里的土改工作团成员，下到南麓乡，配合刘长江的工作。

共产党从1947年起，就在北方完成了土地改革工作，已经有一套成熟的经验和方法。枭阳县组织培训了一大批土改积极分子，方明亲自授课，一是吃透政策精神，二是掌握工作方法。

土地改革的动员大会一召开，南麓乡的地主、富农就惶惶不可终日，因为他们早就知道，土改就是要分他们的田地和山林。

土地改革工作在党委的统一领导下进行，已担任乡党委书记的王明德对刘长江说："长江哥，乡下的情况十分复杂，宗族、家族势力还很强，谁划地主，谁划富农，一定要依规依法，一碗水端平。为什么乡里推荐你当土改工作队长？就是因为你不是本地人，不受宗族、家族势力的影响，一定要把我乡的土改工作，做到公平公正，人民群众能扬眉吐气，划了地主富农的没有怨气，经得起历史的检验。张兰同志是县里派来的，有事多与她商量，乡党委和乡政府会大力支持你的工作。"长江说："明德，你放心吧，我乡的土改工作一定不会拖全县的后腿。"

土地改革工作没有想象得那么顺利。张兰和刘长江下到村里开了不少动员会，并没有出现那种打土豪、分田地的激情场面，调查摸底情况，难以掌握真实的资料。像刘满贯这样的大地主，是没有什么悬念的，但有些中小地主，明明家里的土地达到了地主成分线，可报上来的只够划富农；明明达到了富农成分线的，报上来却只能划为中农；有的上无片瓦，下无寸土的赤贫户，名下也有了土地。张兰对刘长江说："看来，我们的工作一定是哪里出了问题。"

第二天一早，刘长江和张兰来到了刘家墩，找老农会干部刘金虎，请他帮忙出出主意。

张兰、刘长江和刘金虎不是生人，在征粮工作队时，就得到过刘金虎的支持帮助，彼此之间都有很好的印象。张兰和长江来到刘金虎家里，也没有客套，就将工作中碰到的困难告诉了刘金虎。刘金虎为他们每人倒了一碗茶，沉思了一会，说："我说你们两位同志呀，主要是对这里的风土人情还不了解，工作没抓到点子上，所以开展不起来。我看主要有三个原因，一是民国十八年，我们农民协会也分了地主的土地，后来红军走了，地主恶霸又回来了，分到的土地又被地主夺了回去，当年抛头露面的积极分子，受到了反动派的疯狂报复，有的还丢了性命，因此，有很多人心有余悸；二是在农村，宗族势力非常强大，张三是李四的伯伯，李四又是张三的侄子，扯起来，就是一家人，而且，这些地主富豪，又是这个宗族的代言人，这些地主，大多有文化，信息灵通，这两年，都知道蒋介石的江山坐不稳了，有很多地主就假做善人，也收买了一些人心，加上政府的'二五'减租政策，长工们也觉得地主没有以前那么恶了，好了伤疤忘了痛，加上地主的拉拢收买，所以有些无田无地的人，碍于家族情面，帮地主顶了一些土地，因此，你们就难以掌握真实的情况；第三，你们没有真正地发动群众，依靠群众，天天跟在你们屁股后面的庐仕忠，是个无产者没假，他反映的情况也没假，但这个人好吃懒做，不务正业，大伙都看不起他，你们依靠这样的人，那老百姓也就不怎么信任你们。"

听了刘金虎的一席话，两人茅塞顿开。这时，一个约二十岁的壮实小伙子扛着一把锄头回到刘金虎的家里，对刘金虎说："爹，来客人了。""啊，这是土改工作队的刘同志和张同志。"说完又转头对刘长江和张兰说："这是我的大儿子刘永强。"刘永强放下锄头，点点头，算是打过招呼。

刘永强就是林涛司令员的儿子洪生，这个秘密只有刘金虎夫妻俩清楚，永强都二十岁了，他对自己的身世一无所知。这二十年来，刘金虎将他视为己出，虽然没读过书，但人聪慧，又豪爽仗义，在村里的后生中有很高的威信。刘长江看到刘永强，也被这个年轻后生的气质所吸引，便说："永强，你是种自家的田，还是帮人打长工？"刘永强笑了，说："我做梦都想有自己的田啊，我是刘满贯家的长工。"

刘长江又接着说："现在解放了，马上就要开展土地改革，将地主的田分给穷人，你熟悉这一带的情况，我想请你来土改工作队帮帮忙，尽快把田分到穷人手里，不知你是否愿意？"永强回答："我知道，你们共产党员是为穷人打天下的，我愿意跟你们干。"

刘永强跟着土改工作队，详细地介绍哪一片田是地主的，哪一片山是富农的，哪一户受地主的剥削最重，帮助宣传土改政策，逐步打消了群众的顾虑，群众参与土改的积极性初步调动了起来。

一贫如洗的老农民陶勇水，原先有祖传的三亩旱涝保收的水浇田，由于父亲病重，向本家叔字辈的地主陶祝山借了五块大洋，然而利滚利，始终还不清本钱，几年下来，便债台高筑，欠款从五元变成了一百五十元，被这个本家叔叔将他的三亩水田收过去顶了债，成为赤贫户。这次土改工作队进村，这个本家地主找到陶勇水，又给了他几斗米，要他顶下这三亩水田，他碍于情面，答应了。在张兰等人的说服动员下，他终于明白了穷人为什么穷，富人为什么富，不是穷人的命不好，而是在那种剥削制度下，穷人永无翻身日子的道理，也看清了地主伪善的本来面目。在土改工作队召开的诉苦大会上，他声泪俱下控诉了这个本家叔是怎样将他家的三亩水田收走的过程。许多穷人长年租种地主的土地，过着镰刀挂上壁，锅里没饭吃的苦难生活。通过诉苦大会，广大农民参加土改的积极性被调动起来了，要求分田地、斗地主的情绪空前高涨。

面对分田分地的风声越来越紧，地主们不想坐以待毙，还在做垂死的挣扎。刘满贯是经过大风大浪的人，他不甘心束手就擒，与土改工作队斗智斗法。民国十八年，共产党就分过他的土地，后来，共产党走了，土地又回到了他的手中。日本人来了，由于遇到居训仁，不仅没有丢失一寸土地，而且还和日本人交上了朋友。这国军光复了枭阳县，开初还怕政府清算他的汉奸罪行，结果用几根金条买通了马县长和警察局局长，还混了一个乡长当了三年。因此，他悟出了一个道理，觉得自己是大福大贵之人，定能逢凶化吉，遇难呈祥；再说，共产党也不是不食人间烟火，只要舍得花钱，就没有什么过不去的坎。

他清楚，这共产党清正廉洁，为的是穷人过上好日子，他思来想去，必须假装积极，支持土改，他主动找到刘长江说："刘队长，本人愿意响应政府号召，将多余的土地拿出来，分给村里无田无地的贫困户。你们也很辛苦，晚上我请客，请大家到我家去改善改善生活。"

刘长江知道这是南麓乡最大的地主，也看出来了这是黄鼠狼给鸡拜年的伎俩，拒绝了刘满贯的邀请。

刘长江和张兰在调查中，早已摸清了刘满贯的底细。这个长着一对三角眼，戴着瓜皮帽，个子不大，精明世故的老地主，表面上看来不像凶神恶煞的样子，其实一肚子坏水，乘人之危、巧取豪夺，是他的拿手好戏。1946 年，他本家刘运来有两亩旱涝保收的水田，本是刘运来家的命根子，可是早就被刘满贯盯上了，但他不着急抢过来，一直在等待时机。那年，刘运来的独生子得了一场急病，便去找本家刘满贯借钱带儿子去县城看病，令他没想到的是，说到钱，就没了缘。刘满贯觉得机会来了，说："运来老弟，治病要紧，钱我给你想办法，但你拿什么还呢？我看不如这样，你把你那两亩田给我，我比市场价高出一成给你，你看怎么样？""大哥，那两亩地，是我祖上传下来的，也是我们家的命根子，你行行好，借我几个，等我儿病好了，就是到你家做牛做马，我也会把钱还给你。"刘运来央求说。刘满贯脸上露出一丝不易察觉的奸笑说："我说运来兄弟，没有人，你要那两亩地有什么用呀。俗话说：'留得青山在，不怕没柴烧。'咱刘家墩，没田没地的多得去了，还不照样在这里传宗接代？我刘满贯多一亩田不多，少一亩田不少，我还是看在一个祖宗下来的份上，为你应个急，两相情愿，你说是不是这个理呀？"

刘运来走投无路，救儿要紧，便忍痛将两亩地让给了刘满贯。在签字画押的时候，刘满贯还说了一句："运来老弟，我是看在本家的份上，多付了你一成的银子呀，日后你要是发达了，可不要忘记你这个为你应急的大哥啊。"

刘满贯就是这样，用刀子割了你的肉，只能痛在心里，嘴上还说不出。

1930年，刘满贯密报白匪军，说刘金虎私藏了红军林司令员的孩子，造成刘金虎骨肉分离的悲剧。可事后，他还假惺惺地拿了五斤大米到刘金虎家表示慰问，他既当"婊子"，又立"牌坊"，靠着当面是人，背后是鬼的两面手法，在南麓乡赢得了一个"刘大善人"的称号。

正因为这样，当解放军打过长江时，很多地主、恶霸纷纷外逃，刘满贯再一次选择留了下来，但是，这次，他真的打错了算盘，最终进入他自己掘好了的坟墓。

群众发动起来了，全面铺开土地改革工作的时机已经成熟，南麓乡召开了全乡群众参加的土地改革动员大会，连走不动路的老太太也由家人扶着来听土改政策。刘长江在大会上说："我们穷人为什么越来越穷，富人为什么越来越富？除了地主老财的黑心肠外，更重要的是反动政府的剥削制度，维护的是少数人的利益。所以，我们要彻底摧毁封建社会制度，那就是耕者有其田，不再因贫穷而卖儿卖女，不再有剥削，不再有压迫，人人平等，天下人都过上幸福的生活。"大会上，不断有人高呼："毛主席万岁！中国共产党万岁！打倒地主阶级！"

动员大会后，进入了划分成分阶段。在群众评议的基础上，对照土地改革的条款，首先划出地主成分。刘满贯家有良田三百亩，山林一千二百亩，耕牛二十五头，农具一应俱全，一进四个天井的刘家大屋，划为地主已无悬念。

对吕仕良家的成分划分费了一些周折。这个靠抓石鸡、采石耳发家的小康人家，1946 年之前是个山无一亩，田无一分的赤贫户，到 1949 年，买下一些外逃的地主抛售的土地，认为捡了个大便宜，一下拥有了二十一亩土地，在 1949 年 8 月盖起了三间大瓦房，还请了五位长工。按照枭阳县土改政策细则，超过人均土地两亩水田，自己不劳动而请了长工的可划为地主。吕仕良家五口人，超过人均土地两亩，问题是，他拥有超过人均土地的时间不到两年，而自己还未脱离劳动，请长工的时间不足一年。按条件对照，吕仕良完全可以划为地主，但有许多人有不同意见，吕仕良家祖祖辈辈就是穷人，靠一门绝活，积攒了一些钱财，来路光明正大，虽然够地主成分，但他还来不及剥削，也没有民愤，有人建议多出的土地可以没收，放宽一些政策，划吕仕良为富农成分。这件事，土改工作队拿不准，便向乡党委、乡政府报告，请王明德拿出意见。

王明德已经成长为一名优秀的农村基层干部，在实践中增长了才干，办事沉着，爱动脑筋。他召集乡党委会研究，也统一不了意见，划吕仕良为地主成分，实在有些冤枉，但不划，他又上了杠杠。王明德最后说：“划分成分，是一项政策性很强的工作，既不能宽，也不能严，既要公平公正，又要让被划成地主的人服气，我的意见，我们先不作结论，将这个问题交由群众讨论，最后根据政策和群众的意见，再作结论。”按照王明德的意见，刘长江和张兰到吕仕良的所在村，召开群众大会。群众中也有两种意见，有群众建议采取投票的方式表决，可投票的结果，让刘长江和张兰傻眼了，划地主与划富农的意见刚好一半对一半，这让土改工作队伤透了脑筋。

多少年来，地主是一个多么耀眼的名字，是多少人梦寐以求的，可是今天，地主成了臭狗屎。吕仕良坐卧不安，像热锅上的蚂蚁。这个靠勤劳致富的庄稼汉想不通，自己辛辛苦苦，节衣缩食，既没有欺侮人，又没有剥削人，怎么就成了剥削阶级呢？难道靠自己的双手，勤劳致富也有罪吗？他背着重重压力的包袱，到乡里找王明德申诉。

吕仕良一看见王明德，眼泪就止不住流了下来，他说：“王书记呀，我家祖祖辈辈都是当长工的，我靠抓石鸡，采石耳，起早摸黑，一滴汗掉地上摔八瓣，聚了些钱，买了些田地，我这都是靠劳动得来的，这地还没捂热，就要划我地主，你说我冤不冤枉呀！王书记，你可要为我做主啊。"

吕仕良的"劳动"二字，给了王明德灵感。他觉得，不划吕仕良地主，就直接违反了土地改革政策，如果划为地主，他与刘满贯又不可同日而语，一个"劳动地主"的概念在他的脑海里形成了。他将这一想法传达给县委书记方明，县长彭良圣进行了专门汇报，县委的意见是，可划为"劳动地主"。虽然吕仕良有点冤，但如不是这次土改，他必然走上剥削穷人的路子。依靠剥削来的财富积累更多的财富，这是剥削制度必然产生的结果。

当刘长江和张兰宣布，吕仕良家划为"劳动地主"时，老百姓满意，吕仕良也心服口服，因为劳动地主与剥削地主是有区别的。当然，这个劳动地主在若干年后，还是付出了惨重的代价。

最让刘长江和张兰头痛的事情还不是吕仕良的问题，而是好兄弟王明德爷爷划什么成分，还有那个帮助过自己很多的洪镇江校长家该划什么成分。洪、王两家是南麓乡最大的地主，拥有最大的庄院，要往前推，在前清就是大户人家；但现在的情况是，洪家大屋和王家大屋在"焦土抗战"时已化为灰烬，土地在枭阳解放前大量变卖和赠给了族人，现在可以说是上无片瓦，下无寸土。按照土改政策，向前推三年，那就是以1946年为节点，而洪、王两家的土地在1938年就出了手，这样算来可划为贫农成分。但划分地主成分还有一个标准，那就是自己不从事农业生产劳动，过不劳而获的生活。洪、王两家到现在，一般小地主还没有他们家殷实，也可划为地主。而洪、王两家又是两个革命家庭。洪镇江的两个儿子一个女儿，都是早期的共产党员，儿子洪水是枭阳农民暴动的总指挥，还曾偷卖家中财产，为农民起义军购枪购炮，如今三个儿女又音讯皆无，从情理上说，也应该划一个好的成分。王世忠唯一的儿子王贤才，是枭阳县共产党的第一任县委书记，后又是共产党的特委书记，到现在也杳无音信，为革命牺牲的可能性很大，加上又是自己好兄弟王明德的爷爷，而王明德又是南麓乡的书记，对自家划什么成分不好说话。于情于理，洪、王两家都应该划为贫农，张兰也赞成划为贫农。长江和张兰还比较慎重，又召开了群众会议，群众也大多数同意划为贫农，最后，土改工作队决定，洪、王两家都划为贫农成分。

这个结果一公布，一些已划为地主、富农成分的人有怨气。洪、王两家虽说没有田地，但瘦死的骆驼比马大，洪、王两家仍然是南麓的富户。刘长江在土改工作中没一碗水端平，这些小地主、小富农不服，向县委县政府写信举报。县委书记方明接到举报信后，认为举报的内容不无道理，又专门召开了常委会进行研究。大家的意见是，划地主，大家感情上接受不了，不划又没有实事求是，最后也是议而不决。方明书记觉得这个问题有一定的特殊性，便以县委的名义向地委写了份专门报告，负责江州地区土地改革工作的是省里的一位副书记，这位副书记看到请示后，在报告上批示："我们党内有很多高级干部，家庭都是地主出身，有的还是大地主、大资本家，这并不影响他们对党的忠诚和对共产主义的信仰，照样成为一名合格的共产主义战士。划分成分工作，必须实事求是，我们伟大领袖毛主席，一家满门英烈，也被划为了富农成分，因此，洪、王两家应划为地主成分，这并不影响洪、王两家是革命家庭的身份。"

方明书记接到省委副书记的批示后，专门找了王明德和刘长江谈话，传达了省委领导的批示，要他们不要有顾虑，就是划了地主成分，你王明德照样是革命干部。王明德当场表态，同意爷爷划为地主成分。

刘长江还是想不通，他从感情上就是不愿意王明德家划地主成分。他将自己的苦闷告诉了刘金虎，刘金虎说："两家破了产的地主，都这么多年了，还要划地主成分，于情于理说不过去啊。"

刘金虎一句"破了产的地主"，让刘长江眼前一亮，对刘金虎说："对，要划地主，就划一个破产地主。"他找到县委书记方明汇报了自己的想法，方明书记乐了，说："看来我们的队长是动了脑筋了，有进步，这就叫实事求是。可是长江呀，这成分可没有'破产地主'呀！"刘长江说："你不是要我实事求是吗？我就给洪、王两家划个破产地主。"方明书记没说话，从他的神态中，应该是默认了。

最后，南麓乡土改工作队宣布，洪镇江、王世忠划为"破产地主"成分。

枭阳县土改工作团将这个新做法编发了一期简报。令刘长江没想到的是，省土改工作团转发了这个简报，当作一个新经验推广。以后，我们在地主成分一栏中，经常可以看到"破产地主"这个称呼。

划分成分结束后，就开始了丈量土地，没收地主、富农浮财的工作。刚翻身解放的农民，马上就要拥有自己的土地，对土改的积极性空前高涨。有的农民在分到的土地里，抓起一把把泥土，放在鼻子下闻了又闻。翻身了，解放了，扬眉吐气了，不少贫苦农民，还搬进了刘满贯的深宅大院，他们真正尝到了新社会人民当家作主的滋味。

（十九）

土地改革工作刚刚结束，一场镇压反革命的运动就开始了。

1950 年的七月下旬，骄阳似火，天气炎热，王明德和刘长江接到县委紧急通知，要他们明天上午赶到县城参加镇压反革命和恶霸地主的动员大会。

大会在点将台广场召开，县城的机关干部和县城居民一千多人参加了大会，现场气氛紧张而又肃杀，会场四周，由县武装中队戒严，主席台上还设立了双岗。人们感到，一场暴风骤雨即将到来。

主席台上，坐着县委书记方明、县长彭良圣、武装部部长高朝进，公安局局长和法院院长，五个人神情肃穆，整个会场鸦雀无声。会议由县长彭良圣主持，首先由方明书记宣读《中共中央关于镇压反革命运动的指示》，接着，由县镇压反革命领导小组组长高朝进作动员报告。

高部长在报告中说："同志们，我们前一时期的土地改革工作，取得了决定性的胜利，人民抬头挺胸，当家作主；但是，被推翻了的剥削阶级，并不甘心他们的失败，还在妄图东山再起。国民党反动派，还留下了大量的残余势力，特务和间谍，伺机破坏我们新生的人民政权，一些被打倒了的地主恶霸，也暗地里反攻倒算。他们破坏交通，抢劫物资，烧毁仓库，炸毁桥梁，暗杀我土改工作队员和积极分子，还有暗藏的反革命分子、会道门头子，与这些反动势力勾结在一起，妄图推翻新生的人民政权。这是一场你死我活的斗争，因此，必须严厉镇压一切反革命分子，确保新生的人民政权和人民生命财产安全。"

高部长讲话结束后，法院院长用洪亮的声音宣布："将死刑犯、汉奸、反革命分子居训仁押上审判台！"

八名全副武装的解放军公安战士，将面如死灰、五花大绑的居训仁押上了主席台，一个公安战士抬起一脚，居训仁便"扑通"一下跪在台上。居训仁胸前挂着一个纸板牌子，上面写着"汉奸、反革命分子居训仁"字样，居训仁三个字还打了个红叉。

这时，会场响起了雷鸣般的口号："坚决镇压反革命！大汉奸居训仁罪该万死！敌人不投降，就叫他灭亡！"一阵口号声过后，公安局局长宣布了居训仁一桩桩、一件件触目惊心的犯罪事实。最后，法院院长宣布："居训仁认贼作父，欺压百姓，为虎作伥，为日军提供情报，手中沾有多条人命血债，不杀不足以平民愤。现在，我代表枭阳县人民法院宣判，将居训仁绑赴刑场，执行枪决！"接着又问居训仁："居训仁，你有什么要交代的，可作最后陈述，只要合理，人民政府将满足你的要求。"五花大绑的居训仁三魂七魄已有七成飞出体外，艰难地从地板上爬了起来，望着愤怒的人群，吓得又一哆嗦，真是"人之将死其言也善，鸟之将亡其鸣也哀"，他说："我作恶多端，罪该万死，各位乡亲，对不住了，如有来生，训仁再不做汉奸，定当好好做人，我先走一步了！"

随即，八名公安战士，像拎小鸡一样，将五花大绑的居训仁押至西门口不远处的一处山坡上，一声清脆的枪声过后，居训仁结束了他罪恶的一生。

县里的镇反公审大会结束后，王明德和刘长江迅速赶回了南麓乡，按照县里的统一部署，成立了乡镇反工作领导小组，部署了乡里的镇反工作。王明德指定刘长江担任镇反工作组组长，初步确定了镇反对象，只要证据确凿，罪行累累，就依法镇压。为了不打草惊蛇，采取内紧外松的办法，工作队队员深入村寨，调查地主恶霸和反革命分子的罪行。正当人们在准备欢庆胜利的时候，谁都没想到，死神正在悄悄地向王明德逼近。

那是一个斜风细雨、寒风刺骨的晚上，不到八点，人们就早早地熄灯，上了床。

子夜时分，一个黑影来到乡政府放浮财的地方。他溜到离仓库大约一百米的地方，那里堆放着一堆干柴，那是老百姓存放的过冬柴火，他扛起一捆茅柴，绕过两个在大门口放哨的民兵，来到了仓库后面的窗户外。他用手推了推窗户，原来这窗户是用木头做的，加上年代久远，没用多大劲，窗户的栏杆就脱落了。他迅速将一捆茅柴从窗户里送了进去，自己也跳到了仓库内，把柴火堆放到那些木头家具上，又将棉被、衣服放在上面，然后拧开煤油桶的盖子，将三斤煤油倒在茅柴上，拿出洋火，将火点燃后，从窗户里跳出来，躲在一个僻静处观看。

放完火后，这个黑影本来想打死两个放哨的民兵，但他一想，不能因小失大，枪一响，势必会惊动乡政府的土改工作队员。除了烧仓库外，他要杀的是刘长江和王明德，所以，他在黑暗中等候，等会火烧大了，乡政府的人必定会来救火，再伺机干掉王明德和刘长江。

那天晚上值班的领导正是王明德。子夜过后，他从墙上取下驳壳枪，准备去仓库那边查岗，一出门，就看到仓库着火了，心里马上就明白，这秋雨绵绵的夜晚，怎么会着火，肯定是反革命分子搞破坏。他掏出枪来，对空中连放了三枪，在乡政府大院里大喊："同志们，快起来救火。"

深夜枪声，惊醒了正进入梦乡的土改工作队和乡政府的工作人员。大家起床出门一看，存放浮财的仓库那边火光映红了半边天，就纷纷找来水桶、脸盆，提着水去救火。这时，两个站岗的民兵也发现屋里冒出了火光，大喊："快来救火呀，仓库着火了。"

王明德一边组织人救火，一边组织民兵警戒搜索，捉拿放火的反革命分子。

　　躲在暗处的黑影，看到了王明德的身影，他从黑暗中窜出来，迅速向王明德靠近。王明德也看到了一条黑影向他扑了过来，立即判明，这个人就是放火的反革命分子，他毫不犹豫地端起枪来，刚要喊"站住"时，对方的枪响了，一颗子弹从王明德的大腿上穿了过去，王明德一个踉跄，便一头栽倒在地上。那个黑影一看将王明德打倒了，便转身就跑。

　　黑影刚才打的这一枪，正好从王明德大腿的肌肉上穿了一个洞，未伤到骨头和动脉，倒在地上的王明德，翻身趴在地上用驳壳枪向逃跑的黑影还击。带着枪的工作队队员和民兵，也迅速赶到了王明德的身边。王明德指着前方说："快，反革命分子就是朝着这个方向跑了。"

　　几个人朝着王明德指的方向追去。此时，这个黑影已慌不择路，拼命地往前奔跑，路过一个碾谷子的碾盘，看到碾盘旁边有一间马厩，马厩里有一头拉碾盘的马正在吃草料。他像看到了救星一样，迅即上前解开缰绳，把马拉了出来，翻身就骑了上去，拉紧缰绳，双腿一夹，这马立即奔跑起来。可令这个黑影没想到的是，这马不是沿路向前奔跑，而是沿着碾盘在转圈。原来这马是老乡们用来专门拉碾盘碾谷子的，这匹马在这里已拉了七八年碾子，如没有人在前面拉缰绳引导，就只习惯沿着碾盘转圈圈。这个黑影一看，指望这马逃跑是不可能了，便骂了一句："这该死的畜生！"便从马上下来，继续往前跑，只恨父母给他少生了两条腿。也就这一刻的工夫，几个民兵便追了上来。那个黑影一看后面的追喊声越来越近，便转过身来，对着追赶的人开了两枪，由于紧张，加上枪法也不准，两枪都打空了，几个民兵开枪还击，同样，也没打着这个狂奔的黑影。就这样，那个黑影在前面跑，几个民兵在后面追，已经跑出一里多地了，黑影回头一看，几个人紧追不放，他又开了两枪，同样打偏了，他又拼着命往前跑，眼看后面的人就要追上了，他又举起枪来射击，可枪没有响，原来是五发子弹已全部打光了。一个土改工作队队员一看，知道对方枪里没有子弹，便大声说："他没子弹了，抓活的。"

　　几个民兵一听追赶的对象没有子弹，一下子劲头就上来了，加快了追赶速度，而那个人也知道枪里没子弹了，就更慌了神，这脚像是灌了铅一样，越跑越迈不开腿。在一段上坡的路上，一个民兵一个箭步冲了上去，一下将这个人摔倒在地，几个民兵也快速冲了过来，死死地把这个逃跑的人压在地上，一个民兵将一件衣服脱下来，撕成布条，将那个人捆了个严严实实。

后面赶来的土改工作队用手电筒一照，大家都异口同声地说："刘满贯。"

天欲其亡，必让其疯狂。原来这刘满贯听到居训仁被镇压的消息后，惶惶不可终日，心想，人民政府迟早都要清算他的罪行。土改后，刘满贯住在他原来长工住的破房子里，在昏暗的油灯下，夫妻俩你望着我，我望着你。他屋里人说："这说变天就变天，我们是从天上掉到了地下，不知什么时候是个头哇！"刘满贯听到这里，眼睛都红了，接过话说："这共产党不走，就永无出头之日，这样的日子，真是生不如死，城里的老居已上了断头台，我看这些穷鬼也不会放过我。"刘满贯望着伤心的屋里人，狠狠地说："不要哭丧了，我还没死呢，王明德、刘长江，你们想弄死老子，老子先弄死你们！"他屋里人一听到这里，吓得止住了哭声，用手捂住刘满贯的嘴巴说："老爷，千万不能呀，我俩死也就死了，咱们的儿子还在读书呢，你这样，是要害死儿子的。"刘满贯不听屋里人的劝告，心里知道这次是必死无疑，他咬牙切齿地说："阎王要我三更死，不会等到五更天，死我也要找两个垫背的。"

刘满贯老年得子，成家生下两个丫头后，他屋里人的肚子就没见大过，他屋里人也没少到寺庙烧香拜佛，但直到刘满贯四十三岁时，屋里人终于生了个大胖小子，夫妻俩对他疼爱有加，视若掌上明珠，现已十五岁了。说到儿子，刘满贯眼泪都出来了，现在，自己的性命都难保，哪有能力去顾及儿子，他悲戚地对屋里人说："现在是爹死娘病，各顾性命，我已经没能力保护他了，吉人自有天相，他是死是活，就看他的造化了。"他屋里人抹着眼泪说："老爷，让大灾大难都落到我们头上吧，你千万不能冲动，我俩是八十斤重的猪，杀也杀得，要剐就剐我俩吧。"

刘满贯看了一眼女人，恶从胆边生，狠狠地说："我决不会任人宰割，王明德、刘长江不是要我死么，我就要让他俩先死！"说完，就在屋脚下拿起一把锄头，也不顾屋里人劝阻，打开门，就消失在夜幕中。

刘满贯没有直接去找王明德和刘长江，而是趁着这月黑风高夜，来到自家的一棵梨树下，挖出了一个油布包袱，随后又回到自己住的地方。他打开一层又一层的油布，里面是一支乌黑锃亮的手枪，还有五发黄灿灿的子弹。他拿着枪比画着对屋里人说："这是当年猫眼太君奖励我送情报，给我这支枪，没想到今天能帮我报仇雪恨！"

他屋里人一看，人都吓傻了，忙阻拦说："老爷，万万不可呀，我俩造孽不少，这也是报应，你就千万不要再造孽了。"刘满贯狠狠地瞪了他屋里人一眼，说："你再胡说八道，我连你一块嘣了。"说完，就把枪插在腰里，打着一把油布伞，顺手拿起一个早已准备好了的煤油桶，头也不回，冒雨就朝乡政府所在地走去。

刘满贯已是孤掷一注，带着鱼死网破的心情。他要干的第一件事，就是烧毁浮财仓库。土改划分成分结束后，他的财产基本上被没收了，有雕花床、八仙桌、棉被、衣服等。还有其他地主家被没收的东西，都集中存放在乡里的一间临时仓库里，准备在土改结束后，按贫穷程度，分给贫下中农。刘满贯心里想："我不能享用，也不能让这帮穷小子用。"铤而走险的刘满贯，终于为自己掘好了坟墓，接受人民的审判。

当晚，刘长江带着两个土改工作队队员，在一个小山村召开群众座谈会，他动员大家揭发地主恶霸的罪行，为公审做准备。座谈会一直开到晚上十一点多，由于一直下着不大不小的雨，要赶回乡政府，还要翻过一座山，路也不好走，老乡们便挽留他们在村里住一晚，刘长江就答应了。

深夜三点，两个武装民兵冒雨来到这个村子，找到了刘长江的住处，向他报告了晚上发生的事情，说王明德负伤，由于失血过多，人都昏迷了。刘长江忙问："伤到哪里了？"一个民兵回答说："请了一个郎中来看过了，伤到了大腿，子弹是从大腿上穿过去的，估计没伤到要害，暂无生命危险。"

刘长江一听王明德负伤，心急如焚，这是他过命的兄弟，患难相依，生死与共。他很自责，从县里开完动员大会回来后，就已初步确定将刘满贯列为镇压对象，没有及时将刘满贯看押起来，只是一心想去发动群众，揭发刘满贯的罪行，以致造成今晚的恶性事件。刘长江又问："刘满贯现在押在什么地方？""就押在乡政府，有四个民兵看守，他跑不了。"一个民兵回答说。现在，刘长江担心的是王明德的伤势，三步并作两步，冒雨向乡政府赶去。

赶到乡政府，已是凌晨了，雨已经停了，东方露出了鱼肚白，他急忙来到王明德的床前。这时，王明德已经苏醒，由于流血过多，脸色显得有些苍白，长江心痛地说："明德，好些了吗？"王明德有些吃力地说："长江哥，是我警惕性不高，让刘满贯这个反革命分子钻了空子，浮财仓库烧掉了，我请求县委给我处分。"刘长江说："明德，你不要自责，我是土改工作队队长，要说责任，是我的责任。"说完，转身问在一旁的老郎中："伤得要不要紧？"

郎中回答："刘队长，从伤口来看，没伤到骨头和动脉血管，但子弹出去的一面创伤面较大，我这里没有西药，只能用草药敷一下，我担心伤口感染。等天亮了，还是送县医馆，那里有西药，消炎来得快。"

刘长江没等到天亮，就找来一张竹床当成担架，由四个民兵抬着王明德，走了整整一上午，到中午时分才赶到了陈氏医馆。

陈氏医馆的陈医生马上对王明德的伤口进行了认真的检查，暂无生命危险，主要是因为失血过多造成了昏迷。陈医生给王明德清洗了伤口，又敷上了消炎药膏。当天下午，县委书记方明、县长彭良圣、武装部部长高朝进，都来看望慰问明德，并指示陈医生，要尽全力治好王明德的伤。王世忠听到孙子负伤后，差一点没昏了过去，也是三步并作两步，来到了孙子的病房，他老泪纵横，紧紧地握着孙子的手不肯松开。

刘长江把这里的事全部安排妥当后，连夜赶回了乡政府，他要准备公审大汉奸、大地主、反革命分子刘满贯。

张兰在南麓乡协助刘长江完成划分成分后，被县委任命为县妇女联合会筹备组组长，为即将召开的枭阳县第一届妇女联合会做准备工作。

当天下午，张兰就听说了王明德负伤住院的消息，连忙赶到陈氏医馆去看望王明德。有人说，女人是水做的，张兰一看到王明德那苍白的面孔，就伤心得直掉眼泪。张兰和王明德，是江州中学堂的同学，又一同参加征粮工作队，在土匪抢粮的枪战中，王明德不顾个人危险，背着负伤的张兰脱离险境，从那一刻起，爱情的种子就已经孕育在了张兰心里。已经十九岁的张兰，继承了母亲周月娥的基因，亭亭玉立，一头齐耳的秀发，一身得体的解放军军服，显得英姿飒爽，散发着青春的朝气。她像亲妹妹一样，细心照顾着王明德，承担了护理王明德的任务。

王明德经过一年多与张兰的共同战斗，从内心底喜欢上了张兰，只是各忙各的工作，没有机会表达。

张兰掀开被子，仔细察看了已经包扎了的受伤的部位，轻轻地抚摸着，问："伤口还疼吗？"女性特有的温柔，使王明德感到了一种曾未感到过的温暖。从八岁开始，他就失去了母爱，后来跟随爷爷，也不乏爱和幸福；但今天张兰的柔情，让他感觉到非常特别，很快就融化了他的心。王明德望着张兰那红嫩的面孔真诚地说："有点痛，你一摸，就好一半了。"张兰脸一红，说："这个时候你还贫嘴。"张兰接着又问："你想吃点什么？"这轻轻的话语，像一股暖流一样，热遍了王明德的全身。王明德深情地望着张兰，他知道，张兰的母亲是被鬼子杀害的，也没有得到过多少父爱，与孤儿并无两样，一种同病相怜的感觉油然而生，王明德说："肚子不饿，不想吃什么东西。""不吃东西怎么行呢？"张兰说完，又对王世忠说："爷爷，我去买点鸡蛋来。"张兰很快就回来了，带回了一篓子鸡蛋，在陈氏医馆的厨房，煮了四个荷包蛋，亲自喂到了王明德的口里。一连七八天，张兰除了上班外，其他时间一直守在王明德床前。这一切，爷爷都看在眼里，他也从内心喜欢起张兰这个姑娘，要是这姑娘能做明德屋里人，那就了确了自己的心事。

刘长江回到南麓乡后，立即整理了刘满贯的罪行材料，报送了县委。县委指示，要坚决贯彻中央镇压反革命分子的指示，对证据确凿、罪恶累累的反革命分子、地主恶霸、汉奸，要从严、从快、从重予以镇压，并将报告批转县人民法院。刘满贯打响的这一枪，打醒了沉醉在庆祝当家作主、翻身解放中的农民，他们认识到，被推翻了的剥削阶级，不会甘心失败。这激发了广大农民对剥削阶级的憎恨，更加积极投入镇压反革命的运动中来。

枭阳县人民法院经过审理后，确认刘满贯犯罪事实准确无误，依法批准了对刘满贯执行死刑的命令。

十月二十四日，南麓乡万人空巷，公审汉奸、恶霸地主、反革命分子刘满贯的大会就在乡政府所在地举行。

上午十时，公审大会开始，刘长江大喊一声："把大汉奸、恶霸地主、反革命分子刘满贯押上审判台。"随即，四个武装民兵，把五花大绑的刘满贯押到了公审台上。只见刘满贯戴着一顶纸糊的尖尖的高帽子，胸前挂着一个大纸牌子，上面写着"大汉奸、恶霸地主、反革命分子刘满贯"，"刘满贯"三个字打了个大红叉。这时的刘满贯，低着头，不敢面对黑压压的愤怒群众。

公审大会的第一项，是控诉刘满贯的滔天罪行。

一个老农，穿着一件破夹袄，腰里还系着一根草绳，下身穿着一件补丁垒补丁的单裤，脚上穿着一双露出脚趾头的破草鞋，颤颤巍巍地来到台上，他指着刘满贯说："好你个黑了心肠的狗财主，你害得我家破人亡。"说到这里，老人声泪俱下，好一会才接着说："那年因为旱灾，我租种了他十亩高垄挂榜地，到秋收时，产量只有正常年景的五成，可是按照租约，这五成要全部交租子。我找到他，说今年的旱灾，你也清楚，能不能留点粮食给我们熬点稀饭喝。可是这个黑了心的地主，一粒粮食也不留给我，辛辛苦苦白给他干了一年，我们家只能靠乞讨和吃野菜度日，我那未满两岁的儿子，就是在那个冬天被活活饿死了。"

老汉的控诉，激发了大家对旧社会，对恶霸地主的愤怒，有人高呼："打倒刘满贯！打倒万恶的旧社会！"口号声振聋发聩，吓得台上的刘满贯瑟瑟发抖。

接着又有人揭发，三祖庵"一见心寒"的血案，就是刘满贯向县城日军密报了有难民下山运粮的消息，引来了日军，使三十多位手无寸铁的乡亲们惨死在日军的屠刀下。还有一个村民站出来揭发，南山红军转移后，有一次他挑了一担柴到保安团去卖，中午在保安团看到过刘满贯，当天晚上，保安团就来了一个排的兵，将藏在刘金虎家林司令的儿子抓到县城去了，至今下落不明。

检举揭发刘满贯的群众越来越多，其罪行真是罄竹难书。

群众控诉结束后，刘长江宣布刘满贯死刑命令："现在，我宣布枭阳县镇反委员会布告。刘满贯，枭阳县南麓乡人，现年五十八岁，是南麓乡的大恶霸地主，沦陷期间，充当汉奸，认贼作父，为虎作伥，残害乡亲；新中国成立后，不思悔改，仇视人民政府，烧毁人民胜利果实，刺杀我政府干部，罪大恶极，经枭阳县人民法院核准，将刘满贯验明正身，就地枪决！"

刘长江的话音一落，几个民兵就像拖死狗一样，把刘满贯架到了一处山坡下。这时，围观的群众也潮水一般地涌了过来看热闹。在行刑前，刘长江问："刘满贯，你还有什么话要说？我们会转告你的家人。"刚才在公审时吓得面如死灰一样的刘满贯，这会好像回光返照一样，还显得有点精神，他望着刘长江和围观的群众说："各位乡亲，我这一辈子就是死在这个'钱'字上，不是看重这份家业，我也不会当密探，当汉奸，也不会与你们结仇。我想不通的是，我请长工，没少付工钱，也没多收过租子，我何罪有之？我这么多东西不是偷来的，也不是抢来的，你们一次又一次分我的田，分我的地，分我的山林，没收我的财产，这次就更狠，把我扫地出门。这次没杀死王明德、刘长江，我遗恨终生，你们不杀我，我就要杀你们，我死而无憾，二十年后又是一条好汉！"

令刘长江没想到的是，这个煮熟了的鸭子还要嘴硬，便对几位民兵说："执行。"

一个民兵端着枪，对准了刘满贯的后心窝位置，一声枪响，刘满贯结束了自己罪恶的一生。

刘满贯被镇压后，他屋里人和两个女儿不敢来收尸，唯一的儿子远在江州读书。尸体敞在那里两个时辰了。乡里的工作人员请示乡长和刘长江怎么办，乡长和刘长江商量了一下，派几个民兵去就地掩埋，可几个民兵们不干，说他罪该万死，死无葬身之地，不同意去掩埋。刘长江劝导说："民国十八年，国民党杀了我们那么多共产党员，他们是不会为共产党人收尸的。刘满贯是罪人，得到了应有的下场，也清算了他的罪行，他现在是个死人，死人也是人，是人就要有人的尊严。我们共产党不同于国民党，我们讲究革命的人道主义，我们革命的目的，不是从肉体上去消灭地主恶霸，罪大恶极的除外，而是要去改造他，让他们重新做人，这也是这次镇反运动中的一项重要政策。我们的目的，是要消灭反动的剥削制度。"在刘长江的劝说下，民兵们找来一位木工，钉了一副简单的棺材，就地将刘满贯埋了，没堆坟头，也没立字碑。

镇压了刘满贯，起到了杀一儆百的作用，震慑了地主恶霸和反革命分子，南麓乡的土地改革和镇反工作进展顺利。

正当人们沉浸在翻身解放、当家作主的幸福中时，朝鲜半岛战云密布，朝鲜内战爆发，以美军为首的联合国军不顾我政府警告，悍然越过三八线，一路势如破竹，向北推进；同时，美军第七舰队驶进台湾海峡，阻止人民解放军解放台湾，我国的安全受到严重威胁。

朝鲜半岛，历史上就是外敌入侵我中华民族的一块跳板，帝国主义给中国人民带来了深重的灾难，人们记忆犹新。

面对严重的国家安全危机，党中央决定，将东北的人民解放军边防军改编为中国人民志愿军，任命彭德怀为中国人民志愿军司令员兼政治委员。

面对着凶残的敌人，数十万志愿军将士怀着"保卫世界和平""保卫胜利果实"的英雄气概，出境作战，"雄赳赳，气昂昂，跨过鸭绿江"，用血肉之躯，谱写了一曲震撼苍穹的英雄赞歌。

一场轰轰烈烈的支持抗美援朝的运动，在中华大地如火如荼进行着。

十月二十六日，枭阳县召开了支持抗美援朝的万人动员大会和游行。

这天，天高云淡，许多建筑物上五星红旗飘扬，志愿军军歌响彻大街小巷。

动员大会在县城中心的点将台广场，会场上人山人海，盛况空前。上午十时，动员大会在响彻云霄的"抗美援朝、保家卫国"的口号声中开始。县委书记方明传达了中共中央、国务院、中央军委《关于在全国范围开展支持抗美援朝的命令》；接着，各界代表纷纷上台发言，响应党中央的号召，保家卫国，抗美援朝，有钱出钱，有力出力，誓将帝国主义赶出朝鲜去。

县人武部高朝进部长宣读枭阳县人民政府关于积极报名参加志愿军的命令，他动员说："乡亲们，我们共产党领导的中国人民解放军，是人民的子弟兵。前几年，我们在东北，就进行了土地改革，把地主老财的土地和财产分给了穷人，可蒋介石说不行，要打内战，要抢回我们的胜利果实，广大人民为了保卫胜利果实，把锄头一扔，有的参军，有的支前，五百万民工，跟随南下的解放大军作战，一鼓作气，用三年的时间，就推翻了蒋家王朝。今天，我们刚刚取得全国的胜利，人民眼看就要过上幸福的生活，这个该死的美国鬼子，与我们相隔万里，他们不让我们过幸福的生活，竟派兵打到了我们的家门口，阻止我们解放台湾。乡亲们，你们说怎么办？"这时，台下响起炸雷一样的声音："抗美援朝，保家卫国，把美国鬼子赶出朝鲜去。"口号声一浪高过一浪，在南山南麓、鄱阳湖岸边，久久回响。

随着战争规模的扩大，1950年底，县人武部就接到江州警备区的命令，要求枭阳县在一个星期之内，动员一百名武装民兵，组建中国人民志愿军枭阳连，随同中国人民志愿军大部队赴朝鲜作战。

随即，县城街道，各乡、村层层召开动员大会，报名参加志愿军的青壮年络绎不绝，一百名的应征员额，竟有一千多人报名，这不得不让县人武部采取优中选优的办法，来确定参战对象。

刘金虎的大儿子刘永强，跟着刘长江参加了土改工作，听说刘长江报名参加志愿军，想到自己刚刚过上翻身作主的幸福生活，这该死的美国佬竟要来抢夺胜利果实，内心便怒火中烧，立刻跑到乡政府，坚决要求参加志愿军，跟刘长江一起去朝鲜打美国鬼子。

刘永强报名时，没有征求父亲刘金虎的意见，他想，父亲是个老苏维埃干部，现在又是刘家墩村高级合作社的社长，一贯支持共产党。可让刘永强没想到的是，一回到家里，刚向父亲说了报名参加志愿军的事，父亲几乎没考虑一下，明确表示，不同意刘永强参加志愿军。这使刘永强十分不解，他说："爹，你在白色恐怖时，死都不怕，为红军游击队送粮送物，为什么到了我的头上，就这样担心那样担心呢？再说，弟弟也长大了，我走了，你有帮手，就是光荣了，我们刘家也不会断后。爹，你就让我去吧！"

不管刘永强怎样央求，刘金虎板着一张脸，就是不松口，逼得实在没办法，从他嘴里才说出了几个硬邦邦的字："就是让你弟去，我也不让你去。"

这可把一心想杀敌报国的刘永强急坏了。

他跑去找刘长江来给自己说情。刘长江也感到纳闷，这刘金虎是个老革命，对党的工作一向积极支持，可今天到底是怎么回事呢？他也有些不理解，便和几位乡干部一起，专门来到刘金虎家里，一起做刘金虎的工作。

大家的话说了一谷箩，可刘金虎还是不松口，只是说："抗美援朝，保家卫国，我有一分责任，我有两个儿子，我同意我二儿子永成参加志愿军。"这时，乡长说："金虎叔，永成才刚刚十六岁，年龄也小了点，让他去不合适；永强已经二十岁了，又是武装民兵，我看您还是让永强去合适一些。"

刘金虎在众人面前，也觉得理亏，想到这里，他的眼泪"唰唰"地往下流，对大家说："不是我心狠，偏心永强，不疼永成，我告诉你们，永强不是我的儿子，他是当年林涛司令和英姑留下的血脉。那年，白狗子要我交出林司令的儿子，在万般无奈之下，我只好把自己的儿子永强交了出去，我答应过林司令，等他回来，要把他的儿子交到他手上。"大家一听，都惊呆了，这个老实巴交的农民，竟有大海一样的胸怀，钢铁一般的意志，令在场的人无不敬佩和感动。刘金虎歇了口气，擦了擦眼泪，指着永强说："孩子，你的真名叫洪生，是红军生的，你的父亲叫林涛，你的母亲叫英姑。"金虎又接着对大伙说："我怎么能让永强去朝鲜呢，我还要等他父母回来，我要把他们的儿子，不少胳膊不少腿地交到他父母手上。"说完，又擦了擦止不住的泪水。

刘金虎舍亲骨肉保护红军的后代，大家还是第一次听说，无不为之动容。

面对这种新情况，乡长和刘长江商议了一下。乡长说："金虎叔，这次永强、永成都不考虑，我们立即将此事报告县委县政府，寻找当年被白匪军带走的真永强的下落，只要永强还在，就一定让你们全家尽快团圆。"

在这次踊跃报名参加志愿军的应征对象中，还有七名原南山游击队的老兵，由于跟着张金彪走过一段弯路，很多人觉得在乡亲们中抬不起头来。但人民政府说话算数，他们下山投降后，人民政府对他们既往不咎，而且在这次土改分田分地中，同样分得了土地和农具，让这些人十分地感动。当他们听说美国鬼子不让他们享受胜利果实，还要联合蒋介石打回来，这些老兵的愤怒情绪一下子被激发了，积极报名参加志愿军，要去打美国鬼子。他们找到刘长江，说："刘队长，我们打了七年的日本鬼子，有作战经验，请批准我们去打美国鬼子，保家卫国。"刘长江在这些人当中，有认识的，当年还一起夜袭含鄱口，本质并不坏，便答应了，欢迎他们参加。可也有不少人反对，有人说："这几个人当过土匪，政治上有污点，要是在战场上叛变投敌怎么办？"刘长江一时也拿不定主意，便向县人武部请示。高部长一听，乐了，说："这样有作战经验的老兵，到哪里去找？保家卫国，人人有责，只要他们自愿报名，身体合格，有多少，我要多少。"经县武装部同意，这七个有土匪经历的老兵被批准加入志愿军，其中有神枪手王小莽，他们在朝鲜升华了思想灵魂，与美国鬼子殊死搏斗，为枭阳人民增了光。

经县委、县人民政府、县人武部研究，任命南麓乡武装民兵中队队长刘长江为枭阳连连长。

自从枭阳县接到征集一百名志愿军战士的名额后，各种支援抗美援朝的活动就如火如荼地开展起来了。

首先是张兰，以妇女联合会筹备组的名义，发起了为出征的志愿军战士做棉鞋的活动。县祥和布行的老板娘王英芳带头响应，所做军鞋的布料全部免费提供；棉花行的温掌柜不甘落后，对做军鞋所需的棉花无偿提供；还有不少家庭妇女，抢做鞋垫，仅一个星期，一百双棉鞋和一百双厚实的鞋垫就送到了妇女联合会筹备组。

枭阳县为出征的志愿军枭阳连举行了隆重的出征仪式。

元旦一过，冬日里的阳光显得明媚温暖，一行行大雁从北方飞来鄱阳湖越冬；而枭阳县的这一百名优秀儿子，将要离开养育他们的故土，一路向北，到那冰天雪地的地方，去打击美国侵略者。

这天，点将台广场张灯结彩，各乡由书记、乡长、民兵中队队长和亲人们组成的送兵队伍，准时来到点将台广场。广场上锣鼓喧天，红旗招展，背着背包的志愿军战士精神抖擞，每人配发了一把钢枪，接受家乡人民的检阅。

十时整，出征誓师大会开始。

鼓乐齐鸣，县城小学的一百名少先队员向每一位出征的志愿军叔叔敬献红领巾，并系在志愿军战士的颈上。接着，张兰指挥一百名做军鞋的妇女将一百双棉鞋和绣有"抗美援朝、保家卫国"的鞋垫插到志愿军战士的背包上。接着，县委书记方明代表全县人民致欢送词。方明书记今天也穿着一身洗得有些发白的军装，他一上台，就向出征的战士敬了一个庄严的军礼，然后说："我代表全县人民，向优秀的枭阳儿子致以最崇高的敬意，你们出境作战，面临的是武装到牙齿的帝国主义，你们的这次远征，将是赴汤蹈火，必将经历生死考验。我希望你们，英勇作战，不怕牺牲，为国立功，为家乡人民增光，家乡人民等待着你们的捷报。"

刘长江作为出征将士的代表，向家乡人民表示决心。今天的刘长江，身着志愿军军服，扎着腰带，斜背一支驳壳枪，显得威武英俊，他一上台，向领导和乡亲们分别敬了一个军礼，然后说："父老乡亲们，我们是枭阳人民的儿子，响应毛主席和党中央的号召，去抗美援朝，保家卫国，我代表全体出征战士宣誓，一定不辜负家乡人民的重托，在朝鲜奋勇杀敌，为国立功，为家乡人民增光，不怕牺牲，不怕困难，不把美国鬼子赶出朝鲜，决不下战场。家乡人民等待着我们胜利的消息吧！"

刘长江的话一结束，就响起了振聋发馈的口号："热烈欢送枭阳连勇士赴朝参战"，"抗美援朝，保家卫国"，"打倒美帝国主义"。

接着，只见县长彭良圣大喊一声："上壮行酒！"

两个公安战士抬来一缸糯米酒，一个公安战士挑着一担瓷碗，由刚才的一百名送军鞋的妇女，每人端着一碗酒敬献到出征勇士的手上。

县委书记、县长、人武部部长和其他参加送行的主席台上的领导，也每人端起了一碗酒。方明书记向前走了两步说："各位出征的将士，这是家乡人民送给你们的壮行酒，喝了这碗酒，你们将义无反顾杀向血与火的战场。同志们，你们在前方杀敌，我们在后方支前，家乡人民时刻都惦念着你们，望你们不辱使命，扬我国威，早日把立功喜报邮回家乡。我提议：为枭阳人民的优秀儿子干杯！"

喝完壮行酒以后，高部长对刘长江说："出发！"

顿时鞭炮齐鸣，喧天的锣鼓声再次响起，沿途都是送行的乡亲们，大家一路将出征的战士们送出了县城的北门。一路上，王明德紧紧抓住刘长江的手，舍不得松开，昨天晚上，兄弟俩就睡在一张床上，说了大半个晚上的话。今天，明德又一路跟随着队伍，送了五公里余，最后，他从衣服里掏出一块银圆，塞到长江手里，说："长江哥，这块银圆，从饶州就一直伴随在我身上，我身上还有一块，等你打了胜仗凯旋，再让这两块银圆团聚。"长江明白明德的意思，收下了银圆，把它装在上衣口袋里。刘长江望着这个与自己出生入死的好兄弟，说："你不要再送了，回吧，我一定把银圆完好无损地还给你，你在家乡，要努力工作，把土改和镇反工作进行到底！"

王明德终于停住了脚步，目送着队伍远去，直到望不到人影，才不舍地返回来。

（二十）

县委接到南麓乡的报告，说刘金虎的大儿子刘永强是当年南山红军林涛司令员和英姑副司令员的儿子，刘金虎将自己的亲生骨肉送进了火坑，保护了红军的血脉。县委一班人听到这个消息，都十分地感动，敬佩刘金虎的大仁、大义和大德。

县委书记方明在召开的一次党政联席会上，向大家通报了这一感人的事迹，说："同志们，我们共产党人为什么能够得到天下，就是有着像刘金虎这样无私无畏的老百姓的支持，这样感天动地的事，不是一般人能做到的，但刘金虎做到了。我们常说，人民是父母，我们是人民的儿子，这是一曲军民鱼水情深的赞歌，将来重修《枭阳县志》，一定要把这件事记载在枭阳的历史上。"方明书记停下来，喝了一口茶又说："这个蒋介石反动政府，连一个婴儿都不放过，老蒋不亡，天地不容。"说到这里，这个久经沙场的老兵，眼睛里渗出了泪水，接着说："我不知道这二十年来刘金虎是怎么过来的，人心都是肉长的，现在我决定，由公安局牵头，立即成立寻找刘永强的工作组，生要见人，死要见坟，结合镇反运动，寻找曹团长的下落，将马县长和韦县长捉拿归案，交人民审判。"方明书记还要求：民政部门抓紧与省厅联系，寻找林涛司令员的下落，找不到人，也要弄清楚林涛司令员的籍贯，让洪生能找到自己的亲人。

县委县政府、县人武部领导亲自到南麓乡刘金虎家进行了慰问。方明拉着刘金虎的手说："县里已经成立了专门的工作组，查找永强的下落。"

县公安局副局长吕斌担任了寻找永强和捉拿马县长、韦县长的任务，并查清曹团长的下落。吕斌找到刘金虎，详细了解了当年的情况，刘金虎把县府杂役的话，告诉了吕斌。吕斌分析，永强一定还活着，只要找到曹团长、马县长和当年政府的余秘书，事情就会有结果。吕斌说："老刘，只要永强还在，我们就一定能帮你找回来。"

首先从曹团长开始，吕斌到省城档案馆找到了省剿匪司令部的档案。曹团长属省保安团三团，抗日战争爆发时编入五战区，参加了洪都会战和上高会战。在上高会战中，曹团长这一个团打得还是挺英勇顽强的，最后全团覆灭，曹团长也在战斗中阵亡。第一条线索就此中断。

马县长在 1949 年解放军渡江作战前，解散了县政府，下落不明。吕斌一时不知从哪里下手，寻找工作陷入了僵局。吕斌局长又从县公安局封存的国民党枭阳县政府档案中去寻找蛛丝马迹，查到了县政府秘书余德水的档案：余德水，浙江萧山人，江州南伟烈中学毕业。

这个余德水抗战胜利后不久就辞了职，有人反映，他回老家浙江萧山去了。

根据这条线索，吕斌带了两名干警，风尘仆仆赶到萧山，寻找余德水的下落。

萧山县公安局副局长何先文接待了吕斌一行。吕斌说明来意后，何局长给予了积极的配合，先安排吕局长去县招待所休息，等待消息。何副局长立即找来户籍干警，查找余德水的下落，三个小时后，还真的找到了这个余德水，他现在在萧山县城开一个杂货铺。何副局长来到招待所，问吕斌局长：“是找他过来谈，还是你们去他的杂货铺？”“我们过去吧。”

何副局长、户籍警和吕斌等人来到了萧山最繁华的商业街，找到了余记杂货铺。只见余秘书与在枭阳县当秘书时已判若两人，一头花白的头发，戴着老花眼镜，穿一身灰色长衫，正在柜台内给顾客拿货。

这店里突然来了五个公安警察，余德水一下脸色煞白，显得十分紧张。户籍警先开口：“余老板，这三位是枭阳公安局的，来找你调查情况，你要如实汇报。”

余德水在这次土地改革中，刚刚被划为资本家成分，受到了批斗。做过旧政府秘书的余德水非常清楚，资本家和地主一样，都是共产党革命的对象。自从划为资本家成分后，他每天都在惶恐中过日子，这一看，来了这么多警察，早已吓得直哆嗦，说话都不连贯：“我……我在枭阳，就是为了养家糊口，混口饭吃，我……我可没有做过作恶的事呀。”

吕斌副局长看着神色慌张的余德水，说：“你不要紧张，你有没有在枭阳作恶，历史会做出结论。"这时，余德水才想到把客人请到店后面的客厅，并给每个人上了一碗茶水，让坐过后，小心翼翼地问："不知你们找我有什么事，我知道的，一定如实坦白。"

吕斌副局长讲了寻找刘金虎家被抱走小孩下落的事，问："余德水，你们布告上说依律处置，是怎么处置的，小孩是否还活在世上？"

余德水听到这里，脸色才平静下来，缓过神来。他摘下眼镜，揉了揉眼睛，回忆了一下，说："有这件事，我清楚。"接着，就将他和马县长怎样处置这个小孩的情况，一五一十讲得十分清楚。

听到这里，吕斌大为惊诧，他认识洪镇江，也与洪镇江的孙子洪庆来很熟。这样喜剧性的结局，让枭阳县的三位公安警察兴奋不已。吕斌局长等人立即返回枭阳县，向县委县政府、人武部的领导报告了寻人结果，并在第一时间内，将喜讯告诉了刘金虎。

刘金虎听到自己的儿子就是洪镇江的孙子、县土改工作团办公室主任洪庆来，夫妻俩喜极而泣。但怎样把这个消息告诉洪镇江，大家都犯了难。因为大家都知道，洪镇江二儿一女都是共产党，至今都杳无音信，下落不明，这十多年来，他把二儿子送回来的孙子洪庆来当作命根子，你现在去给他说"这个孙子不是你的孙子"，老人能承受得了吗？

彭县长说："这是人间的一大趣事，我看尽快让刘、洪两家认亲。虽然这样的事，充满着太多的辛酸，但结局还算是喜剧。"好消息接踵而至，县民政局又带来一个好消息，林涛就是洪水的化名，但人难以查到下落。林涛是洪水是无误的，那刘金虎家的"永强"，就是洪镇江大儿子洪水的孩子、洪镇江的亲孙子。方明书记没吭声，他陷入了沉思。这样的结果，当然是可喜可贺的，但怎样让老人接受这样的现实？不是当事人，很难体会到这人间的悲欢离合是个什么滋味，想到这里，他说："彭县长，这件事还是让我先来跟洪老先生说清楚吧！"

从南麓乡回到县委后，方明书记就让通信员将刘金虎和养子刘永强、儿子洪庆来找到自己办公室来，先让两个年轻人知道自己的身世。在方明的安排下，刘金虎见到分别了二十年的儿子洪庆来，老泪纵横，抱着儿子痛哭，云里雾里的洪庆来很快明白了事情的真相，为父亲有这样的义举感到骄傲和自豪。刘永强也跪了下来，对刘金虎说："爹，你永远是我的父亲，我现在又有了一个哥哥，我与庆来永远都是兄弟。"

洪庆来在洪镇江家受到过良好的教育，对深明大义的父亲肃然起敬。他跪倒在刘金虎面前说："父亲，请受孩儿一拜。"接着，两个年轻人都说："今天当着父亲的面，我俩结拜兄弟。"此情此景，让县委书记方明乐了，说："这真是人间一件美事，你俩结拜兄弟，我愿意当个见证人。"

书记通知县委在家的所有机关干部，参加刘永强和洪庆来的结拜仪式。方书记说："本来，我们共产党人不讲称兄道弟，在我们革命的队伍里，一律互称同志，但今天，我作为一位县委书记，要亲自为一对异姓兄弟主持结拜仪式。这是在特殊的历史条件下，形成的特殊的兄弟关系，它是我党历史上，一曲生动的军民鱼水情的颂歌，是感天动地的人间真情，是一件永载枭阳县史册的可歌可泣的故事。让历史和我们一起，永远见证这一人间大爱的时刻。"

结拜仪式结束后，县长彭良圣说："你俩都已经知道了自己的身世，我看是该恢复你们自己的真名真姓了。"方明书记望了一眼刘金虎，马上说："我看就不用改了，这样更能彰显这个感天动地的故事的意义。"说完，看向刘永强和洪庆来，两个年轻人马上表示，不改了。这样，"刘永强"就是洪庆来；"洪生"就是刘永强。

汪二先生，现在是县城小学的顾问，本来想告老还家，颐养天年，可洪镇江和王世忠两个学生挽留他，就留在了学校，偶尔也给高年级的学生讲讲古文和古诗词。

当方明书记告诉他刘金虎保卫红军后代的感人故事后，汪二先生同意牵头，让洪、刘两家认亲。

为了能让洪镇江接受这个现实，汪二先生还是费了一番心思的。

　　汪二先生的家住在"爱莲池"旁，据说这个"爱莲池"是当年大理学家周敦颐修建的，很有些名气，池中间还建有一座"爱莲亭"，汪二先生爱慕这花中君子，便把家安到了"爱莲池"边上。

　　眼下正是荷花怒放的季节，"爱莲池"内生机盎然，粉红的荷花散发着沁人心脾的清香。那是一个星期天，就在前一天，汪二先生对自己两个学生洪镇江和王世忠说，明天到他家来赏花品茶。

　　上午九点，洪镇江和王世忠如期而至，汪二先生看到这两个相逢一笑泯恩仇的学生，十分地开心，他们师生之间，是亦师亦友的关系，早就没有师道尊严的隔阂感。

　　"爱莲亭"的石桌上，早就摆好了茶具和开水，师生三人品着茶，从白鹿洞书院谈起，说到了洪、王两族的械斗，又谈到了洪水和王贤才偷家里的钱买枪支弹药，组织枭阳农民暴动的往事，三个人都感慨万千。洪镇江说："我的三个儿女，现成的福不享，都参加了共产党，你世忠的儿子贤才侄子，是北大的高才生，他也选择了共产党。现在共产党夺得了天下，而他们却不知魂归何处。"说着，洪镇江和王世忠的眼睛都湿润了。

　　汪二先生一看，便打断说："过去的事，就不再提了，你俩说说，你们的孙子工作怎么样？我可是教了你们祖孙三代人了。"

　　一说到孙子，洪镇江和王世忠便来了精神，两个人分别向汪二先生介绍了各自孙子的情况。

　　这时，县委书记方明和他的秘书也来到了"爱莲亭"，对正在喝茶聊天的三人说："真是有闲情逸致呀，原来你们在这里做花中君子。"

　　三人一看，是县委书记来了，都热情地起身让座。汪二先生说："是什么风把父母官吹到这里来了？"

　　方明书记打趣地说："还真是东风，我是专门来给镇江先生传达一件喜事的。"

　　洪镇江接过话说："方书记，你就别拿我这个穷秀才开涮了，何来春风给我送爽？"

方书记示意大家都坐下，接过汪二先生递过来的茶水，喝了一口，也坐了下来说："洪先生，还真是一件大喜事，就不知你听了能不能承受得起？"

洪镇江摆摆手说："方书记，你就放心吧，我从家财万贯，到上无片瓦、下无寸土；从人人都羡慕我有三个儿女，到膝下只有一个相依为命的孙子，这辈子经历的人生悲欢离合、大起大落，什么事情能击倒我？你就别卖关子了，我承受得起。"

方书记又故弄玄虚地说："那我就说了哇。"

这时，汪二先生捏了一把汗，王世忠感到一脸的惊诧。

方明书记望了洪镇江一会儿，才一字一字地说："我们找到了你大儿子洪水的儿子，也就是你的大孙子。"

这突如其来的好消息，真是惊得洪镇江半天说不出话来，等他明白了怎么回事，便"扑通"一声跪在地上，对天朝拜，说："老天有眼，保佑我洪家，我向您叩头了。"叩完了三个响头，才站起来，抓住方书记的手说："方书记，是我的大儿子有消息了？"方明没有吭声，扶着洪镇江坐下，慢慢地说："事情是这样的……"方明书记将事情的经过，原原本本细说了一遍，几个人就像是在听说书一样，都流下了激动的泪水。

听完了方明的介绍，洪镇江迫切地问："我的孙子永强呢？我要去找他。"说完就要起身往外走。这时，方明书记用手一招，只见刘永强和洪庆来从一个胡同里走了过来，都跪到了洪镇江面前，同时喊了一声"爷爷"，洪镇江已是泪流满面，一手扶着一个孙子起来，然后又拉过刘永强，左看右看，情不自禁地抱着永强大哭了起来。

汪二先生也被这一幕深深地感动了，说："别哭了，这是大喜事，你又多了个孙子。方书记，中午您不要走，在我的寒舍，为镇江骨肉团聚，好好地庆祝一下。"

方明书记欣然应允，又将永强和洪庆来已结拜兄弟，两人不再更改姓名的事说了一遍。洪镇江表示完全赞成，对方书记说："刘金虎现在在什么地方，我要登门拜谢，感谢他的大仁、大义、大德。"

王世忠有过天上掉下个孙子的经历，他对大家说："这是南山鄡水间的一件真善美的盛事啊，将来要编《鄡阳县志》，一定要将这件事记载上去。"

时间一下子到了中午，汪二先生说："你看大家光顾着说话，入席吧，我们大家一起为镇江举杯庆贺。方书记，请。"

自从认下大孙子刘永强后，洪镇江激动的心情就一直没有平静过。他感谢刘金虎这样无私的乡亲，便带着洪庆来，专门去了刘金虎家，表达了深深的敬意。洪、刘两家也按照乡风民俗，到本家祠堂去认祖归宗。真是好事连连，但还有一个好消息在等待着洪镇江。

刘长江带着鄡阳连赴朝参战后，刘永强替代了刘长江的民兵中队队长职务，与王明德成了新的搭档。

全乡的土地改革工作基本结束，按照上级的要求，全面进入土改复查工作。南下干部团的钟光正担任南麓乡土改复查组的组长。

钟光正是东北人，有初中文化，本来也生在小康之家，但东北沦陷后，父母都被鬼子杀害了，从此辍学，过着饥寒交迫的生活。后来，他揭竿组织了一支武装，打击日寇，抗战胜利后，被收编为东北民主联军，后随四野南下，一路转战，从排长一直当到了连长，在挑选南下干部工作团的干部时，由于钟光正有一定的文化，便选上了，跟着南下干部团到了江州，后分配到鄡阳县，担任县总工会主席。

钟光正来到南麓乡蹲点时，正值年关，也是新中国成立后的第一个春节。春节的氛围越来越浓了，刚来上任的钟光正，把老解放区的拥军优属的传统带到了南麓乡。他找到王明德说："王书记，我们乡还有不少志愿军战士在朝鲜作战，我建议利用这个春节，开展一次慰问走访军烈属活动。"

这个建议，与王明德不谋而合，他们要把党和政府的温暖，送到军烈属家中。王明德找到担任了乡武装部部长的刘永强说："食堂里有两只大肥猪，你带人负责把猪杀了，分给每个干部几斤，再把全乡的军烈属统计一下，把猪肉按每户三斤分好，进行一次慰问优属，表达党和政府对军烈属的关心和敬仰。"

钟光正完全赞成，又让乡政府办公室去买了些红纸和毛笔，他用了差不多一天的时间，写了几十副春联，春联的内容是"发扬革命传统，争取更大光荣"，横批是"翻身解放"，把它作为慰问品，一并送到每家每户的军烈属手中。

据人武部统计，全乡有名有姓的烈属二十八户，红军失散人员家属九户，现役军人家属二十户，加起来慰问对象一共为五十七户。

在腊月二十四日这天，南山地区已是滴水成冰的日子，也是传统的小年。但在乡政府大院内，却是热气腾腾，由王明德、钟光正、刘永强带领的慰问队伍，敲锣打鼓，挑着慰问品，去军烈属家中慰问。"咚呛、咚呛、咚咚呛"的锣鼓声，吸引了很多老百姓驻足观看，就像冬天里的春天，给军烈属家中送去了温暖，也让这个古老的春节有了新的活力。

县委书记方明了解到南麓乡开展拥军优属的活动后，给予了充分的肯定，并要全县开展一次慰问军烈属的活动，他还指示县委宣传部的干事到南麓乡采访。宣传干事采写的《南麓乡春节前夕慰问军烈属，激励志愿军勇士在朝鲜杀敌立功》的报道，被刊登在省报上。由于这项工作是钟光正主抓的，因此，钟光正受到了方明书记的表扬，这也提高了他在南麓乡的威信。

土改复查工作和镇反工作同时进行，摆在枭阳县的头等大事是，马县长和沦陷时的韦县长都未能捉拿归案，特别是韦县长，不仅手上沾满了人民的鲜血，而且将国宝《五百罗汉图》献给了日军，直接造成了胡谋响的牺牲。

南山山区，山高林密，在情况分析会上，县里特别要求南麓乡和山区几个乡，提高警惕，尽快将韦县长捉拿归案。

1951年的正月十五一过，县里就成立了两个缉拿工作组，由吕斌副局长担任一组组长，负责捉拿马县长归案；由县人武部副部长为第二组组长，重点放在南山山区，由刘永强担任第二组副组长，任务是抓捕韦县长。

韦县长抗战后就逃匿，六年来已无踪影，要想找到他，无疑是大海捞针。

马县长在渡江战役的前夕，宣布解散县政府，据可靠消息，他当时是逃往了省城。

吕斌带着两位公安侦察员，再一次来到浙江萧山，找余秘书了解情况。余秘书一看，枭阳公安又来找他，又虚惊一场，吓得结结巴巴地说："政府同志，我在枭阳就是个抄抄写写的，真没有作过恶，还望政府明察。"

吕斌说："余老板，不要紧张，我们今天来，主要是向你了解马子佳县长的下落，你知道马县长现在在什么地方吗？"余秘书一听，不是自己的事，一颗悬着的心才放下来，又是让座，又是倒茶递烟，然后说："马县长解散县政府后，去了洪都，他有个同学，在国军里面当旅长，他就投靠了他的同学，他同学给了他一个上校副官当。后来，他跟随这个旅长，一直撤退到福建厦门，后来就到台湾去了。"

吕斌问："这些情况你是怎么知道的？"余秘书回答："我们分开后，本来对他的情况也一无所知。他有一个表弟，叫钱广进，是枭阳县食盐专卖所的所长，也是马县长的小金库，马县长一直带着他。他们逃到洪都后，钱广进也谋得了一个军需官的差事。后来，知道队伍要撤往台湾，钱广进考虑家中有个七十多岁的老母，就不同意去台湾，回到了老家杭州，开了一个茶叶铺。上个月，他贩了一批龙井茶叶来我这里，要我帮忙为他代销一些茶叶，我顺便打听马县长的消息，这是他亲口告诉我的。"

"你有他的地址么？"吕斌问。

"有。"余秘书写了一个地址，吕局长又马不停蹄地赶到杭州，找到了钱广进，与余秘书说的一样，的确是逃往台湾。这个沾满红军战士家属鲜血和杀害抗日义士的国民党反动政府县长，不仅逃脱了人民对他的审判，而且在二十世纪八十年代末，作为台商，回枭阳县投资了一家台属企业，还受到了当地党政部门的隆重接待。

捉拿韦县长的工作，的确像大海捞针一样，充满着曲折和惊险。

韦县长是本县韦家山人，武汉中央军校的毕业生，原是国民革命军新五军刘月亭手下的一个团长，全面抗战爆发后，他所属的部队追随汪精卫，投降了日军，成了汪精卫的"和平救国军"，配合日军，对新四军根据地进行扫荡，成了一个名副其实的汉奸。

枭阳县处在长江中下游，是汪精卫的势力范围，马县长组成逃亡政府后，枭阳就成了政治上的真空地带。由于韦福来是枭阳人，便被汪精卫派回来当了枭阳县县长。

将韦县长捉拿归案，是全县人民的心声，可自从抗战胜利后，韦县长就像从人间蒸发了一样，形迹皆无。

找到韦县长的蛛丝马迹，是缉拿工作的首要任务。

韦家山，在本县的西南方，地处南山山区，是个四五十户人家的小山村，自称韦孝宽的后人。韦孝宽，北周太傅，多有战功。韦家这一支迁到枭阳后，以韦孝宽为荣，几百年来，一直在这里繁衍生息，日出而作，日落而息，生活就像水一样平静，也没出过光宗耀祖的人物。

二十世纪二十年代，军阀混战，群雄争霸，先是来了吴佩孚的北军，后又来了程潜的北伐军，再后来又闹起红军。各种主义、思想如雨后春笋，学校也不是一方净土。正在江州中学堂读书的韦福来，与几个同学一商议，认为当今社会，有枪便是草头王，要想出人头地，只有投笔从戎，手里有了枪杆子，才能有自己的三分地，才能光宗耀祖，于是就报考了武汉中央军校。毕业后，正逢新五军扩编，来军校招收毕业生，韦福来就加入了新五军，当了一名排长，至抗战前夕，已升任了团长，这让韦老爷子兴奋不已，也使乡邻十分羡慕。抗战爆发后，有消息传来，韦福来带部队去了抗日前线，使韦老爷子更觉得脸上有光，有时几杯酒下肚，他都情不自禁地对大伙说："犬子不才，但我韦家光宗耀祖，还只能指望他啊。"

自从马县长带着县政府流亡后，枭阳县一度地痞流氓横行，整个县城闹得是鸡飞狗跳，乌烟瘴气。几个月后，县政府的旗杆上又飘起了青天白日旗，开初大家还认为是国民政府的马县长回来了，后来仔细一看，除了青天白日旗外，还有一面鬼子的太阳旗。正当大家纳闷的时候，新任县长韦福来，中等身材，其装束衣着与马县长并无两样，胸口也别着一枚国民党党徽，只是鼻梁上少了一副金丝边眼镜。他召集县里还没有外逃的各界人士，举行了一个训话会，韦福来说："诸位名流，本县已隶属南京汪精卫主席的国民政府，走曲线救国的路子，各位要积极支持南京政府，维护社会治安，恢复生产。"驻县城的日军猫眼小队长也发表了讲话，说什么要建立"大东亚共荣圈"，建设"王道乐土"，遵纪守法，努力当好南京政府的顺民，等等。

韦老汉开初听说儿子韦福来做了枭阳县县长，那种自豪感就甭提了，嘴巴都乐歪了，他打开韦家祠堂，点燃高香，祭拜先祖，双膝一跪，"嘭、嘭、嘭"就叩了三个响头，趴在地上，前额着地说："祖上有德，福荫犬子当了本县县长，这在前清，就是朝廷命官，七品大员。"

第二天一早，韦老爷子随便吃了一点东西，按捺不住激动的心情，到县城去看望儿子，他觉得儿子一定很忙，也没回家看看，他对自己屋里人说："我去县城一趟，让福来抽空回来，祭拜先祖。"

韦老爷子走到半道上，碰到本家侄子慌慌张张跑来对韦老爷子说："大伯，我大哥当的不是老蒋的县长，而是当了汉奸汪精卫的汉奸县长。"

韦老爷子一听，就像被一瓢冷水浇了个透心凉，血往上涌，当场就昏了过去。过了好一会，才缓过气来，又"扑通"跪在地上，对着苍天拜了几拜说："造孽呀，我韦家怎么出了这么个不孝之子，这是要辱没我韦家的万世英明呀。"

韦老爷子是个倔脾气，在这国难当头时分，他分得清是非，他回村后，向族人发誓，将儿子韦福来踢出族谱，死后不得归葬韦氏祖坟山。后来，韦福来曾两次想回村祭祖，由于有韦老爷子挡着，硬是没让韦福来踏进韦家祠堂半步。

沦陷七年，韦家山人谁都没有去找过韦福来，大伙就当没有这个人。

1945 年 8 月初，在鬼子投降前的十多天前，几个伪军护送着一个俊俏的媳妇和一个不到两岁的男孩，来到了韦家山，找到了韦老爷子，说："这是韦县长的媳妇，这是你的孙子，现在时局动荡，韦县长公务繁忙，难以顾及家庭，因此，命我等将他的家眷送回老家，还望族人给予关照。"

已经六年多没有和儿子相认的韦老爷子面对眼前发生的一切，一时不知所措；但一起提到这个汉奸儿子，便气不打一处来，不肯接纳这对母子。

这时，村里也有不少人围了过来，对韦老爷子劝说："孩子是无辜的，他是韦家的血脉，我们还是要善待。"

韦老爷子也觉得众人说得有理，小孩是无辜的，便把他们娘俩安排在村东头的两间空房子里。

韦福来的爱人叫张梅香，是本县和公堂张财主家的女儿，小学文化程度，由于读书晚，十六岁才小学毕业。十六岁的张梅香，已经亭亭玉立，一头乌黑的头发，均匀的身材，散发着少女羞涩的美韵。也就是在她小学毕业典礼上，学校请韦福来讲话，她被韦福来看中了。韦福来带着丰厚的聘礼来张家提亲，开初，张梅香的父母坚辞不受，张梅香也坚决不同意，但经不住韦福来的淫威，为了顾及一家人的安全，便无奈地答应了这门亲事。

张梅香带着儿子来到韦家山后，由于公爹不同意在一个锅里吃饭，便一直是单门独户过日子。韦福来在离开枭阳前，给她留了一大笔钱，除了没有男人，日子过得并不难。自鬼子投降后，韦福来下落不明，马县长和张金彪也来搜捕过，想没收汉奸财产，但除了两间土坯房子，也不见有什么值钱的东西。张梅香是个聪明人，也不能光吃不做，这样会引起人们的猜疑，便养猪、养鸡，过上了寻常人家的日子。

日子平静地像一潭水，终于有一天，平静的水面上划出了一道涟漪，那是1950年的冬季，张梅香的肚子忽然大了起来，这在当时比较闭塞和封建的农村，就是一件爆炸性的新闻，因为大伙根本没见过韦福来回过村里，一致公认的说法是，张梅香这个年纪轻轻的俊媳妇，忍不住寂寞，偷了野汉子。韦老爷子气得火冒三丈，一个当汉奸的儿子，娶了一个不守妇道的媳妇，这让他在村里真的是抬不起头来，他不得不宣布，从此再也不认这个媳妇和即将出世的孩子。

1951年夏，张梅香产下一个女婴，风言风语就更多了。当时村里流传着一种说法，说是有一个化缘的和尚到过张梅香家里，没多久，张梅香就怀孕了。有人就认定，张梅香肯定是与和尚私通了。

刘永强和钟光正了解到这些情况后，召开情况分析会，进行了认真的研判，初步认定，韦福来就隐藏在南山，那个和尚十有八九就是韦福来。

韦福来逃离枭阳后，到了省城，隐姓埋名地过了一段日子，可没多久，省城开始查办汉奸，有一个大汉奸在万人公审大会上被当场处决，他吓出了一身冷汗，三十六计，走为上计。在南逃的途中，他遇到了武汉中央军校的一个同学，这个同学原是和平救国军的一个师长，日寇投降后，接受蒋介石的收编，摇身一变，又成为国军的师长，正开赴山东战场，参加刚刚爆发的内战。这个师长看在老同学的份上，让韦福来在师部当了个副参谋长。1947年，这个师在山东鲁南遭到惨败，全师覆灭，韦福来化装成一名士兵，当了俘虏，领了解放军发的三个大洋，拿着解放军开的证明，便逃回了老家枭阳。可枭阳城乡也没有他的安身之地，便在南山的崇山峻岭中的一个寺里掩藏了下来。

这个寺便是无影寺，始建于南北朝时期，虽然历史悠久，但寺的规模很小，只有一间大雄宝殿和四间禅房。寺里有两名和尚，主持叫性空，弟子叫明朗，平日里少有香客，只有山下村民上山采摘石耳和采药材的，偶尔在寺里歇歇脚，讨口水喝，或吃顿斋饭，有的也会留下几个香火钱。师徒俩的主要生活来源，是耕种寺前四亩多寺田，又种了一些瓜果蔬菜，日子还算过得富足。

韦福来是在栖贤寺长老那里知道有个无影寺的，听说那里风景奇秀，引起了韦福来的兴趣。他平时爱好画山画水，有一次乔装打扮成一个写生的人，来到了无影寺，除了画画以外，真正的目的，是看寺里有什么有价值的古董，好掠走去孝敬狼犬大队长。

性空师徒俩对这个登门造访的画家给予了热情的接待，并安排了斋饭。韦福来也用了两天的时间，将寺貌和周边的风景画了下来，师徒俩看到那逼真的画面，对韦福来很是佩服和称赞。韦福来在寺里住了一个晚上，上上下下看了个遍，实在是没有看到有价值的东西，便离开了无影寺，临走时，还捐出了十个大洋，以资寺里香火，这给师徒俩又进一步留了下很好的印象。

韦福来给寺里的十个大洋，并不是发了什么慈悲之心，而是有他长远的考虑。韦福来到无影寺时，太平洋战争已经爆发，第六感告诉他，日本人必将战败，一旦鬼子离开了枭阳县，那也就是他韦福来的末日，人民定会清算他的汉奸罪行，如果真到了那一天，何处是自己的安生之地呢？当他一来到无影寺，就感到这是一个好地方，远离尘嚣，山高林密，山路崎岖，人迹稀少，是一个避难的好地方，所以，才给寺里留下了十个大洋，换取性空和明朗的信任。

韦福来拿着解放军的路条，开初还没打算回枭阳，但每过一村一寨，都有民兵把守路口，查看路条，看行进的方向是否正确；到了车站码头，盘查更为严格，只有回枭阳，才是唯一的通道。惶惶如丧家之犬，急急似漏网之鱼的韦福来，在这走投无路之际，就想起了无影寺，决定先隐身下来，然后根据形势，再作打算。

进入了枭阳地界，轻车熟路，他钻进山林，攀崖越涧，在一个日暮时分，到达了无影寺的山门。韦福来定眼一看，山门已不是当年的山门，但寺貌依旧，定眼一看，原来这个简陋的山门是重建的，两边有新刻的一对佛联，斑驳的红漆还没有完全褪去，他轻松地念了一遍，原来上面写的是"作恶多端，入庙烧香未免有益；问心无愧，过门不拜倒也无妨"，韦福来顿时起了鸡皮疙瘩，内心更加惶恐，但还是硬着头皮走进了寺门。

现在无影寺的住持是明朗，瘦高个，身穿浆色袈裟，已年过六旬，眼神不是太好，一看有香客到访，便迎了上前，双手合十，口念"阿弥陀佛"，说："施主，是来进香还是斋饭住宿？"

韦福来早已认出了明朗，忙说："明朗师傅，不认得我了？我是当年来这里写生的画师啊。"明朗一看，已不见当年画师长袍马褂的模样，只见今天的韦福来头戴礼帽，脚穿皮鞋，一身西装革履，与当年已判若两人，便说："贫僧眼拙，果真是当年的画师，快请坐，这就给你看茶。"

韦福来进到了方丈室，察看四周，仅有明朗一人，便问："怎么不见性空方丈？"

明朗回答说："师傅三年前就圆寂了，寺里只有孤僧一人，本来师傅圆寂后，我想云游出山，但师傅临终嘱我，要在这里延续香火，所以就没有离开。"

听到这里，韦福来有感人生的变幻莫测，长叹了一口气说："真是世事沧桑，仅几年时间，方丈就与我们阴阳两隔，令人叹息啊。"

明朗为韦福来泡了一碗浓茶，问："施主，你上次来寺里画画，这算来已有六个年头了，不知施主这次来，是写生还是游玩？"

韦福来回答："不瞒你说，我在老家山东济南有些铺面，靠收取租金维持生活。我本人喜爱山水，又爱写生画画，闲时，便游览名山大川，既画松、竹、梅，又画山川锦绣。这几年，战端又起，到处烽烟滚滚，济南城一战，家财尽毁，妻儿也在战火中遇难，我现在是无家可居，看破红尘，四处流浪。来到南山，想起了我当年在贵寺写生的情景，便上山来了。明朗师傅，我已是万事皆空，决定削发为僧，不知明朗师傅可收留否？"

明朗一听，正愁自己一人像孤雁一样，日子打发得十分艰难，便喜出望外，连忙说："我佛慈悲，善哉、善哉！"

第二天，明朗为韦福来举行了剃度仪式，按照辈分，为韦福来取法号鉴慧，以师徒相称。就这样，韦福来就在无影寺掩藏了下来。

这清规戒律的生活，实在是让鉴慧闷得慌，他很是想念妻子张梅香和儿子，不知他们母子俩现在过得怎样，便决定下山一趟。他对明朗说："师傅，来寺里有些日子了，我想下一次山，顺便化化斋。"明朗没多想，就同意了。

韦福来自武汉中央军校毕业时回过一次韦家山，到现在都快十六年了。他当伪县长时，曾想回乡祭祖，但由于被族人踢出了族谱，没让他进村，韦家山的人几乎都忘记了他长什么模样。

1950年秋天的一个傍晚，秋雨绵绵，北风呼呼作响，在通往韦家山的山路上，来了一位身穿僧服、脚穿僧鞋，胸前挂着一串长长的佛珠的中年僧人，来到韦家山化斋。没有人认出他来，他打听到了张梅香住的地方，看到了快七岁的儿子，儿子正往灶膛里添柴火，张梅香在灶台上做饭。他心里一激动，看看四周，没有一个人影，便一闪身，进到厨房里来了。

正在炒菜的张梅香一看，一个化缘的和尚进来了，便说："饭还没熟，你到外面等一下，等饭熟了，给你一碗。"张梅香没认出自己的丈夫。

韦福来望了望张梅香，顺手将厨房门关上了，张梅香一惊，忙说："你要干什么？"

这时，韦福来才说话："梅香，你们母子可好？"

张梅香一听，这是自己丈夫的声音，眼泪夺眶而出，把锅铲往锅里一扔，过来就抓住韦福来的肩膀说："你这个天杀的，这几年你跑到哪里去了？可把我娘俩害苦了。"

韦福来忙用手止住了哭声，张梅香拉过小孩，说："叫爹，你爹回来了。"

小孩记不得父亲的模样，怯生生地小声喊了声"爹"，韦福来一把抱住儿子，亲了又亲，好一会才放下。

当晚，韦福来在这里过了夜，没告诉张梅香自己现在在什么地方，留下了一些银圆，在鸡叫头遍的时候，就匆匆地离开了韦家山，回无影寺去了。

捉拿伪县长韦福来的告示贴到了全县的每一个乡村，并层层召开了动员会，鼓励群众举报，一旦发现韦福来的踪迹，应立即向人民政府报告。

韦家山的乡亲们，为出了汉奸县长韦福来感到耻辱。张梅香怀孕后，就有人举报，曾经有个化缘的和尚到过韦家山，在张梅香家里讨过斋饭，没过几个月，张梅香就有了身孕，估计这个和尚，可能就是韦福来。

这是一条非常有价值的线索，工作组将目标锁在了张梅香身上。此时，张梅香已生下了一个女儿。

刘永强找到了张梅香，调查韦福来是否回来过，如果没回来，你生的这个女娃是谁的？开始，张梅香任凭怎样追问，就是一言不发，调查一时陷入僵局；但在强大的政治攻心下，晓之以理，动之以情，说你张梅香也是韦福来的受害者，点到了张梅香的痛处，她"哇"的一声大哭起来，终于向工作组交代，韦福来的确回来过一次，那个化缘的和尚就是韦福来，住在哪个寺，就不清楚了。

根据掌握的情况，抓捕工作将工作重点锁定在南山的各个寺庙中。

枭阳县所处的南山，有大小寺观近百处。为了不打草惊蛇，由县委书记方明亲自指挥，抽调了一百余名公安干警和五百多名武装民兵，对所有寺、观、庙进行地毯式搜查，以迅雷不及掩耳之势，将所有寺庙包围起来，不准任何外人进出。

由王明德、刘永强、钟光正带领的搜查小组，终于在无影寺将改名换姓的韦福来抓获。

县政府举行了盛大的公审大会，将韦福来的犯罪事实公之于众。这个认贼作父的大汉奸，枭阳县伪县长韦福来，随着一声枪响，结束了他罪恶的一生。

在枪毙了大汉奸韦福来后，土改和镇反复查工作也进入了最后的阶段。

钟光正作为县委下派的工作组组长，主持了南麓乡的复查工作。

他亲自深入各村，发动群众，检举揭发暗藏的反革命分子。

新庙龙村有个村民叫汤海南，与邻居汤石龙家长期不和，两家结怨很深。汤海南家有四个儿子，汤石龙家只有两个儿子，汤海南家人多势众，汤石龙家便常受到欺侮。后来，汤石龙的小儿子汤震出息了，参加了北伐军，还当到了团长，一天，他带着几个卫兵回老家，将汤海南家的四个儿子一阵猛揍，报了一时之气。就是这个汤震，是一个反动政权的死硬分子，参加过"四一二"反革命政变，后又开赴赣南，"围剿"中央苏区根据地，得过蒋介石颁发的青天白日勋章。抗战时，跟随李宗仁参加过台儿庄战役，后又参加过武汉会战、上高会战、长沙会战等。1949 年，已是少将师长的汤震，在淮海战役中跟随所在部队起义，并改编为中国人民解放军。但这个汤震，并不是一个审时度势的人，愚忠思想很浓，他不是起义的发起人，当时参加起义，也只是无奈之举，加上长年征战，对战争也厌倦了，便向上级打报告，要求解甲归田，回到了老家枭阳县。负责策划起义的解放军敌工部长，根据自愿的原则，批准了他离开部队，给了他一张起义将领证明书。他带着这张证明书，带着家眷，回到了新庙龙村。

回村后，他盖了几间瓦房，建起了猪栏鸡圈，过起了"采菊东篱下，悠然见南山"的田园生活。

1950 年土改时，刘长江根据土改政策，给汤震划为官僚成分，由于有起义的身份，也分得了五亩水田和一亩旱地。

这让汤海南很不舒服，一个国军师长，也和贫下中农一样，分田分地，享受胜利果实。他找刘长江，认为不对，但刘长江解释说："完全是依据政策规定办理的。"这次钟光正动员群众举报漏网的反革命分子，汤海南觉得时机到了，便向钟光正举报，说双手沾满人民鲜血的反革命，还分到了田，分到了地。钟光正了解到，这个汤震在村里名声不怎么好，而且他的家人过去仗着他的势力，没少干欺侮人的事，所以，他基本认定，在对待汤震的问题上，乡党委书记王明德和土改工作队队长刘长江都犯有右倾错误。为了打好镇压反革命运动的最后一仗，他果断命令乡民兵武装中队，将汤震拘押看管起来。

王明德认为此事不妥，对钟光正说："钟组长，汤震是起义军官，有解放军敌工部的起义证明书，对这样的人员，政策是既往不咎，我看这件事还是要慎重。"钟光正不耐烦地说："王明德同志，这件事，我没批评你和向上级反映，那是给你面子，你们的阶级觉悟哪里去了？你真以为这样的反革命分子能放下屠刀，立地成佛？你也太天真了。不错，他是起义人员，为什么不留在部队，去打蒋介石，而是要逃离革命队伍？这就说明，他是在等待时机，等老蒋有朝一日卷土重来。如果这样的历史反革命分子不就地镇压，我们就要犯路线、方针错误，王明德同志，你醒醒吧！"

钟光正有文化，说起大道理来一套一套的，加上又是土改复查工作组的组长，带有尚方宝剑和生杀大权，而乡党委和乡政府几个领导，都是刚刚获得解放的农民积极分子，在钟光正主持召开的乡党政联席会议上，赞成钟光正的意见占了多数，按照少数服从多数的原则，做出决定，立即召开公审大会，在汤震拒不认罪的情况下，先斩后奏，处决了漏网的反革命分子汤震。令钟光正没想到的是，画虎不成反类犬，他的满腔热血竟让他在仕途上摔了一个大跟头。

几天后，县委书记方明接到了南麓乡处决了汤震的备案报告，十分震惊，在全县通报了钟光正在复查工作中的扩大化错误，并撤销了钟光正的复查领导小组组长职务，由县总工会主席降为副主席。但已于事无补，方明书记及时深入各乡，了解复查情况，发现普遍存在扩大化的问题，一味迎合部分群众的过激情绪。他觉得这个事具有一定的普遍性，便向地委汇报了枭阳县存在镇反中的扩大化问题，地委也觉察全区都存在扩大化的情况，又向省委进行了报告。为此，省委专门召开会议，听取了各地的汇报，为了避免扩大化问题，专门传达了伟大领袖毛主席关于"一个不杀，大部不抓"的指示，重申了可杀可不杀的坚决不杀，并收回了复查工作组和乡一级先斩后奏的审判权力，将镇压反革命的裁定权收回县人民法院，及时纠正了镇反中的一些过急和扩大化行为。在当时的情况下，为了调动群众的积极性，也不可能为汤震平反，直到二十世纪八十年代初，在平反冤、假、错案的工作中，枭阳县委县政府才做出了对汤震平反的决定，恢复了他起义将领身份。

（二十一）

1950 年的冬季，远处的山峦上已是白雪皑皑，田野里还残存着没有融化的冰雪，只有过冬的油菜一片葱绿，在通往饶州城的一条砂石公路上，一辆苏制嘎斯吉普车，颠簸着向县城驶去，车后扬起一阵阵尘烟。

车里坐着的正是二十年前离开饶州的王贤才的妻子洪霞。

洪霞现在是南方省妇联副主任，随着国内形势的好转，她特地抽空赶来饶州，寻找二十年前留在饶州的儿子王明德。

饶州城与二十年前并无多大变化，她很快就找到了当年的旧街，但已物是人非，都是生生的面孔。

她找到当年为掩护身份租用的那间茶叶铺，也不是当年的模样了，已看出明显地重建过，而隔壁的王记茶叶铺，已不卖茶叶了，现在是一间副食品商店。

洪霞来到店内，店主以为来了购物的顾客，忙上前招呼，问："大婶，需要买点什么？"

洪霞打量了一下店主，说："老板，我不买什么，我想问一下，当年这里是两间茶叶铺，也就是二十年前，不知这间铺子还是不是一位叫王老板家里的？"

"哎呀，这我还真不知道，这间店铺是我饶州城解放前买下的，老板也不姓王呀。"店主说。

洪霞不安的心就更忐忑了，接着又忙问："这条街上还有没有老商铺？"

"这倒有不少，往前走一百米，有家木器行，木器行的晏老板常说，他家的木器行是这条街最早的商铺，您去问问他，兴许他能知道一些情况。"店主告诉洪霞。

洪霞记起来了，是有这么一家木器行，而那家的老板，她认识，因为当年组织产业工人工会时，去过他们家，便对店老板说："谢谢你告诉我。"说完，就径直来到了木器行。

木器行主要经营木制家具，店铺后面就是一个木业加工车间。当年的店主叫晏修然，早已不在人世，现在是他的儿子晏朋生子承父业。

洪霞一走进木业行，就认出了晏朋生，当年二十岁的晏朋生，就是饶州城产业工会会员。二十年过去了，虽然晏朋生已有白头发，增加了沧桑岁月留下的痕迹，但模样还在。洪霞轻轻地叫了声："朋生兄弟。"

正在柜台上看账本的晏朋生抬头一看，只见一个中年妇女，齐耳短发，穿着一身洗得有些发白的解放军军服。他一时没认出洪霞来，便客气地说："这位大嫂，您是找我么？"

洪霞又说："不认识我啦，朋生兄弟？"

晏朋生又仔细地打量着洪霞，还是摇摇头说："我还真记不起来了，大嫂，您是谁？"

洪霞接着说："二十年前，王记茶叶庄的老板娘上你们家动员你和你父亲参加工会的事，你还记得么？"

"哎呀，你是我王修杰大哥的爱人洪嫂，快、快，到客厅里坐。"

晏朋生将洪霞请进了店铺后面的一间客厅，让洪霞坐下后，一边忙着泡茶，一边问："洪嫂，我修杰大哥怎么没跟你一起来？这么多年，你们到哪里去了？"真是睹物思情，洪霞想起了和丈夫在饶州的幸福激情岁月，眼睛有些湿润了，低声地说："你修杰大哥在长征的路上牺牲了。"

短暂的沉默之后，晏朋生将茶递到了洪霞手上。接着，洪霞迫切地问："当年与我一起开茶叶铺的王老板现在在什么地方？"

晏朋生一听，叹了一口气，痛心地说："王老板夫妻是好人呀，你和王大哥走后，把刚刚一岁多的儿子交给王老板夫妻看管，左等你们不来，右等你们不来，他们就将你的孩子视为己出，疼爱有加，不到六岁，就送孩子到一个私塾先生家里上学。1938 年 8 月，小鬼子飞机轰炸了县城，两颗炸弹落到了茶叶铺的屋顶上，王老板爱人当场炸死，王老板受了重伤，幸好你的孩子上学去了，躲过一难。王老板受伤后，我也赶过来帮忙，王老板在咽气前，要我去先生家里找你的孩子来与他见一面，你孩子扑在夫妻俩身上，哭得死去活来。王老板在临终前，将一块玉佩交到了你的孩子手里，告诉了你孩子的身世，要他去枭阳县找他爷爷。"晏朋生擦了擦忍不住的泪水，继续说："王老板死后，是我们这些街坊邻居处理的后事，邻居们也都表示愿意收留你的孩子，可小孩子挺倔强，坚持要回枭阳找爷爷，还是我亲自送他出的城。这一别，已经十二年了，也不知道他有没有找到爷爷。"

洪霞听到这里，早已泪流满面，强忍着不哭出声来。这二十多年来，儿子一直在她心里，常常在夜深人静的时候，泪水打湿了枕头。她现在归心似箭，迫切地想回到枭阳县。

洪霞用手巾擦干了眼泪，内心已非常感激这对邻居夫妇，说："朋生兄弟，麻烦你带我去祭拜一下王老板夫妻好吗？"

晏朋生马上答应，关了店门，又陪洪霞去买了些黄表纸和香烛，来到了县城的一个公墓区。尽管是晏朋生亲手埋葬的，由于十多年来无人祭拜，墓地的树都碗口粗了，费了很长时间，才找到了两堆长满柴草的坟包，还是从那墓碑上的文字，才确定这就是那对茶叶铺的夫妇。

洪霞点燃了黄表纸和蜡烛，泪流满面，分别向两个坟堆三鞠躬，她哽咽地说："我和王贤才感谢你夫妻的大恩大德，你们是我家的恩人，王大哥，苏大嫂，每年清明节，我不管在什么地方，都要为你们烧上几刀纸，祭拜你俩的在天之灵。"

在离开墓地时，洪霞拿出两块钱说："朋生兄弟，拜托你给我找个人，将这两座坟维修一下，这是两块工钱。"晏朋生接过钱后说："嫂子，你放心，我一定找人把它们修好。"

从墓地回来，晏朋生要留洪霞吃饭，但洪霞挂念着儿子，便匆忙地回到停车的地方，坐上吉普车，向枭阳县城急驰而去。

这一路，洪霞脑子里翻江倒海，除了儿子外，她还思念父母和二哥。从1927年最后一次离开家乡回学校后，就再也没见过父母，大哥大嫂都已牺牲在长征路上，那个刚刚出生的侄子洪生不知怎么样，还有二哥二嫂是否陪着父母颐养天年，再就是自己还未见过面的公公婆婆怎么样？丈夫是家中的独子，在长征途中，被张国焘在肃反中错误杀害，自己的儿子王明德是否找到了爷爷？洪、王两家世代冤仇，自己成了王家的儿媳，两家的老人做何感想？这一切的一切，让洪霞思绪如麻。但她急切地要见的，还是自己那可怜的儿子。她在心里暗暗祈祷，愿老天保佑儿子平安。

从饶州到枭阳，由于路况太差，一路上足足跑了两天，颠簸得骨头都快散了架，才在下午四点左右到达了枭阳县。她和司机在县城找了一家面铺，简单地吃了碗素面，不敢停留，又赶了近两个小时的路程，终于到了自己的老家洪家港。

洪家港，已完全不是她记忆中的故乡。当年，她在外地读书，都是乘船走鄱阳湖的水路，每当从学校放假返回家乡时，在碧波荡漾的鄱阳湖上，远远就看到了自家的洪家大屋，每当白帆靠近码头，父母都站在码头上翘首盼望，迎接她归来。每当回想这一幕，都感到十分的温馨和幸福。

今天，当洪霞进入洪家地界后，便要司机将车停在离村一里路的地方，她要步行回家。当她下车眺望洪家港的时候，在袅袅的炊烟里，心里就有了一种不祥的预感，那显赫的洪家大屋已不见影子，她加快了脚步，不知父母是否还健在，能不能原谅她这个不孝之女。她记得最后一次离开家乡时，刚过十六岁的生日，今天再次踏上故乡的土地，已经整整过去二十三年了。想到这里，洪霞的眼睛湿润了。

故乡就在眼前，她心里越来越激动，山还是那座山，湖还是那个湖，河流还是那条河流，但故乡已经没有人认得出她了。她远远望着自家荒废的宅基地，风儿轻轻地吹，大樟树的叶子轻轻地摇，一抹斜阳挂在那没有叶子的老枣树上，她心里一阵阵惆怅，再也找不到依偎在父母身边的甜蜜时光。

正是下午收工的时候，她走进了村里，向一个年轻的后生打听："洪家大屋怎么不见了，洪镇江还住在村里吗？"那位扛着锄头的后生停下脚步一看，是个女干部，便反问道："同志，你从哪里来，你找我大爷有什么事？"

洪霞心里一酸，一种"少小离家老大回，乡音无改鬓毛衰。儿童相见不相识，笑问客从何处来？"的沧桑感油然而生，自己明明是这片沃土上的主人，今天，倒成了客人，哽咽着说："洪镇江是我爹，我是她的女儿洪霞。"

洪霞离开故乡时，小伙子还未出生，但他从小就听父辈们说过，本家大爷洪镇江有两个儿子、一个女儿，大儿子枭阳暴动后去向不明，二儿子也是共产党，自从送回了孙子洪庆来后，也不知去向，女儿洪霞，据说也参加了共产党，在上海读书毕业后，就与家里失去了联系。洪霞的母亲，因思念儿女，在乐平过早离世，抗战胜利后，还是族人去乐平将遗骨移葬到了洪家的祖坟山上。这个名门望族，在短短的十几年时间里，只剩下祖孙两人，相依为命。

小伙子惊诧的神情马上就变成了兴奋的表情，高兴地问："您是我霞姑，我大爷的女儿？"

洪霞也激动地说："是啊，是啊，我是洪霞。"洪霞为家乡的亲人还能记住她而感到了一丝欣慰。

小伙子又高兴地说："姑姑，我是你的本家侄子，我叫牛崽。"说完，对着正收工回家的人大声喊道："霞姑回来了，我大爷的女儿，霞姑回来了！"

洪亮的声音，像一声惊雷，很快就传遍了洪家港的每一个角落，人们纷纷来到洪家祠堂前的小广场上，欢迎洪镇江的女儿归来。一些年龄较大的族人，洪霞还能叫出一些名字，更多的年轻人，都没见过这个失踪多年的姑姑，来看热闹，里三层，外三层，紧紧地将洪霞围在中间。此时的洪家港，就像过年一样热闹，年长的人，都在谈着洪镇江家的往事。

与洪镇江同辈的洪镇礼，接了洪镇江的族长职位，也是洪家最年长的长辈，拄着一根拐杖，颤颤巍巍地来到洪霞面前，紧紧抓住洪霞的手。"闺女呀，你都二十多年没回家呀，你妈想你都想死了，娃呀，这么多年你到哪里去了，也不给你爹娘打封信。"老汉有些责怪地说。

洪霞认出了洪镇礼，这是她家的一个老长工，比父亲年长几岁，洪镇江从没把他当外人，洪家兄妹都喊他大伯，刚才的洪牛崽，就是他的孙子。洪镇江告别家乡散尽家财时，给了镇礼七亩土地，让这个老长工过上了安定的生活，他对洪镇江家一直心存感激。洪霞接过话说："大伯，一言难尽，等会我慢慢说给你听。大伯，我家的洪家大屋怎么没有了，我爸妈现在在哪？"洪霞很是着急。

洪镇礼听洪霞这么一问，心里一阵酸楚，老眼饱含着泪水说："娃呀，洪家大屋1938年就不在了，国民政府搞什么焦土抗战，一把火给烧了，后你爹妈就把土地卖了一些，剩下的就全分给我们这些穷人，他就搬到县城去了。"

洪霞又急切地问："我爸在枭阳城？"

"是呀，他在枭阳城学校当校长。"听说父亲还健在，洪霞心里宽慰了很多。洪霞又问："我二哥二嫂现在在哪里？"洪镇礼悲伤地说："娃呀，你大哥听说是长征去了，没了音信；你二哥二嫂也加入了共产党，据说牺牲在武汉，你爹妈命苦哇。"

洪霞止不住眼泪说："大伯，我就去县城，找我爸去。"

"娃呀，不急，不急，你二十多年没回娘家，这没喝一口水，不吃一顿饭，是不行的。我马上派人去县里，接你爸回来，我明天要大办酒席，庆贺你父女团圆，为我侄女接风洗尘。"洪镇礼的话，得到了在场的全体族人的齐声响应。

洪霞一看这浓浓的乡情，不留下来就伤了亲人们的心，便说："大伯，我留下，你只要派个人带路，我有车在这里，让我的司机去县城接回来就可以了。"

人们这才发现，村前几百米的地方真有一辆小包车，又引起了一阵惊奇，不知道这个洪霞当了个什么大官。洪牛崽问："姑姑，我们县长下乡，都是骑一匹马，您都是坐着包车回家，您当了很大的官吧？"

洪霞这才擦了擦挂在眼角的泪水，笑了笑说："你姑没当官，就是一个为人民服务的勤务员，我大哥要是没牺牲，那就是一个很大的官呢。"

大伙围着洪霞，七嘴八舌，问这问那，洪镇礼拦开大家说："别顾着光说话，先上我家，到家里喝茶吃饭。"

这时，洪牛崽说："姑姑，我知道老爷住的地方，我这就去接老爷去。"洪霞点点头，牛崽屁颠屁颠地坐上了吉普车，去县城接洪镇江去了。

晚上七点，枭阳小学住校的高年级学生刚准备去上自修课，当大家快要走进教室时，就看到两支光柱照射到了学校的墙上，随着一阵马达声由远而近，竟是一辆吉普车开到了操场上，而且稳稳当当地停了下来。那时候，县里还没有一辆汽车，不说学生们，就连老师也感到十分新奇，纷纷围住汽车看新鲜。

洪镇江也在围观的人群中，心想，这县委书记和县长都没有小车坐，这是谁来了呢，看样子一定是个比书记、县长还大的官。想上前看个究竟，可令他大为惊讶的是，从车上下来的不是什么大官，而是本家的族孙牛崽，只见牛崽用手拨开围观的学生大声喊着："大爷，大爷！"

洪镇江大声回答："牛崽，你怎么来了？"

牛崽激动地说："大爷，喜事，喜事，我霞姑回来了。"

这突然的喜讯，差一点将洪镇江击倒，二十三年了，他没有一天不思念这个宝贝女儿，他脑袋"嗡"的一声，拿在手上的书本掉到了地下，牛崽赶忙上前，扶住了洪镇江，帮他捡起了书本说："大爷，我姑回来了，你看，这是我姑坐的包车，让我来接你去洪家港。"

洪镇江像做梦一样，喃喃地说："真是我的霞儿回来了？"

"大爷，千真万确，姑姑现就在我家里呢。"

这时，汪二先生和王世忠也来到了洪镇江身边，一听到洪镇江的女儿回来了，也十分高兴，拉着洪镇江的手说："这是天大的喜事，可喜可贺呀，快，你回去吧。"

洪镇江在大家的簇拥下，被牛崽扶上了吉普车的副驾驶坐，随着马达声响起，吉普车扬起一阵尘雾，向洪家港急驰而去。

人们目送着吉普车离开，一直到车拐了弯，看不到影子，围观的人才慢慢散去。

王世忠还站在那里，一动没动。他的儿子王贤才，当年考上北京大学，曾轰动了全县，1927 年，儿子回枭阳搞暴动，后就一直音信全无，虽说当年儿子带头"共"了自家的产，气得他直骂儿子是不孝之子，但毕竟血浓于水，总是盼望着儿子能平安归来。正是由于这个独生儿子，他也看穿了世事，像洪镇江一样，散尽了家财。现在，共产党胜利了，得了天下，按理说，只要儿子还在，也应该回来了。今天，看到洪镇江的女儿回来了，他自然就想起了自己的儿子，不禁潸然泪下，两行老泪都流到了嘴角，是苦是咸，他都没有知觉。唯一的安慰是，儿子留下了孙子王明德，这是他心里最大的慰藉。他心里想，就是儿子回不来，哪怕那没见过面的儿媳妇回来，也是我王家的一件喜事呀。

汪二先生看到站在那里发呆的王世忠，便说："世忠呀，过去的事，就不要去想了，要向前看。我看明德也到了谈婚论嫁的年纪了，你呀，就多用些心思，给明德说门亲，当好你的太爷爷吧！"

王世忠这才从痛苦的回忆中抽出，回过神来，跟着汪二先生，默默地回到了教室。

当晚，洪镇礼就让老太婆杀了一只大母鸡，请洪霞吃了晚饭，安排了洪霞休息的地方后，又召集了洪家议事会的成员来到祠堂，商议明天镇江父女团圆的庆贺仪式。

洪镇礼开门见山地说："我作为族长，我决定，明天要杀猪宰羊，隆重欢迎镇江的女儿回娘家，还是老规矩，费用由族里公田里出，立了烟火的，每家每户来一个人到祠堂会餐，不知各位意下如何？"

所有人都表示赞成，但对酒宴摆在什么地方，二房的掌门人洪镇山有不同看法，他说："镇礼哥，欢迎洪霞回娘家，我举双手赞成，但洪氏祠堂几百年来，只进男丁，不进女眷，这是老祖宗留下的规矩，在祠堂里摆宴，是否合适？"

镇山此话不假，议事会成员都不作声，会场一下沉静下来。镇礼看看大伙，站起来说："这个规矩，我懂，但现在是新社会，提倡的是男女平等。规矩是人定的，我看这个规矩也该改改了。再说，我洪氏家族迁来这湖边几百年，就没有出过一个光宗耀祖的人物，虽说洪水当过红军的司令，但在那个时候，被国民党称为土匪，族人还受到了不少牵连，现在，又牺牲了。我洪家这个侄女，虽说是女流之辈，我也不知道她是个什么官，但她是坐着包车回来的，我看这个官比县长要大，真正为我们洪家光宗耀祖的，不是我们在座的男人，而恰恰就是个女人，我看她最有资格进祠堂祭祖，没有什么不妥，大家说是不是？"

镇礼老人的话振聋发聩，句句在理，于是，大家都同意改改那个老规矩，在洪氏祠堂为洪霞接风洗尘。

洪镇江一路颠簸，赶到洪家港时，已是明月中天，吉普车在洪家祠堂前刚停稳，洪镇江便迫不及待地下车，三步并作两步，就往镇礼家跑。在祠堂开完家族会议的很多人，散会后又来到了镇礼家，围着洪霞，问这问那，同时，大家也在等着镇江回来。听到了吉普车的喇叭声，洪霞忙从屋内跑出来，与苍老的父亲相拥而泣。洪镇江抚摸着女儿的头发，喃喃地说："真是我的霞儿回来了？"洪霞用手巾轻轻擦去父亲脸上的泪水，说："爸，是您的不孝女儿回来了。"说完，双膝跪在父亲的面前，热泪盈眶地说："爸，女儿不孝，让您受苦了。"这时，洪镇江抑制不住内心的悲喜交加，"哇"的一声哭起来，此情此景，让在场的人都为之动容，很多人的眼睛也都湿润了。这时，洪镇江对着洪家祖坟山的方向又哭着喊道："霞儿娘，我们的宝贝女儿回来了，你的在天之灵知道吗？"

洪镇礼等族人纷纷上前，搀扶起这对泪流满面的父女，回到了厅内。

牛崽坐车去县城接镇江后，镇礼便安排人去南麓乡，通知刘永强，他的亲姑姑回来了。永强得到消息，又马上告诉了在乡里蹲点的洪庆来，两人一起立即赶了二十多里路，在洪镇江和洪霞进厅的那一刻，赶来了。

洪镇江一手拉着刘永强的手，一手拉着洪霞的手说："这是你姑姑，这是你大哥的儿子刘永强。"又拉过洪庆来的手说："这是你二哥的孩子洪庆来。"

洪霞愣住了，大哥的儿子叫洪生，是大哥临走时亲自取的名字，生他的时候自己就在场，是自己亲手将他交给老乡的。她不解地问："爸，大哥的孩子叫洪生，是我帮忙接的生，现在怎么叫刘永强呢？"

洪镇江费了很大的功夫，才说清楚了洪生怎么变成了刘金虎的孩子刘永强，刘金虎的孩子怎么变成了她二哥的孩子洪庆来的过程，令在场的人像听传奇一样，都为之感动。洪霞拉着刘永强，又是泪流满面，说："孩子，我大哥大嫂要是在天有灵，知道你还活着，那该有多么高兴啊。"接着又拉着洪庆来的手说："你的父亲是位伟大的父亲，我代我大哥大嫂，感谢你父亲的大恩大德。这也是我洪家的福气，让我二哥有了你这样的儿子。"洪霞说完，又对大伙说："乡亲们好啊，没有乡亲们的支持，我们共产党就不能夺取天下。爸，我过两天，一定要去看看刘金虎，代我大哥大嫂去谢谢他。"

浓浓的乡情、乡音经久不散，直到过了子时，人们才散去。

第二天，是个阳光明媚的日子，洪家港就像过节一样，热闹非凡。

上午十时，开始了祭祖仪式，仪式由洪镇礼主持。

祭拜仪式庄重，肃穆，所有人向列祖列宗行了三叩九拜大礼。

洪霞虽然在洪家港长大成人，但从未参加过家族的祭祖活动，对于父老乡亲的热情，十分地感动。她面对列祖列宗，感谢家乡人民的深情厚爱。

几百年来，洪氏祠堂为一个出嫁的女儿举行祭祖活动，并大摆宴席，成为新社会的一道靓丽的风景，成为十里八乡的美谈。

南山红军特派员王修杰的爱人回到枭阳的消息，一传十，十传百，很快就传到了望穿秋水的红军家属耳中。大家不约而同，有的赶了上百里的山路，来到洪家港，打听自己亲人的下落。

最先赶来的是刘金虎，是儿子刘永强派人给他送的信，接到信后，就赶来了洪家港，当他见到洪霞时，洪霞就知道是刘金虎。洪霞紧紧握着刘金虎的手说："刘大哥，我代表我哥林司令和嫂子英姑，向您表示感谢。"说完，向刘金虎深深地鞠了一躬，然后，请刘金虎坐下。刘金虎仔细打量着洪霞，他依稀记得，王修杰特派员的爱人叫"琼花"，当年是一头短发，一身灰色的军装，腰间扎着一根牛皮带，皮带上别着一支小手枪的年轻女红军，是她亲自将洪生交到了自己手里。可今天的琼花，是个中午妇女，一身解放军干部打扮，怎么那个"琼花"叫洪霞，还是洪镇江的女儿？他有些不解地说："永强姑姑，我记得你当年叫琼花，真没想到，你还是洪先生的女儿。"

望着不解的刘金虎，洪霞脸上露出了笑容，说："金虎兄弟，我就是当年的琼花，那是组织上给我取的化名，主要是为了避免连累家人。我哥也不叫林涛，他叫洪水，我的丈夫王修杰特派员，也不叫王修杰，他叫王贤才，是我们上乡王世忠的儿子。"

洪镇江听到女儿说自己的女婿是王世忠的儿子，简直不敢相信自己的耳朵。他无论如何也想不到，那个与自己同出师门，又与自己斗了十几年，最后成为患难之交的王世忠，竟是自己的亲家，那个第一眼看就喜欢的王明德，是自己的亲外孙！难道这是天意，一种不了的缘分？他迫切想知道儿子、儿媳妇和女婿的结局，前来打听消息的红军家属也迫切地想了解自己亲人的情况。洪霞明白父亲和大家的意思，拢了一下额头上的头发，慢慢地讲述了南山红军转移后悲壮的故事。

"1930 年 4 月，南山红军转移至湖北阳新，进行了短暂的休整，到达鄂豫皖苏区后，编入了红三十一军。大哥洪水被任命为军参谋长，在长征途中带领部队英勇作战，冲破敌人的围追堵截，取得了一个又一个胜利，1935 年，在四川苍南作战中牺牲；他也是红四方面军在长征途中牺牲的高级将领。大嫂英姑编入了四方面军妇女独立团，担任一营营长，也打了很多恶仗。她爬过雪山，三过草地，后跟随西路军参加西征，在高台与马家军进行了殊死搏斗，把鲜血洒在了河西走廊。"说到这里，洪霞眼里的泪水止不住往外流，她歇了一会，又擦了擦眼泪，痛心地说："我丈夫王贤才，被分配在四方面军政治部担任特派员，由于对张国焘在肃反中的极'左'和扩大化，多次表示反对，得罪了张国焘，在四方面军转移到川、陕与中央红军会师的前夕，被张国焘秘密杀害。我由于在南山时候就负责电台工作，参加四方面军后，被分配到了徐向前总指挥的司令部，一直担任机要通信员，最后到达延安。后跟随一二九师，开赴抗日前线，继续负责通信工作。"

这时，围在她身旁的许多红军家属中有人问："你知不知道我儿子的情况？""知道我丈夫的情况吗？"洪霞心里十分的悲痛，四百八十名南山的优秀儿子，是跟着自己的大哥和丈夫踏上万里征程的，今天，仅自己一人回来了，她懂得一个父亲、母亲和一个妻子此时是什么心情。她慢慢地从座位上站起来，对大家深深地鞠躬，然后面对着大家，泪流满面，痛心地说："乡亲们，当年，你们把自己的儿子、丈夫，送到南山参加红军，跟着我的大哥和我丈夫，踏上了万里征途；今天，我回来了，我没能将你们的儿子、丈夫带回来，我对不起大家。"说完，又深深地向大家弯下腰来。这时，人群中已是哭声一片，洪霞再一次泪飞顿作倾盆雨。接着，洪霞哽咽着说："乡亲们，我们长征到达延安后，毛主席说，长征到达延安的人，都是革命的种子和宝贝，要进行造册登记。我作为机要人员，看过到达延安的红军花名册，除我之外，没有一位枭阳籍的红军战士。各位乡亲，我们这四百多名战友，到今天还未与家里联系，应该都血染疆场，牺牲在万里长征路上了。"洪霞用手拢了一下头发，止住了泪水，用坚定的语气说："乡亲们，我们南山地区的四百多名红军战士，是南山和枭阳人民的优秀儿女，他们为新中国，献出了年轻的生命，人民不会忘记他们，共和国不会忘记他们。"

当人们带着悲伤失望的心情离开后，她想起了自己可怜的儿子王明德，便对父亲说："我听饶州的老乡讲，我儿子在十几年前就回了枭阳找爷爷，也不知道找到爷爷没有，我要马上去趟王家畈。"

洪镇江也从悲伤中缓过神来，露出笑容说："你放心吧，我的外孙好好的，他现在已经是我们乡的书记了。"说完，对刘永强说："快，去乡政府，把你表哥明德找来。"

洪霞一听，压在心里的一块石头放了下来，儿子找到爷爷了，而且还当了乡里的书记，真是让人喜出望外，她第一次在家乡露出了开心的笑容。

刘永强也感到十分的意外，都有点不敢相信自己的耳朵。自当了民兵中队长，几乎是天天与王明德在一起，打土豪，分田地，镇压反革命，成了同生共死的好兄弟，也早把王明德当成了自己的兄长。没想到，这个意志坚定、机智灵活、有魄力的好同志，竟是自己的血老表！刘永强马上说："明德就在乡里，我马上去叫他过来。"

刘永强一路走，一路跑，一个多时辰后，就气喘吁吁地赶到了乡政府，一只脚刚跨进乡政府的大门，就高声地喊了起来："王书记，王明德，表哥！"这时，王明德正和乡里的几名干部在一起研究工作，一听有人火急火燎地喊他，还以为是发生了什么事，忙离开会议室，一看是民兵中队长刘永强，头发上还冒着热气，还有点语无伦次。这把王明德吓了一跳，便问："永强，发生了什么情况？"

上气不接下气的刘永强说："表哥，快跟我走！"

王明德就更纳闷了，这个刘永强怎么突然喊自己表哥？这可把王明德吓得不轻，以为刘永强哪根神经出了问题，连忙上前，摸了摸刘永强的额头说："你没发烧呀，胡说些什么？"

刘永强拉着王明德的手说："表哥，我没胡说，我亲姑姑回来了，我姑姑是我爷爷洪镇江的闺女，是你爷爷王世忠的儿媳妇，你父亲王贤才是我姑姑洪霞的丈夫，是你的亲妈。"就像说绕口令一样，王明德好半天才明白是怎么回事，便摇着刘永强的手说："我妈现在在哪里？"

"我姑姑在洪家港，我爷爷、你外公那里。"刘永强激动地说。接着又补了一句："要你快点过去。"

王明德不到两岁就离开了父母，对自己的生母没有一点印象，甚至叫什么、是哪里人都不知道，养父在临终前，还没来得及告诉他，就闭上了眼睛，这十多年来，只是在梦里幻想着母亲的模样。今天，突然听到母亲回来了，开始不敢相信自己的耳朵，等他明白过来，便撒起脚板，朝洪家港跑去。

分开了二十年的母子，终于在家乡团圆，母子抱头痛哭，此情此景，感动得在场的人一起跟着抹眼泪。一阵痛哭之后，王明德把系在腰里的布腰带上的玉佩解下来。他不记得自己换了多少根布腰带，但腰里的那块玉佩，一直伴随着他，他小心地把玉佩捧到了母亲手上。

洪霞见到玉佩，想起丈夫，这块玉佩是丈夫的护身符，他和王贤才结婚时，王贤才把它作为爱情信物送给了自己，当她肝肠寸断与儿子分别时，又将玉佩留给了儿子。今天，儿子回来了，玉佩也回来了，可她心爱的丈夫却永远也回不来了，又是一阵钻心的痛楚。

王明德早就认识洪先生，他是爷爷的同学、同事、朋友，也是自己的老师、校长，他向洪镇江行了跪拜大礼，亲切地叫了声"外公"，让洪镇江心里乐开了花。在这不到一年的时间内，先是找到了亲孙子，现在女儿也回来了，又突然冒出个亲外孙，他左手拉着孙子，右手拉着外孙，看了又看，瞧了又瞧，高兴得像个孩子。

从昨天到今天下午，镇礼家就像过年一样热闹，特别是洪霞，压根儿就没有休息，镇礼看在眼里，对还围着的乡亲们说："大家先散了吧，让镇江祖孙三代好好在一起说说话。"大家都很理解，便散了去。

大家走了后，洪霞对父亲说："我要去妈妈的墓地，祭拜妈妈。"

镇礼一听，侄女要去祭拜自己的母亲，忙叫孙子牛崽去小卖部买来了香烛、爆竹和黄表纸。第二天一早，一行人跟着洪镇江，来到洪氏家族墓地洪霞母亲的坟前。先是洪霞叩拜焚香，一阵痛哭，洪霞对着墓碑说："妈，不孝的女儿回来了，你的亲外孙也回来了，你要是在天有灵，就请原谅你的不孝女儿吧。"

接着，刘永强、洪庆来、王明德也一一在墓前叩头，祭拜祖母、外婆。

从墓地回来后，洪霞对父亲说："我要去见见我公公，公公还不知道有我这个儿媳呢。"

洪镇江马上同意说："孩子，你公公不在王家畈，与我一起，在县城完小教书，我们一起去，去见见我这个亲家公。"

下午大约三四点钟，洪霞离开洪家港前，一一向乡亲们道别，族人们一直将洪镇江一家人送到吉普车旁。洪霞和父亲、儿子及两个侄子坐上吉普车，向枭阳城驶去。

送行的人们回到洪家祠堂的小场上，还不肯散去。大家又围着牛崽问："坐车舒不舒服？"牛崽满脸的灿烂，说："那是相当的舒服，就像孙悟空腾云驾雾，到县城大半天的路，坐上车，一个时辰就到了。"大家都非常羡慕牛崽有福气，坐过车，有几个年轻小伙说："等下次姑姑回来了，我们也要坐上去试试。"

当洪霞一行人赶到县完小时，王世忠正夹着教案准备进教室上课，忽然听到了汽车的马达声，一看是前天来过的那辆吉普车，就知道是洪镇江带着女儿回来了，便停住了脚步。洪镇江从停稳的小车里下来，王世忠趋前几步，双手抱拳，对洪镇江说："你们父女团圆，可喜可贺，可喜可贺！"洪镇江回礼说："亲家，同喜，同喜！"王世忠丈二和尚摸不着头脑，很是诧异。这时，孙子王明德从后排座上下来，喊了一声"爷爷"，王世忠就更疑惑不解了，孙子怎么与他们在一起。这时，洪霞也从车上下来，走到王世忠面前，双膝一跪，喊了一声："爹，我代贤才来看您老人家了。"接着就俯在地上叩头，王世忠先是一愣，很快就明白了，这是儿子的媳妇，赶忙去扶洪霞，夹在腋下的教案都掉在了地上，他全然不知，顿时，老泪纵横，嘴角嚅动了两下，喃喃地说："是贤才崽的媳妇回来了，孩子，快起来，快起来。"在王世忠的搀扶下，洪霞站起来，挽住了王世忠的手臂。这一幕，被汪二先生看在眼里，他走过来，对洪镇江和王世忠说："这真是天意啊，你们洪、王两家，由冤家变为亲家，真是人间的一大美事，都别站着了，快进屋。"

大家在教师办公室坐下后，一位老师过来给大家泡好了茶水，洪霞当着两位老人的面，回忆了她和王贤才从相识到结婚，从南山出发，生死相依的过程。

当听到儿子王贤才被张国焘错误杀害时，王世忠泪如泉涌，泣不成声。王明德也一直扶着爷爷，陪着流泪。大家都为失去这样优秀的枭阳儿子感到痛心不已。

县委书记方明、县长彭良圣今天一早，就得到了老红军洪霞回乡省亲的消息，两人商议，骑马去南麓乡看望这位枭阳的巾帼英雄。刚准备出发时，县委通信员来报告说："有辆吉普车朝小学方向过去了，不知是哪位领导来了。"方明书记明白，自到枭阳担任县委书记以来，只有地委书记和专员坐吉普车来过县里，心想，这一定是洪镇江的女儿洪霞到县小学去了。

书记、县长从马背上下来，因为县委大院到学校不到一千米的距离，两人步行来到学校，直奔汪二先生的办公室。

汪二先生一看方书记来了，忙站起来相迎，转头对洪霞说："这是父母官方明书记，这是彭良圣县长。"洪霞站起身来，离开座位，伸出手，与书记、县长一一握了手，对方明和彭良圣说："真不好意思，打扰你们的工作了。"

方明书记握着洪霞的手，热情地说："老首长，这是哪里话，您是老前辈，我们来看您，是应该的。"其实，县委书记和县长并不比洪霞小很多，但洪霞是红军干部，书记、县长是"三八"式的，这就相差了一个辈分，所以他们就一口一个首长叫着。洪霞说："不要叫我首长了，叫得我浑身不自在，还是叫我洪霞或洪姐吧，这样还亲切些。"

汪二先生今天也是非常的高兴和激动，他对大家说："今天是个特殊的日子，既是骨肉团圆，又是洪、王两家联姻相认，中午，父母官也不要走，由我做东，在学校食堂炒几个菜，一起为洪、王两家庆贺庆贺！"

方明书记笑了笑，十分开心地说："理应庆贺，我完全赞成，但今天不能由您老先生做东，今天的东道主，应是县委县政府，这不仅仅是洪、王两家的喜事，而是枭阳人民，迎接当年离开家乡长征，回归故里的英雄代表，所以，必须要以县委县政府的名义接待。"

方书记说得在情在理，汪二先生就没坚持，洪霞也没反对，在县委书记和县长的热情邀请下，跟随方明书记来到了县委会议室。方明书记和彭良圣县长分别就土地改革、镇压反革命、抗美援朝支前工作进行了汇报。接着，洪霞深情地回忆了长征前夕，她和爱人王贤才化名来到南山的一些情况，特别是讲到红军在离开南山时那感天动地的一幕，不时掉下激动的泪水。她深情地说："是南山人民养育了我们这支红军，现在，革命胜利了，我们永远不能忘记人民的养育之恩。"洪霞喝了一口茶又问："方书记，当年留下的红军游击队胡谋响同志、金彪同志是个什么情况？"

方明书记将这些情况做了详细汇报，最后沉痛地说："这支红军留下的游击队，经历了七年艰苦卓绝的游击战争，迎来了第二次国共合作。非常遗憾的是，他们痛失改编新四军的机会，被国民政府收编了。当时，虽然被国民政府收编，由于有胡谋响在，还是保持了这支队伍的革命性，先是配合了国军作战，提供情报，运送给养，后又独立开展了敌后的游击战争，袭扰日军后方，取得了很多胜利。特别是在保护国宝《五百罗汉图》战斗中，英勇杀敌，确保了国宝的安全，胡谋响受伤被俘，英勇牺牲。由于胡谋响的牺牲，这支队伍失去了我党的领导，继任大队长张金彪虽然作战勇敢，但缺乏正确的政治方向，最后，完全被国民政府枭阳县掌控。日寇投降后，国共两党合作还未破裂之前，又被枭阳县国民政府改编为保安团和警察大队，张金彪担任了警察局局长兼保安团团长。枭阳解放后，由于这些人既没文化，也不了解时局的变化，糊里糊涂充当了反动政府的帮凶，袭击我人民政府征粮工作队，打死一名南下干部。后在我政府的围剿之下，大部向政府投降，张金彪自感末日来临，在胡谋响坟前畏罪自杀。"

洪霞听到这样的结局，痛心不已，她沉重地说："真是太可惜了。"洪霞停住了一下，似乎在寻找什么记忆，她拢了拢头发，又问："当年这些红军游击队战士，成家的很少，不知胡谋响后来有没有成家，有没有留下子女？他们的后代要在，我想见见他们。"

方书记告诉洪霞说："胡谋响同志没有结婚成家。张金彪后来与寡妇周月娥结了婚，留下了一个女儿；日本鬼子来了后，周月娥被日军杀害了；后来，在国民党枭阳县马县长的牵线下，张金彪又结了婚，生了个儿子。"洪霞又问："张金彪的女儿还在吗？"方明告诉洪霞："他的女儿在，名叫张兰，是江州中学堂的毕业生，新中国成立后，参加了县征粮工作队和土改工作，现在是我县妇联筹备组的组长。"

洪霞听到这里，脸上有了一丝欣喜的笑容，对县里的领导说："麻烦把张兰找来，我想见见她，她也是南山红军留下的后代。"

方明书记的通信员很快找到了张兰，没过多久，张兰就来到了县委会议室。

妇女联合会筹备组的办公室在县委大院进门的左侧。今天一上班，张兰就听到王明德的母亲回来了，当她看到王明德陪着一个中年妇女和县委领导进到县委大院时，她心里就知道，那个中年妇女就是王明德的母亲。她和王明德，已经是一对还未公开的恋人，两人既是同学，又是工作中的战友，因为共同的经历和志趣爱好，彼此已是心心相印，相互有了感情的寄托。张兰在遭到土匪袭击负伤时，是王明德冒着生命危险背着张兰脱离了险境；王明德负伤后，一直是张兰在悉心照料，爱情的种子，在两个年轻人心中发芽了。

正当张兰为王明德与母亲重逢感到欣慰和高兴时，突然听到县委通信员找她，说是那个刚来的女红军首长要见张兰。张兰内心一阵激动，也顾不得梳妆打扮，就穿着征粮工作队发的一套洗得发白的旧军服，去见洪霞。张兰齐耳短发，瓜子脸，清澈的眼睛上面，是两道弯弯的柳眉，既英姿飒爽，又有迷人的少女风采。她进到县委会议室，一眼就看到坐在书记旁边的洪霞，还未等方书记介绍，张兰就甜甜地叫了声："阿姨好。"

一声"阿姨好"，让在场的人都感到很惊异，似乎张兰早就认识洪霞。洪霞望了望张兰，心里一下就喜欢上这个姑娘了，她笑了笑说："你是张兰吧？"张兰脸一红，用眼睛瞄了一下王明德，显得有些不自在了，张兰没回答，只是笑了笑，点了点头。洪霞拉过旁边的一把椅子说："来，坐到阿姨这里来。"张兰腼腆地坐到了洪霞身边，洪霞又拉着张兰的手，问了张兰工作上的一些情况。

时间过得很快，转眼间，就到了中饭时间。食堂的大餐桌上，有用洗脸盆装的一脸盆湖水煮湖鱼、一大钵豆腐炖肉，还有一盘炒辣椒，一盘炒青菜，还特地上了县里产的特色渊明糯米酒。十几个人，团团圆圆，家乡人民用热情隆重而又简朴的礼节，高规格接待了这位回乡的游子。

（二十二）

枭阳县武装部接到了志愿军第九兵团寄回来的二十份立功喜报，立一等功的是王家畈的王小莽，王小莽参加过胡谋响的抗日游击队，在战斗中，练得一手好枪法，不说百步穿杨，但弹无虚发，绝没有一点夸张。

他开初跟着胡谋响，也很尊重胡谋响，但不喜欢胡谋响对他这个纪律那个条条框框的约束。由于作战勇敢，胡谋响也很喜欢他，一直将他列为培养的重点。后来胡谋响牺牲了，没有头上的紧箍咒，他便愈发随心所欲了。这一点，与张金彪有共同之处，因此，王小莽也很得张金彪器重。张金彪看中了他的勇敢和机智灵活，常常把他带在身边，他也就慢慢染上了嫖、赌的毛病。抗战胜利后，他又跟着张金彪加入了保安团。

1947年，在张金彪的牵线下，已经二十一岁的王小莽娶了一名已从良的妓女成了家。可他受不了老婆的规管，没几个月，就把老婆休了，一个人又过起了自由快活的日子。

枭阳县城解放前夕，张金彪动员他上山，他觉得张金彪对他不薄，未假思索，就上山为匪了，从一个红军游击队员，彻底堕落为人民的敌人。随着剿匪工作的展开，在强大的政治攻势面前，他醒悟了，内心非常地后悔，也知道今天的张金彪，不是靠着一杆枪就能吃遍天下。他感到前途渺茫，在父亲的劝说下，下山投降了解放军。人民政府兑现了承诺，土改中，也分给了他土地和农具。他从内心里感激人民政府把他当人对待，慢慢忘却了枪林弹雨的日子，过起了日出而作，日落而息的农耕生活。但当了几个月土匪的经历，就像一座大山，沉重地压在他身上，总觉得比别人矮一截。他觉得自己有一身的功夫，想加入民兵武装中队，但一直得不到批准，这让他心里十分难受，越发后悔糊里糊涂跟着张金彪，总想找一个能爬起来的机会，洗刷自己的污点。

当朝鲜战争爆发后，他觉得这是个洗白自己的机会，不能老顶着土匪的臭名声过日子，便找到刘长江，要求参加志愿军。刘长江知道王小莽是游击队里有名的神枪手，便同意他报名，一路政审，出奇的顺利。他终于如愿以偿地穿上了志愿军军服，跟随着枭阳连，跨过了鸭绿江，到达了朝鲜前线。

一到朝鲜，枭阳连就编入了宋时轮的第九兵团，参加了最为惨烈的长津湖战役。

初试牛刀的枭阳连，没想到一战成名。刘长江接到师长占大南的命令，率领枭阳连在一个高地隘口，阻止美七师三十一团的南逃退路，战斗从十一月二十八日开始，至三十一日结束，枭阳连就像一把钢刀，斩断了美军南退的生路。

枭阳连到达阻击阵地，刚修好工事，就看到美军蜂拥而来，由于隘口地形狭窄，只有一条简易的公路蜿蜒而来，其宽度仅仅能通过一辆汽车。前面开路的是一辆坦克和几辆装甲车，后面是黑压压的美军和运输车。埋完三颗反坦克地雷的洪小江和王小莽刚回到刘长江身边，开路的坦克就轰隆隆过来了，只听一声巨响，坦克碾压上了反坦克地雷，被炸断了履带，在那里趴窝了。敌后面的装甲车一看坦克挡住了去路，想用装甲车推开坦克，但由于坦克太重，推了两次，也没将坦克挪动。刘长江一看，就命令两名爆破手将两根爆破筒扔到了装甲车和履带上，将装甲车的履带炸得散了架，敌军的逃生通道被彻底堵住了。

美军指挥官一看前面被阻断，后面有追兵，便组织部队，妄图夺取枭阳连据守的高地。美军将成千上万的炮弹倾泻到阻击阵地上，造成了枭阳连不少干部战士牺牲。在战斗中，王小莽这个小个子像猴子一样，利用山上一个又一个的岩石，向敌军开火，不断给美军以杀伤。他向长江建议，放弃修好的工事，全连各自为战，利用岩石作掩护，杀伤敌有生力量。美军强大的炮火将枭阳连的工事全部摧毁了，但敌人无法炸平那一块块突兀的岩石。躲在岩石后的战士，就像一个个狙击手，只要美军进入有效射程，就必死无疑。美军虽然组织了一次又一次的疯狂反扑，却始终不能逾越枭阳连这块钢铁般的阵地。正是初冬的季节，穿着南方防寒服装的枭阳连战士，难以抵御朝鲜零下二十多度的寒冷，每天晚上，都有战士冻死在阵地上，战士们在冻死前，仍然保持着射击的姿势，枭阳连的阵地前，是一层又一层美军丢下的尸体。王小莽充分发挥他神枪手的威力，躲在一块突兀的岩石后面，不断射击靠近阵地的美军，仅他一人，就击毙击伤美军三十一人。

全连干部战士，灵活机动，英勇杀敌，将敌人死死地拖住在阵地面前，实现了上级的战略意图，为我军赢得了宝贵的时间。在师长占大南的率领下，志愿军的追击部队一举将"北极熊团"全歼在新兴里。

此次阻击战，枭阳连牺牲干部战士二十二人，其中冻死八人，冻伤手和脚趾的有七人。王小莽冻掉了两根脚趾，刘长江冻掉一根小手指。

接到前线发回来的立功喜报后，方明书记决定抓住这一契机，推动全县的支前工作，在县城举行了隆重的庆功大会。

王小莽的父亲叫王智仁，新中国成立后，感恩共产党给他家分了田，分了地，但由于有一个当过土匪的儿子，在乡亲们面前总有一种直不起腰的感觉。今天，他被县委书记、县长派来的枣红马接到了县里，披红挂彩，与县委书记、县长一起坐在了主席台上，他感到十分的骄傲和自豪，心中的阴影也一扫而光。当县委书记请他发言时，他不知所措，脑门都急出汗来了，想了好一会，就憋出一句话："我娃是好样的，没给乡亲们丢脸，他都二十五六了，连个媳妇都没有，他不再低人一等了，等他回来，我就给他娶一房媳妇。"王智仁的话，引来了大家的一片笑声。

县委书记将立功喜报亲手送到志愿军亲人的手上，当喊到"刘长江的亲属上台领奖"时，没有人应答。也就十多秒的时间，王世忠从人群中站了起来，对大家说："长江是个孤儿，父母都被鬼子的飞机炸死了，他是我的干孙子，我替他收下这份立功喜报。"这时，台上台下响起了热烈的掌声。

枭阳县的妇女联合会，经过几个月的筹备，终于成立了。被封建社会压迫了几千年的妇女，有了选举权，登上了社会的政治舞台，走出了家庭，成为建设枭阳的一支重要建设力量，是新中国一道耀眼的风景线。张兰当选第一届枭阳县妇联主席。

对安排张兰担任妇联主席人选，还是有较大争议的，这当然不是她的能力和素质问题，而是受她父亲张金彪的影响。最后，还是方明书记统一了大家的意见，在常委会上，对争论不休的双方说："同志们提出不同意见，是党内民主的一种体现。就妇联主席的人选问题，我讲点个人意见。大家知道，枭阳县最早加入共产党闹革命的，并没有洁白无瑕的成分历史，恰恰是两个大财主的少爷，那就是洪水和王贤才同志。用习惯的思维方法来想，那简直就是天方夜谭，是不可想象的事情。所以，我党历来的政策是，出身不由己，道路可选择。张兰同志参加工作以来，工作是积极的，政治立场是坚定的，在剿匪工作中，始终战斗在第一线，我们有什么理由怀疑张兰同志的政治立场呢？同志们，在我们党内，有不少家庭出身不好的同志担任了党的重要领导职务，许多还是我党的高级领导，从这一事实来看，提名张兰同志为妇联主席人选是合适的，并无不妥。"

张兰当选妇联主席后，摆在她面前的一项艰巨任务，就是贯彻新婚姻法，废除纳妾和童养媳制度。

纳妾制度，是封建社会遗留下来的一个陋习。新中国成立前，有钱有势的男人没有一个不是三妻四妾的。新中国成立后，在 1950 年就颁布了新婚姻法；1953 年，国家明确规定，实行一夫一妻制。

张兰对这项工作进行了调查摸底，全县纳妾的家庭 359 户，其中地主老财 315 户，其他官僚 44 户。在这 359 户中，有小妾二至三人的有 28 户，小妾育有子女的占 92%。张兰在调查中还了解到，90% 以上的小妾都是封建制度的牺牲品，都是穷苦人家出身，大部分都是被生活所迫，卖给这些地主老财为妾的；也有一部分人是从丫鬟收为妾室的；还有几个是在妓院被地主老财看中，被赎身出来做小妾的。这些妾室，统一归属正妻管制，而小妾与正妻争风吃醋，常常受到家族的虐待；由于在家族内没有地位，就是生育了儿女，她们的子女也时常受到正室子女的欺侮。

这些妾室，其实很多人内心都有强烈的不满情绪，只是在封建礼教制度的约束下，得不到伸张的机会。

为了确保取缔妾室制度工作的顺利进行，张兰通过各级妇联组织，广泛开展了宣传婚姻法的活动，树立一夫一妻的光荣思想；同时，举行妾室诉苦大会；又组织五百多名妾室分期分批参加新婚姻法的学习班，用一个又一个活生生的典型事例，控诉妾室制度对妇女的摧残。在政策攻势和妇联的鼓励下，有不少妾室纷纷揭发封建制度对妾室的摧残。学习班结束后，就有部分小妾找到妇联，要求解除妾室的婚姻关系。但整个取缔小妾工作还是碰到了一些麻烦，有八十多名年纪较大的妾，都已生育子女，在共同的生活中，与丈夫建立了感情，不愿中止妾室婚姻。

张兰没有采取强制手段，而是采取铲除滋生妾室的土壤，让这些妾室自己解放自己。

南麓乡陈家坝村有户地主叫陈则财，正妻生有一子三女，妾室生有二子一女，过去是靠土地出租不劳而获，日子过得很滋润。在这次大规模取缔妾室婚姻中，陈则财的小妾翠花坚决不同意与丈夫结束婚姻关系，就连张兰上门做工作，也不见成效。她说自己的丈夫从来没有欺侮过自己，而且与正室也亲如姐妹，她表示："生是陈家的人，死是陈家的鬼。"

在土改中，陈则财被划为地主，家中浮财已悉数挖出，分给了翻身的农民；过去的深宅大院，也收为公有，只留下几间厢房给陈则财一家使用；同时，还保留了陈则财十四亩水田。

对于耕田种地的农民来说，全家有三个劳动力还有辅助劳动力，耕种十四亩水田不是一件难事，而对从小就过着寄生生活的陈则财来说，这比登天还难。眼看春耕在即，又没有钱去请长工，陈则财只得动员妻妾下田劳动。这些从没干过农活的人，个个累得腰酸背痛，但事与愿违，同样的土地，比别人家的收获要少得多。过日子，柴、米、油、盐、酱、醋、茶，少不了一样，日子一长，家庭就开始不和谐。大老婆子女都大了，能当个帮手，而妾室的三个孩子，连牛都不能放，大老婆不干了，要求分家，陈则财夹在中间，两头受气，小老婆也受不了大老婆三天一小吵、六天一大吵，只得同意分家。分家后的日子并不好过，陈则财与大老婆的几亩田都种不过来，也就管不了小老婆的几亩田，有时去帮忙一下，大老婆又闹得鸡犬不宁，陈则财被搞得焦头烂额。最后，翠花也觉得这日子没法过，便去找张兰，要求解除与陈则财的妾室婚姻。

张兰并没有觉得完成了取缔妾室关系就万事大吉，而是非常人性地为那些妾室排忧解难。对于没有子女的年轻妾室，把她们都送回了娘家，重新嫁人；对于那些拖儿带女的，鼓励她们自食其力，先后举办了十多期劳动技能培训班，尽快让这些人掌握生存技能。翠花与陈则财解除婚姻关系后，一个人带着三个不到十岁的小孩，日子过得极为艰难，而陈则财又自顾不暇。张兰了解到这些情况，便为翠花当了红娘。同村的陈则仕由于家里穷，三十岁了一直未能成家，张兰了解到陈则仕为人忠厚，又有一身力气，农活也做得好，又与翠花年龄相当，便撮合翠花与陈则仕结合在一起。第二年，翠花就生个胖小子，乐得他们夫妻俩合不拢嘴，一直对张兰心怀感激之情。

在取缔妾室的工作完成后，摆在妇联的另一项工作，任务更重、更艰巨、更复杂，那就是中止童养媳制度，让童养媳回娘家。

童养媳是封建社会摧残中国妇女的一条重要绳索，记载了童养媳的悲惨生活，是中国妇女一部活生生的血泪史。说这项工作任务重，那就是童养媳现象在社会上非常普遍，几乎每个村都有童养媳；说这项工作艰巨，它不能靠行政命令，以快刀斩乱麻的方法来解决；说它复杂，童养媳很少发生在地主老财家庭，而抱养童养媳的，都发生在贫苦农民家庭。

张兰很清楚，要彻底让广大妇女获得翻身解放，就必须尽快解救生活在水深火热中的广大的童养媳。

虽然开过了一次又一次的动员会，妇联干部到有童养媳的家里一户一户做工作，但没有几个人同意将童养媳送回女孩的娘家。因为，抱养童养媳的家庭，都是贫困农民，他们指望童养媳为家里传宗接代，延续香火。所以，靠行政命令和强制手段，必然会引起群众的对立情绪。面对成百上千的童养媳，张兰一筹莫展。

张兰苦思冥想，要破解这个难题，还得找出产生童养媳的根源，让童养媳自己解放自己。

童养媳，是旧中国农民长期积贫积困的现实造成的。收养童养媳的家庭，主要是因为贫困，儿子长大后，无力娶媳妇，便抱一个困难家庭的女孩过来，从小抚养，到了十四五岁时，无须聘礼嫁妆，就让两个小孩圆房，达到延续香火的目的；还有一种情况是，有的家庭为了生男孩，而往往是生了一个又一个女孩，由于无力抚养，便将女孩送给需要童养媳的家庭，女孩是死是活，那就看她的造化了；第三种情况是，有的家庭碰上了天灾人祸，只好卖儿卖女，而在儿女当中，首先选择的是卖女孩，其价格往往是几斗米或一担米不等，而想抱养童养媳的家庭，往往是以最便宜的价格买到一个女孩，等于白捡一个媳妇。

这种恶性循环的陋习已经延续了数千年，有的人家祖母是童养媳，儿媳是童养媳，孙媳也是童养媳，三代同堂都是童养媳的家庭还很普遍。

在这些童养媳当中，能遇到婆婆像亲生母亲一样的，非常少见。由于不是亲生的，虐待童养媳的现象十分普遍，很多童养媳未能成年，就已夭折；有的虽然长大成人，但过的是牛马不如的生活；有的熬到了做婆婆的辈分，好了伤疤忘了痛，又虐待下一辈童养媳，这也形成了一条潜规则。人们对这种陋习司空见惯，见怪不怪，许多童养媳把它归结于自己的命不好。

刘金虎虽然当过农会干部，还为红军游击队做过许多工作，接受了很多的革命思想，但也没有逃脱将自己的女儿送给别人做童养媳的厄运。

1930 年，他在白匪军捉拿林司令的儿子时，忍痛将自己的儿子交给了白匪军，保护了红军的后代，夫妻俩为了抚平心灵的创伤，四年之内，连续生了一女一儿，赤贫如洗的刘金虎，为了养好林司令的儿子和自己的儿子，万般无奈之下，将自己的女儿杏花送给了邻村的一户人家做了童养媳。

杏花从糠箩里跳到了虎口里，受到了恶婆婆的万般虐待，一到五岁，由于没有记忆，不知是怎么过来的；从五岁到十三岁，她就吃尽了千般苦，受尽了万般罪。从五岁开始，婆婆就给了她一个竹箩筐，每天必须挖两筐野菜喂猪；要是竹箩筐没有装满，轻则饿饭，重则一顿毒打。等长到七岁时，除了挖野菜外，还要放一头大水牛，傍晚回家后，还要给弟妹们洗澡、洗衣服，等全家人吃过饭后，她才能吃一些残菜剩饭，接着是洗锅刷碗。到了十一岁时，除了上面的事以外，又加了一件事，那就是每天晚上必须纺完半斤棉纱，等纺完棉纱后，已是深夜子时了。

纺车就放在婆婆房间床前的窗户下，杏花有时实在困得不行，纺着纺着就会打起瞌睡。睡梦中的婆婆，只要纺车"吱吱"的声音一停，就习惯性地醒了，她床前放着一根长竹竿，眼睛都不睁一下，拿起竹竿，就向杏花打去，有两次打得杏花头破血流，鲜血染红了白纱。

大两岁的哥哥刘永强，时常去看望这个苦命的妹妹，当了解到妹妹的悲惨遭遇后，便强行将妹妹抱回家里来。但婆家很快就找上门来，对刘金虎说："要回家也可以，这十一年的抚养费必须拿出来。"

刘金虎一家一贫如洗，哪里有钱去赔抚养费呢？万般无奈之下，一家人只得在一起抱头痛哭，又心痛地将杏花交给了她的婆婆，可怜的杏花回到婆家后，迎接她的是比上一次更加野蛮的毒打。

张兰根据掌握的情况，决定在全县范围内，广泛开展童养媳诉苦大会。

全县经过挑选，十名苦大仇深的童养媳以亲身的经历现身说法，控诉了童养媳制度对少女们的摧残。说到动情之处，台上台下一片哭泣声。而这十名童养媳的代表之中，就有童养媳杏花。字字血、声声泪的控诉，激起广大群众的愤怒，大家高呼口号，"打倒童养媳制度！""解放童养媳！""欢迎童养媳回娘家！"口号声彼此起伏，还有不少义愤填膺的群众强烈要求将那些恶婆婆拉出来示众批斗，吓得那些恶婆婆都不敢抬头。

童养媳诉苦大会结束后，杏花婆婆的"恶婆婆"名声就传开了，婆婆也觉得脸上无光，便松了口，将杏花主动送回到了刘金虎家里。

枭阳县妇联开展的"童养媳回家运动"进行了三个月，数千名童养媳跳出了火坑，回到了父母温暖的怀抱。不少童养媳在社会主义新农村建设中，发挥着"半边天"作用。

1950年7月，枭阳县遇到了历史上的大洪水，由于完全没有防洪工程，南麓乡下乡沿湖的几个村庄，灾情非常严重。王明德发动沿山未受灾的村民支援灾区，又发动群众生产自救，广种秋粮，灾区没有出现一户外出逃荒的现象。方明书记召开全县生产自救专题会议，王明德在会上介绍了经验。会议下午五点就结束了，王明德想借这个机会，去看望爷爷和外公。几个月来，他一直在乡下救灾，恢复生产，与张兰也有几个月没见过面，也想见见张兰，便到爷爷那里准备吃晚饭。

看到孙子回来，王世忠便叫洪镇江过来，一起用餐。王明德已经二十二岁了，他的婚事一直牵挂在两位老人心里。

王世忠看着晒得黑黑的孙子说："明德呀，要是在枭阳解放前，在你这个年纪，孩子都该满地跑了。该说个媳妇了。"洪镇江也帮腔说："孩子，年龄不小了，是该成个家了，上次你妈来，我看张兰很讨你母亲喜欢，你俩又是同学，又一起参加工作，你受伤，一直都是她照料。我看张兰是个好孩子，你也不要陪着我们两个老家伙了，去看看张兰吧。"

王明德正有此意，便爽快地答应了，吃过饭后，告别了爷爷和外公，朝张兰的住地走去。

张兰也参加了县委召开的这次会议，会议期间，还和王明德打过招呼。王明德对张兰说："我今天不回去，晚上去看外公和爷爷。"

张兰心里明白，王明德晚上肯定会来看自己，在县委食堂吃完饭后，便早早地洗了脸，梳了梳头发，又找了件自己喜欢的衣服穿上，对着镜子照了又照。她也想见王明德，没等王明德上门，便走出自己的房间，向王明德爷爷住的地方走去。

学校坐落在鄱阳湖岸边。西方的天际，晚霞映红了天空，远远望去，湖面上有几点白帆。晚风顺抚着张兰的刘海，她没走多远，刚拐过一个弯，迎面就碰到了王明德。张兰心里明白，王明德十有八九是去自己那里，便故意问："王明德，你这是要去哪里呀？"

低着头走路的王明德，脑子里正在想见到张兰后，怎样表达自己爱意。正想着想着，突然听到了张兰问自己话，便语无伦次地说："啊，随便走走。"王明德用眼看了看张兰，反问道："张兰，你打扮得这么漂亮，是要到哪里去呀？"

张兰脸一红，也随口编了一句谎话："我也是随便出来走走。"

王明德心里已经明白了八九分，张兰十有八九是去学校爷爷处找自己的。想到这里，便把主动权抓到自己手上，对张兰说："那好，我们一起在这湖边散散步，看看夜幕下的鄱阳湖风光怎样？"

张兰心照不宣地说："好呀，那我们就在这湖边浪漫一下。"

两个人开初并排走着，从东头走到西头，又从西头走到东头，忘记了一轮红日早已西沉，也全然不知一轮明晃晃的月亮从天际升了上来，高悬在鄱阳湖的上空。湖面上波光粼粼，显得空旷、静谧，仿佛鱼儿都进入了甜蜜的梦乡。一阵阵微风从湖面上吹过来，显得有些凉意，张兰情不自禁地把头靠在了王明德的肩膀上，王明德也揽住了张兰的手臂，好像有一股电流同时穿透两个人的心灵，让两颗年轻的心融化在一起。王明德给张兰讲自己的经历，从饶州到枭阳一路的惊险历程，讲怎样在陶老爷家放牛，与刘长江患难与共的过程；讲怎样放跑民夫，杀死强奸妇女的小鬼子；讲除汉奸保长，配合游击队端掉含鄱口日军哨所的故事；又讲到了与大黄狗相依为命的细节。张兰听得入了迷，王明德说到伤心之处，还陪着他一起抹眼泪。一个活生生的英雄少年的形象，已经根植到了张兰的内心深处。张兰也讲了自己的苦难身世：母亲由于守寡，在没有名分的情况下生下了她，受尽了村里人的欺凌和冷嘲热讽；母亲被鬼子杀害后，她就成了孤儿，是吃着百家饭长大的；后来，父亲又结了婚，她就像是一个多余的人，尝遍了人间的酸甜苦辣。这一对年轻人，虽然不在一根藤上，但结出来的都是苦瓜，有着相同的命运和经历，两颗心也就靠得更近了。明月中天，银光倾泻到两人身上。秋天的深夜，张兰那单薄的衣服挡不住阵阵的寒意，王明德一把将张兰搂到了怀里，张兰也用双手搂住了王明德的颈脖子，两人的全身都感到一股暖流燥热了全身，情不自禁地亲吻起来，仿佛这个静谧的夜晚，是上天赐给他俩的幸福空间，让他俩沉浸在热恋的幸福之中。

月亮和星星见证了王明德和张兰的爱情，两个人有说不完的情话，一直到月白星稀，东方露出了晨曦，两人又紧紧拥抱和亲吻后，王明德才松手送张兰回了宿舍。

方明书记在接待洪霞时，已觉察出张兰与王明德擦出了爱情的火花，他乐于成人之美，主动做了一回月下老人，让王明德和张兰结下秦晋之好。

远在千里之外的洪霞，接到了儿子王明德的来信，报告了要与张兰结婚的消息。洪霞十分高兴，虽与张兰只见过一面，但很喜欢张兰。由于工作太忙，洪霞没有来参加儿子的婚礼，便给儿子和媳妇写了一封信，真诚地祝福这一对新人美满幸福。随信还寄来了一床旧毛毯，洪霞在信中说："这床毛毯，是我与你爸在鄱阳结婚时买的，它跟随我们走完了长征路。你爸遇难后，我与你爸唯一的纪念物就是这床毛毯了，所以我特别珍惜。它陪我到了延安，经历了艰苦的抗日战争、三年解放战争。今天，我把它送给你们，就象征着我和你爸永远陪伴在你们身边。祝你们学习进步，新婚幸福！爱你们的妈妈洪霞。"

读着妈妈的来信，抚摸着早已掉色的毛毯，两个年轻人激动得热泪盈眶，都暗暗下定决心，决不辜负妈妈的殷切期望和教诲。

1951 年的元旦，是个风和日丽的日子。在县委书记方明的主持下，王明德和张兰在县委会议室举行了简朴而隆重的婚礼。这也是枭阳县贯彻新婚姻法后，第一对领取结婚证的新人，方明书记将枭阳县政府 1951 年（001）号结婚证，颁发给了王明德和张兰。

土地改革工作全面结束后，中共中央、国务院为了迎接即将到来的社会主义建设高潮，做出了关于扫除文盲的决定。

新中国成立前，我国文盲占人口总数的 95% 以上，在边远和落后的农村地区，高达 99%。有的乡村方圆数十里，没有人能写信读信，教育的落后，严重制约了社会和经济的发展。根据上级指示，枭阳县成立了以县委书记方明为组长的扫除文盲教育工作领导小组，各乡、镇，县委县政府各部门都分别成立了扫盲工作组，县委县政府下发了《关于大力开展扫盲运动的指示》，具体目标是：全县各级干部的语文水平达到初中以上；三十岁以下十六岁以上的工人、城市居民、农民，语文水平达到高小毕业，算术达到会加、减、乘、除。全县有高小毕业以上文化程度的，必须义务到扫盲班担任文化教员。

为配合扫盲教育，将枭阳县高级小学升格为枭阳县初级中学，各乡、镇统一创办一所完全小学，为了解决教师不足问题，县委书记、县长、宣传部部长和教育局局长亲自带队去洪都和江州招聘教师，一个多月下来，省城和江州等地的一百多名有志于农村教育事业的青年学子打着背包来到了枭阳县。即使是这样，师资力量还是明显不足，县教育局局长洪庆来专门向方明汇报，提出将一些成分不好、但有文化的人吸收加入教师队伍。方明经过认真考虑后说："过去封建社会，尚能不拘一格降人才；共产党领导的新社会，我们更应人尽其才。只要这些人拥护共产党，拥护社会主义，我看可以吸收到教师队伍中来。"有着汉奸县长夫人帽子的张梅香，幸运地成为一名人民教师。张梅香感恩共产党的博大胸怀，呕心沥血地为枭阳的教育事业贡献了毕生精力。当年9月1日，县城的初级中学和各乡、镇的十五所小学同日挂牌开学，一大批放牛娃和适龄儿童背上了书包，走进了教室。

扫盲工作成了压倒一切的中心工作。王明德、张兰、洪庆来等一批干部，白天干工作，晚上进教室，都肩负了扫盲教育任务。在县委县政府的强力推动下，各种扫盲班像雨后春笋般涌现出来，早上书声朗朗，晚上灯火通明，什么"夫妻识字班""少年班""牧童班""妇女班""老汉班""工人班""居民班"，五花八门，让人眼花缭乱，目不暇接。刘金虎夫妇都五十多岁的人了，夫妻俩在学习中开展识字竞赛活动，睡觉前，都要把当晚学过的字考考对方，第二天起床前又互相提问，仅半年时间，就能读书看报，被县里树为"模范识字夫妻"；洪家港的洪牛崽，在未进夜校之前，斗大的字不识一个，三年下来，不仅能读书看报，还学会了算术，当了五个高级农业合作社的会计，被树为扫盲工作中的"先进个人"；特别是刘永强，枭阳解放前在放牛之余，常常偷偷地到刘满贯家的私塾先生那里偷听，认得几个字，这次在扫盲中，他的求知欲望非常强烈，只要老师教过的，都能熟记于心，过目不忘，在两年多的时间里，完成了小学、初中的全部课程，经考核，达到了初中文化水平，被县委县政府授予"学习标兵"，日后，成为枭阳县第一批获得"农艺师"头衔的科技干部。

浓浓的文化氛围，一时成为枭阳县的一道绚丽的风景。从县城到乡村，从白帆点点的船舱到白云深处的深山人家，到处都能听到朗朗的读书声，"日、月、水、火、山、石、田、土、人、手、足、口、耳、目""中国、共产党、工人、农民、北京、五星红旗"的读书声，就像是一首交响乐，奏出了社会主义的崭新风貌。

1956年经全国扫盲工作领导小组的严格验收，枭阳县一举摘掉了文盲县的帽子，被国务院授予"全国扫盲工作先进县"。

（二十三）

枭阳连一直跟随着第九兵团，参加了第二次、第五次和1952年春夏巩固阵地作战，立下了赫赫战功，为抗美援朝、保家卫国做出了重大贡献，直到1953年7月27日，中朝军队与以美国为首的联合国军在板门店签订停战协定后，枭阳连才与大批的志愿军一起凯旋。

枭阳连是1953年国庆节后归国的，进行了两个月的休整，又进行了整编，据上级传达的精神，整编后的部队将加入生产建设兵团序列，如同意复员的，也可就地复员。许多枭阳县战友老乡找到刘长江说："连长，这保家卫国的任务也完成了，我们还是想回老家去种地，在哪里种地都一样，回家还能为父母减轻担子。"洪开路的儿子洪小江也说："仗打完了，该回去为父母尽孝了，回家享受我那四亩地的胜利果实。"受过冻伤的王小莽也对长江说："连长，你手上的冻伤也不轻，我看大家还是复员回乡吧。"也有七八个老乡表示愿意继续留在部队干。

刘长江也有复员的念头，当初迎着炮火跨过鸭绿江时，就发誓打完仗后，要带着兄弟们都回枭阳，现在，有二十二名战友长眠在异国他乡，而留下与自己在一起的，不是冻伤就是枪伤，自己有责任将他们带回枭阳，交给他们的亲人。刘长江便将想法向上级进行了汇报。宋时轮司令员很关心枭阳连，根据实际情况，同意保留枭阳连建制，调其他连队的战士补充枭阳连，八名要求继续服役的战士也成了枭阳连骨干。老枭阳连在部队过完了最后一个春节，正月十五一过，刘长江等七十名枭阳老兵，就登上了南下的火车，在师、团、营首长和战友们的欢送下，带着荣誉和伤痕，向部队首长敬了最后一个军礼，回到了日夜思念的故乡，在希望的田野上，续写着人生新的辉煌篇章。

枭阳连复员的消息惊动了省军区。枭阳县委县政府、县人武部接到省军区命令，要妥善安排从朝鲜归来复员的志愿军战士的生活和生产，要组织隆重的欢迎仪式，广泛开展向志愿军英雄学习的活动，以此为契机，推动社会主义革命和社会主义建设快速发展。

与此同时，县人民政府已接到由第九兵团颁发的二十二位烈士的革命烈士证明书，为抚恤军烈家属，由县委书记、县长，县人武部部长分成三个慰问组，带着烈士证明书和抚恤每户的五百斤稻谷，深入每户烈士家中，向烈士的父母和亲人致以亲切的慰问。

慰问活动一结束，载有枭阳复员老兵的列车就停靠在江州火车站，地区领导和军分区首长亲自到站前的东方红广场，迎接威震敌胆的枭阳连复员官兵载誉归来。地区领导特意将地区供销社的两辆货运车调来，让勇士们乘车返回故乡。上午十点，复员的勇士们到达枭阳县城。

两辆汽车在枭阳城北门新搭的凯旋门前停下，七十名复员老兵在刘长江的带领下，下车列队通过凯旋门。枭阳城里的居民倾城出动，手持三角彩旗，站在马路的两边，不断高呼口号："向英雄的志愿军学习"，"向英雄的志愿军致敬"，"向最可爱的人学习，向最可爱的人致敬！"从北门到点将台广场的两公里路上，口号声、锣鼓声、鞭炮声，此起彼伏，家乡人民以最隆重的方式，迎接自己的英雄儿女归来。

队伍一到点将台广场，县里的领导早就迎候在那里，与每一位载誉归来的志愿军勇士一一握手，并将大家领上了主席台。

这时，由张兰带领的七十名青年妇女，给勇士们献花，并系在勇士们的胸前；接着由团县委组织的七十名少先队员上台，在敬完队礼后，为勇士们敬献红领巾。

接着由县委书记、县长、县人武部部长、劳动模范、三八红旗手、土改积极分子、扫盲先进个人代表，代表枭阳人民，敬献庆功酒。在完成上述仪式后，刘长江将战友们带下台来，在广场的正中位置席地而坐。

欢迎大会在热烈的掌声中开始。

方明书记致欢迎词，方书记说："首先，我代表枭阳父老乡亲，对在抗美援朝战争中，英勇杀敌、不怕牺牲、血染疆场的二十二名烈士，脱帽致哀，默哀三分钟。"

默哀结束后，方书记接着说："在祖国危难的时刻，我枭阳人民同仇敌忾，挑选了一百名优秀的青年，响应毛主席、党中央的伟大号召，抗美援朝，保家卫国，冒着敌人的炮火和枪林弹雨，义无反顾地跨过鸭绿江，与武装到牙齿的美帝国主义进行了殊死搏斗。你们打出了国威，打出了军威，打出了一个强大的东方文明古国！这是一场立国之战，你们不愧于人民的英雄，枭阳人民的优秀儿子，新中国最可爱的人！你们为祖国增了光，为枭阳人民争得了荣誉，我代表县委县政府、县人武部和全县人民，对你们的载誉归来表示最崇高的敬意和最热烈的欢迎！同时，我还要感谢我县各界人民，在伟大的抗美援朝战争中，积极支前，捐款捐物，寄送军鞋和慰问品，你们同样是我们枭阳县的光荣和骄傲，在此，也向你们表示衷心的感谢！"

方明书记的欢迎词，慷慨激昂，声情并茂，就像一股暖流，让这些刚刚踏上家乡土地的勇士们感到十分的温馨和幸福。

刘长江作为枭阳连的复员代表，向家乡人民汇报了枭阳连在朝鲜英勇杀敌的情况，他饱含深情，流着激动的泪水说："三年前，我带着枭阳连的一百名战友，就是从这里出发，奔赴朝鲜战场的；今天，我们七十位战友幸运地回到了养育我们的故乡，受到了家乡人民的热情欢迎。我们是光荣的，幸福的，也是幸运的。但是，我们还有二十二位战友，长眠在朝鲜的土地上，我没能将大家全部都带回来，我愧对二十二名烈士的父母，在这里，请在座的烈士父母代表接受我们一拜。"说到这里，刘长江对着台下的枭阳连的战友们说："枭阳连全体都有，起立！"

坐在会场地上的六十九名战友，腾地一下全部站了起来，只见刘长江说：

"向烈士父母敬礼！礼毕！坐下。"

接着，刘长江又含着眼泪说："各位烈士父母，从今天开始，你们就是我们枭阳连战友们的父母，我们将尽战友的责任，为你们养老送终！"

欢迎大会结束后，举行了隆重的欢迎宴会，家乡人民用最醇香的美酒，接待枭阳人民最可爱的人。

宴会结束后，回到故乡的志愿军战士都归心似箭，被父母和兄弟姐妹接回了家中。

刘长江没有至亲的人，要说亲人就是王世忠和王明德了，刚走到饭店，就看到了王世忠、王明德、张兰在等他。兄弟相见，有千言万语，俩人紧紧拥抱，刘长江从上衣口袋里掏出一块银圆对王明德说："我平安回来了，这块银圆也该完璧归赵了。"

王明德接过银圆，看了看，他惊奇地发现，银圆的中间，有一个凹痕。正疑惑时，刘长江说："是这块银圆救了我的命，在长津湖阻敌南逃时，一颗子弹正好打中了我的上衣口袋，当时还不知道，战斗结束后，才发现银圆有弹痕。谢谢你明德，这是你父亲的在天之灵保佑了我。"

刘长江与王世忠爷爷和张兰打过招呼后，知道了明德与张兰已结婚，还生了个大胖小子，他十分地高兴，说："你俩结婚，哥没送什么礼物给你，我也没有值钱的东西。"说到这里，他从胸前摘下一枚二等功军功章，说："把这个送给你们做个纪念吧。"王明德忙说："长江哥，这是你的荣誉，是你用命换来的，这个我可不能接受。"说到这里，王明德指了指长江胸前戴着的"抗美援朝纪念章"说："要送你就把这个纪念章给我吧。"刘长江一听，马上从胸前将纪念章解下，送到了王明德手上。

王世忠对长江说："孩子，别光顾着说话，走，到爷爷那里去，先住到我这里。"

一行人离开饭店，来到了学校王世忠住的地方，张兰忙给刘长江泡茶，大家一起听了长江在朝鲜的许多故事。

按照志愿军战士的复员规定，原则上是从哪里来，到哪里去，长江参军前，是乡民兵中队长，现在，乡里没有民兵中队长这个编制，负责民兵工作的机构改为了乡人民武装部，可武装部部长和武装干事都配了人。作为乡里的书记王明德，必须对长江要有一个妥善的安置，便将乡里的情况告诉了长江，征求长江有什么意见和要求。

长江一听，乡里不好安置，便说："明德你不用操心，土改时，我分了两亩田，我回王家畈去，种我那两亩田，也算是安居乐业了。"

王世忠听到这里，总觉得哪里不对劲，一个乡民兵中队长，又去朝鲜打了三年仗，立了战功，怎么也得要官复原职，或者提升个副乡长，便说："孩子，你先别惦记着你那两亩田，明德你先去问问方书记，看你长江哥的工作怎么安排。"明德也觉得爷爷说得在理。第二天，就到县委大院，向方书记提出了要妥善安排刘长江工作的问题。

方书记是从战火中走过来的军人，对军人有一种天生的情感，他略微思考了一下，就给出了答复："明德，给长江两个岗位，一个是到你们乡当副乡长，一个是你老家王家畈中心村缺一个党支部书记，而且那里的高级社还没搞起来，需要一个能力强的干部去开拓工作，你回去找长江谈，由他挑选。"

对方书记这样的安排，王明德感到很满意，离开县委，回到爷爷的住处，将意见告诉了刘长江。王世忠一听，也很开心，还未等长江开口，就说："孩子，去乡里当副乡长。"

可令大家意想不到的是，长江却说："村里的工作那么重要，又缺人，作为一名党员，我还是回村里去工作吧。"

王世忠留长江在县城休息几天再下乡去，可刘长江坐不住，当天便跟随王明德回到了南麓乡，王明德与乡长商议了一下，接着就召开党委会，向大家宣布，长江同志任王家畈中心村党支部书记。

王家畈村是个近千人的大村庄，加上其周边的几个村子，一共有三千多人。新中国成立前，村保长的职务基本上都是由王姓人担任，由于宗族势力的因素，其他几个小村常常被王姓人欺侮，与王姓有很多矛盾。特别是与下游的洪家港村，水利纠纷比较突出。王明德对长江说："长江哥，这个村矛盾多，你去了后，要尽量化解矛盾和纠纷，做到一碗水端平。"

刘长江曾参加过南麓乡的土改工作，对王明德说的这些情况基本了解，便说："现在是新社会，天下劳动人民是一家，不能再发生宗族械斗的事件了。新社会要有新气象，我建议乡里把王家畈村和洪家港村的村名改一改，两个村共用一个名字，叫'友谊'，将'友谊'这两个字拆开，王家畈和洪家港各用一个字，将王家畈村改为友好村，洪家港村改为谊人村，这合起来就是'友谊'两个字，大家看好不好？"

在场的人一听，都拍手称好，随后，王明德通知王家畈和洪家港两个村的村长过来，征求他们的意见，两个村的村长也表示赞成。接着，就以乡政府的名义向县民政局打报告，民政局很快就批复同意了。从此，在共产党的领导下，这两个村彻底结束了几百年来的宗族械斗的历史，在建设家乡的艰苦奋斗中，你追我赶，创造了骄人的业绩，友谊之花盛开在南山南麓和鄱湖岸边。

刘长江担任友好村的书记，是得到了王家畈人的大力支持的，因为他是王世忠的干孙子，又参加过王家畈的土改工作，在群众中早已树立了威信。加上王姓占全村人口的三分之一，只要王家畈同意的事，其他几个村的事就好办了。

刘长江到村里办的第一件大事，就是落实由互助组转为高级合作社的工作。

土地改革后，农村面临的最大问题，就是生产关系不能适应生产力的发展。

过去耕种地主的土地，农民不需要有自己的生产资料，耕牛、农具都是由地主提供。现在，贫下中农都分到了自己的土地，也分得了部分生产资料，但它的不协调性很快就暴露出来了。

在当时的农村，牛是最值钱的生产资料，王小莽分到了四亩地，与五户人家共同分到了一头牛，就不可能再分到犁、耙、水车，而分到犁、耙、水车的，就不可能分到耕牛；有的家里有壮劳动力，而没有辅助劳动力，如果一个壮劳动力去干辅助劳力的事，那就得不偿失；有的农户缺壮劳力，重活干不了。根据这种情况，乡政府号召成立农业生产互助组，为解决劳动力和生产资料不均衡的问题发挥了积极作用，农民们也从互助组看到了集体力量的作用，所以从1950年到1955年，互助合作社入社人数占总人数的98%。

但这种互助合作社有它的局限性，抵抗不了自然灾害。1954年发大水，沿湖的洪家港几个自然村刚成熟的水稻被洪水淹没，很多人家颗粒无收；1955年的旱灾，给王家畈造成了重大损失。要想改变农村靠天吃饭的问题，就要兴修水利，建水库解决干旱问题，建防洪堤解决洪涝问题，这些基础性的工程建设，靠分散的劳动形式是不可能完成的，必须依靠集体的力量，才能实现。

人民群众是创造历史的动力，这话一点都不假。南麓乡桃花源村地处山区，干旱一直是困扰种田农户的一块心病。1954年，有八个互助组自发成立了一个高级农业社，当年就集中社里的全部劳力，在一个山垄里建起了一座小型水库，1955年大旱时，这座水库发挥了巨大作用，全社六百多亩水稻，全部丰收。方明书记及时推广这个典型，要求全县的互助合作社向高级社过渡，利用人多力量大的优势，改善和提高农业生产抗御自然灾害的能力。

互助组是一种自发的形式，有"好汉对好汉，鹭鸶对鸟干"的味道，所以，互助组劳力较强的称为"好汉组"，劳动力弱的称为"老弱组"，好汉组无疑比老弱组具有更多的优势，现在要把好汉组和老弱组打成一片，自然就遭到了好汉组的反对，原王家畈村的互助组向高级社过渡推不动的原因就在于此。

为此，刘长江召开了全村动员大会，宣讲了高级社的好处，又深入群众做工作，但效果不佳。好汉组找到刘长江说："我们也不是没觉悟，社会主义制度是多劳多得，不劳动者不得食，那要把没劳力的与我们劳力多的合到一块，就不能体现多劳多得。所以，我们好汉组商量过了，谁愿意去加入高级社，我们不反对，但我们不参加；共产党给我们分了田，分了地，我们也不会忘恩负义，长江兄弟，你是抗美援朝的功臣，又是残疾军人，现在又是村里的书记，事情又忙，也没时间种地，我们同意承担你那两亩地，这也应该算我们翻身农民不忘党的恩情吧？"

好汉组的话，也不能说没有一点道理，刘长江也找不出更多的理由去反对他们，友好村的高级社一直没有推进。

乡里对这项工作催得很紧，有一天，刘长江接到乡里通知，要各村去汇报高级社的进展情况。

走路不太平稳的洪小江，是在朝鲜战场负伤的，现在他担任了谊人村的村长，他汇报说："我们村已成立了三个高级社，占入户数的85%。目前只有几户富农和中农，既没有入互助组，也没入高级社，乡里的任务算是完成了。"

洪小江的汇报，让刘长江坐不住了，他从内心底佩服这个在朝鲜生死与共的战友，冷静下来一想，还是自己的工作没做好，决心回去后，一定要迎头赶上，将高级社建起来。

听完了各村的汇报，乡党委书记王明德对各村的工作进行了总结，指出了存在的问题。他端起茶碗喝了口茶，最后说："对加不加入高级社，要多做思想政治工作，要多宣传，讲集体的优势，要让农民们自觉入社，不搞强迫命令，这项工作既不能等，也不要急，友好村的工作，先从王家畈开始，只要王家畈带了头，其他几个自然村会跟上来的。"

散会的时候，已接近午饭，明德对长江说："长江哥，吃了饭再回村里去吧。"长江回答说："今天就不吃了，我得尽快去落实会议精神。"王明德说："这不是一天两天的事，也不要过于着急，我是想给你谈谈你的个人大事。哥，我的小孩都会满地跑了，你在这里，没爹没妈，孤身一人，也该成个家了。昨天去县里开会，爷爷还嘱咐我这个事，要我多关心你一下。"刘长江看了看王明德，心里有一种说不出的暖意，对与自己出生入死，共过患难的兄弟说："明德，我多谢你的好意，我现在上无片瓦，下无寸土，一个头顶天脚立地的光汉子，怎么成家呀，哪个女人愿意嫁给我呀？"王明德说："长江哥，我先给你通个气，有合适的，我来帮你介绍介绍。"

刘长江没有在乡政府吃饭，而是赶回了村里，在村里刚吃完饭，王志刚就来到了村部，说："长江老弟，土改分的二亩地，你抗美援朝去了，这三年就由村里给你代耕，共收获稻谷一千四百多斤，还有乡政府给你送了一百斤大米，说是你复员的安置粮，都放在了王氏祠堂的仓库里。现在你回来了，这些东西你还要去处理一下。"

刘长江一听，有一股暖流在心里涌动，他感激王家畈的乡亲们，没把他当外人，心里想，现在就自己一个人，也用不了那么多粮食，便说："志刚，给我留下六百斤口粮，其余都分给村里生活有困难的人。"

王志刚马上反对说："长江老弟，那不行，你单身一个，房没一间，也没有一个知冷知热的人，我想把你那一千多斤谷子卖了，大家再帮帮工，给你盖两间房子，日后也好娶上一房媳妇。"

王明德上午也提到了自己成家的事，触动了刘长江内心的那根神经。对王志刚说的话，刘长江算是默认了，便说："志刚老哥，那你就看着办吧。"

王志刚是个热心人，他想为刘长江在王家畈盖房子的事，首先得到了族长的同意，族长召集各房头的话事人，说："长江是世忠的干孙子，明德的好兄弟，我们王家畈人早就把他当作王家人了，现在又在我们村当书记，连个遮风挡雨的地方都没有。我的意见，在祠堂旁的公地上，划出一块来，给他盖两间房子。如果大家同意的话，就写个契约，各家各户按个手印。"没有人表示反对，为刘长江在王家畈盖房子的事就定下来了。

王志刚是个急性子，办起事来雷厉风行，他拿着写好的契约，一家一户上门让大家按了手印，接着，就牵头为刘长江准备材料盖房子。

王明德知道长江哥要在王家畈盖房子，心里特别高兴。这时，刚刚取消供给制，实行薪金制，王明德的月薪是二十五元，爱人张兰也是二十五元，两人留下了二十元作生活费，凑了三十元送到了王家畈，以资长江的建房费用。

选好了建房地基后，王志刚还特地去请了风水先生，确定了建房的朝向，又择了吉日良辰，按照王家畈的风俗，置办了几桌酒席，每户来个人喝起手酒。

对刘长江来王家畈落户建房，王家畈人是真心欢迎。开工后，各家各户都抢着来帮工，也就是十多天时间，三间土坯房就封顶了，十几个帮工到南山砍了芭茅，把房顶盖得严严实实。

四月初九这天，是新屋上梁的日子，几个王家畈后生从南山砍来一支横梁，梁上缠着红布，上午十点，上梁仪式开始，由负责建房的老木工主持上梁仪式，王志刚从家里捉来只大公鸡，帮忙的和来看热闹的，把新屋围了个水泄不通。

上午十点十八分，上梁仪式开始，老木匠倒了九杯酒，敬天敬地敬祖宗，然后，将鸡冠挤出血来，涂在新梁上，念起了吉祥的祝词。

老木匠说："日出东方架金梁哎！"

众人齐呼："好哎！"

老木匠说："新建华堂喜气洋洋！"

众人齐呼："好哇！"

老木匠说："黄道吉日竖玉柱哎！"

众人齐呼："好嘞！"

老木匠说："紫微星临凡照金梁！"

众人齐呼："好哇！"

老木匠说："龙盘柱，凤绕梁哎！"

众人齐呼："好嘞！"

老木匠说："主人家安康又吉祥！"

众人齐呼："好哇！"

上梁仪式结束后，王志刚将早已蒸好的糯米粑装在一个箩筐里，用一根红绳拉上了屋顶，又将粑从屋顶上抛下，名曰"抛宝"，在场看热闹的人开始抢宝，到此，整个新屋落成仪式才宣告结束。仪式结束后，喝上梁酒。王世忠的孙媳张兰从县城赶来了，大家从内心底祝贺刘长江有了自己真正的家。

新屋建好后，就有热心的人为刘长江张罗媳妇了，可在刘长江心里，春耕即将到来，成立高级社的事，更加迫切，作为一个村党支部书记，完成上级交给的任务，是头等大事，他只得把成家的事先放一放，确保在春耕前完成转社的任务。王家畈的人为什么不同意转高级社呢？问题出在哪里？刘长江不断思考着这个问题。

怎样找准突破口？他把目标放到了王志刚身上。王志刚是王家畈最有影响力的一位，刘长江能在王家畈落户，而且还建了房，这主要是王志刚发挥的作用，王志刚又在村里的好汉组，只要把王志刚工作做通了，王家畈转高级社就有希望。

刘长江买来两斤猪肉，又买了一瓶酒，他邀请王志刚来喝两盅，王志刚没推辞，下午收工后，就来到了刘长江家里，刘长江已经升烟开了火，早早地把菜和饭都做好了，王志刚一来，两个人就喝开了，几杯酒下肚，话就多了，刘长江先是感谢王志刚将自己拉入了好汉组，不经意地问："要是没有共产党，没有土地改革，你现在干什么？"王志刚端起一杯酒，一口喝了个干净，拿起筷子夹了一块肉，往口里送，才回答说："长江老弟，没有共产党，那我还不是给地主打长工，上山打猎，我是托了共产党的福哇。"

刘长江已经摸准了王志刚的脉搏，他因势利导，说："那你听不听共产党的话？""这不用说，共产党是我们家的福星，不听共产党的，听谁的？"刘长江说："共产党是干什么的？"王志刚未假思索地说："共产党就是为了贫下中农过好日子的，这个我清楚。"刘长江望了望这位爽直的中年汉子，又说："你说我一个共产党员，在你们好汉组，而不管那些老弱组，我还算不算一个共产党员？""这个，这个……"王志刚似乎明白了什么，他自斟自饮了一杯酒，说："长江老弟，你有什么话就说吧，我是个知恩图报的人，只要共产党要我干的，我决不含糊。"

刘长江一看，已到火候了，便说："现在，党号召我们将初级社发展成高级社，其中的意义和作用我在动员大会上讲过了，就是要让大家都过上好日子。我们不能只管自己过好日子，而不管有困难的群众，这不是共产党的初衷。如果你们不同意转高级社，我这个共产党员就没有脸面待在你们好汉组，你说是不是这个理？"王志刚望着刘长江，沉默了一下说："好哇，你叫我喝酒，原来是黄鼠狼给鸡拜年呀。"刘长江心里一沉，脱口说了句："你还是不同意转高级社？"王志刚又端起酒杯干了一杯，又用手臂擦了一下嘴，望着刘长江说："我王志刚懂得知恩图报，绝不是只扫自己门前雪，不管他人瓦上霜的人，既然是共产党的号召，我明天就跟大伙说，我们加入高级社，不能丢王家畈人的脸。"听到这里，刘长江一颗悬着的心总算放了下来，两个人你一杯我一杯，一瓶酒就见底了。

友好村的第一个高级社成立，又带动了其他几个自然村。在一个月时间内，全村成立了十三个高级社，为即将建立的人民公社体制奠定了基础。

没有行政命令，更没有强迫手段，个别户不愿加入高级社的，也在集体的强大磁场的引力下，最终都加入了高级社。景家坳村的景财发，是个中农，在土地改革中，既没有被没收土地，也没有分得土地，家里四口人，有八亩水田，一直是自耕自种，日子过得不太富裕，也不贫穷，他家既没有在土地改革中得到好处，但也没有得到坏处。当村里人邀请他参加互助合作组时，景财发用手一摆说："我家不要互助。"这次互助组转高级社，大家又邀请他参加，他头摇摆得像个拨浪鼓，仍然一口拒绝。景家坳高级社将情况反映给刘长江，并气愤地说："当初应当划景财发富农，真是一粒老鼠屎，坏了一锅汤。"刘长江并不着急，说："个别户不参加，我们不勉强，党的政策是自愿，我们要用高级社的好处和凝聚力，让他自愿加入进来。"

全新的劳动生产方式，使农村展现出一派崭新风貌。大家同出工，同劳动，火热的劳动生活使社员意气风发，斗志昂扬，到处勃勃生机。年底高级社一结算，人均比上年增收近二成。有位老农编了几句顺口溜说："单干是独木桥，走一步摇三摇；互助组好比石板桥，人多车多过不了；高级社像金桥，是通向富裕路一条。"

高级社里热热闹闹，到处是欢歌笑语；而景财发家里就显得冷冷清清，毫无生气。景财发有一儿一女，都是大小伙和大姑娘，劳动时他家的田里显得形单影只，与高级社那火热的劳动场面相比，景财发家里四口人就像是几只落单的孤雁。他的儿子和女儿很是羡慕那种集体的火热生活，不断与景财发闹别扭，干活没有精神。那年，正好又是一个干旱的年份，高级社的农民到远离村庄十几里的一个山垄里引来了清澈的山泉，滋润干枯的禾苗。高级社成片的水稻田里，稻浪翻滚，长势喜人，丰收在望；而景财发的八亩水田里，禾苗由于缺水，一天比一天枯萎，急得景财发天天祷告作揖，盼望老天下雨，但都无济于事，这老天爷好像存心与他作对，立秋后滴雨未下，他的八亩水稻收割一过秤，亩产还不到高级社的五成。这下他的儿子和女儿在家里就闹翻了天，坚决要求参加高级社，否则，一双儿女就要罢父亲的工。景财发也从现实中感到集体力量的强大，要是在过去，一家一户不可能去十几里外引水，像这样的干旱年，就是一个灾年，可高级社有灾不见灾，把一个灾年变成了丰年。他痛定思痛，找到村书记刘长江，有些不好意思地说："我还是要求加入高级社，请书记给我通融通融。"友好村最后一户钉子户，终于在1956年底，自发加入了高级社。

刘长江的单身生活，一直是王明德和张兰的心病，张兰的二胎都呱呱坠地了，夫妻俩都希望刘长江早日成家。

一天晚上，夫妻俩躺在床上，又说到了刘长江。王明德说："你是妇联主任，认识没结婚的女人多，要把我长江哥的事放在心上。"张兰"嗯"了一声，她也想当这个红娘，她一参加工作，就认识了刘长江，了解长江的为人和能力，也了解他的性格，他又是明德胜似兄弟的患难之交，也觉得有责任和义务帮助长江完成终身大事。

张兰把认识的未婚青年在脑子里过了一遍又一遍，还真有一个比较合适的人进入了她的脑海。那个姑娘是她在扫盲运动中认识的，名叫石榴花，是桃花源乡石财主家的女儿。本来她是江州中学里的一名初中生，后因父亲划为地主，长工被清退，家里几亩土地就成了问题。石财主从小就没干过农活，现在一下子要亲自耕种几亩田，就有点吃不消了，特别是插秧、割稻子这些辅助劳力干的活，累得他常常直不起腰来，无奈之下，只得让女儿中断学业，回乡给他当个帮手。石榴花长得眉清目秀，身板也很结实，虽说不上有多么漂亮，但人很耐看，加上已经十六七岁了，全身都散发着少女的青春活力。石榴花是一个有孝心的女儿，父亲要她回家劳动，就乖乖地回乡了，一两年下来，她不仅会割稻子、插秧，而且还会犁耙车水。在扫盲的夜校里，她还担任扫盲教师，受到了县妇联的表彰，张兰就是在那个时候认识石榴花的。本来男大当婚，女大当嫁，已经二十足岁的石榴花应该早就为人妻了，可是，由于有个地主家庭成分，条件好一些的人家都不愿意与地主家结亲；一家养女百家求，也不时有上门提亲的，可石榴花又没看上。这在刚解放不久的农村，石榴花已经有点像是嫁不出去的老姑娘了。张兰将石榴花与长江的条件一比较，还真觉得十分般配：长江是村里的书记，抗美援朝功臣，也初识文字，属根红苗正的青年；石榴花是一朵鲜花，是有文化的新女性。一个共产党员娶一个地主家的女儿，长江同不同意呢？

她叫醒了早已进入梦乡的王明德，说："有个姑娘与长江很般配。"接着便把石榴花的情况说了一遍，王明德听后思考了一下说："我看可以，地主的女儿怎么了，不是所有的地主都是恶霸地主，我们乡还有劳动地主呢，咱们的方明书记，家里就是地主成分，地主不革命，但他们的子女一样可以成为革命者，我明天就去找长江哥说。"张兰接着说："我这两天也抽空去找石榴花谈谈。"夫妻俩都很高兴，一下没了睡意，王明德一伸手，把张兰搂到了怀里，张兰也伸出手搂着王明德的脖子，两个人便亲热起来。

南麓乡友好村党支部书记刘长江要娶地主家的女儿，一时引起了轰动，县委副书记徐玉枫明确表示反对，他在县委组工通讯上批示："我们有些党员干部，在同拿枪的敌人的战斗中，不愧于英雄称号，但在和平环境下，却经不起敌人糖衣炮弹的袭击。一个共产党的基层书记，竟要与一个地主的女儿结婚，真是值得三思啊！"

事情最后反映到了县委书记方明那里，还是方书记作主说："我还是那句老话，我们党的政策，是出身不由己，道路可选择，我们共产党人，讲阶级成分，但不唯阶级成分。共产党人，就是要做成人之美的事，长江这个婚事，我作主了。"

有县委书记作主，刘长江的婚事顺利多了。石榴花见过长江后，脸上就飞出了红霞。石财主也愁一个地主身份，害了女儿，俗话说女大不可留，留来留去留成仇，这成了石财主的一块心病；没想到张兰给女儿提亲的对象是一个村党支部书记，又是抗美援朝的功臣，只差嘴巴没有笑歪，是打内心底满意这场婚事，没有要一分钱的彩礼，亲自为两个孩子选了黄道吉日，很高兴地将女儿嫁给了刘长江。

1954 年，县里的扫盲领导小组按中央的统一部署，每个行政村都要办一所初级小学，让世世代代上不起学的农家子弟，都能接受义务教育。除每个学校由县教育局配一名国家教师外，各村都要自荐两名教师，有初中文化的石榴花被乡政府推荐为友好村小学教师。开初，刘长江还有些顾虑，不同意爱人去当老师，担心被人说他以权谋私。王明德了解这个情况后，对长江说："长江哥，内不避亲，外不避仇，封建社会都能做到，我们是新社会，更要人尽其才，嫂子去当教师这事，我作主了。"王明德以乡政府的名义，将石榴花录为教师的报告送到了县教育局，同时还给县政府分管教育工作的副县长作了专门汇报，很快，石榴花被正式录用为南麓乡友好村小学的教师。一个是村党支部书记，一个是村小学的教师，一对新人，过上了幸福的生活。

第二年，在层林尽染的季节，刘长江与石榴花的爱情结晶诞生了，生下了一个男孩。长江说："榴花，你有文化，你给孩子起个名字吧。"石榴花感恩共产党，便给孩子取名"天赐"，石榴花说："共产党就是天，没想到我这个地主的女儿，能过上幸福的生活，所以，这孩子就是上天赐给我们的。"

刘长江成家生子后，又想起了与自己出生入死的战友洪小江，洪小江土改时就加入了刘长江的民兵中队，抗美援朝时，洪小江跟着刘长江去了朝鲜，立了一等功，复员回乡后，父亲洪开路已过世一年有余，他又没有其他兄弟，两个妹妹也早已嫁往外乡成家了。他孤身一人，村民们又选他当了村长，快二十七岁了，日子过得很是艰辛；找个屋里的，是当务之急。那时的农村，女子过了十八，几乎没有待字闺中的，所以，洪小江就更难找上一个合适的了。刘金虎的女儿刘杏花，在做童养媳时，已经与抱养人家的儿子成了婚，由于受不了婆家的虐待，加上没有生育，在童养媳回娘家的运动中，在张兰的帮助下，与抱养人家解除了婚约，回到了娘家。长江与刘永强在工作的过程中，了解到这个情况，便主动为洪小江和刘杏花牵线搭桥。刘永强也觉得合适，便把情况告诉刘金虎，刘金虎正为女儿的婚事发愁，毕竟嫁过一户人家，合适的也难找，虽然了解到洪小江在抗美援朝中脚上落下了一点残疾，但现在人家是个功臣，又当了村长，对这门亲事还是比较满意的。刘金虎又征求女儿杏花的意见，杏花觉得，自己嫁过一回人了，以农村的风俗来说，不是黄花大闺女，在人们眼里，只不过是残絮败柳，没什么资格挑三拣四，杏花便对父亲点点头，算是答应了。

没有花前月下，也没有卿卿我我的甜言蜜语，洪小江为杏花扯了几尺布，请裁缝做了一套青藏色的卡其布衣服，就算是结婚的嫁衣。刘金虎了解小江家也不富裕，连个三斤两包都没要。在刘长江的妻子石榴花的操办下，双方的亲属在一起喝了一顿喜酒，就算是成家了。小江和杏花得到了亲人们真诚的祝福，刘永强夫妻送了一床印花被，长江和石榴花送了一对枕头，洪庆来和爱人送了一床棉絮。婚礼虽然简单，但洪小江和杏花觉得十分的开心和幸福。中华人民共和国是个英雄的国度，若干年后，刘杏花这个翻身获得解放的童养媳，在新中国的雨露阳光下，意气风发，斗志昂扬，成了一名巾帼英雄。

（二十四）

自从刘永强知道自己的真实身世后，养母秀英因病已过世，他便把孝心都放到了养父身上，对养父刘金虎十分的敬重。他从朴实的刘金虎身上看到了大爱无疆、父爱如山的伟大身影。

妹妹刘杏花出嫁后，弟弟永成也已成家，另立烟火，加上刘金虎年龄偏大，又担任高级社的社长，自己又在乡里担任武装部部长，家里明显缺劳动力，从乡亲们的嘴里，难免听到一些不三不四的言语，事实上也是拖累了大家。所以，永强决定辞去乡武装部的工作，回刘家墩种地，让养父在沉重的劳动中解脱出来。洪镇江听说孙子要回村里种田，心有不甘，专程从县里来到了永强的家里，劝永强不要辞去工作。永强理解爷爷的好意，他给爷爷上了一碗茶，又扶爷爷坐下说："爷爷，养父对我不仅是养育之恩，他的大恩大德，我这一辈子都还不起，现在，他年龄大了，身体又不好，所以，我不能不管他，他自己的儿子庆来，从小跟着您，不会干农活，现在又是县教育局的局长，帮不了我养父什么忙，我反正农活干惯了，我来帮养父，是天经地义的事。"

洪镇江喝了口茶，望着这个知恩图报而又苦命的孙子，心里很酸楚，眼眶里渗出了泪水。他内心不同意这个唯一血亲的孙子在土地里刨食吃，但孙子说的话，又是那么在情在理，只好叹叹气，从腰里掏出几块钱留给了永强。永强和刘金虎留洪镇江吃了饭，然后由永强一直送爷爷到了乡政府，爷爷坐上了去县城的班车才回来。

当年刘永强在帮刘满贯家放牛时，就在私塾先生那里偷听，认得不少字，后又经扫盲运动，达到了初中毕业水平，加上在工作中也学到了不少文化。在当时，刘永强算是一个有文化的人了，他又当过干部，回村后，刘金虎以没文化，年龄大了为由，辞去了高级社社长职务，专门从事社里的农业生产。刘金虎辞职后，大家一致推举刘永强当了刘家墩农业高级社的社长。

刘永强的爱人是南山何家岭人，叫何小静，是刘永强小时候进山放牛时认识的儿时伙伴，跟永强结婚已经三年多了，生了一男一女，在刘家墩与公公一起生活。她在扫盲中认了不少字，是个明事理的人，听说丈夫回村来，她没有觉得什么不好，而且很是高兴，这样，夫妻俩不再分开了，而且又减轻了家里的压力。她事事处处都依着刘永强，是一个相夫教子的贤内助。

刘永强也许是遗传了洪家的文化基因，接受新鲜事物能力强，遇事爱琢磨，爱动脑筋，他领导的刘家墩农业生产高级社，当年的粮食产量高出其他社一成多，被评为全县的先进社，他本人也被评为县里的种田能手，很受县委书记方明的喜欢和器重。

1957年，华东地区举办一期水稻生产科研培训班，枭阳县有一个学习名额，方明书记特意推荐刘永强去参加。学习的时间，是一季水稻生长的周期，实地掌握水稻的播种、育秧、分蘖、抽穗、灌浆、成熟的全过程技术和水稻病虫害的防治。刘永强拿到了优秀学员证书，还得到了五元钱的奖励。

回到枭阳县后，他径直来到了方明书记的办公室，方明书记正在看文件，刘永强轻轻地喊了声："方书记。"方明书记看到是永强，便放下手中的文件，说："进来，快坐。"便起身，与刘永强握了握手，又倒了一杯开水给永强，打趣地说："我们自己培养的农业专家回来了，说说，都学到了一些什么呀？"

刘永强等书记坐下后，也坐了下来，喝了两口开水，才把自己一路想好的话给书记汇报了，最后说："方书记，要大幅度提高我县的粮食产量，一是要大力推广科学种田；二是要合理密植；三是要改良品种。"

方明书记认真听取了刘永强的汇报，并记在本子上，眼睛认真地看着刘永强，抽出一根香烟，点燃吸了一口说："永强呀，看来你这几个月没有白学，进步很快，你说的这几点，就是我县农业生产的短腿，的确要改变传统耕作方式，合理密植，改良品种，提高科学种田水平，提高单位粮食产量。你回来了，就不要回你那个刘家墩去了，留在县农业局，当农业技术员，怎么样？"

刘永强摸了摸脑袋，感激地望着方书记，想了一下说："方书记，多谢您的好意，我还是想留在乡下，一个搞农业技术的，要是离开了土地，浮在上面，就是想干一番事业，也未必会成功，特别是这个粮食种植业，就像带婴儿一样，每天都得伺候它，我还是想在我的社里，拿出一块田做试验田，搞科学种田，如果取得了成功，再在全县推广。"

方明书记听到这里，越发对这个年轻人感兴趣，觉得永强的想法，更切合实际，又吸了一口烟，将烟头掐灭在烟灰缸里说："你的想法很好，我同意你的意见，你就在刘家墩搞一块试验田，等会我跟彭县长商量一下，给你们高级社挂一块枭阳县农科所的牌子，你兼任所长，我让县农业局给你订几份农业科学技术杂志，给我干出点名堂来。"

刘永强站起身来对方书记说："太谢谢您了，如果没事，我就先回去了。"

方书记点点头，起身一直将永强送出了办公室。

从县委出来，刘永强看看时间还早，可以赶得上下乡的班车，准备去县中学，看望爷爷洪镇江。口袋里有五元钱奖金，他走进一家店铺，花了五毛钱给爷爷买了一斤冰糖；又花了一元二角，买了一双胶底黑布鞋，准备送给养父刘金虎；又买了一块头巾和二十多粒糖果，是送给妻子小静和两个孩子的。

洪镇江看到孙子学习回来，接过冰糖，心里乐开了花，特别是听到孙子说那双布鞋是送给养父的，内心更是高兴。他为孙子有这份孝心感到骄傲，对永强说："金虎把你教育得好啊，什么时候都不要忘记你养父的养育之恩啊。"洪镇江要留孙子吃饭，永强说："爷爷，不吃饭了，我还要赶班车呢。"洪镇江从床上的枕头下摸出两元钱塞进永强手里说："给我两个曾孙买些好吃的。"永强没有推辞，他知道爷爷有些积蓄，便收下，与爷爷告别后，向车站走去。

太阳还没有下山，晚霞映红了西边的天空，离开刘家墩快四个月的永强回到了家里，他将礼物一一分发了给大家：两个小孩拿着糖果，在永强怀里亲热极了；刘金虎摸着胶底布鞋，心里美滋滋的，他穿上胶鞋，试了试脚，不大不小，又在房间里来回走了几步，便脱了下来，说："这一辈子，就穿你娘做的千层底布鞋，从来就没有穿过这么好的不湿底的布鞋。"说完，用抹布擦了擦鞋底，小心地放到一个木箱里，对永强和小静说："我百年之后，就让我穿这双鞋走吧，这是我儿子给我买的。"小静说："爸，你就穿吧，穿坏了，再给你买一双就是了。"刘金虎舍不得穿，这双鞋一直压在箱底，三年后，刘金虎过世时，还就真的是穿着这双鞋，安心地入了土。

洪小江的家在洪家港的最东边，紧邻鄱阳湖，有三间土坯房和一间猪栏，距猪栏不到二十几米的地方，是一个活动的沙丘，沙子是由冬天的季风从鄱阳湖卷上来的，这座沙丘方圆近十公里，每年以一到二米的速度移动，侵蚀着肥沃的农田，是洪家港人的心腹之患。洪小江所在的高级农业合作社的田块，就在这沙丘边上。洪小江结婚的当年，刚刚收割完了稻谷，就种上了油菜，油菜一片葱绿，孕育着丰收的希望，连路人都说："明年要用大缸屯油了。"可天有不测风云，当油菜花一片金黄时，突然刮起三天两夜的东南风，沙粒在风的作用下，满天飞舞，人都睁不开眼睛，那长势喜人的油菜苗，大部分被沙子掩埋了。杏花没见过这种情况，十分心痛，洪小江告诉她："这沙丘每年都向西北移动，大量的良田被吞没，所以在洪家港有一句谚语，叫'宁要西边一垄地，不要东边一亩田'。三百多年来，洪家人一直与风沙进行斗争，但总是沙进人退。"说到这里，洪小江叹了口气又说："这样下来，在我们手上，就要搬迁了。"

这刚刚过上幸福生活的刘杏花，心里不是个滋味，她问丈夫："难道就没有什么办法能挡住沙丘么？"洪小江说："乾隆年间，有个枭阳县令，从外地引进了一种植物叫蔓荆子，在沙山试种，成活了一些，但成活率不高，加上这一百多年来战乱不断，也没有人来管这个事，一家一户，温饱都难解决，谁去治沙呢。"听到这里，杏花难以入睡，在夜校扫盲班里，她记住了张兰说过的一句话，时代不同了，男女都一样，男人能办到的事，女人也能办到；我们面对的是一张白纸，要用我们勤劳的双手，写出最新最美的图画。她在思索着，考虑着，除蔓荆子外，还有什么植物能固沙呢？她想到了自己娘家山里的芭茅，这也是一种耐旱的草本植物，生长能力强，把芭茅移栽在沙丘边上，要是能够成活，那要不了几年，沙丘与田地之间就会形成一道天然的屏障，不仅能挡住沙丘，还能改变生态环境，她一翻身从床上坐了起来，推醒了洪小江说："当家的，我想把我们社里的妇女组织起来，在农闲时专门治沙，怎么样？"

洪小江刚刚进入梦乡，他揉了揉眼睛，望了望没有一点睡意的老婆，用手摸了摸杏花的前额说："我说你又没发烧，怎么说起胡话来？"

杏花在小江头上轻轻地打了一下说："你说什么呢，我给你说正经的，明天我就去找姐妹们来商量。"

洪小江认真地说："别胡思乱想了，这沙丘有那么容易治理，祖上的老少爷们不早就治好了？睡吧，明天还要出工呢。"两人无语，小江很快响起了轻轻的鼾声。

　　杏花躺在床上，没有一点睡意。她是一个倔强而又有主意的人，特别是几年夜校下来，还成了一个有思想的人，一旦打定了主意，就是八条牛也拉不回头。一直到深夜，她才迷迷糊糊睡着了。

　　太阳已透过窗户，晒到了她的床上，她睁开眼一看，丈夫早已下地了，连忙起来，为丈夫做早饭。农村千百年来就是这样，女人的职责就是生儿育女、洗浆补衣、养鸡养猪，围着锅头灶尾转，田里的农活都是大老爷们的事。

　　吃过早饭，一头短发的刘杏花风风火火，一户一户上门，说是要请各家的屋里人到她家喝茶，有重要的事情与大家商议。

　　那些屋里人都感到十分的惊讶，村里开会，自古到今，都没有女人什么事，这杏花要召集妇女们开会，各各都感到十分新鲜。上午九点，大家都如约而至，来听听杏花要给大家开什么会。

　　杏花在家早就烧好了茶水，叽叽喳喳的女人们，人没到，声音就先过来了，她站在门口将大家一一迎进厅里，麻利地为每个人泡了一碗冻米茶，才对着大家说："我说各位婶婶嫂子们，今年的油菜长得这么好，一场东南风刮起的尘沙，把油菜苗都打坏了，明年吃油只能是白锅了，你们说，心不心痛？"

　　女人们叽叽喳喳说："谁不心痛呀，那有什么办法呢？"一位四十多岁的中年妇女说："我都嫁到这里二十多年了，靠天吃饭，谁有那个本事不让沙子飞起来呀？"

　　杏花马上接过话说："我说大婶，我找大家来，就是要商量这个事，男人们犁耙车水，要管全家的嘴，不好耽误工夫，而我们烧火做饭，带带小孩，还是有些空闲的。我想把大伙组织起来，分成两个组，年龄大的，要给小孩奶吃的，留在家里为一个组，负责男人们的吃饭问题，帮忙照看一下猪、鸡、鸭、鹅，身强力壮的成立一个治沙组，让流动的沙丘在我们面前安静下来，保护我们的农田，保护我们的家园，大伙说怎么样？"

　　有快嘴之称的三嫂站出来说话了："我说杏妹子，你想得是很好，你用什么来固定沙丘？沙丘有那么好治，洪家祖祖辈辈还不早就治好了，还会等到我

374

们这些长头发的来治沙？"

杏花不慌不忙地笑着回答说："三嫂还真说得没错，要好治，也轮不到我找你们这些长头发的来商量了。我调查过，洪家的祖祖辈辈不是没有治理过，但一家一户力量太小，有人不断在沙丘上栽树，春天栽，冬天栽，形成不了规模，所以，几百年来，任由沙丘流动。现在情况不同了，我们都是高级社的人，人多力量大，我们从农田边开始治理，从丘下向丘上发展，形成一条绿色的拦风挡沙带，最后镇住沙丘。"

那位中年大嫂又说话了："杏花呀，你才嫁过来不到一年，你不了解沙丘，一到夏天，沙丘上的高温达五六十度，是栽什么死什么！"

杏花提着茶壶，上前为大嫂续了一些茶水，又对大伙说："大嫂子，你说的是实情，我也问过一些人，栽树的确不容易成活，这就说明，我们在治理沙丘时，没找准适合在沙丘上生长的植物。我是从山里来的，山里有一种植物叫芭茅，再旱的年份，它都能生长，我想，我们大家去山里挖芭茅蔸，栽在靠近水田的边上，干旱时，要浇水也方便，只要熬过了一个夏天，来年春上就会发很多新芽，我想用不了几年，就会形成一条绿化带，能挡住沙丘的流动，又能美化家园，大家说好不好？"

这些女人们听完杏花的话，便热闹起来，鸡一嘴，鸭一嘴，吵个不停，还是那位大嫂子接过话，望着杏花说："还是杏花这个新媳妇有新思想，我看说得有道理，我们这些人是嫁鸡随鸡，嫁狗随狗，生活在这里，死了还要埋在这里，这沙丘要是治不住，将来埋我们的地方都没有，我支持杏花的意见，可以先试试。"另一个媳妇也接着说："做粑还要试个手，我同意试。要是真的能栽活，就一年接一年干它几年。"

动员妇女走出家门，本来是一件很难的事，杏花没想到这么容易就达成了一致意见，她高兴地为大家续满茶水，然后大声地说："各位大婶大嫂，我们说干就干，大家回去做好大老爷们的工作，我们去治沙，不耽误他们吃饭、养猪、养鸡。"一口气将她的计划和安排进行了布置。大家谁都不知道，就这样一件不起眼的事，载入了枭阳县的历史史册，也展示了新中国妇女的崭新风貌。

刘永强从中南农业培训班回到刘家墩后，召集农业高级社的社员们到家里开了个会，他拿出桌上的一包中南牌香烟，给每人散了一支。刘金水老汉抽惯了水烟壶，晃了晃手上的水烟壶，说："我抽不惯洋烟。"大伙把烟点上，吸得是美滋滋的，永强这才开口说："走了几个月，家里的事，大伙辛苦了。今天，我要报告一个好消息，我回来时，在县里见着方书记了，方书记表扬了我们农业高级合作社，说我们是全县农业战线上的一面红旗，要我们大搞科学种田，大幅度提高粮食产量，决定在我们高级社加挂"枭阳县农业科学研究所"的牌子，要我们培育新的高产粮种，这样，就要从社里划出一亩水田做科研试验田，不知大家同不同意？"

刘家墩高级农业合作社，一年打了个翻身仗，大伙都很佩服刘永强，一听又受到了县里的表扬，大伙都乐了，纷纷表态说："别说一亩，就是十亩，我们也乐意。"

刘永强本不抽烟，这一高兴，他也点燃了一支烟，刚吸了一口，就呛得眼泪都出来了，又忙把烟熄灭了，咳嗽了一声，对大伙说："方书记讲，枭阳县历史上就是一个缺粮县，春荒成了枭阳人民痛苦的回忆，他希望我们农科所敢为人先，突破传统的种田模式。我们刘家墩，千百年来就是一季水稻一季油菜，丰年的时候，一亩也就收个四百来斤粮食，按这个产量，永远解决不了温饱问题。这次我在中南学习，人家已实行了'油—稻—稻'三熟三高产，我们这里与中南的气候差别不大，我也准备一年种两季水稻，就从我们试验田里开始。"

刘金水老人已年过花甲，种了一辈子田，他有些怀疑地说："永强呀，这祖祖辈辈以来，谁不想多打粮呀，就是这个'光谷'品种，我都种了几十年了，科学种田我不懂，我估计也离不开'精耕细作'四个字，我看还是要脚踏实地，年轻人千万不要好高骛远，抓了芝麻，丢了西瓜。"

金水老汉这一讲，一下打消了大伙的积极性。是呀，要是有那么容易，祖祖辈辈不早就种两季了？虽说一亩田不多，但要在一亩田里种两季，还是要花不少功夫的。刘永强一看大伙都用怀疑的目光看他，便站起来对大家解释说："金水叔说得没错，我们的先人既不笨，又不懒，谁不想多打粮食呢？我看其中的原因，一是传统的习惯势力束缚了大家的思想，除了'光谷'这个品种，就没有考虑过还能种其他什么品种；二是信息闭塞，大伙不了解外面的世界，长江以南，有不少地方大面积种双季稻，而我们还抱着一季稻不放。这双季稻到底能不能种，当然不能蛮干。大家知道，水稻的生长周期将近四个月，这两季就要八个月，加上育秧期和冬季，那一年十二个月还不够，是不是？"大伙说："是呀，总不能在水稻上面种水稻呀？"

刘永强望着一张张疑惑的脸，微微一笑，说："这就是大家没有从传统的耕作模式上走出来。"刘永强起身给大家又散了一支烟，坐下来，接着说："先说光谷这个品种，它的播种时间是五月左右，中秋节新谷上市，而我们这里的气候三月中旬，就大地回春，枯草发芽，这就有一个半月多的植物生长期白白浪费掉了。如果我们换一个品种，三月播种，五月一日前插完秧，中元节前新谷上市，这又节约了一个半月的时间；如果在种春季稻时，我们留出夏季的秧田，六月十五日前完成播种，八月一日前完成插秧，十月底收割，就避开了寒露风，在确保双季稻丰收时，又不耽误油菜的播种，就算一亩按老产量计算，两季下来，就实现了亩产八百斤，也就实现了'油—稻—稻'三熟三高产，不知大家有没有听明白？"

大伙竖起耳朵，就像听说书一样，越听越有兴趣，有人都听得入迷了，连金水大叔都站起来说："永强呀，你还真是让我开了窍，但你说的那个早稻品种，到哪里去搞呢？"

刘永强笑了笑，打开了一个帆布包，包里又有两个布包，说："大叔，我已经在中南购买了一亩田的早稻和晚稻的品种，只要大伙同意，明年春上就接着干。毕竟是试验，也可能成功，也可能失败，成功了，算大伙的，万一失败了，这一亩田的损失，就扣我在社里的分配。"

大伙一听，不乐意了，都说："那怎么可以，既然大家都同意，那就有福同享，有难同当。"

金水大叔也吸了吸水烟说："永强，你就大胆干吧，我也是黄土埋了半截的人了，你要是搞成功了，我去见列祖列宗，也有面子。"大伙都乐了，纷纷说："金水叔，您就放心吧，这好日子才刚开始，您老呀，一定能长命百岁。"

春分一过，永强就下了田，垒起一条土坝，先是整好了秧田播种，这比传统的播种时间足足提前了一个半月。

刘永强要试种双季稻的消息，就像长了翅膀一样，在十里八乡传开了，陆陆续续就有人来看新鲜，大多数人都不敢相信，这水稻还能种两季。

春寒过去了，即将迎来春发新枝的季节，洪家港的杏花没忘记约定，要在这播种希望的季节里，实现她绿化沙丘的梦想。

杏花经过挑选，有十八位年轻媳妇加入了治沙队伍，年龄最大的三十岁，最小的十九岁，其中有十三人是童养媳出身。在前几年的扫盲运动中，这十八个女人都摘掉了文盲帽子，基本上都达到了小学语文水平，由于识字，增加了很多知识，眼界也开阔了，与新中国成立前的妇女不可同日而语，共和国灿烂的阳光，照耀着她们身上的勃勃朝气，她们不再是男人的附庸，而是一个独立的自由人，已经再没有一个男人能够阻挡得了她们走向社会的步伐。

正月十五过后，杏花就动员婆婆们，开办了洪家港第一个托儿所，没有了家庭的拖累，都是轻装上阵，只等杏花的一声令下。俗语说"三个女人一台戏"，这十八个年轻媳妇在一起，热闹非凡，成了村里的一道风景线。

新嫂子菊花，身上还穿着崭新的嫁衣，对杏花说："他们男人的团队叫洪家港高级农业合作社，我们妇女治沙队也应该有个名字，因为名不正，则言不顺。"菊花的话，得到了大家的响应，有人说："叫媳妇治沙队。"也有人建议叫"姐妹治沙队"。杏花想了好久，说："姐妹们，我们都做过童养媳，是新中国让我们有了做人的权利，我们不能忘记阶级苦，更应该记住血泪仇，我们就取名为'洪家港童养媳治沙队'，怎么样？""童养媳"三个字，引起大家的共鸣，一致同意，就叫"洪家港童养媳治沙队"。

这些女人们足足准备了一天，十八名青年妇女，带着行李、锄头、扁担和牛头车，去了南山深处的杏花家，借住在娘家和叔叔、伯伯家里，用了十多天的时间，挖了三万多斤芭茅蔸，然后打包捆好，又用了几天时间，两人一组，推着牛头车，将芭茅蔸全部运回了洪家港的沙丘脚下。

十八名妇女，九辆牛头车，一人推车，一人拉车，擦了桐油的车轮轴，发出"吱呀吱呀"声，悦耳动听。当路过上乡的一个又一个村庄时，一路欢歌满天飞，引得人们纷纷出来驻足观看。有人戏嘲地说："看来真是世道变了，哪有女人露面进山挖芭茅蔸的，洪家港的女人都爬到男人上面去了。"

姐妹们不顾这些议论，只是嫣然一笑，然后大声说："那是你们这里的女人还没有翻身哟。"

又对着围观的妇女们说："姐妹们，回去跟你们的那些大男子主义老公做斗争。""不要给你们男人做饭，让他们去喝西北风。"

几万斤芭茅蔸运回来后，她们沿着沙丘与农田的接合部，栽下了长一千余米、宽四行的芭茅蔸，又从鄱阳湖的湖洲上运来黏土，压在芭茅蔸的四周，挑来一担担水，将芭茅蔸浇透，只等它们长出翠嫩的新芽来。

不到一个月的时间，就到了春发新枝的季节，沙丘下面，展现出千米绿色的长廊，姐妹们的辛勤汗水，终于浇灌出了灿烂的希望。

那年夏天，持续高温，太阳烤得树叶都卷了起来，青翠的芭茅受到了高温干旱的威胁，已呈现出缺水的状态，如不补充水分，妇女们的劳动成果，就可能化为泡影。

望着渐渐发黄的芭茅，姐妹们心急如焚，纷纷找杏花商量对策，杏花说："我们不能眼睁睁地看着芭茅死掉，就是挑水，也要让它成活。"一位媳妇说："杏花姐，这田里都缺水，到哪里去弄水呀？"杏花指着前面的鄱阳湖说："我们不用池塘里的水，就到湖里去挑。"

从沙丘到湖里足足有一公里的路程，这一去一回就是两公里。已经下了决心们的姐妹们，没有被困难吓倒，都跟着杏花，她们挑起了水桶，每人每天三担，浇灌即将干枯的绿叶；洪家港的男人们，也被媳妇们的这种战天斗地的精神感动，也纷纷抽空加入了抗旱的队伍，大伙一直坚持了二十多天，终于等来了绵绵秋雨，一千多米的绿色屏障保住了。

治沙队的姐妹们，肩膀磨红了，脸晒黑了，但芭茅青了，枝壮了，有史以来，逞强施威的沙丘，终于向人类低下头来。当年的冬季，西南风刮得特别狂，但在茂密的芭茅面前，风沙停住了脚步。洪家港的女人们，在村里挺胸抬头，赢得了男人们赞许的目光。洪小江感慨地对全村老少爷们说："真是时代不同了，男人们都不敢干的事，让女人们干成了。"

洪家港女人们降伏流动沙丘的消息，是乡党委书记王明德告诉张兰的，张兰听后，很是感动，她为有这样的女同胞感到骄傲和自豪。她亲自去县广播站，请来记者，一起去了趟洪家港。张兰没想到这个治沙队队长是自己做过媒的杏花，她一把抱着杏花说："你这个童养媳，真不简单，太了不起了。"

张兰与这十八名妇女开了整整一天的座谈会，笔记本记了一大本，她要把这个治沙壮举当作典型，号召全县妇女向她们学习——建设新中国，妇女一样可以当英雄。

有着职业敏感的县广播站记者很快抓住了这个新闻由头。记者笔下往往能妙笔生花，将童养媳改成了"三八"妇女，提升了事件的高度，一篇题为《三八妇女治沙队降龙伏虎战沙丘》的通讯稿先后在省广播电台和省委机关报发表，洪家港女子治沙队一夜之间名声远播。

县委书记方明听到广播和省报刊登的通讯稿后，连夜召开党、政联席会议，做出了向"三八"妇女治沙队学习的决定，按照妇女治沙队的经验，动员全县两万名民兵，风餐露宿，在第二年的春季，从南山挖来一百多万颗芭茅蔸，种植在沙丘上。这百万棵芭茅当年成活率就达到了百分之三十以上，民兵又连续奋斗了三年，让整个沙丘都披上了绿装。

枭阳县成功治理沙丘的经验，受到了国务院的重视和表扬，在全国治沙经验座谈会上，方明书记从周恩来总理手中接过了"全国治沙先进单位"的锦旗，刘杏花的"三八女子治沙队"受到全国妇联表彰，刘杏花被评为"全国三八红旗手"。

1957 年的清明一过，刘永强就一头扎进了他的双季稻试验田里。他在中南农业技术培训班学习时，农业专家就讲过，在赣北地区试种早稻，首要的问题是要解决倒春寒时烂种问题，因为寒潮一来，秧苗就会停止生长，长时间浸泡在低温湿泥中的芽苗，停止生长后容易烂根。他记住了专家的每一句话，采取"灌水保温法"和"搭棚保温法"，使秧苗顺利度过了烂种期。当常规的"光谷"开始育秧时，刘永强的试验田里已开田插秧；当其他田的"光谷"还在抽穗扬花时，他的试验田已一片金黄，沉甸甸的谷穗已压弯了腰。县委书记方明、县长彭良圣始终关注着刘永强的试验田，7 月 16 日，书记、县长带领各乡党委书记、乡长和县农业局的干部一共四十多人，赶到了刘家墩，大家亲自动手收割，当场过秤，湿产达到亩产 480 斤，晒干扬净后，干产达到 408 斤。

这边正在收割，那边的一分田的二晚秧苗已达到了栽插的条件。收割完早稻后，方明书记召开了一个小型现场会，动员前来参观的干部一齐动手，在太阳落山前将晚稻的试验秧苗全部栽了下去。

身上脚上沾满泥巴的方书记，在试验田的田埂上对大家说："今天是请大家来开眼界的，现在，还不是欢呼胜利的时候，十一月中旬，大家听通知，我们再来这里，验证二晚的收成，今天的现场会到此结束，散会。"

11 月 15 日，刘永强到乡政府打电话给方明书记，说二晚已经成熟，可以开镰收割。11 月 18 日，仍然是由书记带队，还是上次来开现场会的那些人，来到刘家墩，见证了一季变双季这个奇迹的时刻。前来参观的人纷纷卷起裤腿，打起了赤脚，下到试验田里，拿起了镰刀，亲自收割、过秤。当农业局局长亲自过秤，向书记、县长报告"扬净后的湿产 440 斤"时，全场一片欢呼，掌声雷动。

这是一场真正意义上的现场会，没有会标，没有主席台，没有桌椅板凳，许多人就赤着脚站在刚刚收割过的二晚田里，方明书记也是卷着裤腿一双赤脚，站在田埂上兴奋地说："下面请刘永强现场介绍经验。"顿时，田野里爆发了热烈的掌声。

面对这么多领导，刘永强还有点不好意思，手都不知道往哪里放。方明书记看到永强有些紧张，便说："永强，怎么做的，就怎么说。"刘永强望了望围着他的人，开始结结巴巴地介绍，当他讲到怎样播种、怎样让秧苗度过低温期、怎样密植、怎样防治病虫害，在整个水稻的生长过程中，要把握几个环节和重点，就一点都没有紧张感，还不时地挥起手来进行比画，就像是在讲故事，让这些书记、乡长们听得入了迷，当大家明白刘永强讲完了时，才回过神来，再一次爆发出了热烈的掌声。

方明书记是搞思想政治工作的，善于宣传和鼓动，他在刘永强讲完后做了精彩的点评，说："同志们，我们今天站的这个地方，就是我们枭阳县粮食生产扬帆远航的起点，是我们甩掉缺粮县，变成余粮县的立足点，是我们带领老百姓过上温饱生活的落脚点，也是我们跨过纲要的桥梁。谁说赣北不能种双季稻？刘永强摘取的这片鸡毛已经上了天！明年，各个乡要全面铺开试验，全县实现一季变双季，实现'油—稻—稻'三熟三高产的目标，你们这些书记、乡长有没有信心呀？"

一个震撼田野的声音响彻云霄："我们有信心！"方明书记最后说："同志们，谁英雄，谁狗熊，试验田里比一比！今天的会议，到此结束。"

按照彭良圣县长的要求，这八百多斤早稻和二晚，全部作为良种，除刘家墩留下一百斤外，全部分配给前来参观的各乡。彭县长说："各位书记乡长，这种子不是白给，按一斤换十斤的比例兑换。"县长一句话，让试验田的七百斤稻谷一下就变成了七千斤，刘家墩高级农业合作社的社员们心里乐开了花。

由于有了刘永强成功的经验，第二年，各乡的"双季稻"试验都获得了成功；第三年，县农业局到南方调来大批"双季稻"种子，枭阳县在1958年全部实现了双季稻，粮食亩产从不足四百斤，一跃达到八百斤，实现了国家长江以南达到八百斤的纲要指标。

国家农业部和省里的领导对枭阳县一季变双季给予了充分的肯定，方明书记撰写的《枭阳县推广双季稻缺粮县变余粮县》一文，在省报显著位置发表。1959 年，刘永强作为全国劳模代表，受到了国家主席接见，登上了天安门，参加了国庆十周年的庆典。从此，枭阳县一度成为二十世纪农业生产先进县。

（二十五）

为了保证社会主义建设事业健康发展，加强党的作风建设，钟光正在土改复查工作中，犯过极"左"的错误，被撤销了县总工会主席职务，给予了降为副主席的处分；但钟光正并没有一蹶不振，在向县委写的检查中，表示"在哪里跌倒，就从哪里爬起来"。他一直以自己的模范行动，来改正自己的错误，经常深入基层，与群众同吃、同住、同劳动；特别是在廉政和作风建设方面，严格要求自己，赢得了组织和同志们的信任。有一次他与几名同事下基层，到老百姓家里做调查研究，主人炒了一些花生来招待客人，几个同事抓起花生就剥壳把花生仁往嘴里送，钟光正及时制止，说："吃几颗花生，不是什么大事，但我们经常与老百姓打交道，如果每次都接受老百姓的招待，久而久之，就会形成侵害群众利益的习惯，勿以善小而不为，勿以恶小而为之。"他真正做到了与群众打成一片，又不拿群众一针一线。县委按照"惩前毖后，治病救人"的方针，重新起用了钟光正，让他担任了县监察委员会书记。

他担任监委书记后，严肃执纪，对违纪问题决不留情。有一年冬季的一个晚上，鄱湖岸边斜风细雨，夜色中显得寒气逼人。晚上八点，他正在监委组织机关干部进行政治学习，突然听到自己办公室响起了一阵急促的电话铃声，他三步并作两步，拿起电话，听筒里传来一个声音："我找监委的钟书记。"钟光正说："我就是钟光正，你是哪位，有什么情况？"

电话那头说："我是龙溪公社的干部，我们公社的柳书记正在与供销社的一个营业员在乱搞男女关系。"

钟光正听到这里，气得脸色发青，心里想对这样乱搞男女关系的党员干部，就要抓他一现行，严肃处理，以警示广大干部。他返回会议室，气呼呼地说："今天的政治学习，到此结束。"接着对办公室的范秘书说："他娘的，龙溪公社的老柳，竟敢明目张胆乱搞男女关系，这还得了，跟我走，抓奸去。"

范秘书是监委办公室的秘书，主要负责钟光正的政务工作。范秘书一听，不禁打了个寒战，从县城到龙溪公社，有十五六公里，虽说有条公路，但坑坑洼洼，高低不平，而且外面正在下着雨，寒风刺骨。正在范秘书迟疑之际，钟光正说："快穿好雨衣，跟我走。"在场的人都知道钟书记的脾气，他一旦决定了的事，九头牛都拉不回。众人心里都清楚，等他们赶到龙溪公社，人家柳书记早已回到自己的被窝里做梦去了。大家不敢多说话，目送着钟光正和范秘书骑上自行车消失在茫茫风雨中。

能否抓到奸，大家都心知肚明，但大家无论如何也想不到，钟光正为抓奸付出了惨重的代价。

当钟光正与范秘书，一前一后，迎着风雨骑了五六公里后，便要翻过一座丘陵。当他俩用尽全力上了坡后，接着又是一段将近两公里的下坡路，由于赶路心切，钟光正骑在车上，借着自行车下坡的惯性，像离弦的箭一样，向坡下冲去，由于天黑视线不好，自行车的前轮落到了一个不大的水坑里，便一头从自行车上飞了出去，跌落到路边一个两米深的沟里，当场就昏迷不醒。这把紧跟其后的范秘书吓得不轻，赶快停下来下到沟里救人，找到钟光正后，看到一动不动的钟光正，吓出了一身汗，折腾了半个时辰，钟光正才苏醒过来，便扶着他站起来，可刚一用劲起身，钟光正便痛得大叫一声"哎呀，痛死我了"。"书记，哪里痛？""我的腿怎么啦？"范秘书一摸他的大腿，很明显地感觉到有根骨头向外凸起，就对书记说："书记，你骨折了。"

范秘书用了九牛二虎之力背着钟光正，钟光正也忍着剧烈的疼痛，俩人终于到了公路上。此时，已是深夜快十二点。山野里，细雨蒙蒙，寒气逼人，穿着雨衣的钟光正和范秘书，身上热气腾腾，汗水浸湿了内衣；休息了一下后，湿了的内衣又冷得俩人前心贴后背。这里前不着村，后不着店，既没有过往的车辆，更没有行人，范秘书只得找了个地形稍高一点的地方，脱下自己的长雨衣，铺在地上，又把书记放到雨衣上躺下，再把书记的雨衣脱下，用手和头顶着，两个人就在这风雨交加中熬过了一个不眠之夜。

直到第二天上午八点，雨过天晴，冷得瑟瑟发抖的钟光正和范秘书才看到有辆拖拉机向县城方向驶来。范秘书跑到公路中间，将拖拉机拦下，司机一听躺在地上的是县监委书记，忙钻出驾驶室，与范秘书一起，将钟光正搬上了拖拉机的拖斗内，直接将他送到了县医院。

县委书记方明和县长彭良圣听到这件事后，笑得直打嗝，见过办事认真的，但没有见过这样认真的，真不知该不该表扬他。

钟光正在医院足足躺了三个多月，一条腿瘸了，落下了终身残疾。但抓好这件事，并没有完，他通过深入调查，终于查清了这件事，给了当事人柳书记予以降职和纪律处分。虽然这件事到今天已成为一个笑谈，还不时有人绘声绘色地讲起这个故事，但从侧面可以看到那个时代对干部队伍严格要求的一个缩影。

1959 年，省里要上一个大型的水电工程，江州地区要临时抽调七万民工参加会战，地委对枭阳的"放卫星"和"大食堂"工作有些不满意，免去了方明的县委书记职务，让他去担任地区民工团指挥部的总指挥。方明也心知肚明，便愉快地接受了这一新的职务，临走时，在县委最后一次常委会上，他提出调县教育局局长洪庆来去民工团指挥部担任办公室主任。

新来的县委书记是地委宣传部的一名副部长，叫田海山，身穿灰色中山装，大包头发型，四十出头，是八一革命大学毕业的干部，从科长一直干到了副部长。

俗话说"新官上任三把火"，田海山由于长期在舆论口工作，了解全区的形势，来到枭阳后，心想，一定要有所作为，不辜负组织上的信任，迅速改变枭阳的落后面貌，因此，他提出了"快马加鞭，奋勇跃进"的口号。在强大的政治攻势下，全县仿佛一夜之间跨入了社会主义。

监委书记钟光正，很快就融合到了田海山书记的新阵营中，他以出色的表现，赢得了新任书记的信任。

1957 年，王世忠和洪镇江，都早已过了花甲之年，两人都辞去了县人大代表职务，同时向学校告辞，回家安度晚年。王世忠是 1965 年突发脑溢血去世的；洪镇江前来参加亲家的葬礼，由于心情过度悲伤，在跪拜时，突发心肌梗死，一头扑在王世忠的灵前，再也没有醒过来。

孙子和外孙为两位老人举办了隆重而又简朴的葬礼，四邻的乡亲们分别为两位老人送最后一程。是年，王世忠 73 岁，洪镇江 72 岁，在二十世纪六十年代，两位老人都算高寿。

南麓公社党委书记王明德和县农科所所长刘永强，由于两人都是烈士遗孤，得到了田海山书记的培养和关照。

田海山大刀阔斧，一举改变了枭阳的落后面貌，但等待他的并不都是鲜花和掌声。从 1959 到 1961 年国家紧急调集粮食，支援灾区和缺粮地区。一天，国务院的一名领导带着沉重的心情，对前来国务院开会的江南省委书记说："你们江南省，已经调出了十亿斤粮食支援灾区，做出了很大贡献，我知道，你们也没有富余的粮食了，也很困难，但饥荒严重的不仅是河南、安徽，山东的问题也很严重。我今天特意给你商量，能不能再调出两亿斤粮食，支援中央，救救燃眉之急？"

江南省委书记对全省的情况十分了解，虽然没有出现饿死和逃荒要饭的现象，但大办集体食堂造成了粮食的浪费，本省也受到了旱灾，各县基本上都没有多少富余的粮食。看到心急如焚、眼睛布满血丝的首长，省委书记心就软了，马上表态说："首长，我们老区人民再一次勒紧裤带，也要帮助中央渡过难关。"这时，这位领导严峻的脸上，才有了一丝笑容，高兴地说："我代表中央，谢谢老区人民！你放心，我不会再给你们压力了。"

江南省委书记回到省里后，立即进行全省总动员，勒紧裤带支援灾区。枭阳县接到支援灾区的命令后，立即将任务分解到各公社、大队，南麓公社不仅完成了规定任务，而且超额支援五万斤粮食；仅刘永强一个农科所，就超额支援了五千斤粮食。而枭阳县那些放了卫星的公社和大队，不仅没有完成下派的支援任务，而且率先告急，说本身就不够吃，也开始尝到了吹牛皮饿肚皮的滋味。田海山书记亲自抓支援灾区工作，可以说花了九牛二虎之力，才从老百姓嘴里抠出了二百万斤粮食，运往灾区。残酷的现实让田海山终于醒悟，原来一直认为犯了保守错误的王明德和刘长江、刘永强，才是坚持实事求是、坚持真理的共产党员，是那些吹牛皮、放卫星的风向标干部，造成了枭阳县的老百姓饿肚子。痛定思痛，田海山立即下令取消集体食堂，号召全县人民广种杂粮，度过荒年。虽然枭阳县没有出现饿死人和外出逃荒现象，但由于营养不良，出现了一批浮肿病患者，也直接导致了人口生育率的下降。人们只要一谈到三年困难时期，至今都心有余悸。

度过了三年困难时期，枭阳县的经济工作又开始步入良性发展的轨道。田海山也从三年困难时期看到了一批坚持真理，不唯书、不唯上，敢于讲真话，敢于坚持原则的干部。他重用了一批所谓犯了保守错误的干部，提拔王明德担任枭阳县人民政府的副县长，刘长江担任南麓公社党委书记。

（二十六）

血吸虫病，一千多年前就开始在枭阳县湖滨地区流行，是一种严重威胁人民生命健康的寄生虫病，它依靠湖洲湿地传播生存，人、畜一旦感染了血吸虫病，便肚皮膨胀，透明如纸，无法治愈。有一首民谣这样唱道："肚大似箩箕，神仙也难治。"

在血吸虫病肆虐的地区，田园荒芜，人口锐减，沿湖一带，出现了不少"寡妇村"和"无人村"，是一种严重威胁人类健康的地方性疾病。自从血吸虫病蔓延以来，历代政府对血吸虫病都无可奈何，只能任其孳衍横行。

1955年6月，人民领袖到浙江余杭等地视察，初步了解到血吸虫病流行区域的严重情况，十分忧虑。这位有史以来第一个喊出"人民万岁"的领袖，正在带领他的人民，医治"战争创伤"，建设一个人类最美好的社会主义国家；面对血吸虫病的严重威胁，他夜不能寐，心急如焚，决心力挽狂澜，救民于倒悬之中。他望着万里疆域图，一张解除人民疾苦的蓝图开始在他心中描绘，对着当时在场的地方领导用手一挥，说："一定要帮助人民解除痛苦，一定要消灭血吸虫病，现在要和天斗争了。"

1955年11月27日，遵照党中央的指示，中央血防领导小组成立，提出"加强领导，全面规划，依靠互助合作，组织中西医力量，积极进行防治，七年消灭血吸虫病"，具体步骤是"一年准备，四年战斗，两年扫尾"。

人民领袖密切关注着血吸虫病的防治工作，1956年2月17日，他在最高国务会议上正式发出号召："全党动手，全民动手，消灭血吸虫病。"一个以人民战争形式消灭血吸虫病的战役拉开了序幕，从中央到地方，血防领导机构和防疫机构如雨后春笋般出现，一大批在死亡线上挣扎的血吸虫病患者获得新生。

按照中央部署，枭阳县全面开展了血吸虫病的普查工作，据普查数据显示，全县有血吸虫病患者三万余人，其中中晚期病人两千余人。那些在死亡线上挣扎的血吸虫病患者，做梦都没有想到，社会主义天空下的温暖阳光，照射到了他们身上。1956年的早春，冰雪开始融化，嫩叶刚刚发出新枝，党中央派亲人解放军巡回医疗队带着药物率先到达疫区收治病人；紧接着，上海、北京和省城的巡回医疗队也赶到血吸虫肆虐的湖区乡村，他们上门问诊，免费发放药物，免费收治中、晚期病人，宣传防治知识，组织专家骨干为地方培训防治血吸虫病的专业人员。一场消灭血吸虫病的人民战争，吹响了进攻的号角。

1958 年 6 月 30 日，《人民日报》报道了重点疫区江西省余江县消灭血吸虫病的消息，在中南海的人民领袖看到当天的报纸后，浮想联翩，夜不能寐，遥望南天，欣然命笔，写下了《七律二首·送瘟神》的光辉诗篇：

绿水青山枉自多，华佗无奈小虫何！
千村薜荔人遗矢，万户萧疏鬼唱歌。
坐地日行八万里，巡天遥看一千河。
牛郎欲问瘟神事，一样悲欢逐逝波。

春风杨柳万千条，六亿神州尽舜尧。
红雨随心翻作浪，青山着意化为桥。
天连五岭银锄落，地动三河铁臂摇。
借问瘟君欲何往，纸船明烛照天烧。

人民领袖的《七律二首·送瘟神》诗词发表后，枭阳县也立即做出了限期消灭血吸虫病的规划。经过血防技术部门的普查，人们明白了血吸虫病的传播途径，主要是靠钉螺在湖洲湿地上衍生，只要破坏钉螺的生存环境，截断传染源，就能彻底消灭血吸虫病对人、畜的感染。

人民空军直接参与了消灭血吸虫病的战役，每到鄱阳湖的枯水季节，两架直升机就在一望无际的湖洲滩涂上喷洒灭螺药剂；同时，枭阳县还组织数万劳力，在湖洲上安营扎寨，采取铲草烧草、掩埋灭螺的方式，使钉螺大幅度减少。在灭螺大军的银锄铁锹下，全县钉螺面积从三十万亩下降到八万亩，降低了感染源；在三年困难时期，做到了血吸虫病患者免费诊治，血防队伍不散，灭螺工作不停止。几年下来，疫区百姓的血吸虫病的感染率下降了将近 90%，距消灭血吸虫病的最后胜利，只有一步之遥了。

就是这一步之遥，并不比攀登珠穆朗玛峰轻松，枭阳人民为此付出了艰苦的努力，也创造了血防整治中的人间奇迹。

江州是重点疫区，按照中央部署，向疫区各县下达了限期消灭血吸虫病的命令。枭阳是疫区中的重点，在地区参加消灭血吸虫病动员大会后，田海山回到县里，立即召开了常委会进行贯彻；常委会结束后，他和彭县长将王明德留下来，说："明德同志，消灭血吸虫病是个持久战，任务艰巨，必须要有一位得力的领导来挂帅，我和彭县长的意见，请你出任总指挥，不知你有什么意见？"王明德望了望田书记和彭县长，沉思了一下说："我作为枭阳人民的儿子，当责无旁贷，我完全服从组织安排，一定不辱使命，坚决完成任务！"1964 年 3 月，王明德出任决战血吸虫病工作的总指挥。远在千里之外的洪霞，知道了儿子带领乡亲们决战血吸虫病，感到十分的自豪和高兴，她特意给儿子写信说："我与你爸的理想，就是要把家乡建成一个富裕、安康的美好家园，愿你继承你爸的遗志，实现你爸的梦想，母亲时刻等待着你的好消息。"

母亲的嘱托，更加坚定了王明德建设家乡、造福子孙的信心和决心。

王明德走马上任，就打起背包，深入疫区调查，发动群众，寻找最佳的决战方案。王明德来到洪小江家里，刘杏花麻利地为王县长端茶倒水，王明德抽出一支烟，递给了洪小江，自己也点了一支并给洪小江的点上，才开始向洪小江征求关于防治血吸虫病的意见，洪小江吸了一口烟，又喝了一口茶，才说："王县长，鄱阳湖是季节性湖泊，洪水季节，汪洋一片，枯水季节一条线，裸露的湖洲湿地湖草疯长；翻埋草皮，虽然效果明显，但第二年洪水一到，又被洪水中的血吸虫感染，只能治标，不能治本。如果每年都要去翻耕湿地，喷洒药剂，那劳动力的成本和经济成本实在是太大了，年复一年，老百姓难以承受。"洪小江一口气讲清楚了当前的血防整治存在的问题，因为沾亲带故，他信得过王明德，所以，讲起来就像竹筒倒豆子，不隐瞒自己的观点。王明德端起茶，慢慢地喝了一口，望着洪小江又问："老洪，用什么方法可以不让湿地二次感染血吸虫呢？"洪小江点起自己的黄烟筒，吸了一口，又吐了一口烟，回答说：

"办法是有，只有围湖作坝，挡住第二年的洪水，这样才能彻底截断血吸虫的传染源。王县长，但围湖作坝，就像修万里长城一样难啊！"

王明德笑着说："老洪，我们共产党人就不知道'困难'两个字怎么写，再难，总难不过愚公移山吧？只要能彻底消灭血吸虫病，就是天大的困难我们也一定能战胜它。"

王明德虽然不是在枭阳长大的，但回到枭阳这些年来，枭阳的山山水水都留下了他的脚印，对枭阳的基本情况还是熟悉的。他知道，枭阳背靠南山，南俯鄱湖，沿湖一线有九十九个湖汊、九十九个洲，如果要把九十九个湖汊内的湿地围起来，那确实是一个浩瀚的大工程，枭阳的人力、物力、财力能不能承受得起？王明德心里想，如不围湖作坝，年年翻耕年年治，而且又治不了根，若干年后，累计以来，也是一个天文数字，最终付出的代价必将超过围湖作坝的代价，比如每年都投入数万劳力，将严重制约人民生活水平的提高和生产的发展。他反复权衡利弊，认为只有围湖作坝，才能一劳永逸，才能确保子孙后代永远幸福安康。

王明德已暗暗下定决心，要以愚公移山的精神，来向血吸虫病宣战，虽然这一决策需要一代人的奉献和牺牲，但为了子孙后代，还是值得的。

王明德为了掌握第一手资料，提供给县委县政府决策，他到县武装部借来了一份 1∶100000 的枭阳县地形图，组织了一支测绘小分队，又带着水利技术人员，在湖洲上风餐露宿，设计描绘枭阳的血防整治蓝图。经过一个冬天的测绘和实地考察，一张枭阳县血吸虫病防治草图摆到了他的办公桌上：在 99 个湖汊湿地围湖作坝，堤坝的总长度约 100 公里，湖洲平均海拔高度为 17 米，按历史最高水位 21.21 米设防，堤坝的高程必须达到 22 米，每公里的土方量约 25 万立方米，整个工程的土方量，将达 2500 万立方米，全县在冬季最多能动员的劳力约 2 万多人，按施工期两个月计算，平均每天每个劳动力完成 2 个多立方米量，每年最多只能完成 140 万立方米的土方量，因此，这一宏伟工程，要用十多年的时间来完成。在此蓝图之外，还有一张效益图挂在王明德办公室的墙上，那就实现第一张蓝图后，可使沿湖十几万人免遭血吸虫病的危害，大幅度降低血吸虫病的防治费用，新增围垦的土地面积 10 万亩，年增粮食 8000 万斤；精养水面 1 万余亩，可增加水产品数 10 万吨。

王明德站在自己的办公室里，眼睛紧紧盯着挂在墙上的两张规划图，当看到第一张图时，顿感压力山大；当看到第二张图时，眼睛就放出了欣喜的亮光，仿佛看到了光明灿烂的曙光和丰收的硕果。

两张蓝图摆到了县委书记田海山的案头，这个在三年困难时期尝够了苦头的县委书记，在听完王明德的汇报后，眼前一亮，似乎看到了枭阳光明灿烂的明天，他高兴地拍着王明德的肩膀，坚定地说："干，我们这一届干不完，让下一届接着干，我们共产党人，一定要彻底改变枭阳的穷山恶水面貌。"

紧接着，县委县政府召开了党政联席扩大会议，一致通过《举全县之力围垦作坝，彻底消灭血吸虫病的决定》，田海山在会议的总结讲话中说："这是一个造福子孙的伟大工程，我们的子孙后代，一定不会忘记我们这一代人做出的巨大牺牲。"他还进一步说明："在三年困难时期，国家出台了一系列的惠民政策，新增耕地，不增收农业税，不追加购粮指标，同志们，等我们手里有了粮，办事就不慌，就能不断创造枭阳历史上更加伟大辉煌的业绩！"

随即，枭阳县血防工程指挥部宣告成立，王明德走马上任。

第一个血防工程主战场，是南麓公社洪家港村前的月亮湖。这是枭阳县最大的一个湖汊和湿地，从东面的流星山到西边的关帝庙，全长 5500 米，土方量为 280 万立方米。工程竣工后，可新增耕地 3 万亩，精养鱼池 5000 亩，可确保沿湖 3 个公社 5 万余人免遭血吸虫病的侵害。

人民公社化后，社会主义制度能集中力量办大事的优越性，在月亮湖血防工程中得到了充分展示。

1965 年的秋收秋种刚一结束，县委县政府就发布了动员令，动员全县两万多劳力，开赴月亮湖血防工程工地，采取半军事化管理体制，王明德任总指挥兼民兵团团长，田海山兼政委，各公社武装部部长和大队民兵连长分别担任营长和连长，各生产队为民兵排。10月3日，决战月亮湖的命令迅速传遍了枭阳的村寨。民兵们打起背包，自带工具和生活用品，仅用三天时间，两万多血防大军就云集在月亮湖宽阔的湖洲上。

一时间，5500米长的战线上，到处红旗招展，工地广播站的高音喇叭一篇又一篇、一首又一首播送着县委县政府的命令和激情的革命歌曲，整个湖洲，人声鼎沸，各民兵连排的临时工棚，如十里连营，蔚为壮观。

县委发出决战月亮湾血防整治工程的号召后，刘杏花坐不住了，"三八女子治沙突击队"，让她从一个童养媳成长为一名有理想、有信仰的新中国妇女，她也成为洪家港女人们的主心骨。她对丈夫洪小江说："这血防工程就在家门口，我们'三八女子治沙突击队'也要上堤，不然，就对不起突击队这个称号了。"洪小江了解自己老婆的性格，特别是治沙被评为先进后，总有一身用不完的力气，事事处处都与男人们比高低，便答应了"三八女子突击队"参加血防整治工程。整个工地虽然不乏女青年的身影，但以妇女突击队为一个单位的，这还是第一个。在迎风招展的红旗中，一面绣有"三八女子突击队"的旗帜格外醒目，杏花的突击队成了一道靓丽的风景线。工地广播站，常常播出"三八女子突击队"的事迹。

友好村民兵连长王小川带领的青年民兵突击队，也是血防工地上的一支劲旅，每天刷新着工程的记录。这两支突击队暗中较劲，奋勇争先，流动红旗不断在这两支突击队中转换。"三八女子突击队"副队长洪凤枝一天突破5个立方米的工程量，成为整个工地的标兵，王小川也不甘落后，第二天就突破了5.2立方米的工程量，成为民兵中的标兵，工地广播站经常播送他俩你追我赶的劳动竞赛事迹。一时间王小刚和洪凤枝成了劳动竞赛中的一对明星。

每个星期天的晚上，天上明月泻下的银辉与民工工棚的灯火交相辉映，县电影公司带来四台放映机，在湖洲上竖起几根木桩，挂起银幕，放映电影，这也是年轻人释放感情的时刻。工地的女民兵和女青年成了香饽饽，有男女搭配的地方，就显得格外热闹。王小川就住在洪家港，与洪凤枝早就熟悉了，去看电影时，常常相伴而行。在火热的劳动生活中，培育出了新时代青年的纯真爱情，不少男女民兵在工程结束后，收获了爱情，喜结连理。在月亮湖工程竣工的表彰大会上，总指挥王明德将大红花戴在洪凤枝和王小川的胸前，两人在劳动竞赛中结成的爱情也瓜熟蒂落，在第二年春节时，花好月圆，喜结连理。

月亮湖工程开工前夕，洪小江知道王家畈有几百人来参加血防会战，就召开了一次洪氏家族的成员会议，对大家说："我们洪家港与王家畈，为水利纠纷打了几百年的架，今天，我们在共产党的领导下，早已相逢一笑泯恩仇。这共产党真是伟大，他们不要工钱，自带工具和伙食，来帮助我们搞围垦，这在旧社会，是想都不敢想的事情。我们洪家港人，要懂得知恩图报，就让他们住到我们各家各户，不让他们住工棚，不知道大家有什么意见？"

在洪牛崽这一辈后生中，早就没有洪、王两家族的芥蒂，他率先表态说："我完全同意。"大伙都表示赞成，散会后，各家各户都打扫厅堂，在地上铺上了柔软的稻草。当王小川带领三百多人来到洪家港时，就被洪家港人像迎接亲戚一样，热情迎进了村里，三百多人全都被安顿下来，有了回到家里的感觉。八十多岁的洪镇礼，满头银丝，腰里系了一条罗布腰带，腰带上插着一根旱烟杆，挂着拐杖，也来看热闹，对着像一家人的洪、王两姓的人们，自言自语地说："这共产党太了不起了，过去的世代冤家，今天成了亲家。"这话被王小川听到了，他打趣地说："老爷爷，我们王、洪两家早就是亲家了，我们都是洪家的姑爷，这个媒人呀，就是共产党。"洪镇礼人老心不糊涂，他知道这话的意思是侄女洪霞是王家的媳妇，便接着话继续说："你们来帮助我们作堤灭螺，这真不知道怎么感谢你们才好。"

王小川上前扶着洪镇礼说："老爷爷，这新社会，劳动人民是一家，帮助你们作堤，我们也有责任。"

洪家港的女人们早就烧好了水，她们手里提着茶壶，拿着茶碗，将一碗碗清香扑鼻的浓茶送到了王家畈人的手上，一片温馨祥和的气氛。

友好民兵连是一百五十多个民兵连中人数最多的一个连队，当天下午，王小川就去工地指挥部领受了任务，回到住地后，告诉大家明天八点统一开工。可大伙等不及了，这一下午不能浪费了，便扛着红旗上了工地。工地广播站的记者很快发现了这个新闻由头，当晚就播发《南麓乡友好村民兵连率先拉开血防整治大会战序幕》的消息，女播音员激昂的声音在空旷的鄱阳湖上空回响，王小川所在的民兵连博得了头彩，激发了各参战单位的积极性。第二天，《东方红》的乐曲还没奏响，许多民兵连吃过了早饭，在薄薄的晨雾中就上了工地，一场较着劲的劳动竞赛，自发地在参战大军中悄悄地展开。工地广播站每天播送着工地上发生的好人好事和各单位的工程进度，在5500米长的战线上，到处是劳动的号子声和你追我赶的火热场面。

早已离开枭阳的老县委书记方明，带领他的七万大军完成了大型水利工程建设任务后，被省水利厅留下来，担任了省水利水电工程团的团长，正带着两千多人的水利水电专业队伍，转战在崇山峻岭之间，承担着省里的水利水电工程建设任务。

方明虽然离开了枭阳，但他心里还一直牵挂着枭阳的经济发展，当他从省厅的水利施工简报中了解到枭阳在进行血防整治工程建设的消息后，这位了解枭阳一山一水、一草一木的老书记坐不住了，他非常了解血吸虫病给枭阳人民带来的痛苦，已下定决心，要为枭阳的血防工程助一臂之力。方明专程来到省城，向省水利水电厅的领导介绍了枭阳县人民遭受血吸虫病折磨的情况，征得省厅同意后，从自己的建设工地抽调四台"东方红"履带拖拉机、一台挖掘机和十辆施工翻斗车，带着洪庆来从几百里外赶赴枭阳血防工地。

王明德听说老书记来支援工程建设，一路小跑赶回工地指挥部，他一把拉住老书记的手说："老书记，我代表二十多万枭阳人民感谢你呀。"方明也紧紧地握着王明德的手，仔细打量着他，这是他一手培养起来的干部，抑制不住内心的喜悦说："明德，这是一件功在当代，利在千秋的民心工程，枭阳是我的第二故乡，建设枭阳，有我这个老家伙的一份责任。我们是以工农联盟为基础的社会主义国家，这也是我们工人阶级的责任。"说完，方明坐下来，端起桌上的一杯茶喝了一口，接着说："明德，看你一身汗，坐下说话。我们中国人讲打虎还要亲兄弟，不完成任务，支援队伍不准返回基地，你有什么困难，就对庆来讲。"庆来马上说："团长，你放心，保证完成支援任务。"

工人老大哥的支援，大大地加快了工程的进展，四台拖拉机发出轰鸣的欢叫，为大坝碾压；十辆自动翻斗车，满装快跑，让大伙羡慕极了。一位民兵说："将来都实行了机械化，我们就过上了社会主义的幸福生活了。"

两万多民工的生活，是十分艰苦的，除了能保证吃饭外，每天就吃青菜、萝卜或酱油拌饭。由于体力消耗太大，开工十多天后，不少民工体力不支，病号也多了起来。王明德紧急向县委县政府报告，要求为民工们增加营养。

田海山和彭良圣常来工地，也了解到民工们的实际困难，接到王明德的请求后，立即召开了紧急会议，最后县委决定，号召全体干部、教师、医生和县城的工商业主，为民工捐款，保证每个民工每半个月都能吃上半斤红烧肉；每个患病的民工有半斤冰糖或红糖。县委的号召，得到了广泛响应，全县的捐款超过二十万元。田海山找来县商业局局长说："钱我负责，每个月两万多斤猪肉你负责。"商业局局长一脸无奈地说："田书记，现在是计划经济，我到哪里去搞两万斤猪肉呀。"

田海山一听，不高兴了，沉着脸说："你到哪里去搞，我不管，要是民工们每个月吃不上两顿肉，我拿你是问，如确实干不了，吱一声，我另请高明！"满头大汗的商业局局长坐不住了，当天晚上辗转难眠，苦思冥想；第二天，就带着商业系统的采购员四处联系肉源，费了九牛二虎之力，才在村民家里收购了几百头猪，距保证每个民工一个月一斤猪肉的任务还相差一大截。局长无法向书记交差，只好硬着头皮，找到省肉联厂，向肉联厂厂长求援。这位肉联厂厂长就是鄱阳湖边上长大的，深知血吸虫病的危害，便动了恻隐之心，他说："局长，我没有权力批猪肉给你，但猪头、猪脚你要多少，给你多少。"

商业局局长终于每个月从省肉联厂弄来三千个冻猪头，田海山见到商业局局长，很是满意，拍拍局长的肩膀说："看来这个局长非你莫属，我代表民工们谢谢你。"民工们的工棚沿着堤坝内侧一线排开，每当大批的猪头运来工地后，傍晚在微风的吹拂下，诱人的红烧猪头肉的香味便四散飘过来，民工们闻到香味，干劲倍增，有人高兴地喊："同志们，加油干呐，晚上吃猪头肉比赛！"

十月，秋高气爽，大雁排着队形，雁叫声声，从天空飞过。横卧在月亮湖上的一条巨龙，每天都变换着新的姿态，在两万劳动大军的劳动号子声中，不断展示着它的雄姿。到十二月底，只剩下刘永强的刘家墩民兵连的工地还没收尾，因为这个地段基础复杂，耽误了一些时间。为了确保工程按时竣工，向1966年的元旦献礼，王小川和洪凤枝带领两支突击队前来支援，经过两天的突击，整个大坝胜利合龙，现场的欢呼声和鞭炮声交织在一起，鄱阳湖的天空见证了这一伟大的时刻，枭阳县第一个血防整治工程胜利竣工。这是一代农民无私奉献和用汗水浇铸出来的丰碑，有一个顺口溜描述了当时干群同心的情景："血防作堤，世上少有；群众吃肉，干部送酒。造福当代，保佑子孙；磨破肩膀，乐在其中。"

为了发挥血防整治工程的经济效益，县委县政府决定成立月亮湖垦殖场。

面对几万亩需要翻耕的土地，洪庆来请示方明同意，将四台"东方红"拖拉机继续留下来，装上犁耙，在春节前将圩内的土地全部翻耕了一遍，一大批志愿垦荒者，包括上海等城市的青年志愿者，在这里安营扎寨，建设美好的新家园。垦荒队员们建起了水产养殖场、养猪场，一个农、牧、副、渔综合垦殖场，当年就获得了巨大的经济效益。

"鲂鲤跃鳞于将夕，水鸥乘和以翻飞。"这是东晋诗人陶渊明为鄱阳湖留下的佳句，一千六百多年来，诗人笔下平和安详的图画，在二十世纪六十年代，枭阳人民战天斗地、气吞山河的壮举中，终于变为了现实。

1966年11月，月亮湖垦殖场的志愿者在场长的带领下，敲锣打鼓，带着丰收的硕果，向县委县政府报喜。当年收获粮食1200万公斤、水产品3万公斤、肥猪1000头，王明德和田书记的眼睛湿润了，人民的汗没有白流，土地以丰厚的恩赐，回报着勤劳勇敢的人民。

田海山亲自接过喜报，对身边的王明德和垦荒志愿者们说："同志们，我们有今天这样的丰收成果，不能忘记工人老大哥的无私支援，我建议，拿出一万斤粮食、一百头肥猪，去慰问支援我们的工人老大哥，多余的粮食，全部存入县战备仓库，来年再开展大会战，适当补助无私奉献的枭阳人民。"

枭阳县一任接着一任干，到 1976 年底，全县建成血防整治大小圩堤一百零八座，新增耕地面积十万亩，基本上让湖区的人民群众免除了血吸虫病的侵害，告别了洪涝灾害的历史，一举夺取了"大寨县"的称号。

奇迹是社会主义制度下劳动人民创造的。这些圩堤连起来，其长度就像万里长城。就是这样一个浩大的工程，没要国家一分钱，完全是枭阳人民的无私奉献，用勤劳的双手和一副铁肩膀，写下了名垂青史的奇迹，南山鄱水见证了英雄的枭阳人民的伟大壮举。

枭阳人民马不停蹄，在全国开展的"农业学大寨"运动中，又创造了新的辉煌。

二十世纪六十年代，山西省的昔阳县大寨村靠自力更生、艰苦奋斗，用勤劳的双手，将一个穷山恶水的小山村建设成了富裕、安康、欣欣向荣的新大寨，粮食产量从一百多斤，一跃上升到七百余斤，这在贫瘠的太行山区，无疑是创造了人间奇迹。

人民领袖从大寨人艰苦奋斗的精神上，看到了改变中国农业落后面貌的方向，在许多场合，都提到了大寨精神，提出了"工业学大庆，农业学大寨，全国学人民解放军"的号召，人民总理将大寨精神概括为："政治挂帅、思想领先的原则；自力更生、艰苦奋斗的精神；爱国家、爱集体的共产主义风格"。一场改天换地，重新安排旧河山的"农业学大寨"运动，在枭阳县蓬蓬勃勃开展了起来。

刘长江担任南麓公社的书记，在解除了洪涝灾害和血吸虫的威胁后，深刻认识到，要彻底改变南麓公社穷山恶水的面貌，就要解决十年九旱的恶劣环境。自担任村干部以来，他深深知道，历史上洪、王两家延续了几百年的宗族械斗，就是因干旱而引起的；虽然新中国成立后，由于社会主义制度的凝聚力，两姓之间的矛盾缓解了，但因干旱抢水械斗的隐患始终存在。怎样让南麓公社彻底消除干旱的威胁，一直都是他内心最重要的事，他从血防整治工程大会战的成功经验中看到了希望，如果能调动全公社的劳力，在南山脚下修建一座水库，不仅能将南麓公社几万亩水稻田变成稳产高产的粮田，而且也能避免发生水利纠纷械斗。想到这里，刘长江坐不住了，赶到县里，找到王明德说："明德，你在我公社当过书记，现在，影响南麓经济发展和稳定的最大障碍就是干旱问题，经过调查研究，我们准备在南山的金轮峰下修建一座水库，彻底改变我公社十年九旱的问题，请你向县委县政府帮我们说说话，看能不能将金轮峰水库的计划列入县里的水利工程建设项目，助我们一臂之力。"

王明德对长江是十分尊重的，对长江提出的这个要求，他既感到高兴又有些为难，他给长江泡了一杯茶，送到了长江的手上，说："长江哥，你先不要急，听我慢慢说。"刘长江接过茶，坐下后想，明德一定会支持自己。他吹了吹热气腾腾的茶水，轻轻地喝了两口，只等王明德开口。可令他没想到的是，王明德对长江说："长江哥，你的想法与县里下步工作的部署是一致的，但现在，我还腾不出手来支援你们，党中央已发出了'农业学大寨'的号召，县里已成立了'农业学大寨'指挥部，计划建一座大型水库，一下子可以解决几个公社的干旱问题和县城居民的饮水问题，其他几个公社也都要根据实际情况建一座水库，各大队和生产队也要开展水利工程建设，准备用五年左右的时间，彻底改变枭阳的干旱问题。"

王明德说到这里，也端起茶杯，大口地喝了一口茶，接着说："昨天，县委扩大会议学习了大寨经验，这个大寨生产大队在党支部书记陈永贵的带领下，用了几年时间，三战狼窝掌，在太行山上建海绵梯田，兴修水利，全大队的农田全部达到旱涝保收，粮食亩产从一百多斤突破到了七百多斤。在太行山区，这七百多斤，就是一个人间奇迹。因此，县委决定，今冬明春，要动员全县劳力，参加县里的大型水库建设。我不仅不能抽调劳力给你，而且还要你公社抽调一个基干民兵连，参与县里的重点水库建设。长江哥，你公社这个修建水库的计划很好，从目前的情况来看，你只有依靠自己的力量。"王明德说完，抽出一根烟点上，又喝了一口茶，一双眼睛注视着刘长江。

刘长江听完王明德的话，知道指望县里支持是没有希望了，只能动员全公社的力量，去完成公社的水利工程建设任务。刘长江站起来对王明德说："既然是这样，我也不多说了，你放心，在'农业学大寨'运动中，我南麓公社一定不会拖全县的后腿。"说完，就向王明德告辞。

刘长江下午就赶回了公社，向班子汇报了情况。当晚，公社党委就召开了由各大队书记和大队长参加的党委扩大会议，大家统一思想后，做出决定：以全公社之力，不等不靠，拉开水利建设大会战序幕，确定水利工程的主战场为在金轮峰下修建一座中型水库，水库的名称为金轮峰水库，并成立了金轮峰水库指挥部，刘长江担任总指挥。

金轮峰水库大坝，全长 540 米，坝高 23 米，库存容量 600 万立方米，有效灌溉面积 2 万亩，能有效解决全公社 60% 的干旱威胁。

这是一项造福子孙的伟大工程，南麓公社进行了广泛的发动和宣传，人们参加大会战的积极性空前高涨，秋收冬种刚一结束，就拉开了冬修水利的战役序幕。

冬日无闲人，成了这一时期农村的真实写照。

洪小江自担任大队书记以来，才真正感到了劳动力的紧张，县里的重点水利工程已抽走了一部分劳动力，而即将开工的金轮峰水库，劳动力明显感到紧张。刘杏花知道丈夫正为劳力发愁，便对洪小江说："让我带'三八女子突击队'也上工地吧。"洪小江望了望这个有着倔强性格的屋里人，心里想，从治沙到血防整治工程，杏花带领的"三八女子突击队"一直战斗在第一线，和男人们一起，勇挑重担，付出的努力，远远超过了男人；而这作水库，完全是重体力活。他从内心底担心女人们身体吃不消，关心地说道："这作水库，都是重活，我看你们就不要上去了，留在家里把油菜和小麦管好就行了。"杏花说：

"这些事我都考虑过了，我准备把村里的妇女分成两个组，年轻的媳妇和没有结婚的女青年跟我上工地；年龄大的和怀孕、在哺乳期的妇女留在家里，负责冬种管理；再临时成立个托儿所，让几位上了年纪的婆婆照看小孩，也让生产队给她们记工分。再说，我们村的'三八女子突击队'已名声在外，这么大的水库工程，怎么能少了我们'三八女子突击队'呢？"

杏花已经三十出头，是四个小孩的母亲，大女儿十一岁，小的才两岁多。洪小江还是有些担心，没有表态，杏花猜中了丈夫的心思，便说："孩子你放心，老大老二会自己照顾自己，老三、老小交给临时托儿所照看，我已跟老大说好了，她放学回来后，负责做饭和照顾弟妹，不会有什么问题的。"洪小江听到这里，便勉强同意爱人带"三八女子突击队"参加水库工地建设。

刘永强的农科所原属南麓公社，与桃花源公社接壤，后县里成立农科所，就从南麓分离出去了。刘永强听说南麓公社要修建金轮峰水库，也动了心，因为水库建成后，金轮峰水库的水可以自流灌溉到刘家墩，让刘家墩彻底摆脱干旱的威胁。他主动找到刘长江，要求参加水库大会战，正感劳力紧张的刘长江非常高兴，说："欢迎你们参加。"

得到南麓公社同意后，刘家墩农科所的社员们都十分高兴，在完成了秋收冬种任务后，就开始上交公粮和购粮。

从刘家墩到公社粮站有十多里的路程，当天晚上，雄鸡刚啼头遍，天上的星星还眨着眼睛，明月还悬在空中，如水的月光，照得树影婆娑，在这美丽的夜色里，刘家墩的男女劳力来到所里的仓库前，将一袋袋晒干扬净的稻谷装上架子车。有丈夫推车妻子拉车的，也有儿子推车父亲帮忙的，送粮的队伍绵延一公里左右，车轮的"吱呀、吱呀"声交织在一起，就像一曲雄壮的大合唱。当大伙湿透了衣衫赶到粮站时，太阳才露出红红的笑脸。真是"莫道君行早，更有早行人"，这时公社粮站的仓库前已排好了长长的队伍。刘永强在儿子的帮助下，一车整整装了三百斤，汗水湿透了父子俩的衣衫，刘永强将车停下来排好队，坐着擦汗休息。这时，粮管所游所长也提前上班，来帮忙收粮，看到正在等待过秤的刘永强，便热情地打招呼说："老刘，你早哇。"刘永强看到游所长给自己打招呼，便站起来回答说："不早不行啊，明天我就要带劳力去金轮峰水库参加水利施工，所以今天就抢着把爱国粮送来了。"刘永强望着一字长蛇阵的交粮队伍，对游所长说："老伙计，我们情况特殊，能不能行个方便，让我们先过秤？"游所长笑了笑说："大家都是交爱国粮的，这个后门不好开呀！老刘，吃过早饭没有？我请你到我们食堂吃个早饭吧。"刘永强指了指车上的一个干粮袋说："谢谢你，我带了炒米，就不麻烦你了。"说完，儿子从便民开水处打来一碗开水，父子俩就吃起炒米来。

刘家墩的送粮队伍一直等到上午十点半，才等到了粮站的工作人员来验质、过秤、开票，游所长又过来说："老刘，你们今年又超额完成了购粮任务，这年底的大红花呀，你又戴定了。"刘永强望了望游所长，笑着说："多交余粮，支援社会主义建设。我刘家墩是高产试验所，多交余粮，也是我们的义务呀。"

游所长乐呵呵地说："老刘，急着等钱用么，急的话，我尽快将购粮款送到你农科所去，这个后门我可以给你开。"

刘永强接过话说："你老游呀，也就会做个顺手人情，钱不急，你把钱给我存到信用社去，等年终拿出来分红。"

10月10号，南山南麓的金轮峰水库工地上，红旗招展，人声鼎沸，全公社一万多名男女劳力，以民兵连为建制单位，在这里安营扎寨，各大队之间、各生产小队之间，开展了社会主义劳动竞赛，为争夺流动红旗，各单位奋勇争先，互不相让。在大坝的两头山坡上，分别竖起了十六块标语牌，上面写着"兴修水利，造福子孙"，"高山低头，河水让路"。每天清晨，当雄壮的《东方红》乐曲响起时，人们就已经上了工地；当夕阳西沉，工地上响起了《大海航行靠舵手》的收工号时，人们还披着夜色，不肯收工。水库工地广播站每天播送着好人好事和施工进度，晚上，公社电影队不断放映着解放战争和抗美援朝故事片。每天超负荷的重体力劳动，没有压垮这些立志改变家乡面貌的父老乡亲，呈现在人们面前的，是革命英雄主义和乐观主义精神，是火红的岁月，火红的年代，是一幅鼓足干劲，力争上游，建设美好家乡的激情图画。

洪庆来听说家乡在建设千秋伟业，一种回报家乡的游子之心油然而生，经请示方明同意，调来了一台"东方红"履带拖拉机，在大坝上来回碾压，换下了人拉的石碾子，既减轻了劳力成本，又提高了工程质量，也体现了工农联盟的伟大力量。

刘杏花带领的"三八女子突击队"来水库工地已经两个月了，中途只回过三次家，主要是挂念四个孩子。回到家一看，家里干干净净，井井有条，两个小的身上的衣服也干净整洁。她上水库工地前，还担心丈夫和孩子没有饭吃，就委托邻居金大妈帮忙，在她家搭伙食；现在，大女儿不但会煮饭，会炒菜，栏里的猪也长膘了，鸡也没少，还集了一大篮子鸡蛋。在大队负责冬种管理的丈夫笑着对她说："妮子长大了，像你一样能干，你就放心在工地上干吧。"九岁的儿子老二，也对母亲说："我每天早上去放牛，还要捡篮牛粪和狗粪，到生产队换工分，再去上学。"一脸的自豪劲。只有两岁的小儿子，这么长时间没有看见妈妈，有些生分，杏花眼睛一酸，抱起小儿子，亲了又亲，舍不得放下。

当天晚上，在煤油灯下，刘杏花为三个孩子补了磨损的破衣服，又将大女儿一件穿小了的旧衣服重新裁剪，改给老二穿，一直忙到晚上十一点多，刚准备上床睡觉，一看老二的布鞋裂口了，脚址都包不住，鼻子一酸，内心十分愧疚，又花了将近一个小时，将三个小孩的破鞋子一针一线都补好了，这才上床钻进了老公的被窝。刘杏花仅在家里住了一个晚上，就回到了水库工地。谁都没有想到，这一走，竟然阴阳两隔，刘杏花与丈夫和孩子永别了。

刘杏花心里想，这"三八女子突击队"是自己一手带起来的，治沙得到了全国妇联的表彰，血防整治工程中，又被评为先进集体，这次参加水利工程，也不能落后，要继续把红旗扛下来。她的想法，也得到了姐妹们的响应和支持，她们自豪地把"时代不同了，男女都一样，男同志能办到的事情，女同志也能办到"，"妇女能顶半边天"的话常常挂在嘴边，大有巾帼不让须眉的气势，处处与男同志较着劲，常常是《东方红》的乐曲还没有奏响，她们就吃好早饭上了工；《大海航行靠舵手》的收工号都响过了好久，夜幕笼罩着工地，姐妹们才收工。她们付出了比男人更多的努力，工地上的流动红旗，经常飘扬在"三八女子突击队"的施工地段。

1966年的年末岁尾，南山山区已是天寒地冻，但在金轮峰水库的施工工地上，人声鼎沸，热气腾腾，红旗招展，工地的广播不断播送着激情奋进的革命歌曲和施工进度。

这天是个大雾的天气，能见度不到十米。工地上的劳动大军像往常一样，你追我赶，不断刷新大坝的高度。"三八女子突击队"为提高工效，采用了放"神仙土"的施工方法，由于能见度太差，在"神仙土"下方的几个劳动的姐妹，没有发现"神仙土"即将坍塌。三个妇女正在"神仙土"下装车，刚从大坝运土回来的刘杏花，把推车刚停下，发现已掏空底部的"神仙土"开始倾斜，她大喊一声："要塌方了，快跑！"正在装车的三个姐妹，有两个反应迅速，忙丢下手中的工具，跑到了安全区；但有一个叫桃花的妇女吓蒙了，竟站在那里一动不动，杏花一看不好，她一个箭步冲上去，用尽全身力气，一掌将桃花推出三四米远，就在这一瞬间，几十立方米的"神仙土"倾泻下来，将刘杏花掩埋在破碎的土方内。

破碎的尘土与浓浓的大雾交织在一起，现场的人们大声呼喊着"杏花"，几个妇女已哭声一片，大家拼命刨开土堆，寻找杏花。事故的消息很快传遍了工地，刘长江带着工地医务室的医生跑到了事故现场，大家用锹、用锄头、用手拼命刨开压在杏花身上的碎土，虽然用最快的速度找到了杏花，但回天无力，杏花的心脏已经停止了跳动。

现场的妇女们哭着向刘长江书记诉说了杏花舍己救人而牺牲的过程，在场的人无不为之动容，个个泪流满面，为失去这样一位优秀的"三八女子突击队"队长感到十分悲痛；被救下来的桃花，扑在杏花身上，哭得天昏地暗。

当天，刘长江含悲向县"农业学大寨"指挥部总指挥王明德报告了刘杏花英勇牺牲的消息，王明德又心情沉重地向县委书记田海山和县长彭良圣报告了刘杏花英勇牺牲的具体情况。

田海山听到这一不幸的消息后，对王明德说："刘杏花是社会主义建设时期涌现出来的英雄人物，要以县委县政府的名义做出决定，在全县开展向刘杏花学习的活动，掀起农业学大寨的新高潮。"接着，他与县长彭良圣商议，以县政府的名义隆重召开追悼会，告慰英雄的在天之灵。

县委宣传部和县民政局立即派人来到水库工地，整理刘杏花的英雄事迹，并以县政府的名义上报省民政厅，要求追授其"革命烈士"称号。

省报、省台分别刊登和播发了刘杏花英勇牺牲的长篇通讯；民政厅报送省政府批准，追授刘杏花"革命烈士"称号。

1967 年 1 月 24 日，南山南麓天空低垂，雾气朦胧，雾气染湿了人们的衣襟和头发，在金轮峰水库施工现场，哀乐悲鸣，人们臂戴黑纱，胸佩白花。枭阳人民为在社会主义建设中第一个牺牲的烈士，举行隆重的追悼大会。

追悼会由县妇联主席张兰主持，县长彭良圣致悼词。

彭县长用悲情的声音说："今天，我代表县委县政府和二十多万枭阳人民，怀着无比沉痛的心情，缅怀舍己救人、英勇牺牲的刘杏花同志。刘杏花同志在旧社会，是一位吃尽了千般苦，受过万荏罪的童养媳，是新中国的阳光，给了她的第二次生命，在她的身上，散发着翻身解放后的妇女的蓬勃朝气。她组建了枭阳县第一个女子'三八女子突击队'，降伏了逞强施威的沙害；她在血防整治工程中，展示了新中国妇女的风采；在与天奋斗、与地奋斗，改造山河的'农业学大寨'活动中，又奋勇当先，创造了巾帼不让须眉的优异成绩；在生与死的关键时刻，她把生让给了别人，把死留给了自己，用自己年轻的生命，谱写了一曲可歌可泣的英雄赞歌，在南山鄱水间，树立了一座永垂不朽的丰碑。同志们，我们要化悲痛为力量，去建设我们美好的家园，为我县率先建成'大寨县'而努力拼搏，今天，我们要为刘杏花修建一座宏伟的纪念碑，就是要让我们的子孙后代，永远记住我们这一代人艰苦奋斗，无私奉献，改天换地的英雄精神，让烈士的鲜血不白流。刘杏花同志永垂不朽！"

在追悼大会上，一位八十多岁的老汉在杏花的墓碑前久久不肯离去，他对大家说："我挖过煤，当过壮丁，做过鬼子的劳工，不知见过多少死人，在旧社会，像这样死个人，就像死了只蚂蚁一样。"他摸着刘杏花的墓碑说："杏花呀，你有福哇，这人嘛有生就有死，张果老活了三千岁，广成子活了一千二百年，彭祖也享了八百年春光，可曾有过你这样的荣耀？杏花呀，这么多人来为你送行，连县太爷都来了，你安心上路吧！"

办完了刘杏花的后事，王明德找到刘长江，要求南麓公社要妥善照顾好刘杏花的几个孩子，刘长江有些担忧地说："明德，杏花的爱人小江同志是参加过抗美援朝的功臣，是残疾人，现在，他一个人带着四个还没成年的小孩，将来的生活是个大问题。"

王明德了解洪小江家的情况，看来，公社要照顾洪小江一家还有些困难，他考虑了一下说："长江哥，小江是残疾军人，靠他一个人在大队挣的工分，养家有困难，县搬运公司缺一个支部书记，搬运工人工资也比较高，每月有四十五元，这比他当大队书记要强很多，也可以基本保障他家的生活问题，你看怎么样？"长江听完明德的话，十分高兴，他对明德说："小江是个好大队书记，从工作出发我还舍不得放他走，但这是党组织对烈士家属的关怀，小江也确实需要照顾，我只能忍痛割爱了。"

年近四十的洪小江，服从组织安排，去县城搬运公司担任了党支部书记。他没有再婚，把四个子女抚养成人。

洪小江调走后，大队长洪牛崽接任了大队党支部书记。

（二十七）

1965 年 9 月，枭阳县第一所完全中学设立，各公社的初中毕业生不再需要远离家乡去江州上高中，这大大减轻了学生的车马劳顿之苦。县委县政府举行了隆重的庆祝大会，田海山书记亲自参加庆典并发表祝词，他说："枭阳县结束了没有高中的历史，这是一个可以载入枭阳历史的盛事，也是社会主义崭新制度下的伟大成就。"

新校区坐落在鄱阳湖岸边，青山碧水，环境优雅。宽敞明亮的教室，崭新的课桌，十人一间的学生宿舍，还有一个宽阔的体育场，让农村来的学子们耳目一新，感到十分新鲜和温馨。

学校从全县十五个公社和县城的初中，招收了两百名学生。可以说，这些跨进高中校门的学子，都是经过严格考试，十里挑一的尖子生，他们带着美好的理想和憧憬，要在这里进行为期三年的学习，立志成为一个有社会主义觉悟的、有文化的劳动者。

在扫盲运动中，张梅香一直担任村里初级小学的教师。她始终夹着尾巴做人，与邻里和同事的关系处得很是融洽，没有因韦福来被枪决而受到歧视。张梅香带着一儿一女，过着平静的生活。韦老汉开初为有一个汉奸儿子，一直感到在族人中抬不起头来，好几年对张梅香和孙子、孙女不理不睬；张梅香也是个性子倔强的人，也不求公爹帮忙。人民政府没有因韦福来而歧视张梅香，土改时，虽然给她划了个官僚成分，但韦福来没有留一亩地给她，政府按照土改政策，也分给她和贫下中农一样多的土地。她不怨天尤人，竟学会了所有农活，后来也参加了互助组、合作社，日子虽然过得艰苦，但很充实，也没有因为有一个汉奸丈夫而受到邻里的欺侮。

在韦福来被镇压的那一年，张梅香把儿子韦世权送到了一个私塾先生家里读了三年私塾；1955年乡里设立小学，他又进了乡里的小学；到1957年，韦世权小学毕业，妹妹韦红萍也读小学一年级。人民公社后，走的是集体道路，农民都是靠挣工分过日子，张梅香在小学教书，每月只有二十几块钱，要养活一家三口，还要送两个小孩读书，每当生产队决算，张梅香一家都要欠生产队的口粮钱，日子过得紧巴巴的。儿子韦世权初中毕业后，她跟儿子商量说："靠我一个人的工资，口粮都挣不回来，为娘实在是送不起你兄妹俩同时上学啊。"父亲韦福来被镇压时，韦世权虽然已经七岁了，但从他记事起，见过一次和尚说是他父亲外，连父亲的模样都记不清，更不要谈对父亲有什么感情。他马上明白了母亲的意思，说："妈，我都十五了，到队里劳动，也可以算半个劳力，就让妹妹读书，有我帮家里挣工分，送妹妹读书没有问题。"

听到这里，张梅香眼睛都红了，心里发酸，她恨自己，也怪自己命不好，嫁了一个汉奸县长。她心疼地摸摸儿子的头，说："孩子，娘委屈你了，做娘的实在没有办法。"韦世权安慰母亲说："妈，在农村，有个初中毕业，也算是个有文化的人，你就不要难过了。"

韦世权放弃升高中继续学习，回到韦家山参加农业生产劳动。在当时的农村，初中毕业的人还不多见，加上韦世权为人忠厚，比同龄人显得成熟一些，得到了村里人和大队干部的信任，被社员们推选当了生产队的会计，这样，他就可以拿一个全劳力的工分了。

张梅香家的日子过得充实而又平静，到1965年，女儿韦红萍也已初中毕业，接到了县里高中寄来的录取通知书。这让张梅香和哥哥韦世权十分高兴，他们一家很感谢共产党，是共产党给了他们和贫下中农一样做人的权利。张梅香用手抚摸着录取通知书，对韦红萍说："孩子，这共产党，毛主席真是太伟大了，你一定要好好念书，听共产党的话，将来好报效国家。"录取通知书有一个说明：一是自带生活用品；二是带一个星期的口粮换取饭票；三是食堂只做饭，不做菜，学生可自带一个星期的干菜；四是每学期每个学生要交一百斤干柴，路程较远的可以用一元人民币代交；五是学费包括书本费，每学期两元。

自从韦红萍接到通知书后，张梅香一家高兴得像过年一样，这是韦家山除了韦福来之后，第一个高中生，左邻右舍纷纷向张梅香表示祝贺，有人羡慕，认为老韦家有读书的根脉，韦老爷子脸上也开始有了笑容。时间可以冲淡岁月的沧桑，韦老爷子对儿子韦福来的怨恨也慢慢淡了下来，想到媳妇张梅香独自带着一儿一女，实属不易，心里也有了些愧疚感。他第一次破天荒地走进了媳妇家里，拿着一张贰元的人民币，送给孙女上学。张梅香和儿子、女儿也没有计较这么多年来公公、爷爷的无情，收下了这两块钱，韦世权和韦红萍也第一次开口叫了声"爷爷"，韦老爷子心里一酸，说了句"这么多年，苦了你们了"。

妹妹红萍考上了高中，韦世权打心底里高兴，他对母亲说："那一块钱的柴火钱就不要交了，我送妹妹去上学，顺便把一百斤柴火给学校送去。"这个暑假，韦红萍也没闲着，供销社正收购田螺出口，她便捡了二十多天的田螺，虽说人晒黑了许多，但也赚到了十多块钱，她把钱都交给了母亲。

张梅香到供销社扯来一段红格子花布，按照当年她上学时学生装的模样，给女儿红萍做了一套新衣服，又用干辣椒干豆角做了一大罐咸菜，还煮了四个鸡蛋，塞到了红萍的书包里。一切准备好之后，8月31日，韦世权用一辆牛头车装了一百斤柴，将妹妹的行李也放在车上，带着妹妹向县城走去。

韦世权是在县城出生的，但不到两岁就离开了，对县城没有什么印象，有几次村里的伙伴结伴去县城玩耍，母亲不让他去那个伤心之地，也就一直没去过县城。

韦世权推着车，红萍跟在后面，走了三个多小时，一路打听终于到了学校，学校一面环山，一面傍水，几栋红砖教室掩映在青翠的香樟下，给人一种温馨的感觉。韦世权先是帮妹妹办好了报到手续，到食堂交柴火后，又用大米换好饭票，在一位穿着海军短袖衫，名叫王援朝的同学的带领下，找到了女生宿舍，一切办理好之后，已经没有什么再要帮忙的了，才和妹妹告别，推着空车来到了大街上。

走在大街上，韦世权对一切都感到十分新鲜和好奇，感到眼睛都不够用。街道两边都是商铺，商铺里的货物琳琅满目，不时有汽车鸣着喇叭从身边开过，摇着铃声的自行车一辆接着一辆，逛商店的人流一批又一批，这把韦世权深深吸引住了，他早已忘记了母亲的嘱咐——把妹妹送到了学校就赶快回家。

他推着空车，在大街上一边走一边看，巴不得自己有四只眼睛。当他走到周瑜点将台广场时，被这雕龙画栋、气势恢宏的古建筑吸引住了。他把车子停放在点将台旁边的一个僻静处，登上了点将台，凭栏远眺，浩渺的鄱阳湖，水天一色，碧空万里，湖面上白帆点点，百舸争流，令他心驰神往。不知不觉已到中午时分，他的肚子开始"咕咕"叫唤。早上出门时，他带了两毛钱，一张一角的纸币，另加两个五分的硬币。他想找个地方买点东西吃，便走下点将台，旁边有个小面馆，就走了进去，一问价钱，服务员告诉他："肉丝面一毛一碗，素面五分一碗。"他的手在口袋里紧紧攥着那两毛钱，思考了好一会，才对服务员说："来碗素面吧。"服务员开了一张票，他交了五分钱，便找了一个空位子坐下来，不一会儿，服务员就端来了一碗热气腾腾的素面。素面装在一只大蓝边瓷碗里，分量不少，上面还有一些葱花，而且是用猪油煮的，一阵香味扑面而来。他拿起筷子，大口地吃了起来。虽然是碗素面，他感觉比在家里吃的面要香得多，这碗面，他吃了个干净，连碗边上的一根面头，都用舌头舔进了嘴里。吃完走出面馆，找到自己的小推车，推起车子，准备往回赶。没走多远，来到了县城的人民影院剧院，门口的海报上写着："今日电影：上甘岭。放映时间：下午一点。票价五分。"

韦世权在读小学时，就听说过抗美援朝上甘岭的故事，在他幼小的心灵里，充满了对志愿军英雄的崇拜。这张海报一下子吸引了他，他知道身上还有一毛五分钱，便毫不犹豫地把小推车放在电影院旁的一个空角落里，去窗口掏出五分硬币买了一张电影票，跟随人流进了电影院。看完了电影，已是下午三点多钟了，他想起了母亲的嘱咐，便想着赶紧往家赶。当他正准备去推车时，有个卖梨的小贩在吆喝："又大又甜又脆的雪梨，二分钱一斤哎。"他停住脚步，上前去看了看，这梨确实诱人，皮薄个头大，有不少人围着小贩在买，只见人家一咬一口水。韦世权心想，自己第一次来县城，怎么也得给母亲带点什么东西，便花了八分钱，买了四斤雪梨，自己吃了一个，剩下的用一个网袋装好，绑在车上，推着牛头车向韦家山走去。今天是韦世权懂事以来过得最高兴的一天，妹妹如愿上了高中，他觉得自己是一个大人了，尽到了一个当哥的责任；这也是他第一次走出大山，看到了外面的世界。想到这里，韦世权不由得加快了步伐，想早点让母亲来尝尝这雪梨。当夕阳已经西沉，大山笼罩在朦胧的炊烟之中时，他看到了站在村头的母亲在向远方张望。

已经报到的同学和班主任，就像是迎接亲人一样，帮助后到的同学办理报名手续，先来的同学帮韦红萍铺好了床，韦红萍又去帮助后来的同学。第二天，学校在学生宿舍大门口张榜公布了班级名单，一共有五个班级，每班四十人，韦红萍被分在一〇一班的一组，一组有十个人，其中就有那个热情帮助同学的王援朝。大家很快就熟悉了，同学们才知道那个热情帮助人的同学叫王援朝，是王明德副县长的儿子。

开学典礼结束后，同学们进入了紧张的学习生活。一个星期后，同学们便开始熟悉起来。一天下午，上完最后一节课，班主任语文教师韩德胜进到教室说："同学们，开学已经一个星期了，大家已基本上认识，明天，要民主选举班干部，今晚大家好好酝酿一下，明天早自习时，各组将讨论的班干部人选交给我。具体名额是：班长一名，副班长一名，学习委员一名，文体委员一名。每个组推选一名组长。"

王援朝，由于住在县城到学校报到得早，办完自己的报名手续后，一直为后来的同学忙前忙后，他为人热情而又大方，人也长得英俊，虽然与大家接触只有一个星期的时间，但在同学们心中已经留下了深刻的印象，因此，他毫无悬念地当上了班长。韦红萍穿着母亲做的学生装，就像一道亮丽的风景，引起同学们的注意。她身上散发着勃勃的青春朝气，继承了母亲的基因，柳叶眉下一双闪闪发亮的大眼睛，是个美人坯子；她还有一副好嗓子，平常曲不离口。在开班的第一天，老师为了活跃课堂气氛，点名要她唱了《毛主席的话儿记心上》和《洪湖水浪打浪》两首歌曲，甜美的歌声，让大家听得如痴如醉，四个组的同学一致推荐她当班上的文体委员。

学校的食堂在教学区的对面，要穿过一个操场，每当最后一节下课的铃声响起，学生们就拿起饭碗一窝蜂地向食堂跑去，一眨眼工夫，就排起了长长的队伍。食堂只卖饭，不卖菜，有五种饭斗，分一两、二两、三两、四两、五两；

男同学基本打四五两，女同学多是打二两或三两。没有饭堂，也没有桌子和凳子，吃饭时就找一个地方站着吃，也有的是蹲在地上吃。慢慢地大家都熟悉了，要好的或一个组的同学便自发集中在一块，各自把从家里带来的干菜摆放在一起，有干豆角、干辣椒、豆腐干等，还有酸菜和霉豆腐。女同学开初不与男同学在一块吃，后来大家越来越熟悉了，就不分男女了。同学们没感到生活的艰苦，而是都沉浸在幸福和快乐的学习之中。

男女同学都住校，周一、周二、周四、周五要上晚自习，只有周三晚上是自由活动时间。所以，同学们都盼望着这个快乐的星期三。

秋冬的鄱阳湖，露出一望无际的湖洲湿地。湿地绿草茵茵，蓼子花怒放，就像一片美丽的草原。要是遇到满月的天气，浩瀚的鄱阳湖碧空如洗，一轮明月悬挂在空中，银辉倾泻到草原上，此情此景，令人心旷神怡。同学们三三两两，披着月色，吟诵咏月诗词——"明月几时有，把酒问青天"，"野旷天低树，江清月近人"。同学们在湖州上漫步，谈文学，谈理想，有时一群男同学遇上一群女同学，便开始对起歌来，悠扬的歌声在鄱阳湖的上空回荡，直到深夜，大家才恋恋不舍地踏上归程。

1967年之后，县委县政府将一部分工作的重点逐渐转移到发展工业上来，大办工业的活动蓬勃兴起。1968年底，全县第一个工业企业——县农机厂成立，结束了枭阳没有工业的历史，接着，县水泥厂、县轻机厂、县磷肥厂也在紧锣密鼓地筹建。

田海山、彭良胜、王明德，继续领导着全县的"工业学大庆""农业学大寨"运动。1968年4月28日，县里的重点工程南山水电站工程竣工，结束了枭阳县没有高压电的历史。一条条银线通向千家万户，有了电，有线广播也通到了乡村每一个社员的家里，听广播新闻、听天气预报、听科学种田技术知识、听文艺节目，社员们的精神生活丰富了，人们也从这个小喇叭里，看到了外面的世界，认识了李玉和、杨子荣、阿庆嫂、黄继光、雷锋、王进喜、陈永贵等英雄模范人物，也认识了那个"人不为己，天诛地灭"的鸠山先生和阴险狡诈的座山雕。有了电，大大推进了生产力的发展，为发展社队企业奠定了扎实的基础。刘家墩的金水大叔已年过古稀，当大队的电工为他家拉好电线安上灯泡后，轻轻一拉开关，灯就亮了，老人兴奋得像个孩童，捋一捋花白的胡子，对在场围观的人说："点灯不用油，这就是夜明珠呀，老汉我也是有福之人呀，有福享受夜明珠，我这一辈子没白活呀。都说社会主义是楼上楼下电灯电话，点灯不用油，耕田不用牛，这耕田的拖拉机也买来了，现在只差安电话啰。"说完，将一撮黄烟装进烟杆上的装烟孔里，将烟嘴含住，对着发亮的灯泡吸了几口，可没冒出烟来。大家一看，哄堂大笑，金水大叔一看大家都笑开了花，不好意思，又猛吸几口，还是不见火星，一脸蒙，十分不解。这时电工师傅对金水大叔说："老爷子，你再吸也吸不出火来，它只发光，吸不了烟的。"金水大叔还是不解，望着发亮的灯泡，无奈只得点燃一支香引火，"吧达、吧达"吸起他的黄烟来。

王援朝与韦红萍毕业后，和其他从城市下放的二十名知青，来到了新生大队知青点，感受到了乡亲们给予他们的温暖。当天，许多社员们给他们送来柴火、大米、鸡蛋，还送来了农具，有四位老农负责教他们怎样耕种。知青们下放的第一年，每个人每月有八元的生活补贴，第二年五元，到了第三年才自食其力。虽然劳动很艰苦，有的磨红了肩膀，有的手上磨出了水泡，但大家都觉得锻炼了身体、磨炼了意志，生活中充满了阳光。劳动归来，王援朝的二胡、刘娟的琵琶，韦红萍的歌喉，便交织在一起，愉快的歌声不时从知青小屋里传向希望的田野。食堂里还养了两头猪，到年底就杀了，大家高兴地吃了一顿杀猪饭；除做了一些腊肉外，每个人还分到了五斤肉回家里过年。

刘娟是从上海来的，公私合营前，家里是开饭店的，她学会了做一手上海菜，被大伙选为知青点的炊事员。她刚来到知青点时，也闹出过不少笑话。当年冬季，绿油油的小麦长势喜人，刘娟看到厨房里有些鸡蛋，又看看外面田野里长势旺盛的小麦，以为是韭菜，便去割了些来，炒了两盆鸡蛋。到中午吃饭时，大家一看，韭菜炒鸡蛋，夹起来就往嘴里送，可一到嘴里，苦涩难咽，这哪里是韭菜？便纷纷问刘娟："鸡蛋里炒的是什么呀？"

刘娟说："韭菜呀。"

"你吃吃看，这是韭菜吗？"大伙问。刘娟也拿起筷子，吃了一口，马上就吐了出来，说："我明明割的是韭菜，怎么这么难吃呢？"

王援朝问："你在哪里割的韭菜呀？"

刘娟用手一指说："就是前面韭菜地里呀。"

王援朝一听，差点没笑出声来，说："那哪是韭菜，那是小麦苗。"虽然闹过不少笑话，但知青们接受新鲜事物快，不到一年的时间，就学会了所有的农活，除了喜欢穿喇叭裤外，与当地的青年就没有什么区别了。

1970年的5月，大队民兵连长被调到公社采矿场当副场长去了，经大队党支部推荐、公社批准，王援朝被任命为大队民兵连长。这一年，南麓公社全面实行合作医疗制度，大队设立了医务室，韦红萍在社员们的推荐下，到大队当赤脚医生。在伟大领袖把医疗卫生的重点放到农村去的要求下，解放军和北京、上海等大城市的巡回医疗队经常来村里巡诊，她抓住这些难得的机会虚心请教，还到公社卫生院接受了半年的培训，之后背起药箱，在田间地头巡诊，有时还跟公社医院的老中医上山采草药，很快就成了一名社员们喜爱的赤脚医生。接着，大队又办起了广播站，刘娟当了播音员，还有四名知青选拔到大队的小学，担任了赤脚老师，还有的抽调去公社担任路线教育队员。生活的阳光在向知青们招手，广阔天地里，展示着崭新的风貌。

大队部为了节约农田，设在一个偏僻的山坡上，后面是一片乱坟岗。大队部白天还热闹，一到晚上，就只有韦红萍一个人守着空荡荡的队部，除了背负家庭的沉重压力外，还要战胜孤独和恐惧。有一次晚上，韦红萍就遇到了一件令人胆战心惊的诡异事情。

那是一个暮春的日子，又是一个倒春寒的天气，天空中阴蒙蒙的，寒风一个劲地刮着，接着又下起了淅淅沥沥的小雨，夜色也就降临得早。下午不到五点，大队干部就陆续回家了，空旷的大队部，就剩下韦红萍一个人。

她早早地用煤油炉子煮了一碗面条吃，洗刷过后，就上床，靠在床架上，阅读一本医药书籍，大约过了个把小时，有些倦意，便脱了衣服，迷迷糊糊就进入了梦乡。

大约是半夜时分，一阵急促的敲门声把韦红萍惊醒了。她心里想，一定是哪个社员家里有人得了急病，便顾不得多想，翻身起床，打亮手电，向外面询问："什么事呀？你们是哪个生产队的？"

只听外面的人焦急地说："我们是隔壁大队胡家岭的，我婶婶难产，请你快去救救她吧！"

韦红萍问："你们大队的赤脚医生呢？"

来人说："我们大队是个男医生，他也不会接生，所以，我们就来请你去。"

韦红萍想了一下，那边虽然不是自己负责的范围，但救人要紧。她迅速打开大门，只见两个年轻后生抬着一顶轿子，身上的衣着像古人的服饰，心里有些诧异，因为在农村，轿子已经不常见了。

看到韦红萍出来，两个年轻人很高兴，要韦红萍坐轿子，韦红萍说："你俩等一下，我去把药箱带上。"准备妥当后，韦红萍不同意坐轿子，两个后生不由分说，硬是把她强行塞进了轿子，抬起来，飞一般朝后山奔去。

韦红萍耳边的风呼呼作响，很快就出了南麓地界。眼前的景物，都是韦红萍没有见过的，宽敞的马路，似乎还有星星和月亮，雨停了，风也住了。两个后生满头大汗，快步如飞，约莫走了一个多小时，韦红萍朦胧中看见了一个大村子，红墙碧瓦，绿树掩映，路面干净整洁。两个年轻人将韦红萍抬到了一栋十分气派的大屋前停下，看见有好几个人围了过来，嘴里说着："来了，来了。"

韦红萍从轿子里出来，手里提着药箱说："快，产妇在哪？"

一个中年男子引着韦红萍，走过一个大厅，又转过一个过道，一阵孕妇发出的痛苦呻吟声传来。韦红萍快步走进房间，只见那个产妇约三十来岁，脸色苍白，头发都被汗水湿透了，不时发出撕心裂肺的哀叫声。

韦红萍虽然只做过一年的赤脚医生，但在赤脚医生培训班上，学会了接生技术，并能处置一些难产情况，这一年来，经她接生的小孩就有三十多个。

凭着经验，韦红萍先拿出了一片止痛片，让难产的妇女就温水吃了，这主要是让正在分娩中的产妇保持体力；接着又量了血压和体温，便开始为产妇检查胎位，很快发现胎位不正，本来应是头朝下的婴儿现在是脚朝下。她对身边的几个妇女说："是胎位不正，必须先端正胎位。"

女人的男人一听，便双膝一跪，哀求着对韦红萍说："医生，你一定要救救我老婆和孩子，我就是做牛做马，也一定报答你的大恩大德！"

韦红萍也没看那男人，只说了声："你放心，我一定尽最大努力。"说完，就开始在女人的肚皮上揉捏，端正胎位。

时间一分一秒地过去，韦红萍的衣服被汗水浸湿了，旁边有个妇女不断为她擦着汗。一个多小时过去了，男主人和几个帮忙的妇女越来越着急，整个房间充斥着令人窒息的气氛。

韦红萍终于停住了手，用手拢了拢被汗水浸湿的头发，轻声说："胎位已经端正了，快用红糖煮四个荷包蛋给她吃，让她尽快恢复体力。"

接着，她拿出针头，推了一支催产针。产妇吃了四个红糖鸡蛋，不到一个小时，一个胖嘟嘟的男婴呱呱落地，发出了洪亮的啼哭声，在场的人都欢笑起来。

看着大家开心地围着婴儿，韦红萍在一个女人端来的水盆中洗干净了手，收起了医疗器具，向众人告辞，这时已是凌晨三点多了。男主人千恩万谢，拿出一张拾元的大票子，韦红萍坚辞不收，背起药箱，走出屋来。众人跟着出来相送，还是那两个后生守在那顶轿子旁边，韦红萍已经累得没力气了，也就不客气，坐进了轿子里。这时，感觉星更亮，月更明，两个后生抬起轿子，飞也似的朝新生大队奔去，耳边的风呼呼作响，似乎一眨眼工夫，就到了大队的队部。

韦红萍从轿里出来，两个后生也是千恩万谢，又拿出一张拾元钞票，强行塞给韦红萍，韦红萍还是坚辞不收，只见一个后生将钞票压在一块砖头下，然后抬起空轿子，一溜烟，跑得不见踪影。

韦红萍没有去拿那钱，因为赤脚医生给人治病是不收费的。她心想，等明天支书来了，让支书去处理。一转身，就开门进到了大队部，回到自己的房间，刚脱下衣服躺到床上，一声洪亮的雄鸡啼鸣惊醒了韦红萍，她猛一睁眼，原来是做了一个梦。

韦红萍想着刚才的一切，是那么的真切，一摸自己的额头，满是汗水，她有些惊恐。她想到很多人说大队是建在一个乱坟冈上，这个地方有邪气，一种莫名的恐惧迅速向她袭来，她吓得用被子蒙住头，迷迷糊糊又睡着了，到第二天早上，竟突然发起烧来。

当她再次醒过来时，风和雨早就停了，东方已升起了一轮红日，大队干部也陆续来上班了。要是在往常，大家早就看到了韦红萍的身影，扫了地，烧好了开水。可今天早上，昨天的地没扫，开水瓶里也没有开水，医务室的门也紧闭着。大队书记感到有些异样，便去敲韦红萍的门喊："红萍，红萍！"

韦红萍有气无力地回答说："王书记，我发烧了。"

韦红萍起床开了门，大家一看，她脸色很难看，显得十分憔悴。大伙要送她去公社卫生院，可韦红萍没答应，说吃几片退烧药应该没事，随即支开其他人，把昨晚的梦悄悄告诉了支书，支书心里也有些恐惧，但他还是给韦红萍壮胆说："梦，千奇百怪，不要放在心上。"当天，支书就对会计说："通知小学的两位知青老师，今晚就搬到大队部来住，给红萍搭个伴。"

这一个梦，让韦红萍整整高烧了三天。韦红萍就是在这样的环境下，成长为一个有着坚强意志的女性，无论遇到什么样的打击，都能坦然面对。

（二十八）

陶志春由于当过伪保长，在邹家仓已无立足之地。为了逃离这个地方，他如丧家之犬，一路狂奔，来到长江岸边，搭上了一条打鱼船，过江后，又不敢停留，终于到了江州城。江州有去枭阳的班车，他不敢坐车，便在一家馒头铺，买了一袋馒头晓行夜宿，朝枭阳县的方向走去。他这是去投奔曾在他家放过牛的刘长江和王明德。

好在二十年前来过一次枭阳，虽然路不是那么熟悉，但大致的方向错不了，走了两天一夜，终于来到了枭阳县城，他还依稀记得去县城学校的路。当他来到枭阳中学时，这里已经完全不是当年的模样，学校的教学楼都是崭新的红砖碧瓦。他来到传达室，有个看门的校工，是个六十多岁的老头，陶志春小心翼翼地问："师傅，王世忠和洪镇江两位老先生可还在学校？"校工是个热心人，但他是成立枭阳高中后请来的一个临时工，根本就不知道学校有王世忠和洪镇江两位老师，他打量了一下陶志春，听口音是外地人，便说："你从哪里来？找他们有什么事？"

陶志春说："我从山东济南来，他俩是我年轻时的朋友，这次路过江州，借这个机会拜会老朋友。"

门卫一听，觉得从老远的山东来不容易，一看陶志春慈眉善目，头发花白，言谈举止得体，便热情地说："同志，学校没有这两个人。你等一下，我去教学楼帮你问一下，看看你要找的老先生现在在什么地方。"

门卫很快就回来了，对陶志春说："老同志，人是给你打听到了，可惜呀，你要找的两位老先生都已作古了。"

陶志春一听，脸上马上就露出了一种失望的表情。随后又问："王世忠有个孙子叫王明德，他还收养了个孙子叫刘长江，不知这两个小孩现在怎么样？"

门卫说："老同志，你还认识王明德和刘长江呀。王明德现在是我们县委的副书记，刘长江是我县南麓公社的党委书记。"

陶志春一听，一颗悬着的心彻底放了下来，他真没想到，当年自己收养的两个孤儿，这么有出息。他孤独的内心也似乎看到了一线希望。

已经知道了王明德和刘长江的下落，陶志春内心是高兴的，但心里还是有些发毛，刘长江和王明德再也不是当年的放牛娃，而且都是共产党的领导干部。

在当前这种高压形势下，他们还认不认我这个当年的老爷呢？他心里没有底，不敢贸然去找王明德，思量再三，还是觉得刘长江要可靠一些，便打定主意，先去找刘长江。陶志春一路打听，终于来到了南麓公社所在地。

公社所在地已经形成了集镇规模，有供销社、医院、木材厂、畜牧兽医站、营业所、拖拉机站、电影院、文化室、食品站，还有中小学。正是夜幕时分，家家户户都冒出了炊烟，他想先到供销社的饭铺买碗饭吃，可饭铺已经下班关门，好在身上还剩下两个馒头，便找了一块石头坐下，先啃了两个馒头，再去找刘长江。

这时，南麓中学的学生放学回家。正是晚稻收割的季节，学生们响应学校号召，参加小秋收，做到颗粒归仓，去农民收割的稻田里拾遗留的稻穗。天色快要暗淡下来，学生们手里都拿着一小把拾到的稻穗回家。当路过供销社时，一个学生看到陶志春，警惕地问："你是干什么的，从哪里来，到哪里去？"

在低头吃馒头的陶志春，正在思考着怎样去见刘长江，一听到质问，大吃一惊，定睛一看，原来是几个学生，便马上镇静下来，说："我不是坏人，我是来找亲戚的。"

又有学生问："你的亲戚叫什么，住什么地方？"

陶志春便壮着胆子说："我找刘长江，就是你们公社书记，我是他叔。"

刚才还有点紧张的气氛一下松弛起来，一名学生对另一名学生说："刘天赐，是你家亲戚。"

刘天赐一听这人找父亲，还自称是叔，便有些疑惑，因为从小到大，从未听说过有个叔公。陶志春听明白了，这个叫刘天赐的小孩是刘长江的儿子，便笑着对他说："你是我侄孙子，快带我去见你爸爸。"

几个同学一哄而散，各回各家、各找各妈去了。刘天赐站在原地，心里虽有些疑惑，但还是领着这个陌生人回到了自己的家里。

刘长江的家在公社大院外的东边，是一栋独立的平房。刘长江的爱人石榴花在烧火做饭，刘长江也已下班，正在往厨房担水。儿子天赐对挑水的父亲说：

"爸，有个人说是你叔，从外地来找你。"

刘长江一听，感到有些莫名其妙，自己是孤儿，哪来的叔叔？正在纳闷时，陶志春已到了跟前，轻声地叫了句："长江侄，老爷……"他刚说到"老爷"两个字，觉得不妥，马上改口说："我是你志春叔。"

朦胧的夜色中，光线不是很好，刘长江定眼一看，只见来人有些老态，背还有点驼，这与他当年认识的陶老爷判若两人。他忙把扁担放了下来，趋前几步，抓住陶志春的手说："你真是陶老爷？"

陶志春一听从刘长江嘴里叫出"陶老爷"三个字，百感交集，忙说："不敢称陶老爷了，你要是不嫌弃的话，就叫我一声陶叔。"

刘长江拉着陶志春的手，带进了厅里，高兴地喊："榴花，我给你经常说的救命恩人陶老爷来了。"榴花与长江结婚后，没少听说他与陶老爷之间的事。她热情地从厨房迎了出来，把陶志春让进客厅，忙着端茶送水，也一口一个"陶老爷"叫着。

经历过人间冷暖的陶志春，此时感到一股暖流涌上心头，他"哇"的一声大哭起来，说："长江，你叔现在是上天无路，入地无门，我是投奔你来了，你一定要救救我。"

陶志春一把鼻涕一把眼泪，把自己的遭遇一股脑地全说了出来，最后说："我这一辈子没做过亏心事，虽然没什么政治信仰，但一直与人为善，遵纪守法，不知造了什么孽，老天爷要这样折磨我？"

刘长江说："陶老爷，你现在有难，来找我和明德，我俩就一定对您的安全负责。明天，我去趟县城，找一下明德，商量一个妥当的办法。"接着，刘长江又将几个小孩叫过来说："这位老人是我的救命恩人，明天公社就会知道我家来了生人，有人问起，你们就说是我家的叔公，无儿无女，是来投靠我的，从现在起，你们就喊他叔公。"小孩都懂事地点点头。石榴花说："叔，您放心吧，有我们吃的，就不会少您一口。"

当晚，榴花炒了三个菜，长江陪陶志春喝了不少酒，这是几个月以来，陶志春过得最开心的一天。

第二天，刘长江起了个大早，骑上公社给他配发的"永久牌"自行车，在上班之前，就赶到了王明德家里，将陶老爷的情况细说了一遍。

王明德说："长江哥，滴水之恩，当涌泉相报，当年没有陶老爷的收留，我们还不知道会是个什么样子。我倒有个办法，你看行不行？你还记得与我爷爷、外公在一起的汪二先生么？"

"怎么不记得？当年在白鹿洞书院，也是他收留了我，让我陪你读书，我是好读书的时候不好好读书，他只好安排我在院里打杂，他也是个和陶老爷一样的好人呀。"长江回忆说。

陷在回忆中的王明德缓缓地告诉长江："汪先生虽然是我爷爷外公他们的老师，但他还小我爷爷、外公两岁。汪先生的父亲是白鹿洞书院院长，先生五岁就念书了，我爷爷、外公读书晚。汪先生在白鹿洞书院毕业后，就留书院任教，这才成了我爷爷和外公的先生，其实他与我爷爷、外公是要好的朋友。"

"我都好几年没见过汪先生了，他现在在哪，还好吗？"刘长江又问。

王明德没有正面回答，接着说："我爷爷过世时，曾对我说，有难事，可请教汪先生。所以，这些年来，我和他没断联系。"王明德说。

"你还没说他现在在哪呢。"刘长江追问。

王明德没理会，继续说："汪先生年纪大了，他没有在家弄孙怡情，而是来到了南山深处的无影寺，与明朗师傅结伴，他想学陶渊明，当一个隐士。无影寺有几亩山地，他白天与明朗一起下田耕作，在房前屋后种了很多瓜果蔬菜。闲时，就吟诵高歌陶渊明的田园诗篇，虽然日子过得清淡，但他的精神生活十分富有。前些年，南山的大小寺观基本毁于一旦，可无影寺因山高路远，倒安然无恙。明朗师傅年事已高，无疾而终，先生按明朗师傅的交代，烧了一堆大火，让明朗师傅涅槃重生。因为山下寺观里的和尚和尼姑都已还俗，无影寺也就没有了和尚，仅剩先生一人在那里。后来，我曾去看过老先生，老先生并不感到孤独，他有一台熊猫牌收音机，除了吟诵陶诗外，就是收听广播，对于国际国内形势，比我还了解。我担心他一人在这里太孤单又不安全，曾动员他下山，他说，已与佛结缘，要延续无影寺的香火。后来，我在一个社员家里要了一只小狗，又带了一些日用品，利用休假，专门送给了老先生，老先生十分高兴地说：'明德，我现在是一人一狗一世界，此生足矣。'"

王明德说到这里，望着刘长江说："长江哥，把陶老爷送到无影寺去，一可以给汪老先生做个伴，二可以帮助陶老爷避开当前的困境，你看如何？"

刘长江表示完全赞同。

在王明德和刘长江的精心安排下，陶志春来到了无影寺，与汪二先生度过了几年平静而又与世无争的岁月。

王援朝一直带领大队民兵连转战在全公社的大会战工地。

1971年的冬季，为实现农业机械化做准备，他又奋战在公社的千亩园田化工地。工地上，红旗招展，劳动的号子一阵高过一阵，各大队民兵连你追我赶，呈现出一派火热的劳动竞赛场面。王援朝既是指挥员，又是战斗员，流动竞赛红旗一直高高飘扬在新生大队的工地上。

元旦临近，一个千亩园田化工程已初见雏形，再有几天，各大队民兵连就要凯旋了。

大队书记王志刚接到县武装部的电话，要他立即通知王援朝明天上午赶到县武装部，参加征兵体检。支书知道王援朝心里一直有参军的念想，他为王援朝高兴，立即骑上自行车，到公社园田化工地，将这一好消息告诉了王援朝。

王援朝一听，兴奋得抱着王志刚转了一圈。王援朝收拾了一下东西，坐上支书的自行车，支书将他送到了公社的公共汽车站，搭上了最后一班车，连夜赶回自己家里。

父亲王明德始终是忙的，已有一个多星期没回家，母亲也到地区参加党校举办的妇女干部培训班了，只有弟弟妹妹在家。

王援朝回到家里，把自己要去参军的消息告诉了弟妹，四兄妹都开心极了。王援朝打下手，妹妹掌勺，做了一顿可口的晚餐，这是下放三年来，在家里吃得最开心的一顿饭了。

第二天八点整，王援朝就准时赶到了县人武部，军事科的丁参谋在等他，亲自带他去县医院进行了体检。当看到医院将"体检合格"的四方蓝色印章盖到体检表上时，王援朝心里的一块石头也就落了地。

体检完后，王援朝跟丁参谋又回到了县武装部。丁参谋拿出一份"应征青年登记表"给王援朝填，填完后，丁参谋说："你立即回下放的大队，让大队党支部给你写一个鉴定，然后找公社武装部，盖公社革委会的章子，明天上午把鉴定报告和登记表送到我这里来。"

王援朝向丁参谋鞠了一躬，把登记表放入口袋里，离开武装部，赶往汽车站，当天下午就回到了新生大队。

王志刚找到大队会计，为王援朝写了下放期间的评语，评价很高，也不乏溢美之词。王志刚又亲自领着王援朝去公社盖了章。王书记留王援朝住了一个晚上，大队党支部办了一桌送别晚宴，各生产队的队长都来参加，大家纷纷祝酒，祝王援朝在部队继续努力，早日立功，争取穿上四个口袋的衣服。

韦红萍也参加了欢送会，她为王援朝能参军入伍而由衷地感到高兴，但内心还是有些空落落的，感到有些不舍。她也说不出是什么原因，难道这就是爱情的滋味？

其实韦红萍在王援朝心里早就占据了重要位置，从进入高中的第一天起，韦红萍一首《草原上升起不落的太阳》就让他心动了，平常总是有意无意地凑到韦红萍跟前；下放时，也是他找了县知青办，才一起下放到同一个知青点。

爱情的萌芽早已在两个人心里孕育着，只是那一层窗户纸没有捅破。

大队干部也心知肚明，欢送会结束后，都知趣地先后离开，他们要把这短暂的时间，让给这两个心心相印的年轻人。

大伙都走了以后，韦红萍将王援朝带到了自己的宿舍，她泡了一杯自己平时都舍不得喝的冰糖水，端给了王援朝。王援朝轻轻地抿了一口，从嘴里甜到了心里。

趁着王援朝喝水的工夫，韦红萍拿出了一个红皮笔记本，打开扉页，思考了一下，写下了这样两句诗："云的心里藏着雨，我的心里藏着你。"写到这里，脸一红，觉得太直白，不好意思，便把这一页撕了，又思考了一下，按时髦用词，写下了四句诗，送给王援朝做纪念。王援朝接过笔记本，翻开一看，一首小诗映入眼帘，字体清秀，诗是这样写的：

革命友谊红线串，同学友情似海深。

多情自古伤离别，小小礼品送心意。

读完这首小诗，王援朝心里一阵激动，当即取下挂在口袋里的一支"博士"牌钢笔，回赠给了韦红萍，韦红萍也欣然收下。

两个人愉快地交谈着，从高中时月下的鄱阳湖洲漫步谈到了一起下放的甜酸苦辣。这些激情燃烧的岁月，使他们更加憧憬起未来的美好生活。

两个人越谈，心就靠得越近。王援朝想，韦红萍是一个不可多得的好姑娘。他的心在激烈地跳动着，他知道自己已经深深爱上韦红萍了，但是，他还是磨不开情面，没有勇气去拉开这爱情的帷幕。

韦红萍的心同样在剧烈起伏，从认识王援朝的那一天起，王援朝就像一位护花使者，处处关心爱护自己。可由于自己的家庭出身，她一直把爱埋在心里，不敢有任何非分之想，担心乐极生悲，不敢敞开自己的心扉。

夜已深，人已静，柔和的灯光映衬着两个红彤彤的脸庞，窗外洁白的月光倾泻在层林尽染的山峦上，地上也结起了晶莹的霜花。王援朝说："不早了，我该回知青队了。"

韦红萍深情地望着王援朝，沉默了一会才说："我送送你吧。"

王援朝没推辞，两个人走出大队部，肩并着肩，一路轻轻细语，也不知走了多少时间，远远就看到了知青队那朦胧的屋影。韦红萍停住脚步说："你快到了，千里送君，终有一别，我就送到这里吧。"

王援朝恋恋不舍地望着韦红萍，说："哎呀，没想到你这一送，就走了十华里，我怎么放心让你一个人回去。走，我送你回去。"

韦红萍没表示反对，两人又原路返回。夜更深，月更明，田野里不时吹过一阵阵微风，霜夜的天显得更加寒冷了，俩人不由自主地依偎得更紧了。

韦红萍不敢表露自己的心迹，把那深沉的爱埋在心里；王援朝想，马上就要离开自己心爱的人，这个时候再不表明心迹，恐怕将来发生变故，就要后悔一辈子，他停住脚步说："冷吗？"

韦红萍用手捂了捂脸，说："冷。"

王援朝壮了壮胆说："我暖和暖和你。"说完，一把将韦红萍搂到了怀里。

瞬间，韦红萍像触了电一样，全身酥软，也紧紧抱住了王援朝。此时此刻，整个世界都安静了，没有了寒冷，仿佛整个世界都是他俩的。

情到深处，四片温暖的嘴唇很快吻合在一起，他们忘情地享受着爱情的甜蜜和幸福。

不知过了多久，韦红萍轻轻地推开了王援朝。王援朝一看，韦红萍的双颊上有晶莹的泪珠，心里一惊，忙问："红萍，你怎么啦？"

韦红萍用手理了理散乱的头发，又擦了擦眼角的泪水，平静地说："援朝，你是我心中的偶像，我也是真心地爱你，我觉得这幸福来得太突然，也就担心它失去得也快。你是革命家庭，我是汉奸的女儿，这个鸿沟，不是爱情可以填平的。援朝，我已经很满足，谢谢你给我的爱，我今生今世都不会忘记，我不敢有什么奢望，只愿在你心里有一点小小的位置留给我，我这一辈子都会感到幸福的。"

王援朝打断韦红萍的话说："你瞎说什么，今生今世，我王援朝只爱你韦红萍一个人。"说完，拉着韦红萍的手，一同跪下，对着月亮和星星说："请月亮和星星作证，我王援朝今生今世，只爱韦红萍，如有食言，将天打五雷轰！"韦红萍忙用手去捂住王援朝的嘴，王援朝起身又紧紧抱住了韦红萍，两颗年轻的心，已融化在一起。

第二天，全大队的社员和知青战友敲锣打鼓，欢送王援朝入伍。王援朝还来不及回家与家人告别，当天就被县武装部的吉普车送到了新兵接待站，坐上了南下的火车，到达南海舰队湛江新兵集训基地。三个月的新兵入伍训练结束后，又渡过琼州海峡，来到了海南三亚基地，成了一名光荣的海军舰艇战士。

（二十九）

一天，在五七干校劳动锻炼和学习的原省水利电力厅厅长方明，接到省委办公厅的电话通知，说省委管干部工作的洪副书记要找他谈话。

干校的一辆北京吉普将方明送到省委大院的书记办公楼前，大院内清幽雅致，几棵龙柏长得郁郁葱葱，还有一排排开花的樟树，芳香扑鼻。方明在一位值班的解放军战士引导下，进了洪副书记的办公室，看到头发有些灰白，戴眼镜的老年妇女，十分惊讶，马上就认出了是老红军洪霞，激动地上前握住洪霞的手说："老首长，真没想到是您呀！"洪霞笑了笑说："不要喊我首长了，我看你也老了不少，叫大姐就好了。"寒暄过后，洪霞将话转入正题说："我这刚调过来，情况也不熟，就参加了研究干部工作，这几百个省管干部中也就认识你，听组织部汇报，对你反映不错，所以，我就点了你的将。"洪霞让方明坐下，秘书端来了一杯茶水给方明，洪霞也在办公桌前坐下继续对方明说："方明同志，经省委书记碰头会研究同意，恢复你的领导工作，我代表省委征求你的意见。考虑你有江州工作的经历，目前，江州地区上访情况比较严重，涉及一些冤假错案，决定让你去江州任地委书记，妥善处理遗留问题，尽快恢复安定团结的政治局面。如果你没有不同意见，省委常委会研究后，你立即去江州上任。"

方明考虑了一下，江州的情况他还是了解一些，比较复杂。为了掌握真实情况，便于解决问题，便提出了一点要求，对洪副书记说："我服从组织的安排，但我要求对我的任命延缓一些时间，给我两个月时间吧，我先去江州做些调查研究。如果一旦明确了我的身份，怕难以听到真实情况。"

洪霞副书记沉思了一下说："可以，给你两个月时间，给你一个临时身份——省委研究室的高级研究员，行不行？"

方明不假思索，马上表态说："感谢领导的支持，我明天就动身去江州。"洪霞望着方明又嘱咐说："方明同志，明德是你的老部下，又是我的儿子，望你不要因为这些关系而对他有所松懈，转告我的话，要他夹着尾巴做人！"

当天下午，江州地委就接到了省委办公厅的通知：省委研究室的高级研究员方明同志去江州做调研工作，请江州地委配合。

方明身穿天蓝色的确良衬衣，下身穿铁灰色的确良长裤，人还是那么清瘦，一双眼睛还是那么炯炯有神，只是原来一头乌黑的头发显得有些花白和稀疏。第二天乘一辆上海牌轿车，上午就赶到了江州地委。地委分管党群的副书记出面接待了方明，并根据方明的要求，指定一位地委组织部的江副部长和地区公安局的唐副局长，参与方明的调研工作。

方明开始下到各县区调研干部工作和经济发展情况。下县的第一站，就是枭阳县。

当方明带着江副部长和唐副局长到达枭阳县时，消息一下子就传开了，许多当年方明的老同事、老部下，当年被方明树立的劳模、积极分子，纷纷到县委招待所来看望他。

当晚，田海山书记按照惯例，宴请了方明和江副部长、唐副局长。他说了许多客套的话，欢迎老书记来枭阳指导工作，并询问有什么要求，县委一定全力配合。王明德见到老书记，也是非常的高兴和激动，说："想去哪里，看什么，我明天陪您。"

方明笑笑说："两位县太爷，你们工作都很忙，我只是来做调研的，枭阳我很熟悉，你们就不要陪我了，该干什么，你们就去干什么。"

方明亲自送走了田海山书记，想了想，没发现自己当年最器重的刘长江和刘永强，便问王明德："明德呀，怎么不见长江和永强呀？"

王明德怕影响老书记休息，刚要走，听方明问，便转过身来说："老书记，他俩可出息了，长江在南麓公社当书记，南麓公社是我县的第一个大寨公社；永强自从搞了一季变两季，这几年又跟杂交水稻专家袁隆平在海南岛搞杂交水稻制种，为我县的粮食亩产过千斤，做了很大贡献。"

方明问："他还在农科所当书记？"

明德回答："是，现在他挂了个县农业局的副局长职务，本来可以转干的，可他不愿意，是一个拿工分的局级干部。估计他俩不知道您来，我回去就给他们打电话，让他们明天上午来看您。"

听到自己亲自培养的两个部下事业有成，方明心里很高兴，说："不要打电话，我明天下去看看，看这两个小子搞出了什么名堂。"

第二天，田海山和王明德来到县委招待所，先是陪正在散步的方明游览了爱莲池，一起欣赏了《爱莲说》石碑，然后陪方明等人吃了早餐。方明对田海山说："枭阳是我的第二故乡，留下了我许多美好的记忆，我想利用这次调研的机会，下去走一走，看一看。你们就不要陪了，给我找三辆自行车来，我们骑自行车下去。"

县委办公室主任带人很快送来了三辆永久牌自行车，又带来了三顶草帽。方明把自己的上海牌轿车留在了招待所，带着江副部长、唐副局长，每人背着一个黄挎包，带着洗刷用品和换洗衣服，骑着自行车去看当年的血防整治工程。

骑了两个小时的路程，他们就来到了月亮湖垦殖场。蓝天白云下，万亩水稻金黄一片，孕育着丰收的希望，一群群白鹭在希望的田野上空展翅飞翔，呈现出"同在蓝天下，人鸟共家园"的美丽图画。大队党支部书记洪牛崽一看来了三个骑自行车的，以为是公社来的干部，便迎了上去。他一眼就认出了老书记方明，很激动地上去握住方明的手说："老书记，什么风把你吹来了！你一走就是十几年，我们大伙都想你呀！"

方明是在应邀参加月亮湖工程竣工典礼时认识了洪牛崽，高兴地对江副部长和唐副局长介绍说："这就是当年的血防整治工程突击队的队长，洪牛崽同志。"

洪牛崽接过话说："老书记，当年工程结束，成立了雁鸣湖垦殖场，留下了一批参战民工在这里安家落户。1968年扩社并队，我们谊人村也划入了垦殖场，后垦殖场改为雁鸣湖公社，我们大队又改为月亮湖大队，我就担任大队书记。"接着，洪牛崽将方明等人请进了大队会议室，附近的几个老农认识方明，也跟着来到大队部，纷纷向方明问好。

大队的妇女主任麻利地为客人端来了三杯开水，方明喝了几口水后，要洪牛崽谈谈社员的生产和生活情况。

洪牛崽从建场开始，一直汇报到扩社并队，月亮湖大队坚持抓"以粮为纲"，是县里农业战线上的红旗单位，具体汇报说："我们大队一共1000亩水田，平均亩产1000多斤，每年生产粮食100多万斤，现有人口600余人，人均口粮650斤，除去种子粮、饲料粮，每年给国家提供商品粮60万斤。"

这时，方明粗略算了一下，加上养猪、养鸡等多种经营收入，高兴地说："那你们可不得了，人均收入达到了120元以上，老百姓终于过上了幸福的日子。"

洪牛崽有些尴尬，皱着眉头说："老书记，您是要听真话，还是要听假话？"洪牛崽已知道老书记没有官职，也就没有了顾虑，想把自己心中的郁闷发泄一下。

"当然是听真话呀。假话不好，一害自己，二害人民。"方明有些严肃地说。

洪牛崽接着说："您不打棍子，不扣帽子，不抓辫子？"

方明一下笑了，说："我就是带两个朋友来故地重游的，又不是你的书记、县长，你怕什么？"

洪牛崽这才放下心来，对方明说："方书记，你的账没算错，可不瞒您说，社员的日子是一年比一年艰难呀。"

方明不理解，问："那为什么呢？"

洪牛崽起身给方明三人又续了开水，接着说："当初建农场的时候，来这里安家落户的，除了我们洪家港村人外，都是清一色的男女壮劳力，正好又赶上您推广的一季变双季，粮食大幅度增产，粮食多了，猪也多了，鸡也多了，真可以说，社员的生活是芝麻开花节节高。后来，随着年轻人成家，娃儿是一个一个从娘肚子里掉下来，随着医疗卫生的改善，婴儿的成活率越来越高，随便哪一个家庭，都是三五个孩子，有个叫陈二毛的，儿子就生了六个，女儿两个，原来两个人吃的饭，现在七八个人来吃，粮食出产还是那么多，这生活怎么能好得起来呢？这是其一。第二，我们每年卖给国家的征购粮六十多万斤，每一百斤才九块八毛钱，十多年了，没涨一分钱，如果拿到黑市上去，一百斤可以卖二十多元，征购粮对国家贡献是大，可社员没增加收入。第三，国家为改变农村的靠天吃饭面貌，从五十年代开始，大会战一个接一个，如水利工程、血防工程、造林工程、修公路、园田化，每年至少占用三分之一的劳动时间，这些工时，没有一毛钱的收入，最后都要到生产队来分配，这就大大地拉低了粮食生产的收入，因为大量的义务工直接影响了冬种和副业性收入。第四，还有一个公社大队统筹，如大队干部的工资、民兵训练、赤脚医生、赤脚老师、五保户、军烈属优恤，都要由生产队摊派，这就进一步降低了粮食生产的收入。大队每年都要接收五六个知青，前面的招工、上大学、参军走了，后面的又来了，这实际上也是靠仅有的一点粮食收入来养活他们，这样七抵八折，一个全劳力的分值还不到八毛钱。虽然社员们都知道这些义务投劳的大会战工程是万年大计，是造福子孙后代的好事，可这样的奉献和好事，几千年来一下落到了这一代农民的身上。所以，这一代农民的付出，实在太大、太沉重，怎么能过上好日子呢？因为每年冬天大量的劳力参加大会战，冬种就受到很大影响，有的生产队社员一年靠茶杯分油，天天过的是酱油拌饭的日子。由于吃油少，这人的饭量就特别大，本来我们人均口粮650斤，按理来说，应该完全够吃，但到新粮上市前，还是有人饿肚子。"

洪牛崽说到这里，看了一下方明等人，欲言又止。方明边听边记，一看洪牛崽不说了，便说："继续说，继续说。"

洪牛崽这才又说："方书记，说句你们不爱听的话，猪是社员们养的，可社员辛辛苦苦一年，仅能吃到几次猪肉，那就是春插、清明、端午、中秋、双抢，再就是春节。虽说公社每天都杀一两头猪，可这一万多人的公社，那真叫杯水车薪，往往夜里十二点去排队，都买不到猪肉。即便这样，国家下达的生猪征购任务，还往往完不成。说句实话，社员生活苦呀。这几年，别说生活提高，实际是下降呀。我们大队一直是全县粮食高产先进单位，但实实在在是一个高产穷队。"洪牛崽望了望方明，接着说："老书记，您是老父母官，农民生活苦呀，1973 年，我们又夺得了粮食大丰收，为了鼓励社员们的积极性，我们向公社打报告，要求宰杀两头大肥猪，给社员们打打牙祭，可公社怕其他队攀比，不肯批。后来我想，有头老牛不能耕地了，又打报告要求宰杀这头老牛，公社倒是批了，可没想到是空欢喜一场。当准备宰杀那头老牛时，那头老牛看到围观的人群和明晃晃的杀牛刀，似乎明白了什么，眼睛里竟流出泪来，两条前腿屈下，突然向大伙跪了下来。这场景，就是铁石心肠的人，也为之动容啊，那位准备杀牛的社员，把刀一扔，也流着泪默默离开了，大家都不说话，再也没有人说要宰牛了。这头牛又活了大半年光景，最终寿终正寝。"

方明听到这里，眼睛也有些湿润，又问了一句："除了粮食生产外，为什么不大力发展多种经营？"

洪牛崽回答说："这几年，强调以粮为纲，忽视全面发展，社员多养几只鸡，都被当作资本主义的尾巴，自留地也严格限制，怎么去发展多种经营？"

洪牛崽讲了两个小时，方明等人就记了两个小时。不知不觉就到了中午饭的时间。洪牛崽说："不好意思，中午只能请你们吃顿酱油拌饭了。"

食堂的师傅端来一个炒辣椒、一个烧冬瓜、一个丝瓜汤，菜里看不到一个油花，酱油还是放了不少。

方明仨人都没说话，默默地吃了这顿中午饭，三个人每人交了半斤粮票、一毛钱，洪牛崽不肯收，但方明坚持要交，大队会计就开了三张发票，勉强收下了。

方明他们告别了洪牛崽等人，又骑上自行车，去山里看望刘永强。

九月，太阳像火球一样炙烤着大地，田野里热浪翻滚，方明三人的衣裳已被汗水湿透。等赶到刘永强的农科所时，已是太阳西下，晚霞点缀了天空，有的农户家里升起了袅袅炊烟。

收工的社员正好与方明他们迎头相撞。方明从自行车上下来，问一位社员："老乡，刘永强在哪？"

那个社员打量了一下方明等人，一看像县里下来的工作队员，便客气地说："找我们刘书记呀，刚才还在试验田里，估计这会儿在办公室记录他的试验数据，你们去办公室，准能找到他。"

"办公室往哪走呀？"方明问。

老乡向左前方指了指说："你看，那栋红砖青瓦的房子就是。"

三个人朝老乡指的方向望去，轻雾的暮色中，一栋十分气派的办公楼映入眼帘。二十世纪五十年代，方明来这里开过现场会，那时办公的地方是在一个油榨加工厂，没想到十几年过去了，有了这样大的变化。一路沉重的心情，似乎有些舒展开来。担任过多年县委书记的方明心里清楚，没有一定的经济实力，是建不起这样气派的办公楼的。

三个人又骑上了车，五六分钟就到了办公楼前的操场上。

映入他们眼帘的，是办公楼里灯火通明，办公楼的东西两侧长着数棵茂盛的香樟。更让方明感到惊奇的是，操场上整整齐齐地停着一台崭新的拖拉机和四辆手扶拖拉机。

他们放好了自行车，走进了办公楼。怪不得大楼灯火通明，原来大厅的右侧是一个副食品商店，有好几个社员在这里买酱油和盐；左侧是医务室，虽没有人看病，但有两个赤脚医生在整理药架。这时，从楼上下来了四个年轻人，原来是小学的老师，他们拿着饭碗，准备去食堂吃饭。

一个年轻的老师问："同志，你们找谁？"

方明回答说："找你们书记刘永强。"

刘永强正从楼上下来，一听是找自己的，忙定睛一看，一下子惊住了："哎呀，怎么是您呀，老书记。"快步下楼，紧紧地握住了方明的手。

刘永强将方明迎进了楼上的会客室，一位年轻的女赤脚老师提着开水瓶过来，为他们每人泡了一杯茶。坐下后，方明这才打量起刘永强来，头发稀疏了许多，脸上也多了一些皱纹，但那一双大眼睛，还和当年一样，炯炯有神。方明问："这十几年来还好吧？"

刘永强咧着嘴笑着说："托您老书记的福，这日子呀，是一天比一天好。"接着，刘永强问："方书记，您怎么想到来看我呀？"

方明说："我这次到江州出差，抽空来县里，来看看大家。"

刘永强又问："方书记，早就听说您当了厅长，现在是做个什么大官呀？"

方明笑了笑说："你看我现在像个大官吗？早就没有乌纱帽了。当大官还骑个自行车来看你？"接着，又向刘永强介绍了江副部长和唐副局长。

刘永强说："老书记，我不管您是大官小官，您在我心里就是永远的父母官。"

刘永强很开心，喊了一位赤脚老师过来，说："小伙子，先别吃饭了，告诉厨房，给我炖只老母鸡，你再找个人，去捞条大鱼上来，我要好好招待一下老书记。"

方明赶紧制止说："千万别杀鸡，你这是动了社员的钱罐子，更不要去捞鱼了，社员会有意见的。"

刘永强爽朗地笑着说："老书记，您还以为是当年开现场会的时候呀，这鸡是我们所里养鸡场的，这鱼是所里精养鱼池里的，我还要请您喝一杯我们所里酿制的米酒，不会侵害群众的利益。"

方明一听，仿佛是到了云里雾里。他来了精神，从文件包里拿出了笔记本，想急切地了解所里的生产情况和社员的生活情况。

刘永强谦逊地说："您先休息一下，等吃完饭我再给您汇报。"

方明马上说："你不先汇报，这饭我也吃不香呀！"

刘永强已不是当年的刘永强了，经过十多年的历练，已经是一位成熟的基层干部，汇报起来，口齿清楚，头头是道，一、二、三、四，归纳得有条有理。

刘永强想了一下说："方书记，自从当年一季变双季，亩产跨纲要后，社员们的生活有很大提高，茅草屋都变成了大瓦房。社员们称人民公社是天堂，是通向共产主义的路一条，充满着信心和希望。后来，一平二调的大会战越来越多，老百姓的生活不仅没有提高，实际上还下降了。1970年，全所决算，本来每个工分值一块五毛多，后把这些义务工和公社统筹加进来，每个工分仅六毛钱，这样下去，社员不满意，干部也有怨气。俗话说'穷则思变'，活人也不能让尿憋死，我们就召开支部班子会，邀请社员参加诸葛亮会，一起想办法，最后得出一致意见，不能光在地里刨饭吃，必须大力发展多种经营，走农林牧渔全面发展的路子，这样才能走出一条脱贫致富的路子。"

刘永强喝了一口水，继续说："要发展多种经营，就势必要占用一部分劳力，而县里、公社的大会战一个接一个，到哪里去找劳力呢？那只能从搞粮食生产的劳力中挖潜力，我们采取计件工分制，就是割一亩稻子多少工分，脱一百斤谷子多少工分，栽一亩禾苗多少工分，避免了出工不出力，大嗡隆、磨洋工的现象。劳动时间是充分自由的，你可以早点出工，也可以摸黑收工，学生娃娃放学后，也可以来帮忙。这极大地调动了各家各户的积极性。过去，双抢都要到立秋前后才完成，现在八一节前就能完成双抢任务。这样，我们抽调了一部分劳力去搞多种经营，无形中又增加了留在田里劳动力的工分的价值。现在，从事多种经营的，每月都有四十元左右的收入，集体经济的实力显著增加，留在农村种田、每天满分的，一个工分也达到了一块五毛钱左右。几年下来，我们办起面粉厂、钾长石矿、水产养殖场、木材加工厂、酿酒厂，大大小小的企业有十多家，各个企业每年给所里上交的积累达一两万元，所以，才有钱建了办公楼，新建了小学校，购买了拖拉机，而且集体干部、赤脚医生、赤脚老师、基干民兵集训、军烈属优抚费，都由所里承担，社员的负担轻了，日子自然就好过了。"

听到这里，方明一天沉着的脸，才真正露出了欣喜的笑容。

方明关切地问："永强，你们在发展中，碰到了哪些困难？"

刘永强站起来，爽朗地说："老书记，不瞒您说，困难大得去了。"

方明"哦"了一声说："你说说，最大的困难是什么？"

刘永强心里想，老书记是信任自己的，现在又没有官帽，也就没有了顾虑，实话实说："这些年来，光强调以粮为纲，有些领导，迎合上级的眼色，片面化、绝对化，形式主义。以粮为纲的政策是正确的，但你不能全面扫光，人还得吃肉、吃鱼。我们所是粮食高产示范区，社员的口粮平均六百五十斤，按理说足够了，可到第二年青黄不接，还是缺粮，什么原因？营养跟不上！一旦人没有荤油补充，饭量就特别大。后来，我们搞计件工分制，大力发展多种经营，创办村办企业，让社员多养猪、多养鸡，又将社员开荒出来的土地归个人种植。可上面竟说我们是走资本主义道路，要当作资本主义的尾巴割掉，还让我到全县三级干部大会上亮相做检查，您说我冤不冤？县里要撤我的职，可社员们不答应。再加上来调查我的工作组，不管到哪个家里吃派饭，都能吃到鸡鸭鱼肉，再差的碗底下也要垫上两个荷包蛋，调查组亲眼见证了我们粮食没减产，社员生活富裕了，集体经济壮大了，也就没有把我们这个尾巴割掉。"

方明听得有滋有味，不断点头赞许，看到刘永强说得差不多了，说了一句："我这次是下来搞调查研究的，有什么需要找领导解决的事，回去可以给你们领导谈谈。"

这一谈，两个多小时就过去了，厨房里已经两次来催开饭了，方明一看表，已经八点多了，说："好，我们去吃饭。"

餐桌上有一只清炖老母鸡，一个装满大半个脸盆的红烧鱼，还有一个海带烧肉、一个爆辣椒和一个青菜。方明等人今天都很高兴，每个人都喝了农科所自酿的烧酒。

酒足饭饱之后，方明说："永强呀，你得给我找几个社员，安排我们去他们家睡觉呀。"

刘永强说："老书记，你还在用旧皇历，现在干部下到我这里，不需要去打扰社员了，我这办公楼里就有好几张客铺，平常都是驻队干部住，今天是星期六，他们都回去了，你们就住在客房。"

一直忙前忙后的那个赤脚老师提了一桶热水送到了客房里，三个人洗好后，都有些倦意，便上床睡觉，很快都进入了梦乡。

第二天，刘永强提早来到所里，陪方明吃了早饭，然后又带他们去参观了几个所办企业。

方明三人越看越高兴。方明问："永强，你这个所现在是什么级别？"

刘永强说："我这个所既叫大队，也叫农科所，两块牌子一套人马，这还是当年你在这里定的，但县里又把我们当作公社一级的单位，与南麓公社脱钩了，县里开公社一级的会，也通知我参加，又给我戴了个县农业局副局长的帽子。"

方明又问："像你这样社队办企业的多不多？"

刘永强说："像我这样的有，但规模较大的比较少，他们担心戴走资本主义道路的帽子，怕割尾巴。真正办社队企业搞得比较好的，是刘长江的南麓公社，而南麓社队办企业最好的，是新生大队，就是王明德的老家，不但社队企业有规模，而且还开始搞新农村建设。不过，他与我一样，没少挨批评。"

方明一听到刘长江的名字，一个抗美援朝的老兵、枭阳连连长的影子就在他脑海里清晰起来，说："看来这个抗美援朝的枭阳连连长还真有两下子。"

"没错，就是他，他比我能干，工作能创新。他虽然也老受批评，但'农业学大寨'的这面红旗非他莫属。最好玩的事是，每年县里的三级干部会，他都要上两次主席台，先是去领'农业学大寨'的红旗奖，后是去做走资本主义道路的检查。你说搞笑不搞笑？"

方明他们听到这里，也觉得十分有趣，就问："他们的新农村建设是怎么回事？"

刘永强说："是这样的，因为他把很大一部分精力放到了发展社队企业上，老是受批评，上面说他要是丢了粮食生产这面红旗，就要严肃处理他。为了堵住别人批评他的嘴，也不敢丢了这面红旗，他带大队书记来我这里参观学习，也在全公社搞了计件工分制。他们公社的条件比我们好，又有集体经济的实力，他把建在平地的村庄全迁到了山坡上，而且进行了统一规划，公社又对每个拆迁户进行了适当的补偿，社员也拥护支持，搬迁过后，就增加了不少屋基土地，所以，他的粮食产量不仅没有减少，而且还有增加，上面对他也无可指责，就这样睁一只眼闭一只眼，他还总结了四句顺口溜，来显摆他的新农村建设，这四句话是：八字头上一口塘，两边渠道绕山旁；中间一条机耕道，新村盖在山坡上。"

方明认真听完了刘永强关于刘长江的介绍，迫切地想见到刘长江。他对刘永强说："我祝贺你呀永强，你和长江给我们共产党人增了光。"

临别之时，刘永强又打听了洪庆来的情况，方明说："庆来可出息了，成了水利工程专家，是水利工程局的总工程师。"听到这个情况，刘永强感到很欣慰。

方明告别了刘永强，三人又骑上自行车，向南麓公社急驰而去。

三人骑着自行车，路过平畴田野，推着车翻越丘陵山冈，又蹚过一条条小溪，终于看到了南麓公社的风貌。

方明三人推着自行车上了一个山坡，便停下来休息一会。江副部长说："老书记，您真是枭阳的活地图，十多年过去了，您对枭阳的山水还是那么熟悉。"

方明望着满头大汗、气喘吁吁的江副部长和唐副局长，自己也用毛巾擦了一下额头上的汗水说："领导干部，一定要深入基层，既要熟悉地形地物，又要了解气候特点，更要了解社情民意。这样，才能知道基层干部和社员在想什么，想干什么，工作中，才能做到有的放矢，不犯官僚主义和形式主义的错误。比如讲，昨天我们中午吃的是酱油拌饭，晚上是老母鸡汤，有肉有鱼有美酒，我让你俩选择，是中午饭好还是晚上的饭好，都不用你们告诉我，当然是选择后者。"方明又拿出毛巾，擦了擦额头上的汗水，接着说："我们共产党人的奋斗目标，就是要满足人民群众日益增长的物质和文化需求。判断我们的工作是不是符合人民群众的要求，只有从群众口里才能知道。多养点鸡，多发展一些多种经营，这绝不是什么资本主义尾巴，你们说，是不是呀？"

听了方明的话，江副部长和唐副局长都表示赞成。江副部长说："老领导，我们跟你下乡才一天多点时间，却学到了在办公室里几年都学不到的东西，真是受益匪浅啊。"

已到中午时分，到南麓公社还有很长的路。三人虽然走了一上午，不是上坡就是越岭，其实并没有走多远，这时，肚子都饿了。方明停住脚步，扶着自行车，向前眺望，看到了一个小村庄，便对他们两人说："到前面的村子先填填肚子吧。"来到村里，在一个社员家里，三人说明来意。这户人家很是好客，煮了三碗面，每碗面里还有两个荷包蛋。吃完后，方明他们要付六毛钱和一斤二两粮票，老乡不肯收，方明硬是将钱和粮票塞进了老乡的口袋里，对老乡一再表示感谢。三个人又骑上车，下了一个长长的平缓山坡，又推车翻过一个山坡，走进了一片丘陵，起伏的丘陵上是满眼的绿色，走近一看，原来是一片橘园，由青变黄的橘子已压满枝头，散发着阵阵橘香。三个人停下车来，走进了橘园，望着挂满枝头的柑橘，都赞不绝口。

这时，一个戴着一顶旧草帽、腰里系着一条罗布腰带的橘农匆匆跑过来，边跑边喊："喂，你们是干什么的？不许偷橘子，公社有规定，摘一个橘子，罚款一毛！"

方明乐了，说："这下有戏看了，老乡把我们当成了小偷。"

来人很快就来到了方明三人跟前，一看他们都是干部模样，便有些不好意思地说："同志，对不起，我还以为是来摘橘子的，没想到是干部同志。"

方明戏谑地说："你警惕性蛮高的嘛，不罚我们一毛钱了？"

那位橘农更不好意思了，倒觉得是自己偷了橘子似的，忙摘下三个黄澄澄的橘子，要方明三人尝尝。他们也不客气，接过橘子就剥开了皮，往嘴里送，不约而同地说："这橘子真甜。"

吃完了橘子，方明问："老乡，这橘园是大队的，还是公社的呀？"

老乡回答："这橘园是队有社管，产权是新生大队的，管理权是公社的，你们刚才吃的，叫温州蜜橘。你们是从县里下来的干部同志吧？"

江副部长接过话说："我们是从地委来的，这位姓方，我姓江，那位姓唐，是专门来看你们长江书记的。"

老乡一听说是地委来的，又是来看长江书记，便非常客气，要请方明去橘园办公室喝茶。来到橘园办公室，坐下后，老乡给他们三个人满上了茶，又端来了一盘橘子，要他们再尝尝。方明望着老乡说："您贵姓呀？把橘园的情况说给我们听听可以吗？"

老乡说："我姓王，叫王承财，是这个橘园的书记兼园长。"

方明已经拿出了笔记本，开始记录，一看老王停了下来，便说："王书记，给我详细讲讲这个橘园是怎么搞起来的？"

王承财有些警惕，怀疑地说："你们不是来割资本主义尾巴吧？"

方明一下笑了，对王承财说："我也没看到你屁股上长尾巴呀，王书记，你放心，我是来总结你们公社大办社队企业的经验，专门来看你们的长江书记的。"

王承财放心了，这才高兴地介绍起来，他说："这片橘园一共是一千亩，也叫千亩橘园，已经挂果两年了，有三分之一进入盛产期，预计今年能收柑橘一百万斤，今年的毛收入可达十万元。"

方明听着王承财的介绍，心里乐开了花，刘永强说得不错，这刘长江的确干出了些名堂。听完王承财的介绍后，方明问："你们长江书记搞这么大的橘园，碰到过什么困难呀？"

王承财想了一下说："不瞒你们说，我们刘书记是冒着风险建起了这个千亩橘园的。1970年冬季，县里下达我们公社一千亩次生林改造任务，指定要栽杉树。可刘书记认为，我们南麓公社山高林密，最不缺的就是木材，如果把山脚下的丘陵地带上的灌木改种杉树，没有什么意义和价值。他苦思冥想，既要完成县里下达的任务，又要让新造的林尽快产生经济效益，便发动大家献计献策，最后确定种柑橘，地点就选在了我们大队，收入按三七分成，公社占70%。全公社两千多名劳力，奋战了一个冬季，开垦了一千亩林地，第二年的种树季节，到浙江的温州调来苗子，就这样搞出了个千亩橘园。后来，县里的造林指挥部来验收，发现栽的不是杉树，验收就通不过，还把我们刘书记当作走资本主义道路的典型，在全县三级干部会上做检讨。本来是要撤了他的公社书记职务，还是王明德常委保了他。原来听说他要提拔到县革委当副主任，也就没了下文，刘书记倒觉得没什么委屈，说留在南麓好，可以干些实事。所以，这几年下来，就建起了一批社队企业。"三个人都在认真地记着，王承财接着说："我们刘书记是个很有脑子的书记，他干什么事，既强调社会效益，又注重经济效益，现在的南麓公社呀，真是山上瓜果香，山下米满仓，这才是真正的社会主义啊。"

不知不觉，夜幕已经降临。王承财好客，留方明吃了晚饭。有几个橘农回家，刚好有空床铺，三个人当晚就夜宿橘园。

第二天，方明他们告别了王承财，没有直接去公社，而是骑着自行车，看了南麓公社一个又一个社队企业，又实地参观了新生大队"八字头上一口塘"的新农村。整整调研了三天，真是收获满满，心情开朗，到第四天，才骑车来到了南麓公社。

公社通信员叫小付，个子不高，理着小平头，穿着一件时髦的海军衫，是个十五六岁的机灵小伙子，不认识这三个人，便很有礼貌地问："同志，你们是县里来的吗？要找谁？我去给你们找。"

方明说："小鬼，我是省里来的，找你们公社书记刘长江同志。"

小付一听是省里来的，又都骑了一辆自行车，心想，县里下来的干部，有不少是骑自行车来，可地委、省里的干部也来过公社，不是吉普车就是小轿车，有些疑惑，但还是很客气，将他们三人请进了会客室，给每人泡了一杯南山云雾茶后，说："今天书记到公社板鸭场去了，我马上通知刘书记。"

小付到公社办公室打板鸭场的电话，可没人接，只好骑上自行车，去板鸭场找到了刘书记，说明了情况。刘长江问："来人叫什么名字，什么单位的？"

小付说："他们没说，只说是省里来的，有个年纪大一点的，像个当大官的。"

长江心里想，当大官的可能性不大，哪有当大官的骑自行车几百里下乡的，估计是省报的记者。他接待过省里骑自行车下乡采风的记者，既然是来找自己的，那就不能怠慢，便跟着通信员骑上自行车，很快就回到了公社。

刘长江走进会客室，仔细一瞧，吃惊地说："哎呀，方书记，怎么是您呀？您可把我想死了。"趋步上前，双手紧紧地握住了方明的手。

方明也感慨地说："长江呀，这一别就是十多年，我也想你们呀。"接着把江副部长和唐副局长给刘长江作了介绍。一一握过手之后，江副部长说："方明老书记现在是省委研究室的高级研究员，这次来江州，主要是做调查研究。"

刘长江问："老书记，您要调查哪个方面的工作，我马上给您汇报。"

方明很高兴地摆摆手说："长江，你公社的情况，老百姓都给我汇报过了，你就不要汇报了，今天就是来看看你，叙叙旧。"

这对久别重逢的老朋友共同回忆了南下支前、剿匪反霸、土地改革、抗美援朝、血防会战及成立互助组、高级社……每一件往事，两人都心潮澎湃，有说不完的话。不知不觉，就到了中午饭时间。

刘长江一看表，便说："老书记，该吃中午饭了，您来，按理我应隆重接待，但目前上级有规定，接待客人只准四菜一汤。不过今天我还一是变相破个例，原则也没违反，保证菜管够，酒管喝。"

一行人来到公社的餐厅。公社还有几位老土改干部，都认识方明，长江也让通信员一一请了来，围了一桌子。只见桌上摆了一大钵红烧肉，一脸盆鱼烧豆腐，还有一大钵清蒸板鸭，还炖了一只老母鸡，外加清炒小白菜。每只碗里都倒满了桂花糯米酒。方明高兴，对敬酒一一接受，又一一回了大家的酒，这顿饭方明吃得十分开心，不知不觉都喝得有些高了。

吃过饭后，刘长江将方明等人送到公社客房休息，通信员小付提来了一桶热水，一一倒在三个脸盆里，方明洗了脸，就躺在床上休息了。

江副部长没有睡，原计划中午饭后，下午骑自行车先回县城，当晚赶回地委招待所，一看方明有些喝多了，骑自行车不安全，就到公社办公室要通了枭阳县委办公室的电话，通知方明的司机把车开到南麓公社来。

方明一觉睡到了下午三点，头还是昏昏沉沉，通信员看方明起了床，又提来了洗脸水。洗过脸后，方明清醒了许多，对江副部长说："该出发了。"

下了楼，方明一看自己带来的上海牌轿车已停在公社的院子里，对前来送行的刘长江和公社干部一一握手，然后说："同志们，我这次重回枭阳，特别是到了你们南麓公社，上了一堂生动的教育课。你们干得好，作为老县委书记，我谢谢你们。"

在众人的目送下，小车缓缓开动，一转弯，就向江州急驰而去。

方明在江州整整待了两个月，跑了江州的十二个县区，记满了三大本笔记，为他即将主政江州、建设江州，掌握了第一手资料。

（三十）

王援朝下过放，入了党，又当过民兵连长，所以进步很快，第二年就参加了南海舰队组织的轮训队，以全优的成绩回到舰艇上后，被任命为雷达声呐班班长。

王援朝走了，也带走了韦红萍的一颗心，两人鸿雁传书，感情不断升温。

转眼三年就快过去了，爱情的果实也到了成熟的季节。韦红萍又接到了王援朝的来信，信里说：

亲爱的红萍：

我成为一名超期服役的老兵了。每当海面上升起圆圆的月亮，仿佛南山南麓那皎洁的月光映在我脑海中，我的心就飞回了故乡，看到你穿着白大褂，在为社员们救死扶伤。始终忘不了，我俩在如水的月光下，互诉衷肠的美好时光。亲爱的，我可能快要回到你的身旁。

部队有一句行话，叫铁打的营盘流水的兵。如果我年底不提干，就可能要脱下我心爱的军装，回到你的身边。

本来我是有希望提干的，因为我不仅是舰艇上的干部苗子，而且是雷达声呐班班长。今天上午，舰艇支队副政委找我谈话，说今年舰上就一个提干指标，说我不论是军事素质还是政治素质，都应提拔我，副政委也是赞同提拔我的。但有个情况，主炮班班长也是干部苗子，又比我多超期服役一年，如果今年不提干，就超过了提干年龄。舰长的意思是要我发扬谦让之风，主要原因，主炮班班长是从太行山区来的，兄弟姐妹多，家里很贫困，如果让他退伍，很可能就要当一辈子农民。舰长讲，我是城市兵，有文化，父母亲又是地方的领导干部，回去有工作安排，还有着光明的前途。听完舰长的话，我当即表态，为了战友，我放弃提干机会，一切服从组织的安排。很有可能在春节前，我就能回到魂牵梦萦的故乡，与你喜结连理，去创造我们美好的生活。

马上就要开班务会了，今天就写到这里。

爱你的援朝

1973 年 8 月 28 日

韦红萍接到王援朝的信后，心里很是激动，一种幸福和甜蜜感油然而生，便悄悄地为结婚做准备。她买来毛线，为王援朝编织了毛衣毛裤，又勾织了桌布和沙发套，盼望心爱的人早日回来。

令韦红萍焦虑的是，自从接到这封来信后，一直到春节，都没有收到王援朝任何信息，一种不祥的忧虑埋在了她的心里。

盼星星，盼月亮，邮递员终于送来了王援朝平安的消息。韦红萍迫不及待拆开信，只见信中说：

亲爱的红萍：

你一定为没有收到我的信着急了吧。

上次给你去信后，组织上同意我退伍，名单都公布了，行李也打好包，只等舰队统一开老兵退伍欢送会。就在我即将离开部队的前夜，部队进入一级战备，我们的退伍命令取消，舰队紧急离开驻地，参加临战训练。我立了一等功，被火线提为干部。现在，舰队很忙，我不能回枣阳与你举行婚礼。我的意思是请你来海南，春节后来部队举行婚礼。不过，这件事我还要向部队打报告，部队同意了，你才能来，你等着好消息吧。

我要去医院看望受伤的战友了，就此搁笔，祝你快乐，也祝你在救死扶伤的战线上，取得更好的成绩。

爱你的援朝

1974 年 1 月 26 日春节前夜

春节一过，王援朝就向舰艇支队政治处提交了结婚申请报告，政治处谢主任很高兴地说："王援朝同志，我祝贺你，不过这个事，还要等一些日子。按照部队规定，对你对象的情况要调查政审，只要符合条件，我立马就批。"

王援朝向谢主任敬了一个礼，说了声"谢谢"，就返回舰艇。令王援朝没想到的是，这一纸报告，给他留下了终生的痛苦。

谢主任是个热心肠的人，他懂得年轻人的心，虽然政治处工作很忙，许多英雄的事迹要整理，但他还是指派新闻干事王伟，又从基层借调了一名政工干部，让他们在元宵节前赶到枣阳县，了解韦红萍的政治表现和社会关系。

大队书记王志刚热情地接待了王伟一行，详细介绍了韦红萍的现实表现，以党支部的名义给韦红萍写了鉴定材料，鉴定中说："韦红萍同志热爱毛主席，热爱共产党，热爱社会主义，在救死扶伤的医疗工作中，刻苦学习，医技精湛，对社员服务热情，深受社员们的称赞，是有理想、有信仰、有知识的社会主义青年。"

王伟他们听了介绍，又看了鉴定材料，都很满意，还与韦红萍见了面。韦红萍虽然穿着一身白大褂，但看起来英姿飒爽，富有朝气，十足的美人坯子。两人都为战友能找到这样漂亮的爱人感到高兴。

王伟两人离开了大队，又来到了枭阳县公安局，找到了户政科的叶科长。叶科长是枭阳的活档案，很快就把韦红萍的社会关系列了出来。

王伟接过来一看，简直是目瞪口呆，倒吸了一口冷气。只见上面写着："家庭出身：官宦。父亲：韦福来，日伪时期汉奸县长，在镇反中被镇压。母亲：张梅香，大地主女儿，县一小教员。外公：大地主，属管制的地主分子。"

王伟看完，默不作声，顺手把这份社会关系调查表递给了那位干部。那位干部看完后，十分遗憾地说："王干事，这真是有情人难成眷属啊。"

王伟两人完成了外调任务，立即返回了部队，将外调材料递给了谢主任。谢主任看完，也是长叹了一口气，十分惋惜地说："这么好的姑娘，怎么就是一朵带刺的玫瑰呢？"

谢主任拿着外调材料，向舰艇支队政委进行了报告，政委也十分惋惜，不断用手挠着自己稀疏的头发，沉默了许久，才对谢主任说："我们是负有特殊使命的战斗集团，又处在南疆海防一线，确保部队政治上的纯洁性，既是组织的要求，也是对敌斗争的需要。王援朝这个结婚报告不能批，你政治处要做好王援朝同志的思想工作。"

等待中的王援朝，终于等到了谢主任的电话，心里一阵激动，以为报告批了，三步并作两步，满头大汗来到了谢主任的办公室："报告，雷达技师王援朝奉命来到。"谢主任很客气地说："进来，快坐。"并起身为王援朝泡了一杯茶。他说："王技师，我也是想尽快喝你的喜酒，可以说是在百忙之中，派了两名同志去你家乡调查你对象的情况，这两位同志很负责任，做到了快去快回。地方党组织对韦红萍同志的评价很好，不仅人长得漂亮，而且深受群众的称赞，我相信你们的爱情是纯洁的，可以说是天造的一对，地设的一双。"

王援朝听到这里，脸上绽放出了幸福的笑容，说："谢主任，您批准了我的报告？"

谢主任收起了笑容，表情显得有些严峻，他回答说："小王呀，刚才我只说韦红萍是个好姑娘，但下一句话还没说，非常可惜呀，你摘的是一朵带刺的玫瑰，她的家庭背景那么复杂，我就不多说了，你自己清楚。我们是部队，部队有部队的纪律和要求，军人的对象必须成分历史好。你这个结婚报告，我没办法给你批呀。"

王援朝脑子"嗡"的一声，他难以接受这样的结果，便据理力争，说："党的政策是出身不由己，道路由选择。韦红萍现实表现好，怎么就不行呢？"

不管王援朝怎么软磨硬泡，谢主任就是一口回绝。

王援朝满脑子空白，他不知道自己是怎样走出谢主任办公室的，满脑子都是韦红萍的影子，当天晚上就发起烧来，病倒了。

王援朝还没回到舰艇上，谢主任就把电话打到了舰艇教导员曲文东那里，说明了没批准王援朝结婚报告的原因，要求曲教导和他一起，做好王援朝的思想工作。

王援朝不吃不喝，战友们都来劝他，开导他，他一句都听不进去。第三天他起床，写了一份报告要求转业。

舰艇支队政委看到报告后大吃一惊，顿时火冒三丈。他对谢主任说："胡闹！一个刚提干的干部，一名共产党员，一个一等功臣，竟为了一个汉奸的女儿要脱下军装，不革命了，这是给我们部队抹黑！谢主任，你告诉王援朝那小子，转业不批，我要看看这小子能玩出什么花样来。"政委怒气未消，又说："老谢，这件事交给你政治处处理，曲教导员配合，你要处理不好我拿你是问。"

这块烫手的山药，就这样落到了谢主任的手上。谢主任使出浑身解数，道理讲了一笸箩。可王援朝就是油盐不进，他反过来质问谢主任："我刚立功提干就要甩了自己的未婚妻，那我就成了陈世美，难道这就不影响部队的形象？"

一连三四天，谢主任住到了舰上，他是苦口婆心，动之以情，晓之以理，可王援朝寸步不让，要么同意他与韦红萍结婚，要么脱军装转业。

曲教导员压力也很大，他不愿意看到自己的好战友因婚姻毁了自己的前程，也从王援朝身上看到了他对爱情忠贞不渝的优良美德。这几天来他也是苦思冥想，想找到一个解决问题的办法。他对谢主任说："解铃还须系铃人。从韦红萍的鉴定书来看，字里行间，韦红萍是一个识大体顾大局的好姑娘。如果这段感情影响她心爱的人的政治前途，她一定会牺牲个人的感情，成全她最爱的人。这件事想起来就很残酷，但这个恶人还是我来做。我去一趟枭阳县，找韦红萍谈谈，如果能得到韦红萍的理解，这件事就有解决的希望。"

谢主任也觉得在理，便赞同曲教导员去枭阳县。

从上次王援朝的来信中，韦红萍知道王援朝提了干。王援朝邀她去部队完婚，她心里特别的开心和高兴，悄悄地做好了去部队的准备。可等了两个多月，一直没有收到王援朝的来信，担心事情发生变故。

越是担心什么，就越来什么。曲教导员的突然来访，让韦红萍心里一惊。她担心王援朝出了什么事，急切地问："援朝还好吗？"

曲教导员回答："好。"

听说王援朝一切都好，韦红萍热情地将曲教导员请进了自己的宿舍，先是麻利地为指导员打来了洗脸水，接着泡了一杯茶。

曲教导员打量着韦红萍——一头秀发，一双水灵灵的大眼睛，衣着得体而又朴素，全身散发着勃勃朝气，怪不得王援朝宁可脱下军装，也要回来和她结婚。曲教导员喝着茶，内心真是五味杂陈。作为战友，他理应为王援朝找到这样志同道合的漂亮伴侣感到骄傲，表示祝福，而自己这次来，竟要拆散一桩美好的姻缘，内心有一种负罪感。作为一个政治干部，他不得不以部队建设的大局为重，硬着头皮将部队不批准王援朝结婚报告的原因告诉了韦红萍，也实事求是地将王援朝的情况告诉了韦红萍。最后曲教导员说："小韦姑娘，我记得一位哲人说过，爱就是奉献，为心爱的人的前途着想，牺牲一点个人感情，是一种伟大的奉献精神。"

韦红萍听到这里，已经是泪流满面，她最担心的事情发生了。她心如刀绞，泣不成声。让韦红萍心里感到安慰的是，王援朝宁可毁掉自己的前途，也要义无反顾地与自己结合。她为自己有这样的爱情而感到骄傲，心想，为自己心爱的人做出牺牲，哪怕是付出生命，都是幸福的。她忍住泪水，擦了擦红红的眼睛，对曲教导员说："你的意思我都明白了，请部队领导放心，为了我心爱的人，我愿意牺牲我的任何利益，包括爱情。"

韦红萍的大度、宽容、无私和大爱无疆，令曲教导员感动。她的外表美和内心美是完全融合在一起的，而她的内在美是在救死扶伤，为人民服务中形成的。曲教导员说："你真是一个好姑娘，谁要是娶了你，那就是他的福气。作为援朝的战友，我没有任何权力强迫你干什么。如果你能理解，你就给王援朝写封信，结束你们的恋爱关系。今后，还是同志、朋友，还可以是兄弟姐妹，可以互相帮助。这一点，是不会有人干涉的。"

韦红萍流着泪，给王援朝写了最后一封信，信中说：

王援朝同学：

请允许我这样称呼你。你的情况，我已全部了解。我为自己有这样的同学、知青战友、恋人，感到无比的骄傲和自豪。我没看错人，也没爱错人。

援朝同学，现实和理想，总是存在距离的。你我不同的家庭背景，就决定着我们不在同一条起跑线上。因此，我们的爱情之路天生就存在着荆棘和沟坎。你是一个有理想、有信仰、有抱负的有志青年，绝不能因为爱情而迷失方向。我要忍痛做出决定，结束我们的恋爱关系。

大诗人苏东坡说得好，"月有阴晴圆缺，人有悲欢离合，此事古难全"。我和你也注定逃不出这种宿命。作为一个深爱着你的人，如果用自己的幸福来换取你的前程，那我的心就永远不安，我也不可能感受到真正的幸福。

　　援朝同学，虽然我们这辈子不能做夫妻，但我们的友谊是永恒的。我希望你能从感情的旋涡里走出来，去迎接新的太阳。如果你因为爱情而萎靡不振，那你就不是我心目中的那个王援朝了。我们暂时就不要通信了，因为写信只能增加我俩的痛苦。最后祝你进步，在保卫祖国边疆中再立新功。

韦红萍

1975 年 3 月 28 日

　　韦红萍将信递给了曲教导员，曲教导员看后，眼睛也湿润了。顿时，韦红萍在他眼里，是那样的高大和靓丽，他的心灵受到了强烈的震撼。他情不自禁地站起身来，立正，向韦红萍敬了一个庄严的军礼。

　　曲教导员带着对韦红萍的万分歉意，立即返回了部队，将信交给了王援朝。王援朝读过信后，眼泪夺眶而出，一个人跑到大海边的礁石上，大哭了一场。他从内心里更加敬佩和爱慕韦红萍，面对革命事业和部队建设的大局，只好把痛苦咽进肚子里。前线对敌斗争的形势还很严峻，他还要和战友们去站岗放哨，守卫祖国的安宁。

　　曲教导员走后，韦红萍大病了一场，高烧三天不退。大家都已经知道了事情的真相，为韦红萍的大义和无私而感动，这也急坏了大队干部和社员们。王志刚书记亲自开着拖拉机，去城关小学接已经复职的韦红萍的母亲，请她来照看开导韦红萍。

　　张梅香，这个顶着汉奸县长夫人帽子的女人，自从韦福来强行娶她为媳妇，就决定了她这一辈子踏上了一条坎坷的路。她愿意承担一切痛苦，也不愿自己的一双儿女受到委屈，但她确实是有心无力，她保护不了儿子，更保护不了女儿。

　　母女见面，自然是抱头痛哭，她只能用母爱来抚平和宽慰韦红萍那颗受伤的心。

　　大队干部和社员们，给了韦红萍更多的关爱和温暖，不时有人带着鸡蛋来看望她，都祝福她早日好起来。

距大队不远有户人家，是从省城下放来的资本家。这家男主人姓许，夫妻俩都五十来岁，随同下放的还有儿子许亮，是67届的高中毕业生；女儿许丽娟，是70届的高中毕业生。因为许家兄妹有同韦红萍一样的家庭背景，又都是下放的同龄人，再加上有个共同的爱好——读书，劳动之余，兄妹俩便常来卫生室玩，与韦红萍交流对文学的看法。这一来二去，许家兄妹与韦红萍就成了要好的朋友。

听说韦红萍病了，兄妹俩不时送来母亲做的可口的饭菜，给韦红萍带来了很多安慰。

在母亲和大家的关照下，韦红萍的病很快就好了。夜深人静时，母女俩谈了许多心事，张梅香含着眼泪说："都是妈不好，让你和你哥受苦了。"

韦红萍已经有些日子没见到哥哥了，就问："哥还好吗？有没有再谈一个女朋友？"

母亲叹了一口气说："你哥虽然不当大队会计了，但你哥会修拖拉机、柴油机，还会碾米拉面，工分没少挣，都三十了，还没成婚，哪个成分历史好的姑娘愿意嫁给一个汉奸的儿子呢。这是妈的一块心病呀！你，我没操什么心，可你偏偏爱上了一个部队军官，走的是一条与你哥一样的路呀！"说完，拿出手巾，擦拭着自己的眼泪。

哥哥韦诗权，大韦红萍七岁。由于从小就没有父爱，在韦红萍眼里，他不仅是哥，还从哥身上得到了父爱一样的温暖。兄妹情深，韦红萍非常希望哥哥能早日成家。韦红萍是一个办事果断而又有主意的人，心想，一定要帮哥哥成个家。她突然冒出一个大胆的想法，对母亲说："妈，这几天一直在照顾我的娟子姑娘怎么样？"

张梅香没有多考虑，脱口而出："是个好姑娘呀。"

"妈，明天等娟子来了，我就跟她说，让她嫁给我哥。"韦红萍望着母亲说。

"那姑娘是从城里来的大小姐，又长得那么好看，怎么会看上你哥呢？你这是一厢情愿呀。"母亲不解地说。

"妈，我看这事有可能成。娟子认识我哥，去年上半年哥来看我，娟子的自行车坏了，是哥三下五除二帮她修好了。娟子当着我的面，多次对我哥赞不绝口呢！"

"孩子，你太天真了，结婚既要讲究缘分，也要讲究条件。你哥就一个农民，又是一个汉奸的儿子；娟子家虽说是下放的，指不定哪一天又要回到城里去，人家父母都是见过大世面的，就算你能说动娟子，人家父母也未必同意。"张梅香对这事不抱希望。

"妈，不试一下，你怎么知道不成呢？再说，我们家是有个汉奸成分，那她家也是一个剥削家庭，名声也不比我们家好多少，我们与她家，就是一根藤上结的两对苦瓜，没有成分的差距。再说，娟子她哥，年龄也不小了，听娟子讲，原来她哥在省城处了个对象，后来她家从省城下放，那对象也就与她哥拜拜了。这两年，她哥常来我这里玩，我感觉得出，她哥是喜欢我的，只是由于我与王援朝的恋爱关系，他不敢向我表达。妈，你就把你这个不争气的女儿押上，这事一定能成。"

张梅香吃惊地望着女儿，突然抱住女儿，泣不成声地说："孩子，换亲，古而有之，那叫亲上加亲，是建立在两情相悦上的。你这是在母亲的心里撒盐呀，你一个汉奸的女儿，要嫁一个资本家的儿子，这就是黑上加黑呀，就是嫁一个农民，也比这强啊。做娘的怎么能牺牲你的幸福，为你哥说亲呢？"

"妈，换亲就换亲吧，只要娟子同意，这件事就成了。虽然我心里爱着援朝，但我不结婚，我心爱的人会更痛苦，我要让援朝断了对我的念想。许亮，我虽然没爱过她，但我也不讨厌他，他是一个有理想、有志气的好青年，在一起凑合着过日子，是没有问题的。妈，就这样决定吧。"韦红萍含着眼泪，下了最后的决心。

第二天，许丽娟将母亲煮的四个荷包蛋送来给韦红萍，韦红萍吃完了荷包蛋，用眼色支开了母亲张梅香，就像竹筒倒豆子，把自己的想法全部告诉了许丽娟。许丽娟听完后，脸都红到脖子上了，低着头，一直不开口说话。韦红萍是个急性子的人，说："丽娟，你就给我一句话，你喜不喜欢我哥？"

许丽娟还是低着头，不断用手揉捏着自己的麻花辫，好一会儿才说："你哥是个好人。"

韦红萍说："这不就得了，你哥的事，我心里有数，我俩这就去你家找你爸妈，告诉他们换亲的事。"说完，就拉起丽娟往外走。

许家是从省城下放到这里来的。新中国成立前，经营着一家油漆厂；新中国成立后，实行公私合营，许老板担任厂里的技术厂长，又拿着股息，日子过得很滋润。这次生活的变故，对这个家庭的打击是沉重的。但大队干部和社员们没有歧视他们，还给许老板安排了记工员兼生产队会计的职务，让他们一家感受到了人间的温暖。一双儿女跟着父母一同下放，本来要安置在知青点，但许老板把自己的油漆技术传给了儿女，经大队同意，儿子和女儿便在这农村做起了油漆匠，生活也算安稳。只是儿子许亮都快三十岁了，成家的事一直没有着落。夫妻俩常常对天长叹，就像一块巨大的石头压在心里，喘不过气来。

有一段时间，许家父母看到儿子老往大队医务室跑，还以为儿子在与韦红萍谈恋爱，心里高兴了一阵子。后来，侧面一打听，知道韦红萍名花有主，对象还是个现役军人，吓出了一身冷汗。军人的恋爱对象，那就是高压线，是万万不能触及的。许家父母千叮咛万嘱咐，劝儿子千万别干傻事。许亮是个明白人，心里虽然爱着韦红萍，但知轻知重，不敢有半丝的非分之想，只愿在农村这个文化还很落后的地方，与韦红萍一起，去寻找知识海洋里的快乐。

窗户纸一捅破，双方家长都表示赞成，结婚的事就提上了议事日程。这件事还惊动了大队书记，这两个月来，他一直担心韦红萍难以走出阴影，当知道许、韦两家联姻换亲时，也觉得是天作之合，并主动提出要为两对年轻人做证婚人。

两对新人去公社打了结婚证，在五四青年节那天，大队党支部书记王志刚做了两对新人的证婚人，两对年轻人喜结连理。而且就在这一天，公社党委对已经三次报送的韦红萍的入党申请书，批准了。韦红萍终于成了一名光荣的共产党员，这真是双喜临门。生活的阳光，温暖着这两个不平凡的家庭。

王援朝终于接到了韦红萍的来信，读着读着，眼泪就夺眶而出，他心爱的人已永远飞走了。他到大海边上，望着排山倒海一样扑过来的海浪，度过了最痛苦的时刻。他发誓，一定不能辜负心爱的人的希望和嘱托，用实际行动来报答那份无私的大爱，在保卫祖国的战斗岗位上，留下闪光的轨迹。

（三十一）

省委公布了调整江州地委主要领导的决定，方明同志任江州地委书记。

当省委组织部部长在江州地区领导干部大会上宣布这一决定时，许多人都惊呆了，那个在江州已经调查研究了两个月的调研员，竟是新上任的地委书记！许多人后悔不已，怪自己有眼无珠，不少领导干部为自己冷待方明而担忧。

方明大刀阔斧调整了地区直属机构和县区的领导班子，重用了一批在"工业学大庆、农业学大寨"运动中的模范先进人物。

地委宣布了枭阳县新的主要领导：王明德为县委书记；刘永强担任县委常委、革委会副主任，主管政府的工作；刘长江得到了破格提拔，被任命为江州地区社队企业管理局局长。

刘长江到地委谈完话后，立即返回南麓公社，向新来的书记交接了工作。第二天，就来到了王明德的办公室，王明德也是和往常一样，见到刘长江，就先叫了一声"长江哥"。

刘长江一进来，也不客气，一屁股坐到了沙发上，接过王明德递过来的一杯开水，用嘴吹了一会，试了一下温度，"咕噜咕噜"就喝了大半杯。王明德望着刘长江说："你这是来辞行么？"

刘长江接过话说："也算是吧，地委组织部催得急，说方书记要我尽快到岗到位，我也准备尽快去报到。明德呀，我走之前，还有一件事情放心不下，那就是陶老爷。现在，政策也宽松了，像陶老爷这样的历史问题，也可以说清楚了。你这几年也暗中资助了他不少，我觉得我们该去一趟无影寺，看看陶老爷，也向汪先生表示感谢，要是没有汪先生收留他，我们也不知怎样安顿陶老爷。老爷已是古稀之年，该让他回家安度晚年了。"

王明德不假思索，满口答应，说："长江哥，这几年多亏你照顾。说来有愧，我是该去看看，明天是星期天，要么，咱们明天就去无影寺。"

第二天，天气和煦，微风吹拂。长江和王明德，带着两罐麦乳精和两斤冰糖，一路翻山越岭，整整走了三个小时，才到达了人迹罕至的无影寺。

无影寺面貌依旧，只是显得更加沧桑和肃杀。寺内环境幽雅，古木参天，干净整洁，只是没有香客，有些静谧和冷清。

寺前的几块菜地，长着青翠的时令蔬菜，那只跟随着汪二先生的大黄狗，远远地吠了几声，很快就认出了王明德，虽然有些老态，但还是高兴地摇头摆尾，显得很开心。

汪先生和陶老爷听到狗吠声，便从屋内出来，认出了王明德和刘长江。汪老先生已年过八旬，看上去有些老态龙钟，但精神还不错，双手抱拳说："父母官驾到，有失远迎，老夫失礼，还望书记大人恕罪。"

王明德赶紧抱拳弯腰回礼，谦逊地说："师爷，您这就是折煞我了。这些年，未能来拜见师爷和陶老爷，实有难言之隐，还望师爷和陶老爷谅解。"

汪先生和陶老爷都说："多谢你俩的庇护，要是没有你两位的关照，我们哪能在这世外桃源过这清静的日子呢？"

陶志春看到自己当年收留的两个放牛娃这样情深义重，眼睛有些湿润，忙说："进屋，进屋，我去泡今年最好的野生春茶。"

进到屋里，陶志春去泡茶，汪先生让刘长江和王明德坐下，说："我这辈子教过不少学生，不敢说桃李满天下，最值得我自豪的是，我教了你王明德家的祖孙三代，也教了你的外公、你的舅舅和你的母亲洪霞，又亲眼见证了洪、王两家从世代冤仇，到握手言和，还结成了血脉亲家。你的舅舅和父亲，双双成为共产党的高级战将，是载入枣阳历史的英雄人物，你明德也官居七品，就是旁听的学生长江，也当了地区的局长。"汪先生捋了捋花白的胡须，自豪地说："我这一辈子没白活呀。"汪先生从收音机里已经知道王明德和刘长江任职的消息。

陶老爷很快泡来了茶水。王明德说："先生对我家情深似海，晚辈将永志不忘。你过去是我的先生，今天仍然是我的先生。"并站起身来，向汪先生深深地鞠了一躬。

闲谈过后，刘长江和王明德才将话题引入了正题。

刘长江对陶志春说："您的历史问题，按现在的政策，已不是一个问题。明德和我，可以为您写证明，您现在可以平安地回到邹家仓去。"刘长江又对汪二先生说："汪先生，您已八十三岁高龄了，留在山上，多有不便，我和明德的意思是，您也该下山了，回到县城去安度晚年。"

满头银丝、精神矍铄的汪先生在屋内来回踱着步子，过了好一会才说："多谢你俩的好意，我不跟你俩下山。我当年来到无影寺，是明空师傅收留了我。跟着明空师傅，潜移默化，我也就有了佛心，虽没有剃度，但心已皈依佛门。我已答应带发修行，除初一、十五和佛日外，还是沾些荤腥，生活虽然清苦，但苦中有乐。这些年来，和尚尼姑都已还俗，师傅也未能找到传人，我也就答应了师傅，在这里延续香火。将来能否传承下去，只有天知道。但我佛慈悲，佛法无边，或许还会有香火鼎盛的日子。"

陶志春也说："长江、明德，我也许是上辈子积了德，遇到你两位活菩萨，让我躲过劫难。在落魄之时，是汪先生收留了我，既然汪先生不愿下山，那我就要在这里与汪先生为伴。看来我也与佛有缘，尘缘已尽，要在这无影寺延续香火。将来我化作泥土了，永远伴随在无影寺。"

刘长江、王明德看到两位老人态度坚决，只好作罢。中午，陶老爷宰了一只鸡，炒了一盘鸡蛋和一碗山上种的蔬菜，热情地招待了刘长江和王明德。吃过午饭后，两人返程，两位老人送了一段，站在一个山坡上，目送他俩离开。

方明主政江州后，党中央做出要安定团结和把国民经济搞上去的指示，各条战线经过整顿，秩序逐渐恢复，人心思干，初步形成了一个宽松的发展环境，江州的经济发展速度加快。

忽如一夜春风，吹皱了一池春水，实现"四个现代化"成了时代的最强音。方明审时度势，决定把大力发展社队企业当作发展经济的突破口。他大力推广枭阳县南麓公社大办社队企业的经验，并下定决心改变高产穷社穷队的面貌，让为中国革命和建设做出重大牺牲的广大农民，过上幸福安康的生活。

方明的施政报告不是在地区的影剧院大礼堂作的，而是把会场搬到了枭阳县的南麓公社。

1975 年的早春二月，冰封的大地开始融化，翠绿的杨柳吐出了新芽，地区决定召开年度"工业学大庆""农业学大寨"总结表彰大会，号称四级干部大会，即由地区的部、室、委、办、局和县（市、区）、公社、大队领导干部参加的会议。会议代表达千人，通知特别要求所有代表都自带被褥和生活用品。

1975 年的 3 月 5 日，艳阳高照，春风和畅，一千余名与会代表分别乘吉普车、汽车、拖拉机云集枭阳县的点将台广场。九时整，方明书记对王明德说："出发！"

几十辆汽车、拖拉机在王明德乘坐的吉普车的引导下，像一条翻滚的长龙，扬起阵阵烟雾。气势恢宏的场面，引来许多社员驻足观看。

第一站，就到了雁鸣湖公社月亮湖大队，只见田野里犁耙水响，社员们正在春耕备耕，呈现出一派田野无闲人的景象。

按照会议事先的安排，书记洪牛崽拿着一个白铁皮喇叭，在田野里向前来参观的与会代表讲发展粮食高产的经验和做法，然后话锋一转："各位领导，不怕你们笑话，也要向你们揭揭短、亮亮丑。"其实，这都是方明书记会前专门交代的。"我们大队连续十多年都是全区的粮食高产示范点，亩产早已突破一千斤，这几年来，产量一直徘徊在这个水平上，我们也尝试做过很大努力，精耕细作，但收效甚微，难以挖掘更大的增产潜力。为了保住这面粮食高产的红旗，其他经济作物都没有发展。随着人口逐年增加，粮食价格又不见涨，说一句真话，社员的生活水平不仅没有提高，反而有所下降。今天，我也斗胆说句实话，我们这个持有粮食高产红旗的大队，就是一个高产的穷队。"

洪牛崽的经验介绍，让与会代表感到意外，大家都是带着学习的目的来的，可经验没听到，倒听到了一个天大的问号，虽然这些话说到了一些大队书记的心坎上，但不知道是该鼓掌还是不该鼓掌，会议一下沉寂下来。

方明书记用眼睛扫视了一下与会代表，从洪牛崽手里拿过扩音喇叭说："同志们，刚才洪牛崽同志作了一个很好的讲话，我们应该给予热烈的鼓掌。"大家都跟着方明鼓起掌来，方明摆摆手，接着说："洪牛崽同志提出了一个很重要的问题，这是一个天大的问号，那就是高产穷队好不好？希望大家去思考，去琢磨，如果你们能找到其中的答案，我们带着满身的尘土，就没有白来这里。上午的参观，到此结束。今天中午的用餐，也在这里，我已特意交代，县里和公社不准送任何副食品来，社员吃什么，我们大家就吃什么。这里是粮食高产区，大米饭管够，半斤粮票、一毛钱的伙食费不用大家出，算入会议经费里。"

这时，大伙纷纷来到大队办公楼前的操场上，好几桶木桶蒸好的大米饭热气腾腾，香气扑鼻。主菜是一钵烧土豆、一钵青菜，外加几脸盆酱油蛋花汤。菜里、汤里隐隐可以看到几点油花花。

方明书记带头盛饭，夹了一些青菜和土豆，就吃开了；与会代表也一拥而上去盛饭，显得既热闹又乱哄哄的。大家把菜吃到嘴里时，觉得特别苦涩和难咽，都不说话，闷头吃饭。大家心知肚明，这是方明书记在批评高产穷队的做法。

吃完饭后，大家纷纷上了车，向下一站参观点南麓公社驶去。

汽车行进了半个多小时，就进入了南麓地界，田野里是一眼望不到边的金黄色的油菜花，令人心旷神怡；接着，又进入了一片山地丘陵，满目青翠，似乎进入了一片绿色的海洋。车队停了下来，方明带领大家走进绿林深处，代表们这才发现，这不是一片灌木丛，而是一眼望不到边的柑橘园。柑园园长王承财，拿着一个白铁皮喇叭，介绍了橘园的发展过程和经济效益。他说："各位领导，我们这个橘园，总面积 1000 亩，从 1970 年开始，分 3 年建成，第一批栽下的橘苗，已有 4 年树龄，今年已进入盛产期，预计今年可收柑橘 200 万斤，年毛收入在 18 万元左右。目前，整个橘园有员工 50 名，橘农平均每月工资为 40 元左右，全场一年工资大约 2 万元。一年的肥料、抗旱、农药等生产性支出大约在 5 万元；我们的员工，不再是'一平二调'回生产队参与分配，而且每个人还要上交所在队公积金 500 元，这项费用也要 2 万多元，再加上橘园的日常开支，将近万把块钱，还要上交公社利润 3 万元，上交村里 9000 元，还可以留下个 2 万～3 万元的发展基金。如果全部进入盛产，按目前每斤 1 毛左右的价格，每年至少可以上交公社利润 10 万元左右。为了提高柑橘的效益，我们已经开始了精加工，办起罐头加工厂。这样，每斤柑橘价格从一毛左右就可以增加到两毛左右。"

橘园的办公楼前，摆放了许多保鲜的橘子，代表们可以随意品尝。大家品橘子，看橘树，参观加工厂，对橘园啧啧称赞。离开时，橘园还赠送每个代表一斤橘子。

参观了橘园，又参观了板鸭场、木制品加工厂、水产养殖场、矿产品开发公司、砖瓦厂、磷肥厂、农业机械加工厂，虽然马不停蹄，还是看不过来。下午六点多，天色已经完全暗了下来。

方明书记拿着扩音喇叭，非常遗憾地说："同志们，我知道大家还没有看够，的确还有大开眼界的项目，那就是南麓公社的新农村试点，真是不看不知道，看了吓一跳，只能给大家留下一点遗憾了。说实话，我没想到，在这莽莽的大山中，还藏着这么一个'大地主'、'大资本家'，打土豪是我们的看家本领，今天晚上，我们就打打王明德这个'土豪'，可以放开肚皮，但不能一醉方休。"

方明幽默风趣的话，引起了大家的喝彩。中午没有油的饭，早就消化殆尽，大家纷纷爬上车，来到了南麓公社。

南麓公社的大礼堂和公社院内，早就摆好了一百多张桌子，只见每桌有一大盘红烧肉、一只蒸板鸭、一钵香菇炖鸡汤，还有红烧鱼、猪肚炒芹菜、猪肝炒洋葱、春笋炒腊肉，以及炒青菜和豆腐汤。每桌还摆着两瓶公社酒厂酿造的高度糯米酒。

大家下车后，也顾不得洗去身上的尘土，围着桌子就开吃，喜欢闹酒的，还划起拳来，晚宴持续了一个多小时才结束。

当晚，公社的中学、中心小学和礼堂灯火通明，除地委的领导安排在公社的客房外，所有代表都是自带被褥，在南麓公社度过了一个难忘的夜晚。

第二天上午八时整，江州地区 1974 年度"工业学大庆""农业学大寨"总结表彰大会在南麓公社大礼堂隆重举行。

地区胡专员作了总结讲话，然后是表彰十个红旗单位和四十个先进集体。南麓公社是受表彰的十个红旗单位之一，新生大队获全面发展奖，月亮湖大队获单项粮食生产高产奖。

胡专员宣读了获奖单位名单，代表分两批上台领奖。在欢快的进行曲中，主席台上的领导将十面红旗颁发到红旗单位的代表手中；在热烈的掌声中，先进集体代表依次上台领奖。大家领完奖走下主席台后，发现地区的张副专员手里的奖状无人领取。胡专员一看，是月亮湖大队的高产示范奖，便对着话筒说："请月亮湖大队党支部书记洪牛崽同志上台领奖。"

洪牛崽坐在位子上低着头没动。其实，从昨天到现在，他就没有抬起过头，本来接到地区四级干部要来参观并安排中饭的消息后，还很高兴，便找公社书记要求公社支持一些副食品，可公社书记说："地委有指示，不安排任何副食品，社员吃什么，代表就吃什么，但饭要管饱。"

洪牛崽心里有些纳闷，往年干部来参观，县里公社都要送很多肉呀鱼呀过来，公社书记亲自指挥抓后勤，这次却很反常，心里有些忐忑。俗话说，"巧妇难为无米之炊"，他尽了很大努力，也还只是弄出个两菜一汤。

当天晚上，面对南麓公社的美味佳肴，他感到十分惭愧，食无味、寝不安，觉得自己一下成了落后的典型，压根没想到还会评上先进单位。他虽然清楚地听到胡专员宣布的先进名单里有月亮湖大队，却没有一点点成就感，好像有人用竹条在抽他的脸。

当胡专员再次请他上台领奖时，他的脸憋得通红，腾地一下站起来说："领导，您就不要再讽刺我了，我没资格上台领奖。我对不起各位领导，昨天让大家吃酱油拌饭；我也对不起我的社员，一年到头吃不上几顿肉。我月亮湖的自然条件不比南麓公社差，回去以后，要好好向南麓公社学习，特别是向新生大队学习。我们洪家港与王家畈在新中国成立前对抗了几百年，是共产党化解了我们之间世代积怨，让我们握手言和。新生大队已走到我们前面去了，我们决不甘心落后，要与新生大队开展劳动竞赛，奋起直追。给我三年时间，我一定请在座的各位，到我月亮湖大队吃大席。"说完，一屁股又重重地坐了下去，把头埋得更深了。

方明书记带头鼓起掌来，会场里一下掌声雷动，方明摆摆手，会场才安静下来。方明用手轻轻地敲了一下话筒说："洪牛崽同志，授予你们粮食高产示范红旗，这是一个单项奖，你们有资格。以粮为纲，确保七亿人民有饭吃，这永远是头等大事。怎样把握以粮为纲，全面发展，解决畸轻畸重的问题，主要责任不在你们，板子应该打在我们坐在台上的人的屁股上。你刚才的表态很好，敢于向王志刚发起挑战，是个爷们。你们不仅要把粮食高产的红旗扛下去，还要争取全面发展。我们大家都记住了你的话，三年以后，都去你大队吃大席。"会场上又爆发出热烈的掌声。方明向张副专员使了一个眼色，张副专员便走下主席台，将奖状亲自送到了洪牛崽手上。

接着，胡专员说："今天大会时间比较紧，不安排大会发言。先进单位的经验材料，已发给了各位代表，大家回去后认真学习。现在，请方明同志给大家讲话。"

又是一阵热烈的掌声。方明用手示意大家停下，拿起老花眼镜戴上，从文件包里掏出打印好了的讲话稿。可他并没有按讲话稿讲，说："同志们，我今天讲话的题目是《以粮为纲，全面发展，为夺取我区社队企业上规模、经济总量上台阶而努力奋斗》，同志们可以贯彻学习，认真执行，这是地委形成的意见。讲话稿已有书面材料，我就不照单去念，我讲一些材料里没有、有内在联系的一些问题，供大家参考。"

方明停顿了一下，望了望会场，又继续说："今天的这个大会，实际就是一个现场会，让大家用耳闻目睹的事实，来理解什么是社会主义。昨天会议安排参观了一个大队、一个公社：一个是老先进的样板；一个也是先进，但有争议，甚至被认为屁股上还有一条资本主义的尾巴而受到批评。昨天我们在两个参观点分别吃了中饭和晚饭，都没有饿肚子。如果要大家选择，哪里的饭好吃，同志们能不能给我一个答案？"方明停顿了一下，喝了一口水，用眼睛扫视着会场，整个会场鸦雀无声。方明接着说："同志们，你们不说，我心里清楚，答案是一致的，南麓公社的饭好吃，这是人的本能，这样的选择没错。我在江州调研期间，发现有的生产队一个劳动工分值一块三毛钱左右，有的生产队一个劳动工分只值五六毛钱，是什么原因？我想答案大家都明白，一个贯彻了全面发展，一个违背了毛主席关于全面发展的要求，多种经营没搞好，社队企业没发展。我们共产党闹革命，就是要让天下的穷苦老百姓都能过上幸福的生活，可是二十多年过去了，社员们一年只能吃几次肉，天天就吃昨天中午没有油的酱油拌饭，难道我们不感到脸红和惭愧吗？

"今天在座的，除了大队书记以外，都是吃皇粮的，有的还被老百姓称为父母官。吃商品粮的每个月有定量供应，一斤肉、半斤油，逢年过节还有副食品专供，大家都觉得是理所应当的。在座的有谁想过，这些好东西都是从社员口里省出来的，宁可自己不吃，也要完成公粮、购粮和统购统销任务，有谁想过，社员们是不是该有肉吃呢？

"同志们，我今天要着重讲一下，我们的父老乡亲，也就是农民，他们不仅是我们的执政基础，也是为中国革命和建设做出牺牲的最大群体。伟大的长征路上，每一公里，就有四个红军战士倒下，其中百分之九十五以上是我们的农民兄弟。他们为什么宁可牺牲，也要跟着共产党走？那就是心中有信仰，思想上有理想，盼望着革命成功后，人民能过上幸福的生活。中国革命的胜利是从哪里来的？除了马克思主义、列宁主义、毛泽东思想的指导，用陈毅元帅的话说：'是老百姓用小车推出来的。'当年，百万大军南下，五百万民工支前。就是百万大军，百分之九十以上也是农民，中国农民为建立新中国功不可没。共和国成立，到现在已经二十六年了，有没有出现过危机？肯定出现过，而且至少有四次，这些危机是谁化解的？我可以自豪地说，是这一代中国农民。他们为巩固政权，建设新中国做出了无私的贡献。第一次危机，1948 年到 1949 年，农村包围城市已经取得了决定性的胜利，一大批大中城市回到了人民的手中，但怎样管理城市？这时出现了第一次危机。帝国主义的预言家们说，共产党怎么进来的，还怎么出去。国内外反动派遥相呼应，一些不法资本家囤积居奇，哄抬物价，金库被国民党在逃走前洗劫一空。物价飞涨，粮食奇缺，敌人妄图用经济的手段扼杀新生的人民政权。是解放区的翻身农民，无私地、源源不断地向城市提供了物资保障。我们不仅让敌人的预言破产，而且站稳了脚跟，共和国战胜了第一次危机。"

方明接着说："第二次危机，就是伟大的抗美援朝。1950 年，由于朝鲜内战，美帝国主义将战火烧到了鸭绿江边，严重威胁了国家安全。百废待兴、最需要休养生息的新中国，被迫参加抗美援朝，保家卫国。正准备回乡参加建设的百万解放军战士和刚刚翻身解放的农民，义无反顾，奔赴朝鲜战场，与世界上最强大的军事集团博弈，将敌人从鸭绿江边赶过三八线。广大农民兄弟节衣缩食，与城市居民一起，为抗美援朝提供了有力的后勤支撑，使志愿军战士有一把炒米一把雪，维持了最低的生活保障。同志们，这都是活生生的事实呀。

"第三次危机，在座的更是记忆犹新。三年经济困难期间，苏联撤走援华专家，一大批工厂被迫下马，加上城市人口出生率提高、死亡率降低等复杂的国际国内原因，几百万人在城里没饭吃。又是我们无私的农民，依靠集体经济制度的优越性，无私地接纳了这批城里人，为共和国化解了危机。到 1968 年，我国的人口从新中国成立时的四亿五千万猛增到七亿。虽然已经形成了初步的工业体系，工人阶级的队伍日益壮大，但工业的发展，满足不了城市人口就业的需要。大量的知识青年闲居在城里，就业困难，社会矛盾激发，难道仅仅是

'知识青年到农村去很有必要，广阔天地大有作为'吗？我们哪个公社、哪个大队没有知青？其实，又是我们的农民兄弟帮助共和国化解了一次新的危机。

"知识青年到农村去，不仅化解了城里的危机，让这些城里人有了饭吃，而且让一大批知识青年了解了农村，锻炼了意志，传播了知识。农村这块肥沃的土地，培养了一大批社会主义事业接班人。的确是广阔天地，大有作为，也充分证明毛主席战略决策的英明。这其中，就体现了亿万农民的无私奉献。

"同志们，我们在座的，有谁去想过这个问题？我们现在还是个农业国家，包括我，也来自农村，再往上推二代，百分之九十都是农民。因此，忘记了农民，忘记了初衷，不帮助农民过上幸福安康的生活，就愧对我们的衣食父母，就不是一名真正的共产党员。"

方明讲到这里，整个会场爆发了热烈的掌声。

方明显然动了感情，也有些激动，他继续说："我们的农民兄弟，除了一次又一次为国家化解危机外，又战天斗地，创造了前无古人的伟大事业。五十年代中期，人民领袖号召'一定要消灭血吸虫病'，湖滨地区数十万农民，挥舞锄头，修堤筑坝，投入的义务工无以数计，经过近十年的努力，终于赶走了瘟神，为子孙后代提供了安康的沃土；接着又是大兴水利工程，仅我们江州，大中型水利工程就达一千余座，彻底改变了世世代代靠天吃饭的历史，我们现在城市都用上了自来水，这些水源百分之八十都来自这些水库。今天，我们喝着清甜的自来水，有谁知道这里面有多少农民兄弟的汗水呢？除此之外，又是植树造林，治理风沙灾害，大搞园田化建设，为农业机械化做准备。一年一年接着干，而且都是在'一平二调'的基础上干成的，有谁去算过这笔账，我们这一代农民做了多少无私的奉献呢？说实在话，我很惭愧，也很自责。目前，我们的农民生活还很贫困，有些人不去同情他们，不去帮助他们，竟昧着良心说是吃大锅饭、大唿隆、出工不出力造成的。这是良心被狗吃了，天理难容！如果把农民兄弟的义务投劳折算成现金，我想这一代中国农民一定是世界上最富有的农民。"

这时，会场里又爆发出热烈的掌声。

方明端起茶碗，喝了两口水，又继续说："党中央已经发出了要实现'四个现代化'的伟大号召，农村建设的春天已经到来。我这次来江州工作之前，搞了两个月的调研，掌握了一些基本情况。那就是，'一平二调'的农业基础建设工程已基本结束，大量的劳动力即将回归土地，而农业机械化正在逐步推广。因此讲，现有的土地就承载不了那么多劳动力，劳动力多了怎么办？昨天我让大家看了粮食高产示范点，再多的劳力去搞粮食，也难以出现大幅度的粮食增产。粮食高产，要靠科学技术，要靠推广袁隆平的杂交水稻，多余的劳动力去干什么去呢？昨天下午，我们参观了南麓公社的社队企业，我们要将大量的剩余劳动力转移到社队企业中去，农村生产队不再有一平二调的义务工，粮食生产的经济价值将立即显现出来，农民吃上肉的日子指日可待，农业社会向工业社会的过渡即将开始。现在，重要的是，要加速社队企业的发展，这是改变农村落后面貌的必由之路，这绝不是资本主义的尾巴。江苏有个华西村，社队企业搞得红红火火，被人民领袖称为'农村光明灿烂的希望'。"

会场里又爆发了热烈的掌声。

方明摆摆手，继续讲："同志们，地委决定，在最近一个时期，在全区开展远学华西、近学南麓的社会主义竞赛活动。用五到十年时间，全面拉开大办社队企业的攻坚战，各地要在确保粮食稳产的基础上，因地制宜，发挥优势，突出重点，全面发展。每个公社要建立工业园区，每个大队要有工业网点。今年，每个大队都要创办一个企业，消灭空白点，作为年终考核的硬指标。地委是下了决心的，已经组建了社队企业管理局，南麓公社的书记刘长江同志，破格提拔到地区社队企业局担任局长。这次会议结束后，各地都要立即组建社队企业局，选派一批能人到这个岗位上来，形成大办社队企业的氛围，壮大集体经济，提升工业企业在国民经济中的比重，实现以工补农，朝着光明灿烂的希望奋勇前进！"

会场上又一次掌声雷动。

　　接着，方明书记讲了一下作风建设问题。他说："同志们，要完成这样的伟大事业，就必须抓好党的建设。要深入基层，转变作风，实事求是，努力克服官僚主义、形式主义等不良作风。这次我在县里调研，听到一个顺口溜和两个真实的笑话，群众讽刺某些干部说，干部参加陪客是代表群众，干部看电影是深入群众。虽然是戏言，但说明广大群众对我们的作风建设是不满意的。还有一个笑话，这几年，我们下派了一大批路线教育工作队驻村蹲点，有些同志形式主义、官僚主义严重，工作不接地气，给社员添乱添麻烦。双抢期间，社员们都很疲劳，记完工分后，都想早点回家休息。有那么一个工作队员，在社员记完工分后，还要进行政治学习。先是国内形势，后是国际形势，折腾到半夜，人早跑光了。可他偏偏是个近视眼，等他讲完国际形势，只剩下一个听众。他便问：'人都到哪里去了？'那个人说：'大家早走了。''那你怎么没走呀？'那个人回答说：'你坐的凳子我还要拿回去呢！'

　　"我还要讲个真实的故事。有个公社通信员，接到另一个公社办公室的电话，电话中说：'我叫王波，请通知你办公室主任在家等一下我，我马上就到。'这个县有个副书记叫黄波。在这个地方，'王''黄'口音上不分，通信员误以为是县委副书记黄波要来，立即报告了办公室主任，办公室主任也不敢怠慢，又报告给了公社书记，书记吩咐说：'告诉厨房，去买一只老母鸡炖了。'没过一会，王波骑着自行车来了，等候在公社门口的公社书记一看，知道了把王波当作黄波。这时厨房传来了鸡叫声，他迅速转身向厨房跑去，边跑边喊：刀下留鸡！刀下留鸡！

　　"这个故事，给我透露出这样的信息：这个公社是比较穷的，一般干部去，是吃不上老母鸡的，只有重要的领导来，才能吃上老母鸡。另外，还反映了一个问题，重要领导干部下去的接待标准，远远超过了当地的生活水平。它的危害性，就是让领导不能了解当地社员的真实生活水平。昨天中午，为什么要让大家吃酱油拌饭？就是要让大家知道，社员的生活还很困难。

　　"同志们，这就是典型的官僚主义和形式主义。工作要接地气，要切合实际，所有下派干部，都要帮忙不添乱，切实不表面，想群众之所想。"

方明最后说："同志们，今天的会议，是一个开拓进取的会议，是一个扬帆远征的誓师大会，是一个充满希望的大会。我们要让江州的社队企业春潮涌动，昂首阔步，在社会主义的金光大道上，去创造社会主义建设的奇迹，为江州人民过上幸福安康的生活努力奋斗。"

台下又爆发了经久不息的热烈掌声。

（尾声）

1976年的新春元旦，中央人民广播电台的播音员以激情澎湃的声音播送着《世上无难事，只要肯登攀》的元旦社论，又发表了人民领袖1965年写的词二首：《水调歌头·重上井冈山》和《念奴娇·鸟儿问答》。人们从"可上九天揽月，可下五洋捉鳖"，对"旧貌变新颜"的憧憬中，更加坚定了战胜一切困难的决心，对在本世纪内实现四个现代化充满着必胜信心。

人们没有想到，这是一个石破天惊的年份，是一段"泪飞顿作倾盆雨"的岁月。

1976年3月8日15时，一颗巨大的火球划破苍穹。随着振聋发聩的轰鸣，100多块陨石从天而降，最大的一块重达1770公斤，降落在吉林省吉林市和永吉县及蛟河市近郊方圆500平方公里的地面上。天象异常，举国震惊。

这突然的惊天巨变，让一颗颗伤痛的心不断受到震撼。在深山老林无影寺中的汪二先生，从收音机里听到了一个又一个令人悲痛的消息，石破天惊，巨人接踵而去；唐山地震，二十多万鲜活的生命瞬间消失。他研判着天下大势，感到自己大限已到，便开始安排自己的后事。他对陶志春说："陶老弟，你我有缘，在这无影寺里度过了五年多岁月。我久居寺院，虽未剃度出家，但已与佛结缘。我圆寂后，拜托你架上干柴，让我在烈火中涅槃重生。你在我走之后，可以弃寺下山，去与儿孙团聚，也可在这里延续香火。"

听完汪先生的话，陶志春悲从心中来，他感激老先生在他落难之时为自己遮风避雨，说："汪先生，你身子骨还结实着呢，定能长命百岁。"

汪二先生没有回答，便闭目养神。陶志春知道汪二先生喜欢清炒蘑菇，正值雨后初晴，野蘑菇疯长的季节，他退出房间，想去采些蘑菇给汪老先生吃。

大黄狗是汪先生的心爱宠物，陶志春也很喜欢，两人一犬，形影不离。陶志春叫大黄狗与他一起去采蘑菇，可喊了几声，不见踪影，只好一个人提了个竹篮往树林中走去。刚进到树林中不到五十米，大黄狗静静地躺在一片草丛中，一动不动。陶志春喊了一声，狗没有一点反应，心里有些不祥的感觉，忙上前用手去摸，黄狗硬邦邦的，已死多时。陶志春知道，狗是灵性动物，死时必避亲人，会找一个僻静的地点，安然死去，不需要掩埋，化在大自然里。陶志春为狗低头默哀，然后去采蘑菇。回到寺里后，到厨房做了碗鲜美爽口的蘑菇汤，端到了汪二先生的房间。

陶志春一脚刚跨进房间，大吃一惊：先生已沐浴更衣，穿了一身新僧衣，静静地躺在床上，圆寂归西。一碗热气腾腾的蘑菇汤从他手中滑落下来，碎碗片和蘑菇汤洒落一地。

陶志春忍着悲痛，按照汪先生的嘱咐，架起一堆干柴，将汪先生搬到了干柴上。先生手里握着一张纸条，取下来一看，是个"祚"字，陶志春不解，便放到了自己衣服口袋里。

大火烧了几个时辰，陶志春将汪先生的骨灰装进一个瓷缸里，葬在无影寺的塔林。

陶志春回到寺里，拿出纸条，对这个"祚"字认真研究起来，还是不得其解。回到自己的房间，看到桌上有一本汪二先生放在那里的《无影寺寺志》，便打开翻看，只见《序言》之后，便是一首诗，其中有"心朗照幽深，性明鉴宗祚"之句。他突然醒悟，记得汪先生说过，他的师傅叫明空，明空后面是鉴字辈，就是那个被枪毙了的韦县长，而汪先生是宗字辈，他明白了，汪先生手里的"祚"字，是要自己留在寺里，延续无影寺的香火。从此，陶志春自称祚祥，留在了无影寺。

刘长江和王明德得知汪先生去世的消息后，两个人专程来了一次无影寺，祭拜过汪先生后，动员已身着僧衣的陶老爷下山，陶老爷执意不肯。劝说不成，长江和明德只好作罢，两人担心老爷一个人在寺里太孤单，便找人送来一只中华田园犬，来陪伴这个有恩于他俩的陶老爷。

1976 年 9 月 9 日，中国人民爱戴的伟大领袖毛主席与世长辞，一时天地同悲，五岳低垂，江河呜咽，华夏儿女"泪飞顿作倾盆雨"，陷入了深深的悲痛之中。9 月 19 日，枭阳县人民大会堂里，摆放着数不清的鲜花、花圈，刚担任县委副书记、县革委常务副主任的刘永强主持追悼会，县委书记王明德带着二十八万枭阳人民哀思，致悼词，各界代表一千余人，为人民领袖举行了隆重的追悼大会。会场上哀声一片，好多人当场哭得昏了过去。人民的泪水流成了河，一朵朵白花寄托着人民对领袖的哀思。人们感觉天都塌了下来，中国这艘航行中的巨轮，将驶向何方？

一个时代结束了。

一个承前启后的新时代即将开始。站立起来的中国人民，将在富起来、强起来的征途中，去续写中华民族的灿灿辉煌！